CORPOS ELÉTRICOS

COLIN HARRISON

CORPOS ELÉTRICOS

Tradução:
MARCELO LEVY

COMPANHIA DAS LETRAS

Esta tradução é publicada por acordo com a Crown Publishers, Inc., New York

Título original:
Bodies electric

Capa:
Silvia Ribeiro

Foto da capa:
Roberto Stelzer

Preparação:
Denise Pegorim

Revisão:
Ana Paula Cardoso
Isabel Cury Santana

Dados Internacionais de Catalogação na Publicação (CIP)
(Câmara Brasileira do Livro, SP, Brasil)

Harrison, Colin
Corpos elétricos / Colin Harrison; tradução Marcelo Levy. — São Paulo : Companhia das Letras, 1995.

Título original: Bodies electric.
ISBN 85-7164-459-4

1. Romance norte-americano I. Título.

95-2131 CDD-813.5

Índices para catálogo sistemático:
1. Romances : Século 20 : Literatura norte-americana 813.5
2. Século 20 : Romances : Literatura norte-americana 813.5

1995

EDITORA SCHWARCZ LTDA.
Rua Tupi, 522
01233-000 — São Paulo — SP
Telefone: (011) 826-1822
Fax: (011) 826-5523

Para meus pais, pelo apoio

...avançamos um pouco e deparamos com a mulher, que estava de pé. Eu não conseguia ver seu rosto, coberto que estava sob a grande touca de sol, mas de alguma maneira sua imagem revelava sofrimento, medo e privação. Trazia no colo seu bebê, imóvel, embrulhado em panos velhos, faminto, e nas mãos carregava dois ou três cestos, que ela evidentemente havia levado até a casa vizinha para vender... Paramos para perguntar sobre os cestos e os compramos. Enquanto lhe entregávamos o dinheiro, ela mantinha o rosto escondido sob a touca. Depois nos afastamos, paramos de novo e Al (claramente tomado de compaixão) voltou ao local do acampamento para adquirir outro cesto. Ele viu seu rosto e conversou um pouco com ela. Olhos, voz e movimentos sugeriam um cadáver eletrizado. Ela era jovem... Pobre mulher — que histórias tramadas pelo destino poderiam explicar aquele ar perfeitamente assustado, aquele olhar vidrado e aquela voz cavernosa?

...Aqui você deve pisar suavemente no chão de madeira, pois a dor e o arquejo da morte estão sobre este catre. Vi o tenente quando foi trazido para cá... Ele vinha melhorando bem até a antepenúltima noite, quando surgiu uma hemorragia repentina e inestancável que continua até hoje intermitentemente. Veja aquela pequena bacia ao lado da cama, cheia quase até a borda de sangue e pedaços ensangüentados de pano; ela resume a história. O pobre jovem trava uma luta dolorosa para respirar, seus olhos grandes e escuros já revestidos por uma película opaca, o

sufocamento produzindo um ruído fraco mas audível em sua garganta. Uma atendente permanece ao seu lado, e não o deixará até o fim; ainda assim, pouco há a fazer. Ele morrerá aqui em uma ou duas horas... Enquanto isso, um pouco afastadas, prosseguem indiferentes as conversas e a rotina do pavilhão. Alguns dos internos riem e brincam, outros jogam damas ou cartas, outros lêem etc.

De *Specimen days*, de Walt Whitman

1

Meu nome é Jack Whitman e o próprio ato de abordá-la já foi um erro. Eu não deveria ter cedido aos meus impulsos — à solidão, à atração por ela —, pelo menos não naquele momento, com o que estava acontecendo na Corporação. Mas, quando se trata de amor e ambição, meu coração é tão mole quanto o seu e o do seu vizinho. E eu estava louco por sexo — isso, é claro, pesou muito. Se eu apenas tivesse ficado até mais tarde no escritório ou se tivesse ido direto para casa naquela segunda-feira, se eu apenas não a tivesse *visto*.

Mas não. Peguei um táxi e fui para a zona norte comer em um pequeno restaurante francês estilo Louisianna, na Broadway, e tomei alguns drinques durante o jantar. Observei casais se aconchegarem e, quando as intimidades entre eles trombaram com minha solidão, resolvi ir embora. Isso foi no último mês de abril, e, naquela noite, o astral da cidade flutuava alto sobre uma lufada de pólen; um clima que faz você descobrir de repente que mais uma primavera chegou e você nem notou. Não notou os pequenos jardins de tulipas protegidos por cercas em frente aos melhores prédios e tampouco os ombros angulosos das mulheres andando nas ruas durante o horário de almoço. Na entrada da estação do metrô, parei um instante na esperança de pegar algum táxi na Broadway e, como nenhum apareceu, desci as escadas. Esta escolha, naquele momento, fez toda a diferença.

Sentei-me, abri o *Wall Street Journal* e mergulhei num estado de inebriada semiconsciência, em que se misturavam nebulosamente os movimentos e sons de entrada e saída de passageiros, do embalo do trem e da voz arranhada do motorneiro nos alto-falantes. Debruçado dentro do meu terno cinza-escuro, passei os olhos pelo jornal atrás de notícias sobre os concorrentes da Corporação — informações sobre lucros trimestrais, pequenos negócios sorrateiros destinados a beliscar migalhas da nossa fatia de mercado, quem foi contratado, quem foi despedido. A seguir, abri nas páginas das cotações da bolsa para checar meus investimentos pessoais. Dinheiro exerce um certo fascínio intelectual, isto é, se você tem bastante — o que era o meu caso, um sujeito de trinta e cinco anos vivendo sozinho em Nova York. Quanto? É o que todo mundo quer saber quando descobre que você trabalha na Corporação; com os olhos semicerrados, as pessoas examinam o seu terno e intimamente pensam: *Ele está sentado na grana.* Querem saber mas têm medo de perguntar. Muito bem, vou tirar esta dúvida do caminho agora mesmo; o total dos meus ganhos na época era de 395 mil dólares por ano. É, evidentemente, uma montanha de dinheiro — equivalente ao salário de dez assistentes de garçom mexicanos no Bull & Bear, é uma soma que fez meu pai estremecer quando lhe contei: por mês, bruto, dava 33 mil dólares. Os impostos faziam um estrago, é claro. Mas isso não era nada comparado ao que ganhavam o Presidente do Conselho e Morrison, nosso Presidente Executivo. Milhões, dezenas de milhões. O jogo todo estava armado em benefício deles. Não é preciso dizer que nenhum dos dois valia tanto dinheiro. Ninguém vale. Somos todos substituíveis. Nada mais do que corpos. Não é verdade?

Avançando ruidosamente pelos túneis escuros, o vagão estava vazio o suficiente para que todos os passageiros viajassem sentados. Estava entretido com a seção de notas curtas do jornal quando senti algo tocar a ponta do meu sapato. Era um lápis de cera Crayola vermelho, já gasto, que havia rolado ao longo do vagão; sentada no banco oposto ao meu estava uma garotinha de cabelos escuros, de cerca de quatro anos, com o braço esticado em minha direção, as mãos espalmadas para cima e os dedos tremulando ansiosos. Suas pernas balançavam livremente, sem tocar o chão. Tinha no colo um livro de colorir. Agachei-me para pegar o lápis, estendi o braço e entreguei-o a ela, sorrindo para sua mãe um sorriso polido, típico entre estranhos.

"Oh, me desculpe", sussurrou constrangida a mulher, enquanto ajeitava um casaco surrado sobre os ombros. Notei sua boca — ela sabia bem como manusear um batom. "Obrigada."

Fiz um gesto com a cabeça e voltei ao jornal. Mas, como a maioria dos homens, casados ou não, eu não deixo passar a oportunidade de observar uma mulher bonita. Olhei seu rosto e vi os olhos exaustos desviarem rapidamente para baixo, evitando os meus. Foi quando senti a primeira pontada de desejo por ela, aquele aperto no estômago de natureza sexual e talvez de outra natureza também. Apaixonei-me por ela imediatamente? Não, é claro que não. Sim, de um jeito repentino e incontrolável, a ponto de não conseguir tirar os olhos dela. Sua tez era a mesma da garotinha. Não consegui determinar a raça com exatidão, mas não era branca. Cabelos escuros arranjados com presilhas no alto da cabeça, olhos cor de coca-cola, pele aveludada marrom. Se você visse esta mulher — pensei comigo — vestida com um casaco de visom, no saguão luxuoso de um prédio do Upper East Side, não teria dúvida de estar diante de uma herdeira venezuelana ou brasileira de sangue negro ou mestiço — algo diferente, algo *exótico* aos meus sentidos de homem branco —, educada nos melhores internatos internacionais e sustentada em seu palácio de vidro na Park Avenue por um pai poliglota cujo negócio podia ser revenda de petróleo, de chips de computador ou de eurodólares. Da mesma forma, era igualmente evidente que, se esta mulher estivesse vestindo jeans apertados e sapatilhas vermelhas de segunda categoria, você poderia pensar que se tratava de uma puta porto-riquenha nascida em Nova York, viciada, no caminho da autodestruição, e que trazia na bolsa dúzias de camisinhas, algumas notas de dinheiro amassadas e a disposição de se vender a qualquer motorista trafegando pelo túnel Lincoln; uma mulher que, apesar de ter recebido da natureza uma bela compleição e olhos grandes e profundos, era forçada a viver uma vida mais arriscada e dura do que seria justo.

Mas a mulher sentada no banco oposto ao meu no vagão não pertencia a nenhum desses grupos — ela possuía uma outra história e eu senti aquela compulsão irresistível de estudar e conhecer um rosto estranho. Algo de errado nisso? Será que pelo menos *disso* eu posso ser perdoado? Todos se recordam de rostos estranhos, não é verdade? As maçãs do rosto eram altas, os lábios, carnudos, até um pouco excessivamente, sugerindo imprudência ou paixão. Em mulheres de pele escura, lábios vermelhos têm um quê de fogosidade. Ela era uma beleza, uma beleza cansada.

Mas Nova York está cheia de mulheres bonitas, milhares delas, e a maioria, compreende-se, desconfia de gentilezas desmesuradas de desconhecidos. De modo que desviei o olhar. Afinal de contas, sou uma pessoa educada, não o tipo que faria um elogio direto. Não tenho muita confiança em minha lábia. Nunca insultei uma mulher dizendo-lhe coisas que outros homens dizem sem a menor vergonha. É claro que eu *penso* esses pensamentos brutais. Homens são um poço de pensamentos brutais.

Por um ou dois minutos mantive os olhos fixos no jornal — sem ler nada —, mas tornei a olhar, perguntando a mim mesmo como uma mulher tão magnífica podia se aproximar de maneira tão gritante da fronteira da indigência. As mulheres que transitam na Corporação e nas funções sociais a ela ligadas mantêm uma espécie de fachada de sofisticação, gastando pequenas fortunas em roupas e jóias. Charmosas com um copo de vinho nas mãos, sabem como rir com discrição, e, sob vestidos modernos, usam calcinhas de seda cor de jade. Conhecem as opiniões dos entrevistados do programa *Nightline*, estão com a mamografia em dia e assim por diante. Algumas vezes essas mulheres me interessavam, outras não. Elas e eu conhecíamos o jogo.

Vi então que a menina continuava a colorir o livro, escolhendo cada lápis com cuidado e ouvindo alegre a opinião da mãe. Estava limpa, cabelos penteados; suspeitei que, se não eram herdadas de uma irmã mais velha, suas roupas provavelmente tinham sido doadas por uma igreja ou compradas em algum bazar de artigos usados. A mãe não estava mais bem-vestida; na verdade, até um pouco pior, mas era difícil dizer, já que estava embrulhada naquele velho casaco, manchado e grande demais para ela. Deduzi que a mulher se aproximava dos trinta anos. Uma das últimas coisas que notei foi uma fina aliança de ouro em sua mão esquerda.

Pareceu-me um grande desperdício que a mulher fosse casada, pois tudo indicava tratar-se de uma pessoa à beira da miséria; talvez o marido estivesse desempregado, talvez fosse viciado em drogas, talvez fosse um dentre os vários tipos de homem de quem tantas mulheres dependem desesperadamente. Claro, eu sabia que beleza não garante em absoluto que uma pessoa será amada ou feliz, mas doeu-me que a mulher fosse tão obviamente negligenciada, mesmo no momento em que colocou a filha no colo e sapecou-lhe um beijinho rápido na cabeça. De repente, eu como que me apaixonei também pela garotinha. (Eu estava bêbado, emotivo, saudoso de algo que me havia sido tirado. Aqueles de nós que já experimentaram uma situação de horror nunca esquecem — a pessoa muda para sempre.) A mulher segurava a filha com os dois braços e a balançava com delicadeza. Não sabia que eu estava olhando. Sua cabeça tombava para a frente de fadiga e — por costume, supus — tornou a beijar a cabecinha escura da filha. Perguntei-me se ela morava na área mais retirada do Brooklyn — o destino final do nosso metrô —, onde os aluguéis, como as classes sociais, são mais baixos. O fato de ela parecer casada não incomodou, pois semiconscientemente eu já havia feito minhas conjeturas sobre sua raça, origem e educação — casada ou não, ela não era o tipo de mulher com quem eu me envolvia.

Ainda assim, fiquei a observá-las (*é claro*, digo para mim mesmo hoje, é claro que você ficou a observá-las de um jeito que não observava ninguém havia muito tempo; em sua mente sacana e cheia de tesão, você observava a mãe sentando sobre você, com aqueles imensos lábios vermelhos e olhos em brasa, úmidos). Sentadas sob cartazes publicitários de veneno contra baratas e de serviços públicos de informação telefônica sobre AIDS, mãe e filha pareciam viver apenas uma para a outra; percebi que a filha desejava agradar a mãe tanto quanto a mãe desejava protegê-la da aspereza do metrô. Apertava a filha contra si, como se tirasse forças daquele corpinho que se contorcia em seus braços.

"Eu sei desenhar", anunciou a menina enquanto rabiscava com vigor uma página do livro de colorir.

"Sim, você sabe", cochichou a mãe com a boca colada na orelhinha da filha. Foi quando ouvimos, vindos do outro lado da porta, na extremidade oposta do vagão, clamores proferidos em voz alta e ritmada por uma mulher negra de cerca de sessenta anos, vestida de branco. "Estou aqui em nome do Senhor", anunciou a negra com voz horrível e aparentemente pouco interessada na opinião dos ouvintes. Tinha o corpo atarracado e segurava uma pequena Bíblia em uma das mãos. "Peça a sal-va-*ção* no Senhor! Ele não ama o pecado, mas ama o pecador!", bradou a mulher aos passageiros, a maioria dos quais já tinha enfiado a cara de volta no jornal ou no livro. "...Não estou aqui para falar de coisas *bonitas*! Estou aqui para falar sobre as mentiras e as profanações do corpo de Cristo. Sobre crack, sobre bebida, sobre assassinato! E sobre a cobiça pelo velocino de ouro! E sobre infidelidade. Sobre vocês, homens que dizem que saíram com os amigos quando na verdade saíram com *amigas*."

"Tem também algumas mulher que quer essas coisa boa!", opinou uma voz masculina na ponta do vagão, seguida por risos contidos e sorrisos difusos.

"É verdade!", respondeu a pregadora. "É claro que querem! E elas querem *isso* porque acham que assim vão ser felizes. Mas o corpo é um barco fraco, o corpo vai apodrecer e *putrificar*! O pênis do homem, ele putrifica! A vagina da mulher, ela putrifica! E a mão que segura o velocino de ouro também! E o resto do corpo! Alguém aqui vai viver para sempre?", perguntou ela olhando em volta com expressão acusadora. "Alguém aqui tem trezentos anos de idade? O corpo não é nada além de *carne* que apodrece! Mas a *alma*... — a alma é *divina*. Alguém aqui tem cento e *dois* anos? Como eu *pensava*, ninguém. Alguém aqui *não* é pecador?" A mulher olhou em volta ameaçadoramente, os dentes arreganhados. "Como eu *pensava*, ninguém! E a alma vai putrificar sem salvação. E aqueles de vocês que pecam e tornam a pecar, vocês serão jogados no fogo eterno!" A mulher girava sobre o quadril largo, berrando ora para um lado do vagão, ora para outro. "O Senhor está olhando..."

O trem desacelerou à medida que se aproximava da estação Rua 42 e eu tornei a me concentrar na mãe e na filha sentadas no banco do outro lado do corredor. A mãe guardou os lápis com o zelo de quem sabe exatamente quanto custam e se levantou. Vi que o livro para colorir continha figuras populares entre as crianças, veiculadas pela subdivisão de desenhos animados da divisão de filmes da Corporação. A mãe ajeitou o casaco sobre os ombros e voltou a falar baixinho com a filha. Em outro ponto do vagão a velha berrava: "...ao redor do mundo crianças estão sendo mortas todo dia e ninguém se incomoda, *exceto* o Senhor! *Você*! E *você*!" — e apontava um gordo dedo enluvado para vários passageiros que tentavam ler o jornal ou que estavam simplesmente entretidos com a escuridão do túnel que viam pelas janelas do vagão. "Você fica aí parado enquanto pecado e maldade estão matando as criancinhas do Senhor!"

"Fecha a matraca, velha!", aparteou a mesma voz de antes, só que agora firme e irritada.

"Se a sua mãe tivesse fechado as *pernas* dela quando você estava *nascendo*", disse a mulher, "você teria *morrido*, pecador!" Murmurando desgraças e putrefação, ela retomou a caminhada rumo ao ponto do vagão onde eu estava. Passou sem incidentes pela jovem mulher e sua filha (talvez aos olhos da velha estas não fossem pecadoras). Mas antes de se dirigir à porta para alcançar o vagão seguinte, apontou a carga acusatória contra mim. Seus olhos ferviam de farisaísmo louco e sombrio e pareciam dizer: "*Você*, não pense que eu não sei, *você* é especialmente depravado". Senti um medo estranho vendo aquele rosto negro sulcado de castigo divino.

A composição saiu do túnel e lentamente foi passando pelas pessoas que esperavam na plataforma da estação. Quando a mulher pegou a filha pela mão, senti uma brusca e inexplicável ansiedade diante da perspectiva de nunca tornar a vê-las. Levantei-me num salto. "Com licença", disse eu intempestivamente. "Notei que..." — o trem deu uma guinada e equilibrei-me com um passo torto de dança. "Notei que você talvez precise de alguma coisa..."

"Sim?", respondeu a mulher, com voz cristalina e confiante. "Do que você acha que eu preciso?"

"Bem, não sei, talvez um emprego." Fiquei distante dela para que não sentisse meu hálito alcoolizado. Os olhos da mulher me avaliaram de cima a baixo, como se, dentro do meu terno, do sobretudo e dos finos sapatos de couro, pudesse estar escondido apenas mais um louco da cidade, tentando abrir caminho para uma amizade não desinteressada. À parte isso, eu era apenas um sujeito branco que tinha virado alguns copos além da conta. "Achei que você talvez estivesse precisando de trabalho", continuei hesitante, "e imaginei que poderia ajudar. Trabalho para uma grande empresa..." Enfiei a mão no bolso e pesquei um cartão de visita impresso em alto-relevo, com o famoso logotipo da Corporação em destaque. "Tome." A essa altura, as pessoas estavam me olhando com aquele interesse contido — do tipo "mais essa agora" — que os nova-iorquinos destinam a mendigos, escroques e músicos incompetentes que fazem do metrô o seu palco. Entrementes, os freios do trem guinchavam e a voz do motorneiro, desfigurada pela estática num grunhido proto-humano, estourava dos alto-falantes: Rua 42, baldeação para o número um, local, número nove, linhas R e N, cuidado ao sair do trem, cuidado com o vão, deixe quem está dentro sair, por favor, deixe quem está dentro sair.

"Aqui, pegue." Inclinei-me para a frente quando as portas do vagão se abriram e coloquei o cartão texturizado e de papel grosso na mão da mulher, tomando cuidado para que nossos dedos não se tocassem. "Não sou doido, entende? Não sou louco. Ligue para mim se precisar de um emprego."

Mulher e filha saíram do trem. As portas cerraram-se atrás delas e eu me senti estranhamente exausto. Os outros passageiros ficaram me olhando. A mulher se voltou, agora segura do outro lado da janela de vidro — ainda maravilhosa sob a gelada luminosidade fluorescente da plataforma — e olhou para o cartão. A filha esperou pela reação da mãe. A mulher ergueu a cabeça, olhou para mim, os lábios cerrados numa expressão inescrutável.

O Brooklyn é, ainda, um lugar agradável e romântico. Eu morava em Park Slope, um bairro cheio de casas e prédios em estilo vitoriano, não muito longe da praça Grand Army, a principal entrada do parque Prospect. No centro da praça há um imenso arco em homenagem aos milhares de homens da União que tombaram na Guerra Civil, adornado com generais e soldados e escravos libertados, amontoados no calor da batalha. No cume do arco, desponta uma gigantesca estátua de bronze de uma carruagem alada puxada por cavalos. Desbotadas, as figuras agora são de um brilhante azul marmorizado, e seus olhos frenéticos, famintos de morte, dominam inteiramente a área ao redor do monumento; por ali, tagarelando em uma miríade de dialetos caribenhos, babás negras passam diariamente empurrando carrinhos com bebês brancos a caminho do parque. O bairro é muito procurado por famílias da alta classe média e está repleto de escolas montessorianas, videolocadoras, caixas automáticos, imobiliárias, boas livrarias, bares e padarias onde se encontram *croissants* e misturas especiais de café. Nos fins de semana, sob as folhagens dos bordos e carvalhos que cobrem as ruas, podem-se encontrar crianças rabiscando com giz colorido as pedras de ardósia à frente dos grandiosos prédios construídos no século XVIII, enquanto os pais ou as mães lêem a edição de domingo do *New York Times* sentados na escada da entrada. Eu morava ali por causa do ambiente tranqüilo, porque a linha de metrô que passava perto do meu escritório em Manhattan tinha uma estação a poucas quadras de casa e porque a certa altura me parecera o lugar ideal da cidade para se viver com a família.

Minha casa era uma construção com fachada em arenito pardo, de quatro andares, ainda com várias coisas a serem feitas — umas duzentas horas de trabalho. Eu a comprara de uma certa sra. Cronister, a última herdeira do homem que inventou o pneu de borracha e que os fabricava no Brooklyn. No pequeno jardim na frente da casa, havia uma pereira que se debruçava sobre a cerca de ferro e sobre os degraus de pedra da escada íngreme que levava ao primeiro andar. Eu ocupava o andar da sala de visitas e os dois andares acima dele, e vinha reformando os quartos pouco a pouco. Ocasionalmente alugava o apartamento do andar térreo para ajudar a pagar o financiamento. A sala de visitas tinha três portas duplas e as paredes eram de gesso com detalhes em baixo-relevo originais, lisas como vidro, o piso de parquete firme, os quartos grandes e silenciosos, os detalhes em madeira requintados e exuberantes. Nos fins de semana eu ficava lendo no ensolarado jardim dos fundos e na primavera trabalhava na terra, onde achava velhas bolinhas de gude, cacos de garrafa, colheres de estanho dobradas e, uma vez, uma moeda de prata Morgan de um dólar, de 1893. Em julho, eu começava a colher diversas variedades de tomate e também grandes quantidades de pepino que brotavam alegres em meio a um emaranhado de ramagens e botões amarelos encarapinhados na cerca. À noite, quando me sentia melancólico e o espírito pedia um drinque, eu subia para o terraço no topo da casa e, sentado em uma cadeira de praia cor-de-rosa, alçava a vista para além das silhuetas escuras das lanças nas torres das igrejas e dos escuros topos dos prédios do Brooklyn, até capturar a acachapante e sempre iluminada paisagem dos arranha-céus de Manhattan — as duas torres do World Trade Center espigadas para o espaço na ponta da ilha e, mais ao norte, a serena grandiosidade do Empire State Building, as curvas sóbrias do edifício da Chrysler, o anguloso espigão do Citicorp. Eu adorava essa casa, as superfícies de pedra escura chanfrada, as janelas velhas, o corrimão das escadas, que trepidavam levemente quando o metrô passava no subsolo. A exemplo do que sentia em relação àquele bairro do Brooklyn, houve um momento em que este pareceu um lugar legal e romântico para criar filhos. Agora, no entanto, a casa era minha parceira sombria e silenciosa, o cofre que guardava minha solidão.

Naquela noite de abril, com a cabeça ainda zonza, fechei a porta de entrada atrás de mim e, como fazia seis dias por semana, selecionei e joguei fora a correspondência que vinha em nome da minha mulher. O nome dela continuava existindo em uma infinidade de malas diretas de computador — apesar dos meus esforços para pôr um fim a isto — que despejavam na caixa do correio toneladas de catálogos de roupa, utensílios domésticos, obras assistenciais e coisas afins. Descobri que estar bêbado ajuda quando se tem que jogar fora a correspondência enviada à esposa que morreu, e eu não podia suportar ver o nome dela impresso friamente sobre o endereço da casa de que ela tanto gostava e onde nunca morou.

Liz e eu nos conhecemos depois de nos formarmos na faculdade, moramos juntos um par de anos e nos casamos. Ela tinha tido uma infância infeliz e, tempos depois — quando já viajara para bem longe do mundo em que fora criada e até conseguia rir do horror que foram seus pais —, costumava brincar comigo dizendo que eu tinha uma queda por mulheres sofridas. Éramos ambos filhos de pais divorciados e acho que havia em cada um de nós algo destruído que o outro de certa forma ajudava a reconstruir. Talvez fosse outra coisa, mas eu não me importava com as razões; estava domesticado e feliz, não muito incomodado por vivermos em um apartamento apertado no Upper West Side, e agradecido — dentro da postura simplista e confiante que tinha na época, a postura que todos tínhamos na década de 80 — por ter tido a sorte de encontrar alguém. Eu estava dando os meus primeiros passos na Corporação e ainda não ganhava muito. Nem o problema da acidez eu tinha; nunca havia sentido uma única queimação. Ainda não havia tido nem a primeira tossezinha seca.

Como era na época? Bom — melhor do que eu imaginava. Durante quatro anos, vivemos uma vida em grande parte satisfatória, mesmo sem ser extraordinária. Jack e Liz Whitman, jovem casal. Sexo, trabalho, comida, amigos e fofocas, exercícios, livros, discussões, filmes, dinheiro suficiente — enfim, a norma da época. Não vou me enganar e dizer que nosso amor era espetacular ou especial; suponho que mais adiante neste relato deverei explicar alguns dos meus delitos contra Liz, mas, de maneira geral, éramos felizes. Sonhávamos alto e, quando Liz engravidou, decidimos procurar uma casa, usando o dinheiro que seu pai lhe deixara quando morreu. A barriga dela crescia a cada semana e tínhamos visto no exame de ultrassonografia aquela bolha pulsante que o obstetra identificava como vida; aos cinco meses, Liz já sentia leves chutinhos dentro de si — "está treinando pênaltis", eu dizia a ela — e os amigos começaram a nos presentear com roupinhas liliputianas de algodão, que traziam patinhos e coelhinhos flutuando oniricamente nos peitinhos e bumbuns. Liz segurava essas roupinhas diante de mim, encantada com o tamanho absolutamente *adorável* dos pezinhos e achando engraçado que as calcinhas fossem largas na parte de cima, de modo a alojar as pernas rechonchudas do bebê e a volumosa fralda. Passei, é claro, a pensar em Liz como mãe e não apenas como minha esposa; uma mulher possuidora da faculdade autônoma da maternidade, que aos homens resta somente observar, e passei a me interessar por coisas como carrinhos de bebê e trocadores. Tive meu instante de pânico uma vez, quando Liz desmaiou sob o calor do verão na estação Grand Central. Estendida no piso da plataforma manchado de chicletes, foi reanimada por um bombeiro aposentado. Mas ela saiu mais forte do episódio e, depois do terceiro mês, exibia uma energia incrível — a energia da esperança, concluí. Nosso apartamento estava repleto de livros sobre alimentação durante a gravidez e o aleitamento. Sabíamos que o coração do bebê batia cento e trinta vezes por minuto e, a cada dia que a gravidez se desenvolvia normalmente, com o feto ganhando preciosos gramas em ritmo crescente, eu agradecia a Deus e (embora não fosse uma pessoa religiosa como meu pai) pedia a Ele que nos desse um bebê saudável. Achamos a casa de fachada de arenito pardo em Park Slope. A sra. Cronister não tinha filhos; rejeitando os gananciosos corretores de imóveis, sabia que acabaria mudando para um asilo e, em pouco tempo, de lá para a cova. Quando viu minha mulher grávida, seus olhos se encheram de lágrimas e ela baixou o preço em setenta e cinco mil dólares. A vida era boa.

Três dias depois de assinar o contrato de financiamento e fechar o negócio da casa onde viveríamos, três dias depois de colocar no correio os formulários comunicando nossa mudança de endereço, depois de subir para a sala vazia e beber algumas doses de Mumm's e fazer amor sobre um colchão surrado que eu havia levado para lá especialmente com este objetivo — tive de me desdobrar em alguns ajustes posicionais diante da maravilhosa e morna barriga de Liz (dois corações batendo contra minha pele: um grande e um do tamanho de um dedal); três dias depois desse momento glorioso e prenhe de esperança, e trinta e quatro semanas depois da concepção, o sonho rechonchudo e feliz despencou direto no inferno.

Eis o que aconteceu: depois do trabalho, Liz foi ao Columbia Presbyterian Medical Center, na zona norte da cidade, visitar uma amiga que tinha acabado de ser submetida a uma mastectomia dupla; a caminho da estação do metrô, após deixar os corredores do hospital, parou em frente a uma quitanda de coreanos para esperar o sinal abrir. Conheço agora cada centímetro do calçamento entre o hospital e aquela esquina e sei que ela parou afastada do meio-fio, perto das bancas de frutas de cores exuberantes. Os proprietários coreanos, sempre buscando com muito empenho o auto-aprimoramento, poliam tomates e pimentões amarelos enquanto ouviam uma fita cassete de ensino de inglês que anunciava com monótona solenidade: "I agree to buy the television... *you* agree... *he* agrees... *we* agree... *they* agree. *They* agree to buy the television. I *have* agreed to buy the television...". Em torno de Liz giravam as luzes e os sons do Harlem; do outro lado da rua ficava o Teatro e Salão de Bailes Auduborn, onde mais de vinte anos antes Malcolm X pregara sua mensagem de revolução dos negros e caíra assassinado. Atrás dela, segundo me informou depois um investigador da polícia de Nova York, havia um grupo de "jovens elementos negros do sexo masculino" — um ubíquo punhado de meninos semi-alfabetizados trajando jeans desbotados com ácido, correntes de ouro e jaquetas largas —, o tipo de jovens que fazem tremer de medo a classe média branca, que me fazem tremer de medo, com suas vozes iradas, reverberantes de violência. Eu vivia dizendo a Liz que não voltasse tarde para casa. Ela parou na esquina, uma pessoa qualquer vestida em um casaco de lã, talvez um pouco sem fôlego, sentindo o peso cada vez maior da barriga protuberante; talvez também — na verdade, muito provavelmente, dado o temperamento solidário de Liz — ela estivesse pensando no estado de sua amiga, que naquele momento estava deitada olhando o teto, imaginando se estaria destinada a morrer uma morte lenta e agonizante provocada pelo câncer. O certo é que, enquanto Liz esperava abrir o sinal de pedestres, um BMW prata com vidro fumê — em meus pesadelos, é um fantástico veículo mortal de linhas arrojadas, deslizando silenciosamente sobre ruas vazias e molhadas, refletindo no pára-brisa escuro as luzes coloridas da cidade — parou e alguém apontou o curto cano metálico de uma pistola de nove milímetros semi-automática sobre o vidro da janela elétrica e começou a atirar. A cena em si não tem mais nada de incomum em nossa sociedade — garotos correndo para se proteger, gritos, o estalido seco dos disparos, vidros estilhaçando, sirenes se aproximando. Liz estava bem no caminho das balas.

Imaginei, pelo menos um milhão de vezes, a expressão de susto no rosto de Liz. Imaginei-me pulando corajosamente na frente dela, imaginei toda possibilidade de mudança fortuita do destino, inclusive uma versão em que ela abaixa a cabeça para procurar alguma coisa na bolsa — um moeda para entrar no metrô —, inclinando-a apenas o suficiente para que os projéteis passassem zunindo inofensivamente a meio centímetro de sua têmpora; também imaginei a versão em que ela se encolhe bruscamente, numa tentativa bem-sucedida de proteger o bebê, e também a versão na qual percebe que está ferida mas, ainda assim, conseguindo gesticular para um outro transeunte, avisa que está grávida e que, acima de tudo, o bebê precisa ser salvo.

Mas nenhuma dessas coisas aconteceu. A ambulância levou Liz diretamente para o Columbia Presbyterian. No fim das contas, a proximidade do hospital não fez diferença e eu não gosto de pensar no estrago que aquelas balas fizeram em Liz e no feto, que, com quase oito meses, poderia ter sobrevivido fora do útero. Pedi para ver meu bebê. Duas enfermeiras e depois um médico me impediram. Eu implorei, chorei e esbravejei histericamente. Não, disseram, em hipótese alguma. Quando disse que chamaria um advogado da Corporação, um dos médicos sentiu-se ameaçado e pediu que eu esperasse alguns minutos. Apareceu então um dos administradores do hospital, um homenzinho franzino e cansado, com uma folha de papel na mão, que me conduziu à sua sala.

"O senhor está em estado de choque, senhor Whitman, é preciso que entenda."

Isso não me impressionou. "Quero ver meu filho", eu disse.

"Não posso permitir."

"Por quê?"

Ele me observou.

"Por quê?", repeti.

"Simplesmente não podemos permitir."

"Por quê?", insisti. "Você tem que ter uma razão."

Ao ouvir isso, o administrador do hospital meneou a cabeça e disse: "Bem", suspirou ele, cansado e de certa maneira indiferente, "na opinião abalizada do cirurgião do setor de emergências, foram usadas balas explosivas, um item muito popular em certos grupos populacionais". O bebê era uma menina, acrescentou, agora lendo a folha de papel que tinha na mão, com formação perfeita, absolutamente saudável, cerca de cento e setenta gramas mais pesada que a média para trinta e quatro semanas de gestação. Ela havia virado cedo — como se estivesse ansiosa para nascer, pensei. Não fosse isso e é possível que a bala tivesse passado entre seus pés. Mas, prosseguiu o administrador, encarando-me, com o bebê já em posição de parto, virado para baixo, a bala atingira-lhe a cabeça. Quase nada sobrou.

"Lamento", concluiu o homenzinho.

Entrementes, Liz resistia, seu corpo tentando sobreviver tanto aos ferimentos quanto à malsucedida cesariana de emergência. Ela nunca recuperou a consciência, o que considerei uma coisa boa, pois, embora eu não tenha tido a oportunidade de me despedir, tampouco precisei dizer-lhe que seu bebê havia morrido. Ela mesma morreria dois dias depois de baleada, tarde da noite, enquanto eu dormia na sala de espera. As enfermeiras esqueceram de me acordar e, na manhã seguinte, encontrei um leito vazio e sem lençóis no quarto que ela ocupava. Só fui atinar para o terror da situação quando, na morgue do hospital, onde estavam também alguns funcionários de avental branco, me vi diante do cadáver. Lembro-me de ter ouvido um rádio ligado no outro lado da sala. Tocava uma canção raivosa e pesada dos Rolling Stones. Virado para cima, o rosto de Liz era a careta semicerrada da morte, os olhos semi-abertos, sem nada ver, indiferentes ao meu rosto enquanto a olhava. *Estou tão cansada, Jack*, sua expressão parecia dizer. O ar em torno de mim bramia. Durante a gravidez, haviam pipocado na pele de Liz pequenas espinhas temporãs, marca de fertilidade, e, vaidosa, ela as cobrira com algum creme cor da pele; agora, na morgue, eu notava que a máscara de oxigênio removera a coisa pastosa de sua cara. Isso me fez sentir grande afeição por aquelas pequenas espinhas e pelas primeiras rugas, pela celulite e flacidez que já habitavam o corpo de Liz, uma mulher de apenas trinta e um anos. Puxei o saco plástico branco o suficiente para ver um dos orifícios em forma de estrela por onde saíra uma bala, agora costurado com uma grossa linha preta. Mas percebi que a nudez dela diante dos funcionários da morgue era uma violação gratuita e rapidamente tornei a cobri-la. A ponta do nariz de Liz estava fria. Os lábios, quando me debrucei para beijá-la uma última vez, estavam duros como pedra. Este foi, portanto, o primeiro grande desvio da rota que havia planejado para mim. Vejo agora que tudo começou aí.

O pesar foi devastador, tornou-me um monstro faminto de desejo homicida de vingança. Eu evidentemente até então acreditava que esse tipo de coisa só acontecia com as *outras pessoas*: os membros de gangues, os viciados em crack, os otários, os inúteis. Mas, agora, tinha a sensação de que a vida da minha querida Liz de olhos azuis valia muito mais que as vidas somadas de um bando de moleques cheios de cocaína na cabeça, vadiando nas esquinas e maltratando a língua inglesa ou mendigando um trocado nas estações de metrô. Toda vez que via um adolescente empertigado com uma correntinha de ouro no pescoço, sentia-me como se estivesse diante do assassino de minha mulher. *Esse cara pode ter sido o cara.* Pensei, como retribuição, em comprar uma arma e simplesmente ir até o Harlem e escolher alguém, qualquer um, algum filho da puta miserável. Porra, e por que não? Dentro de uma perspectiva mais profunda de justiça, parecia-me razoável. Eu estava enlouquecido, é claro, era um homem cuja dor fizera explodir sentimentos racistas reprimidos. Eram pensamentos horrorosos, mas eu os tive, alimentei-os, acreditei neles — pareciam corretos e justos. Fiquei em cima dos investigadores da polícia, mas todas as testemunhas diziam lembrar apenas do BMW prateado — "com aquele maldito vidro fumê, cara" — e que dentro dele havia vários jovens negros, que as caixas de som reverberavam em alto volume, e que ouviram uma absurda risada depois que a arma apareceu no vão da janela elétrica e disparou.

Para ser justo, para distribuir generosamente a dor, o atirador conseguiu que a minha não fosse a única perda provocada pelo episódio. Uma das balas atravessou a vitrine da mercearia, ricocheteou em uma caixa registradora e, zunindo no ar, destruiu a traquéia de uma velha negra que examinava cebolas verdes dentro da quitanda. Ela sobreviveu. Uma outra bala também atravessou a extensão da loja e, num quartinho nos fundos, alojou-se no coração perfeito de um garoto coreano de treze anos que estava de pé sobre uma caixa de verduras virada para baixo, matando-o instantaneamente.

O *New York Times* publicou duas matérias sobre o duplo assassinato, porque uma das vítimas era uma mulher branca que estava grávida e tinha diploma universitário; o que aconteceu a ela é o que a camada seleta que lê o *Times* mais teme — a probabilidade crescente, à medida que o tempo passa, de a cidade cobrar um preço alto pelas oportunidades que oferece. O repórter, um sujeito de nome Weber, ouviu profissionalmente o meu lamento. Também os tablóides sensacionalistas cobriram o fato; se você morava em Nova York na época e lia o *New York Post*, é possível que tenha passado pela foto de um homem segurando uma pasta e olhando para baixo, para alguma coisa que simplesmente não aparece na foto. O flash da câmera ilumina uma mandíbula dura e petrificada, mas não as cavidades sombrias de seus olhos escondidos. ESPOSA GRÁVIDA ASSASSINADA POR BALAÇOS DISPARADOS DE CARRÃO, dizia a manchete. Não se pode ter certeza se o homem está olhando para a sepultura da esposa ou para a profundeza do ódio que sente do assassino. Na época, odiei todo mundo, inclusive eu mesmo, por não ter salvo Liz. E odiei os jornais por transformarem meu tormento em diversão barata para as massas.

A falta de um suspeito e a ocorrência de mais um crime horroroso poucos dias depois (quando o crânio e partes de uma bailarina foram encontrados dentro de um caldeirão, em um apartamento no East Village) fizeram com que a morte de Liz desaparecesse rapidamente da memória pública. Todos sabem que a carnificina em Nova York não pára. Mas isso não mudava o rumo das coisas: malucos começaram a ligar para mim, dizendo-me excitados que lamentavam muito — "Puxa, que desgraça foi acontecer!" —, que sabiam quem era o culpado e que me contariam se lhes desse algum dinheiro; outros diziam que Liz ainda estava viva, vegetando em coma em alguma ala perdida do hospital, conseqüência de um erro de identificação da burocracia. Uma mulher desesperada mandou-me uma carta perfumada, perguntando se eu gostaria de me casar de novo — junto havia uma foto, que eu examinei e mandei de volta.

Foi quando me refugiei na casa decrépita e descuidada com fachada de arenito pardo da sra. Cronister. Eu, é claro, continuava sendo o legítimo proprietário do imóvel e ainda estava obrigado a seguir pagando o financiamento. Na casa vazia, contudo, eu sentia o assustador consolo de saber que era ali que Liz queria morar. Tudo que eu queria era estar o mais cansado possível, cansado demais para sentir ou pensar ou lembrar. Tempos depois, quando a polícia começou a colher nas ruas informações sobre o crime e conseguiu chegar a um suspeito, foi-me negada qualquer possibilidade de ver o assassino de Liz ou de entender as motivações dos que lhe tiraram a vida com a alegria de quem passa um dia no parque. O suspeito de puxar o gatilho era um certo Roynell Wilkes, um sujeito de vinte e um anos, comum em todos os aspectos, inclusive no que diz respeito à ficha de crimes e aos dois dentes de ouro que brilhavam em sua boca. Escolhi odiá-lo da pior maneira possível — imaginando-o um coitado que abandonou a escola na nona série, um cabeça oca, vestido em uma jaqueta dos Los Angeles Raiders larga demais para seu corpo, que comprava os violentos vídeos de rap que a Corporação vendia aos milhões, um garoto sem consciência, um mau consumidor, um covarde trajando calças *baggy* e tênis modelo Air Jordan. Mas a coisa estava longe de ser assim tão simples. Soube mais tarde que, quando criança, Wilkes tinha sido espancado pelo pai quase até a morte inúmeras vezes, o que lhe prejudicou a capacidade de aprendizado e o levou a uma seqüência de repetências na escola. Mas o jovem Wilkes, ao contrário de Liz, foi assassinado de propósito. Encontraram o corpo uma madrugada, algemado ao volante daquele mesmo BMW, estacionado em frente a uma floricultura do Harlem, com duas balas na parte posterior do crânio coberto por cabelo cortado rente e dez notas novinhas de cem dólares enfiadas no fundo da garganta. Também esta cena mereceu uma foto no *Post*: dava para ver que o corte de cabelo de Wilkes tinha o detalhe de um raio e, em constraste, que o rosto, na paz da morte, era suave e mesmo doce. Meu coração não era grande o bastante para perdoá-lo, mas nunca consegui me sentir feliz por sua morte. Não. Embora contra a minha vontade, fiquei triste com essa morte; percebi que Wilkes, em última instância, fora morto pela mesma coisa que matara Liz. Ambos haviam sido mortos pela cidade.

Assim, desapareceu o objeto da minha vingança, mas não o meu pesar. Acabei me retraindo, mergulhando fundo em mim mesmo e me escondendo no trabalho na Corporação, devorando documentos, promovendo reuniões e dando telefonemas com o fervor de quem nunca deve pensar demais. Amigos sugeriam que eu me tratasse com um "terapeuta especializado em sofrimento" por alguns meses, que saísse com mulheres ou viajasse. Em vez disso, depois do enterro voltei a trabalhar. Eu não podia fazer nada a não ser trabalhar. Minha tendência de lembrar o que havia acontecido foi aniquilada pela máquina do trabalho. Bush foi empossado na Casa Branca, a grande década de ouro entrou em queda livre e espatifou-se, mas mesmo assim a Corporação continuou prosperando. O país mergulhou numa terrível recessão e a Força Aérea dos Estados Unidos incinerou milhares de soldados iraquianos. A Corporação enviou cinco mil fitas de vídeo de nossos filmes para o fronte. Os soldados assistiam nas barracas. Foi idéia minha. Nós estávamos muito endividados, mas não parávamos de ganhar dinheiro. A Corporação — a maior companhia americana de comunicação e entretenimento — é muito, muito boa quando se trata de ganhar dinheiro. Em meu departamento, no vigésimo andar, fiquei conhecido por minha estranha e fria ambição. De um jeito perverso, minha sorte mudou com o assassinato de Liz; sua morte liberou o meu lado pior e mais eficiente. Morrison, o segundo homem da Corporação, começou a prestar atenção em mim quando minha subdivisão apresentou um lucro de 49 milhões de dólares graças ao meu plano de marketing. Morrison havia perdido metade de uma perna e a maior parte de uma mão no Vietnã, onde esteve como oficial da Marinha; ter sobrevivido deu-lhe confiança equivalente à de cinco homens. Os combates lhe mostraram que não passamos de sacos de carne ambulantes, e, quando se chega a esta conclusão, é possível bolar toda espécie de planos brilhantes. Morrison também possuía um veio malicioso e oportunista — eu sabia disso já naquela época — e concluiu que a perda pela qual eu passara era vantajosa para ele. Havia possibilidades para mim. Promoveu-me de repente para o trigésimo nono andar, onde o ar-condicionado era mais forte e o papel higiênico mais suave, e onde vinte e cinco pessoas tocavam todo o maldito negócio, dirigindo o trabalho dos quarenta e seis mil funcionários da Corporação. Meu novo título era uma daquelas seqüências de palavras sem significado que começam com "vice-presidente de". Surgiram então os trabalhos especiais, os jantares, os aumentos, as opções de ações. Eu não pisei na bola; fiz tudo certinho e parei de me preocupar com a prestação da casa todos os meses. A lavanderia começou a mandar alguém apanhar minhas camisas sujas em casa e a devolvê-las limpas e passadas. Isso durante alguns poucos anos. Meu nome não apareceu no relatório anual, com as fotos coloridas do Presidente do Conselho e de Morrison e mais quatro ou cinco executivos-chaves empertigados. Mas eu andava nos carros da Corporação com eles, tinha acesso a todos os orçamentos e ia a reuniões fechadas. Morrison não gostava muito de mim como pessoa, mas via que eu poderia ser útil. É isso que os chefes procuram, mesmo no meu nível — utilidade.

Eu tinha acabado de entrar na sala de minha casa — estava pensando na mulher do metrô, lembrando seus lábios carnudos e seus olhos escuros — quando Morrison me achou novamente. Sua voz reverberava na secretária eletrônica: "Recebi a ligação de Bonn esta noite, Jack. Eles estão prontos para começar a negociar. Há alguns problemas, é claro — o fator sucessão e também os valores das ações, que estão muito discrepantes, mas agora nós vamos...". O resto da mensagem era sobre uma reunião que teríamos no dia seguinte. Estávamos ganhando velocidade. Aceleração e desaceleração são duas qualidades necessárias em um Presidente Executivo. Alguns meses antes, Morrison havia reunido secretamente o pessoal fiel a ele e anunciado que estava propondo uma fusão entre a Corporação e a Volkman-Sakura, o outro gigante das comunicações no mundo, ela própria resultado da compra, em 1991, do fabricante de equipamentos eletrônicos japonês pelo conglomerado alemão de comunicações. Morrison nos disse que o Presidente do Conselho não sabia do negócio, mas essa era apenas uma das dificuldades que teríamos que enfrentar. Juridicamente, a fusão seria muito complicada mas não impossível. Os advogados encontrariam uma forma de driblar as limitações da Agência Federal de Comunicações em relação à propriedade de veículos americanos por estrangeiros. Vários acionistas ficariam chocados e imediatamente processariam a Corporação, mas ele contava com que os arbitradores comprassem grandes lotes de ações visando a diversificar seus investimentos em marco alemão, na época uma moeda muito mais forte que o dólar americano. O governo seria favorável. Algumas garantias haviam sido oferecidas e amizades-chaves alimentadas. Nós, da equipe de Morrison, elaboraríamos uma proposta de integração dos mercados e produtos das duas companhias. Uma tarefa imensa. Era um negócio muito maior do que a aquisição por 6 bilhões e 100 milhões de dólares da MCA pela Matsushita, em 1990. Passado o choque inicial, ficamos excitados e começamos a imaginar como seriam nossas carreiras nesse esquema. Ninguém fora do trigésimo nono andar sabia do plano. "O Deutsche Bank aprovou o financiamento, em teoria, desde que o valor de nossas ações permaneça dentro de uma faixa média flutuante de três pontos por trinta dias", prosseguiu Morrison. "Isso é bom" — e fez uma pausa. "Mais uma coisa, Jack: que tal conversar um pouco em particular na minha sala, depois do almoço? Nada de muito especial, coisa rápida. Vejo você amanhã."

Todo mundo conhece o nome da Corporação. Todo mundo assiste aos filmes que sua divisão de entretenimento coloca no mercado — atualmente, quarenta por ano —; grandes filmes, com todas as estrelas que todos conhecemos, em cartaz simultaneamente em 9 mil cinemas espalhados por todo o país. E todo mundo lê os produtos da divisão de revistas — publicações semanais de interesse geral, publicações específicas sobre esportes, finanças etc.; todo mundo assiste às emissoras da divisão de TV a cabo e compra os livros de receita, de auto-ajuda, as biografias de celebridades, os romances e mesmo os livros de colorir da divisão editorial da Corporação, como aquele que a garotinha no metrô estava pintando; o mundo inteiro compra os CDs e fitas cassete criados nos feudos da divisão de música. A Corporação é o maior distribuidor mundial de programas de TV, licenciando mais de 18 mil horas de programação em mais de cem países e em quinze línguas. Os botões são pressionados e da linha de montagem sai o tremulante colosso da cultura pop. A única questão é se o produto vai ou não andar, se vai tocar, se as pessoas vão comprar. O cidadão médio não se importa com a origem do produto, quer apenas comprá-lo — as notícias, a música, as comédias, os jogos de auditório, as novelas, os filmes, os parques temáticos grosseiramente assépticos (hoje em dia a Corporação possui dezesseis), os fanzines, os best-sellers, as continuações, as últimas novidades de todos os segmentos. A Corporação está sorrateiramente entrando até mesmo na área de programas de promoção jornalístico-comercial que passam tarde da noite e também no segmento de serviços telefônicos do tipo disque-900. Ela está costurada por dentro de nós, possui informações sobre quem somos e como vemos o mundo. Agora mesmo, enquanto você respira, ela está crescendo, comprando subsidiárias — qualquer coisa por menos de 100 milhões de dólares nem chega a ser considerada —, gravadoras independentes, conjuntos de cinemas na Rússia, estranhas unidades de pesquisa de informática na Califórnia, estúdios de TV no Brasil, novas e promissoras editoras de revistas em quadrinhos, pequenas produtoras de filmes. A Corporação cresce como uma mulher gorda que se esfalfa irresponsavelmente diante de uma mesa de tortas, enquanto os outros se encolhem estupefatos e horrorizados diante de tanto apetite. Se acontecesse de ela tombar, a Terra inteira estremeceria; apenas pelo próprio peso consegue manter-se de pé. Esta é a *grande* corporação de entretenimento e comunicações da América, muitas vezes maior que a Disney, Paramount e todas as outras, aquela cujas ações são consideradas *blue chips*, investimento com perspectivas extraordinárias de ganho também no próximo século e, portanto, compradas pelos bancos japoneses e alemães, por todas as universidades e outras instituições com dotações milionárias — pela Universidade Columbia, onde me formei, por Harvard e pela Fundação Ford. Todos os megafundos de pensão, como o dos servidores públicos da Califórnia, o estado de Nova York, o sindicato dos professores do Texas, têm ações da Corporação. Aqui vão alguns números. Receita anual em 1992: 32 bilhões e 600 milhões de dólares; lucro anual, sem contar juros, impostos, depreciação e amortização: 4 bilhões e 600 milhões. Classificada, em valores de mercado, na qüinquagésima sexta posição entre as companhias de capital aberto do mundo. Lá no alto, no trigésimo nono andar, eu vivia no centro de tudo isso.

A mulher de lábios memoráveis acompanhada de sua filha adorável e inocente olhara para mim e não vira nada, exceto um sujeito com cabelos ralos usando um bom terno que cheirava a bebida e solidão. Isso me pareceu uma conclusão razoável. Ela esperara o metrô ir embora e sorrira para a filha um sorriso que dizia "moço engraçado, dando esse cartão engraçado", como forma de desfazer a preocupação estampada no rosto da menina. Caminharam em seguida para a saída da estação e largaram o cartão em alguma lata de lixo. Um minuto depois a mulher já tinha esquecido todo o caso. Esqueça, pensei com meus botões, você nunca vai tornar a vê-la. Escovei os dentes e tomei minhas pílulas de nizatidine trezentos miligramas. O tipo de acidez que tenho é grave e precisa ser tratado com remédios. Não é uma úlcera, que se forma um pouco mais embaixo, no estômago; no meu caso, fica mais em cima, na garganta — *doença do refluxo erosivo gastroesofagal* é o nome técnico. A gente acaba ficando expert quanto ao seu funcionamento; manifesta-se através de leves pontadas no peito, como pequenas cabeças de fósforo que acendem e apagam em um segundo, ou através da lava de verdade, que atravessa o esfíncter no alto do estômago e jorra para o esôfago, fazendo você tossir uma tossezinha rápida, inútil, a cada quinze segundos. Às vezes provoca vômitos. Você toma as pílulas todas as noites, mas, como isso não resolve o problema completamente, acaba tomando um copinho de Di-Gel ou Maalox para arrematar. Argh, glupt, argh. Maalox. Isso ou Milanta. Eu usava todas essas marcas. Já engoli barris dessa merda. E mastiguei os tabletes — Tums, Rolaids, meia dúzia deles, no mínimo. Mas a acidez sempre volta — ela queima, gruda na garganta.

Naquela noite de abril, tão distante agora, ajustei o despertador para as quatro da manhã e fui para a cama como sempre ia para a cama, sabendo que a manhã seguinte seria uma ressurreição sofrida da cova do sono, a vaga do dia me puxando dos lençóis. A Terra clamorosa e esfumaçada começaria a girar estrepitosamente em torno de seu eixo e eu, depois de um banho, mais uma vez me veria de pé, nu diante da cômoda, olhando a bagunça da gaveta das cuecas e meias, no fundo da qual havia moedas, camisinhas não usadas e comprovantes de entrega de roupa da lavanderia chinesa, tentando achar um par de meias iguais, pensando no que teria que fazer naquele dia — obter os números relativos a uma *joint-venture* para construir cinqüenta conjuntos de cinemas com várias salas no Japão, planejar um almoço "fino" com os distribuidores sul-americanos dos filmes da Corporação ou fosse qual a tarefa do momento —, pegando uma meia azul e comparando-a com outra, cansado do trabalho de comprar coisas e da solidão. Que vida idiota. Quando crianças, nunca imaginamos o tédio e o sofrimento da vida adulta, a lugubridade massacrante de tudo. As xícaras de café. O desaparecer dos anos. Eu temia estar ficando igual ao meu vizinho, Bob alguma coisa, um vendedor de artigos hospitalares de pouco mais de quarenta anos, duas vezes divorciado, que discretamente vivia trazendo para casa mulheres de um ou outro tipo, sempre solteiras. Essas mulheres traziam no rosto um sorriso de esperança contida — *talvez, talvez, talvez seja ele!* —, mas, como o sol que nasce todos os dias, na semana seguinte, no mês seguinte, Bob aparecia com outra. Ele andava meio curvado, tinha aparência desprezível, usava bigode ralo e caminhava com um balanço gorduroso. Nas manhãs de fim-de-semana, eu às vezes via Bob por acaso através da janela da cozinha de sua casa, fazendo café vestindo sunguinhas pretas. Ridículo nas cuecas apertadas, o corpinho de atleta perdido vinte anos antes, a bunda enrugada, caída e triste, uma cigarrilha pendurada nos lábios, ele me lembrava que os homens que não conseguem arranjar na vida um bom casamento costumam estar fadados a uma deterioração lenta e óbvia.

Eu não queria ser um desses homens. Muitos dos casais que eu e Liz conhecêramos juntos agora tinham filhos, e eu ficava chocado com o gritante amor físico que tinham pelas crianças e com o modo como era retribuído — garotos de dois anos se encarapitando nas coxas da mãe, menininhas lascivas cravando os dentes no peito do pai. Eu sentia falta disso, o arco natural da vida que fora roubado de mim. Todo dia que eu não achava uma mulher e não formava uma família era um dia vivido em solidão crescente. Acho que, se podemos nos imaginar morrendo sozinhos, sem o amparo de pessoas amadas, acabamos encarando a vida de uma maneira peculiar; as implicações de uma morte solitária, sem amor, agem retroativamente no tempo, alcançando o momento em que essa morte foi imaginada. Ao meu redor, na Corporação, havia homens e mulheres muito espertos que morreriam sozinhos. Alguns sabiam, outros não.

Eu estava deitado no escuro, olhando as sombras deslizarem pelo teto. Só agora entendo que as coisas já estavam em movimento. Só agora vejo que deveria ter dado atenção ao velho sibilo venenoso da voz de Morrison quando disse que nossa conversa não teria "nada de muito especial". Ele estava mentindo sem constrangimento algum e eu deveria ter percebido. E o que eu *não* deveria ter feito, nunca, por mais solitário que estivesse, era comportar-me com a generosidade irresponsável com que me comportei no metrô naquela noite, oferecendo como quem não quer nada o meu cartão de visita a uma mulher linda e desconhecida.

2

Sem ser convidada, a madrugada chega e arremessa você contra o dia. Na manhã seguinte, parei na esquina da Sexta Avenida com a rua 49 para esperar o sinal de pedestres abrir; no Rockefeller Center, o sol fazia brilharem as magras árvores criadas em prancheta de decorador. Do outro lado da rua, devidamente uniformizada, a equipe de manutenção da Corporação já tinha enxotado os indigentes dos bancos localizados no pátio, sob a marquise do edifício, e, usando jatos d'água, removia o mijo e o lixo acumulados no local na noite anterior. Os homens se mexiam devagar, trabalhadores horistas sem nenhuma pressa. Ao sinal verde, atravessei a rua. No saguão, um homem empurrava lentamente uma enceradeira industrial sobre o reluzente piso de mármore cor-de-rosa, liso como se tivessem espalhado mousse de salmão sobre sua superfície. Passei pelos registros computadorizados do edifício e com um leve gesto de cabeça cumprimentei Frankie, o velho guarda-noturno; apesar de sonolento ao fim do turno de trabalho, ele saiu de seu banquinho e acompanhou-me até o elevador privativo, que só parava entre o trigésimo oitavo e o quadragésimo primeiro andar. Logo que entrei, a campainha soou brandamente e as portas escorregaram uma em direção à outra.

"Espere!", ordenou uma voz feminina. "Estou subindo!" A fenda de cinco centímetros entre as portas do elevador foi invadida por uma mão — cinco unhas vermelhas em cinco longos dedos e o punho de um blazer. As portas reabriram automaticamente e lá estava a presença esguia e loira de Samantha Pipes.

"Bom dia, Jack!" Samantha lançou-me seu habitual sorriso umedecido, que sugeria grandes prazeres mas reservava apenas decepções, e entrou no elevador seguida de uma lufada de perfume, cheiro de maquilagem e hálito de café. "Eles vão nos contrariar em *tudo*! Uma reviravolta em todo o mercado! O preço das ações, a sucessão na administração, vão implicar com *tudo*, você não acha? Mas nós temos que fazer o negócio! E eles também!", disse entusiasmada. "É a coisa mais lógica!" Ela então se virou e começou a apertar furiosamente o botão de fechamento das portas do elevador. "Odeio esperar todo mundo. Vamos subir eu e você."

Deslizamos suavemente e sem escalas até o nosso andar. A fisionomia suave, quase angelical de Samantha ocultava a intensidade e a inteligência de sua mente. Você talvez nem suspeitasse que ela era especialista em advocacia cível, com trânsito no foro especial de Delaware, sede jurídica da maioria das grandes companhias americanas. Eu e ela, acompanhados do meu rival, Ed Beales, tínhamos galgado juntos os degraus da hierarquia. Quando não estava com os conjuntinhos formais que costumava vestir no trabalho, Samantha era dada a usar vestidos de seda, em geral azuis ou verde-escuros, e, exceto por um detalhe — ou talvez por causa dele —, era uma mulher estonteante. O defeito era o seu olho esquerdo, cuja delicada íris azul voltava-se para dentro. Samantha era vesga.

"Reli seu plano de operação conjunta ontem à noite", disse Samantha checando a maquilagem, o painel de latão do elevador servindo-lhe de espelho. "É *bom*, muito bom. Eu tinha *esquecido* que eles têm quatro satélites sobre a África, sobre todos os grandes mercados. A Nigéria é *grande*, cento e vinte milhões de pessoas. E a Ásia então! Indonésia, cento e noventa e cinco milhões! As curvas de estimativa de crescimento populacional são impressionantes! Em vinte anos os mercados serão *gigantescos*, Jack!"

"Até onde posso ver, Samantha, se nós não aproveitarmos esta oportunidade agora, alguém o fará em cinco minutos."

"Eu sei!", disse ela, as sobrancelhas erguidas. "É o *futuro*! E quando eles compraram todos aqueles cinemas na China? Os chineses estão se saindo os melhores capitalistas *do mundo*. E eles têm também o contrato exclusivo de implantação de telefonia celular na Polônia! Você já tomou *café*? Acho que exagerei na dose esta manhã. Acordei e fui correr no Central Park. Dei *duas* voltas."

"Dezenove quilômetros?", perguntei.

"Eu não estava pensando em nada! Ia apenas correndo! Espalharam veneno de rato por todo o parque. É claro que o nosso famoso Presidente do Conselho não vai ficar exatamente feliz quando lhe contarmos o que estamos tramando", continuou Samantha com a voz agora mais contundente, "mas chega uma hora... ele *suspeita*, eu sei. Só um *idiota* não suspeitaria! Agora temos que fazer com que o velho se mexa, de *algum jeito*." Ela observou minha reação. Isso era algo estranho vindo de Samantha, embora tivéssemos uma afeição antiga um pelo outro, o que explicarei mais tarde. Quando a conheci, o problema no olho era muito pequeno; na verdade, chegava a ser charmoso, porque ela parecia profundamente concentrada na pessoa com quem estava conversando. Mas ela um dia procurou um cirurgião, um oftalmologista famoso e caro que atendia no Upper East Side, e, em vez de corrigir o irrequieto olho azul, ele piorou as coisas, de modo que agora, quando Samantha ficava agitada ou entrava numa discussão, a íris escapava em direção ao nariz. O processo por negligência no exercício da medicina movido por Samantha, que se baseou no testemunho de peritos e na suposição de que o medalhão havia bebido um copo de vinho no almoço duas horas antes da cirurgia, reduziu o cirurgião a cinzas e foi registrado nas revistas especializadas de direito. É estranho, mas o fato de aquele olho ter ficado permanentemente desaprumado tornou-se um trunfo para Samantha, que no calor de uma discussão de repente adquiria uma qualidade típica dos quadros da fase cubista de Picasso: fazia os interlocutores se sentirem *desconfortáveis*. A somatória de argumentos apaixonados e sólidos com o globo ocular desobediente desconcertava consultores experientes e advogados importantes, os quais subitamente sentiam esvair a convicção que tinham em suas próprias opiniões. Eles faziam uma pausa, tentavam decidir para qual olho de Samantha deveriam olhar, balbuciavam alguma coisa, ela contestava, eles se perdiam. Samantha estava jogando um jogo em que a aposta era muito mais alta; se ela não podia ter dois olhos perfeitamente alinhados, então teria todo o resto, fosse o que fosse.

O elevador parou macio no trigésimo nono andar, e eu e Samantha, como sempre, evitamos o salão de entrada grande e formal, com suas divisórias revestidas de teca e paredes de vidro de segurança à prova de bala, e entramos direto por uma porta discretamente localizada ao lado do elevador. Como todos os dias, havia uma bandeja de frutas frescas e doces sobre a mesa de recepção. "Mmmmm!", murmurou Samantha ao colher um robusto morango e deixá-lo cair na boca. Segui seus saltos altos e pernas bem-torneadas pelo corredor decorado com imagens emolduradas da história da Corporação. Como de hábito, éramos os primeiros do trigésimo nono andar a chegar. Ambos trabalhávamos nas salas menores reservadas aos vice-presidentes, no corredor dos fundos, face norte do edifício. A enorme sala-suíte do Presidente ficava na ponta nordeste e era ladeada pela sala da sra. Marsh, a única secretária no edifício que tinha uma janela. O gabinete do presidente executivo, Morrison, ficava na outra extremidade do corredor, no canto noroeste. Todas as nossas janelas davam de frente para o Central Park, a nove quadras dali, e eu costumava ficar de pé diante da vidraça olhando os distantes e minúsculos bordos e faias, os times de *softball* e as figuras sentadas nos bancos do parque; nesses momentos de contemplação, eu quase sempre pensava em Liz. Costumávamos caminhar e passear de bicicleta no parque. Comíamos sanduíches de peru. Também foi lá que a pedi em casamento. Devaneando diante da janela, eu me testava tentando ver se me lembrava de seu rosto. Às vezes não conseguia.

Agora, do outro lado da parede de minha sala, eu podia ouvir Samantha escutando as mensagens deixadas em sua secretária eletrônica.

"Samantha", gritei da porta, "com quantos namorados você vai sair esta semana?"

"Não o suficiente!", gritou ela do outro lado.

"Vamos almoçar."

"É uma pena, mas não posso. Já tenho compromisso."

"Algum rapazote na mira?"

"Sim", respondeu ela, "ainda não testado."

Depois de uma seqüência de casos corriqueiros, Samantha agora desprezava as atenções de homens na casa dos quarenta anos e bem-situados profissionalmente que tentavam compensar a capacidade sexual minguante com o vigor da riqueza e seus símbolos — carros novos, hoteizinhos charmosos em estações de esqui, viagens exóticas. Acho que ela havia chegado à conclusão de que sua carreira não deixava lugar para casamento ou filhos. Mas poderia haver compensações. Samantha passara a preferir os braços longos e costas largas dos jovens de vinte anos da equipe de remadores da Universidade Columbia e, às vezes, acompanhava as regatas de sua própria lancha de quarenta pés. A cada um ou dois anos, ela escolhia um novo rapaz e o seduzia com a objetividade voraz que falta às mulheres mais jovens. O calouro ou formando em questão era inevitavelmente de alguma cidadezinha do interior de Ohio ou Connecticut e marcava presença, ainda que pela timidez, nas tradicionais festas de Natal que Samantha dava todos os anos. Ela o apresentava aos convidados com um "este é o meu amigo" dito com absoluta indiferença. Mike ou Tom ou Larry parecia visivelmente lisonjeado com os cuidados caros que lhe dedicava Samantha — uma dúzia de camisas da Bloomingdale's, abotoaduras de ouro, qualquer coisa — e com certeza via na lascívia dela um desafio aos seus próprios dotes atléticos. Também não há dúvida de que contribuía para a autoconfiança do jovem musculoso o fato de Samantha declarar que ele não deveria se sentir comprometido. Ela abusava sem cerimônia do serviço de táxi com o qual a Corporação tinha conta para mandar buscar seus rapazes no bairro de Morning Heights e trazê-los para o East Side. Seu comportamento no trabalho revelava a lucidez fria de mulher que conseguira transformar sexo em mercadoria destinada a oferecer prazer máximo e preocupação nenhuma. Quando chegava a hora de descartar o jovem, ela se tornava irritadiça até substituí-lo. Todos conhecíamos esse lado de Samantha Pipes e de certa maneira nos sentíamos ameaçados. Ela entendia isso como um trunfo.

Naquele dia, pouco antes do almoço, Helen Botstein, minha assistente, entrou na sala, fechou a porta e sentou-se na cadeira em frente à minha mesa. "O pessoal da segurança avisou que há algumas pessoas no saguão do edifício querendo falar com você", disse ela.

Eu estava concentrado na preparação de vários relatórios para a reunião que haveria naquela tarde. "Pessoas?", perguntei. "Sempre há pessoas por aqui. E umas figuras patéticas também."

Helen deu um sorriso forçado. "Eu não quis incomodá-lo e desci para ver do que se tratava. É uma mulher", disse ela. "Com uma criança."

"Uma mulher e uma criança? E o que elas..." Foi quando me dei conta.

"Ela diz que conhece você."

Lembrei-me do rosto da mulher.

"Diz que você deu um cartão a ela. Jack, a mulher está com um olho seriamente machucado. Eu as trouxe aqui para cima e dei um pouco de leite à garotinha", explicou Helen. "Ela é simplesmente linda, como a mãe."

"Estão aí fora?"

"Sim", sussurrou Helen.

"A mulher provavelmente está usando roupas bem sujas."

Mexendo a cabeça, ela respondeu que sim, quase em lágrimas. Helen queria ter filhos quase tanto quanto queria respirar; fazia três anos que tentava engravidar e agora estava fazendo um tratamento de fertilidade. "A garotinha tem o cabelo todo encaracolado."

"Sim."

"Mando entrar?"

"Por favor."

Helen levantou-se e abriu a porta sem emitir som algum.

Com a mesma pose altiva que eu vira no metrô, a mulher entrou na sala; segurando a filha com firmeza pela mão, atravessou o tapete persa sobre saltos visivelmente gastos e sem olhar para trás. Helen saiu e fechou a porta. Estava com o mesmo casaco imundo que eu vira antes. Os mesmos lábios maravilhosos, o mesmo corpo. Mas o que me chamou a atenção — e também me assustou — foi o ferimento em torno do olho esquerdo: um brilhante inchaço assimétrico, intumescido e claramente dolorido. Em algum instante das quinze horas transcorridas desde que eu a vira na noite anterior, alguém fizera um belo estrago naquele olho. A garotinha escapuliu da mão da mãe e correu para a janela da sala, grudou as mãozinhas espalmadas no vidro e ficou olhando os táxis amarelos passando na rua. A mãe permaneceu parada no meio da sala, os braços caídos ao lado do corpo, ignorando a filha por um instante, e me encarou. Não se aproximou o suficiente para um aperto de mão e pareceu estar se perguntando se não havia cometido um grande erro ao me procurar.

"Por favor, sente-se", eu disse.

"Obrigada." Eu podia sentir o aroma de seu perfume — alguma coisa barata, mas ainda assim floral e agradável. Apesar dos trajes e mesmo do olho deformado, era incrivelmente atraente. Despenteada, sim, sem roupas limpas e com um mínimo de maquilagem, talvez apenas uma fina camada de batom vermelho-cereja que contrastava com a cor escura dos olhos e dos cabelos, mas *robusta*, um corpo firme sob o casaco manchado. Equilibrada na ponta da cadeira, mantinha a bolsa presa entre as mãos. Pareceu-me apenas natural que ela falasse primeiro, já que tinha sido dela a iniciativa de me procurar.

"Sua... mmmm. A senhora Botstein disse que eu poderia entrar e conversar. O senhor me deu seu cartão."

A voz tinha a modulação característica dos nova-iorquinos, mas havia também algo levemente musical, como se ela tivesse crescido rodeada de pessoas que falavam de maneira bem distinta. Logo percebi que não se tratava do jeito socado dos haitianos pronunciarem as vogais, tão ouvido nos táxis e metrôs, e também não era o áspero sotaque dos porto-riquenhos. Era diferente. "Perfeitamente", respondi. "O que lhe disse no metrô era a sério."

Ela inspirou profundamente. "Meu nome é Dolores Salcines, senhor Whitman. E esta é Maria. Quando me deu seu cartão, não achei que... bem, não costumo falar com estranhos no metrô, mas decidi que apenas ligaria para ver se o senhor realmente trabalhava aqui." Ela parou um instante. "Bem, reconheci o nome da companhia e imaginei que deveria procurá-lo." Ela sorriu quase sem mexer os lábios e eu me perguntei se isso não fazia doer o ferimento no olho. "Conheço uma pessoa que instala os fios para a companhia de TV a cabo."

"Você se refere à Big Apple Cable?"

Ela balançou afirmativamente a cabeça. "O senhor é o dono, não é?"

"A companhia é a dona, sim." Estávamos falando da empresa de instalação de TV a cabo, que era controlada em grande parte por nossa divisão de televisão a cabo e constituía uma fatia ínfima do império da Corporação. As caminhonetes brancas com o logotipo da Big Apple e os funcionários de uniforme listrado circulavam por todos os bairros dos cinco distritos da cidade.

"Bem, eu já tinha ouvido falar na companhia e pensei que... bem, tive certeza de que..." Dolores Salcines olhou nervosa para mim. "Suponho que, como não tenho roupas, roupas *decentes*, sei que devo parecer uma indigente, uma *sem-teto*. Os guardas lá embaixo me olharam de um jeito bem ruim, mas acho que me deixaram passar porque eu estava com o seu cartão." Ela olhou a filha, cuja cabeça ainda estava colada no vidro. "O senhor se importa de ela ficar ali?"

"Não, claro que não." Vi seus dedos escuros se entrelaçarem com força. "Nem um pouco. Quantos anos ela tem?"

"Vai completar quatro daqui a dois meses."

"É uma criança linda."

"Ela não vai estragar nada."

"Não tem problema", disse, tratando de tranqüilizá-la. "Dolores", balbuciei, incapaz de evitar o assunto, "alguém *bateu*..."

"Eu sei." Ela de pronto admitiu envergonhada, os dedos se deslocando rapidamente até o olho. "*Por favor*, não me pergunte sobre isso — não é importante neste momento, não é exatamente um problema que o afete, senhor Whitman, acredite, eu sei. Vejo que está ocupado, vejo isso pelo andar em que está seu escritório — acho que pessoas como eu nem podem subir aqui, certo?"

"Normalmente não."

Ela se manteve calada um instante, sem saber como proceder. "Pensei, bem, que talvez o senhor realmente *pudesse* me ajudar. Não vou contar uma longa história, senhor Whitman. Preciso de dinheiro, preciso trabalhar. Imagino que tenha percebido isso ontem à noite."

"Pareceu-me que você precisava de ajuda", eu disse. "Mas antes de falarmos sobre um emprego, você se importa se eu mandar vir alguma coisinha para você comer, um café?"

"Não é preciso, obrigada." Mas ela se voltou para Maria, que havia descoberto uma pilha de revistas de capas reluzentes da Corporação sobre uma mesinha de centro chinesa, laqueada, escolhida para mim pelo "consultor de mobília" da Corporação, e agora as folheava e olhava anúncios de brilhantes e relógios de pulso e carros de 90 mil dólares. Chamei Helen e expliquei que precisávamos de alguns sanduíches, café e suco — qualquer coisa que o serviço de copa pudesse entregar imediatamente.

"Não estou aqui para pedir esmola", disse Dolores fechando todo o casaco em torno de si quando desliguei o telefone. "Sei que estou com uma aparência terrível, mas este não é o meu estado habitual; geralmente eu não ando tão feia assim... só preciso de um emprego."

"E você está morando em Manhattan?"

Ela fez um gesto vago com a cabeça enquanto girava sem pensar a aliança no dedo. "Roubaram minha mala e meu dinheiro no lugar onde estou ficando. É uma espécie de hotel, um lugar para pousar. Estive olhando uns apartamentos, mas são muito caros."

Quase lhe perguntei sobre o marido, mas me contive, pois cada pergunta de natureza pessoal parecia apenas uma afronta à impotência dela. Supus que tivesse baixa escolaridade e tentei imaginar funções que exigissem pouca ou nenhuma especialização ou treinamento. Todos os serviços de limpeza e cozinha eram contratados de terceiros. "Dolores, que tipo de qualificação você tem?"

"Eu me formei na escola católica do Brooklyn", disse ela. "Queria ser enfermeira mas as coisas se complicaram. Não trabalhei muito nesses últimos anos, estive cuidando de Maria." Sua mão subiu lentamente até o olho mas ela a recuou para o colo. "Estou procurando um emprego de horário noturno, para poder trabalhar enquanto Maria está dormindo."

"Então você não tem ninguém com quem deixá-la?"

"Não."

"Você sabe datilografia? Se souber, as coisas mudam muito."

"Sim", disse Dolores com uma ponta de esperança na voz. "Pelo menos eu *sabia*."

Depois de procurar na lista de telefones internos da Corporação, liguei para a senhora Triscott, uma troglodita que tinha a maldade como marca registrada; ela a usava para dirigir as sessenta almas esmagadas que trabalhavam no departamento de processamento de textos. Eu estivera lá umas duas ou três vezes nos meus primeiros tempos de Corporação. Era uma enorme sala de pé-direito baixo localizada no quinto andar, uma masmorra de pequenos cubículos ocupados por mulheres martelando teclados em frente a telas de computador. O departamento não parava nunca, processando cargas monstruosas de memorandos, relatórios, manuais de venda, catálogos etc. Sim, disse-me com nojo e aspereza a sra. Triscott, sempre tinha alguém saindo e havia algumas vagas.

"Tenho aqui uma amiga que acho que poderia fazer um bom trabalho."

"Que programas?"

Cobri o telefone. "Você trabalha com algum programa de processamento de textos?"

Dolores balançou a cabeça negativamente. "Nunca trabalhei com computador..."

Em resumo, ela não estava capacitada para trabalhar em escritório.

"Mas posso aprender", disse ela impetuosamente, talvez percebendo minha reação. "Posso aprender qualquer coisa."

Voltei ao telefone. "Senhora Triscott, ela conhece bem WordStar, Xywrite, WordPerfect e mais alguns não tão bem."

"Palavras?", interrogou rabugenta a sra. Triscott.

"Palavras?", repeti.

"Por minuto", completei, dirigindo-me a Dolores.

"Talvez... trinta? Faz tanto tempo."

"Cento e cinco por minuto", anunciei à sra.Triscott.

"Ela deve passar pelo departamento pessoal. O recrutamento é lá."

Helen chegou com uma travessa de sanduíches que recolhera na lanchonete executiva, no quadragésimo andar. Sorria com nervosismo, os olhos em lágrimas; enquanto Dolores e Maria se serviam, liguei para o departamento pessoal e conversei com um jovem assistente da gerência que parecia novo na companhia. Eu queria, disse-lhe, que desse a Dolores Salcines, a candidata, toda a atenção possível quando surgisse uma vaga no setor de processamento de textos, levando em consideração que eu ficaria muito feliz se ela conseguisse um emprego na companhia.

"Temos algumas normas", ele objetou, aparentemente não reconhecendo meu nome. "Em primeiro lugar, é obrigatório que tenhamos um levantamento do histórico profissional da candidata. Só assim podemos verificar se a pessoa está capacitada para a..."

"Estou lhe pedindo para contratá-la."

"Ei, o que é isso?", disse ele com menos firmeza, "você não pode simplesmente ligar e..."

"Sim", interrompi, "eu posso."

"E pode-se saber em que andar você está?", perguntou ele em tom jocoso.

Eu lhe disse. Cada andar da Corporação representa um certo nível de medo. O trigésimo nono é o mais aterrorizante. É visto como o andar dos gigantes. O funcionário do departamento pessoal começou a balbuciar promessas e formas de arranjar a situação. Sua voz tinha agora um quê de histeria.

"Amanhã às oito e meia, quinto andar, sala 542", disse a Dolores depois de desligar. "Você começa a trabalhar às nove."

Ela arregalou os olhos. "Assim, um telefonema e pronto?"

"Não é lá essas coisas mas o salário dá para fechar as contas, talvez dezoito ou dezenove mil por ano, e acho que tem também um plano de saúde razoável. Talvez depois de alguns meses surja uma vaga para secretária; você já estará mais afiada nas funções e..."

"Está *ótimo*, senhor Whitman", respondeu Dolores. Apressada, passou a juntar suas coisas, como se ficar mais um segundo colocasse em risco o novo emprego. "Estou muito, *muito* grata, não sei por que fez isso por alguém que não conhece."

"Não se preocupe com isso", respondi com certa indiferença. Mas deixei que meus olhos pousassem nos dela, e, mesmo naqueles primeiros minutos depois de nos termos conhecido, talvez tenhamos percebido que as coisas eram mais complicadas do que pareciam. Hesitante, Dolores ficou ali parada no meio da sala por um instante, aparentemente cedendo a um desejo de dar uma última olhada. Maria veio até mim e examinou meu relógio, um presente de Liz.

"Posso ver?", pediu Maria.

"Maria!", advertiu Dolores, "isso não se faz!"

Tirei o relógio do pulso e coloquei na mão dela.

"Maria, devolva este relógio agora mesmo."

A garota fez beicinho, entregou-me o relógio e escapuliu saltitante de volta para a janela, apertando os dedinhos rechonchudos contra o vidro e olhando destemida para baixo. Eu quis me ajoelhar ao lado de seu ouvido e mostrar-lhe os cavalos e charretes no Central Park. Quis sair e comprar roupas novas para aquela garotinha, um sorvete de casquinha, uma educação universitária e um milhão de outras coisas. "É tão alto!", exclamou alegre. "Os carros parecem formiguinhas amarelas!"

"Parecem. Venha, Maria. Já incomodamos demais o senhor Whitman." Dolores pegou a mão da menina. "Obrigada", repetiu ela. Constrangidos, ficamos ali um diante do outro e não apertamos as mãos.

"Vou acompanhá-las até o elevador."

Foi o que fiz. No corredor cruzamos com Samantha, que, depois de olhar para Dolores e Maria com indisfarçada fascinação, lembrou-se de sorrir vivamente e seguir seu caminho sem nada dizer. Chegamos à recepção.

"Não deixe de cuidar deste olho", recomendei, perguntando-me se Dolores precisava de dinheiro.

"Está tudo bem conosco, senhor Whitman. O senhor foi muito gentil e não precisamos de mais ajuda", disse Dolores resoluta. "Obrigada. Adeus."

Ela entrou no elevador, a palma de uma mão guiando a cabeça encaracolada de Maria e a outra tocando o painel de botões bronzeado. Senti um forte ímpeto de dizer alguma coisa mas as palavras sumiram. Olhei-a diretamente nos olhos grandes e escuros mas ela olhou para o lado, nervosa. "Tudo bem, então...", comecei a falar vacilante. Trocamos um último e polido aceno com a cabeça. Tentei me tranqüilizar e ter certeza de que a situação de Dolores e Maria iria melhorar. Mas a tranqüilidade não vinha. As portas do elevador se fecharam.

Voltei à minha sala. Um jeito nada mau de começar o dia, pensei: *jovem executivo do trigésimo nono andar, alto salário, dá uma força a mulher sexy e maltratada de origem hispano-americana.* Gostaria de ter conversado um pouco mais com ela. Mas Dolores e a filha tinham ido embora e eu me convenci de que não teríamos nenhum outro contato. Da janela, observei as ruas distantes. Era hora do almoço. Logo abaixo de mim, trabalhadores jorravam aos milhares dos edifícios para as calçadas, pontículos de cor se mexendo sobre as grandes lajotas. Em um minuto, Dolores Salcines e sua filha Maria se juntariam ao contingente de pessoas apressadas disputando fatias de espaço, ar e luz. O que viesse a acontecer com elas não era assunto meu, tentei me convencer. Não era responsabilidade minha.

Uma hora depois, entramos na sala de reunião. Na mesinha lateral havia uma grande caixa repleta de doces e rosquinhas. Sentei-me como de hábito na cadeira à esquerda de Morrison e vi chegarem os outros: Samantha, os contadores e consultores, algumas pessoas da área financeira ligadas a Morrison e, é claro, Beales, possuidor de uma espécie de garbo posudo que sempre me desagradou.

"Boa tarde, Jack", disse ele sorrindo. Era o príncipe da simpatia.

"Ed", eu disse, com um insosso meneio.

Beales era um tipo de traços finos, mais de um metro e noventa, muito chegado a usar ternos de mil dólares. Eu o odiei desde o primeiro momento em que começamos a trabalhar juntos, anos atrás. Ele possuía algo que eu não tinha: elegância. Sua aparência despreocupada dava a impressão de que sempre tinha tempo para prazeres e diversões. Morrison usava Beales quando precisava de um embaixador — visitas a subsidiárias, relações com investidores, animação e apresentação de convenções anuais de vendas, entrega de prêmios nos torneios de tênis profissional que a Corporação patrocinava, inclusive o Aberto dos Estados Unidos, nos quais ele estendia em frente às câmeras a reprodução ampliada do cheque ao vencedor. Sua voz era grave e agradável e conferia-lhe uma autoridade desmerecida. Fisicamente, sempre me olhava de cima. (Sou cinza, nunca pareço descansado, meu rosto fica contorcido quando me ataca a acidez — em resumo, sou um trapo.) Beales era pago por suas maneiras e não por sua mente, algo não muito incomum. Quando Liz morreu, ele me procurou para dizer que lamentava o ocorrido e, por um segundo, cheguei a acreditar nele; mas quando olhei em seus olhos que não piscavam, pude ver que naquele exato segundo ele estava me estudando, procurando determinar se o meu luto representava alguma vantagem para ele. A pirâmide, é claro, é mais estreita no topo. Olhando retrospectivamente, vejo agora que poderia ter sido mais esperto em relação a Ed Beales.

Ficamos ali sentados, dez pessoas cansadas e irritadiças, esperando Morrison. O papo que rolava nas nossas primeiras reuniões tinha secado. Durante meses vínhamos vivendo de acordo com o relógio da Corporação, no qual uma semana pode ser uma eternidade e uma era pode mudar com um telefonema. Havia outros no andar, inclusive Campbell, o vice-presidente do comitê executivo. Mas ele estava fora de ação e nunca voltaria. Sua mulher estava morrendo de câncer no pulmão fazia dezoito meses. No corredor leste ficavam as salas do vice-presidente executivo e advogado-chefe e do primeiro vice-presidente e auditor-chefe — sujeitos mais velhos que caminhavam com passo ao mesmo tempo suave e hesitante, com cinco ou oito anos a menos que o necessário para a aposentadoria compulsória, grisalhos e caídos demais para merecerem uma promoção. Eles assimilavam bem a perspectiva de ficar fora do jogo; a Corporação é um mundo em que se dão melhor os jovens que parecem velhos e os velhos que parecem jovens. Estes também eram carta fora do baralho, embora seus planos de incentivos em ações fossem compostos por Ações Preferenciais Conversíveis Série D, um lote limitado e de grande poder, representando doze por cento do capital. Eles não me preocupavam mais. Dos dezessete vice-presidentes da Corporação, apenas três (Beales, Samantha e eu) tinham salas no trigésimo nono andar; o resto ficava nos andares inferiores. Nós três éramos o futuro, as pessoas com grandes perspectivas, e se alguém ignorasse este fato, ignorava também que estava correndo riscos. Nós fechávamos os negócios, fazíamos os telefonemas difíceis que Morrison queria evitar. Eu não instruía os homens mais velhos, mas controlava seu acesso a Morrison e podia olhá-los nos olhos sem medo. Este é um detalhe importante: medo. Além das linhas formais do poder, medo é matéria-prima básica na teia invisível que reveste as relações humanas. Em toda organização existe um grupo fechado de pessoas que se impõem no mercado através do medo que provocam.

"Muito bem, todo mundo, vamos começar." Morrison entrou na sala segurando a pasta ao lado do corpo com a mão ruim, a mão com apenas dois dedos. Aprumamo-nos em nossas cadeiras e ficamos atentos. Morrison sentou-se no lugar de sempre. Seus ferimentos de guerra sempre me despertaram uma certa tristeza porque ele era um homem orgulhoso; tinha o peito largo e a atraente protuberância que aparece no abdômen dos homens na faixa dos cinqüenta.

"Lamento ter que começar tão tarde, mas eu queria me certificar de que o Presidente do Conselho não voltaria mais hoje", disse ele. "Jack, você pode começar a sorrir. Fico preocupado quando você não sorri. Vou fumar este belo charutão, mesmo sabendo que isso incomoda alguns de vocês. Ed, para conseguir bons charutos cubanos, você deve comprá-los na Suíça. Eu estava conversando com o sujeito da charutaria. Fidel pode cair a qualquer momento. Qualquer momento. Vocês deveriam ler o noticiário internacional antes de abrir na página de esportes. Assim que estourar uma guerra civil em Cuba, vai haver refugiados balseiros em toda parte, na piscina do Miami Hilton, no fosso que cerca a Disney World, em toda parte. Quero estar pronto para entrar em Cuba assim que Fidel cair. Vamos comprar uns duzentos cinemas no primeiro dia. Estou falando sério. Meu Deus, deveríamos comprar alguns hotéis também, bem na praia. Derrubá-los e construir unidades novas. Jack, será que você poderia tomar nota disso e mandar alguém dar uma examinada nos números?"

Aquiesci com um gesto obediente.

"Só preciso acender meu charuto e rapidamente matamos a pauta. Todo mundo comeu rosquinhas e petiscos? Fui eu que pedi. Imaginei que, enquanto eu fumasse o meu charuto, vocês comeriam as rosquinhas. Samantha? Se está bem assim para você, sei que está bem para mim também."

"Estamos prontos." Ela sorriu da ponta da mesa.

"Bom. Recebi ontem à noite a ligação do sujeito que está comandando a transação do lado deles, Otto Waldhausen. É o número dois. Acho que nos entendemos bem. Ele está pronto para acionar o sinal verde. Mas também entende o quão delicada é toda a operação." Morrison ajustou o charuto na boca e depois o tirou. "Ele afirma que a Volkman-Sakura está pronta para conversar. Sabem da nossa situação, sabem que o Presidente não vai ficar feliz com a idéia de uma fusão e sabem que ainda não temos o apoio do Conselho de Administração. Em outras palavras, eles sabem que somos loucos pra caramba." Morrison acendeu o charuto. "Mas Waldhausen também sabe que os nossos mercados se complementam perfeitamente. Eu disse que o quadro é dinâmico, que temos aqui um grupo de pessoas comprometidas com a realização desse negócio. Contei-lhe que estamos trabalhando nisso há meses. Tenho pilhas de relatórios, sei tudo sobre a sua companhia, sei quanto vocês ganharam no último trimestre com as transmissões em circuito fechado de jogos de rugby na Austrália, sei quantas lâmpadas há no banheiro das mulheres de sua sede. Certo? Ele ficou muito impressionado. Disse que podemos chutar ou defender. Mas é melhor fazer as coisas aqui. O seu pessoal fala inglês e o nosso não fala alemão, exceto Jack, é claro, nosso intelectual. De qualquer forma, precisamos dar a partida, eu disse. Além disso, precisamos ter uma idéia de como o negócio será montado, para que possamos convencer os passageiros que viajam no fundo do ônibus. Eu disse com toda a franqueza que temos um Presidente do Conselho omisso e que tentamos limitar ao mínimo as conversas sobre o assunto com os diretores. Ele disse que sabe que temos um conselho passivo. Perguntou se o controle do poder estava agora um pouco mais embaixo. Eu disse que sim. Tudo que é importante, tudo que é *novo*, é realizado pelas pessoas que estão nesta sala agora. Temos gente que bola negócios e gente que fecha negócios. Um time completo. Eles percebem isso. Waldhausen disse que viajará para cá com o pessoal dele. Muita conversa e apertos de mão. Talvez algumas partidas de tênis. Os alemães adoram tênis, mesmo com a carreira de Boris Becker no buraco. Ele não sabe jogar em quadras de saibro — até *Ed* conseguiria derrotá-lo numa quadra de saibro." Morrison sorriu afetuosamente para Beales e eu senti um velho e conhecido aperto no estômago. "Vamos nos conhecer. Shows na Broadway, o que for. A essência está nas pessoas. Diversão, jogos e bons negócios. Acho que temos condições de nos comunicar com eles; são diferentes dos japoneses. Eles têm uns japoneses pesos pesados na divisão de computadores, mas não precisamos nos preocupar, porque isso é assunto interno deles. Eu disse a Waldhausen, com toda a franqueza, que não sabemos como falar com os japoneses. Nós meio que os odiamos e os tememos, e não queremos falar com eles. Eles entenderam. Em resumo, vamos começar a conversar e ver como a coisa anda, talvez vocês tenham que fazer um pouco de número. Neste momento, eles provavelmente estão tentando determinar em que estágio está a nossa negociação junto ao Presidente e aos conselheiros externos. Eles entendem que nem todos do lado de cá têm a mesma opinião sobre o negócio. Entendem que se a operação explode durante a decolagem, seremos todos homens mortos pendurados em árvores..."

"Homens?", reclamou Samantha jocosamente. "E eu?"

Morrison tornou a acender o charuto, tragando com força a ponta molhada. "Samantha, algo me diz que você vai se dar bem. Não me pergunte por quê. Se eu lhe dissesse, você provavelmente me processaria por assédio sexual e então eu não poderia promovê-la, certo? Você me processaria e eu acabaria tendo que morar em algum barraco de beira de estrada de ferro para o resto da vida. Viveria de pescar truta." Nesse instante, as sobrancelhas de Morrison se esticaram como que diante de uma descoberta. "Na verdade, até que não me parece de todo ruim. Bom, seja como for, eles vão querer muito saber por que o nosso Presidente não apareceu para cumprimentar alguns deles. Mas eu vou cuidar disso. Vão querer saber quem são os jogadores. A opinião de Waldhausen é que as coisas podem se complicar do nosso lado."

“Quem seria o comandante da nova corporação que nascerá da fusão?”, perguntou Beales. “Vocês falaram sobre isso?”

“Talvez alguém deles, talvez não”, disse Morrison, evasivo. “Eu, você, qualquer um. Madonna. Não sei. Muita coisa pode acontecer.” É claro que Morrison presumia ser ele o primeiro na linha sucessória da Corporação. Nenhum sucessor estava sendo explicitamente preparado, e o Presidente planejava dirigir a Corporação até morrer. Morrison era benquisto pelo conselho de administração, mas isso não garantia nada, pois, apesar da passividade, o conselho era legalmente investido de poder absoluto na Corporação e qualquer um, até mesmo o número dois, podia ser chutado em menos de vinte e quatro horas por qualquer motivo. Vários dos conselheiros haviam sido presidentes executivos de megaempresas — algumas, embora relacionadas entre as cem maiores pela revista *Fortune*, haviam ido para o ralo no movimento enlouquecido de compra de títulos de alto risco durante a década de 80; eles detestavam dívidas não garantidas, detestavam tentativas de compra de controle acionário e propostas de venda feitas pelos administradores; o mais grave é que muito possivelmente detestariam a idéia de uma companhia nipo-germânica participar da administração da Corporação. Portanto, para nós, a saída era convencê-los de que o negócio era bom para a Corporação e para os acionistas. Talvez fosse uma missão praticamente impossível, porque os conselheiros eram extremamente leais ao Presidente. Eles ainda acreditavam, mesmo no limiar do novo milênio, que o Presidente tinha poderes e talentos mágicos. Era um dos trinta homens extraordinários com lugar cativo no panteão dos deuses dos negócios. Seu rosto bronzeado era visto em todas as festas de gala, sempre acompanhado da esposa mais recente, uma mulher atraente na medida certa, vinte e cinco anos mais jovem que ele, não muito mais velha que os filhos do primeiro casamento; uma mulher de tornozelos finos que, segundo os rumores, tomava injeções de estrogênio para manter macia a pele do rosto. É claro que, no passado, o Presidente tinha sido um bom homem de negócios. Antes de 1985, fora ele quem dera o sinal verde para a produção de nove dos vinte e um filmes de maior bilheteria da história de Hollywood. Foi ele quem lançou as três revistas mais lucrativas da Corporação. E quando a TV a cabo ainda estava na idade da pedra, ele passou a perna nas grandes redes iniciando uma rede a partir do nada. Agora, a divisão de TV a cabo da Corporação oferecia a seus assinantes dezoito canais diferentes — notícias, esportes, filmes, programação infantil, informações empresariais, ciência, programação em espanhol, tudo — e possuía unidades de distribuição na maioria dos grandes mercados do país. A fatia total de telespectadores da Corporação atingia a impressionante marca de dezenove por cento do mercado. Os lucros brutos só desta divisão eram na época de mais de 600 milhões de dólares por ano. Com mão de ferro, o Presidente arquitetara o império sozinho e, durante os anos de construção, demitiu implacavelmente qualquer um que não partilhasse de sua visão. Ele foi brutal. Ele estava certo.

Mas agora — todos nós acreditávamos — o Presidente precisava ser deposto para que a Corporação pudesse crescer e prosperar. Impulsionadas por avanços na tecnologia dos microprocessadores, novas e espetaculares tecnologias de multimídia estavam surgindo, obscurecendo as formas de entretenimento existentes. A Europa Oriental era como o Velho Oeste, imensa, livre para ser conquistada, ainda que nessa corrida os alemães tivessem saído na frente. Nossa expansão internacional era significativa, mas até aquele momento consistia apenas de algumas associações isoladas e transações de marketing. Queríamos ter uma presença mais forte. "Napoleônica", visualizara Morrison. "Precisamos conquistar vitórias decisivas." Tínhamos a oportunidade de introduzir nossos produtos em culturas que os desconheciam totalmente — pessoas que não tinham cartão de crédito nem conta em banco. Todos sabiam que era um mercado global instável. Acreditávamos que este grande salto nos colocaria direto no século XXI, seria a garantia do futuro da Corporação. Os povos dos países que até então formavam a União Soviética e o bloco oriental constituíam um contingente populacional maior que o da Europa, Japão ou Estados Unidos. O novo mercado da indústria de entretenimento agora alcançava facilmente centenas de bilhões de dólares. O mercado negro e os produtos pirateados estavam perdendo espaço para estruturas de controle de mercado das economias do Ocidente. Também o Sudeste Asiático estava em processo de abertura. A América do Sul apresentava sinais crescentes de estabilidade política; esses mercados também estavam se abrindo. A Corporação poderia estar lá e em qualquer outro lugar, pronta para descarregar produtos. Na mesma posição estavam nossos concorrentes — Disney, Bertelsmann, Paramount —, bem como os novos atores, que tinham porte, dinheiro e capacidade para reunir, em sua cesta de produtos, computadores, equipamentos eletrônicos e serviços de comunicação — entre eles AT&T, Sony, Matsushita e Microsoft. Era uma orgia de criatividade destrutiva. O vencedor se tornaria uma das mais importantes companhias do século XXI.

"Eles chegam no começo da semana que vem. Vão ficar no Plaza Hotel", prosseguiu Morrison. "A primeira reunião será um ou dois dias depois. Assim que tivermos uma avaliação das ações e uma proposta de organização de mercado, poderemos levá-las ao Presidente e aos conselheiros e tratar de vender a idéia a eles."

A reunião continuou sem problemas. Discutimos números, fórmulas, a interpretação de grandes somas de dinheiro, o clima do mercado de ações naquela semana, o nível de endividamento e projeções de lucro da Corporação, a tendência das taxas de juros e o comportamento do Banco Central, as perspectivas a curto prazo do volátil mercado de ações japonês e pelo menos umas duas dezenas de outros fatores. De quando em quando eu dava uma olhada em Ed Beales, cuja fisionomia indicava que ele se sentia nos camarotes e não no campo. Quando o olhar dele interceptava o meu, seus belos olhos franziam, como se ele conhecesse a piada e eu não.

Minha reunião com Morrison foi adiada para as cinco da tarde. Cheguei na hora marcada e fiquei esperando em frente à sala dele, no corredor oeste. Nas paredes havia uma série de retratos a óleo do fundador, falecido havia vinte anos (em 1957 ele deixara passar a oportunidade de comprar a CBS a preço de banana e em 1964 a Paramount Pictures), de ex-presidentes da Corporação e de um punhado de veneráveis editores e diretores das revistas que haviam feito da Corporação o que ela era. Esses mesmos homens, alguns apenas sortudos, outros brilhantes ou simplesmente vendedores natos, eram agora irrelevantes. Os grandes lucros não estavam mais na mídia impressa. Nossos cinco vídeos de música rap mais vendidos geravam lucros líquidos maiores que nossa famosa revista semanal de mais de oitenta e um anos. Mas esta era a tendência da cultura nesses dias. A Corporação era cem vezes maior do que em 1950, vinte e cinco vezes maior do que em 1970. Nossas vendas no mercado externo representavam quarenta por cento da receita bruta, o que não era surpreendente se levarmos em consideração que o maior item de exportação dos Estados Unidos é a cultura pop e a Corporação, o maior exportador. O retrato do Presidente também estava entre aqueles pelos quais Morrison passava todos os dias: um quadro grande, deliberadamente viril, cheio de azuis, brancos e vermelhos, exibindo o Presidente muito mais jovem, quando tinha cerca de cinqüenta e cinco anos.

"Não se aprende nada com homens mortos, Jack", anunciou Morrison, enquanto avançava mancando pelo corredor. "Para começar, eles nem mesmo sabem que estão mortos. Acredite no que lhe digo." Ele passou por mim e tirou bruscamente o sobretudo; eu o segui e entrei na sala, onde um espalhafatoso De Kooning se destacava na parede de cerejeira. A sra. Comber, sua secretária, entrou e serviu-nos um chá.

"Devo ir assistir a uma palestra do vice-presidente esta noite", disse ele, observando desligado a colherinha. "Você quer ir?"

Eu tendia a beber demais nesses eventos.

"Vai haver um jantar antes. Precisamos ter alguém lá. Afinal de contas, é o vice-presidente dos Estados Unidos, caramba."

"Já o vi falar antes. Não é o meu prato favorito."

"Nem o meu." Morrison sorriu. "As piadas são ruins e eu nunca sei direito o que eles servem na entrada. Olho a coisa no meu prato e não sei se é uma ostra, um pepino ou o quê." Com a mão boa, grande e espessa de tanto uso, folheava alguns papéis. "Mas causaria uma boa impressão se tivéssemos alguém lá. Pagamos algo em torno de cinco mil dólares por um lugar e dissemos que estaríamos presentes."

Dei de ombros. "Já que você quer que alguém vá, eu vou."

"Vi os nomes das pessoas que estarão na nossa mesa. Não é ruim. Tem um sujeito do Departamento de Estado que poderia nos dar algumas informações sobre a China e talvez também sobre o que poderíamos fazer em Cuba quando mudar a situação, qual o jeito mais rápido de nos estabelecermos lá."

"Tudo bem."

"Então, você vai?"

Balancei a cabeça. Morrison sabia que eu concordaria em ir.

"A senhora Comber vai ligar para lá e mudar o nome da reserva."

"Está bem."

"Como você já sabe, os caras da Volkman-Sakura chegam na semana que vem. É crucial que ele entre no barco conosco", disse Morrison, referindo-se ao Presidente. "Ele tem as ações dele e controla as da sua fundação."

O telefone tocou suavemente e Morrison atendeu. Fiquei observando. Os ferimentos de guerra não tinham sido a última onda de má sorte de Morrison; ele e a mulher haviam passado pelo terrível infortúnio de ter dois filhos retardados, ambos agora na adolescência. Várias vezes me perguntei se ele ficava acordado à noite pensando no azar de ter dois filhos como os que tinha ou na possibilidade de haver algo errado com ele ou a mulher. Nunca lhe perguntei isso, é claro. Em vez de internar os filhos em alguma instituição, preferiu mantê-los em casa, em Scarsdale, assistidos por profissionais vinte e quatro horas por dia. Eu admirava isso. Sobre a mesa de trabalho, ele mantinha fotos dos meninos; ambos *pareciam mesmo* retardados. A ascensão de Morrison fora tortuosa, durara vinte e cinco anos, com passagens pelas áreas de vendas, planejamento, finanças e outras: ele havia lambido cada degrau da escada. É verdade que ele agora ganhava quatro milhões de dólares por ano, isso sem falar nos prêmios e opções de ações.

"Certo. Como eu estava dizendo, acho que temos gente suficiente envolvida no negócio", reiniciou Morrison, não muito seguro de onde tinha parado. "Os números falam por si, de uma forma ou de outra. Tudo se resume a gente. Podemos deixar o pessoal da Volkman-Sakura com água na boca, mas isso não valerá nada se ele não disser ao conselho que é um bom negócio. Nada acontecerá *facilmente*. Se ele não concordar, o conselho será forçado a tomar uma decisão, o que, é claro, não é uma posição muito confortável." Morrison balançou a cabeça com expressão de asco. "Antes eu teria que fazer lobby junto a cada conselheiro e depois fazer alguma espécie de discurso, e a coisa acabaria num grande conflito. A única forma de a coisa toda transcorrer com *tranqüilidade* é alguém apresentar a ele a proposta, alguém que ele não está esperando. Ele não me suporta, de modo que essa pessoa não pode ser eu. Tem que ser alguém que entenda todo o plano, o *conceito* em todos os seus aspectos, e que possa *falar* sobre ele. Samantha me disse que ele com certeza fareja algo no ar. Mas alguém deve apresentar a idéia abertamente e ver como ele reage. Portanto, Jack, é por isso que você está aqui. Quero tirá-lo do grupo que está conduzindo a negociação... Calma, *espere*." Ele notou a mudança em minha fisionomia. "Antes de me interromper, deixe-me *terminar*. Beales e Samantha podem cuidar da parte de marketing — temos todo o material impresso que você preparou, de modo que podemos consultar se for necessário. Você volta para a negociação mais tarde."

"Nem pensar", eu disse. "Não há a menor possibilidade de eu deixar para trás todas as... as *milhares* de horas..."

"Deus do céu, Jack, apenas ouça", continuou Morrison, "está bem? Muito bem, o sujeito que trabalha com o Presidente, como é mesmo o nome dele?"

"Fricker."

"O cara que sofre de dor de cabeça. Ele vai demorar um tempo para voltar." Todos havíamos sido informados de que Fricker estava com uma síndrome de tontura e dores de cabeça tão agudas que acordava no meio da noite tomado de vertigens aterradoras. Ele havia desaparecido do andar alguns meses antes. "A senhora Marsh me disse que o Presidente não tem tempo para entrevistar ninguém, mas precisa de alguém ao seu lado nas reuniões, alguém para carregar a pasta dele, enfim, tudo o que um escudeiro faz."

"Eu nem sabia que o Presidente ainda *participava* de reuniões."

"Poucas. Apenas para se movimentar", disse Morrison sem dar maior importância. "Coisas pequenas, que levantam o ânimo."

"Ele não me conhece", argumentei. "Vai querer alguém que..."

"Para ele não importa quem seja a pessoa, apenas que seja inteligente."

"Eu trabalhei durante *meses* nesse negócio." A Volkman-Sakura dominava partes dos mercados europeu, japonês, sul-americano e africano. As duas corporações tinham grandes mecanismos comuns de produção, distribuição e marketing. "É o melhor trabalho da minha carreira, é como ligar dois cérebros, todas as sinapses e capilaridades e qualquer outra célula que tenha deixado de funcionar na mente de Fricker, todas as informações de marketing..."

Morrison fazia que sim com a cabeça enquanto brincava com uma peça de antigüidade, uma armadilha para capturar patos selvagens. Ele costumava dizer que podia mirar e disparar uma espingarda com uma única mão. "Todo mundo sabe disso. E é por esta razão que estamos aqui. Você viu como a coisa pode ser feita."

Beales levaria o crédito de tudo, atropelaria a cena com suas frases prontas. "Você vai entregar..."

Morrison abriu a palma das mãos em frente ao peito, como se estivesse empurrando uma parede. "Mas você, mais do que qualquer um por aqui, está capacitado para discutir com o Presidente. E você *gosta* de discutir, Jack. Santo Deus, é o que você está fazendo agora. Já faz algumas semanas que eu não falo com ele. No que me diz respeito, o homem é apenas um velho com um chapéu de jogador de golfe. Na reunião do conselho do mês passado ele não disse nada. Fui eu quem dirigiu tudo. Estou falando sério. Nada! As coisas mudam. Cuba vai explodir e o Presidente vai sair para um passeio a cavalo ao cair do sol. Você é parte disso, Jack. Todos temos um papel, uma tarefa. Podemos fazê-lo, podemos conquistar muito com este negócio. Eu não sei nem mais o que ele ainda lê, que memorandos, que relatórios. Ele está sempre indo para algum lugar de helicóptero. Aonde, não sei. A senhora Marsh não conta para ninguém. Você precisa entrar lá. Falar. O que eu sei do plano é muito genérico, os outros só conhecem partes. Você é o único por aqui que tem uma memória boa o suficiente para ter na cabeça toda a transação."

Eu podia sentir o nojo estampado em meu rosto. "Beales poderia realizar a tarefa. Ele é o cara *perfeito*."

"Não, não é. E eu preciso dele para outras coisas, para acompanhar e ciceronear Waldhausen e o pessoal deles por aqui. Além disso, cacete, você ainda nem ouviu o que quero que faça, Jack."

"Tudo bem."

"O fato é que não podemos deixar o conselho agitado. A idéia da fusão deve ser apresentada de tal modo que eles possam vetar as objeções do Presidente, se necessário, e sentir que são brilhantes, incríveis e espertos. Um bando de homens sábios. Eles têm que perceber e compreender a lógica do plano."

"Ou seja, se olharem no espelho no dia seguinte e não se sentirem culpados", eu disse.

"Certo. Mas se o conselho descobrir que fizemos isso tudo pelas costas do Presidente, vai querer me dar um banho de soda cáustica." Isso era verdade. A idade média dos membros do Conselho de

Administração girava em torno de sessenta e dois anos; homens com várias casas, esposas e ex-esposas, além de hobbies caros como pescar com a amante no Alaska. Seus rostos revelavam que sabiam, com uma certeza visceral apenas imaginada por homens mais jovens como eu, que em cinco ou dez anos eles estariam envolvidos em um outro jogo, chamado câncer da próstata, doença cardíaca ou mal de Alzheimer. Eles não estavam com apetite para viver turbulências mesquinhas no trigésimo nono andar. "De modo que tentarei evitar isso", disse Morrison. "Vou tentar seguir o caminho mais tranqüilo, incumbindo você de acompanhar o Presidente. Quero que vá a todas as reuniões que ele ainda..."

"Eu *realmente* não quero fazer isso."

"...ele tem um compromisso em Washington na próxima segunda-feira", prosseguiu Morrison. "Vá com ele. Entenda a cabeça dele. O estado de espírito dele. O estado de espírito mais *profundo*. Descubra até que ponto devemos ser agressivos. Se devemos forçar um confronto aberto perante o conselho ou amaciar o homem e fazer com que ele mesmo apresente a idéia do negócio ao conselho. Talvez ele esteja sonhando com o canto do cisne, com uma oportunidade de acertar a tacada decisiva no último período do jogo final do campeonato nacional de beisebol para depois se aposentar. Tente perceber como ele vê a idéia, Jack. Vá às festas. Ele costuma encher a cara. Veja o que ele diz *nestes* momentos. Lembre-lhe em que década estamos. Certo? Isso não vai durar mais que umas duas semanas, no máximo."

Eu quase nunca via o Presidente; ele tinha um elevador privativo, que tomava na garagem do prédio, e passava boa parte do tempo fora do escritório, deixando para Morrison a direção executiva dos negócios. Ocasionalmente dispensava a limusine ou mesmo um táxi e ia trabalhar em uma velha Mercedes. Mas isso era raro; ele era um motorista bissexto, e os funcionários da Corporação que trabalhavam na garagem sempre tinham à mão uma latinha de tinta cor de damasco feita sob encomenda, da mesma cor do carro. Depois que ele chegava, eram vistos retocando os mais recentes arranhões e amassados da lataria. Às vezes, ao passar em frente à sala da sra. Marsh, eu a via datilografando alguma coisa a partir de uma máquina Dictafone operada com pedal, e podia ouvir a voz gutural do Presidente, começando e parando, começando e parando. A ausência dele criava uma presença. Sinalizava seu poder. O Presidente certamente resistiria ao plano de fusão. Mesmo se conseguisse um espaço em sua agenda, isso não significava necessariamente que ele ouviria o que eu tinha a dizer; ele já tinha visto dezenas de Jack Whitman. Enquanto isso o jubiloso Beales estaria entretendo os executivos da VS. Essa perspectiva não me agradava. Na verdade, eu a odiava.

Mas o que poderia dizer? Do lado de fora da janela de Morrison flutuava uma folha de papel soprada por uma corrente de ar ascendente, tendo o azul perfeito do céu como fundo; uma folha branca preguiçosamente subindo e descendo, subindo e descendo. Acima dos prédios, dos carros e do barulho, nuvens se formavam no horizonte, zombando da batalha mesquinha de homens como eu. E de homens como Morrison, que no tabuleiro de sua mente movia as pessoas sem remorsos.

"Você sabe que eu não quero fazer isso", disse eu finalmente, a acidez me riscando a garganta.

Morrison olhou para mim e passou a examinar a agenda onde estavam listados os outros compromissos do dia. Eu estava dispensado.

"Entenda, eu realmente *não* quero fazer isso", repeti com firmeza.

"Sim", disse ele erguendo os olhos. Ele vira cabeças de homens explodindo. "Mas eu não me importo."

Foda-se ele, pensei, foda-se a certeza de que farei o que me pedir. E foda-me eu por fazê-lo.

3

E o que aconteceu nos dias que se seguiram, enquanto esperávamos a chegada da equipe da Volkman-Sakura, que sopraria tragédia em minha direção? Bem, nada — nada *aparente*. O Presidente estava fora, fazendo um tratamento para extirpar focos de câncer de pele, e eu teria que esperar seu regresso. O tempo passava agrilhoado à rotina, marasmático, sugerindo estabilidade, segurança e ordem. Ninguém jamais poderia prever que no bojo desse cenário os fatos estavam amadurecendo. Minha farmácia aumentou o preço da garrafa de duzentos e oitenta gramas de Extra Strength Maalox Plus, sabor menta, para 4 dólares e 99 centavos. Deitado na cama, eu pensava em Dolores Salcines. Meu corretor ligou para dar a dica de um fabricante de microcâmeras de TV que funcionam acopladas na ponta de um fio, como se fossem um olho. Os cirurgiões introduzem o dispositivo pelo reto do paciente para obter imagens do sistema intestinal. "A América está envelhecendo!", argumentou entusiasmado o corretor. "Todo mundo vai precisar!" Comprei duzentas ações. Samantha e eu estruturamos um pequeno negócio de cinqüenta milhões de dólares para a Corporação. Alguém andou se servindo das latas de lixo na frente da minha casa, deixando ali a carcaça de um frango sem nenhum traço de carne. Beales passava muito tempo na sala de Morrison, o que me preocupava. Chovia, eu lia os jornais. Folhas surgiram no ácer norueguês do meu jardim. De quando em quando, Morrison passava latindo ordens em frente da minha sala. Um dia, na hora do almoço, observei uma mulher atraente e a segui por um quarteirão, apenas para me divertir. Ela atravessou a rua e foi para a calçada oposta. Li mais jornais. O circo chegou à cidade. Um dia eu estava em minha sala diante da grande janela de vidro, falando ao telefone com uma pessoa da área de marketing, e percebi várias marcas de dedos no vidro — traços translúcidos entrecruzados como se formassem uma letra de algum alfabeto desconhecido. O faxineiro, desacostumado a cuidar de bagunça feita por crianças, não os havia percebido. Havia um quê de fantasmagórico naquelas marcas; senti que era um chamado. Encurtei a conversa ao telefone e liguei para a sra. Triscott.

"Como Dolores Salcines está se saindo no trabalho?", perguntei.

"Eu a despedi", respondeu uma voz irritada. "Não consegue se concentrar. Tive que mandar redigitar todo o trabalho dela. Ela está cansada demais para trabalhar sob pressão. Mandei-a de volta para casa hoje de manhã. Não posso ficar me preocupando com uma só pessoa. Tenho que expedir mil páginas hoje..."

"Você a despediu?"

"Foi isso mesmo que eu disse."

A sra. Triscott era destemida. "Essa mulher tem uma filha", eu disse.

"Um monte de gente tem, senhor Whitman."

"Você deveria ter me ligado antes de despedi-la. Essa mulher não tem recursos, dinheiro..."

"Veja, senhor Whitman, o senhor precisa entender uma coisa, certo?" Era a voz nasal e exasperada de uma mulher que sobrevive no subsolo do subsolo da burocracia da Corporação e detesta cada minuto do trabalho. "Eu estou apenas fazendo o *meu* serviço. Instalado aí em cima no trigésimo nono andar, para o senhor é tudo a mesma coisa. Essas meninas precisam ser rápidas. Rapidez sem erros. Toda semana eu recebo uma avaliação de produtividade. Eficiência. O senhor não contrataria uma pessoa que não serve. Por que eu deveria fazê-lo?"

Ela me deu um número de telefone onde poderia encontrar Dolores e desligou. Eu não estava muito certo de que deveria ligar. Ela talvez estivesse envergonhada por ter sido despedida, mas tudo indicava que eu havia lhe arranjado um emprego para o qual ela não estava capacitada. Concluí que deveria me desculpar e liguei. No quinto toque, uma voz masculina respondeu e perguntei por Dolores.

"Bem, é possível que ela esteja aqui, mas também é possível que não esteja", anunciou estranhamente a voz.

"O que isso quer dizer?"

"Eu não conheço todo mundo que mora aqui, amigo. Eu mesmo estou aqui faz menos de duas semanas."

"E o que é aí?"

"É um hotel, amigo." A voz tossiu uma risada. "Pelo menos é assim que eles chamam."

"E qual é o nome?"

"Não sei. 'O qualquer coisa'."

"Onde é que fica?"

"Mmmm, deixa eu pensar..." — ouvi o gorgolejo do homem levando uma garrafa aos lábios. "Ah, certo, tenho bastante certeza de que estamos exatamente e precisamente aproximadamente na esquina da rua 43 com a Oitava Avenida.

Não era muito longe do Times Square — com certeza um dos prédios velhos que abrigavam contingentes de vagabundos, bêbados, foragidos, soldados de folga e assim por diante. Imponentes e lustrosos Cadillacs e limusines cruzam essas ruas de madrugada; à noite, duas ou três avenidas a oeste, prostitutas tocam estupendamente seu negócio — ali, a luz da manhã costuma revelar os restos dessa atividade na forma de grandes quantidades de camisinhas usadas, murchas e opacas, algumas com marcas de batom, espalhadas sobre o asfalto dos estacionamentos. "Escute", eu disse, "você se lembraria desta mulher se a tivesse visto."

"Ela é negra?"

"Ela parece latina, talvez um pouco negra também. Não sei exatamente."

"E aí, cara, ela é gostosa?", interrompeu o homem rindo. "Tem um monte de *gostosas* por aqui, cara. Vejo as tetas delas balançando e tenho vontade de apertar os biquinhos..." A voz avolumou-se e explodiu numa retumbante gargalhada. Enquanto eu ouvia, Helen entrou e colocou sobre a mesa várias cartas para que eu assinasse.

"Só estou perguntando se você acha que a viu."

A risada parou abruptamente. "Caralho, e eu lá sei?"

"Será que você poderia dar uma olhada, perguntar?"

Helen olhou para mim e saiu.

"Se você quiser achar alguém por aqui, vai ter que vir e bater nas portas você mesmo. Eu não posso simplesmente sair por aí batendo na porta de certas pessoas... Poderia levar um *tiro*." A voz desapareceu e a linha ficou muda. Tentei ligar novamente mas ninguém atendeu. Levantei-me e peguei o sobretudo no armário. Ao sair, avisei Helen de que daria uma saída rápida.

"Aonde você está indo?", ela perguntou.

"Só vou dar uma saída. Caminhar um pouco, falar com Deus."

Ela me olhou com paciência — uma das razões pelas quais eu a havia contratado. "A senhora Marsh mandou tudo isso para você ler. Tem a ver com sua viagem a Washington na segunda-feira."

"Pode deixar", prometi.

"Jack, será que você realmente vai ter tempo?"

"Sei lá, é muita coisa?"

Ela me entregou uma pasta de doze centímetros de espessura, aproximadamente seiscentas ou setecentas páginas de memorandos, cartas e relatórios.

"Quem o Morrison acha que sou?", eu disse.

Helen olhou para mim, os olhos um pouco mareados, como se soubesse coisas que eu não sabia. Ela era esperta, via as coisas se aproximando, e almoçava com as outras assistentes; elas tinham sua própria rede de fofocas e informações de bastidor, batiam as cartas confidenciais e documentos importantes e sabiam quem estava telefonando para quem.

"A senhora Marsh disse que mandará o carro dele apanhá-lo. Disse também que você não deve em absoluto considerar que o senhor Morrison lerá este dossiê."

"Então eu vou ter que livrar a cara dele?"

"Ela apenas disse que tudo está neste dossiê e que..."

"Tudo bem, ótimo", interrompi. "Você sabia que Morrison me expulsou da equipe de negociação?"

Ela respondeu afirmativamente com a cabeça. Guardei o dossiê em minha maleta. "Helen, você tem alguma teoria acerca do que eles estão fazendo comigo?"

"Não." Ela olhou para mim. "Lamento."

"Me avise se tiver alguma", eu disse. "Preciso de algumas teorias interessantes."

No corredor, cruzei com Asad Ru Adoo, o consultor de investimentos residente que vez por outra era visto se refugiando em alguma sala no trigésimo nono andar, carregando duas pastas de pele de lagarto tamanho duplo, com travas digitais e o nome dele gravado em letras em estilo rococó. Usava um turbante azul-escuro e tinha uma imensa pança, que lhe abria o caminho como um carrinho de mão cheio de ouro e denunciava uma importância auto-atribuída, indicadora de que ele não conversava com quase ninguém.

"Olá, Asad", eu disse quando ele passou.

"Sim, sim", balbuciou Asad atrás da barba, sem olhar para mim. "Obrigado."

Ele ganhava algo em torno de um milhão de dólares por ano para defender o dinheiro da Corporação contra as oscilações da moeda; jogava nos mercados de marcos, ienes, dólares de Hong Kong, eurodólares, francos suíços — qualquer moeda que garantisse o melhor retorno. Mas ninguém parecia saber *exatamente* o que ele fazia, exceto ficar em sua sala tarde da noite consultando Tóquio, Nova Delhi, Cidade do Kuwait, Hong Kong. Corriam boatos de que havia praticamente atacado uma pacata secretária no andar de baixo quando ela se recusou a sair com ele. As secretárias daquele andar, algumas delas naturais do Harlem e razoavelmente espertas quando se trata do ego masculino, haviam-no apelidado de Bu-Bu e algumas tinham sido vistas gargalhando e rebolando sobre o salto alto atrás dele, depois que passava deixando um rastro de fedor de colônia. Eu não tinha dúvida de que Adoo estava envolvido de alguma forma nas armações de Morrison, encontrando meios de esconder, se necessário, cem ou duzentos milhões de dólares da Volkman-Sakura quando a negociação chegasse aos números; eu me perguntava se Morrison não atribuía importância demais ao sotaque pesado e misterioso e à fanfarronice de Adoo, o Kissinger da Corporação. Como nos outros, como em mim, suponho, existia algo de errado nele — não havia outro meio de se trabalhar no trigésimo nono. Mais um pirado. O andar estava cheio deles, eu inclusive.

Andei sem parar até o Times Square; no caminho, passei em frente a discretos palácios de pornografia onde homens bons e ativos, de terno e aliança, batiam punheta nos cubículos onde passavam filmes de sacanagem, vi de perto a estupenda imundície, os malucos religiosos e insufladores de ódio racial com alto-falantes molestando hordas de turistas brancos, os nigerianos cor de carvão vendendo relógios falsos e fragmentos de cultura africana fabricados em larga escala. Passei por peruanos vestindo os seus tradicionais chapéus pretos e roupas de cores berrantes feitas de tecido rústico, recém-chegados das montanhas coroadas de nuvens, ainda aparentando inocência. Só Deus sabe por que *eles* vinham para Manhattan. Sobre a rua 44 pairava um gigantesco telão exibindo um sujeito negro, vestindo apenas calças jeans rasgadas, dançando loucamente, rebolando a bunda de menina e contorcendo as costas rijas. Acho que gravava seus discos por um dos oito selos da Corporação. Metade dos nossos talentos da música pop não passaria por um teste de gravação acústica em estúdio, e a maioria deles não passam de artistas da dublagem. Mas são visualmente atraentes. São tantos e mudam tão rápido que não consigo acompanhar suas carreiras. Recebem o disco de platina no primeiro álbum, zilhões de dólares, uma casa em Bel Air, eventualmente um programa de TV para comandar por uma temporada, desfrutam da notoriedade e, na virada do ano, ninguém mais lembra o nome deles. A Corporação manobra com astúcia essa situação, alavancando a carreira do artista no começo e largando-o antes da queda. Acho que a divisão de música conseguira até mesmo quantificar o ciclo "ascensão-decadência" dos artistas de música pop americanos, por meio de uma fórmula que estima em que ponto da curva está a carreira de cada um. O método funciona. A divisão de música lucra cerca de 250 milhões de dólares por ano. O sujeito que a dirige, um italiano de New Jersey com passagem por Hollywood, não sabe nada de música mas é excelente em fazer decolar carreiras. Muito hábil ao lidar com personalidades, conhece todas as pessoas importantes de Los Angeles. Uma figura cruel. Àquela altura estávamos felizes por não termos contratado Michael Jackson alguns anos antes — seus dias de glória e grandes cifras eram coisa do passado, e os de esquizofrenia estavam para começar. Um dia, as pessoas rirão dele como riem agora de John Travolta. A mesma coisa com Madonna. Em pouco tempo ela não passará de uma quarentona patética e não será nada bonito vê-la com a mão espalmada sobre a xoxota.

Parei na esquina da Oitava Avenida com a rua 43, não longe do prédio do *New York Times*, em frente a um hotel deteriorado de seis andares cujos tijolos aparentes apresentavam grosseiros sinais de desgaste. Os enfeites vitorianos na entrada pareciam erodidos por chuva ácida e, a julgar pelo piso de azulejos decorativos e pelas colunas jônicas, o saguão fora no esplendoroso passado um lugar de drinques sofisticados, vasos com palmeiras e damas que fumavam com piteira. Mas quaisquer que tivessem sido os encantos passados do hotel, eles agora estavam obscurecidos por incontáveis camadas de tinta, a mais recente das quais um amarelo-hepatite descascando no teto, lembrando folhas prestes a cair — um retrato da grande tragédia que varreu a história da cidade de Nova York. O luxo sempre está em decadência. Várias crianças negras desacompanhadas brincavam sentadas nos degraus internos, jogando fósforos acesos umas nas outras. Estavam sujas de um jeito que só crianças pobres ficam, roupas imundas, narizes escorrendo, uma delas tossindo uma tosse rouca e profunda, mas aparentemente sem se preocupar com isso. Odeio ver crianças sofrendo. Fico nauseado e cheio de culpa por não estar fazendo nada para ajudá-las. Sou um babaca. Um grande filho da puta. As crianças perceberam minha presença e pararam a brincadeira. Talvez Maria costumasse brincar com elas, pensei, talvez eles a conhecessem.

"Algum de vocês conhece uma garotinha chamada Maria?", eu disse como quem não quer nada. Ninguém respondeu. Olhavam-me com curiosidade e medo — homem branco de terno provavelmente significava problemas. Um garotinho enfiou três dedos sujos na boca e passou a chupá-los ansiosamente.

"Não conheço ninguém assim", disse um outro garoto.

"Não, acho que é aquela que foi morta pela polícia", comentou em voz alta outro menino. As crianças riram.

A recepção era uma guarita, vidro à prova de bala e uma pequena fenda através da qual se passava dinheiro, chaves ou qualquer outra coisa. Dentro dela, havia uma plaquinha de latão com a seguinte indicação gravada em alto-relevo: MARTIN CLAMMERS — GERENTE. Sentado em um banquinho, um homem cheio de rugas, encolhido dentro de um paletó de poliéster, segurava um resto minúsculo de lápis e fazia anotações na margem de um jornal de turfe; o rádio anunciava o início dos páreos da manhã no hipódromo de Belmont. As mãos do homem eram anormalmente grandes, como se tocar em dinheiro todo dia as fizesse crescer. Bati levemente no vidro.

"O que deseja?" Ele saiu do banquinho e deu um passo à frente para me ver melhor, talvez confundindo meu terno e gravata com o de algum oficial da prefeitura que estivesse ali para apoquentá-lo.

"Estou procurando uma mulher que tem uma filha. O nome dela é Dolores Salcines."

"Sim?" disse ele.

"Elas estão aqui?"

"Você é igual ao último cara que esteve aqui procurando por ela?"

Procurei em sua expressão uma dica do que isso poderia significar. Ele tinha olhos cobertos por uma camada de líquido. "Não", respondi.

"Você veio para pagar a conta dela?" Ele me olhava ansioso.

"Não, vim apenas visitá-la."

"Se ela não pagar a conta hoje, ponho ela pra fora."

Com um gesto de cabeça indiquei-lhe que entendia perfeitamente.

"Veja, amigo, se você é amigo dela, é melhor ajudá-la a pagar a conta. Isto aqui é um hotel, não um abrigo do Exército da Salvação", disse o velho enquanto abaixava o volume do rádio. "Estou nesse negócio há muito tempo — *muito* mesmo — e isso só foi possível porque trato de ter uma clientela de bom nível. Não posso hospedar gente que não paga." Achou um lenço e secou os olhos. "Não sou um sujeito ruim, apenas estou lhe dizendo isso caso você ache que pode dar uma força a essa tal de Dolores Salcines."

"Você aluga por semana?"

"Se o hóspede parece bom. Custa cento e sessenta e dois. Vinte e três dólares e catorze centavos por noite. Mais barato impossível."

"E ela está devendo uma semana?"

"É. E se não pagar, terá que sair esta noite."

Entreguei a ele um cartão de crédito. "Debite neste cartão. Poderia me dizer qual é o quarto?"

Ele balançou a cabeça. "Não permito que ninguém suba."

"Você está com medo de que eu toque fogo no lugar?"

"Não posso ir deixando estranhos entrarem e subirem assim."

"Será que pode abrir uma exceção?", eu disse, assinando o recibo.

Ele me devolveu o cartão e voltou a estudar o talão de apostas da revista de turfe; já tinha definidas todas as apostas. "Não, senhor, não posso."

"Será que pode abrir uma exceção por cinqüenta dólares?"

"Sim, senhor, acho que posso."

Dei a ele o dinheiro — mais algumas apostas. Ele pegou uma prancheta e correu o dedo sobre uma longa lista de nomes, percorrendo-a depois em sentido longitudinal até localizar o número do quarto.

"Ela sabe que você está chegando?"

"Não", respondi. "Na verdade, não."

O sr. Clammers discou um número, esperou um instante, balbuciou algumas palavras, calou-se para ouvir e finalmente olhou para mim.

"Ela quer saber o que você quer."

"Diga a ela que vim para uma visita rápida."

Foi o que ele fez, lançando um olhar furtivo em minha direção, aparentemente cada vez mais desconfiado.

"Ela disse que a demissão não foi culpa dela."

"Tudo bem, eu sei."

O gerente do hotel desligou. "Quatro meia meia."

Seguindo um precário corrimão de madeira, subi quatro andares e cheguei a um longo corredor sem janelas por cujo teto corriam canos de água e cujo carpete avermelhado estava repleto de manchas de chiclete. O corredor cheirava a inseticida e fumaça de cigarro amanhecida. Ocorreu-me que talvez o marido de Dolores estivesse no quarto com ela e Maria; neste caso... Neste caso, eu não sabia bem o que faria. As portas eram de madeira e bastante robustas, algumas com vários buracos de parafusos que prendiam fechaduras já substituídas e todas com um número dourado cuidadosamente pintado. Segui os números; no percurso, passei por uma lata de lixo cheia de garrafas de vinho e uísque. Exceto por um pálido choro atrás de uma das portas, o corredor tinha um silêncio sepulcral. O hotel era, se não o fim da linha, uma de suas últimas paradas; ali vidas terminavam em silêncio anônimo, o tipo de lugar onde alguns dias se passam até o cadáver ser encontrado.

Ouvi uma porta abrir-se atrás de mim. "Você é *novo* por aqui?", disse uma voz bisonhamente aguda.

Virei-me e vi uma figura macilenta e esguia vestida em um roupão, meias presas por ligas, cabelos tingidos do mais berrante laranja e o rosto coberto por uma horripilante máscara de maquilagem. Era um homem. Um sutiã preto com detalhes florais pressionava o esquálido peito para que se parecessem com seios. O tronco totalmente raspado, sem um único pêlo.

"Perguntei se você é *novo*, queridinho." Ele abriu o roupão e revelou a região pubiana, também raspada, e o pênis ornado por meia dúzia de pequenos anéis fixados na pele. Olhei sua cara; a língua, espetada com um alfinete de segurança, serpenteava umidamente sobre o lábio inferior.

Eu balancei a cabeça. "Você escolheu a pessoa errada."

"Tem *certeza*?", ele ronronou. "O freguês é quem manda."

Não entendi direito o que isso significava, mas não pareceu boa coisa. "Sem chance", eu disse.

"Então, tenha um *ótimo* dia." Ele sorriu e fechou a porta.

Mais adiante no corredor havia um telefone público. Parei e dei uma olhada no número para o qual havia ligado antes — era o mesmo. Passei mais algumas portas, cheguei ao quarto de Dolores e parei. Dentro, o rádio tocava salsa, uma canção exuberante e apaixonada marcada pelo vigor dos trompetes. Bati na porta. O rádio silenciou.

"Está destrancada."

Abri e encontrei Dolores sentada em uma poltrona puída, vestindo uma camiseta dos Knicks cortada acima da cintura, o cabelo preso no topo da cabeça formando uma massa de cachos escuros, os braços cruzados. Seu olho estava menos inchado, mas o ferimento tinha escurecido e parecia drenado, como se houvesse rímel escorrendo sob a pele.

"O velho na portaria disse que eu poderia subir."

"O que você quer?", perguntou ela impassível.

Procurei um lugar para sentar. O quarto era insuportavelmente quente e apertado, comportando apenas uma cadeira, uma pequena pia e a cama. Um aquecedor assobiava no canto, apesar do calor ameno daquele dia de abril. O cesto de lixo estava cheio de embalagens de comida para viagem e havia no ar um cheiro de feijão e alho.

"Cuidado", disse Dolores com firmeza, apontando.

Maria estava deitada na ponta da cama, praticamente escondida sob um cobertor. Estava dormindo. Sua respiração produzia um chiado intermitente.

"Ela está doente?"

"Está resfriada", disse Dolores. "Com um pouco de febre."

"Parece que está com o peito carregado."

"Ela está bem. Precisa apenas dormir um pouco." Dolores observou o lento movimento de expansão e retração das costas da filha. "Esse lugar é barulhento demais. Ela não consegue dormir. É tranqüilo durante o dia todo mas barulhento à noite."

"Está quente demais aqui."

"O aquecedor está ligado. Não dá para desligar", disse, olhando-me desconfiada. "E então, por que você veio?"

Nós não nos conhecíamos, é claro. "Liguei para a senhora Triscott e ela disse que despediu você."

"Sim?", interrogou Dolores provocativa. "E daí?"

"Ela disse que você estava cansada demais para trabalhar."

"Bem, estou mesmo cansada, mas também estava pensando em Maria. Tive que deixá-la aqui e não gostei de fazer isso. Olha, eu realmente agradeço por você se preocupar, mas..." Dolores apontou os olhos escuros em minha direção. "Mas eu não preciso de sua ajuda."

O radiador assobiava erraticamente. Com um gesto, dei sinal de acatar o que ela estava dizendo. "Seu olho parece melhor."

"Fiz uma compressa de gelo. Além disso, eu sou do tipo que sara rápido", observou ela com sarcasmo.

"Onde está seu marido?"

"E quem você pensa que é para perguntar isso?"

"Você está de aliança, Dolores. Onde está o cara? Por que ele não está ao seu lado?"

"Ei, você está querendo saber coisas muito pessoais, sabia?"

Verdade. Eu tinha perdido o controle. Não conhecia a mulher, ela não me conhecia. Mas lá estava eu, fitando a suavidade de seu rosto moreno enquanto a filha dormia esparramada na cama.

"*Eu* não estou perguntando quem é a sua esposa, o nome dela ou se ela é bonita, certo?", disse Dolores irada; cruzou então as pernas e disparou: "E você, onde está a *sua* esposa?"

"Na verdade, é uma longa história."

"*Certo.*" Ela riu enojada. Sua reação, tão súbita e cristalina, foi adorável. Significava que ela era forte. Havia em seu jeito de se expressar uma autoconfiança que eu admirava. Ela se conhecia, gostava de si mesma. Liz era assim. As mulheres fortes são as mais atraentes. "É *sempre* uma longa história", prosseguiu Dolores. "De repente, você surge do nada e me diz que..."

"Eu fui casado", interrompi. "Minha esposa foi assassinada. Foi atingida por uma bala perdida quando um rapaz passou de carro na esquina onde ela estava e começou a disparar contra outros rapazes que estavam por ali."

"Oh, meu Deus, me desculpe", disse Dolores rapidamente, os olhos arregalados. "Puxa, eu não imaginava. Eu disse aquilo só porque..."

Sem concluir a frase, debruçou-se e esfregou carinhosamente as costas de Maria.

"Eu entendo por que você disse isso", respondi. "Você não sabe por que estou aqui e, para falar a verdade, nem eu sei direito."

Dolores refletiu um pouco e continuou: "Apenas acho que você deveria saber que não estou desimpedida, quer dizer, ainda estou mais ou menos *comprometida*".

Eu não disse nada; fiquei imaginando como ficaria Dolores depois de uma boa noite de sono e vestida com roupas novas. Ela se levantou para sentir com a mão a temperatura na testa de Maria. O volume dos seios fazia subir a barra da camiseta até a altura do umbigo. Pude ver sua barriga e imaginei meu polegar deslizando ao longo da curva de sua cintura. A maciez da pele. Seria interessante ver minhas mãos brancas pousadas na morenice de seu colo, das coxas ou de qualquer outra parte. Seria interessante ver meu pênis naquela boca. Eu pensava essas coisas também. Elas surgiam em minha mente.

Ato contínuo, Dolores abaixou-se e arrumou a camisa do pijama da filha. "A coisa entre mim e meu marido está toda complicada, certo? E ele é *incrivelmente* ciumento." Ela me olhou, esperando uma reação. "Estou tentando ficar longe dele, entende?" Olhou para o relógio. "Ele quer que eu volte para casa. E também sabe que estou aqui. Tenho que arranjar outro lugar para passar esta noite..."

"Como ele sabe?"

"Tenho amigas demais na minha antiga vizinhança, elas de certa forma sentem pena dele. Precisamos mudar, eu e Maria."

"Foi ele quem te bateu?"

Dolores fechou os olhos e jogou para trás a cabeça, suspirando — a pele de sua garganta era lisa —, logo retornando o queixo à posição normal e abrindo os olhos escuros. "Sabe, fora o lugar onde você trabalha, eu não sei quem você é ou o que quer, embora possa imaginar. Talvez tenha sido *bom* terem me despedido da sua grande companhia, onde um computador controla o número de toques que você dá no teclado por hora. Você sabia disso? O computador diz quando você pode dar uma parada para descansar e quantos minutos pode ficar no banheiro. E a senhora Biscuit..."

"Senhora Triscott."

"Certo, Triscott. Ela trata todo mundo como se fosse burro. Ela fez uma das meninas, uma chinesinha muito gentil, chorar na frente de todo mundo, gritando com ela qual era o jeito certo de escrever 'extrapolações fiduciárias'." Dolores andou até o armário e pegou o casaco que estava usando na noite em que a vi pela primeira vez, no metrô. "Quero que você vá embora daqui."

Levantei-me para ir embora. "Até onde posso ver, Dolores, você está no fim da linha."

Apesar do calor opressivo exalado pelo aquecedor, ela se fechou dentro do casaco. "Como?"

"O cara lá embaixo queria que eu pagasse o seu aluguel."

Ela cerrou os olhos e suspirou frustrada. "Está certo, isso mesmo, estou sem dinheiro. Você foi muito legal e me deu seu cartão de visitas. Então, eu fui ao seu escritório e você me arranjou um emprego. Fui despedida. Me sinto uma idiota nessa situação, sabia? O que acha que eu *devo* fazer, pedir que me arranje outro emprego?"

"Eu tentaria ajudá-la a conseguir um", disse. "É uma companhia muito grande. Tenho certeza de que há outras..."

"Preste atenção", cortou-me Dolores. "Você parece ser um cara bem *legal*. Um cara legal e burro, sabia? Minha vida neste momento está completamente fodida. Eu realmente sou grata pelo que está fazendo. Mas estou numa situação complicada, certo?" Eu podia sentir os olhos de Dolores me queimando, me alertando de que seria melhor para mim ir embora.

"Se eu conseguir arranjar um lugar seguro para você e Maria ficarem por um tempo, de graça, você aceitaria?"

Ela sorriu levemente da impudência da minha proposta; não chegava a ser uma expressão de pena, era algo mais indefinível e ardiloso.

"Não é o lugar onde eu *moro*", continuei. "Fica aqui mesmo em Manhattan. Totalmente de graça, por uma ou duas semanas."

Dolores olhou para Maria. Percebia que todas as decisões passavam por Maria. "Vou ter que pensar no caso. Não, na verdade eu não quero. Obrigada."

"Por quê?"

"Não. É só isso. Entendido? Que inferno!"

"Tudo bem."

Ela olhou para mim indecisa; aparentemente ainda não estava pronta para encerrar o assunto. "Você só está atrás de uma trepada fácil."

Naquele momento eu deveria ter tirado o time de campo. Mas não consegui. Dolores e eu já estávamos de alguma forma amarrados. Ela estava me desafiando, vendo até que ponto era séria a minha disposição de ajudá-la.

"Sim ou não, Dolores?", pressionei. "Um lugar para ficar, de graça. *Seguro.* Posso acertar tudo e telefonar para você às cinco horas. Vou ligar para aquele telefone do corredor. Trate de abaixar o volume do rádio para poder ouvir quando tocar. A propósito, paguei sua conta aqui do hotel. É pegar ou largar. Se você largar, tudo bem. Seja feliz. E boa sorte nos albergues de indigentes. Os quartos são amplos, você terá a companhia de umas quinhentas ou seiscentas pessoas. Metade é doente mental, gente violenta ou simplesmente perdida. Vão roubar tudo o que você tem, até o último centavo e o último par de meias, e são portadoras de todo tipo imaginável de doença infecto-contagiosa — AIDS, tuberculose, hepatite, tudo —, e você ficará o tempo todo preocupada com Maria. Estou falando sério. Eu não gostaria de ver Maria num lugar como esse. Também quanto a isso estou sendo sincero, apesar de você pensar que eu sou algum louco babaca. Portanto, Dolores, tudo de bom para você. Espero que as coisas melhorem."

Ela olhou angustiada para Maria e depois, estranhamente, para uma pequena jarra de vidro colocada sobre a cômoda, como se esperasse ver alguma coisa dentro dela. Por fim, voltou-se e me encarou. "Você não é alguma espécie de maluco, é?" Pendeu a cabeça para o lado, com expressão de dúvida e medo, fazendo força para confiar em mim. "Você não é um doente mental se preparando para maltratar a mim e à minha filha, é?"

"Eu pareço doente mental?", respondi, jogando as mãos para cima (aliás, um truque muito usado por vendedores).

"Você *parece* ser um cara legal." Ela franziu a testa. "É isso que eu não entendo."

"Eu *sou* um cara legal, caramba. Sou um cara legal, normal, sem graça e com um bom emprego. Ando de terno, vou trabalhar, pago minhas contas. Sou um cara legal, entendido? Meu pai é *pastor* aposentado, se é que você quer saber."

"Esses são os piores", ela disse rindo. "Os que têm pais como o seu."

Percebi que tínhamos superado a fase mais difícil.

"Você está realmente preocupado conosco?"

"Quando soube que você tinha sido despedida, peguei seu telefone com aquela velha nojenta e decidi ligar para ver no que isso daria. Tudo bem? Eu não sabia se seu marido estaria aqui ou não, ou se me encheria de pancada."

Os lábios dela retraíram-se sugestivamente. "Você não está apenas interessado em uma coisinha fácil?"

"Se isso fosse verdade, você me mandaria passear e seria o fim da história, certo?"

"Com certeza."

"Então, negócio fechado?"

Dolores não disse nada, apenas deu de ombros. Tomei isso como um sim.

Saindo do hotel, bati na janela do cubículo onde estava o gerente, Clammers.

"Ela vai ficar aqui até pouco depois das cinco", eu disse. "Está claro?"

Ele me ignorou e continuou preenchendo seu talão de apostas.

"Ela vai receber um telefonema lá em cima", continuei. "A conta dela até aqui está acertada e eu não quero que você a despeje ou faça qualquer coisa antes do meu telefonema, às cinco da tarde."

Ele balançou a cabeça. "Não desperdice suas energias, amigo."

"O que você quer dizer?"

"Quero dizer que as coisas sempre acabam acontecendo de um jeito diferente do que você imaginou." Os olhos dele avaliavam meu rosto. "Você procura uma coisa e acha outra. Não vale a pena. Cansei de ver isso."

Ahmed Nejad ia me ajudar mas ainda não fora informado disso. Tínhamos sido companheiros de futebol no time da Universidade Columbia e havíamos viajado juntos para enfrentar as outras universidades da Ivy League, jogando contra a Universidade da Pennsylvania, no estádio Franklin Field, contra Harvard e contra Yale, no próprio estádio de Yale. A família de Ahmed fugira do Irã pouco antes da queda do xá e estabelecera-se com seus milhões de dólares em Nova York. Eram todos muçulmanos moderados e internacionalizados e haviam previsto que a ascensão do aiatolá Khomeini não seria boa para a família, em virtude das relações comerciais que mantinham com o Ocidente. Ahmed era um jogador explosivo, com o temperamento talhado apenas para a posição de centroavante, cuja função é penetrar na defesa adversária e marcar gols. O desempenho de Ahmed dependia de uma mistura de habilidade com coragem e de um desejo quase mortal de superar a defesa adversária. Suas pernas grossas, peludas e ágeis destroçavam as dos adversários. O decoro da Yvy League não significava nada para ele, e seu único e grande defeito era o gênio violento; invariavelmente, menos de quinze minutos depois de iniciada a partida, ele recebia um cartão amarelo por seus acessos de fúria. Na viagem para New Haven, Cambridge ou Filadélfia, divertia-se jogando pôquer com os otários que ousavam desafiá-lo. Ninguém entendia suficientemente bem as nuances de seu sotaque para saber quando Ahmed estava mentindo. Desde aquela época ele prosperara bastante — agora seus adversários eram as tendências erráticas do comércio na cidade. Na faculdade, ambos tínhamos interesse no negócio de restauração de casas velhas e esta passou a ser sua atividade principal. Ele reformava e recuperava prédios com a determinação de quem sabia que ia ganhar um bom dinheiro na hora da revenda, mesmo estando o mercado imobiliário paralisado. Eu sabia que ele estava agora trabalhando em um prédio de seis andares no Soho, uma quadra a oeste da Broadway. O plano de Ahmed era grandioso: transformar o edifício abandonado e manchado de fuligem em um modelo de construção urbana moderna, com as paredes externas pintadas em cores fortes e conjuntos de escritório totalmente novos distribuídos em cinco andares, com lojas da moda e galerias no andar térreo. No último andar ele planejava fazer uma cobertura, que eu sabia estar praticamente pronta. Era ali que eu esperava instalar temporariamente Dolores e Maria.

Como a única maneira de contatar Ahmed era encontrá-lo na obra, peguei um táxi e mandei o motorista seguir para a zona sul. Paramos em frente a uma imensa entrada de serviço da qual soprava uma poeira de areia que subia para o céu numa nuvem espiralada. Trabalhadores empurravam para fora do prédio contêineres de entulho do tamanho de geladeiras, carregados de madeira, gesso, ferro e cimento. Emergiam da escuridão do prédio cobertos de pó e piscando os olhos; lá dentro, pendurada na parede, corria uma fieira de lâmpadas, lembrando a entrada de uma mina. Encontrei Ahmed vestido, como sempre, com um terno europeu de caimento perfeito. Estava do outro lado do prédio, junto de um paquistanês ou indiano baixinho e mirrado. Estavam observando meia dúzia de mexicanos que se equilibravam num andaime a quase dois metros do chão. Depois de confabular mais um pouco com Ahmed, o homem gritou algo aos mexicanos numa versão paquistanesamente desafinada de espanhol; numa explicação acompanhada de um balanço irregular da cabeça, um dos mexicanos respondeu com palavras arrastadas e a mensagem foi traduzida no ato para Ahmed, que respondeu em farsi. Ato contínuo, o homem que estava ao seu lado dirigiu-se em inglês com forte sotaque britânico a dois trabalhadores de Bangladesh que estavam mais acima, perto do teto, esperando instruções — seus cabelos perfeitamente negros reluziam sob o sol e as vozes tímidas ecoavam nas paredes. Estavam trabalhando na fachada do prédio, aplicando jato de areia na superfície de tijolos enegrecida, de modo a devolver-lhe a cor rosa original e todo o frescor e prosperidade. Neste momento Ahmed me viu.

"Meu amigo!" Ele caminhou em minha direção com a mão estendida.

"Ahmed", eu disse, e fui logo apontando na direção do homem com quem ele estava conversando. "Estou vendo que arranjou um intérprete."

"Sanjay é meu mestre-de-obras. Fala seis línguas, sem contar as românicas. É o homem mais brihante que já empreguei." Ahmed acenou para Sanjay, que continuou a intermediar instruções entre as duas equipes.

"E você paga a ele um gordo salário, certo?"

Ahmed virou-se para mim. "Ele acha que sim."

"Você só recruta imigrantes recém-chegados?"

Ahmed franziu a testa. "Esses homens são os únicos que sabem trabalhar. Não querem seguro-saúde nem plano de pensão. Não esperam receber esses benefícios. Tudo o que querem é trabalhar e receber o dinheiro que lhes pago por isso." Enquanto ele falava, uma fina chuva de pó de tijolo desceu sobre nós. De dentro do prédio, podíamos ouvir o guincho estridente das lixas e furadeiras. "Isso também vale para você, Jack. Tudo o que você sabe fazer é trabalhar." Ele sorriu perversamente. "Você trabalha... mas *eu* ganho dinheiro." O sorriso revelou os dentes que ele sabia serem perfeitos. "E agora você precisa de mim para alguma coisa, certo? Americanos só procuram iranianos quando precisam de alguma coisa."

Enquanto caminhávamos para a entrada do prédio, contei-lhe o favor que queria dele, explicando que não seria por muito tempo e que Dolores e Maria simplesmente não tinham nenhum outro lugar onde ficar.

"Essa mulher e a filha, elas não têm nenhum dinheiro, é isso?", disse Ahmed. "E elas não vão me pagar, certo?"

"Isso mesmo."

"O que elas estão fazendo?"

"Tentando fugir, tentando mudar de vida."

"Mas este não é o lugar ideal para se fazer isso."

"A sua família, vocês não tiveram que vir para cá para mudar de vida?", eu disse. "E esses caras?", completei, apontando os operários.

"Imagino que ela seja muito atraente." Ahmed sorriu, exibindo a dentadura impecável. "Não tenho dúvida quanto a isso."

Ele agora estava me encarando nos olhos, já tendo me confrontado o suficiente para deixar claro que não era um cachorrinho ensinado que comia na minha mão. Mas as coisas também não eram assim tão simples; o que nenhum de nós mencionou é que eu havia arranjado um emprego no estúdio da nossa divisão de cinema em Hollywood para a prima dele, a pessoa de sua vasta e talentosa família mais ajustada à cultura americana. O desejo dela de secretariar um executivo de terceiro escalão do estúdio foi visto pela família como uma traição, contou-me Ahmed, e a jovem aparentemente tornou-se uma americana como outra qualquer, feliz por ter rechaçado o legado iraniano. Mas isso era um assunto de família; o importante entre nós é que ele me fizera um pedido e eu atendi, o que o obrigava a fazer o mesmo agora. "Ainda não tem muita iluminação lá em cima, mas a eletricidade já está ligada", disse Ahmed. "Já tem água quente, mas falta máquina de lavar e lavadora de pratos."

"Tudo bem", garanti. "Ela precisa ficar apenas uma semana, duas no máximo."

"Só isso? Tem certeza?"

Eu não tinha certeza, mas mesmo assim respondi que tinha. Atravessamos a rua e entramos num velho restaurante em cujas paredes havia retratos dos grandes nomes do boxe nos últimos setenta anos. Sentamos no bar, bem diante de Muhammad Ali, na época Cassius Clay, de punhos cerrados em guarda, olhar feroz, rosto suado — magnífico.

"*Você* tem uma casa grande", observou Ahmed. "Por que ela não fica com você?"

"Ela não quer."

"Para uma mulher que não tem aonde ir, ela me parece exigente demais."

"Você tem razão", eu disse. "Mas o nosso relacionamento não é do tipo que me permita simplesmente chegar e convidá-la para passar uns dias em minha casa. Tem um sujeito atrás dela, um namorado ou marido, e..."

"Por favor, meu amigo, não diga mais nada." Ahmed balançou as mãos espalmadas, indicando que não estava disposto a ouvir a sordidez contida em meu relato. "Se ela pagar as ligações que fizer e sair em dez dias, para mim está tudo bem. Meus pintores e marceneiros vão entrar na obra."

"Tem telefone lá?"

"Claro." Ahmed tirou um maço de cigarro francês do bolso interno do paletó. "Foi instalado na semana passada."

Anotei o número e perguntei: "Móveis?"

"Algumas cadeiras e uma cama. Não tem fogão mas tem geladeira. Ainda não podemos usar a caldeira para o sistema de aquecimento central", prosseguiu Ahmed, "mas temos alguns aquecedores elétricos usados pelos homens que estão fazendo o acabamento. Vou mandar colocarem dois no apartamento, para a hipótese de fazer frio à noite."

"Ótimo, Ahmed, muito bom."

"Ela só pode sair do apartamento depois das seis da manhã, quando o pessoal da segurança vem buscar os cachorros."

"Cachorros?"

"Deixo sempre dois cachorros dentro da obra. Um pastor alemão e um *rottweiler*." Ahmed olhou para mim. "Todas as manhãs encontramos um sem-teto e o damos como alimento para os cachorros, que a esta altura já estão muito famintos." Ele riu ameaçador. "Eu sei, você não acha graça. Tenho mais ou menos meio milhão de dólares em equipamentos, ferramentas e trabalho nesta obra. Hoje de manhã entregaram o sistema eletrônico do elevador. Vale dezessete mil dólares. Essas coisas custam muito dinheiro. Portanto, ela terá que seguir as minhas regras."

Aquiesci e disse: "Nada mais justo".

"E tem também um guarda que contratamos para vigiar do lado de fora. Ela não deve incomodá-lo."

"Certo."

Levantou-se do bar, preparando-se para ir embora. "Vou pedir ao Sanjay que arrume o apartamento."

"Obrigado, Ahmed."

"Espero que ela valha todo esse esforço."

"Talvez valha."

"Você está pensando em roubá-la para uso próprio?"

"Não sei", respondi. Estava falando a verdade.

Às cinco horas liguei para Dolores. Ela atendeu ao primeiro toque. Expliquei como era o lugar e quais eram as condições impostas por Ahmed para que ela ficasse lá.

"E vai ser de graça?", perguntou ela em tom desconfiado. "Totalmente de graça?"

"Sim."

"Não é você que vai pagar o aluguel?"

"Não."

"É um favor do dono do lugar?"

"Certo."

"E o que *ele* quer?"

"Nada. Ele me deve um favor."

"E ninguém mais mora lá?", ela quis saber, cheia de dúvidas.

"Ninguém."

"Isso é meio estranho."

"Concordo."

"Mas é seguro, não é?", perguntou.

"Até este momento, ninguém sabe que seria *possível* alguém morar lá."

"Onde *você* mora?"

"No Brooklyn."

"Onde?"

"Park Slope."

"Onde moram os ricos."

"Diversos tipos de pessoas moram lá."

"Eu e Maria seremos as únicas pessoas no prédio?"

"As únicas."

"Você vai ficar com uma chave do prédio?"

"Não."

A conversa se arrastou assim por mais alguns minutos, o que me pareceu razoável, já que Dolores tinha que pensar em Maria e estava confiando sua segurança e a da filha não apenas a mim como também a outros estranhos. Mas no fim ela concordou em vir e eu lhe dei o endereço. A seguir liguei para Helen. A sra. Marsh havia confirmado os compromissos de segunda-feira com o Presidente, em Washington. Comecei a ler o gordo dossiê que Helen me entregara. Era mais técnico do que eu imaginava, rico em detalhes. Eu teria que guardar o máximo possível na memória. O barman apareceu limpando um copo de vidro e eu pedi dois filés completos com guarnição, para viagem.

Acompanhada de Maria, Dolores desceu do táxi arrastando uma imensa mala e eu paguei a corrida. Sanjay, que parecia estar com dor nos pés, caminhou com dificuldade até nós e puxou a mala para dentro do prédio enquanto o táxi se afastava.

Maria apontou: "O homem está levando a mala, mamãe".

"Não tem problema." Dolores agachou-se para se certificar de que o casaco de Maria estava abotoado até o pescoço. "Ele vai levá-la para o nosso quarto." Tirou então um lenço de papel da bolsa e colocou-o no nariz de Maria: "Sopra".

"Não."

Dolores pressionou o lenço contra a cara de Maria, que obedeceu, e olhou para mim. O sol da tarde batia em seu rosto e realçava a riqueza de sua tez emoldurada por cabelos escuros e rebeldes e adornada por olhos cintilantes. Dei a ela a embalagem de refeições ainda quente.

"Você não precisava fazer isso por nós." Os dedos dela resvalaram quase imperceptivelmente na manga do meu paletó. "Obrigada."

Sanjay reapareceu e com solenidade abaixou a cabeça em minha direção.

"Estamos prontos, senhor."

"Tem um telefone lá em cima", eu disse antes de partir. "Gostaria de ligar para você esta noite, tudo bem?"

"Claro", respondeu Dolores com um sorriso contido — um sorriso de quem compreendia que, apesar do meu tom corriqueiro, nada havia de corriqueiro naquela situação. Ato contínuo, ela e Maria desapareceram atrás da poeira e entraram na penumbra do prédio de Ahmed. Senti uma espécie de satisfação barata, quase ardilosa.

Naquela noite, estudei o vasto dossiê sabendo que devia dominar todo o seu conteúdo, todos os detalhes ridículos, como a quantidade de watts do transmissor de um dos satélites da Corporação. Homens como o Presidente não liam mais nada com cuidado, pois esperavam que homens mais jovens soubessem as respostas para as pequenas questões. Subi então para o terraço da minha casa de Park Slope, com o telefone portátil em uma mão e o número de Dolores na outra. Liguei e esperei. Ocupado. O vento soprava botões de bordo sobre o terraço e no horizonte erguiam-se as luzes azuis e vermelhas do Empire State. Sentado na velha cadeira de praia cor-de-rosa, já desbotada, perguntei-me por que me sentia tão atraído por Dolores Salcines, já que fora moldado na infância e na adolescência para conhecer um tipo específico de garota e depois um tipo específico de mulher. Elas usavam suéteres de lã *shetland*, haviam sido alunas brilhantes e entraram nas vinte ou trinta melhores universidades do país. Eram boas garotas e, mesmo quando não eram, não chegavam a ser *más*. Talvez tivessem furtado uma ou outra coisa numa loja quando adolescentes, talvez tivessem ido para a cama com vários rapazes e tomado bolinhas com anfetamina. Disquei de novo. Ocupado. O destino delas já estava escrito desde que nasceram: casamento, carreira, filhos. Eram inequívocos e inevitáveis os pontos que delineavam o perfil dessas mulheres: conheceram a Europa, eram confiáveis, bem-informadas, tinham sapatos demais no armário, tomavam vitaminas, conseguiam ter vários orgasmos seguidos, normalmente não assistiam muito à televisão, gostavam de ler, eram *atraentes*, conheciam cafés. Eram brancas. Eu amei muitas dessas mulheres. Minha mãe foi uma delas, à maneira de sua geração, e Liz certamente fora uma. Dolores Salcines não pertencia a esse clube.

Sirenes soavam velozes por uma das avenidas próximas, ecoadas por outras sirenes ou com elas misturadas, ora próximas, ora distantes, sempre encerrando um ar de urgência em todas as esquinas da noite da cidade. Apenas raramente nos transportamos para o outro lado de nós mesmos, para o outro lado da possibilidade. Pressionei uma vez mais a tecla de rediscagem automática. Deixei tocar umas vinte vezes antes de desistir. Dolores não deveria estar fora do apartamento. Mas estava.

4

Na manhã da segunda-feira seguinte, um dos lustrosos carros pretos da Corporação emergiu deslizando da penumbra e, como um inseto gigantesco e sinistro, subiu o quarteirão. Parado em frente à minha casa, esperou com as lanternas vermelhas de estacionamento acesas. Sentado no banco de trás, a pasta sobre os joelhos, continuei rememorando mentalmente o dossiê: freqüências de *uplink* de satélites e roteamento de transmissão. O carro serpenteou pelo Brooklyn a caminho do aeroporto LaGuardia, passando no trajeto por garotinhos negros que nos grandes cruzamentos vendiam rosas, aromatizantes de ambientes em tabletes e cintos de hérnia. Pirralhos de dez anos inspirando fumaça de escapamento o dia inteiro. Eu tinha visto cenas parecidas na Zona Rosa, na Cidade do México, e perto do Grand Eastern Hotel, em Calcutá. Agora, no sinal vermelho, via aqueles rostos grudados contra os vidros escuros do carro, excitados com a esperança de reconhecer uma celebridade. O motorista abriu a janela não mais que oito centímetros e latiu-lhes algo hediondo. Privações e luta marcavam seus rostos ainda tenros. Impossível ignorar o drama a que estavam condenados. Desviei o olhar.

Na ponte aérea, mastiguei antiácidos e continuei a ler sobre satélites. Ainda no avião, liguei para Helen e checamos algumas coisas. Como não havia recado de Dolores, liguei diretamente para ela. Um dos trabalhadores de Ahmed atendeu e disse que Dolores não estava. Torci para que tivesse saído à procura de emprego, torci para que não estivesse se metendo em encrenca. Dei uma olhada no jornal. Olhei pela janela do avião e fiz o teste: ainda me lembrava do rosto de Liz? Sim.

Antes de aterrissarmos, fui ao banheiro e, a poucos centímetros do espelho, fiz o teste do sorriso, escancarando a boca em busca de restos de pão presos entre os dentes ou no ponto em que eles se fixam na gengiva. Essas coisas são importantes. As pessoas tiram conclusões e tomam decisões a seu respeito. As pessoas se deleitam com a perversidade. Uma vez, decidimos não contratar um candidato ao cargo de vice-presidente assistente para a área de sistemas de informação porque ele não controlava a própria saliva. Era um sujeito inteligente, tinha as melhores credenciais, ótimas recomendações, uma bela gravata de seda e excelentes contatos comerciais. Mas tinha também uma quantidade excessiva de cuspe flutuando sobre o lábio inferior. Isso incomodou gente demais, especialmente Samantha. Arreganhei a boca em frente ao espelho e olhei para o fundo da garganta. Acidez crônica no esôfago pode provocar o surgimento de células "anormais". Foi o que disse o meu médico ao insistir em que eu diminuísse o café e a bebida, visto que ambos relaxam o esfíncter na base do esôfago, permitindo a passagem do conteúdo do estômago para o esôfago. Ele estava me exortando a mudar de estilo de vida, fugir do estresse. O que significa "anormal", eu quis saber? Pré-canceroso, ele respondeu. Fazemos uma endoscopia e examinamos algumas células. Eu poderia intensificar seu tratamento e ministrar-lhe metaclorepropamide ou omeprazole, prosseguiu ele, mas não é uma terapia de primeira linha: os efeitos colaterais são graves. Perguntei ansioso o que aconteceria se eu piorasse. É possível que surja um quadro conhecido como "esofagia de Barrett", respondeu ele, o que significa que a parede interna do esôfago torna-se parecida com a parede interna do estômago. Neste caso, o que normalmente temos de fazer é uma intervenção cirúrgica chamada "plicatura de Nissen". Um especialista faz uma incisão no seu estômago e depois costura parte do estômago em torno da base do esôfago, para uma boa fixação. Eu disse que não soava muito agradável. "Não", ele respondeu. "Não é."

Um carro me aguardava no aeroporto Nacional. Enquanto o motorista esperava para fechar minha porta, sentei-me no banco de trás achando que só encontraria o Presidente em algum lugar do distrito de Columbia. Mas ele estava ali ao meu lado, o rosto bronzeado me encarando.

"Bom dia", disse ele. Eu nunca estivera tão próximo daqueles brilhantes olhos azuis, da pele matizada pela idade. "Já nos conhecemos?"

"Fomos apresentados rapidamente uma vez", respondi. O carro começou a andar.

"O senhor Morrison me garantiu que você é o sujeito de que preciso", disse ele enquanto levava um cigarro à boca.

"A lição de casa está feita: já li tudo."

"Otimo: eu não li. Você fala e eu intervenho aqui e ali." Ele girou um botão de metal na lateral do carro e o exíguo espaço em que estávamos foi preenchido pelos obsedantes sons de um canto gregoriano. "Muito bem..." O alvo do olhar dele estava agora além das janelas. Ele não diria mais nada. Atravessamos o rio Potomac para entrar no distrito. Os monumentos de mármore quebravam a perfeição azul do céu. O Presidente apanhou um livro na pasta — *The way we live now*, um romance de Trollope — e cerimoniosamente colocou um par de óculos com lentes bifocais no nariz. Em nossos ouvidos, cem homens cantavam em latim seu canto triste. O Presidente abriu em determinada página. Um homem com uma fortuna de cerca de novecentos milhões de dólares. Eu já estava longe de seus pensamentos.

Passamos o dia trafegando pelas ruas da capital e entrando em estacionamentos privativos localizados sob e atrás de edifícios da administração federal, havendo sempre um funcionário diligentemente à nossa espera para nos conduzir ao escritório da pessoa com quem nos reuniríamos. Assuntos diferentes, encontros breves, todos eles tentativas de convencer o governo a adotar medidas ou aprovar leis favoráveis à Corporação. Eu regurgitava as seções pertinentes do dossiê enquanto o Presidente ouvia, examinando um pequeno band-aid fixado nas costas da mão. Focos de câncer de pele. Sua participação limitava-se a respeitosos gestos de cabeça. Como no carro não dizíamos quase nada um ao outro, eu não sabia se ele estava satisfeito ou não com meu desempenho. Ele aparentemente não queria ser entretido como alguns chefes. Recebeu várias ligações — dizia poucas palavras e delicadamente colocava o fone no gancho. Fumou uma média de dois cigarros por hora e ignorou tanto os memorandos e relatórios preparados por seus assessores como os jornais do dia. Enquanto lia, apertava e mordiscava os lábios, engolindo de quando em quando, como se a informação contida na página não estivesse sendo absorvida pelos olhos, mas ingerida em suculentos pedaços através de um canudo invisível. Senti uma ponta de decepção; o Presidente parecia mais um reles Mr. Peepers, e não o misterioso titã que fazia Morrison ranger os dentes até a gengiva. Ao meu lado estava um carteiro aposentado, talvez um velho esquisito e educado, de faces rosadas, vestindo um suéter e sentado na biblioteca pública, ou quem sabe um avô que gostava de sair com o neto para pescar. Isto só podia ser algum tipo de armação. Nesse momento tive certeza de que Beales convencera Morrison a me chutar da equipe de negociação. As pessoas fazem coisas assim, maquinam, esperam anos pela oportunidade adequada. Beales calculou que, estando eu ausente das negociações com a Volkman-Sakura, ele próprio teria mais chances de estabelecer com os alemães um relacionamento que no futuro viesse a lhe ser útil. Afinal, eu poderia amolecer os executivos da vs na língua deles. Isso o incomodava. E por que eu tinha esse atributo que tanto parecia incomodá-lo? Em 1974, minha mãe leu no *Wall Street Journal* que as línguas do futuro seriam o espanhol, o japonês, o chinês e o alemão. Mas, na visão dela, espanhol era a língua das faxineiras. Japonês e chinês, línguas enroladas como macarrão: impossível. Sobrou o alemão. Seu primogênito aprenderia alemão. Ele tinha um péssimo ouvido mas ótima memória e efetivamente aprendeu a língua de sons ásperos. Acabei passando a gostar do idioma e de sua total falta de musicalidade. Durante o curso superior, cheguei a ler *A montanha mágica,* de Thomas Mann, no original. Agora Beales estava me punindo por isso.

Mais compromissos. Ao final do dia, reunimo-nos com o presidente da Comissão de Relações Exteriores do Senado e seu chefe de gabinete. O assessor nos conduziu pelos corredores encerados até uma das salas reservadas do Russell Senate Office Building. Enquanto esperávamos o senador chegar, observei os objetos que enfeitavam o ambiente: canetas emolduradas usadas por ex-presidentes para assinar leis propostas pelo senador, o telefone cem por cento seguro contra grampos, com linhas diretas para a Casa Branca e para o escritório do líder da maioria no Senado, as cópias encadernadas com capa de couro dos *Boletins do Congresso* e, pendurado na parede, o relógio legislativo, que indicava através de um sistema especial de luzes e campainhas se o Senado estava em recesso, prestes a começar uma votação ou verificando o quórum.

"O senador precisa estar no plenário dentro de vinte minutos", observou o assessor assim que o senador nos cumprimentou.

Sentamo-nos em quatro poltronas. A esta altura eu já conhecia bem a rotina. "Como vocês se lembram", comecei, "recebemos no último mês de junho a autorização definitiva da Brasilsat para posicionar um dos nossos satélites de TV sobre o Brasil."

"Sim."

"Trata-se de um mercado cada vez mais importante para a indústria de entretenimento americana."

"*Sim*."

"Este satélite usa a nova tecnologia de bateria de hidrogênio-níquel que prolonga a vida do satélite. São menores e mais leves", eu disse, como se estivesse lendo uma apostila. O funcionário do senador olhou para mim; ambos sabíamos que eu não entendia nicas de satélites. "Queríamos testar a qualidade de transmissão em uma área específica do país e nos dedicamos a um longo planejamento destinado a lançar o satélite em órbita geoestacionária ao norte de Brasília. Não preciso dizer que se trata de uma tecnologia extremamente cara." O satélite era um grande e brilhante inseto cujas asas formavam painéis de captação de energia solar. De acordo com uma nota no dossiê, construí-lo e colocá-lo em órbita a 36 mil quilômetros de altitude custara 289 milhões de dólares. Esta importância fora financiada por felizes investidores que em 1986 haviam comprado bônus da Corporação durante a fase de capitalização do projeto de satélites. A maior parte das empresas de comunicação não possui satélite próprio e aluga espaço nos satélites das empresas de telecomunicações. Mas muitas vezes é melhor ser o locador do que o inquilino, e nós decidimos comprar alguns. Isso aconteceu numa época em que o número de satélites no espaço aproximava-se da saturação. O custo de transmissão aumentará e nossos concorrentes terão que pagar, enquanto a Corporação terá capacidade própria.

"Muito bem", prossegui, "a Força Aérea Brasileira reclamou quase imediatamente de que o sinal do satélite da Corporação interferia nas comunicações dela. Mas o fato é que a freqüência de operação da nossa antena havia sido autorizada. Todo satélite é construído com uma capacidade de transmissão específica, baseada em sua posição orbital e na área de alcance em terra que se deseja cobrir. Quando nos recusamos a ajustar a posição do satélite, a Força Aérea deles embaralhou o sinal."

"Tudo isso me parece já bastante conhecido", disse o funcionário do senador.

"Agradeço a observação, mas estou apenas recapitulando os aspectos-chaves da nossa situação." Neste momento trocamos sorrisos venenosos. Olhei para o senador. Estava com expressão preguiçosa, sonhando com alguma coisa, talvez sermões dominicais em sua igreja, sexo oral, a infância perdida — qualquer coisa menos o assunto em pauta. "O embaralhamento afetou o que se chama de freqüência de *downlink*. Deixe-me explicar. Para evitar interferência de sinais, os rastreadores do satélite transformam as freqüências dos sinais enviados para o satélite em freqüências de descida para a Terra, e esta mudança na freqüência de descida fez com que se interrompesse o teste de comunic..."

"Isso é *verdade*?", interrompeu o senador, sua mente uns trinta segundos atrasada em relação à conversa. "É verdade que o sinal do satélite causou a interferência?"

Sim. A área efetiva de cobertura do satélite era trinta por cento maior que a autorizada — para cobrir um mercado potencial maior, dizia o dossiê. Mas isso nunca foi admitido, nem mesmo aos dez lobistas permanentes da Corporação, que comunicaram sua "preocupação" em relação ao problema do satélite a vários representantes da administração, à Agência Nacional de Telecomunicações e Informações, à Comissão Federal de Comunicações e ao Departamento de Estado.

"Não", eu disse. "A informação que eles passaram é incorreta. Nossa área de cobertura está dentro dos limites autorizados, com uma folga de 24 quilômetros."

"Mas então qual *é* a verdade?"

Expliquei que acreditávamos que a Brasilsat, a agência de satélites do Brasil, voltara atrás na sua decisão. Talvez um investidor local tivesse comprado algum dirigente da Brasilsat.

"É evidente que se os brasileiros *não querem* ter um dos seus satélites pairando sobre a capital do país deles, não são *obrigados* a aceitar isso", disse o assistente do senador, cruzando os braços com óbvia impaciência.

"Isso representa um grande mercado para nós", eu disse. Queremos ter acesso a esse mercado. Cento e sessenta milhões de pessoas. Nós poderíamos ter comprado o satélite em outro lugar..." Não precisei lembrá-los de que aquele satélite havia sido fabricado no estado do senador. Uma empresa que era grande fornecedora do Ministério da Defesa, o que representava grandes somas de dinheiro. "No ano que vem estaremos abrindo concorrência para a compra de mais dois novos satélites."

O Presidente e o senador ouviam aparentemente absortos.

"É preciso que alguma coisa seja feita nas próximas duas semanas", eu disse. "Seria extremamente positivo se..."

"Não, não. É prematuro prometer qualquer coisa", argumentou o homem do senador. "Note que leva tempo acionar os *canais*, é preciso ligar para as pessoas, saber qual é a posição delas..." Ele aventou a possibilidade de passar um telex para a embaixada americana em Brasília e fazer uma consulta informal — sua intenção era proteger o chefe e ao mesmo tempo insinuar que se tomariam providências. Não gostei dele. Era o tipo que corta o cabelo quinzenalmente, sempre às segundas-feiras; um boca-mole puxa-saco, um burocratazinho de aluguel viciado em cafeína. A rede política nacional está transbordando de homens e mulheres como ele. "...Ou, se houvesse mais tempo", continuou o funcionário do senador, "poderíamos pensar em fazer uma consulta ao..."

"Não precisamos de consulta", interveio educadamente o Presidente, inclinando-se para a frente como que para ouvir alguma observação mais sorrateira. "Precisamos de *pressão*."

A sala mergulhou no silêncio. A seguir, o senador e o Presidente se olharam e sacudiram levemente a cabeça, ambos entendendo as reais dimensões da conversa, bem como do poder e da insinuação. Levantaram-se e apertaram-se as mãos.

"Se você estiver na ilha no verão, me dê uma ligada." O Presidente lançou uma piscadela simpática ao senador. "Vamos jogar uma partida."

No corredor, enquanto saíamos, o Presidente voltou-se para mim. "Você estava incisivo demais. Essas coisas são feitas com mais sutileza."

"Eu deveria ter sido mais cuidadoso."

"Fervor é o que não lhe falta na hora de defender uma idéia", observou ele.

"Acho que sim."

Ele me olhou com serenidade. "É por isso que foi designado para mim?"

Tentei determinar a melhor resposta e, antes que dissesse qualquer coisa, o Presidente perguntou: "Você queria ser designado para mim?"

"Não", respondi. "Não queria."

Esperei que ele fosse dizer alguma coisa, mas o homem continuou caminhando em silêncio em direção ao carro. No entanto, observei o rosto dele. Olhava para a frente mas pude ver, enredilhadas nas rugas em torno dos olhos, dobras de pele que anunciavam inequivocamente que ele estava se divertindo.

Nós não voltaríamos para Nova York pela ponte aérea. Dizia o folclore da Corporação que, anos antes, Morrison e o Presidente estavam viajando na classe convencional de um vôo de carreira quando a turbina sob a asa do lado da janela do Presidente despencou. Sem mais nem menos, caiu. Segundo Morrison, o Presidente estava olhando pela janela e viu quando a imensa e brilhante turbina se soltou, arrancando uma folha de metal da asa e deixando apenas o suporte onde estava presa. Naquele instante, o Presidente olhou para o relógio, sem se perturbar marcou o tempo, voltou-se para Morrison e disse: "Se o comandante levar mais de trinta segundos para anunciar o que aconteceu, eu nunca mais ponho os pés num avião".

O anônimo capitão levaria precisamente quatro minutos para anunciar o pouso de emergência, e agora, a bordo do carro de uso exclusivo do Presidente, seguíamos para a estação de trem para tomar o expresso Metroliner. Entramos por uma passagem misteriosa nos fundos da estação Union, passando na frente de todos os outros passageiros que aguardavam atrás das portas de vidro, e fomos deixados já na plataforma de embarque. Ocorreu-me que sem dúvida a Amtrak mandara construir entradas secretas para uso de presidentes, chefes de Estado, e mandachuvas em geral. Quando o resto dos passageiros começou a embarcar, nós já estávamos confortavelmente sentados.

"E por que não o helicóptero?", perguntei. "É o que o senhor usa às vezes."

"Não de noite", explicou o Presidente, contraindo os músculos do rosto. "É uma aposta arriscada. Veja o que aconteceu com o senador Heinz e todos aqueles sujeitos que trabalhavam com o Trump." Estávamos no carro-bar, com não mais que metade dos lugares ocupados; o Presidente acendeu um cigarro e despejou no copo duas garrafinhas de dose única de uísque. Ele esperara por este momento o dia inteiro e agora, ao primeiro gole, seu rosto chegava a brilhar de satisfação. Em torno de nós, outros passageiros, a maioria homens de terno, bebiam e riam com seus colegas de trabalho, outros conversavam discretamente ao telefone e uns poucos mantinham os olhos fixos nas telas de seus *laptops*. Não era difícil determinar quem era a figura dominante em cada grupo. Normalmente era o mais velho, claro, alvo freqüente do olhar atento e profundo de um homem mais jovem. Isso às vezes acontece entre homens; muitos de nós andamos silenciosamente desesperados atrás de um pai, mesmo quando chegamos à meia-idade. Não raro o encontramos no trabalho.

"Será que realmente vamos conseguir que esses coronéis brasileiros parem de atrapalhar a operação do nosso satélite?", disse o Presidente. Antes que eu respondesse ele deu de ombros. Não importava. Outros inventariam soluções para os problemas da Corporação — eu, Beales, Samantha, os lobistas, o escritório de relações institucionais, algum funcionário. Tudo que o Presidente precisou fazer foi mencionar uma partida de golfe ao presidente da Comissão de Relações Exteriores do Senado. A esta altura, seu trabalho se resumia basicamente a isto.

"E então, Jack, fale-me de você", disse o Presidente, afrouxando o nó da gravata enquanto olhava pela janela. "Afinal de contas, quem é você?"

"Bem", comecei, lisonjeado com a pergunta, "como talvez o senhor já saiba, meu cargo é o de vice-presidente de..."

"Não! *Por favor*, não. Me diga alguma coisa *interessante*, pelo amor de Deus", pediu o Presidente, gesticulando com a mão como se quisesse enxotar minhas palavras. "Me diga por que um sujeito com tantas qualidades como você não tornou a se casar."

Virei-me para encará-lo. "Então o senhor soube?"

Ele sacudiu afirmativamente a cabeça. "É claro."

"O senhor sabe a história, sobre o que aconteceu com Liz?"

"Sim. Fui informado no dia seguinte."

"No dia seguinte?", eu disse incrédulo.

"Ainda sei de algumas coisas que acontecem na minha companhia." Ele sorriu sugestivamente. "Mas voltando ao assunto, me diga, por que um sujeito como você não voltou a se casar?"

"Não encontrei a mulher certa."

"Neste caso você certamente tem seus chamegos", deduziu ele. "Palavra boa e antiga esta, 'chamego'. Uma garota, um quarto de hotel, um cigarro na janela, uma comidinha entregue no quarto depois."

Imaginei o que Dolores estaria fazendo naquele momento. Talvez colocando Maria na cama. Talvez qualquer coisa. "Ando com muito trabalho atualmente", respondi desconfiado.

"Ah, conversa fiada!", exclamou o Presidente. "A vida é curta. Um dia vou lhe explicar a minha teoria do chamego." Ele riu. "Um dia. De qualquer maneira, você não disse muita coisa. Fale-me sobre seu pai. Os homens gostam de falar sobre os pais."

"Não é um tema feliz."

Ele ergueu o copo e, contra a luz, viu rodopiar o líquido ali dentro. "Poucos temas são, eu acho."

A bebida o deixara relaxado e afável e ele agora queria ser agradável, divertido. Fiz-lhe uma descrição do meu pai, que por mais de vinte e cinco anos morara na mesma casinha simples de madeira, no norte do estado de Nova York; um homem infeliz e excessivamente introspectivo. Não que pretendesse de propósito chamar a atenção com sua solidão e isolamento, mas eles pairavam ubíquos sobre meu pai, como um casaco grande demais para o tamanho dele. Quando contava vinte anos, minha mãe se deixou enganar por aqueles cabelos limpos e penteados, achando que sob eles havia um homem com um futuro promissor. É assim que ela contava a história deles. Quando eu tinha quatro anos, ela pediu o divórcio.

"E se casou de novo?"

"Imediatamente."

Contei então que minha mãe era jovem o suficiente para reconstruir a vida e levou-me com ela para morar na espaçosa casa do homem com quem vinha tendo um caso, seu novo marido, Harry

McCaw, um barrigudo que gostava de mim de maneira absoluta, sem reservas. Meu pai, que na época ainda estudava no seminário, aceitou o divórcio com uma condição: que o sobrenome de seu filho continuasse o mesmo. "Meu pai, Charles Whitman, é descendente direto de um tio de Walt Whitman", eu disse. "Meu nome é uma homenagem ao que se acredita ser o primeiro Whitman da América, John Whitman, que viveu de 1602 a 1692 e veio da Inglaterra em 1640 num barco chamado *True love*." O grande poeta barbudo era, como todos sabem, homossexual, e não deixou descendentes diretos — pelo menos nenhum de sobrenome Whitman. Enfim, este nome era tudo o que meu pai tinha para de alguma forma sugerir grandeza. E foi também tudo o que ele me deu. Quando eu tinha sete anos, mostrou-me a prateleira onde guardava exemplares de *Leaves of grass*, das biografias mais importantes e do espesso volume *Portable Whitman*. Mais tarde, leu para mim a tocante descrição feita pelo poeta do velho mausoléu da família em Long Island ("É daí que você vem, Jack", me disse meu pai, "e você não deve jamais esquecer isso, jamais.") e os relatos de Walt Whitman sobre soldados unionistas feridos na Guerra Civil. Tempos depois, meu pai insistiu para que eu lesse os poemas longos. Foi só aí que entendi por que ele exigira que eu mantivesse o nome de meus ancestrais: embora Walt Whitman fosse, em minha opinião, melhor repórter do que poeta, tinha um coração grande e sincero, e meu pai compreendeu isso. Walt Whitman captou os anseios e a vitalidade das massas. Minha mãe queria ir embora, e satisfazer o orgulho de meu pai foi um preço baixo pela libertação. De modo que permaneci um Whitman. É apenas um nome, é claro, significa pouco, exceto, talvez — se quisermos sofisticar um pouco a história —, o fato de que tenho laços de sangue com algo inapelavelmente americano.

"Que maravilha", disse o Presidente, "realmente notável."

"O quê?"

"Que um parente distante de Walt Whitman tenha se tornado um executivo da maior companhia de entretenimento de massas da América. É perfeitamente irônico."

"Meu pai também observou algo nesse sentido. Ele disse, literalmente, que isso 'confirmava a morte da venerável república'."

"Ei, não fique assim tão bravo com ele", respondeu o Presidente. "À medida que você vai ficando velho, você percebe essas coisas, você vê como a história fez o presente, como as coisas vão se amoldando para penetrar no futuro. Depois dos cinqüenta, você sente o tempo avançando inexoravelmente, escorregando entre os dedos, por assim dizer."

Não respondi.

"Então sua mãe sabia que seu pai fracassaria", disse pensativo o Presidente, voltando à história da minha vida.

"Sim."

"Apesar da glória do nome."

"Sim, apesar disso." Isso dito, silenciei. Minha mãe nos salvara a ambos, eu sei, de uma vida cada vez mais estreita e triste com meu pai, que posteriormente passaria a atuar como pastor de uma pequena igreja metodista no norte do estado de Nova York, onde a retórica dos sermões dominicais não era tão importante quanto a infinita paciência necessária para ouvir as mazelas dos fiéis durante o resto da semana. Harry McCaw, ao contrário, era um homem sem qualquer tipo de infelicidade; para minha mãe não importava que isso talvez significasse que no caráter dele não havia espaço para autoquestionamentos, ela que passara tempo demais ouvindo os angustiados solilóquios de meu pai. Na lembrança mais antiga que guardo de Harry, ele está esfregando um balão de aniversário em seu suéter de lã para depois soltá-lo, fazendo-o grudar milagrosamente no teto. Harry, o barrigudo boa-pinta, fazia minha mãe rir, ganhava um bom dinheiro com sua corretora de seguros localizada na esquina da rua 17 com a Market, no centro de Filadélfia, e pagava boas escolas *quaker* para mim, para meu meio-irmão e minha meia-irmã. Eu aceitava com gosto a generosidade de Harry — as aulas de piano, o grande quintal nos fundos da casa onde brincávamos de pega-pega, na primavera, quando ele voltava do trabalho, os vários meses na colônia de férias em Endless Mountains, na Pensilvânia, os artigos recortados com esmero do *New York Times* e deixados na minha mesinha-de-cabeceira para que eu os lesse se quisesse, o novo uniforme escolar a cada início de ano letivo, comprado por minha mãe na loja de departamentos Wanamaker's, no centro de Filadélfia, o par anual de chuteiras que eu tanto prezava, a bicicleta de dez marchas no meu décimo terceiro aniversário, a viagem da banda da escola para a Europa, o aparelho ortodôntico, o delicado mas firme sermão sobre "não engravidar as namoradas, por favor" e *nunca* andar de carro com alguém bêbado ao volante, os primeiros empregos temporários que me arranjou, a anualidade da Universidade Columbia, tudo. Não tenho do que reclamar; foi uma infância razoavelmente feliz, melhor que a da maioria das pessoas, melhor que a de Liz. Melhor que a de Dolores, sem dúvida. Minha mãe costumava dizer que tinha feito o "negócio de sua vida". A sorte dela não acabou até hoje. Harry tinha a astúcia indispensável a um corretor de seguros e previra que a era Reagan seria ótima para ele; durante cinco anos, jogou na bolsa cada centavo que ganhava e saiu com uma fortuna, em agosto de 1987; voltou a entrar em novembro e ganhou outra bolada ao sair um ano depois, entrando novamente em novembro de 1991 — como se vê, foi um dos poucos homens na América que captaram com precisão absoluta os movimentos do mercado durante o ciclo Reagan-Bush. Quando o mercado imobiliário viveu um boom, em 1988, ele e minha mãe venderam o casarão da Main Line e migraram para o seu lote no maior cemitério da América — uma comunidade de aposentados na Flórida, às margens do golfo do México. Estavam os dois absolutamente felizes, ricos o suficiente para viver em um condomínio protegido por seguranças particulares e onde golfe e estiagem eram os temas das conversas mais acaloradas. Minha mãe não gostava muito de Liz — tinha a sensação de que Liz havia casado com alguém de grande valor e não estava devidamente agradecida por isso. Nos dias que correm, eu raramente ligo para minha mãe.

"Acho que preciso de mais uma rodada aqui." De repente o Presidente se levantou. Estava vermelho e tirou o casaco. Seus ombros eram naturalmente robustos; mesmo com a idade que tinha, havia um quê de confiança em seu porte físico. Não me surpreenderia se me dissessem que ele não faz feio num salão de dança. Poucos minutos depois, voltou caminhando pelo corredor, um drinque na mão, sem olhar diretamente para ninguém, e sentou-se. O trem seguia seu caminho e em poucos minutos vi que o Presidente havia fechado os olhos e encostado a cabeça contra o vidro da janela; lá fora, envolvida no crepúsculo, a paisagem do interior de Maryland ia ficando rapidamente para trás — cidadezinhas, montanhas de carros e máquinas de lavar enferrujados, bosques silenciosos. O vento provocado pela passagem do trem fazia tremularem as folhas novas. Começava a chover. Vi um garoto sentado sobre o capô de uma picape; o tipo de garoto que eu teria sido se tivesse ficado com meu pai natural, cuja presença espectral ao longo da minha infância — eu ocasionalmente ia visitá-lo de ônibus, nunca junto com minha mãe — lembrava-me que um destino paralelo acompanhava meus passos, o destino de um outro Jack Whitman que, exceto por ser mais magro e ter cabelos mais longos, era idêntico a mim e vivia em uma pequena cidade do estado de Nova York, fumando maconha e trabalhando de tarde em um dos postos de gasolina da rodovia interestadual, com uma camiseta do KISS cheia de graxa. Hálito de cigarro, fissurado em motocicletas, poucas perspectivas. Quando eu visitava meu pai, esta parecia ser a vida dos garotos da minha idade. Teria sido a minha vida. Aos catorze anos, eles já tinham uma aura amarga de durões e, pelo meu jeito de falar e pelos meus tênis caros, eles sabiam que tipo de sujeito eu era. Entrei em algumas brigas, poucas, e bati tanto quanto apanhei. Há em mim uma fina e firme veia de maldade e iniciativa; acho que ela tem origem nessas experiências. Eu sabia que meu destino tinha sido mudado para sempre.

Mas minha mãe não acreditava no destino e fez tudo o que pôde para que eu não ficasse igual a meu pai. Eu usaria aparelho nos dentes, seria ensinado a decifrar as páginas de cotações do mercado de ações; seria uma pessoa objetiva. Com doze anos, ela fez questão de que eu me submetesse a uma pequena cirurgia para remover uma pinta grande que tinha atrás da orelha, "porque será importante para a impressão que as pessoas terão de você", explicou de passagem. Faria tudo o que pudesse para afastar-me ainda mais de meu pai. Talvez fosse por isso que eu continuava atrás de um pai: o meu pai verdadeiro raramente parecia atender às expectativas. Sua personalidade, por exemplo, parecia estar expressa fielmente na unha do seu dedão do pé. Admito que isso soa estranho. Mas quando meu pai era menino, a unha do dedão do pé esquerdo dele foi de algum modo deformada pela porta de um carro ou por uma marreta que caiu sobre ela, não sei direito como. O que restou foi um pedaço de unha amarronzado e grosso que meu pai cortava todo mês com precisão arrepiante. Parecia uma miniatura de chifre de rinoceronte; lembro-me de na infância vê-lo no banheiro debruçado sobre o dedão, armado de um sofisticado cortador de unha de aço inox suíço — talvez o único artigo de luxo que possuía. Seria incorreto dizer que ele simplesmente cortava a unha, como faz todo mundo, guilhotinando com força bruta a espessa crosta e fazendo voar fragmentos por toda parte. Ele esculpia e aparava aquele pedaço de chifre meticulosamente, moldando-o para ajustar-se ao sapato e proteger os tais "pontos sensíveis" que só ele sabia onde estavam. Ele não gostava que eu assistisse ao ritual — como se *olhar* para a unha a fizesse doer — e definitivamente não me permitia tocá-la, tão doloridas eram as extremidades de nervos sob ela compactadas. Aquele dedão doeu-lhe todos os dias de sua vida. Ele nunca tornou a se casar e, acho eu, nem mesmo voltou a ter relações sexuais com ninguém depois que minha mãe o abandonou. Era como se aquele dedão contribuísse para os passos vacilantes de meu pai ao longo de sua vida pequena e infeliz.

Assim, acreditei que o casamento com Liz garantiria que eu seria para sempre um homem diferente de meu pai. Ele amava Liz como a filha que nunca teve. No dia do casamento, puxou-me de lado para congratular-me por não ter permitido que o desastre do casamento dele prejudicasse os meus próprios sentimentos. Não tive coragem de dizer a ele que, além de nem me lembrar de que um dia ele fora casado com minha mãe, fora na verdade a sufocante felicidade dela ao lado de Harry McCaw que forjara em minha mente um modelo positivo de relação entre homem e mulher.

Como filho único de meu pai, cabia a mim zelar por ele, especialmente depois que o bispo da associação à qual pertencia sua igreja me ligou um dia para perguntar, *a mim*, o que achava da saúde mental de meu pai. Como seus sermões traziam pouco conforto e inspiração aos fiéis da igreja, solicitaram-lhe que se aposentasse prematuramente. O bispo disse que poderia garantir-lhe apenas uma pequena pensão. Membros do clero costumam morrer pobres. É óbvio que eu me incumbiria de prover todas as necessidades financeiras dele; isso já estava claro havia dez anos. Mas fazê-lo não me deu grande satisfação, pois o fato apenas indicava que meu pai fora tão negligente com o lado material da vida que agora precisava recorrer à carteira do filho. Quando Liz foi assassinada, meu pai pareceu murchar ainda mais; ele agora suspeitava que não teria netos — e portanto desapareceria o ramo do grande nome Whitman — e que, além de mim, não haveria mais ninguém para cuidar dele. Pouco me importavam os motivos egoístas do pesar de meu pai. Mal falei com ele no funeral. A ocasião propiciou-lhe a chance de voltar a praticar sua profissão por uma tarde e ele perambulou entre os presentes com aquele ar de pastor, aborrecendo os amigos de Liz e os meus com suas condolências. Eu não o odiava. Odiava o que ele se tornara.

A chuva agora castigava as janelas do trem. A pele flácida do pescoço do Presidente caía sobre o colarinho da camisa enquanto ele cochilava. Pensei em ligar para Morrison de um dos telefones que havia na ponta do vagão, mas achei melhor não fazê-lo; o Presidente poderia acordar e querer saber para quem eu tinha ligado. Os dois vinham engalfinhados numa silenciosa dança de ódio havia anos. O Presidente era um velho de setenta e um anos; Morrison, com cinqüenta e três, era um trator afinado e em plena forma. O Presidente precisava da energia e do conhecimento de mercado de Morrison, que por sua vez precisava do Presidente para que o conselho aprovasse seus novos projetos. O Presidente conseguira eleger velhos amigos seus como membros externos do conselho e habilmente impedira a eleição de representantes dos grandes fundos de pensão, que na época lutavam por um lugar no conselho e viviam infernizando a vida dos administradores das companhias, exigindo que estes pensassem mais nos acionistas e menos em si próprios. Se o Presidente entrasse numa guerra aberta, Wall Street saberia da turbulência dentro da Corporação e as ações poderiam afundar. O homem estava no topo fazia muito tempo — ao longo do caminho sempre houvera os Morrison, dos mais variados tipos: magos das estatísticas, generais, vendedores de primeiríssima linha, Rasputin. O Presidente os usava e apadrinhava, sugava-lhes talento e energia e depois, quando o poder deles crescia demais, dando margem a especulações sobre sucessão, eliminava-os. No final da década de 70, forçou a renúncia da maioria dos conselheiros quando soube que secretamente cortejaram outro executivo, que providencialmente morreu de ataque cardíaco antes de ser de fato contratado. Ele havia criado e destruído meia dúzia de Morrisons. Agora, se o Morrison da vez perdesse a batalha, todo mundo no trigésimo nono andar acabaria na rua, eu inclusive.

Fiquei ali sentado, observando o Presidente com o olhar característico que os homens guardam para seus pais corporativos. Todos os rostos, em especial os dos velhos, têm um quê de grotesco. Os globos oculares do Presidente giravam demoniacamente sob as pálpebras. Vasos capilares entrecruzavam-se sob a pele das narinas e das bochechas flácidas como fios vermelhos embaraçados. A boca estava entreaberta. Manchas de tabaco tingiam o esmalte rachado dos dentes. Senti uma estranha afeição por ele.

Mais tarde, depois de o trem atravessar impassível os bairros miseráveis da região norte de Filadélfia, o Presidente moveu as pálpebras, despertando num estado de embriagada vigília. "Terminou, hein? Certo?" Ele esperou que eu respondesse mas permaneci quieto. "Os que têm liquidez e podem movimentar seus recursos vão se sair bem... o melhor lugar para se investir dinheiro nos próximos dois anos é Hong Kong... mas o resto... mmmm..." Através da janela riscada pela água da chuva, ele viu os distritos industriais de New Jersey envolvidos numa luz de tom niquelado. "São tantos... que nunca terão, ou mesmo *saberão* o que aconteceu... por que os negros são um povo tão atormentado? Me pergunto isso há trinta anos... por que, enquanto grupo social, nós os odiamos tanto? Tanta ansiedade... é... mmmm... eu tenho netos... será muito pior do que jamais se imaginou." Ele virou a cabeça e olhou para mim. "O governo está *morto*, percebe? Todos aqueles homens com quem conversamos hoje? Estão boiando no rio de barriga para cima, não são confiáveis... essas pessoas, mmmmm... desculpe, isso acontece quando bebo... as forças são grandes demais, por que a libra esterlina costumava ser a moeda do comércio internacional? Ahann." Fragmentos de luz desenhavam formas fugazes e estranhas na superfície mole das bochechas do Presidente. "As pessoas diziam que a libra reinaria suprema por quinhentos anos. Durou cinqüenta. Veio então o dólar. Ninguém se lembra dos chineses, o que eles poderiam fazer..."

Ele voltou a cair no silêncio e os minutos passaram. Finalmente o trem mergulhou nos subterrâneos de Manhattan e desembarcamos. A escada rolante que atendia a plataforma estava quebrada e a duras penas a multidão foi galgando em grupos os degraus estáticos, evitando inconscientemente mas com precisão de formigas o corpo fedorento de uma mulher de mais ou menos cinqüenta anos; ela estava estendida no piso e suas saias amarfanhadas que não combinavam deixavam à mostra uma horripilante visão. "Esta é a América hoje", murmurou o Presidente. Reduzi o passo para poder acompanhá-lo. O carro de uso privativo dele estava à nossa espera na frente da estação e, assim que nos encontramos abrigados dentro da suave penumbra, o Presidente pegou o controle remoto e ligou a tela onde as cotações de fechamento do pregão foram passando em ordem alfabética; as da Corporação fecharam em 107, um salto apreciável. Na prática, significava que qualquer um que tivesse mil ações da Corporação iria para a cama naquela noite três mil dólares mais rico do que quando acordara. Sem fazer nada. Talvez alguém no mercado estivesse comprando, prevendo a fusão com a Volkman-Sakura. Ou talvez um dos grandes investidores institucionais tivesse chegado à conclusão de que era um bom momento para apostar na Corporação. Mas o Presidente não pareceu muito interessado: desligou o monitor e debruçou-se para a frente a fim de dar alguma instrução ao motorista.

"Estaremos lá rapidamente, senhor", respondeu o homem em tom eficiente. O carro entrou em uma avenida e ganhou velocidade rumo ao norte da cidade, em meio a um brilhante rio de táxis, passando por quitandas de coreanos, pela vitrine de uma loja de artigos para cães onde alguns filhotinhos se apoiavam freneticamente no vidro, por funcionários de escritório voltando para casa depois do horário normal e por uma longa fila de pessoas esperando sob uma cintilante marquise para entrar no cinema. "Esse é nosso", murmurou o Presidente apontando o cartaz do filme. Paramos em frente a um clube privado e saímos, o Presidente sem o sobretudo. O chofer estacionaria mais adiante, trancaria as portas e tiraria um cochilo.

"Lackley está dando uma festa", disse o Presidente referindo-se ao nosso homem no Citibank, a quem a Corporação devia oitocentos milhões de dólares. "É importante observar certos rituais."

Uma vez dentro do saguão de mármore, ele escondeu o semblante sonolento e cansado e voltou à vida, fitando com olhos temperados de luxúria a anfitriã, uma mulher exuberante de cerca de sessenta anos que, dizia-se, dormira com John F. Kennedy. O Presidente circulou distribuindo simpatia pelo salão, todo sorrisos e apertos de mão. As mulheres portavam jóias brilhantes e os homens calçavam sapatos caros, mas a ostentação era menor do que cinco anos antes. Como sempre, as pessoas bebiam com convicção, buscando talvez inverter a marcha do tempo. Senti saudades de Liz. Se estivesse lá, ela teria escorregado a mão entre meus dedos — Liz, uma mulher que passara a adolescência manuseando lagostas vivas no restaurante do pai — e sussurraria *Jack, vamos cair fora daqui antes que a náusea me provoque uma síncope cardíaca*, e imediatamente nos dirigiríamos ao anfitrião para os devidos agradecimentos e despedidas. No táxi, com minha mão instalada entre suas coxas, fofocaríamos até chegar em casa. Fui até o bar pegar um drinque e quando me virei lá estava o Presidente, sentado entre outros convidados em um sofá estilo império de sessenta mil dólares, de braços ornamentados, grossos como um tronco, e macio como o creme daquela espécie de siri que estava sendo servido em bandejas de prata. Armei no rosto a expressão correta de sociabilidade e passei a conversar com as pessoas as mesmas conversas de sempre. As mulheres eram belas e estranhamente desinteressantes. Escapei despercebido até uma cabine telefônica, torcendo para que Dolores tivesse telefonado e deixado um recado. Liguei para minha casa e através do controle remoto acionei a função PLAY da secretária eletrônica: nada. Eu queria ouvir a voz de Dolores, queria — queria fodê-la. Acho que essa é a verdade.

Respeitando a etiqueta, o Presidente esperou uma hora até indicar que estava pronto para ir embora. Quando entramos na limusine, ele disse algo ao motorista de maneira tão rápida e casual que percebi tratar-se de um endereço bem conhecido de ambos. Cinco minutos depois, paramos em frente a um prédio de apartamentos no Upper East Side, entre as ruas 80 e 90.

"Você já esteve aqui?", perguntou ele andando à minha frente.

"Não."

"Mas você reconhece o endereço, não?"

Olhei para o número pintado no toldo listrado à entrada do prédio.

"Não."

Aparentemente isso o deixou feliz. "Bem, então permita que um velho lhe ensine algumas coisas."

Na entrada, o porteiro cumprimentou o Presidente abaixando sutilmente a cabeça e nós subimos ao décimo andar. A porta do elevador abriu, revelando um hall pequeno e bastante simples. Esperamos em frente a uma porta fechada.

"Normalmente leva um ou dois minutos", informou o Presidente.

"Para quê?" — disse eu ansioso.

Ele olhou para mim. Não diga burrices, pensei. "Para que eles abram a porta e nos deixem entrar", foi a resposta.

"Como sabem que estamos aqui? O cara da portaria avisou?"

Seu olhar revelava que aquilo o estava divertindo. "Eles sabem."

Naquele momento, a porta abriu e fomos recebidos por uma atraente ruiva vestida em um roupão de seda. Ela nos conduziu a uma pequena saleta, que pela qualidade e estilo de decoração poderia muito bem ser um escritório de *private banking* na Park Avenue. Um antigo relógio inglês instalado sobre o console da lareira bateu onze horas. O Presidente cambaleava um pouco, o pileque comandando-lhe os movimentos dos pés. Percebi em seu rosto que ele estava tão animado quanto impaciente. Sem se preocupar em achar um cinzeiro, acendeu um cigarro.

"Gostei da sua gravata", disse a mulher com sotaque britânico. Eles sorriram um para o outro e a mulher apertou várias teclas de um telefone, sussurrou meia dúzia de palavras, ouviu outras tantas, voltou-se para nós e perguntou: "O senhor hoje gostaria da companhia da senhorita Najibullah ou da senhorita Choonhavan?"

"Da senhorita Choonhavan."

"E quanto ao cavalheiro, senhor?"

"Acredito que a noite dele seria abrilhantada na companhia da senhorita Najibullah."

"Ele tem algum... desejo especial?"

O Presidente virou-se para mim: "Algum capricho que gostaria de ver satisfeito, Jack?"

Eu ainda estava tentando entender a situação. "Não", disse, para não correr riscos.

"Na sua conta?", a mulher perguntou.

"Certamente. É meu convidado."

"Convidado novo?"

"Tenho certeza de que não haverá problemas."

"Seguiremos os procedimentos habituais, é claro." Ela sorriu calidamente para mim e voltou-se para o Presidente. "O envelope de sempre no quarto?"

"Sim", disse ele. "Faz uma hora que rum é a minha bebida predileta. Que tal colocar também isso no quarto?"

A mulher desapareceu. Eu agora entendia o que estava acontecendo.

"Todo mundo que vem pela primeira vez é testado", explicou o Presidente. "E as garotas são testadas semanalmente. Mas elas são ótimas."

A postura dele me irritou. Duvidava que ele conhecesse alguém que tivesse morrido de AIDS; para ele não passava de uma abstração. Mas não para mim; eu tinha perdido meia dúzia de colegas de faculdade. Além do mais, havia nos metrôs populações inteiras com AIDS, mendigando. "Como posso ter certeza?", eu quis saber. "O senhor sabe, prostitutas são notórias..."

"Pode ter certeza."

"Como?"

"*Porque*", respondeu com orgulho de homem rico, "este é provavelmente o bordel mais rico da América."

Fomos levados a um vestiário acarpetado com cerca de trinta trocadores, todos amplos e semi-reservados, como os usados por atletas profissionais. Em cada um havia um armário identificado por uma plaquinha de metal com iniciais gravadas em baixo-relevo, um felpudo roupão lavado e várias toalhas, todas cor de terra. O Presidente sacudiu a cabeça levemente, como que me dizendo para confiar nele. O atendente conduziu-me a uma saleta onde pediu que levantasse a manga esquerda da camisa. Depois de espalhar álcool na dobra interna do meu cotovelo, ele com destreza tirou uma amostra de sangue e pediu que eu assinasse um termo autorizando-o a ler o resultado.

"Quanto tempo leva o teste?", perguntei.

"Dez minutos. Temos um laboratório aqui mesmo."

Mal pude acreditar. Quando Liz estava viva, fiz um seguro de vida e fui submetido a um teste de AIDS. O resultado levou alguns dias para ficar pronto. "Não sabia que havia um teste tão rápido."

"O teste comum é o ELISA; se positivo, a contraprova é feita com a amostra Western", disse o técnico. "Mas nós estamos muito à frente. Usamos o teste DUS. Só alguns médicos já o estão adotando."

"Mas quem realmente testa o sangue? Quem pega a amostra, olha no microscópio e assim por diante?"

"Eu mesmo."

"E qual é a sua formação?", eu quis saber, desconfiado.

"Bem, depois do Ph.D.", disse ele, olhando para mim de trás da proveta que continha meu sangue, "trabalhei na CDC em Atlanta. Posso descrever-lhe este trabalho, se quiser."

Enquanto esperávamos o resultado, o Presidente mostrou-me as saunas seca e a vapor. "Muitas pessoas não têm tempo para amantes", explicou o Presidente, "e eles... mrrrrm, e aqui não dão dor de cabeça. E que dor de cabeça elas podem dar! Eu mesmo tive uma garota que... bom, é uma longa história. Uma amante pode ser fonte de imensas dores de cabeça. Caramba, preciso tomar um rum. Nós temos aqui um número limitado de sócios: vinte e cinco. É bem tranqüilo assim. Mrrrrmm... Desculpe. Por regra, o sujeito precisa ter no mínimo cinqüenta anos para ser sócio, ainda que os convidados possam ser mais jovens. Alguns dos companheiros queriam que os filhos também entrassem como sócios, de modo que tivemos que incluir isso nos estatutos. A anualidade fica em cerca de cem mil. Isso não inclui as taxas de uso. Surgem poucas vagas novas a cada ano, normalmente quando alguém morre. Só admitimos sócios novos apresentados por outro sócio. Todos os sócios são conhecidos uns dos outros."

Ele mostrou-me uma pequena piscina ao lado de uma área de exercícios. Na outra ponta havia alguns homens bebendo. O Presidente cumprimentou-os com um gesto de cabeça quando olharam em nossa direção. Tudo — pisos, paredes e portas — era impecavelmente limpo como uma sala de cirurgia. Por fim ele apontou um corredor com várias portas.

"Ali ficam os quartos. No fundo, estou satisfeito com a administração do clube. Eles trazem dez novas garotas por ano. Cada uma só trabalha algumas noites por semana. Não precisam se arrebentar de trabalhar. Como ganham muito bem, não há razão para fazer nenhum outro trabalho. Elas acabam nos conhecendo e sabem o que queremos. Às vezes é apenas uma massagem ou um mergulho... Alguns dos companheiros mais velhos só querem uma ajudazinha para entrar na sauna", riu o Presidente, indicando que era diferente deles. "É tudo o que está ao alcance deles nesta idade. Temos um sócio de quase noventa anos. Notável."

O atendente veio ao nosso encontro e acenou para mim.

"Tudo em ordem, senhor", disse ele, como um manobrista entregando o carro ao cliente em frente a um restaurante.

O Presidente e eu voltamos ao vestiário e ele me mostrou onde ficavam os trocadores reservados aos convidados. Fui sutilmente informado de que deveria trocar-me e vestir o roupão. Foi o que fiz, embora não sem o receio e a vergonha habituais. A perspectiva de aparecer nu na frente de uma mùlher estranha me deixou constrangido. Para completar, como se estivesse em uma praia qualquer de Long Island, nos Hamptons, por exemplo, tive a pachorra de enfiar o relógio e a carteira dentro das minhas meias fedorentas, imaginando, como sempre fazia, que um eventual ladrão pensaria duas vezes antes de tateá-las.

Um minuto depois surgiu o Presidente, enrolado numa toalha. Seu tronco era bronzeado e, nos ombros e no peito, havia vários pequenos band-aids — sem dúvida, outros focos de câncer de pele. Nas costas brotavam ralos pêlos grisalhos e as pernas tinham o arqueamento típico dos velhos.

Naquele momento uma mulher asiática surpreendentemente bonita apareceu e pegou o Presidente pela mão. Fiquei chocado com o seu jeito casual. O corpo era delgado, quase como o de uma criança; talvez fosse filipina, tailandesa ou resultado de uma mistura ainda mais rara de raças. Ela cochichou catita no ouvido do Presidente — sem dúvida não era a primeira vez que se encontravam — e o conduziu pelo corredor.

De pé, constrangido, esperei a srta. Najibullah aparecer, também ela incomumente atraente, pele morena, longos cabelos escuros e nariz e testa vigorosos. Pelos meus cálculos não tinha mais de vinte e dois anos. Mostrou-me uma das portas do corredor e fechou-a atrás de nós. Havia no quarto um bar e uma cama de massagem de altura regulável.

"De onde você é?", perguntei para quebrar o gelo.

"Sou do Afeganistão."

Seu sotaque era forte. Provavelmente tinha chegado aos Estados Unidos havia poucos meses, seus dotes físicos abrindo-lhe um novo destino.

"Cansei da guerra e vim para cá... Por favor." Ela mexeu a pequena mão num delicado floreio. "Primeiro, você deita aqui."

Deitei-me de bruços e deixei que massageasse meus ombros.

"Muito tenso", disse ela. "Você está muito tenso."

"Sim."

"Agora aqui", sussurrou a mulher, seus cabelos caindo sobre meu pescoço. Ela me fez virar e deitar de costas. Passei na inspeção. No começo achei que não iria adiante com aquilo. Ela parecia distante. Isso era negócio. Sem dúvida havia uma razão para o Presidente ter escolhido a outra mulher. Mas mudei de idéia. Ela estava à minha *disposição* — uma palavra de vastas possibilidades. Fez como a instruí, primeiro isso, depois aquilo. Não fui um porco mas fiz bom uso da oportunidade. Liz teria ficado enojada, mas, por outro lado, compreenderia. A firmeza dos músculos do estômago e das nádegas da mulher era soberba. Uma verdadeira maravilha.

Algum tempo depois a srta. Najibullah perguntou se poderia ser útil em mais alguma coisa, eu agradeci, disse que não e ela saiu. Vesti o roupão e esgueirei-me para o corredor. Tentei ouvir os sons emitidos atrás das outras portas. Percebi que as maçanetas cromadas não tinham tranca, provavelmente para evitar que as garotas ficassem presas lá dentro com algum cliente mais possessivo. No corredor, aproximei-me de um homem cinqüentão calçando sandálias, os óculos embaçados; era o filho caçula do maior magnata do ramo imobiliário na cidade, agora um velho senil de mais de noventa anos. Era baixinho e gordo, pele cor de presunto defumado e ralos pêlos pubianos, grisalhos e com manchas ruivas. Sob a minúscula haste do pênis, os testículos bovinos balançavam entre uma e outra coxa, ambas muito largas e caídas, como sempre acaba acontecendo com os velhos.

"Senhora Pearl?", chamou ele com voz perdida como a de um menino, mal notando minha presença ao passar por mim. "Senhora Pearl?"

Continuei caminhando pelo corredor.

"Mande isso para cá, docinho", ordenou a voz do Presidente de trás de uma das portas, em tom gutural, típico de quem está prazerosamente deitado de bruços, "uuu, obrigado, docinho, isso é gostoso. Traga bem aqui para baixo. Sim, aí mesmo... isso é muito, *muito* bom, eu não queria derramar meu rum, assim, aí, traz aqui pro papai." Ele riu delirantemente. "Aqui... *mmmm, mmmmmm*! Aqui, cem para você. Então está bem... deixe-me pôr outra… aaah, sim, isso é mmm, mmmm. Aqui, mais cem. Duzentos em dez segundos, dá pra você comprar um belo par de sapatos."

Ela respondeu murmurando, em timbre suave demais para eu poder entender.

"Agora esta", gemeu o Presidente. "Vou, ei, vou segurar... um pouco apertado, meu bem, traga aqui pro papai, traga!... muito apertado!... um pouco... mmmmmm, mmmmn, aaa, mmmm, muito, *muito* gostoso, a quanto estamos? Mil e oitocentos? Podemos... *uuu*! Isso é bom... meu copo, obrigado... uma noite excelente, excelente, memorável, grande prazer... agora venha pegar esta..."

Eles estavam fazendo alguma coisa com notas de cem dólares. Pé ante pé dirigi-me ao vestiário e tomei uma ducha longa e quente. Poucos minutos depois, quando eu já estava quase vestido, apareceu o Presidente. Estiquei o pescoço e o vi no urinol, usando o roupão cor de terra; estava de pé, encarando a porcelana branca, esperando pacientemente a chegada da urina, um cigarro pendurado na boca, achando que estava sozinho. De costas para mim, falava consigo mesmo e cantarolava, sem variação de tom, sem preocupação musical, emitindo uma estranha vibração, como se alguém tivesse ligado as obturações de seus dentes podres a uma carga de baixa voltagem: "...aaa, filhos da mãe, os malditos filhos da mãe, mmmmrrrmmm... os títulos não resgatáveis vão nos matar a todos, mmmmm e mumrrrmmmmm...". Eu podia ver que ele estava examinando o pênis, observando-o com interesse, como se ainda o esperasse capaz de fazer algum milagre por ele. Ou talvez fosse um olhar de gratidão por recentes realizações. Um filete de fumaça azul ascendia espiralado do cigarro enquanto a boca continuava a se mexer. "Aaaa mmmmmmm, é uma mulher que gosta de um par de sapatos finos, um par de shmmmmm... os gregos eram gênios, mandavam mensageiros para trazer notícias da guerra... mmmmrrrmmmm... gênios, grandes táticos..." A seguir ele instintivamente levantou a cabeça, como se um cubo de gelo tivesse sido colocado em sua nuca, e virou-se. Lá estava eu, o jovem, dando o nó na gravata.

"O quê? *Você?*", disse ele com súbita vulnerabilidade, como se tivesse visto algo aterrorizante, sua voz ecoando no banheiro de mármore. "O quê? Rápido assim, você é?"

Eu não disse nada. Ele já tinha bebido no mínimo uns quinze copos desde que tomáramos o trem, horas antes. Eu não entendia como ainda conseguia ficar de pé.

"Aaahh, mas é *claro*, está tudo muito... eles escolheram *você*, decidiram que você é o mensageiro", exclamou cheio de embriaguez, os olhos vermelhos e brilhantes. "Vejo que mmmmmrrrm...

eles acham que você pode me dizer alguma coisa que os outros não podem... não pense que não sei, percebi no instante em que... percebi o perigo imediatamente..." Deu um curto passo à frente, cambaleante, temendo perder o equilíbrio. "Bem, isso é muito bom... mmmm... já estou a par das novidades, entende, eu *sei*, certo?... você *parece* um sujeito decente, falou com o senador de maneira bem... mas eu esperava que... esses... eles podem mandar *cem* pessoas! Não vai dar certo nunca. É grande demais, nunca foi feito... as diferenças de língua, os computadores, o endividamento. Terrível, cheio de terrores. Estou nessa estrada há quase cinqüenta anos... jovens como você não *sabem* o que é terror. Eles podem estar passando a perna em vocês, já pensou nisso?" Fez uma pausa. Seus olhos perfuravam os meus com toda a força que conseguiam reunir. "E se eles tiverem os bancos japoneses escondidos sob a asa? O Dai-Ichi Kangyo Bank, com patrimônio de meio *trilhão* de dólares? Ou o Sumitomo Bank ou o Sanwa Bank? Você sabia que os sete maiores bancos do mundo são japoneses? Não pense que eles não têm dinheiro... os caras mais inteligentes saíram dos mercados de Tóquio antes da queda... estão sentados em *bilhões*, vão *comprar* esta companhia, senhor Jack Whitman, homem que não sabe o que é terror... aqueles sacanas vão aparecer com cinqüenta bilhões... simplesmente vão nos comprar, a mim... e..." Ele se inclinou enlouquecido mas conseguiu firmar-se. "Portanto, vá pegar suas sandálias aladas porque eu... não..." O Presidente cambaleou e agarrou-se no urinol para não cair. "Nem mesmo tente... nem mesmo *tente* me convencer de alguma coisa... posso ser um sujeito muito mau, um bom filho da... vou foder você, vou foder Morrison, vou... *olha só*!" Olhou novamente para o urinol embaixo dele e percebeu que estivera mijando. "Era só o que faltava!"

O Presidente fechou o roupão, cuspiu no chão a guimba do cigarro, como se fosse um jovem valentão, e saiu intempestivamente pela porta dos fundos, por onde havia entrado. Fiquei ali no piso de mármore molhado, tentando lembrar suas palavras de alerta iradas e bêbadas, e percebi que ele não se havia dado o trabalho de puxar a descarga, como se seu líquido dourado fosse uma marca dele mesmo, valiosa demais para descer pelo ralo.

5

Como minha cabeça não funciona sem café, na manhã seguinte enchi a terceira xícara e, de terno azul e gravata verde, fui para a frente de casa e tentei sem sucesso compreender o que se passara na noite anterior com o Presidente. Minha cabeça doía por causa das poucas horas de sono; por alguns instantes fiquei ali parado, me sentindo zonzo e vagamente ansioso. Gloriosas, as tulipas haviam acabado de desabrochar — vermelhas como sangue. Um par de estudantes de quinta série bem-arrumadinhos passou saltitante a caminho da Berkeley-Carroll, a escola privada do bairro onde teria estudado minha filha — dez mil pratas por ano. Ocorreu-me que o Presidente não me levara àquele clube por acaso. Mas para quê? Para demonstrar sua virilidade? Para me intimidar? Eu teria que começar a prever suas manobras. Um trio de homens sem-teto avançava pela rua, um deles empurrando um carrinho de supermercado carregado de latas, sucatas e Deus sabe o que mais. Eles sabiam em que dias passava o caminhão de lixo e se dedicavam a chafurdar nas ruas onde haveria coleta. Nesse momento, o telefone tocou dentro de casa.

"Quem é essa mulher?", gritou Ahmed quando atendi. "Não! Não quero saber, não há tempo para conversa. Quero você aqui o mais rapidamente possível. Alguém destruiu meu prédio! O mestre me ligou faz dois minutos e disse que a porta de entrada estava aberta!"

"Espere, espere. E Dolores e Maria, onde estão?", interrompi desorientado.

"Não sei! Alguma coisa aconteceu. Talvez elas estejam aqui! É um prédio muito grande!"

"Mas você não está conseguindo encontrá-las?"

Houve uma pausa. "Se houver algum problema, meu amigo", respondeu Ahmed lenta e ameaçadoramente, "é você quem vai resolver, não eu."

"Espere um minuto, Ahmed."

"Apenas venha para cá o mais rápido...", disse ele desligando no meio da própria frase.

Quando cheguei, Ahmed estava na frente do prédio, uma fera vestida em roupas estilosas, caminhando de um lado para outro em seu fulgurante terno italiano e segurando um sapato de mulher na mão. O sapato de Dolores. Os operários concentravam-se em um canto; estava claro que ninguém tinha começado a trabalhar e que os homens não ousavam atravessar o caminho da ira do patrão. Ele tirou os olhos do chão e me avistou. "Finalmente!", rugiu. Naquele momento eu soube que nossa amizade de mais de quinze anos terminara; apesar de termos eu e Ahmed carregado um ao outro nas costas nos exaustivos exercícios que nos impunham nossos técnicos de futebol, de repente era como se fôssemos de novo e para sempre dois estranhos.

Ele segurou-me pela lapela do paletó e jogou-me contra a parede. "Escute aqui, seu filho da puta! Acabei de saber que a porta de entrada do meu prédio esteve aberta durante *cinco horas* ontem à noite! Qualquer um acompanhado do puto do irmão e do maluco do primo poderia ter roubado meus equipamentos! Tenho milhões de dólares de outras pessoas investidos aqui!" Grumos de cuspe voavam de sua boca e aterrissavam em meu rosto. "Alguma coisa deu errado e a culpa é sua! Não sei onde está essa mulher nem se ela está *viva.* Mas é melhor que não esteja no meu prédio! Se estiver morta aí dentro, não é aí que ela vai ser *encontrada.* Entendido, Jack? Está claro?" A cara de Ahmed estava a milímetros da minha e eu podia ver o emaranhado de veias róseas nos olhos dele. "O que eu e você vamos fazer, agora mesmo, e que se fodam suas reuniões empresariais de alto escalão e alta grana, é subir *lá* e descobrir o que foi que aconteceu, só eu e você."

Isso dito, ele me empurrou para o lado interno da entrada, fechou o portão de ferro e girou uma chave na fechadura. Eu estava preso. Ele então se voltou para seus homens. "Sanjay e Boktu, venham aqui."

O homenzinho escuro de olhos e cabelos negros como carvão que eu havia visto antes (o intérprete) e um dos outros homens, um sujeito magro, de ombros caídos, cerca de quarenta anos, cuja expressão facial se resumia a rugas de preocupação em volta dos olhos, destacaram-se à frente do grupo. Fiquei observando por detrás do portão.

"Precisamos achar Dolores e Maria", gritei ansioso. "Vamos logo!"

Mas era Ahmed quem estava regendo a banda. Com Sanjay traduzindo, aparentemente em um dialeto hindu, ele interrogou o homem mais velho.

"O que aconteceu?", vociferou.

"Senhor Ahmed, Boktu diz que estava apenas fazendo o trabalho dele, rondando cada andar de hora em hora, e foi até a frente para fumar e trancou o portão, e um homem se aproximou dele e começou a conversar..." O outro homem interrompeu Sanjay com ansiedade, gesticulando as mãos marrons. "E diz que atravessaram a rua para beber uma dose de gim. O homem ia pagar..."

Ahmed jogou um sarrafo contra a parede. "Quer perguntar a ele por que um homem pobre que está sendo pago para proteger minha propriedade sai para beber gim num bar?"

Houve mais alguns esclarecimentos e explicações repetitivas, mas a partir desse ponto o vigia já não sabia a seqüência dos fatos; só sabia que, quando deu por si, estava deitado em um beco próximo dali, as mãos amarradas nas costas, sem as chaves, com um caminhão de entrega de pão buzinando ao nascer do dia para que ele saísse do caminho. Gaguejando, o homem disse mais algumas coisas.

"Ele lamenta muito", explicou Sanjay, "ele dá a palavra dele..."

"Diga-lhe que está despedido e que eu não vou pagar o último salário", respondeu Ahmed em termos conclusivos, dispensando-o com um gesto. O intérprete transmitiu a mensagem e o homem mais velho imediatamente caiu de joelhos e começou a implorar a Ahmed, abraçando-lhe as pernas, num surto mortal de terror. Pegava punhados de terra e os colocava na boca, chorando.

A única coisa que eu sentia era fúria. "Ahmed!", gritei. "Precisamos achar Dolores e Maria. Elas podem estar feridas, elas podem estar..."

Sanjay continuou traduzindo para Ahmed com um cadenciado sotaque indiano. "Boktu diz que não tem dinheiro e que tem cinco filhos pequenos. Ele implora a sua clemência. Diz que não sabia que a madame estava no prédio."

Ahmed desvencilhou as pernas dos braços do homem. "Diga-lhe que ao implorar ele se desgraça como pai e como homem."

"Você é o patrão", disse Sanjay, "mas acredito que é uma punição severa demais."

"Diga a ele as minhas últimas palavras senão você também será despedido."

A tradução foi feita, Boktu retesou-se — sua dignidade já não era um peso para ele —, levantou-se e saiu em passo miúdo e acelerado. Durante toda a cena, Ahmed segurou o portão de ferro que me mantinha preso.

"Deixem o portão trancado. Ninguém entra ou sai até nós descermos", ordenou Ahmed a seus homens. "Se a polícia aparecer, digam que não têm a chave, que ela está comigo e que precisam ligar para mim. Daí vocês ligam para a minha casa; eu não vou estar e vocês dizem a eles que não sabem o que fazer. Sanjay, você vem comigo."

Ato contínuo, empurrando-me pela empoeirada escuridão do interior do prédio, ele continuou. "Você é responsável por aquele homem que perdeu o emprego, Jack, não eu! Ele nunca falhou antes. Eu o estou despedindo porque preciso, como um recado para os outros homens, mas quem provocou isso foi você." Avançamos por um corredor estreito. Imensos canos de calefação corriam por uma das paredes, o revestimento de asbesto retorcido e danificado, os perigosos fios amontoados no chão. "Você sabe qual é o tamanho do meu prédio?" Ahmed olhou para mim.

"E que caralho isso importa *agora*, Ahmed?, respondi com raiva. "Estamos procurando..."

"*Não*, é claro que você não sabe, Jack, *tudo* o que você faz é distribuir aqui e ali pedacinhos de papel no seu escritório. Pedacinhos de papel higiênico. Vocês não têm idéia do que é o mundo real. Isso aqui não é uma das suas revistas que mostram uma mulher se prostituindo na capa. Isso aqui são nove mil, setecentos e cinqüenta metros quadrados, e nós vamos checar metro por metro, se necessário. Você não entende como eu trabalhei duro nisso." Ele olhou para mim, sua raiva amenizada pelo menos por um tempo, quase pálido de esgotamento. "Tenho três banqueiros japoneses e eles são muito duros, só concordaram em assinar uma hipoteca revogável. Querem levar o dinheiro de volta para Tóquio, comprar terras, enquanto o preço está baixo. Talvez um investimento melhor. Tenho que lamber o saco deles semanalmente. Belas lambidas. Não posso perder tempo, não posso perder dinheiro."

Dentro do prédio, Ahmed abriu a porta de um imenso painel e começou a mexer nos interruptores que ligavam a eletricidade e acendiam as luzes por todo o prédio. À medida que caminhávamos pelo primeiro andar, olhando embaixo de lonas, dentro de armários inacabados e saídas de tubulação para ventilação, ficou aparente, com base na história contada pelo vigia, que o invasor tinha entrado pelos fundos do prédio. Ele encontrara o menor dos dois cachorros na escada de incêndio interna, no segundo andar. Ahmed deduziu que o *rotweiller* enfiara a cabeça entre as barras verticais do corrimão, de onde ficou latindo para o invasor. De baixo, subindo a escada, o invasor golpeara o animal uma ou duas vezes — talvez como se fizesse movimentos de *smash* num jogo de tênis. Localizamos perto dali um pedaço de cano manchado de sangue numa das pontas. O cachorro provavelmente caíra desmaiado e suas patas e cabeça estavam agora penduradas na borda da escada, o sangue pingando do focinho, formando uma pequena poça no piso do andar térreo. Seus olhos abertos, enevoados, fitavam-me como os de uma gárgula, dando a impressão de pedir desculpas por não ter impedido que o homem atacasse Dolores. Que tipo de homem, pensei aterrorizado, poderia matar um *rotweiller* treinado?

"Era um ótimo animal de guarda e valia pelo menos mil dólares", disse Ahmed. "E então, você sabe quem é esse homem? Esse homem que quer essa mulher? Deve querer desesperadamente", espicaçou ele. "Todos os meus homens dizem que ela é muito bonita. Ah, mas claro, ela deve ser mesmo muito bonita. Grande amante, com uma boceta de manteiga, uma boceta quente como..." Ele se virou em minha direção e disse com áspero sarcasmo: "Você pelo menos *fodeu* essa mulher, não fodeu, Jack?".

Não esperou a resposta. Com o intérprete à frente, galgamos correndo os lances de escada, checando esbaforidos todos os quartos e espaços vazios, entre os fios e sarrafos que formavam o esqueleto das paredes ainda não fechadas. Não encontramos nada: apenas portas abertas. Ahmed apertou meu braço na altura do bíceps, como um diretor de escola enlouquecido, determinado a mostrar-me a destruição feita em sua valiosa reforma, mas desvencilhei-me e corri na frente, gritando em vão o nome de Dolores. Por fim, no último andar, parei diante de um conjunto de esquadrias de janelas arqueadas, de três metros de altura e com vista para o norte, através das quais se divisava, em primeiro plano, a Washington Square e, mais ao fundo, o sempre imponente e magnânimo Empire State Building. Os vidros de todas as janelas tinham sido arrebentados.

"Oh, não", disse Ahmed atrás de mim, "mil dólares cada uma!"

Corremos para a cobertura. A porta estava aberta e, na parede ao lado, retalhada a golpes de picareta, havia um buraco do tamanho de uma abóbora, grande o suficiente para dar passagem a um homem. Fragmentos brancos de gesso salpicavam o tapete.

"Ele não conseguiu abrir a maldita fechadura Medeco e arrebentou a parede para entrar", diagnosticou Ahmed em voz alta. "Quinhentos dólares de estrago, só esse buraco." Empurramos a porta. A possibilidade de que nos depararíamos com um corpo estava me deixando nauseado. Largadas no chão, havia uma escova de cabelo e uma calcinha cavada cor-de-rosa, virada pelo avesso e com as manchas habituais. Onde estavam elas? A um canto, atrás de um colchão, vi um telefone e alguns outros artigos simples. Mais ou menos uma dúzia de lápis de cera espalhavam-se pelo carpete, brilhantes palitos coloridos, alguns deles quebrados e esmagados. Vi então algo que me fez parar: a mesma jarra de água que estava no miserável quarto de hotel de Dolores, cheia até a metade, deliberadamente colocada sobre uma caixa virada de cabeça para baixo. Não entendi.

"O apartamento está vazio", disse Ahmed me empurrando.

Ouvimos então Sanjy nos chamando.

"Senhor Ahmed! Senhor Ahmed!"

"Ele está na escada para o telhado", alertou Ahmed.

Subimos a escada correndo e emergimos sob o iluminado céu da manhã. Ahmed apanhou no chão um sapato feminino sem salto, o par do que ele encontrara antes na rua.

"Não entendo", eu disse. "Onde estão elas?"

Rapidamente esquadrinhamos a vasta cobertura. Naquele estágio da obra, os homens de Ahmed estavam quebrando a antiga superfície cheia de rachaduras, formada talvez por meia dúzia de velhas camadas de líquido especial para vedação, para substituí-la por um novo revestimento que assentavam com piche quente. Em meio aos latões e pilhas de materiais, pincéis, carrinhos de pedrisco, luvas de trabalho, pás e caixas de ferramenta, havia um imenso caldeirão, cujas paredes externas estavam cobertas por espessas manchas de piche que transbordara e que agora havia ressecado.

"Aqui!", gritou Sanjay, mostrando que do imenso caldeirão saíam bafejos de vapor sulfuroso. "O panelão está muito pouco quente. Muito pouco", disse ele agitado. "Veja, senhor Ahmed, não tem óleo. Acabou o óleo." Ele apontou a superfície levemente encrespada do piche contido no caldeirão. Meus dedos começaram a tremer. "Veja! É a senhora. Ou a filha dela."

Na superfície negra do líquido viscoso, vimos cabelos densamente untados de piche.

"Puxe-a para fora!", ordenou Ahmed.

Sanjay imediatamente encolheu-se de medo, como se estivesse sendo acusado.

"Não!", argumentei, sem desejar ver o que havia dentro. "Quem deve fazer isso é a polícia."

"Tire-a daí, Sanjay! Arranque-a desse maldito piche!", gritou Ahmed. "Precisamos tirá-la do prédio."

O homenzinho estava sacudindo a cabeça, aterrorizado. Ahmed apontou para mim.

"Você, você vai tirá-la daí!", disse ele. "É você quem deve fazer o serviço."

Hesitante, Sanjay colocou um dedo na superfície preta e imediatamente o recolheu. "O piche está frio demais, senhor Ahmed", gritou. "Frio demais."

"Então vá pegar o gás, Sanjay."

Ele correu até a borda do prédio e assobiou para baixo. A seguir, jogou uma corda grossa pela lateral e encaixou-a numa roldana. Agitado, Ahmed percorreu todo o teto, verificando se havia mais estragos. Dei uma olhada nos cabelos endurecidos misturados com piche: o caldeirão era grande o bastante para conter uma mulher e uma criança.

Eu não estava agüentando. "Você não pode fazer isso Ahmed", berrei para ele. "É errado."

Ele caminhou com passo cadenciado em minha direção. "Os banqueiros japoneses são muito cautelosos. Têm inúmeras e pequenas cláusulas. Se um corpo for encontrado, cada centavo da minha conta volta para Tóquio. Basta uma ligação e em dez minutos..."

"Peguei!", gritou Sanjay. Ambos nos viramos e o vimos puxando a corda até chegar-lhe ao alcance da mão um pequeno botijão de gás. Ele o colocou sob a boca do maçarico fixo, girou uma manopla, acendeu um fósforo, e mexeu mais um pouco na manopla até surgir a chama, azul e sibilante. Fiquei olhando aquele ritual, fascinado e incapaz de interrompê-lo. O piche não demorou a esquentar, a película da sua superfície até então dormente começou a se agitar e a soltar vapor, transformando-se num brilhante líquido negro. O grumo de cabelo viscoso amoleceu sob a pasta.

"Você vai ou não tirar essa mulher daí?", disse Ahmed com olhar ameaçador.

"Não. Vou chamar a polícia. Não toque nela."

Sanjay acompanhava o diálogo como se estivesse assistindo a uma partida de tênis.

"Não posso permitir que ninguém entre aqui, isso é problema nosso, tem dinheiro envolvido aqui."

"Problema seu, Ahmed", respondi com firmeza. "É a polícia que deve fazer tudo." Não me passava pela cabeça ajudá-lo, mas eu tampouco seria tolo a ponto de tentar impedi-lo. Ele percebeu isso.

"Merda!", esbravejou Ahmed, empurrando-me para o lado. "Tudo bem!" Ato contínuo, metido em seu terno Armani e em seus sapatos de couro, pulou com raiva para cima da máquina, abriu as pernas e equilibrou-se com os pés apoiados na borda de cinco centímetros do caldeirão. A seguir, tirou do pulso um enorme Rolex de ouro e guardou-o no bolso da calça. "Me passa isso", ordenou a Sanjay, que obedeceu com eficiência e entregou-lhe grossas luvas de couro que cobriram quase todo o antebraço do patrão. Ahmed acocorou-se com cuidado, preparando-se para usar as vigorosas pernas, e meteu as mãos na viscosa massa negra, tateando às cegas até encontrar alguma coisa. Suas sobrancelhas arquearam-se, como se ele tivesse descoberto algo inesperado. Os braços retesaram-se tentando vencer a dura resistência do piche. Realizando um esforço brutal acompanhado por longo gemido, Ahmed foi lentamente esticando as pernas e as costas, fazendo emergir do piche a peluda parte traseira do pastor alemão, uma cadela, e depois o resto do corpo. Suspenso no ar, o animal constituía uma imagem grotesca: a cabeça enrijecida estava virada para cima, os olhos mortos maquilados de piche, a boca cerrada num sorriso-careta gotejante.

Levamos os três alguns segundos para nos refazer do choque.

"Olhe para isso, Jack! Olhe para isso!", gritava Ahmed, furioso e ensandecido. Ele balançou o cachorro para o lado e o deixou cair no chão num baque horripilante. Saltou do caldeirão e colocou as luvas negras e pegajosas em minha garganta. "Olhe para mim, Jack, *você vai ter que me encarar*! Você não sabe com que tipo de pessoa está lidando, certo? Não tem a menor idéia!" O piche queimava a pele em torno do meu pescoço e eu vi que ele estava aterrorizado com o repentino mistério de tudo aquilo. "Essa mulher não lhe contou algumas coisas! Você não sabe muitas coisas! Não é verdade?"

6

Os dois dias seguintes foram tormento puro. Dolores não ligou. Não me saíam da cabeça os lápis de cera de cores vivas esmagados no chão do apartamento de Ahmed. Meu estômago entrou em uma crise particularmente aguda e eu passei horas demais na mesa de trabalho, vendo o sol traçar sua rota e desenhar sombras nas folhas de papel sobre ela. Gastei boa parte do horário de almoço na banca no hall do edifício da Corporação, folheando as páginas imundas do *Daily News* atrás de alguma matéria sobre agressão ou talvez assassinato de uma mulher e sua filha pequena. Mas não havia nenhuma notícia assim, embora a cidade tivesse sido palco de todo tipo de violência imaginável, inclusive a empalação de uma criança que foi jogada da janela do apartamento e caiu sobre uma cerca. Eu não podia repartir com ninguém minha preocupação, nem mesmo com Helen. Se fosse descoberto que eu estava intimamente ligado à morte de uma desafortunada mulher sem-teto, se, digamos, Dolores fosse encontrada morta com meu cartão de visita na bolsa, eu teria que dar muitas explicações dentro da Corporação. Não obstante, embora nada do que tivesse acontecido com Dolores e Maria fosse minha responsabilidade, parecia claro que apenas eu mesmo sabia que elas estavam passando por dificuldades. Isto só fazia aumentar minha angústia. Pensei em ir à polícia e denunciar que uma jovem mulher e sua filhinha estavam desaparecidas, mas o que mais poderia dizer a eles? Em Nova York, a fronteira do desastre fica mais além. Eu não poderia *provar* que Dolores e Maria estavam desaparecidas. Mas uma coisa eu fiz: liguei para o gerente do hotel, o velho senhor Clammers, que se lembrou de mim pelos cinqüenta que lhe dera. Ela não tinha voltado lá, informou ele, acrescentando que não havia deixado nenhum telefone para contato. "Ei, meu chapa, escute um velho que já viu muito nesta vida", me disse ele. "Já rodei muito e vi muito. Você é um sujeito novo e limpo e me deu cinqüenta pratas, por isso vou lhe dar cinqüenta pratas de conselhos. Fique longe dessa mulher. Ela não é seu tipo, entende? Não é para você." Não gostei da presunção, mas, mesmo assim, pareceu-me emocionalmente prudente tentar esquecer Dolores Salcines e sua filha. *Esqueça*, disse a mim mesmo, *você nunca as conheceu*. Talvez fosse melhor para mim que ela tivesse saído de cena, talvez aquela semana tivesse sido apenas um desvio anormal na tranqüila vida de Jack Whitman.

Entrementes, os executivos da Volkman-Sakura chegaram de Bonn sob a morna chuva do início de maio e se instalaram em uma suíte empresarial no quinto andar do Plaza Hotel — cinco alemães em ternos feitos sob medida, perfeitamente vincados, e falando um inglês impecável. O Presidente havia sumido de novo — desta vez refugiando-se em seu condomínio no Caribe, segundo a sra. Marsh — e eu insisti com Morrison para participar da primeira reunião na manhã daquela quinta-feira.

"O que ele está fazendo lá, retocando o bronzeado?", Morrison quis saber, irritado. "Nesse estágio, você deveria estar com ele se possível todos os dias. Não me interessa como você vai conseguir entrar. Você precisa trabalhar no relacionamento com ele a ponto de ter espaço para realmente *pressionar* mais adiante."

"Acho que você deve considerar o fato de que ele sabe o que está acontecendo. Na noite em que estivemos juntos, todos os sinais eram de que ele já estava informado e que não engoliria."

"Ele se comportaria assim mesmo que gostasse da idéia. Logo que ele voltar você ataca."

"Certo." Surpreendia-me que na visão de Morrison o Presidente fosse uma pessoa profundamente infeliz. "Mas agora os caras da Volkman-Sakura estão aqui e eu quero participar dessa reunião."

Morrison refletiu sobre o assunto.

"Não há razão para eu não estar presente."

"Jack..."

"Quero dizer, nenhuma *boa* razão", eu disse, "a menos que..."

"Hoje", Morrison interrompeu-me. "Apenas hoje. O Presidente estará de volta amanhã e então não mais."

Assim, mais tarde naquela mesma manhã, dirigi-me ao Plaza, ouvindo a chuva alfinetar as janelas do táxi. A equipe da Corporação chegou em grupos de dois ou três, apenas como medida de segurança destinada a evitar que a imprensa especializada percebesse as negociações cedo demais. Encontramo-nos e esperamos no quinto andar, em frente à suíte 565 — nosso pessoal financeiro, advogados, Samantha, Morrison, Beales e alguns outros. Uma secretária nos recebeu e conduziu para dentro da suíte — a equipe da Volkman-Sakura havia montado um escritório completo, com telefones, faxes, copiadoras — e nos levou para uma suntuosa sala de reuniões com uma grande mesa. Otto Waldhausen esperava à porta e cumprimentou-nos com distanciada cortesia. Era surpreendentemente baixinho, talvez um metro e sessenta. Incomum, uma pessoa tão baixa ter tanto poder. Seu cabelo era ralo e penteado sobre os lados da cabeça, como se achatado pela velocidade com que o dono se movia. Finalmente nos sentamos e o resto da equipe da VS foi apresentada. Sutis cumprimentos de cabeça e sorrisos nervosos.

"Estamos felizes por estar nesta sala", anunciou Morrison repentinamente, tentando, em tom de diplomata de quinta categoria, colocar em movimento o trem das conversações, "e me ocorre que talvez o melhor ponto de partida, Otto, seja expressar nossa sincera admiração por sua companhia. Passamos meses estudando as operações, os mercados e os produtos de vocês e devo dizer que estamos cheios de admiração. Cheios." Ele sorriu o seu sorriso mais suave. Morrison estava no meio daquela falsa segunda juventude à qual chegam os homens ricos depois de vinte ou trinta anos de trabalho duro. Em forma, barba feita, cabelos aparados, terno novo, ele parecia mais jovial do que nunca, sem, é claro, ser jovem. "Acho que lhe disse isso ao telefone outro dia... que estamos aguardando ansiosamente esta conversa. Entendo que a forma de conduzir isto deve basear-se no reconhecimento de que sua companhia faz muitas coisas e muito, muito bem, a exemplo da nossa, e que esses elementos têm valor." Ele estava começando a impor um formato de negociação. "Suas operações de TV a cabo na Austrália, por exemplo. Nossa divisão de música. Seja o que for. Temos algumas avaliações desses elementos..."

"Talvez devêssemos discutir primeiro uma estrutura operacional", interrompeu Waldhausen, contraindo os lábios. Percebi que a jocosidade de Morrison o incomodava. "É uma questão de filosofia de administração, não é? Devemos começar por esta questão extremamente importante. Gostaria agora de discutir nossa visão, nossa forma de pensar, sim? Americanos e alemães são diferentes em muitos aspectos." Neste momento, fez uma pausa para indicar sua firmeza. "Isso precisará ser discutido em primeiro lugar, porque, se isto não for discutido, não poderemos chegar a um acordo quanto aos detalhes. Minha sugestão é que tentemos um encontro das mentalidades; esta é uma expressão americana, não?"

"Perfeitamente, Otto", disse Morrison. "E eu sem dúvida respeito sua visão de que a filosofia de administração é crucial. É *crucial*. Mas..."

A partir desse momento as coisas começaram a dar errado. Tentamos iniciar. Alguns interrompiam na hora errada. Os cinco representantes da VS tinham a inflexão britânica e a circunspecção européia que os americanos interpretam como arrogância. Morrison lutou para colocar na pauta itens acerca dos quais poderia haver concordância. Waldhausen insistiu em que fosse considerado um plano de operação conjunta. Era cedo demais; não poderíamos atender esse pedido antes de avaliar a real intenção deles, já que tal plano continha valiosas informações de marketing — as chaves do império da Corporação. Os alemães pareciam indiferentes, desdenhosos e pouco interessados em encontrar uma base comum. Perguntei-me se Morrison não os havia convencido a cruzar o Atlântico sem ter compreendido corretamente o nível de interesse deles; perguntei-me se não estávamos enganados.

Ao final da manhã, ficou claro que as duas companhias estavam iniciando as conversas a partir do zero. Waldhausen parecia mais preocupado em fazer planos para assistir a peças da Broadway do que em ouvir um punhado de diretores financeiros tagarelando sobre lucros do segundo trimestre, valores de venda de velhos seriados cômicos para redes de TV independentes, plano de redução de dívida e assim por diante. Quando nos sentamos para almoçar, notei a forma como Morrison perfurava os minúsculos camarões com um pesado garfo de prata. "Você percebeu a situação", disse-me ele enquanto seus pequenos dentes trituravam eficientemente os camarões rosados. "Eles nos mandaram um bando de águias."

"Estão obstruindo a negociação."

"É claro, ele não está aqui", disse Morrison referindo-se ao Presidente, "e eles não sabem se nesta pescaria nós somos os caras que pegam a baleia ou os que caçam as minhocas." Ele percorreu a sala com os olhos. "Você precisa começar a bater com mais força na porta do Presidente, Jack."

Depois de servido o café, Waldhausen, que almoçara ao lado de Samantha, pediu inesperadamente que a reunião fosse suspensa mais cedo; desculpando-se, disse que seu pessoal estava cansado da viagem e que prefeririam reiniciar na manhã seguinte. Morrison respondeu com imensa generosidade. "É claro", disse ele, "teremos a maior satisfação em que seja dessa forma." Logo a seguir, fez um gesto de cabeça quase imperceptível na direção de Samantha.

Assim, três inúteis horas depois de chegarmos, a equipe de negociação da Corporação deixou o Plaza, novamente em grupos de dois ou três, deixando para trás Samantha, que permaneceu conversando com Waldhausen, ele sentado em uma poltrona de estofamento extramacio, ela de pernas cruzadas e tronco debruçado para a frente. A chuva havia parado e agora o sol tentava atravessar o céu, fechado por espessas nuvens. Eu queria voltar caminhando para o escritório, mas depois de poucas quadras a prótese de Morrison começou a provocar-lhe fortes dores e acabamos, Beales e eu, pegando um táxi com ele.

"Você não deveria tê-la deixado ficar com ele", reclamou Beales do banco da frente, liberando sua irritação. "É um insulto aos outros caras. Isso muda o espírito da coisa já no início. Torna as coisas instáveis por definição. Temos pela frente dez dias, duas semanas de negociação, certo? Leva alguns dias para a coisa aquecer, para que as pessoas se acostumem com os timbres e tudo mais. O jeito certo é todos nos sentarmos à mesa e conversarmos, e não Samantha e o..."

"Se está bom assim para Waldhausen, está bom também para os outros caras da vs", interrompi.

"Sim, mas o que ela está *fazendo*?", argumentou Beales. O táxi agora estava parado no trânsito e o motorista começava a dar sinais de nervosismo.

"Você está agindo como se neste exato minuto ela estivesse em um hotel trepando", eu disse enojado.

"E *poderiam* muito bem estar. Este é o problema."

"Errado", protestei, tentando encontrar no bolso o tubo de antiácidos. "Samantha sabe *exatamente* o que está fazendo. Eu a conheço melhor que você. Ela está um milhão de vezes mais interessada em fazer esse negócio sair do que em ser comida por um alemão baixinho. Ela está procurando abrir caminhos para a negociação, Ed. Não é *óbvio*? Ela percebeu num instante que a química não era das melhores. Talvez houvesse gente demais naquela sala. Ao que parece, ninguém conseguiu realmente quebrar o gelo com ninguém. Precisamos encontrar uma forma mais relaxada de relacionamento. De modo que, se houver alguma vantagem no fato de ela..."

"Discordo radicalmente", interrompeu Beales, o rosto de traços marcados cada vez mais vermelho. "Fica parecendo que somos uns amadores sem coordenação."

"Motorista!", bravejou Morrison, batendo a mão boa no assento. "Pare o táxi."

Depois de o carro parar próximo ao meio-fio, Morrison mirou a metralhadora verbal no banco da frente e disparou: "Ed, se *você* tivesse uma bunda como a de Samantha, faria a mesma coisa, todos nós sabemos disso, desde que eu aprovasse. Por isso, não se faça de nobre e poderoso. E *você*" — ele agora se virava para mim —, "você deveria estar cochichando no ouvido do Presidente que precisamos fazer este negócio, em vez de andar pela cidade de táxi discutindo com Ed". Com o olhar dançando entre nós dois ele concluiu: "Agora saiam ambos do meu táxi e me deixem um pouco em paz".

Foi o que fizemos, sem nada dizer um ao outro. Morrison atirou meu guarda-chuva pela janela, em minha direção, e o táxi arrancou. Beales e eu nos olhamos. Joguei dois antiácidos na boca.

"Muita tensão, Jack?", disse Beales sorrindo.

Quando o seu inimigo acha que pode insultá-lo sem correr riscos, é porque ele realmente está prestes a dar o bote.

"Sim, Ed", respondi. "Estou mesmo tenso. As *pessoas* me deixam tenso. Mas eu pelo menos sei onde está a tensão: no estômago. Não está na minha cabeça, no meu peito, na base da minha coluna e, felizmente, Ed — você não concorda? —, não está no meu *cu*."

Ele começou a dizer alguma coisa, mudou de idéia, deu meia-volta e começou a andar em direção ao prédio da Corporação. Peguei meu guarda-chuva e senti um certo prazer ético ao ver Ed Beales afastar-se. Mas, agora percebo, eu estava apenas cometendo erros, confundindo os inimigos. Meu problema não era Beales.

Horas depois, naquela mesma tarde, eu estava escrevendo um memorando para o departamento de pesquisa, solicitando informações sobre os prováveis custos de construção de cinqüenta cinemas em Cuba, quando Helen me avisou que havia uma certa sra. Rosenbluth ao telefone querendo falar comigo.

"Não conheço ninguém chamado senhora Rosenbluth."

"Ela diz que... sei lá, sinceramente não sei do que ela está falando."

"Pode completar."

"É o senhor John Whitman que está falando?", disse uma voz mais velha do outro lado da linha.

"Sim."

"E este é o seu telefone comercial, senhor Whitman? É aí que o senhor trabalha?"

"Sim. Posso saber quem está perguntando?"

"Será que o senhor poderia dizer seu endereço comercial?", continuou a voz do outro lado, em tom de desconfiança.

Eu lhe disse.

"Está correto. Agora, senhor Whitman, poderia me dizer sua idade?"

"Trinta e cinco."

"Poderia me dizer se é casado, se tem filhos, senhor Whitman?"

"São perguntas excessivamente pessoais."

"Bem", suspirou a voz anasalada, com certeza uma mãe judia a caminho da velhice, segura com o lugar que encontrara para si no mundo, "tenho boas razões para perguntar."

"Minha mulher foi assassinada há mais ou menos quatro anos", respondi, como se minha própria voz estivesse sendo emitida de longe. Toda vez que dizia essas palavras, via o rosto cinza de Liz na morgue e me lembrava da verdade inelutável do seu corpo estendido na gaveta de cadáveres de aço. "Não tivemos filhos", acrescentei. Houve um longo silêncio do outro lado da linha. "Senhora Rosenbluth, não entendo por que ligou. Em que posso lhe ser útil?"

"Tenho aqui comigo uma jovem mulher e sua filha e..."

"Dolores e Maria?"

"Sim, esses são os nomes."

"Elas estão bem?", quis saber ansioso.

"Por ora, sim."

"Onde elas estão?"

"E por que o senhor gostaria de saber?", perguntou ela ainda com um pé atrás.

Contei-lhe de modo resumido como vira as duas no metrô e como depois tentei ajudar Dolores a conseguir um emprego e um lugar para ficar. Expliquei o que aparentemente acontecera no apartamento de Ahmed, até onde eu sabia, e que fora lá que as vira pela última vez.

"Portanto, devo concluir que o senhor não é a *causa* dos problemas delas?"

"Definitivamente não. Dolores pediu-lhe que ligasse para mim?"

"Não."

Pensei por alguns instantes. "Isso significa que Dolores ainda tem o meu cartão."

Com esse comentário, a sra. Rosenbluth pareceu bastante aliviada por poder confiar em mim. "Correto. Ela — Dolores, a mãe — está muito cansada, eu acho. Não falou quase nada quando lhe disse que ela poderia deitar na cama das visitas. Mais tarde, quando estava procurando algum tipo de informação sobre ela, achei o cartão do senhor. A garotinha está com tosse, mas fora isso parece saudável. Oh, mas elas não podem ficar, compreenda. Lamento muito mas não posso mantê-las aqui. Combinei de visitar minha irmã hoje. Mas também não posso simplesmente jogá-las de volta na rua. Sou socialista, acredito que devo me envolver com os problemas da sociedade. Essas duas não são pessoas de rua, se é que o senhor entende o que quero dizer." A voz dela estava começando a ficar embargada. "Encontrei a pobrezinha esta manhã na Washington Square, onde caminho todo dia às oito horas. A menina se aproximou de mim. A mãe estava dormindo num banco. Eu simplesmente as trouxe para casa. Decidi fazê-lo e pronto. Mas preciso saber o nome da pessoa responsável por elas. Dolores não disse nada sobre família ou amigos. E tampouco disse algo sobre o senhor..."

"Senhora Rosenbluth..."

"As duas estão dormindo agora. Comeram e adormeceram às nove horas da manhã." A voz dela estava cada vez mais alta, quase histérica. "Não posso ser a responsável numa situação como esta. É de partir o coração. Eu estava na praça e a pequenina veio até mim. Ela é adorável. As crianças precisam de amor. Não sei o que fazer, dei-lhes abrigo porque... mas elas não podem ficar, entende, eu moro sozinha, eu..."

"Senhora Rosenbluth", interrompi decidido. "O que a senhora vai fazer agora é me dar o seu endereço."

Eu tinha duas opções: ou esperava até o fim do dia, quando não teria que me preocupar com o trabaho no escritório, ou ia imediatamente. Morrison queria falar comigo até o fim da tarde, mas calculei que não haveria problema se eu desse uma escapada de uma hora. Se esperasse demais, Dolores e Maria desapareceriam nas entranhas da cidade. Saltei numa estação do metrô a poucas quadras da Universidade de Nova York. Toquei a campainha do apartamento, ouvi um ruído de corrente e, por fim, uma mulher que supus ter quase oitenta anos abriu a porta e me olhou com cara de poucos amigos.

"Senhora Rosenbluth?"

Ela encostou um dedo ossudo nos lábios, esticado em sentido perpendicular. "Ambas ainda estão dormindo. Tive que dar um banho na garotinha. Ela se comportou de maneira tranqüila e cooperativa..."

Segui a mulher para dentro da sala de um apartamento típico de intelectual urbano, com decoração de mais ou menos 1958, vários diplomas emoldurados nas paredes, inúmeros tratados esquerdistas sobre política americana e antigas edições em capa dura de Roth, Mailer e Bellow nas prateleiras. Em vários pontos, havia pilhas de correspondência enviada pelos departamentos de mala direta de toda espécie imaginável de organização ou movimento esquerdista. Expostas no console da lareira havia fotos amareladas de três filhos e uma filha, todos cheios de espinhas e com aparelhos ortodônticos, vestidos em togas de formatura, todos sem dúvida já adultos e bem-sucedidos em tudo que faziam; havia também fotos mais recentes de crianças em idade escolar, provavelmente netos. Na parede havia uma foto preto-e-branco emoldurada, mostrando um homem alto, de óculos, apertando a mão do dr. Martin Luther King quando jovem.

"Sim", disse ela, "este é o meu marido."

Entramos na cozinha. "Eu examinei o corpo dela milímetro por milímetro, procurando arranhões, hematomas, piolhos ou" — os olhos envelhecidos da sra. Rosenbluth fitaram-me carregados de significado —, "ou qualquer sinal de *maus-tratos*, o senhor entende, não é?" Ela acenou com a mão atacada pela artrite. "Por favor, vamos sentar aqui na cozinha. Aceita um café? A pequena estava com fome e eu cuidei disso. Ela está resfriada, o peito com catarro, mas nada que um pouco de vapor, sopa e muita cama não resolva. Agora, estava pensando... Já está pronto, eu já tinha colocado a água para ferver. Creme e açúcar?"

"Sim", eu disse, acomodando-me em uma cadeira de madeira na cozinha bolorenta, onde havia um batalhão de gatos presos por ímãs na porta da geladeira, um relógio de parede na forma de um galo pendurado, livros de receita da coleção *Good housekeeping* bastante usados e um pote de biscoitos na bancada. Crianças haviam crescido nesse apartamento. Afixada na geladeira, via-se uma tabela de escala das voluntárias que faziam trabalho assistencial em uma sinagoga do bairro. Talvez a velha esquerda americana tivesse desaparecido junto com o socialismo, mas mesmo assim a valente sra. Rosenbluth continuava a dar sua contribuição. Senti uma repentina satisfação por Dolores e Maria terem caído em ambiente tão seguro. Entrementes, a sra. Rosenbluth arrastava os tornozelos inchados sobre o piso de linóleo amarelado, servindo-me de café e colocando biscoitos em um prato à minha frente.

"Bom", continuou ela. "Isso é creme de leite de verdade. Fresquinho. Mas onde eu estava? Sim, a pobrezinha é muito educada mas parece saber que o mundinho dela está de cabeça para baixo. Não posso recriminar a mãe porque desconheço os detalhes da história. Essas coisas podem ser extremamente delicadas... certas situações *familiares*, mas quando há crianças envolvidas... essas situações são de partir o coração, de partir o coração. Quando vi aquela criança linda e suja, tive vontade de chorar. Tive quatro filhos, senhor Whitman. Meu marido era um eminente professor de sociologia aqui na universidade. Agora estou sozinha e não tenho..."

Naquele momento ouvimos um suave arrastar de pés no corredor e vimos quando Maria colocou a cabecinha escura e encaracolada no vão da porta; ela estava apenas de calcinha e trazia nos braços um travesseiro; seus cabelos estavam amassados.

"Maria?" Senti uma pontada de amor por aquela criança sonolenta e inocente.

“Maria, que bom que você e sua mãe estão bem. Você pode me dizer o que aconteceu?”

A criança me olhou e não disse nada.

“Lembra do prédio grandão onde você estava dormindo com sua mãe? Alguém achou vocês lá?”

A sra. Rosenbluth deu um passo à frente e instintivamente começou a acariciar o cabelo da menina. “Acho que elas dormiram na praça ou num abrigo ou em algum outro lugar horrível.”

Foi quando Dolores apareceu à porta, coberta por um roupão pequeno demais para ela, o rosto abatido e desanimado. Tinha perdido peso desde a última vez em que a vira. Mas mesmo sem maquilagem, mesmo exausta, tinha uma aura especial, um *calor*. “Vamos, Maria”, disse ela esticando a mão. “Desculpe, senhora Rosenbluth, será que nossas roupas já estão secas?”

“Sim, claro”, respondeu a sra. Rosenbluth. “Suas roupas.”

“Dolores?”

Ela olhou para mim confusa. “Por que... Espere: por que você está aqui?”

“Encontrei o cartão dele no meio das suas coisas quando fui lavá-las”, interveio a sra. Rosenbluth, “e não sabia para *quem* eu devia ligar, entende? Eu tinha que ligar para *alguém* que pudesse ajudá-la.”

“Mas eu nem mesmo o *conheço*. É apenas...”

“Querida, ele parece estar preocupado com você e sua filha. Ele veio do escritório para cá assim que eu liguei.”

Dolores olhou para mim indecisa, os olhos embaciados. “Você soube do apartamento?”

Abaixei a cabeça em sinal de afirmação. “Foi seu marido?”

Os olhos dela pareceram estar diante da cena novamente. “Hector, sim.”

“Ele matou os dois cães de guarda, sabia?”

“Coitadinhos!”, observou a sra. Rosenbluth.

“Você os ouviu?”, prossegui. “Deus do céu, eu vi os cachorros, vi o que...”

“Estavam latindo!”, disse Maria com repentina excitação. “E a gente subiu a escada correndo para o telhado.”

“Vocês desceram pela escada de incêndio?”, perguntei a Dolores.

Com expressão cansada ela balançou a cabeça afirmativamente. "Acordei no meio da noite com os latidos. Ele subiu as escadas e eu juntei algumas coisas, peguei Maria e subimos para a cobertura. Saímos antes que ele se aproximasse demais. Pude ouvir quando arrebentou as janelas do apartamento embaixo do nosso. Estava escuro. Tive sorte e saí pela escada de incêndio. Aquele cachorro maior reteve Hector um pouco. Ele estava no telhado com o cachorro atrás dele e isso foi a última coisa que eu vi."

Dolores olhava para mim atentamente, uma expressão de vulnerabilidade marcava-lhe o rosto. Sua valentia havia desaparecido; ela agora estava apenas assustada e exausta, tentando formar uma idéia de quem era eu.

"Acho que vocês duas deveriam se vestir", sugeriu a sra. Rosenbluth.

Quando as três desapareceram na lavanderia, liguei para o escritório e falei com Helen. Morrison queria me ver em trinta e cinco minutos.

"Será que você não consegue adiar a reunião?", pedi. "Talvez meia hora."

"Não, ele tem que pegar um vôo às seis. Parece que é importante. Se eu fosse você, tentaria chegar na hora", acrescentou Helen. "Aliás, ele parece tenso."

"Diga a Morrison que ele é um babaca. Você faria isso por mim, Helen?"

"Deixe disso, Jack, você está apenas..."

"Diga-lhe que não aceito mais as tarefas de merda que ele me passa, você faria isso por *mim*? Trabalhei com lealdade absoluta todos esses anos e ele me faz isso?"

"*Jack.*"

"Diga a ele que me demito", continuei. "Me demito e vou viajar de carro pelo país por alguns meses, Helen. Te mando um postal de Wall Drug, Dakota do Sul."

"Jack."

"Esse lugar existe de verdade, Helen."

Ela riu. "Te vejo às quatro aqui, está bem?"

Desliguei.

"A senhora precisa sair, certo?", perguntei à sra. Rosenbluth.

"Eu combinei com minha irmã que estaria lá para o jantar."

Dolores e Maria apareceram na porta. Estavam vestidas.

"Escute", disse eu a Dolores, "tenho que estar no escritório no centro, a sessenta quadras daqui, em meia hora. Preciso sair realmente logo. De modo que precisamos resolver esta situação. Agora, Dolores, você está sem dinheiro, não é verdade?"

"Tenho talvez uns cinco dólares. Estava guardando para comprar comida. Mas não posso voltar para o meu antigo bairro. Hector, meu marido..." Ela olhou para Maria. "Não vai dar certo. Ele conhece todas as minhas amigas lá. É um bairro, entende, e todo mundo se conhece no prédio. Ele sabe onde procurar."

"Família?"

Ela sacudiu a cabeça de um lado para outro. "Não tenho família."

"Senhor Whitman", interveio a sra. Rosenbluth, "como já lhe disse e também a Dolores, eu simplesmente não posso assumir a responsabilidade. Tenho que sair agora. Minha irmã mora em Long Island, em Manhasset, e estou velha demais para pegar o trem na hora do rush. As pessoas pisam em mim."

"Se pelo menos eu pudesse pegar uma carona para um dos albergues menos ruins", disse Dolores. "Temos que dormir, Maria vai ficar doente."

"Em hipótese alguma", disse a sra. Rosenbluth. "Albergue não é lugar de criança."

A anciã lançou-me um olhar acusatório, seus velhos olhos imóveis em silenciosa expectativa.

"Tudo bem." Tirei do bolso as chaves de minha casa. "Dolores, você não tem para onde ir e eu tenho que sair já. Conheço você bem demais para deixar que vá para um albergue ou volte para as ruas. Mas eu não sei *quem* você é, não sei se é viciada em crack, se é alcoólatra, se seu marido está esperando na esquina para me matar ou sei lá o quê. Afinal, ele realmente detonou o prédio do meu amigo, certo? Agora a situação em que você está é ainda pior. De modo que vou lhe dar a chave da minha própria casa. Não estou dizendo que poderá ficar lá indefinidamente, mas apenas por um tempo, pelo menos por *hoje*."

Ela me observava com atenção absoluta.

"Se eu lhe der a chave da minha casa e o dinheiro para pagar o táxi até lá, será que vou me arrepender?"

Dolores sacudiu a cabeça. "Não, prometo."

Escrevi num pedaço de papel meu endereço de Park Slope, Brooklyn, e entreguei a ela. "Se eu chegar em casa e encontrar tudo queimado ou algo do tipo..."

"Não, não. Vamos ficar lá sentadas, só isso. Não vamos tocar em nada."

Achei uma nota de vinte na carteira e disse-lhe que era para o táxi; bastava atravessar a ponte. Ela pegou a nota, agradecida. "A propósito, como seu marido a encontrou? Pensei que você estivesse tentando evitá-lo."

"Liguei para minha amiga Tina dois dias atrás e ela veio do Brooklyn para me ver", explicou Dolores. "Alguém provavelmente contou a Hector e ele deve ter pedido ao marido de Tina que se informasse com ela. É a única coisa que consigo imaginar."

"Bem, não quero que Hector descubra para onde você está indo agora."

"Pode ter certeza de que não vai."

"Já tenho um monte de problemas, entendeu?", eu disse com firmeza.

"Você já tem problemas comigo. Não deveria ter me dado o seu cartão."

Tive que sorrir. "Tem razão", disse. "Você é um poço de problemas."

Um minuto depois, já tendo Dolores recolhido os poucos pertences que lhe restavam, a sra. Rosenbluth trancou as três fechaduras da porta da casa e descemos todos no pequeno elevador. Parei um táxi para a sra. Rosenbluth e ela foi embora. Por sorte, veio outro logo depois. "Vou pegar este, estou atrasado", disse a Dolores, procurando em seu rosto alguma indicação de que já não éramos estranhos, de que eu podia confiar nela. "Você pega o próximo. Mas preste bem atenção: você está indo agora para a *minha* casa."

"Por favor", respondeu Dolores com ar cansado, sacudindo a cabeça e tentando alcançar a mão de Maria. "Prometo qualquer coisa."

Sessenta quadras ao norte, vinte e cinco minutos depois, Morrison seguiu-me para dentro de sua sala e, usando a mão boa, fechou a porta atrás de nós. À nossa espera estavam dois homens: um, mais velho e magro como um bambu; o outro, de barba rebelde e grotescamente gordo, quase um menino, aparentando estar pouco à vontade em seu terno.

"Jack, estes são os senhores Shevesky e DiFrancesco."

Apertamos as mãos e nos sentamos. Pensava no que Dolores e Maria estariam fazendo naquele exato momento, se realmente tinham pegado um táxi e ido para minha casa. O fato em si parecia inacreditável e me excitava e assustava ao mesmo tempo. Mais do que qualquer outra coisa, eu queria ir imediatamente para casa e estar com Dolores e Maria. Mas agora eu tinha que ficar atento à reunião. "De que empresa vocês são?"

Shevesky, o mais velho, inclinou-se para a frente, um sorriso discreto no rosto: "CAS — Corporate Assessment Services".

"Trouxe essas duas pessoas aqui hoje para discutirmos um pequeno assunto." Morrison observava a armadilha para caçar patos sobre a mesa. "Acho que seria útil saber o que...", fez uma pausa, "o que certas companhias estão fazendo, o que estão pensando." Ele olhou para mim a fim de se certificar de que eu não faria nenhuma pergunta ridícula, como questionar a legalidade do que estava planejando, fosse o que fosse. "Esses homens me disseram que sabem como obter informações transmitidas por fax."

"Vocês conseguem roubar faxes?", perguntei surpreso.

"Nós conseguimos interceptá-los para exame", corrigiu o sr. Shevesky.

"Incrível."

"Também fazemos outros serviços. Investigações sobre o passado das pessoas e assim por diante."

"Tenho que sair para pegar um avião em vinte e cinco minutos", avisou Morrison, "é melhor vocês irem rápido. O quadro é o seguinte: há um grupo instalado na suíte empresarial no quinto andar do Plaza Hotel. Estão passando faxes para a Alemanha e recebendo também. Vocês conseguem obter para nós cópias desses faxes à medida que estiverem sendo transmitidos? Em caso afirmativo, como? Quais são os riscos?"

"Vou deixar que o Mike explique."

DiFrancesco a esta altura já estava esparramado no sofá como um adolescente no meio de uma aula cansativa. Observou-me com desdém e voltou os olhos para a janela. Na dupla, Shevesky era claramente o contato e Mike DiFrancesco o talento. Ele tinha um ar indiferente, superior, sabendo que tudo passava por ele. "Bem, para fazer a armação básica com faxes", começou DiFrancesco, olhando de boca aberta para o teto, "temos dois níveis de problema." Ele juntou as mãos como se fosse rezar, os olhos ainda virados para cima. "O primeiro é ter acesso ao sinal do fax, o que significa, bem, a bogodinâmica quantum da operação..."

"Mike", interrompeu Shevesky, "fale inglês, inglês de gente."

"A *teoria* da operação dos faxes é que eles conseguem escanear um documento e transformar uma faixa muito estreita do pedaço de papel em uns e zeros."

"A máquina digitaliza a faixa", eu disse.

"Sim, digitaliza espaços claros e escuros em uma grade muito pequena, transformando-os em uns e zeros que são codificados em um formato e traduzidos em tons. Os tons são compatíveis com a estrutura de transmissão de voz de um sistema telefônico. Agora, para interceptar este sinal, precisamos ter acesso ao som desses tons e para isso precisamos de algum tipo de acesso aos fios através dos quais esses tons viajam. Portanto, visto tratar-se de uma suíte execudróide de hotel, há algumas complicações. Voltarei..."

"Será que vamos ter que ouvir a dissertação inteira apresentada no MIT?", interveio Morrison. "Por favor, colabore."

"É assim que ele trabalha", garantiu-nos Shevesky, exibindo um sorriso sem jeito. "Ele ouve o problema, verbaliza *uma* vez e nunca mais esquece nenhum passo."

DiFrancesco enfiou os dedos das duas mãos na barba espessa, como que procurando piolhos. "A primeira necessidade é acessar os tons propriamente ditos, a segunda é a capacidade de interceptar a transmissão e decodificá-la. São dois fornecedores de telefonia que atendem este hotel; um é a New York Telephone, que tem acesso ao prédio para introduzir e retirar linhas telefônicas; o outro é a companhia que cuida do sistema de ramais e distribuição usado no hotel, digamos a Northern Telecom ou qualquer outra, e o problema é que o sinal de fax está sendo gerado e recebido em uma extensão do sistema de distribuição, assim como todos os telefones em um escritório costumam ser de um número principal."

DiFrancesco estava agora abrindo e fechando as pernas inconscientemente, como se sentisse um prazer físico. Suas calças pareciam muito gastas na altura em que as coxas raspavam uma na outra. "Agora, este ramal aparecerá em uma caixa distribuidora acoplada a uma espécie de painel, sendo que o cabo principal chega ao quinto andar antes de se ramificar lateralmente e se materializar em diversos quartos sob a forma de uma tomada para telefone, onde o fax em questão é ligado. Mas esta extensão não existe no território de operação da New York Telephone; a razão é que ao se fazer uma ligação por fax o número chamado vai para o PBX e..."

"PBX?", perguntou Morrison. Ele limpou os dentes com a língua, irritado com o jargão.

"É o equipamento local de distribuição."

"Aquela maldita caixa cheia de fios de telefone que tem em cada andar?", quis saber Morrison. "É disso que você está falando?"

"Sim", respondeu DiFrancesco, os olhos ainda voltados para cima, como se estivesse vendo cocozinhos de mosca no teto, o tecido em torno de suas imensas coxas vibrando. "Quando o número é discado no aparelho de fax, a chamada passa pelo PBX do andar. O PBX examina o número que está sendo discado e decide por qual circuito deverá sair a ligação. Normalmente há um grupo de linhas através das quais seguem as ligações locais e um grupo de linhas para as ligações interurbanas ou internacionais. A coisa toda leva cerca de um micronésimo."

"O que é um micronésimo?", perguntei.

"Mais ou menos um vírgula dois segundos", respondeu DiFrancesco, como se eu fosse o homem mais estúpido do mundo. "Bem, minha impressão é que o acesso físico é o método mais difícil de ser detectado, o que apresenta menor potencial de fracasso. Eu reservaria um quarto no mesmo andar e tentaria acessar a caixa de distribuição e..."

"Não, *não*!", Morrison sacudiu a cabeça. "Não quero você nem qualquer outra pessoa no hotel fingindo ser hóspede ou funcionário da manutenção ou Donald Trump ou qualquer outra coisa para bisbilhotar o tal do painel." Ele se voltou para Shevesky. "Você me disse que isso poderia ser feito *a distância*, que seu homem conseguiria receber os faxes sentado em frente a uma tela de computador, como num passe de mágica. Isso não..."

"Espere, isso *pode* ser feito. Ele está apenas considerando as opções."

"O PBX também terá um modem acoplado", DiFrancesco prosseguiu, como se não tivesse ouvido ninguém falar. "Isso é para que o pessoal da manutenção da companhia fornecedora possa ligar e acessar o sistema e, a distância, alterar os programas de instrução. Quando se trabalha com PBX, uma das coisas que retardam a ligação são as senhas. Cada PBX tem uma senha diferente, programada pelo pessoal de manutenção. Isso *poderia* ser um problema." Seus olhos irradiavam um prazer demoníaco; ele era o guardião de mil segredos. "Mas acontece que há uma senha original *de fábrica*; ela é usada pelos engenheiros do fabricante e anula a senha programada, seja qual for. Conheço várias dessas senhas e provavelmente eu consiga entrar no PBX do quinto andar do Plaza Hotel, seja qual for o fabricante. Com certeza é um dos mais importantes. Agora, em um hotel grande, as mudanças que você faz num terminal aparecem em outros lugares. Normalmente há um conjunto de roteamentos, de modo que toda vez que um ramal como o nosso — o ramal que está ligado ao nosso fax — faz uma ligação, seus números são analisados e passam em seguida por um filtro chamado classe de serviço, que determina se este ramal tem o direito de fazer a ligação que está fazendo. Em caso positivo, a ligação é passada para uma outra coisa chamada seleção automática de rota, que determina como a ligação deve ser processada, que tronco escolher, se determinado tronco está disponível e, não estando, se a ligação deve cair em outro grupo de troncos ou se deve esperar por um tronco. O que acontece? Feito isso, o processo passa para as regras de discagem; elas dizem que, como já escolhemos uma linha específica, talvez precisemos modificar os dígitos; digamos que a comunicação com New Jersey esteja congestionada e que a organização tenha resolvido instalar uma linha direta para lá. Mas quem está fazendo a ligação discou o código DDD 201 antes do número e portanto, agora que a ligação está sendo distribuída via linha direta para New Jersey, é necessário tirar o 201. As regras de discagem dizem faça isso, faça aquilo, mantenha os três dígitos, espere, complete a ligação, termine a operação quando a ligação estiver completa e assim por diante. Bom, agora preciso pensar no próximo..."

Naquele instante, havia em minha casa uma mulher linda e devastada que não precisava de nada além dos confortos físicos que eu pudesse lhe proporcionar. Mas eu desgraçadamente estava condenado a ouvir as fantasias de um rato de computador maluco. Olhei para Morrison, mexi discretamente a cabeça para o lado. *Não vamos nos meter com esses doidos.*

"...de forma que o que precisamos fazer para resolver sua situação é criar um conjunto inteiro de instruções paralelas de roteamento. Quando este fax fizer uma chamada, queremos que ele... Espere, deixe-me fazer uma pergunta: os faxes que vocês estão tentando interceptar vão para um país ou companhia ou código DDD específico?"

"Por quê?", quis saber Morrison cheio de suspeitas.

"Porque temos que criar instruções de roteamento que filtrem os faxes que vocês quiserem grampear, a menos que queiram grampear *todos* eles, o que significa muito mais trabalho."

"A maioria dos faxes sairá daqui para a Alemanha e vice-versa", disse Morrison com indiferença. "São esses que nós queremos."

"Bom." DiFrancesco estava agora dedilhando a barba, esculpindo um seboso talo preto que se projetava de seu queixo. "Isso facilita as coisas. Vamos segurar a ligação e dizer 'roteie como indicado'; escolheremos então uma linha local e, em vez de ir para a Alemanha, a ligação será desviada para um telefone de sete números, que será uma das *minhas* linhas aqui na cidade. Como eu não quero ser detectado, ela vai cair em um número programado para transferir a ligação para outro número, e este *outro* número estará programado para transferir a ligação para o meu centro de operações. A ligação passa por essas duas escalas para tornar mais difícil a detecção. Nesse momento a ligação é completada e o meu equipamento é conectado a ela. A seguir, as regras de discagem dizem: *agora* transmita para o número originalmente discado: código internacional 011, código da Alemanha e por último o número na Alemanha — exatamente o número discado."

"Isto é complicado demais", comentei com Morrison. "Acho que..."

"Estamos boiando", disse Morrison a DiFrancesco.

"Ele é um gênio." Shevesky olhou para mim balançando a cabeça. "Um gênio."

"...neste momento meu equipamento faz uma ligação triangular. No processo de armar isto, tenho que tomar muito cuidado no ajuste dos filtros dos dígitos, porque o hotel vai *colocar essas ligações na conta deste quarto* e eu preciso me certificar de que nenhum desses números locais aparece no registro de ligações. Não podem aparecer na conta como chamadas locais. Na conta as ligações têm que aparecer como chamadas internacionais. Muito bem, o fax passa pelo meu equipamento, eu gravo todos os tons na memória e agora estamos com a chamada na mão. O passo seguinte é decodificar o fax, mas não se trata simplesmente de ligar um fax e apertar o botão."

"Não entendo", disse Morrison.

"Quando você manda um fax, há uma pequena dança entre os aparelhos, eles se perguntam se são aparelhos de fax grupo um, grupo dois ou grupo três, que têm protocolos totalmente distintos. A seguir, talvez perguntem: 'Você é um aparelho Sharp?'. 'Não, sou um Ricoh, ou um Toshiba'. Vocês sabem, cada marca tem regras próprias. Isso complica o processo de decodificação."

DiFrancesco respirou fundo.

Shevesky me olhou. "Um gênio", disse ele.

"Isso é loucura", avisei Morrison.

"De modo que precisamos de alguma coisa que *escute* o fax", prosseguiu DiFrancesco. "Eu pego uma placa-fax de PC, que em síntese não passa de um modem especializado, e, em vez de rodar o software da placa-fax do fabricante no meu PC, eu posso entrar e escrever um código direto para controlar os chips do fax-modem que efetivamente estão na placa, de modo que possa instruí-la a *escutar*, e não transmitir; baseado nisso, posso decodificar os tons e revertê-los para representações digitais de espaços claros e escuros em uma faixa do documento. Assim, o conjunto de faixas formará o documento na minha tela. Essas faixas não serão perfeitas. Um par de *bagbiters* estará lá em algum ponto. Mas vocês terão o texto. Pode ser que apareça um pouco estourado, com um certo espaçamento entre os pontos, e eu talvez precise acertar uma coisa ou outra na tela, mas vocês terão o texto."

"OK", interrompi. "Acho que sabemos o suficiente para..."

"Agora", continuou ele, "*isso* dito, há duas coisas que poderiam estragar toda a armação. Se os dois faxes estiverem falando um dialeto *muito* especial, nós dançamos. As chances de isso acontecer são pequenas porque é o hotel que vai fornecer o aparelho de fax; provavelmente teremos duas marcas diferentes, e elas terão que usar a linguagem de fax mais comum, chamada grupo universal três. O outro problema é se os faxes não tiverem apenas texto, se tiverem imagens também; se o sistema for orientado por ponto, o grau de distorção..."

"Não, não, é apenas texto", disse Morrison com tranqüilidade, em tom bastante diferente agora, como se fosse um homem diante de um maravilhoso amanhecer.

"Tudo bem."

"Poderemos ler o texto e traduzir do alemão?"

"Sim."

Morrison olhou para mim; ambos sabíamos quem faria a tradução.

"E quanto aos faxes que estarão vindo da Alemanha?"

O enorme rosto de DiFrancesco congelou, seu cérebro aparentemente girando a mil dentro do crânio. "É preciso seqüestrar a ligação que está sendo recebida *antes* de ela chegar ao fax no quarto e começar a cuspir informações. Você precisa criar uma extensão. Quando um fax chega ao PBX daquele andar do hotel, ele é descoberto e lançado para uma *nova extensão* e a ligação é roteada para a minha central através do serviço de roteamento automatizado, como fizemos com as ligações originadas no hotel. Eu passo a ligação pelo meu sistema e faço com que o meu sistema ligue para fora, para o número ao qual originalmente se destinava o fax, mas no âmbito local. Como se trata de uma ligação local, o programa do PBX agora permite que a ligação passe, como deveria ter acontecido no início."

"*Sim*", exclamou Morrison, "estou começando a entender."

"Mas eu ainda não lhe contei as coisas que podem dar errado."

"Conte-nos", eu disse desapontado.

"A empresa de manutenção pode descobrir que foi feita uma reconfiguração e informar o hotel. Além disso, a velocidade de transmissão internacional de faxes é de nove mil e seiscentos *bauds* por segundo e, embora as linhas para a Alemanha sejam bastante boas, ao desviar as ligações para a zona sul através de linhas suplementares e tudo mais, você acaba diminuindo o volume da ligação, você diminui a *qualidade* da ligação, de forma que agora surge o risco de que o aparelho de fax passe a funcionar automaticamente no modo convencional, e veja por quê: se a nove mil e seiscentos não estiver funcionando direito, o aparelho cairá para quatro mil e oitocentos *bauds*, e os aparelhos poderão ficar lentos demais. Talvez eles nem notem. Podem pensar que o aparelho imprime devagar ou absorve a página lentamente devido à má transmissão internacional, às más condições da rede da companhia telefônica de Nova York ou por qualquer motivo do gênero. Mas há também um outro problema. Todos esses desvios para a zona sul e as passagens pelo meu sistema e tudo mais provavelmente aumentarão em quinze segundos o tempo que as ligações levarão para se completar. *Pode ser* que isso não seja notado porque são ligações internacionais e as pessoas esperam mesmo que a coisa seja mais lenta, mas é um fato perceptível, um ponto fraco..."

"Quinze segundos?", perguntou Morrison.

"Mais ou menos. Mas o que eu quero dizer é o seguinte: com cada uma dessas coisas você estará criando um *clima*, de modo que se alguém decidisse tirar as suspeitas a limpo encontraria todo tipo de evidência."

"Não vamos nos preocupar com essas coisas", disse Morrison. Eu agora entendia por que estava naquela reunião. Caberia a mim realizar os truques sujos bolados por Morrison. Ele se voltou para mim. "Quero que você arranje um lugar para o Mike e que providencie para que ele comece imediatamente", disse.

"Só trabalho em minhas dependências", disse Mike, rápido.

"Como fazemos para entrar em contato?"

"Aqui." Sem hesitar, Shevesky esticou o braço e ofereceu dois cartões de visita, segurando-os como se fossem cartas de baralho. "Entre em contato comigo."

"É arriscado demais", eu disse. "Isso pode estourar na nossa cara. É a coisa mais idiota que já ouvi. Não precisamos disso."

Morrison permaneceu ali sentado, pensando. As fotos emolduradas de seus filhos retardados olhavam para ele, dois sorridentes rostos mirrados. Se tivesse dois filhos normais, ele seria o que é hoje? Eu sabia que, para Morrison, a folha de papel certa poderia nos revelar que informações a equipe de negociação da VS estava enviando aos chefes na Alemanha. E se Samantha tirasse qualquer coisa de Waldhausen, seria possível checar a veracidade do que contara a ela.

"Quanto tempo você leva para montar tudo?", perguntou Morrison.

"Uns dois dias", respondeu DiFrancesco.

Morrison lançou um olhar sugestivo para Shevesky e sacudiu a cabeça como que fechando o negócio. "Nós dois já combinamos o pagamento. Está tudo certo. Vamos nos manter em contato e diariamente você informará Jack sobre o que está conseguindo."

Na frente do elevador, DiFrancesco perguntou-me onde era o banheiro.

"Vou lhe mostrar", eu disse, deixando Shevesky na recepção. No corredor dos fundos, perguntei: "Escute, será que você poderia me dar um número de telefone de verdade, o seu número?"

Ele pegou o cartão de visita que Shevesky me dera e anotou.

"E então, quais são as suas qualificações?"

DiFrancesco massageou a barba e refletiu sonolento. "Fui condenado no mês passado por um tribunal federal. Pirataria eletrônica. Crime classe E. Entrei com recurso e estou esperando a decisão."

"E esse Shevesky, quem é?"

Ele afrouxou a gravata com um puxão. "Ah, é apenas um engravatado que me arranja serviços." Riu de frente para o espelho. Fazia meses que não escovava os dentes. Quando voltamos, Shevesky estava tamborilando nervosamente a guarnição de mogno da porta do elevador. Lancei a ele um sorriso.

"Eu ligo para você."

Retornei à sala de Morrison. "Sei o que você vai dizer, Jack", exclamou ele, "mas não vale a pena. Se o negócio sair antes de eles descobrirem, a coisa será apenas um assunto interno, na pior das hipóteses. Se não sair, será apenas um processo comum que vamos resolver amigavelmente fora dos tribunais."

Eu tinha que protestar. "Posso dar a minha opinião, mesmo tendo certeza de que você não a quer? Isto é completamente ridículo. Temos os melhores advogados e financistas de Nova York cagando sangue para justificar seus honorários e um andar inteiro de departamentos de pesquisa — não precisamos desta trapaçazinha de amadores."

"Talvez precisemos. Pode ser útil."

"E vale a pena o risco? E se alguém deles descobrir e denunciar? A Corporação será objeto de uma terrível humilhação pública. Polícia federal, noticiários negativos aqui e no mundo inteiro. Os editorialistas gritariam por moralidade até dizer chega. Outras companhias com que fizemos negócios investigariam se suas comunicações não foram pirateadas. Os grupos de acionistas atacariam. A Comissão de Valores Mobiliários iniciaria uma investigação no mesmo instante. O preço das ações despencaria. Qualquer um sabidamente envolvido com o seqüestro dos faxes da vs estaria arruinado."

Não precisei acrescentar que em geral a bomba estoura no colo das pessoas que põem a mão na massa, como eu. Morrison estava protegido. Ele tinha um contrato que previa tudo. Podia ser despedido, demitir-se, podia estuprar um garoto de dez anos ao vivo e em rede nacional e, *mesmo assim*, a Corporação teria de lhe pagar dois milhões de dólares por ano até ele completar noventa anos de idade. Eu não. Eu era apenas um sujeito de terno e gravata.

"Isso está errado", concluí.

Morrison desenhava caixas invisíveis na mesa, usando o dedo indicador de sua mão boa. "Você sabe o que os corretores da Bolsa dizem quando tentam convencer viúvas velhinhas a trocar os bons e seguros bônus do Tesouro nacional por novas ações?", perguntou.

"Não. Diga."

"Não arriscar é arriscado."

Sacudi a cabeça. "Eu não vou fazer isso. Já estou vasculhando a cabeça do Presidente para você. Você viu esse DiFrancesco? Esse garoto tem *história*. Pode estar certo de que cedo ou tarde ele vai pisar no tomate..."

Da gaveta de sua mesa, Morrison tirou um pequeno canivete ornamentado com turquesas encravadas no cabo e começou a limpar as unhas da mão ruim com a ponta da lâmina. Do outro lado do planeta, a Terra abrigava os ossos dos garotos vietcongues que ele matara um quarto de século antes. "Ouvi dizer que ele é o melhor do ramo."

"Não vou fazer isso."

"Quero que faça. Vou ficar muito desapontado se você não fizer."

Ele manuseava o canivete em silêncio, absorto, como se eu não estivesse ali. Talvez soubesse de coisas que eu ignorava. A vs talvez estivesse fodendo com a equipe de negociação da Corporação. Talvez houvesse outros jogadores, os temíveis bancos japoneses, como previra o Presidente.

Morrison olhou para mim. "E então?"

"Prevejo que cedo ou tarde isto será considerado um erro custoso e absolutamente idiota."

Neste momento sua irritação era inconfundível. "Ei, Jack", rosnou ele, "será que você não percebe que eu cago e ando para as suas previsões?"

Em que momento inesperado você se dá conta de que está em uma ladeira íngreme, escorregadia e perigosa? Voltei para minha sala e fechei a porta, tentando adivinhar o que Morrison estaria fazendo comigo. Estava me colocando na geladeira, me marginalizando, preparando minha cama. Esse era o tipo de tensão que meu médico havia recomendado que evitasse. Além disso, não ajudava o fato de provavelmente estar agora em minha casa uma mulher que não tinha onde morar e mais a filha, fazendo Deus sabe o quê. Peguei um dos meus saquinhos plásticos e o spray aromatizante de ambiente. Ninguém sabia que eu fazia isto, nem mesmo Samantha. Esperei, desejoso de que a coisa acontecesse. Por fim, comecei a sentir o calor na garganta, o dragão, e vomitei amarga, metódica e silenciosamente no saco. Pouco depois, mais uma golfada. Sempre dói; nunca consegui me acostumar. Lancei jatos do aromatizante na viscosa bílis dentro do saco antes de fechá-lo com um nó apertado e jogá-lo no lixo. Sobre a minha cabeça, a saída do duto de ventilação vibrava e zunia, ecoando a atividade dos aquecedores e de quilômetros e quilômetros de tubos, como se a Corporação fosse um transatlântico e, no convés superior, sob as estrelas, acontecesse uma grande festa cujos foliões cedo ou tarde seriam atirados ao mar.

7

Talvez ela tivesse embolsado os meus vinte dólares e desaparecido na cidade. Naquele fim de tarde, dúvida e ansiedade me acompanharam na viagem de metrô de volta para casa; antes que a noite fechasse o dia, parei sob a folhagem do bordo japonês na entrada, imaginando nervosamente se Dolores e a filha estariam lá dentro e se eu queria que estivessem ou não. A velha sra. Cronister, já morta, havia me mostrado onde mantinha escondida uma chave extra da casa — enfiada numa fenda entre duas lajotas da parede externa. Peguei-a e entrei.

Dolores e Maria estavam sentadas no sofá da sala, de frente para as altas janelas que davam para a rua. Seus pertences estavam largados perto da escada. Nada no quarto havia sido tocado ou tirado do lugar, mas, assim que as vi, senti que tudo se modificara. Elas estavam *em minha casa*. Eu não sabia bem como devia cumprimentá-las. Pareceu-me idiota esticar o braço para um aperto de mãos. De certa maneira, já tínhamos passado desse estágio de formalidade e cerimônia.

"Então vocês chegaram bem, certo?" Minhas palavras ecoaram estridentes. Eu não estava acostumado a ouvir minha voz dentro de casa.

"Sim. Tranquei a porta assim que entramos e ficamos aqui sentadas. Dei a ela um pouco de leite que achei na geladeira..."

"Muito bom..." Maria estava encarapitada ao lado da mãe e me olhava com atenção. "...é claro." Tirei o casaco e afrouxei a gravata, tratando de ganhar tempo para pensar. "Então..." A dúvida pairava no ar entre nós. Dolores levantou os olhos em minha direção e era como se eles estivessem dentro de mim, talvez mais além. Não consegui captar nada desse olhar, a não ser sentir a mesma fraqueza que experimentara quando a vira pela primeira vez no metrô: ela era incompreensivelmente bela. Como é que não percebia o que eu estava sentindo? Mas vendo aquele hediondo ferimento próximo à sobrancelha, ocorreu-me que sobreviver era a única preocupação de Dolores naquele momento. A pálida luz que invadia o ambiente pelas janelas denunciava as sombras de um rosto exausto e preocupado. Seus lábios estavam entreabertos como se estivessem prestes a dizer alguma coisa. "Então...", comecei, "você não tem onde passar a noite, certo?"

"Não, senhor Whitman."

"Jack."

"Certo."

Nossas palavras repicavam no teto de gesso com detalhes em alto-relevo. "Você pode ficar aqui... por alguns dias", balbuciei, tentando parecer à vontade, "ou mais, sei lá..."

Ela suspirou pesadamente, como que aliviada. "Agradeço muito... não sei como as coisas chegaram a tal ponto, como ficaram tão confusas. Eu, por mim, agüento qualquer coisa, mas ela é apenas uma menininha, entende?"

Naquele momento, o tremor causado por uma composição do metrô passando sob a casa fez tilintar a manopla de latão do aquecedor. Maria pegou a mão da mãe e passou a brincar com seus dedos, contando-os em silêncio; enternecido pela doçura da cena, concluí que, não importava o que viesse a acontecer, pelo menos eu poderia propiciar à criança um lugar seguro para dormir.

Dolores olhou em volta e fixou-se na porta de correr que abria para a sala de jantar. "Nunca vi uma casa como esta."

"Antigamente elas costumavam ser decoradas com mogno entalhado e tudo mais."

"Sempre morei em apartamento", continuou Dolores. "Morei em apartamento a vida inteira."

Eu estava observando os olhos dela, o nariz, os lábios, e permaneci calado.

"E esses móveis?"

"Minha mulher comprou quase tudo."

Maria pulou no colo da mãe e disse: "Eu gosto!".

"Nós demos uma espiada nos outros quartos, para ver como era", confessou Dolores com um sorriso tímido. "Só neste andar. É muito grande. Daria *fácil* para colocar quatro apartamentos aqui dentro."

Ocorreu-me que era tarde e que provavelmente elas não tinham jantado. Liguei para um restaurante chinês, mandei vir três pratos e, seguido pelas duas, desci as escadas para o apartamento do andar térreo, sentindo os olhos de Dolores no meu colarinho. O apartamento ainda precisava de melhorias, mas havia sido recentemente pintado e o dormitório dava para um pequeno quintal e para os canteiros de flores, onde a exuberante ipoméia de verão estava brotando. "Eu costumava alugar este espaço", disse a Dolores. "Mas depois que meu último inquilino perdeu o emprego e deixou a cidade, ninguém mais morou aqui. Tem uma cama, mesa e outras coisas. Na verdade, não preciso deste quarto. Ia ficar vazio, sem uso."

Dolores olhou para mim como se eu estivesse dando justificativas demais. Já era quase noite, mas ainda demos uma volta pelo jardim e, num arremedo de intimidade, nos deixamos ficar sob os escuros bordos. Maria saiu a explorar o jardim, tocando as flores cujo brilho se destacava em meio à luz cada vez mais tênue.

"Gostaria de lhe fazer algumas perguntas", disse eu a Dolores calmamente. "Queria ter perguntado hoje à tarde mas estava sem tempo. Preciso lhe perguntar sobre seu marido, qual é a situação com ele."

Com um sutil movimento de cabeça, ela consentiu em falar. "Hector está furioso porque eu saí de casa, entende? Éramos uma família, mas eu peguei Maria e fui embora — as coisas estavam ficando muito malucas."

"O que aconteceu?", perguntei instintivamente.

"Não aconteceu nada", respondeu Dolores. "Eu apenas... sei lá, as coisas ficaram malucas demais e nós vivíamos brigando e tudo mais." Ela desviou o olhar. "Estávamos sem dinheiro, tudo era sempre muito difícil, entende?"

"Você acha possível que ele venha até aqui, procurar vocês?"

"Não, porque ele não sabe que nós estamos aqui", ela disse. "Ele não vai machucar ninguém, sério."

Ela estava falando de um homem que matara dois cachorros. Eu sentia que precisava conhecer esse Hector, saber quem era essa pessoa com quem muito possivelmente teria que lidar. Resolvi ir mais fundo no assunto. "O que ele faz da vida, como se sustenta?", perguntei.

"Quantas perguntas mais você vai fazer?", disse ela irritada.

Lembrei-me de que provavelmente ela estava exausta, agradecida por ter um lugar para pousar e também assustada.

"Veja, Dolores", eu disse com delicadeza, "seu marido — Hector é o nome dele, certo? —, seu marido arrebentou o prédio do meu amigo Ahmed. Quebrou janelas, fez um buraco em uma parede e matou dois cachorros tentando encontrar você. Eu tenho o direito de saber essas coisas. Por isso, me diga: Hector está com ciúmes ou..."

"Ele não vai machucar ninguém."

"Apenas me fale um pouco sobre o cara, está bem? Para que eu saiba em que tipo de confusão estou me metendo."

Dolores observou Maria acariciando as flores. "Hector sempre teve um monte de trabalhos diferentes", disse ela, como se estivesse apenas transmitindo informações, de forma impessoal, sem demonstrar nenhum sentimento em relação àquelas recordações. "Você sabe, qualquer coisa para levantar um trocado. Já foi faxineiro, costumava limpar apartamentos de mulheres ricas — passar aspirador, encerar, o serviço completo —, já teve uma loja que vendia pisos de linóleo e coisas do tipo, mais ou menos quatro anos atrás. Agora ele trabalha instalando TV a cabo. Nos fins de semana faz um bico vendendo carros usados. Ele trabalha duro."

"Instala TV a cabo?"

"É, TV a cabo. Já fizeram a ligação dos cabos em Queens e no Brooklyn. Ele pega o fio, liga ao cabo que passa na rua e coloca para dentro de casa. Eles também instalam parabólicas no teto."

"Então é ele quem trabalha para a Big Apple Cable?"

Com um gesto, Dolores indicou que sim. "Foi por isso que quando você me deu o cartão eu sabia em que companhia você trabalhava. Lembra, no seu escritório? Quando eu disse que conhecia alguém que trabalhava na companhia de TV a cabo. Essa pessoa é o Hector."

"Você disse que ele também vende carros usados?"

"Nos fins de semana, numa loja na Quinta Avenida, perto de onde a gente morava."

"E onde é isso?"

"Sunset Park."

Eu conhecia a área vagamente — um bairro operário no Brooklyn com grande concentração de latinos e chineses, cheio de prédios de apartamentos e casinhas geminadas a vários quarteirões ao sul, ao lado do cemitério Greenwood, onde estavam enterradas algo em torno de meio milhão de almas. Uma vez me perdi em Sunset Park, depois de ter tomado uma saída errada na via expressa Brooklyn—Queens.

"Carros novos?"

"Usados", disse Dolores. "Eles não deixam que ele trabalhe muito, só nos turnos que os vendedores fixos não querem, como sexta-feira de noite e domingo de manhã."

"E ele ganha algum dinheiro com isso?"

Ela deu de ombros e olhou para Maria. "Às vezes, a cada dois meses, ele consegue fazer uma venda que lhe dá uma comissão decente."

"E qual é o nome da loja?", perguntei de passagem.

"O nome?"

"Sim, o nome."

"Por quê?"

"Sei lá por que, por nada."

"Ei, vamos parar com isso. Não vou mais falar dele."

"Tudo bem." Não importava. Quantas lojas de carros usados poderia haver perto de Sunset Park? Três ou quatro, no máximo. Se viesse a precisar, eu já sabia o suficiente para achar o marido de Dolores sem ser obrigado a recorrer à Corporação.

"Muito bem, agora tem umas coisas que eu quero discutir." Os olhos escuros de Dolores tentaram achar nos meus algum indício de desaprovação. "Detesto abusar da sua caridade, mas eu não tenho dinheiro suficiente para comprar comida."

"Coma o que eu tiver", disse-lhe. "Isto é, o que eu tiver na casa, claro."

"Obrigada. Também preciso comprar algumas coisinhas para Maria, sabe, coisinhas baratas, como uma escova de cabelo de plástico, talvez dois dólares..."

"Você pode comprar amanhã. Fique tranqüila que eu vou lhe arranjar algum dinheiro. Tudo o que ela precisar. Roupa, qualquer coisa."

"Acho... acho que não sei direito qual é o nosso *acerto* nesta história", disse Dolores olhando firme para mim.

"Pagarei com satisfação qualquer coisa que Maria venha a precisar, dentro dos limites do razoável", expliquei. "E o que você precisar também."

"Mas ninguém lhe *pediu* para pagar", protestou Maria.

"É verdade."

"Acho que não era isso que você tinha em mente quando me deu seu cartão no trem, certo?"

Dei de ombros. "Realmente eu não esperava isso. Eu na verdade não esperava nada. Eu queria que acontecesse? Provavelmente não. Isso me incomoda? Não. É estranho? Sim."

"Isso aqui é um musgo?", gritou Maria. Ela estava acocorada sobre os tijolos.

Dolores virou para onde estava a filha. "Sim, *mi'ja.*" Em seguida, tornou a me encarar. "Escute, eu não sou nenhuma indigente, está entendendo? Sempre morei num apartamento e tínhamos comida na geladeira e as outras coisas. Pagávamos nossas contas, compreende? Você percebe o que estou dizendo? Meu pai morreu trabalhando e esse é o tipo de educação que eu tive. Não sou nenhuma preguiçosa..."

"Dolores, você não precisa dizer isso..."

"Não, eu tenho que dizer, sim. Quero que você saiba que eu não sou uma coitada que você achou na sarjeta, uma... sei lá. Acontece que as coisas ficaram ruins com o meu marido e eu estou sem nenhum tostão."

"Tudo bem, eu entendo." A campainha tocou. "É o nosso jantar."

"Me diga, o que eu podia fazer?", continuou Dolores enquanto caminhávamos para dentro da casa. "Vamos, Maria, nós vamos comer agora. Eu deveria simplesmente chegar e pedir dinheiro? Não gosto de fazer isso."

Olhei no fundo de seus olhos ansiosos e adoráveis. A pequena soma que Dolores e Maria poderiam custar significava para mim infinitamente mais do que as montanhas de dinheiro, dívida e lucros com que estávamos acostumados a brincar na Corporação. Mas estava ficando claro que, para começar, Dolores e eu precisávamos chegar a uma espécie de entendimento formal. Ela queria saber em que estava se metendo. Era uma mulher orgulhosa.

"Em resumo, a situação é a seguinte, Dolores: você e Maria não têm para onde ir, certo? Talvez seja um erro, mas decidi abrir as portas da minha casa para vocês. Se você quiser ir embora, é livre para fazê-lo quando quiser." Fui caminhando até a porta de entrada sob o alpendre e paguei o entregador, que viera de bicicleta. "Mas enquanto vocês duas estiverem aqui, vou cuidar de vocês, isto é, eu pago, dentro das minhas possibilidades, alimentação, roupas de que necessitarem, enfim, qualquer coisa que seja razoável. Por quanto tempo eu não sei. Alguns dias, uma semana, mais, sei lá. Não *espero* que você fique nem espero que você vá embora. Não tenho nenhuma expectativa. Não tenho um plano. Vou resolvendo à medida que o barco anda. Estou fazendo isto porque quero. Nenhuma expectativa. Você não precisa se sentir... enfim, o que quero dizer é que você não me deve nada — está bem assim?"

Ela apenas me olhou.

"Se houver qualquer coisa que você queira que eu compre no supermercado..."

"Espere um pouco", Dolores interrompeu, sacudindo a cabeça, "espere um pouquinho."

"O quê?"

"Eu quero apenas ter *certeza.* Só porque você não tem expectativas, isso não quer dizer que eu não tenho. Agora quem vai fazer perguntas sou eu, tudo bem?"

"Estou esperando."

Ela olhou para as escadas, apontando o andar de cima. "Para começar, quem mais mora nesta casa?"

"Ninguém." Coloquei na mesa as embalagens fumegantes e fui ao armário pegar os estranhos talheres e pratos que haviam sido deixados no apartamento por algum inquilino.

"Ninguém, neste casarão inteiro?"

"Só eu."

"Você bebe?", interrogou ela, cruzando os braços. "Quero saber se você costuma ficar bêbado."

"Raramente. Só bebo para relaxar, sabe como é."

"Tem droga na casa? Não quero Maria perto de ninguém que use crack."

"Eu jamais usaria crack, nem por um caralho, Dolores", respondi, lembrando que Roynell Wilkes era consumidor da droga. "Experimentei drogas há muitos anos mas depois nunca mais. E você? Usa?"

"Juro pela alma do meu pai que não."

"Bom."

"Você não vai aprontar nada com a Maria?"

Olhei para Dolores, chocado com o fato de ela pensar em fazer uma pergunta como essa. Mas a verdade é que há homens que aprontariam com uma criança. "Não, eu não vou fazer nada..."

"Porque eu não quero chegar em casa um dia e encontrar você fazendo alguma coisa — você sabe do que estou falando — e depois me dizer que não estava acontecendo nada de mais, que estava apenas sendo carinhoso, entendeu?"

"Sim", comecei a responder, já meio irritado, "mas..."

"Porque eu te mato se você tocar nela." Num gesto brusco, cortou o ar com a mão, os lábios cerrados com força e os olhos cravados nos meus.

"O respeito aqui deve ser mútuo, Dolores."

"Não quero camarão!", disse Maria, apontando uma das vasilhas de comida chinesa. "Quero frango."

Dolores afundou uma colher na embalagem e despejou-a no prato da filha. "Maria, coma isso que é bom." Olhando para mim, disse: "Ela é tudo o que me resta. Na minha cabeça, este é o nosso acerto: você confia em mim quanto à sua casa e eu confio em você quanto à minha filha".

"Ótimo."

"Número três", disse Dolores. "Não sou sua empregada. Das coisas de Maria e das minhas eu cuido, limpo etc., mas não vou arrumar a sua cama, lavar sua privada ou coisas assim."

"Claro que não."

"Minha idéia é sair para procurar emprego assim que tiver descansado um pouco. Logo depois eu caio fora. Vou sair daqui logo."

"Não há pressa, pelo menos no que me..."

"*Agora*", interrompeu Dolores, dando a impressão de ter uma lista completa na cabeça, "uma última coisa. É melhor você não estar esperando que haja *sexo.*" Ela deu uma risada sarcástica, quase desdenhosa. "Porque *isto* simplesmente não faz parte do acerto. A gente até que falou umas bobagens lá no hotel mas era só brincadeira, por isso eu quero que fique bem claro. Você pode estar pensando que é assim que eu vou lhe pagar, não é mesmo? Sem chance."

"Veja bem", eu disse, "eu estaria mentindo se dissesse que você não é uma mulher atraente, mas lembre-se, Dolores, que não estava nos meus planos convidar você para morar..."

"Bom, não estou vendo uma esposa nova por aqui e nem *sinal* de uma, de forma que se você pensa que vou trepar com você em troca de moradia e comida, vai ter uma surpresa, e pode ter certeza de que não é boa, não é nada boa."

"Eu entendo..."

"Porque é por causa *disso* que eu estou enrolada agora." Dolores fez um gesto com a mão delgada, como se recusasse um item de má qualidade numa loja. "Já tive a minha dose *disso*. Bastou."

Passamos o resto do jantar num silêncio difícil e depois fui dar uma volta pelo bairro para refletir sobre a situação. Do lado de fora, olhei pelas janelas do andar térreo e verifiquei que Dolores já havia começado a arrumar o apartamento. Ela está cansada, eu disse a mim mesmo, está encurralada e tem medo, mas, por outro lado, talvez você seja um tolo e isto não passe de um grande engano. Eu a tirara da rua e tudo que recebera em troca fora desgosto. É claro que eu podia simplesmente mudar de idéia e chutá-las para fora da minha casa. Mas eu jamais faria isso, não agora. A garotinha parecia feliz por estar ali. Até que poderia ser interessante ter as duas na casa; eu jamais tinha me esforçado de verdade para ajudar outro ser humano. Não do jeito do meu pai, que passara milhares de horas ouvindo silenciosamente os membros de sua congregação — mortes, divórcios, desgraças familiares. O filho dele não era o tipo que dava comida aos famintos e roupa aos descamisados. E, é claro, eu estava agindo movido por interesses próprios, pelo desejo de preencher minha casa com outras vidas além da minha. Liz e eu planejáramos que os dois quartos do andar de cima seriam para as crianças, mas eles agora estavam vazios. O eco e as paredes sem sombras desses quartos agora escarneciam da minha antiga intenção de ser pai e marido. Não havia neles cama de criança, caixa de brinquedos, cômoda em cor pastel, nem bonecas ou livros infantis. Quando Liz foi assassinada, já tínhamos combinado que em poucos dias sairíamos para comprar o berço e o trocador. Ainda bem que não chegamos a fazê-lo, porque eu jamais conseguiria me livrar desses objetos. Mesmo assim, ainda estavam comigo todas as roupas, livros e sapatos de Liz, seus papéis, as escovas de cabelo — tudo. O que se deve fazer com os pertences dos mortos? Simples: examiná-los, colocá-los em uma caixa e doá-los a uma igreja. Eu sabia disso mas não o fiz.

Caminhando na penumbra das ruas, passei por trabalhadores que saíam do metrô vindo dos escritórios em Manhattan, voltando para suas casas. Entre eles vários casais, alguns até de mãos dadas. Se a cidade podia ter o capricho de surrupiar-me mulher e filha, não podia também, por mais inexplicável que fosse, devolvê-las na forma de uma mulher e uma criança diferentes?

Quando voltei para casa, ouvi água correndo pelos canos de cobre que desembocam na velha banheira assentada sobre pés esculpidos em forma de patas no banheiro do apartamento do térreo. Passei pela cozinha e percebi que Dolores havia lavado os pratos. A porta do banheiro estava fechada e eu me aproximei furtivamente.

"Meu peixinho!", ouvi Dolores dizer. "Nadando!"

Ouvi uma risadinha de Maria e os espirros da água.

"Cuidado. Não vamos molhar o chão."

"É *gostoso* ficar molhada", gritou Maria.

"Você *quer* ser um peixinho!", Dolores respondeu. "Espere um pouquinho, *mi vida*, eu vou colocar meus pés na água quente."

Agachei-me atrás da porta e espiei pelo buraco da envelhecida fechadura de latão. Dolores e Maria estavam sentadas na banheira, de costas para mim. Não conseguia ver muita coisa, apenas um pouco de água no chão e a curva das costas nuas e escuras de Dolores.

"É aqui que nós vamos morar agora?", perguntou Maria.

"Não sei", respondeu Dolores com voz cansada. "O homem vai deixar a gente dormir aqui uns tempos e depois a mamãe vai pensar o que fazer. Isso é tudo o que sei, Maria."

"A mamãe vai pensar o que fazer", repetiu Maria.

"Sim."

"Oh, querida, não se preocupe", disse Maria, imitando a mãe.

"Vamos, deixa eu ensaboar o seu cabelo." Vi um braço esticar-se.

"O dedão do meu pé é do tamanho dos seus dedinhos", respondeu Maria em meio ao vapor que subia da banheira. E assim continuaram: alegres bobagens sobre por que o sabonete escorrega, sobre a temperatura da água e a importância de limpar as unhas. E sobre joelhões e joelhinhos. Era uma linguagem graciosa e íntima, e Dolores soava relaxada naquelas bobagens, de um jeito que eu não vira nela antes. Talvez tocar e ser tocada por sua filhinha nua fosse reconfortante e tranqüilizador. Agachei-me mais um pouco, tentando ver mais, porém temi que o piso crepitasse. Dolores ouviria, viraria a cabeça e descobriria que estava sendo observada. Isto confirmaria suas suspeitas em relação a mim. Mesmo assim, permaneci secretamente colado ao buraco da fechadura, sem conseguir ver muito mais do que vira antes, exceto pela mãozinha gorducha de Maria pendurada sobre a borda da banheira. Dolores debruçou-se para fechar a torneira e eu aproveitei o barulho da vibração dos canos para me afastar.

Fiquei andando pelo apartamento semivazio, imaginando as coisas de que elas poderiam precisar e também especulando sobre como seria o comportamento de Dolores depois que começasse a dormir e comer regularmente. Liguei a tomada da geladeira e verifiquei que seu interior estava cheio de bolor. Na cozinha do apartamento, notei um minúsculo pacote sobre o balcão. De um lado havia um pedaço de tecido; do outro, plástico transparente. Eu sabia que aquilo não fora deixado pelo último inquilino. Dentro do pacote havia uma pequenina mão dourada segurando uma cruz e vários pedacinhos minúsculos de madeira, alguns tipos de sementes e grãos, uma casca de amêndoa, pedaços de pedra, várias contas, uma pequena lasca de quartzo. Exceto pela mão dourada, o pacote nada tinha de extraordinário — seu conteúdo não era mais interessante do que as bugigangas encontradas nos bolsos de uma criança. Mas o pacotinho fora fechado a linha com evidente esmero; ao lado havia uma prece curta batida a máquina. Procurei nos bolsos um pedaço de papel. Rapidamente, antes de Dolores e Maria saírem do banho, copiei a reza em um papelzinho de caixa automático:

Oh poderoso amuleto
Por la virtud que tu
Tienes y la que Dios

Te dió dame suerte, paz
Armonia, tranquilidad
Salud, empleo y propiedad
Para mi y para los mios.
Que salga el mal y que
Entre el bien como entro
Jesuscristo a la casa santa.

Dolores saiu do banheiro vestida, segurando Maria enrolada em uma toalha, os cabelos molhados jogados para trás. Fingi que não havia visto o pacote e que estava verificando as venezianas de madeira da janela da sala. Num gesto mecânico, indiferente, Dolores colocou o pacote em sua bolsa e perguntou se eu tinha roupa de cama limpa; eu tinha esquecido que ela e Maria precisariam disso.

"Todas essas coisas estão no armário do corredor, cobertores, tudo", eu disse, tentando deixá-las à vontade. "Como não tem comida aqui embaixo, vocês podem pegar o que quiserem na minha cozinha lá em cima. Também podem tomar o café lá, amanhã. Tenho cereais, suco e torradas. Vou deixar a porta da escada destrancada."

"Está bom. Obrigada." Ela tirou do saco um pijama limpo e dobrado para Maria.

"Você tem coisas para ela?"

"A senhora Rosenbluth me deu isso, era do neto dela."

Percebi que Dolores não tinha roupa para dormir. Lá em cima, no armário, havia meia dúzia de camisolas de Liz, todas elas razoavelmente discretas, mas não me pareceu correto oferecê-las.

"Obrigada pelo jantar." Dolores enfiou os pés de Maria no macacãozinho. "É meio estranho dizer isso, sabia?"

"É tão estranho para mim quanto para você."

"Nós vamos nos deitar agora. Ela vai dormir comigo. Estamos cansadas."

"Tenho uma televisão extra lá em cima, eu poderia trazer para cá."

"Legal."

Virei-me para subir.

"Ah, posso pedir um favorzinho?", perguntou Dolores.

"Claro."

"Você tem uma jarra de vidro?"

Não perguntei por quê. "Embaixo da pia", respondi.

Foi uma noite terrível, a escuridão martelando em meus ouvidos. A certa altura, ouvi Maria chorar e Dolores confortá-la. O som escalou impassível os dois lances de escada que nos separavam. Por que ela estaria chorando? Ouvir aquilo foi de partir o coração. Seguiu-se o silêncio e com ele o tempo. Minha cama parecia enorme e eu rolava de um lado para outro nos lençóis; sentindo a infeliz ereção do meu membro, lembrei de Dolores; pensei com preocupação em Waldhausen e Beales e também no que eu poderia fazer para convencer o Presidente a aprovar o negócio com a Volkman-Sakura, se é que havia alguma coisa a ser feita. Quando estou deitado, o ácido se insinua em minha garganta com mais facilidade e eu fico lá estendido, sentindo a queimação subir. Talvez fosse o primeiro estágio do tal "esôfago de Barrett". Estiquei o braço e apanhei na mesinha-de-cabeceira mais uma pílula de nizatidine. Pela janela aberta entrava o zumbir da noite — carros e sirenes distantes e a remota vibração do metrô, que fazia os vidros tilintarem quase imperceptivelmente. Meus pensamentos desviaram-se para a discussão com Morrison sobre usar ou não os serviços de DiFrancesco para interceptar os faxes da VS. Era esquisito demais Morrison sempre ter certeza de que eu faria as coisas que ele me mandava fazer. Ele sabia minha idade e conhecia o alcance da minha ambição; sabia que na vida de jovens executivos há um momento peculiar no qual eles acreditam — como se isso fosse uma grande descoberta feita só por eles — que trabalhar duro (quero dizer, trabalho pesado, despachar para cá e para lá documentos e formulários, apresentar relatórios preparados meticulosamente — os quais permanecerão guardados e intactos durante semanas e acabarão sendo lidos apenas de passagem pelos superiores—, calcular religiosamente os planos de carreira e os bônus, fingir entusiasmo com projetos banais, lutar por arremedos de elogio de chefes descontentes e mesmo sádicos) é a chave para conseguir tudo que desejam: dinheiro, sim, porém, ainda mais importante do que isso, o conhecimento de suas próprias essências. Ele já tinha estado lá. Ele sabia que eu tinha garra e queria ir longe.

A responsável por isso era minha mãe, que durante a minha infância vivia repetindo que "bom" nunca era bom o bastante. Ela se achava uma mãe amorosa mas nunca estava satisfeita comigo. Eu tirava boas notas, fazia o que devia fazer, mas nunca bastava. Seus olhos nunca emitiam o brilho da aprovação final, como se o elogio dela pudesse me saciar e me fazer parar, como se houvesse o risco de eu repentinamente revelar indícios de que saíra igual ao meu pai. É claro que ela não tinha consciência de estar fazendo isso, e, adotando uma postura racional e adulta, eu a perdoei. Atualmente, mal o dia amanhece e ela já está acordada e de banho tomado, enquanto Harry dorme o sono dos bem-aposentados. A casa onde moram no golfo do México custou novecentos e vinte mil dólares. Minha mãe está com sessenta e um anos. Vive pensando em um monte de coisas, mas não em mim. Se alguns fatos infelizes ocorreram na vida de seu filho, não é assunto dela. Preocupa-se com o que acontecerá com Harry se ela morrer antes. É claro que, se *ele* morrer primeiro, ela não passará mal. O que ela quer mesmo é ser a primeira a dar a primeira tacada do dia no campo de golfe. É nisto que está interessada. Para a idade dela, é uma excelente golfista, tendo vencido vários torneios de veteranas na região. Costuma tomar café no carro. O clube de golfe fica perto de onde mora, ela até poderia ir a pé, mas suas parceiras gostam de ser as primeiras a entrar no campo. A grama, amaciada pelo sereno da noite, amortece as bolas e dificulta as tacadas finais. O desempenho do jogador fica prejudicado, mas minha mãe sempre consegue manter o nível do seu. A verdade é que ela nunca dá a conhecer seus pensamentos e emoções mais íntimos. Mesmo que sonhasse todas as noites que estava sendo currada pelo time do Miami Dolphins ninguém suspeitaria. Minha mãe, quando dirige, usa seus óculos escuros e o meloso batom com protetor solar nos lábios. O tempo reduziu seus dentes a pequenos talos presos à gengiva e ela os teve reesculpidos com vistosas coroas; o novo sorriso é belo e grotesco em sua jovialidade, constituindo uma arma agressiva para repelir viúvas que se assanham demais para cima de Harry. Os cabelos são habilmente cortados e tingidos no estilo "ócio de aposentado". Seu anel de noivado de diamante, com quatro pedras, cada uma do tamanho de um grão de milho, fica guardado numa caixa dentro da cômoda, já que atrapalha a empunhadura do taco de golfe. Com uma das mãos ela segura o café, com a outra segura suavemente o volante do seu grande Mercedes. O que lhe passa pela cabeça? Eu não sei, talvez nunca tenha sabido. Ela não me telefona há mais de três anos. A obrigação é minha e eu ligo mais ou menos uma vez por mês. Acabo conversando sobre o mercado de capitais com Harry. Ele pergunta sobre o valor das ações da Corporação e eu o lembro de que a lei dos valores mobiliários me proíbe de discutir o assunto com ele. No que me toca, Harry poderia sair comprando lotes de ações e começar a dizer a seus amigos para fazer o mesmo. Quando homens como Harry alcançam uma certa idade, esperam ser perdoados por pequenos crimes de colarinho-branco — afinal, deram duro e pagaram impostos durante trinta anos. É por isso que Harry sempre pergunta. Minha mãe fica chateada comigo por eu não responder. Depois de tudo que ele fez por mim, diz ela: um teto, as aulas de tênis, a escola, meu primeiro carro. "Você devia ser mais agradecido", ela me censura. "Venha a Nova York para uma visita, mãe", eu respondo. "Vou levá-la a um musical, a bons restaurantes. Gostaria muito que você viesse." Há uma pausa. "Não posso", responde ela. "Estou ocupada demais." É claro que ela não está ocupada, mas eu não insisto. Sinto saudades de minha mãe e venho sentindo há muito tempo, mas não sei o que fazer a respeito.

Parece absurdo que ela um dia tenha sido casada com meu pai, um homem solitário que todas as manhãs, ao deixar a cama, coloca os pés doentes num gelado piso de madeira, o pastor que já não pode pregar, um sujeito alquebrado, tão pobre que compra a marca de macarrão do supermercado, um sujeito que assiste à TV com credulidade excessiva. Assim que comecei a faturar alto na Corporação, quitei o financiamento de sua casinha — faltavam seis anos — e providenciei para que todo mês três mil dólares fossem transferidos eletronicamente da minha conta remunerada para a conta dele. Eu queria mandar mais, mas ele não aceitava e doava metade do que recebia de mim. Ele queria morar comigo?, perguntei. Não, ele respondeu, acrescentando que não suportaria deixar seu jardim para trás. Além disso, alguns membros mais velhos da igreja ainda o procuravam em busca de palavras de conforto. Ele havia me dito que havia começado a ter problemas de próstata e eu percebi que estava a caminho de uma velhice triste. Era um resto de homem, magro, pálido, um trapo. O fracasso dele fora o propulsor do meu sucesso.

É a vitória da improbabilidade, eu ter os pais que tenho, mas, por outro lado, também foram vitórias da improbabilidade minha mulher morrer atingida por uma bala perdida e eu, na minha solidão, ter abrigado estranhos em minha casa. Mas foi isso que aconteceu.

A manhã chegou com insistentes tapinhas em meu ombro, seguidos pela ponta de um dedinho me pressionando o braço. Abri os olhos; de pé ao lado da cama, Maria aguardava que eu a visse. "Já começou *Vila Sésamo*?"

"Ah, bom dia", grasnei.

"Bom dia, Jack."

Esfreguei os olhos. "Quem é *você*?"

"Maria!" Ela me empurrou para o lado. Seu cabelo estava escovado e preso atrás com duas fivelas vermelhas de plástico.

"Que Maria?"

"Maria Salcines."

"Você quer assistir *Vila Sésamo*, Maria Salcines?"

"Não!"

"Gostei dos seus brincos." Dois minúsculos botões dourados.

"Eu gostei, gostei... do seu cabelo engraçado!"

Na camiseta dela havia uma migalha de cereal.

"Você comeu panquecas no café da manhã?"

"Não", respondeu ela alegremente, dobrando os braços atrás das costas e equilibrando-se em um pé.

"Então foi sorvete de chocolate."

"Não!"

"Maria", chamou Dolores lá de baixo, "desça aqui já."

"Está tudo bem", gritei.

"Não está certo ela ficar aí incomodando você."

Virei-me para Maria. "Você tirou leite da vaca para o café da manhã?"

"Não, *bobo*." Ela fez menção de subir na cama e eu a ajudei.

"Por que você dorme como um ursão?", perguntou Maria, balançando sentada na cama.

"Porque estou cansado."

"Por quê?"

"Porque trabalho."

"*Maria*!", tornou a chamar Dolores, agora em tom bravo. "Desça aqui agora mesmo!" Maria ignorou a mãe. "E o que você *faz* no trabalho?"

"Faço caretas feias pra todo mundo."

"Mentira. Você fica falando no telefone."

"É verdade."

"Você vai se casar com a mamãe?"

Não sabia como responder. "Ela já está casada com o seu pai", respondi.

A expressão de Maria ganhou uma contração melancólica. Por um instante seu olhar esteve fora de foco, enquanto ela aparentemente tentava entender alguma coisa. "Ele... era... nós fomos embora porque ele era muito *mau*."

Sua confusão e seu desejo de explicar a si mesma o que estava acontecendo me perturbaram. Lembrei-me da minha própria desorientação quando percebi, criança, que meus pais haviam se separado.

"Você acha que eu devia tomar o café da manhã?", disse, esperando quebrar o feitiço.

O rosto de Maria iluminou-se. "Não. Está muito quente!"

"Mas se eu não tomar café eu vou ficar *cansado*." Livrei-me das cobertas e apresentei-me ao mundo em uma camiseta manchada e uma calça de agasalho. "Você comeu aveia no café da manhã?"

"Sim!", disse ela. "Como você sabe?"

"Uma mosquinha me contou."

"Não."

"Não tinha passas na sua aveia?"

"Sim", respondeu ela devagar.

"Bom, uma das passas não era uma passa, era uma mosquinha te olhando. E quando você não estava vendo, ela voou para fora da tigela, veio até aqui e me contou o que você estava fazendo."

Ela procurou um sorriso em meu rosto. "Isso é verdade?", perguntou Maria.

"Pode ser que sim."

"Que barriga cabeluda você tem!", gritou ela com excitação.

"É porque meu avô era um urso cabeludo."

"Não!", ela protestou, deliciada.

"Agora eu preciso tomar um banho e me vestir", anunciei. "Será que você podia dizer à sua mãe que daqui a pouquinho eu vou descer?"

"Não!" Ela me encarou em sua felicidade imaculada. "Tá bom."

Quando desci, quinze minutos depois, Dolores estava na cozinha, com Maria de pé sobre um banquinho próximo à pia.

Maria olhou para a mãe e perguntou: "Mamãe, não tinha nenhuma mosquinha no meu cereal, não é?"

Senti o cheiro de ovos. "Não", disse Dolores. "Quem é que inventou uma coisa absurda como essa?"

"Foi o Jack."

Dolores olhou para mim e sorriu um sorriso adulto. "Ele está brincando. É tudo invenção dele."

Abri o jornal e, é claro, encontrei nas manchetes as provas habituais da loucura. "É verdade", eu disse, "eu inventei tudo."

"Sente-se", disse ela, apontando com uma espátula.

"Tinha ovo na geladeira?"

"Não. Nós fomos comprar antes de você acordar. São bem caros por aqui."

"Os quitandeiros coreanos sabem que as pessoas pagam."

"E peguei emprestados vinte dólares que estavam no prato", disse Dolores. "Você precisava de comida nesta casa. Tinha tão pouco..."

"Tudo bem."

"Peguei o recibo de tudo", disse com orgulho.

Ela me estendeu um papelzinho que imediatamente amassei e joguei no lixo.

"Faz meses que não como ovo", eu disse. "Já estava com saudades."

Ela depositou um prato diante de mim. "Você tinha quatro caixas de cereal. Tudo mofado. Você não pode ficar comendo só cereais todos os dias."

"E por que não?"

"Porque é patético, por isso."

Eu a vi sorrir, só um pouquinho.

"Bem... eu sou mesmo um cara meio patético, compreende?"

"Não", disse Dolores, colocando um copo de suco de laranja à minha frente. "Não, não acho que seja."

Uma hora mais tarde, na livraria da galeria localizada no subsolo da Rockefeller Plaza, onde há uma passagem para o edifício da Corporação, comprei uma gramática de espanhol e um dicionário espanhol-inglês. Comparado ao alemão, o espanhol é uma língua fácil. As terminações dos verbos são mais simples e as palavras, mais parecidas com suas correspondentes em inglês. Entre uma e outra ligação, estudei a mensagem que eu copiara do pacotinho na noite anterior. Estava concentrado neste trabalho quando Samantha entrou em minha sala desfilando de salto alto.

"Cheguei", anunciou ela, erguendo uma xícara de café.

"E então? Herr Waldhausen?"

"O que é isso? Nós apenas tomamos um drinque." Samantha deu um tímido tapinha no ar com a mão. Como sempre, estava maravilhosa, o terninho de executiva impecável, as unhas perfeitas e o cabelo arrumado para cima. "Ele não é nem *de longe* o homem que *parece* ser. Totalmente diferente das reuniões. Ficamos conversando horas. Ele tem um casamento infeliz, a mulher teve um caso com o motorista que leva os *filhos* deles para a escola e ele está muito chateado. Eu apenas *ouvi*."

"Ouviu."

"Não seja bobo. Foi apenas um *drinque*."

"Tive que defender sua reputação junto ao Beales."

"Mmmmm?", respondeu ela, sorvendo um gole de café.

"Ele já estava dizendo que vocês tinham saído para assistir a uma corrida de submarino."

"Não foi nada disso. Otto é um perfeito cavalheiro."

Os olhos de Samantha desgarraram-se para o centro.

"E ele disse alguma coisa sobre a reunião?"

"Disse que esse é o estilo deles, observar as coisas por alguns dias antes de se movimentar; disse que eu não preciso ficar preocupada."

"E você contou a Morrison?"

"Sim, quando ele me ligou em casa ontem, às onze da noite."

"Samantha?"

"Mm?"

"Só quero que você saiba que saí em defesa da sua reputação. Não foi fácil, mas precisava ser feito."

"Acho que a *esta altura* todo mundo já devia me conhecer bem o suficiente para *saber.*"

"Sim, Samantha."

"Pare com isso." Ela virou a cabeça e olhou para minha mesa. "O que é isso? Um dicionário de espanhol?"

"Por acaso é isso mesmo, um dicionário de espanhol."

"Você está estudando espanhol?"

Eu não queria que Samantha tomasse conhecimento de que Dolores estava morando na minha casa. "Sim."

"Isso está com cara de segredo."

"Todos nós temos os nossos segredos, Samantha, até você."

Ela pôde ver em meu rosto que não tiraria nada de mim. "É, acho que você tem razão." Isso dito, levantou-se bruscamente e caminhou em direção à porta, os cabelos loiros balançando nas costas. Continuei traduzindo as palavras que Dolores carregava na bolsa e, ao terminar, lembrei-me das bênçãos que meu pai oferecia antes das refeições quando eu era pequeno, só nós dois, numa casinha simples no norte do estado de Nova York. A reza de Dolores era mais ou menos a seguinte:

Oh, poderoso amuleto
Pela verdade que tu tens
E também pela de Deus
Peço-te que me dês sorte, paz,
harmonia, tranqüilidade,
saúde, trabalho, propriedade
para mim e para os meus.
Que saia o mal e que
o bem entre assim como entrou
Jesus na casa sagrada.

Meu pai é um homem temente a Deus, mas eu nunca acreditei em rezas, por mais que o desejasse.

Mais tarde naquela manhã, Morrison passou marchando pelo corredor, abrindo as portas das salas e apontando o indicador para a sala de reuniões. "Reunião, todo mundo." Seu olhar era intenso e, apesar do potente ar-condicionado do trigésimo nono andar, uma película de suor brilhava em suas têmporas. Acho que passou muitos anos bebendo café e isso afetou permanentemente seu metabolismo. As pessoas começaram a atravessar apressadas o corredor, tomadas pelo clima de emergência. Na sala de reuniões não houve tempo para escolher os melhores lugares. Morrison, o último a entrar, fechou a porta atrás de si e começou a falar: "Temos informações de que em vinte e quatro horas mais ou menos a Osada Holdings Co. vai adquirir uma posição importante na Chukado Electronics Corp. Um negócio de cerca de três bilhões de dólares. A Chukado absorveu a MEC Systems em 91 porque esta estava desenvolvendo um chip rival. Pelo que me dizem, esse chip era talvez quinze por cento melhor, e eles continuaram a pesquisa. Vocês talvez já tenham ouvido falar, é o chip WEKS. Excelente sobretudo na integração de softwares com imagens digitalizadas. Uma versão anterior era usada para... mmmm, me ajude um pouco, Samantha..."

Olhando em torno, ela continuou a sentença sem qualquer interrupção. "Era usado em animações por computador, nas quais o computador podia pegar duas imagens do mesmo objeto em movimento — digamos um homem arremessando uma bola — e desenhar todos os movimentos entre esses dois pontos com base em uma extensa memória em CD-ROM de todas as posições que os seres humanos são capazes de fazer, a anatomia da omoplata e assim por diante. Muito desse trabalho está aparecendo agora nos softwares multimídia ROM que estão sendo lançados no mercado, a maioria rodando em sistemas baseados no DOS. Vocês podem imaginar: os chips economizaram horas de trabalho de animação. Isso foi em 90. O sujeito..."

"O *gênio maluco*", interrompeu Morrison, semicerrando os olhos, "tem sempre um gênio nessas histórias."

"Certo. No caso, um japonês esquisito que, dizem, sai para longas caminhadas e fica brincando sozinho com pedaços de pau, espinhas de peixe e folhas de grama e depois sonha com essas fantásticas idéias envolvendo chips", informou Samantha, aparentando indiferença aos rituais peculiares da inspiração. "Ou *coisa* parecida. Ele se aposentou depois do primeiro chip, mas foram buscá-lo de volta e agora a Chukado está com este novo chip quase pronto, e a Osada vai abocanhar uma grande participação, certamente o controle da empresa, talvez quarenta e cinco por cento." Perguntei-me se ela já tinha ido para a cama com Morrison. As pessoas sempre querem saber se há transas entre colegas de escritório, e às vezes há mesmo. Quando estavam conversando, as vozes de Morrison e Samantha eram tranqüilas, tinham aquela suavidade que denuncia relações íntimas. Por outro lado, era improvável. E, por um terceiro lado ainda, havia a minha própria história com Samantha, sobre a qual falarei mais adiante.

"Eles viram esse chip e logo se interessaram", acrescentou Morrison. "*Crau* — como um peixe abocanhando uma isca. Ninguém previu o lance. Três bilhões. Isso mostra que há muito capital por aquelas bandas, pessoal. A Osada já é dona de quanto? Uns dezessete ou dezoito por cento da Volkman-Sakura?"

"Dezoito vírgula seis por cento", respondeu Samantha. "Com direito a voto real de doze por cento. E a vs tem vinte e nove por cento da Osada, de antes da fusão entre a Volkman e a Sakura."

Morrison tirou um charuto do bolso próximo à lapela do paletó, enfiou-o na boca e acendeu-o com um isqueiro de prata usando a mão esquerda. "Muito bem", disse ele soltando fumaça, "obviamente todos esses japoneses que estiveram juntos na Marinha cinqüenta anos atrás ainda jogam golfe ou relaxam na sauna ou fazem juntos o que os velhos no Japão costumam fazer, seja o que for. A Osada poderá pegar a tecnologia da Chukado, especificamente este novo chip, e repassá-la direto para a vs."

"Todo mundo dizia que a integração vertical não daria certo, não depois dos problemas que a Mitsubishi e a Sony enfrentaram", observou Beales.

"Eu sei", disse Morrison. "Você tem razão, mas boa parte desses problemas aconteceu quando a economia global estava começando a se retrair. Não era a *idéia* necessariamente que estava errada, mas o momento. E agora, o ciclo está mudando."

"Espere um pouco. Ainda não entendo como as companhias japonesas têm o dinheiro necessário para fazer todos esses negócios", prosseguiu Beales. "Todo mundo no Japão ficou de quatro depois do craque das bolsas. O mercado imobiliário caiu cerca de quarenta por cento."

"Ed, os caras que estavam comprando a descoberto ganharam bilhões", eu disse. "Os caras *espertos*, é claro."

"Sim, mas esses caras não são os mesmos que..."

"Como você sabe?"

Beales ergueu as mãos, num gesto de sensatez diante de um louco furioso com uma arma na mão. Como um ator dos teledramas de segunda da Corporação, lançou um olhar eloqüente na direção de Morrison. Mas Morrison não tinha intenção de ajudar Beales; deixaria que ambos fôssemos um para cima do outro.

"Eu não sei com *certeza*", respondeu Beales, "estou apenas levantando a possibilidade de que talvez seja desnecessário nos preocuparmos com isso."

"Não sabemos ao certo quem tem dinheiro do lado de lá", eu disse. "Lembre-se: *alguém* começou aquele craque, alguém que todo mundo estava observando vendeu na alta e mandou o sinal. Aposto que um ou dois bancos venderam seus imóveis em Tóquio e suspenderam os empréstimos. No final do ciclo, vão voltar e comprar todos os que faliram, ou quase. Portanto..."

"Não posso concordar com...", interveio Beales.

"*Portanto*, há dinheiro lá, e muito. De qualquer forma, muitas companhias japonesas continuam ganhando dinheiro na Coréia do Sul e na Indonésia. Estamos falando de empresas com planos que abrangem cem anos. Não podemos contar com as fraquezas dos nossos concorrentes." A partir daí, passei a me dirigir ao resto do grupo. "De forma genérica, acho que deveríamos nos perguntar sobre o que essas companhias estão querendo atingir. Como os objetivos deles conflitam com os nossos? Francamente, acho que a resposta a esta pergunta é assustadora. Realmente assustadora. Eles querem o que nós queremos. Eles têm uma versão própria para a situação, mas, no fim das contas, querem o que nós queremos, os mercados, as tecnologias. E agora estão começando a ir atrás dos talentos. Durante um bom tempo nós os mantivemos em nossa órbita, mas isso pode mudar. E esse novo chip permitirá uma manipulação mais rápida das imagens..."

"Eles vão sair na frente nos programas de entretenimento em realidade virtual, aqueles capacetes que você veste e que proporcionam estímulos sensoriais totais", disse Samantha. "Por enquanto quase tudo que já está no mercado ainda é bastante grosseiro. Mas é uma tendência irreversível, questão de dois ou três anos. Jack, você está bem familiarizado com isso."

"Sim", comecei, "a tecnologia está avançando tão rapidamente que..."

"Esperem, não devemos nos dispersar", disse Morrison. "É um passo de gigante, pelo menos se considerarmos os próximos seis meses. O nosso problema é o seguinte, no meu modo de ver as coisas: em vinte e quatro horas isso será notícia no mundo inteiro. A VS terá os meios tecnológicos para largar na frente em pouco tempo, sem ter que comprar um monte das nossas ações numa fusão. Acho que precisamos forçar mais o nosso lado do negócio. Talvez precisemos defender mais a *nossa* tecnologia. Precisamos descobrir o que eles estão pensando." Será que Morrison ia mencionar DiFrancesco? Eu esperava que não. Estar metido nisto era embaraçoso. "Temos que fazê-los parar de ficar bravateando. Temos que despertar o interesse deles. Não queremos que eles abandonem a mesa de negociação. Isso pode acontecer. Alguns negócios simplesmente desaparecem. E o pessoal da VS pode muito bem ter mais confiança em seus próprios produtos do que nas coisas que nós podemos lhes oferecer. Além disso, se eles forem atrás do que esse chip pode fazer, boa parte do dinheiro extra que possuem estará sendo drenada..."

Naquele momento ouviu-se uma delicada batida na porta e surgiu a cabeça de Helen, seus olhos procurando por mim.

"Sim?", disse Morrison irritado.

"Desculpe", começou Helen.

"O que pode ter acontecido? Grandes notícias?", perguntou Morrison. "Los Angeles afundou no oceano? Não, não me diga. O Paquistão jogou uma bomba atômica na Índia? A China vendeu Hong Kong?"

"Telefone para o Jack", respondeu ela constrangida.

"Helen", eu disse, "será que você não pode dizer que..."

"O que é? Uma emergência?", interrompeu Morrison. "Nós temos a nossa própria emergência *aqui*, estourando na nossa cara, como uma bola de fogo."

"Desculpe, mas ele *insiste*", argumentou Helen. "Tentei..."

A interrupção estava incomodando os presentes. Levantei-me e saí.

"Eu disse que você estava em reunião", explicou Helen a caminho da minha sala. "Mas ele foi *grosso*. Eu informei que você não podia ser interrompido, mas ele disse que você estava apenas empurrando papel higiênico de um lado da mesa para o outro. Foi isso mesmo o que ele disse."

Peguei o telefone.

"Jack, quando é que vou ficar livre dos problemas que você me cria?" Era Ahmed, falando com calma assassina. "Apareceu hoje no meu prédio um homem exigindo saber onde está a mulher. Eu digo que não sei de que mulher ele está falando e ele me diz várias coisas desagradáveis que, diante dos meus homens, soaram extremamente desrespeitosas."

"O nome dele era Hector?"

"Ele não disse que tinha um nome", respondeu Ahmed. "Decidi então ligar para você, meu amigo, muito embora você não mereça este favor."

"Obrigado. Ele..."

"Não interrompa, senão eu posso não me lembrar com clareza de tudo que se passou. Então nós conversamos sobre isso por um tempo. Eu disse a ele que não sabia de nada. Mas ele não queria sair do meu escritório. Eu disse que sou um homem muito ocupado e que ele precisava ir. Se desejasse, poderia deixar o número do telefone. Ele fala várias outras coisas. Coisas adoráveis. Sanjay diz ao homem que ele deve sair e o homem dá um murro forte no rosto de Sanjay. Neste momento concluo que se trata de um homem muito perigoso e me ocorre que foi esse homem quem fez aquela quebradeira no último andar e que matou os cachorros, mil dólares cada um. Penso então que, mesmo sendo mais forte, não tenho vontade de lutar com este homem." Ahmed fez uma pausa. "Meu pai me ensinou que o homem mais forte sabe quando não lutar. E foi aí que eu entendi mais uma coisa, Jack. Eu entendi que nada disso é problema meu. É seu."

Deixei-me sentar pesadamente na cadeira. "Você não contou a ele como poderia me encontrar, contou?"

"Sim, Jack, eu contei."

"Meu Deus, Ahmed!"

"Tenho sete filhos, Sanjay tem três filhos. Se o homem tem uma arma no bolso e tudo o que ele pede é um número de telefone, eu preciso dar a ele este número. Eu penso comigo: este homem pode estar armado. Eu não posso enfrentar os *seus* problemas, Jack. De modo que dei a ele o seu primeiro nome e o telefone do seu trabalho. Eu disse: 'Ligue para uma pessoa chamada Jack neste número Ele pediu uma caneta e anotou."

"Você fez isso?"

"Sim."

"Hoje?"

"Sim."

"Isso é tudo?"

"Perguntei se ele era o marido da mulher e ele disse que sim. Logo que lhe dei o número ele pareceu menos perturbado. Disse que queria a mulher e a filha de volta. Percebi que ele deixara de ser um problema para nós. Disse-lhe que se minha mulher e filhos sumissem, eu sairia para procurá-los em cada quarto de Nova York. Disse ainda que no meu país o homem que abandona a família é um homem sem honra. Ao ouvir isso, o homem apertou-me a mão. Estou lhe contando essas coisas porque quero que você entenda que naquele homem havia algo que não era mau. Por fim, entreguei-lhe as coisas dela."

"Como assim?"

"As coisas que foram deixadas no apartamento. Sanjay havia guardado tudo em um saco plástico. Roupas, pequenos objetos, lápis de cera. Acho que uns produtos de maquilagem."

"Ele levou essas coisas?"

"Ele as segurou perto do nariz e cheirou."

"Cheirou?"

"Sim", disse Ahmed, indicando que estava pronto para desligar. "Tenho razões para acreditar que ele vai procurar você."

O dia já estava ruim e prometia ficar ainda pior. Comecei a beber o branco e gosmento líquido antiácido diretamente do frasco, o que em si não é lá muito bom para o meu estômago. Já fiquei doente por causa *disso*. Morrison, logo descobrimos, errara em suas previsões. A informação sobre a Chukado Electronics tornou-se notícia em uma hora, e não em um dia, e o preço das participações internacionais da Osada subiu dezesseis por cento, elevando em quatro por cento o preço das ações da vs. À uma da tarde já havia sobre as nossas mesas uma cópia da matéria completa veiculada pela Reuters Information Network. Horas depois Morrison apareceu na minha sala, enquanto eu esperava com ansiedade incomum por um telefonema do Presidente ou de Hector.

"Qual o motivo daquela interrupção?"

"Um assunto pessoal", respondi.

"Pensei que você não tivesse vida pessoal."

"Todo mundo tem uma vida pessoal", respondi em voz baixa.

Morrison me olhou como se eu estivesse ficando louco; optou por deixar o tema de lado e partir para questões mais importantes. "Onde está o Presidente hoje?"

"Ainda está nas ilhas."

"Você já providenciou para que o gordinho comece a pegar os faxes?"

"Sim." Eu ainda estava abobalhado com o telefonema de Ahmed.

"Essa história da Chukado aumenta ainda mais a pressão sobre nós. A artilharia deles fica mais pesada. A vs entra na negociação com mais força." Ele queria dizer que a vs poderia nos deixar de lado e ir atrás de concorrentes menores da Corporação, companhias mais digeríveis, como Disney ou Paramount, ambas alvos muito atraentes.

Morrison avançou em direção à minha mesa. "Jack, um negócio é como aterrissar um avião C-5 para transporte de tropas, o maior avião do mundo. Vi muitos aterrissarem com sucesso e vi um cair. É desse que caiu que eu me lembro. Nós costumávamos treinar arremesso de bombas com uma bola de futebol *dentro* do maldito compartimento de cargas. Se você aterrissa sem problemas um C-5, todo mundo consegue o que quer. Todo mundo neste andar está ralando o cu para que tenhamos uma aterrissagem suave." A mão mutilada de Morrison estava pousada sobre a minha mesa, contorcendo-se. "Mas, para isso, é indispensável que uma coisa aconteça. *Indispensável*! É *indispensável* que o Presidente desta corporação concorde em fazer o que lhe dissermos. Ele é um velho que não está nem aí, caramba. Está fora de combate, não fecha mais nenhum negócio, nunca induz o Conselho a tomar decisões, não quebra a cabeça para montar operações... faz dez anos que ele está fora de ação. O saco esgarçado dele está arrastando no chão, tudo o que ele faz é visitar os velhos amigos no Senado."

"Ele ainda tem algum pique", eu disse, pensando na longa noite que passamos juntos. "Ainda consegue *beber*, pode ter certeza."

"Não acho que seja um grande problema trazê-lo para o nosso lado da mesa", reclamou Morrison. "Porra, ele ganha um monte de dinheiro com o negócio! Todas aquelas opções de ação de quarenta dólares teriam que ser acertadas. Mas sem a concordância dele nós não aterrissamos. A gente se espatifa no chão. Não temos rodas. As rodas são você, Jack. Trate de começar a bater naquela porta e a fazer a cabeça do velho."

Mais tarde foi Samantha quem abriu a minha porta. Estava calçando sapatos bicolores: saltos brancos e frente azul. Assisti atento à sua entrada na sala.

"Onde é que as mulheres aprendem a andar assim?", provoquei.

"Assim como?", disse ela sorrindo.

"Assim, com as pernas meio que se cruzando uma na frente da outra."

"Aprendemos aos catorze anos, treinando na frente do espelho depois da escola." Ela se sentou à minha frente. "Aprendemos isso e mais algumas coisas."

Eu tinha um certo afeto por ela. Se isso era prudente ou não, eu não sabia. "Um dia, pirulitos e bonecas; no dia seguinte, executivas de bilionárias companhias alemãs?"

"Na vida, uma coisa sempre acaba levando a outra, você não concorda?" Ela deslizou os longos dedos pelo vestido. "Agora a sério, Jack, está tudo bem com você? Não sei, todas essas coisas acontecendo..."

"*Coisas*?"

"Na semana passada, aparece uma mulher com a filha em sua sala, depois dicionários de espanhol e agora você é chamado no meio de uma reunião..."

"Não pergunte, Samantha."

"Não?"

"Se você é minha amiga, não."

Ela pareceu magoada e perscrutou em minha fisionomia algum sinal de brincadeira. Mas não havia nenhum. "Então não pergunto", disse ela irritada.

"Veja", continuei agora com voz mais suave. "Morrison está me pressionando com tudo para que eu induza a mente do Presidente a uma revelação mística... Passei aquele dia com ele em Washington e tudo o que ele fez foi ficar bêbado no trem e balbuciar coisas esquisitas no fim da noite."

"Você teve alguma abertura para dizer que Morrison está armando a aposentadoria forçada dele?", perguntou Samantha.

"Não exatamente."

"Você precisa se acertar com a senhora Marsh", disse ela como se estivesse diante de um mapa.

"Isso era tudo o que eu não queria ouvir." Apenas uma estrada levava à agenda do Presidente e ela passava pela rechonchuda sra. Marsh, secretária do Presidente havia vinte e cinco anos. Homens de poder e fama muitas vezes são pessoas quase patologicamente dependentes. Quem comandava a vida do Presidente era a sra. Marsh. Ninguém sabia qual era o seu primeiro nome. Ela mesma tinha duas secretárias, que selecionava pela eficiência e sobriedade (para não desviar a atenção do Presidente). A elas cabia cuidar dos compromissos corporativos do Presidente, enquanto a sra. Marsh sozinha cuidava dos assuntos particulares. Ela amava o Presidente com imenso e incondicional amor de secretária, nunca explicitado, é claro — um amor que perdoava as fraquezas e defeitos dele. Este aspecto a diferenciava da esposa, dos filhos e de todos que cercavam o chefe, exceto talvez da mãe já morta. Eu tinha ouvido falar que só a sra. Marsh tinha acesso à conta que ele usava para pagar as amantes (e provavelmente as escapadas ao clube aonde me levara) e que ele delegara a ela as decisões sobre as quantias que essas mulheres deveriam receber. Era conhecida a história de uma dançarina que seduzira o Presidente trinta anos antes e agora, vivendo na pobreza, recebia todo mês um estipêndio da fundação pessoal do Presidente, em gritante violação das leis federais pertinentes a organizações sem fins lucrativos. A sra. Marsh demonstrava uma lealdade irremovível, e seu jeito discreto mascarava um implacável código de proteção do Presidente.

"Não importa", disse Samantha. "Morrison não teria feito isso se não acreditasse que você teria sucesso."

"Fiquei louco da vida quando ele me disse. Todo o plano de fusão é meu."

"Eu sei."

"Foi Beales quem sugeriu isto ao Morrison", especulei, depois de verificar que a porta estava fechada. "Ele quer me ver fora da equipe de negociação. Eu já *estou* fora da equipe."

Samantha via as coisas de outro jeito: "Acho que você está um pouco paranóico quanto a isso, Jack. É verdade. Morrison só estava tentando definir a melhor maneira de aproveitar as pessoas. Ele sabe que você gosta de uma boa briga e sabe que você não tem papas na língua. Deve ter concluído que você conseguirá discutir a idéia com o Presidente e seduzi-lo. Morrison não tem outro caminho; não se dá bem com o Presidente e o Conselho é escorregadio demais. Ele simplesmente não pode abrir caminho através do Conselho — eles poderiam perceber o que está acontecendo e tentariam proteger o Presidente."

"Beales..."

"Não fique se preocupando com as motivações de todo mundo, Jack", interrompeu ela. "Apenas faça o que Morrison diz e obtenha os resultados. Este é o meu conselho. Vamos, você precisa falar com a senhora Marsh."

Isso posto, caminhei pelo longo corredor até a extremidade nordeste do andar, onde ficavam os escritórios do Presidente. Dizia-se que, quando o edifício foi construído, em 1974, ele escolhera esta extremidade porque dela podia avistar pela janela as seis magnólias chinesas de nove metros de altura que tinha em sua cobertura, a quinze quadras dali. E eu, o que estava fazendo naquela época? Acompanhando as estatísticas sobre o desempenho de Mike Schmidt nos campos de beisebol e pensando em deixar crescer a barba. A sra. Marsh estava em seu gabinete.

"Poderia lhe falar um instante?", perguntei.

"Claro, senhor Whitman." Ela era uma dessas mulheres que à medida que ganham peso vão transformando gordura em autoridade. O pescoço carnudo, os tornozelos grossos e o uniforme diário — composto por blusa branca e saia xadrez até um pouco acima da canela — denunciavam ordem, boas maneiras e muitos anos de escola católica. Sua única distração era um pote de balas que mantinha sobre a escrivaninha; passava o dia a chupá-las com fervor ritualístico.

"Talvez seja do seu conhecimento que fui incumbido de trabalhar com o Presidente em alguns projetos; em vista disso, gostaria de saber se seria possível agendar uma..."

Ela já estava sacudindo a cabeça.

"Eu e o Presidente já discutimos este assunto", disse ela. "Você deverá estar disponível quando ele precisar de você. Ele não me mandou agendar nenhuma reunião."

"Nós temos que discutir algumas coisas nas quais estamos trabalhando juntos."

A sra. Marsh examinava o esmalte das unhas com insultante concentração. "Normalmente sei de todos os trabalhos nos quais ele está envolvido", disse. Em nome dele, ela discutia com advogados e representantes de bancos, preenchia e assinava cheques — era capaz de forjar perfeitamente a assinatura dele — e, em alguns casos, dizia-se, tinha procuração para representá-lo. Para mim era fora de dúvida que, se o Presidente morresse repentinamente, ela seria chamada para ser a executora do testamento.

"Preciso apenas de uma breve reunião", eu disse finalmente.

"Ele me diz com quem serão seus compromissos."

"Sim, eu entendo", prossegui, "mas preciso vê-lo por alguns minutos na semana que vem. Apenas quinze minutos, para discutirmos..."

"Temo que seja preciso consultá-lo antes sobre isso", disse ela, olhando-me nos olhos. "O senhor sabe, os horários dele variam."

"Mas ele estará de volta na segunda-feira?"

"Não é certo."

"Não estará de volta na segunda-feira? E terça?"

"Pode ser", disse ela. "Mas normalmente a agenda dele é assunto particular. De qualquer maneira, vou anotar que você gostaria de marcar uma hora e, se for adequado..."

A formalidade imbecil dela era pura demonstração de poder.

"Escute aqui, eu não vou engolir esses falsos bons modos", eu disse. "A senhora é apenas uma porteira, senhora Marsh, não mais que isso. Desejo saber, até as dez horas da segunda-feira, quando poderei me reunir com ele. O senhor Morrison solicitou — mais que isso, ele me orientou, *mandou* — que eu falasse com o Presidente sobre certos assuntos e eu insisto no meu direito de fazê-lo."

Tomada de surpresa, a sra. Marsh respirou fundo. Já tinha muitos anos de janela e certamente havia lidado com toda sorte de babacas e nervosinhos.

"Não posso tolerar comportamento tão rude em meu escritório."

"E eu não posso tolerar tanta má vontade de uma *secretária* ao atender um *vice-presidente* desta companhia!" A seguir, abaixei o tom de voz e aproximei-me de sua escrivaninha o suficiente para deixá-la incomodada. "Para o bem do seu chefe, senhora Marsh, seria aconselhável a senhora permitir que as pessoas falem com ele."

Ao final do dia, Freddie Robinson, o negro velho que era uma espécie de engraxate oficial do prédio, entrou com sua tralha em minha sala. "Estou atrasado", anunciou.

Tenso e furioso, sentei-me na poltrona esperando o telefone tocar com mais notícias ruins. Em silêncio, Robinson colocou um banquinho sob o meu pé direito. Fazia mais de cinqüenta anos que ele engraxava sapatos na Corporação, tendo sobrevivido a incontáveis mudanças administrativas. Embora não fosse formalmente um empregado, tinha um quartinho azulejado ao lado do banheiro dos homens no trigésimo oitavo andar, onde guardava seus apetrechos. Só engraxava sapatos de homens, mas também consertava sapatos de mulheres. Começando cada dia em um andar diferente, ele cobria toda a sede da Corporação em mais ou menos uma semana; com a cabeça enfiada no vão da porta que ele mesmo entreabria sem cerimônia, anunciava: "Vai graxa?". Era uma espécie de relíquia dos velhos tempos e ninguém parecia muito constrangido diante da imagem daquele homem idoso que se ajoelhava para tirar a sujeira dos sapatos dos clientes, lama e merda de cachorro trazidas das ruas. Os homens mais velhos tratavam Robinson de um modo mais caloroso, como se ele fosse um bicho de estimação, enquanto os mais jovens, que talvez devessem sentir-se um pouco mais culpados na presença dele, viam-no com fria indiferença. Era eu o único que se sentia envergonhado? Sem dúvida a própria vergonha denunciava minha postura de condescendência. Robinson não parecia dar importância; gostava mesmo era de lembrar os velhos tempos e, às vezes, sacudindo a cabeça, dizia: "No tempo do senhor L...", referindo-se ao ilustre fundador da Corporação, morto décadas antes.

"E então, o que você tem ouvido pelos gabinetes?", perguntei, enquanto Robinson aplicava graxa no meu sapato.

"Ahh..." Ele balançou a cabeça. "Você sabe que eu não entendo nada dessas coisas que vocês falam."

"Você sabe que eu sei que você sabe."

Ele olhou para mim e piscou. "Sei que você é mais esperto que a maioria, isso eu sei."

Era extraordinário que Robinson continuasse na ativa, percorrendo quilômetros e quilômetros de corredores acarpetados, entrando e saindo de elevadores o dia inteiro. Era um homenzinho franzino e estava sempre de suspensórios e camisa branca. Enquanto trabalhava seus cabelos brancos encarapinhados ficavam bem à vista do cliente. Às vezes, na primavera ou no verão, aparecia com um radinho de pilha no carrinho e um fone de ouvido enfiado na orelha e trabalhava acompanhando a transmissão do jogo dos Mets no Shea Stadium. Passar a vida agachado custara-lhe uma artrite; havia dias em que não aparecia e, quando voltava, descobríamos que estivera de molho por causa de fortes dores nas costas. Eu sempre sentia o cheiro forte das pomadas analgésicas que ele usava. Durante uns quatro minutos ele bateu e esfregou seus panos com intensidade mecânica sobre o meu sapato; ao fim, deu duas batidelas com os dedos magros na parte externa do salto, pedindo o pé esquerdo — "Pronto, patrão", disse, como se não fosse indigno da parte dele chamar de patrão até assistentes recém-formados de apenas vinte e um anos.

"E então, tem ouvido sobre grandes mudanças acontecendo?", perguntei novamente.

"Bem, claro. Isso é fácil. Trabalho aqui há muito tempo, senhor Whitman, muito tempo. É só um minuto e eu já acabo."

Robinson tateou dentro de seu velho carrinho de engraxate e pescou um pano. Parecia ter um sexto sentido que lhe dizia quando não devia entrar em uma sala; não havia quem pudesse dizer que ele aparecera em um momento inadequado. Estava na Corporação fazia muito tempo e conhecia tão bem os ritmos e padrões da atividade que sabia instintivamente em que porta bater e quando. O outro lado da questão é que na maior parte das vezes ninguém se importava com sua presença, ele era parte do cenário, como o faxineiro que esvaziava os cestos de lixo perto do fim do dia. Os homens continuavam as conversas ao telefone enquanto ele contornava a escrivaninha, ajustava o apoio para o cliente colocar o pé e começava a trabalhar. O freguês tirava algumas notas da carteira, deixava-as na mesa para Robinson pegá-las e continuava falando, ocasionalmente anotando uma ou outra coisa, mal reparando que seus sapatos estavam engraxados e que Robinson havia desaparecido.

"E então", lembrei, "coisas grandes acontecendo?"

"Claro", disse ele com sua voz idosa.

"Como você sabe?"

"Porque eles pediram uma montanha daquele caviar para servir no restaurante. Bill, o cara que dirige a cozinha, é meu amigo e me conta. E a turma que trabalha na garagem isola uma parte da rampa para a passagem dos carrões. Vi eles fazerem isso *de novo*. Mas tem um sinal que não falha nunca."

"E que sinal é este?", perguntei, sentindo seus dedos em meu pé.

"Todo mundo", ele olhou com ar teatral para a esquerda e depois para a direita, como se estivesse sendo secretamente ouvido por outras pessoas, "todo mundo anda me perguntando: 'E então, Robinson, o que você tem ouvido pelo escritório?'". Ele riu uma risada gutural, típica dos velhos, divertido com a minha furiosa ansiedade juvenil. "'O que está acontecendo, Robinson?', 'Quais são as novidades lá do trigésimo nono?', 'O que anda dizendo o pessoal do décimo sexto?'"

"Você me pegou outra vez."

"Nada disso. E você, já casou de novo?"

"Bom... acho que estou com um probleminha."

"E que problema é esse?", perguntou com ar divertido.

Ele era a única alma confiável na Corporação. "Ela está na minha casa mas o marido está tentando achá-la."

"Isso é mesmo ruim, patrão. Sei o que é isso..." Como se estivesse diante de seu passado, Robinson ergueu a cabeça e abriu um sorriso delicado. "...mais ou menos trinta e cinco anos atrás isso aconteceu comigo. Ela não queria mais o marido e veio viver comigo. E tinha um filhinho também."

"A minha tem uma menininha."

"Quando tem filho na história a coisa fica pior", disse Robinson.

"O que você acha que eu devo fazer?"

"Entre numa igreja e reze para que ele seja um sujeito bom e pacífico." Com uma batidela no meu pé, anunciou: "Pronto, patrão".

Dei-lhe o dinheiro. O preço era três dólares, mas ele levou quatro; eu havia calculado uma vez que, engraxando quatro pares por hora durante cinco horas por dia, com este valor ele podia levar uma vida decente, especialmente em vista do fato de não ter nenhuma educação formal, ser negro e estar com mais de setenta anos de idade.

"Tenha uma boa tarde, senhor Whitman", sorriu Robinson antes de manobrar o carrinho e empurrá-lo em direção à porta. Nós gostávamos um do outro. Eu pelo menos gostava dele. Ele talvez apenas fingisse, pensando na gorjeta.

"Espere. Tenho mais uma pergunta."

Robinson parou e virou-se para mim, um suave sorriso no rosto. "Hmm hmm?

"Você engraxa os sapatos do Presidente?"

"Sim, senhor, duas vezes por semana."

"E vai engraxar na semana que vem?"

"Segunda de manhã. Oito horas."

"Este horário é fixo, todas as semanas?"

"Tão fixo quanto a chuva."

"Mas talvez ele não venha ao escritório na segunda-feira."

"Vem, sim, confirmei com a dona Marsh. Fiz isso hoje."

Touché. Finalmente uma informação útil.

"Robinson, você nunca ouve as pessoas falarem de mim?"

"Você sabe que eu não ouço nada", respondeu ele sem emoção enquanto atravessava a porta. "Para um velho como eu, ouvir o despertador já é uma grande coisa."

8

SE VOCÊ TEM EMPREGO, SAI DIRIGINDO, anunciava a placa na frente do depósito de carros usados do Brooklyn onde Hector Salcines trabalhava nos fins-de-semana. Era uma manhã de domingo e, sob uma garoa persistente de primavera, vestindo calças jeans e camiseta branca, ali estava eu, debaixo de um guarda-chuva, feliz com minha própria esperteza. Usando o telefone do escritório, as páginas amarelas e um mapa do Brooklyn, precisara de apenas vinte minutos para descobrir o lugar. Tudo que fiz foi selecionar meia dúzia de lojas de carros usados nas cercanias do Sunset Boulevard, onde morava Dolores, e ligar para cada uma delas, pedindo para falar com Hector Salcines. Simples. No quarto telefonema, o homem que atendeu disse que Hector só trabalhava nos fins-de-semana — *mas estamos às ordens do amigo, se precisar de alguma coisa.* Não, obrigado, estou procurando o Hector, respondi, é que ele me mostrou um carro. *Então passa aqui no domingo de manhã.* A loja, na verdade um depósito de carros ao ar livre, ficava num terreno triangular — que provavelmente não serviria para nenhuma outra atividade — na Quinta Avenida, perto da rua 25, e era protegida por uma grade de arame de seis metros de altura. Os carros, muitos dos quais recém-saídos de alguma funilaria de fundo de quintal, estavam estacionados lado a lado, quase encostando; nos pára-brisas, pintados com tinta branca, os preços e breves chamadas: $300 PRA VOCÊ LEVÁ-LA A CONEY ISLAND; $1250 VEJA E ACREDITE; $1800 ELAS GOSTAM DE UM CARRO BACANA; $3650 VERÃO NO LITORAL DE NEW JERSEY. Tremulando acima, fileiras de bandeirolas vermelhas, azuis e brancas desbotadas, penduradas em cordas que se entrecruzavam sobre o escritório de vendas, que não passava de um trailer velho de paredes de chapa de aço, assentado sobre blocos de concreto. Parado na calçada, tossindo levemente minha acidez, refleti sobre a monumental burrada que estava prestes a fazer.

Três dias haviam passado desde que Dolores e Maria se instalaram em minha casa. Dolores continuou a levantar mais cedo que eu e todas as manhãs me recebia com ovos para o café. Eu já estava ficando enjoado, mas, temendo desestimulá-la, não disse nada. À noite ela se recolhia cedo, ficava cuidando de Maria e não fazia muito mais. Estava recuperando as forças, imaginei. Seu rosto parecia menos exaurido pela fadiga e havia mais energia tanto em sua expressão como na voz. Eu lhe havia dado cem dólares para comprar as coisas de que dizia precisar — roupas para Maria, não sei. "Vá e gaste", disse-lhe.

Depois de protestar um pouco ela aceitou. Logo as duas começaram a se sentir mais à vontade, o que não me desagradou; Maria explorava a casa com voracidade infantil, abrindo minha gaveta de cuecas, tateando os armários da cozinha, recortando em longas tiras edições velhas do *Wall Street Journal*. Dolores arrumara o quarto onde dormiam e colocara na sala de jantar um arranjo de narcisos colhidos no jardim. A cozinha que usavam estava agora impecável e a geladeira razoavelmente abastecida. Dolores cozinhou para mim algo chamado *tostones*, uma espécie de purê de banana frita temperado com alho. Ao contrário do que esperava, gostei da coisa. Eu ainda não lhe havia perguntado sobre a jarra de água que ela deixara na minha sala sobre a mesinha de canto, perto da janela. Todas as noites eu levava alguma coisinha para Maria — livros, aquarelas, um boneco do *Vila Sésamo*, uma lembrancinha que fosse.

Mas naqueles primeiros dias, apesar da natureza agradável desses contatos, Dolores e eu conversamos muito pouco. O silêncio entre nós se arrastava incômodo. Eu tinha certeza de que, de alguma maneira, ela estava pensando no marido, no que ele estaria fazendo, ou no que ela iria fazer, agora que estavam separados. Hector era o jogador invisível, o homem que havia matado dois cachorros para chegar a Dolores e Maria. Eu queria ver que tipo de homem ele era. Chame isso de pesquisa de mercado, eu disse a mim mesmo. Concluí que seria possível fazê-lo em segurança, pois, apesar de saber o meu nome, Hector não sabia como eu era nem tinha o número do meu telefone de casa.

Naquela manhã, depois de anunciar a Dolores que ia sair, fui dizer tchau a Maria e encontrei-a empertigada em minha cama, assistindo a desenho animado em um dos canais transmitidos pela Big Apple Cable. Todos os executivos da Corporação que moravam na região de Nova York recebiam uma assinatura de cortesia. Não deixava de ser estranho que o programa a que ela estava assistindo naquele momento fosse transmitido através de cabos que seu próprio pai instalava — se não na minha casa especificamente, em outras partes da cidade. Mas isso era apenas o começo e eu me deixei ficar por um instante, observando Maria, impressionado com aquela esquisita teia de ironias. Os desenhos animados faziam parte da programação de um canal em que a Corporação tinha participação acionária de dez por cento. Havíamos recebido este lote — se me lembro bem, valendo cerca de vinte e três milhões de dólares — em troca da simples cessão de uso de algumas peças do vasto acervo de filmes da Corporação, a maior parte produzida na década de 50. Eu mesmo montara o negócio, quatro anos antes. A transação foi pequena, mas teve uma certa elegância da qual me orgulhei. O acordo deixou satisfeitos os sócios majoritários do canal, que, além do material para preencher a programação, iriam se beneficiar do prestígio associado ao nome da Corporação. Mas quem ganhou mesmo foi a Corporação. Em troca de um monte de desenhos velhos, passamos a receber dividendos anuais de mais ou menos três milhões de dólares, sem falar na valorização das ações, as quais poderiam servir como garantia em operações de financiamento de outros projetos. Havia ainda uma outra vantagem: a transmissão continuada dos nossos antigos desenhos funcionava como propaganda grátis dos longas-metragens que vínhamos produzindo com os mesmos personagens (fazíamos relançamentos a cada três ou quatro anos, alcançando lucros de vinte ou trinta milhões de dólares), bem como dos produtos licenciados com as imagens desses personagens — brinquedos, roupas, bonecos de pelúcia, sacos de dormir, relógios para criança. A pequena Maria Salcines, sentada na minha cama diante da TV, era uma consumidora do meu trabalho.

Mas agora, debaixo de um céu úmido e cinzento, tinha diante de mim o depósito de carros usados onde o pai dela trabalhava. Eu era o único consumidor na loja, que definitivamente parecia desconhecer a prosperidade. Fui andando até o escritório e subi os degraus. Era impossível Hector saber que Dolores e Maria estavam morando comigo, mas mesmo assim senti o coração acelerar; sabia que atacar um cão feroz requer muito mais coragem do que atacar um homem. Nervoso, atravessei a porta.

"Tem alguém aqui?"

"Entra!", gritou uma voz.

Lá dentro, três homens assistiam ao jogo do Yankees contra Oakland na Costa Oeste — dois mais velhos e corpulentos, ambos latinos, e um mais jovem: Hector. Não havia dúvida. Ele era mais baixo e muito mais bonito do que eu esperava; vestia gravata de seda, o nó frouxo como que denunciando o dia abafado, uma corrente de ouro em torno do pescoço. Estava com a barba por fazer. Olhou para mim, talvez percebendo minha atenção, os olhos cheios de escárnio pelos otários. Dei alguns passos dentro do trailer — armara no rosto a expressão entediada de cliente mais ou menos interessado — dividindo a atenção entre os três homens, apenas ocasionalmente olhando para Hector. Sentado atrás de uma escrivaninha, o homem mais velho tirou o charuto da boca, disparou uma cusparada pequena e encharcada dentro de uma lata de café e moveu os olhos vermelhos e desanimados em minha direção. "O amigo precisa de alguma coisa?", disse.

"Eu queria ver que tipo de carro vocês têm."

"Nesta chuva?"

Dei de ombros.

Ele pareceu reconhecer minha voz. "Você não ligou para cá uns dias atrás, ontem talvez?"

Sim, eu havia ligado procurando Hector. Mas sacudi a cabeça negativamente. "Não", disse. "Estou dando uma olhada."

"Vou mostrar algumas coisas."

Eu queria estar sozinho com Hector.

"Olha", eu disse, "se você não se importar, eu preferiria ouvir a opinião de alguém mais jovem. Nada pessoal."

O velho aquiesceu, aliviado por não ter de perder seu tempo. "Tudo bem, sem problema, o Hector aqui vai lhe mostrar o que temos."

Hector olhou para mim e tornou a acompanhar o jogo na TV. "Dá um minuto, olha só isso — o McGuire vai mandar a bola desse filho da puta pro espaço."

Ficamos todos observando o rebatedor alto e forte caminhar para a base no passo tranqüilo de quem ganha um milhão de dólares por ano. O arremessador jogou uma dentro e duas fora. Notei um curativo grande e bem-feito na lateral da garganta de Hector. Seu cabelo estava penteado para trás com gel e ele soltou um pequeno gemido quando McGuire errou a tacada.

"Hector, por que você não mostra ao homem os produtos? Ele tá aqui pra ver um carro e não pra ver você assistir TV."

"Só um minuto. Eu preciso ver isso."

O homem voltou-se para mim e sorriu. "Como o amigo vê, nosso esquema aqui é muito profissional, eh, eh. Mas você vai gostar dos preços. É que não tivemos muitos fregueses hoje e estamos meio devagar."

"Tudo bem, não tem problema."

McGuire errou duas tacadas. Mais uma e ele dançava. Na terceira, pegou a bola de jeito, o tronco girando graciosamente até o taco ultrapassar-lhe o ombro oposto. O meio-campo do Yankees esperou a bola, inconscientemente batendo o punho cerrado na luva. Hector debruçou-se na direção da TV. O meio-campo correu para trás e esticou o braço com a luva para pegar a bola.

"Caramba", disse Hector, recostando-se. "Por dez malditos centímetros..."

"Nada disso, o cara nem *pulou*", argumentou o outro homem. "Ele poderia ter pulado pelo menos sessenta centímetros. O outro não estava nem perto de completar uma quadrangular."

"Que tipo de carro você está procurando?", perguntou-me Hector rapidamente, desligado do beisebol, tentando avaliar-me como cliente.

"Alguma coisa confiável", respondi, "um carro fácil de dirigir, sabe como é."

"Tudo bem", suspirou ele sem muito entusiasmo, "vamos ver o que a gente tem." Ele se levantou e, quando ficamos frente a frente, percebi a grande diferença entre nossas estaturas. Eu era mais alto, uns quinze centímetros, mas a camisa de Hector parecia apertada na altura do peito. Ele possuía um tipo de robustez física compacta, característica dos boxeadores peso-pena, as veias do braço saltadas, a cintura fina; era mais forte do que seu tamanho faria supor, duro e rápido, cheio de confiança destruidora. Ele estendeu a mão. "Hector.

Tô aqui pra ajudar. Se você gostar de alguma coisa, a gente tenta armar um negócio, combinado?" Sua voz tinha aquela segurança peculiar do Brooklyn, as sílabas soando como baques secos, duros — até com um certo toque de poesia. Ele agora estava fazendo girar um anel de ouro que trazia no mindinho. "Você colabora comigo na escolha do carro e eu colaboro com você no preço."

A chuva tinha amainado e nós descemos os degraus de madeira.

"Quanto você tá pensando em gastar?", perguntou.

"Uns dois mil, dois mil e quinhentos."

"Isso quer dizer que você quer um carro usado. Muito usado. Eu tava achando que talvez você fosse querer um carro novo. Temos alguns, quer dizer, praticamente quase novos."

"E eu tenho cara de quem pode bancar um carro novo?"

Com um aceno de mão, ele descartou a observação. "Até onde posso ver, qualquer um pode bancar qualquer coisa. Nunca se sabe. Semana passada me apareceu um cara, ele mais parecia um viciado em crack, entende, cheirava mal, mas mal mesmo, e o cara entra aqui, eu pergunto o que ele quer e ele diz quero comprar aquele Town Car. Antes de eu falar qualquer coisa sobre preço, ele tirou do bolso um maço de notas que tinha uns dez centímetros de grossura."

"Bom, no meu caso, pode ter certeza de que só posso chegar a dois mil e quinhentos."

"Entendido, cara."

Caminhamos até uma fila de carros. Com os preços indicados nos pára-brisas, não havia muito o que falar. Ele ficou me observando olhar os carros.

"Você mora por aqui?", perguntou Hector. "Aqui no bairro mesmo, em Bay Ridge ou onde?" A pergunta, é claro, queria dizer: *Você é branco mas não é italiano nem operário irlandês e nem fala como uma pessoa que compra carros usados.*

"Não muito longe daqui", respondi sem me virar para ele.

"Tem emprego fixo?"

"Sim."

"Boas referências de crédito?"

"Claro."

"Sei que isso é pessoal", disse Hector, "mas você não acreditaria nos clientes que entram aqui. É bom eu já ir avisando que a gente checa as informações de todo mundo, só pra confirmar, entende?"

"Não tem problema."

"Uns dois meses atrás apareceu aqui uma menina e comprou um Impala velho. Ela parecia direita, as mãos cheias de brilhantes e um monte de merda desse tipo. A gente aceitou um cheque. Passou na compensação, mas pouco tempo depois a gente recebeu uma ligação." Hector riu. "Aconteceu que ela e o homem dela tinham se separado uns três meses antes e ela ainda andava com uns talões velhos dele."

Enquanto ele falava eu seguia examinando os carros.

"O carro é pra ir trabalhar ou pra usar no fim-de-semana?"

"Fim-de-semana." Paramos diante de alguns Chevys e Toyotas velhos. "Esses são meio pequenos, eu queria um carro grande."

"A gente tem um Cadillac jóia lá nos fundos. Você quer muito grande? Você tem família e tudo mais?"

A pergunta pareceu uma oportunidade. Olhei para o chão tentando parecer melancólico. "Não, não sou mais casado."

"É, as coisas não são fáceis."

"Minha mulher saiu de casa faz dois meses", eu disse. "Foi embora e levou o carro. É por isso que eu estou aqui."

"Que tipo de carro?"

"Um Taurus 90. Eu estava bem satisfeito com ele. Mas agora vou ter que baixar o nível. Ainda estou pagando aquele carro e também tenho que pagar a pensão dela e das crianças."

Mentira, costumava pregar meu pai, tem pernas curtas. Mas ali estava eu, regurgitando-as sem fazer esforço. Hector começou a procurar uma chave entre as dúzias que trazia presas a um chaveiro. "Minha mulher me abandonou, cara, desse mesmo jeito, e levou junto a minha família. Entendo você. Puta que pariu, como eu queria saber onde elas se meteram."

"Você vai atrás delas?"

"*Alguma coisa* eu vou fazer quando encontrar minha mulher de novo, ah, isso vou."

Olhei para ele e foquei no imenso curativo em seu pescoço. "Não sei como você consegue lidar com essa situação", eu disse. "Sério, essa história me fodeu a vida, sabia?"

Ele soltou uma risada fácil e por um instante pareceu pouco preocupado com o que acontecera com a mulher e a filha. "Caralho, tá cheio de peixinho no mar, cara, cheio de mulheres sozinhas, sabia? Tá cheio de mulher solitária andando por aí. Muito peixe. Você tem é que fazer como um tubarão, tocar pra frente e se mexer pra continuar vivo. É o que eu faço, continuo me mexendo." Sua voz então serenou. "Mas quando era bom, era bom *mesmo*, sabia? Olha..." Ele interrompeu a frase e destrancou o Cadillac. Ambos entramos. "Tá aqui um belo carro. Isso eu posso lhe dizer. Pesado, com boa potência. Aliás, o motor ainda está na garantia. Os pneus também estão bons."

"Por que o preço está tão baixo?"

"O banco de trás tá rasgado."

Realmente estava. O interior do carro era perfeito exceto pelo banco de trás, com o estofamento danificado e as molas à mostra. "Por que eles não mandaram consertar?"

"O cara que era o dono morreu!". Hector deu de ombros. "Por isso ele não pôde consertar. Sai uma nota, esse serviço de estofamento."

"O que aconteceu?"

"Pelo que sei, alguém tava com raiva de uma pessoa e acabou detonando o banco com um estilete. Por mim, basta jogar um cobertor velho em cima e fica ótimo. A lataria tá boa e ele roda bem. Quer dar uma volta?"

"Por que não?"

Peguei a chave e coloquei no contato.

"Se você não se importa, será que poderia pôr o cinto, cara?" disse Hector. "Não é problema meu, mas digo isso pra todo mundo. Meu pai, ele não estava de cinto e acabou morto por uma porra de um caminhão de lixo controlado pela máfia; o bicho pegou ele na esquina e ele voou pelo vidro, sete anos atrás. O advogado disse pra gente não abrir processo contra os caras e minha velha ainda chora todos os dias..."

"Lamento muito", disse, chocado com o fato de ele estar preocupado com a minha segurança.

"Ah", Hector deu de ombros, "essas coisas... bom, toca em frente, negócio é o seguinte" — ele apontou o motor do carro —, "esse é forte e macio. Fecha os vidros e você não vai ouvir nenhum pino bater."

Saí para o asfalto úmido da Quinta Avenida. A chuva tinha parado e o vento que soprava do mar ia secando as ruas e os carros.

Passamos pelos sobrados de tijolo aparente geminados, pelas italianas velhas sentadas em jornais à porta de casa, fofocando, olhando as ruas. Virei à esquerda e peguei a Quarta Avenida, a maluca avenida que atravessa a parte sul do Brooklyn como uma agulha dobrada em *s*. Graças aos semáforos sincronizados, avançamos umas vinte ou trinta quadras sem parar, passando por paredes grafitadas com mensagens como BOOSTER SHOOT, ZEUS, SLICK 'D' & FUNGO, XL, CHILLER, BUGMAN, MR. TORQUE. Na carroceria de um caminhão estacionado perto de um depósito, homens vendiam caixas de uva.

"É pra fazer vinho. Tem um monte de velhos por aqui que fazem vinho em casa", disse Hector, comentando o passeio, o olhar perdido em algo além das caixas de uva, os olhos escuros e vívidos focados nas paisagens mais remotas de seu pensamento, o rosto relaxado, indefeso. Naquele momento, havia nele uma aura de doce inocência e pude entrever o jovem que ele fora, o rosto jovem que sem dúvida Dolores havia amado.

No instante seguinte, voltou a me olhar e retomou a tarefa de passar adiante um Cadillac de segunda ou terceira mão com o banco traseiro destruído. "Tá gostando?", perguntou ele com amistosa contundência. "Roda suave, não roda?"

"Até que sim."

Segui ao volante, agora na região em torno da rua 40, onde as pistas são estreitas e movimentadas e é necessário cuidado redobrado para não atropelar crianças ou marmanjos, muitos deles trabalhando embaixo de carros, equipados com uma chave especial e uma cerveja, normalmente ao lado de um imenso rádio ligado através da extensão na bateria ou em alguma tomada dentro de casa. Nas paredes, os mesmos desenhos coloridos, com formas ora arredondadas, ora retilíneas e cortantes: TREY-SIX, NYNEX, STRATE, JAM, MY ZAM, TENSION. O típico quarteirão do Brooklyn: jornaleiro, barbeiro, loja de brinquedos, bodega, videolocadora. E na maioria desses estabelecimentos a Corporação de algum modo ganhava dinheiro — mesmo na barbearia, já que os fregueses poderiam vir a comprar o disco contendo músicas que ouviram enquanto cortavam o cabelo, canções gravadas por artistas para um dos diversos selos da divisão de música da Corporação. Parado em um sinal na Oitava Avenida, dei uma olhada em uma das confecções dos chineses, onde dúzias de mulheres trabalhavam em torno de uma máquina de costura industrial sob lâmpadas fluorescentes, praticamente soterradas por montanhas de tecido. Trabalho escravo. O que é que torna as diferenças entre as classes tão perversamente fascinantes? Os pobres, é claro, observam os ricos — dificilmente conseguiriam evitar fazê-lo em nossa cultura —, mas os ricos, os que estão bem, as pessoas conhecidas como de "nível superior", também observam os pobres, nem que seja apenas em busca de autoconsolo ou simplesmente por mórbida fascinação. As várias publicações da Corporação não paravam de cuspir artigos sobre pobres, sobre a violência e as altas taxas de mortalidade infantil entre eles, bem como sobre a mortandade que as armas e as drogas provocavam entre os jovens e os adultos — o discurso completo, enfim. Eu estava ali. As pessoas não pareciam assim tão más. Não havia nas ruas a mesma tensão que em Manhattan. Elas pareciam mais relaxadas do que as pessoas que eu conhecia. "Não é fácil ganhar dinheiro hoje em dia", eu disse, jogando verde.

"Cara, nem me fale — eu *sei* disso. O dono da loja é um unha-de-fome cabeça-dura. Paga uma merreca", observou Hector. "Tudo o que eu quero são alguns números, só isso, alguns números. Já acertei quatro uma vez e ganhei cinqüenta e sete paus. Tudo o que eu quero é faturar um milhão na loteria. Vou te contar. Pegava de volta a minha mulher, dava uma força pro resto do pessoal e investia o que sobrasse."

"É mesmo?"

"É. Compraria uma lavanderia em um bairro bom e importaria um vagão de chineses", ele riu. "Deixaria minha mãe tocar o negócio. Já tive o meu próprio negócio no passado, trabalhava com pisos. A máfia me fodeu. Odeio esses filhos da puta. Ei, vira aqui à esquerda pra gente ir voltando. Roda suave, não roda? Não, minha mãe não sabe que eu jogo na loteria. Jogo muito mas não sou um apostador *viciado*. Mas já tive um monte de sonhos em que eu ganhei. Tive mesmo, sério."

Ri junto com ele, torcendo para parecer à vontade. Passamos em frente a uma parede diante da qual um adolescente estava agachado, bunda para cima, de frente para os tijolos, enquanto da calçada oposta três outros garotos revezavam-se tentando acertar-lhe o traseiro com uma bola de borracha.

"O que é isso?"

"Isso?", disse Hector. "Isso é *pooty*. Sabe o que é *pooty*? Ele perdeu o jogo de handball e agora os que ganharam têm direito de tentar acertar ele no rabo."

Continuamos nosso passeio.

"Tá vendo aquelas portas de garagem?", apontou Hector. "Aquelas verdes?"

Era um galpão com portas de metal arriadas e ninguém na frente. Impossível adivinhar o que havia lá dentro. "Parece fechado."

"Ali tem provavelmente um milhão de dólares em carros. Mercedes, Lexus, BMW, carros de New Jersey, Connecticut, Long Island..." Ele me olhou para ver minha reação. "Tudo roubado. Tudo pra desmanche. Essas portas ficam fechadas o dia inteiro, todos os dias, exceto talvez entre três e três e meia da madrugada. Às vezes eles colocam os carros em algum navio."

"Parece que tem muito dinheiro rolando aí dentro", eu disse. "Dinheiro de gente graúda."

"É mesmo. Aprendi que não se deve brincar com dinheiro de gente graúda."

"Como assim?"

"É isso mesmo, mas essa é uma outra história."

Mais um quarteirão tinha ficado para trás.

"Pra falar a verdade, cara, perdi minha chance de meter a mão numa grana preta", prosseguiu Hector em tom confidencial, ainda olhando para a frente. "Eu podia ter me dado bem."

"Como?"

Ele sorriu, aparentemente com grande tristeza. De repente, por mais estranho que possa parecer, descobri que *gostava* dele. "Eu tava no Exército, cara. Lá pros lados da Georgia. Me alistei pra receber a ajuda escolar e pra aprender a trabalhar com computadores. Um dia um cara me esfaqueou e eu nunca abri processo. Eu podia ter processado e feito o diabo."

Fiz o cálculo para pegarmos alguns sinais vermelhos, a fim de esticar a conversa. Joguei a isca e ele, muito à vontade, bebendo direto do gargalo de uma pequena garrafa que tirara do bolso, começou a contar a história. Na Georgia, durante as primeiras semanas de treinamento militar em uma base cujo nome ele não conseguia lembrar, Hector e um outro recruta, um rapaz da região, se desentenderam e brigaram em frente a um bordel. O outro sujeito tirou da parte de trás das calças uma faca de limpar peixe de cabo longo e avançou sobre o coração de Hector. Em um dos sinais ele fez a demonstração de como se agachou e ergueu a mão para se proteger. A peixeira — uma arma inadequada para ataque frontal — tirou uma lasca do polegar de Hector e atingiu a parte inferior do pulso. A lâmina serrilhada, afiadíssima, normalmente usada para cortar espinhas de atum de cauda amarela de quinze quilos, seccionou os tendões e artérias do pulso de Hector. O sangramento foi brutal e ele acordou ouvindo o médico do Exército explicar as possibilidades de submetê-lo a uma microcirurgia.

"Poderia ter processado todos eles, mas eu era novo e burro. A coisa era entre eu e o cara e não entre eu e o Exército. Eles disseram que, se eu quisesse, os caras consertariam a minha mão e eu poderia voltar pra casa, já que só fazia duas semanas que eu tava lá. Acabei indo embora."

"E você perdeu força ou movimento nas mãos?", perguntei, pensando no seu trabalho como instalador de cabos.

"Que nada!" Ele então esticou o braço e agarrou a parte mais grossa do meu braço, logo acima do cotovelo, apertando-a por um segundo.

"Puxa vida." Senti uma pontada de dor. "Está em forma mais que perfeita." Fiquei atônito por ele ter me tocado. Pareceu-me uma manifestação literalmente palpável de que estávamos ligados um ao outro, de que a filha e a esposa dele estavam dormindo sob o meu teto.

"É isso aí", continuou Hector, agora esfregando as mãos. "Eu tava recebendo um cheque regularmente, não era muito, entende, uma mixariazinha que eu sempre dava pra minha mãe. Mas um dia recebi um comunicado e o dinheiro parou de vir."

Mexi no rádio para ver se funcionava e acabei sintonizando uma estação que estava transmitindo o jogo de beisebol. Fiquei ouvindo por alguns instantes e tive uma idéia. "Aquele jogo lá na loja estava passando na TV a cabo?"

"Lá na TV da loja?"

"É."

"Não, era um canal normal", disse Hector.

"Estou pensando em fazer uma assinatura de TV a cabo. Parece que todo mundo tem."

"Pode fazer que é bem legal."

"Mas não precisa assinar um monte de canais?"

"Precisa, mas é bom", disse Hector. "Tem o Cinemax, o canal Disney, o HBO, o Sports e a CNN, que eu nunca assisto, e mais um monte de coisas. E em Manhattan tem também o canal J, onde aparecem mulheres fazendo aquelas coisas nojentas." Hector riu. "É isso mesmo. Liguei nele outro dia. Tinha uma mulher grávida deitada de costas e um cara mijando nela. Daí ela diz pra gente ligar num telefone lá e falar com ela. Só dava pra ver o mijo caindo na cara dela. Vou te dizer, é uma coisa *doente* pra caralho. Durante a semana eu instalo a fiação."

"A fiação de TV a cabo?"

"Claro."

"Verdade?"

"É, eu coloco pra dentro das casas."

"E aí, como vão os negócios?"

Ele deu de ombros. "Tenho serviço suficiente, umas duas instalações por dia, mas a gente vai ser comprado pelos coreanos."

"Uau", disse vagamente. "Eu não sabia disso."

"A porra da firma inteira." Hector lançou uma cusparada para fora, enojado. "Coreanos. Lá no nosso sindicato tem uns caras que sabem de tudo. Eles viram todos os documentos, contam tudo pra gente, entende? Acho que são da Coréia do Norte ou coisa parecida. Vão comprar a porra da firma inteira. Queria ver esses caras cabearem uma porra dum edifício, se arrastarem que nem um maldito macaco o dia inteiro. Um monte de merda acontecendo, as pessoas tentando te roubar as ferramentas. Isso não tá certo."

Balbuciei algo indicando que estava de acordo, os olhos em suas mãos. Perguntei-me como ele tinha sido capaz de bater no rosto bonito de Dolores. A imagem me fez gelar.

"Vai ficar com o carro?"

Permaneci calado um instante, como que refletindo sobre a pergunta. "Provavelmente não."

"Mas a gente deu uma volta."

"Na verdade, tenho certeza quase absoluta de que não vou ficar com ele."

"Mas ele roda macio, o motor tá bom."

"Não vou querer."

"Mas então por que caralho você tá me fazendo perder meu tempo?"

Olhei para ele. Que bom filho da puta eu era, sério. "Não vi muitos outros clientes lá na sua loja."

"É verdade, mas é porque tá chovendo e ninguém sai pra comprar carro quando tá chovendo, seu babaca. Por que caralho você tá me fazendo perder meu tempo? Merda." Hector cruzou os braços. "Eu logo devia ter visto que você só tava querendo passear um pouco de graça."

"Não", eu disse, procurando um jeito de amenizar a situação. "Estou mesmo procurando um carro. Gostei do vendedor mas não do carro."

"Perdi dois períodos da porra do jogo, não me venha com esse papo furado." Hector estava olhando para a frente. "Não preciso desse tipo de amolação, tô cheio de problemas, a mulher e tudo mais."

Entrei com o carro na loja. Finalmente fiz a pergunta: "Não me leve a mal, mas o que aconteceu na sua garganta?"

Hector levou a mão ao curativo. "Ah, merda, fui atacado por um cachorro."

Entreguei a ele as chaves do carro. "Te mordeu o pescoço?"

"É." Saímos do carro. "Mas não vai mais acontecer. Eu antes cagava de medo de cachorro, agora não. Odeio os grandões, os pastores. Filhos da puta. Pra te falar a verdade, se pagassem bem, eu viveria de matar esses malditos."

Isso era tudo o que eu precisava ouvir. Hector era perigoso, estava bravo e eu teria que tomar cuidado com ele. Quem viu o corpo inerte da esposa baleada conhece bem a imprevisibilidade da violência. Você acaba ficando tenso. Assim, na noite daquele mesmo domingo, procurando relaxar e meditar sobre a semana de trabalho que teria, disse boa noite a Dolores e Maria e refugiei-me no terraço da casa com um copo, gelo e garrafas de gim e água tônica. Bebida alcoólica é péssimo para a minha doença; como disse o médico, a bebida afrouxa o esfíncter na base do esôfago e faz surgir todo tipo imaginável de dor. Foda-se, pensei comigo, preciso relaxar. O sol tinha se posto no oeste e, em torno de mim, esparramava-se o distrito do Brooklyn, nele incluído Hector, ao sul, perguntando-se onde estaria sua mulher e filha. Esse pensamento caiu-me tão pesado quanto a bebida que eu levara para cima. Já disse antes que o Brooklyn é um lugar legal e romântico? Sua multiplicidade cala fundo nas pessoas, é um lugar vibrante e estranho. Normalmente, os imigrantes que se mudam para cá geração após geração desconhecem a história do lugar; esperam-nos as pontas das torres das igrejas e os incontáveis quarteirões de casas geminadas, os lugares com nomes de pessoas mortas, os próprios nomes em versão anglicana das palavras usadas pelos pioneiros holandeses que tomaram aquela ponta de terra verdejante onde o rio Hudson desemboca no Atlântico, onde os índios canarsi, uma ramificação dos algonquianos da costa, viveram isolados durante séculos, e onde mais tarde os ingleses forçaram George Washington a recuar para a bruma que recobre o rio East a bordo de uma barcaça de madeira. Onde o meu famoso ancestral deixava-se ficar na orla sentindo o vento chicotear-lhe a barba e os cabelos rebeldes, enquanto cantava sua elegia celebratória da América e comia a bunda de jovens marinheiros nos bares. Onde milhares de meninos italianos recém-saídos dos salões de triagem de Ellis Island aprenderam a manusear com destreza a colher de pedreiro e a argamassar impecavelmente paredes de tijolos. Quarteirões e quarteirões de prédios de tijolo aparente sob a espessa névoa metálica, longos feixes de luz do sol flutuando entrecruzados sobre as ruas, carros parando e avançando como células de sangue de um coração imenso e gordo, as árvores sempre morrendo, algumas delas velhos plátanos importados de Londres que espalham seu córtex enrugado sobre as calçadas, como se fossem de cera derretida, enquanto crianças brincam por perto, apenas crianças ainda, observadas solenemente por mulheres velhas, barrigudas, cadeirudas. Quinze metros abaixo disso tudo, o funcionário que vende moedas do metrô coloca objetos perdidos colados à janela de vidro do guichê, para que as pessoas possam vê-los e reclamá-los: uma carteira de estudante, um molho de chaves, um anel de noivado vagabundo. Com um rápido meneio o funcionário cumprimenta o jovem policial que por superstição mantém uma foto da namorada colada na face interna do quepe. Vi isso e vi também duas dúzias de homens negros batendo tambores e chacoalhando cabaças no lado jamaicano do parque Prospect, um pulsante círculo de ritmo rodeado por centenas de curiosos e algumas dúzias de dançarinas febricitantes movidas pelo violento turbilhão sonoro, enquanto ambulantes ofereciam frango frito embrulhado em papel alumínio e conservado em geladeiras de isopor. No Brooklyn, ninguém se sente culpado pelos desejos que tem. Já vi pessoas fazendo fila para usar um telefone celular roubado: dez pratas, ligue para qualquer lugar do mundo. E o asilo de Fort Greene, onde chinesas velhas de cabelos ralos tomam sua dose diária de sol, com frascos cirúrgicos pendurados nas cadeiras de roda gotejando Deus sabe o que em suas veias, e sacos plásticos sob seus corpos sendo enchidos de líquido amarelo vindo através de uma sonda. Vi todas essas coisas ao longo dos anos, sei dessas coisas mesmo que delas não me lembre: o advogado com respiração sibilante pintando os horrores do acidente de carro perante o júri no fórum; o refugiado salvadorenho — talvez um imigrante ilegal — e sua mente assombrada por horrores (a mutilação do irmão, a cova rasa), descascando silenciosamente camadas de tinta à base de chumbo das requintadas cornijas de madeira da casa de um multimilionário em Brooklyn Heights, o refugiado sozinho e querendo a solidão, nem mesmo um rádio queria, feliz num ambiente cheio de gases tóxicos; e o assaltante espreitando a vítima, parada em frente ao prédio de apartamentos procurando a chave dentro da bolsa, esperando a voz interna que lhe diria para puxar a faca e avançar; e o motorista de ônibus aposentado, colocando as cartas na mesa para jogar canastra no terraço do seu apartamento de frente para o mar em Bay Ridge, a aposentadoria garantida, um homem que uma vez viu o brookliniano da gema Jackie Gleason saindo de um Cadillac branco conversível, e agora, de repente, ao ligar a TV, tosse surpreso e cai morto, as cartas escorregam de suas mãos, esvoaçam sobre a grade do terraço e descem flutuando, vermelhas e brancas, vermelhas e brancas...

Tudo isso compõe o cerne da alma do Brooklyn; o padre se barbeando cuidadosamente antes da missa de domingo, perdoando a si mesmo por se masturbar (pior ainda, com devassidão e sem culpa); e, na ala de diabéticos do hospital, um salão repleto de negras obesas sexagenárias, deitadas em suas camas, cacarejando, fofocando, convocando o Senhor, esperando as respectivas amputações abaixo do joelho; e o comerciante coreano mostrando ao parente recém-chegado como dar de ombros quando o freguês reclama que estão faltando dez centavos no troco; e o mexicano que diariamente desbasta as flores em frente daquela mesma loja, lembrando da mãe que ficou na Cidade do México morando em cima da padaria; e a contato de publicidade nadando às cinco da manhã na piscina do clube, rezando fervorosamente em silêncio para conseguir a conta do distribuidor de carros japoneses. E o homem de Bangladesh, sentado de cócoras ao sol, encostado na parede de tijolo aparente, lembrando a massa de pastel ainda úmida, esticada na parede da casa de sua família sob o sol abrasador do subcontinente indiano; e o subgerente do Chase Manhattan que percebe a pequena mancha de sangue no peitoril da janela de sua casa para logo depois esquecê-la, junto com as manchetes do dia, e sai para acompanhar o filho até a escola St. Ann, onde o menino cursa a segunda série. E um juiz no fórum central do Brooklyn, observando uma mosca experimentar a ponta de um dossiê contendo as oitocentas páginas de um processo em que a máfia é acusada de manipular o sindicato de limpadores de janela da cidade, pensando que sabedoria e corrupção pessoal podem às vezes conviver em um mesmo homem; e um sujeito bêbado, dançando de terror e prazer no terraço de sua casa em Park Slope enquanto embaixo, sob três andares revestidos de pisos de carvalho de mais de cem anos, uma mulher de cabelos escuros e rosto impetuoso e belo se pergunta por que agora está vivendo na casa de um estranho e pensa no marido, que, ela sabe, ainda a ama de um jeito em muitos aspectos incompreensível e a cada dia perfura os buracos por onde passam diversões eletrônicas baratas, se pergunta onde está sua mulher e deseja conseguir vender num domingo qualquer um ou dois carros aos fodidos e otários que aparecem na loja, sentindo que o tempo corre contra ele — como corria contra todos nós: ele, nós, Dolores, Maria, Hector e eu, flocos vivos da alma dura e pesada do Brooklyn.

Acordei no terraço da minha casa às quatro da manhã, tremendo, nauseado, com dores no corpo; a garrafa vazia rolara para dentro da calha e eu desci a escada lentamente. As pressões estão começando a te derrubar, pensei, você está bebendo demais e anda estranho. Engoli um quarto de frasco de Mylanta e dormi por algumas horas; Maria entrou no meu quarto e ficou assistindo à *Vila Sésamo* enquanto eu me transformava no homem de terno, que é como me entendo como ser humano. Pouco depois de tomar café, levantei-me da mesa e, como costumava dizer a Liz, disse a Dolores: "Estarei em casa lá pelas nove."

Dolores penteava o cabelo de Maria. "Tudo bem."

"Só estou dizendo isso pra que você saiba."

"Precisa de alguma coisa?", disse ela, referindo-se à mercearia.

"Não. Sim. Que tal se uma dessas manhãs a gente comesse cereais no café?"

"Você quer?"

"Sim, quero sim. É o que eu como no café desde pequeno."

À medida que a mãe penteava seus cabelos, Maria ia lhe dando uma a uma as presilhas de plástico. Percebi que estava usando a mesma calça do dia anterior. Dolores planejava levar Maria ao parque e ocorreu-me que lá todas as crianças estariam usando roupas novas, de cores vivas, compradas nas melhores lojas.

"Você tem roupas suficientes para ela?", perguntei.

"Tenho aquelas peças novas, mas preciso lavar quase diariamente."

"Gostaria de dar algumas roupas a Maria", disse eu. "Um enxoval completo."

"Posso garantir que alguns pares de meias seriam bem-vindos, e também..."

"Não, estou falando do conjunto completo. Meias, sapatos, vestidinhos, calças, tudo de que as menininhas precisam. Dez vestidos, dez de tudo. Quero que você vá até a Macy's, em Manhattan..."

"Na Macy's vai sair caro demais, Jack."

"Quanto?"

"Essas coisas custam muito dinheiro, principalmente os sapatos. Sapato de criança custa *muito* caro."

"Gaste", eu disse. "Vá e compre tudo o que for necessário. E compre roupas decentes, não porcarias em promoção. Vá e compre para Maria o que há de melhor." Tirei a carteira do bolso. "Pegue o meu cartão."

"Não vão aceitar." Dolores balançou a cabeça. "Não sou sua esposa nem nada."

"Então leve este." Dei a ela o meu American Express Gold Card. "Não vão perguntar nada. Considera-se um insulto ao cliente."

Ela pegou o cartão e ficou olhando para ele. "Não posso fazer isto."

"Por que não?"

Dolores me olhou.

"Eu só quero que Maria fique bem, Dolores."

"É muito dinheiro."

"É apenas *dinheiro*. E eu tenho muito dinheiro. Maria precisa de roupas. Seria bom que as tivesse. Isso me deixaria feliz."

"Bem, neste caso, será que eu poderia comprar algumas coisas?" perguntou Dolores. "É que eu preciso de..."

"Para você? Claro. Vá e compre. Compre tudo. Tome um banho de loja. Pegue um táxi na volta. Sério. Vá e divirta-se."

"Isso não vai sair barato", alertou. "Sério, a conta vai ser alta demais, Jack."

Naquela manhã, naquele momento, eu tinha mais de setenta e nove mil e quatrocentos dólares na minha conta remunerada. Mas não contei isso a ela.

"Será que Maria não deveria começar a ir a alguma espécie de jardim-de-infância?", continuei. "Tem um monte de escolinhas no bairro."

"Talvez fosse bom. Umas duas vezes por semana, para ter contato com outras pessoas, aprender a ler, essas coisas. Mas isso também custa dinheiro."

"Por que você não a matricula?", propus. "Acho que há uma meia dúzia de escolas no bairro. Escolha a que achar melhor e pronto."

Dolores me encarou e logo a seguir desviou o olhar.

Cheguei a colocar a mão em seu ombro para que me olhasse. Ela não rechaçou o toque. "Você não entende, Dolores. Dinheiro não é problema. A conta *não vai* ser alta demais."

"Por quê? Por que você diz isso?", perguntou ela, com expressão confusa.

Pensei então em Liz na morgue do Columbia Presbyterian Medical Center, o corpo cinzento, frio e rígido. E pensei também em seu assassino, Roynell Wilkes, as notas de cem novinhas enfiadas na boca. "Por quê, Dolores?", disse enquanto abria a porta da frente para sair. "Porque a conta já foi paga há muito tempo."

Mais tarde, no escritório, lembrei das palavras de Hector — Eu antes cagava de medo de cachorro, agora não. *Se pagassem bem, eu viveria de matar esses malditos* — e pedi a Helen que ligasse para o vice-presidente de divisão da Big Apple Cable, um cinqüentão sempre cordato chamado Harry Janklow que eu conhecera na assembléia anual de acionistas, uma encenação grandiosa para um jogo de cartas marcadas. Janklow agora sabia que jamais conseguiria subir mais alto na companhia e, quando nos conhecemos, examinou-me para ver o que eu tinha que a ele faltava. Pelo telefone expliquei que precisava ver a ficha pessoal de um de seus funcionários, Hector Salcines. Ele, é claro, quis saber para quê.

"É um motivo idiota", reclamei. "Estamos aqui com uns consultores que estão avaliando a rapidez do nosso fluxo de informações, não apenas as importantes, mas as coisas mais do dia-a-dia. Estão dizendo que há excesso de burocracia na organização e querem começar a extinguir departamentos. Morrison disse que poderia ter em mãos qualquer informação sobre a companhia em menos de vinte e quatro horas."

"Ele disse isso? É lorota pura."

"Sim, mas foi o que ele disse. Em nossa reunião da semana passada." Eu sabia que Janklow só tomava conhecimento do que se passava no trigésimo nono andar por meio da leitura diária dos cadernos de negócios dos jornais e do zunzum habitual, rumores distorcidos e de vigésima mão. Ele estava muito abaixo.

"E que outras coisas eles pediram?"

"Bobagens. Como o total faturado pela divisão de gravações no mercado do sul da Califórnia na última sexta-feira."

Senti hesitação na voz de Janklow, o temor de concordar com uma solicitação estranha e que contrariava as normas. Ele não estava preocupado com Hector Salcines, é claro; apenas não queria problemas para o seu lado. Resolvi então puxar o anzol com mais força: "E olhe que não é só com vocês", acrescentei. "Vários departamentos da Corporação estão sendo usados no teste. Morrison quer que eu apresente um relatório sobre a agilidade do nosso fluxo de informações. Ele acha que tem condições de identificar as divisões mais fracas neste quesito."

"*Entendi*", disse Janklow, feliz por ter sido informado. "O que é mesmo que ele quer?"

"Eles pegaram a listagem geral de empregados, um calhamaço gigante, e selecionaram um nome aleatoriamente. O cara apenas abriu numa página qualquer, como se fosse uma lista telefônica, e escolheu... deixe-me confirmar aqui o nome — achei, Hector Salcines."

"E qual é a urgência disso?"

"Amanhã de manhã."

"Não vai ser difícil. Vou pedir à minha secretária que mande para você."

"Perfeito."

"Algum documento ou parte específica do dossiê?"

"Não, mande tudo. A ficha de solicitação de emprego, o que tiver na pasta, o dossiê completo desse tal de Salcines."

"Pode deixar comigo."

E deixei mesmo. Como a maioria das pessoas, ele precisava agradar os chefes.

Às oito horas, atravessei o corredor até o outro lado do andar e parei diante da sra. Marsh, entretida regando a planta sobre sua mesa.

"Gostaria de falar com o Presidente", disse.

"Lamento mas ele não está disponível no momento", disse ela amavelmente, como se não se lembrasse da nossa conversa da sexta-feira anterior. "Ele está no meio de um compromisso."

Olhei para ela.

"Corta essa."

"Ele está em reunião."

Desta vez eu não queria ser inconveniente. "Sei exatamente com quem é esta reunião e sei que posso falar com ele agora."

A sra. Marsh ergueu as sobrancelhas. "Tenho minhas dúvidas."

"A reunião é dos sapatos dele com o engraxate."

O queixo da sra. Marsh caiu — a boca aberta, um buraco ovalado de borda vermelha — e eu aproveitei a chance para passar por ela e entrar na sala do Presidente. Lá estava ele, lendo o mesmo Trollope, os sapatos entregues aos panos de Robinson.

"Bom dia", eu disse. "Gostaria de conversar com o senhor por alguns minutos."

O Presidente virou a cabeça.

"Muito bem!", exclamou, como se ele mesmo tivesse tido a idéia. "Vamos conversar. Sobre o quê? O que você quiser. Não sei como passou pela senhora Marsh, ela deve tê-lo em altíssima conta."

Robinson levantou-se, pronto o serviço, e mexeu rapidamente a cabeça.

"Obrigado, Freddie."

Robinson provavelmente se lembrava da nossa conversa na sexta-feira anterior. Saiu sem olhar para mim.

A sra. Marsh entrou na sala calçando os seus sapatos macios e, olhando-me com venenosa cortesia, apresentou alguns papéis ao Presidente. "Este é o acordo do advogado", indicou ela quase num sussurro, "assine em três lugares... bom... e... a carta para o tal professor Zacks..."

"O historiador?"

"Sim."

"Fizemos a doação dos livros de que ele precisa?"

"Sim."

O Presidente voltou-se para mim. "Sujeito notável. Comprei um livro raro em Londres vinte anos atrás — um relato dos hábitos das cortesãs parisienses no século XVIII — e ele conseguiu me localizar."

"Esta é a carta com resposta negativa ao senhor Hitt", continuou a sra. Marsh, como se estivesse cochichando. Ela estava bem ao lado dele, usando uma blusa lavada com alvejante, cheirando a sabão.

"Este sujeito", explicou o Presidente, "tem um programa no canal educativo, debates e entrevistas. Não posso participar. Ele é esperto demais para mim." Voltou então às cartas. "E esta é a do presidente da universidade?"

"Sim."

"Aqui?"

"Sim", e assinou conforme indicado. A sra. Marsh comandava a vida dele. "O carro já está à sua espera", disse ela.

"Estou de saída, Jack, tinha me esquecido. Por que você não vem comigo até o heliporto?", sugeriu ele pegando a pasta. "Gostaria de ter companhia."

"Para onde o senhor está indo?", perguntei em tom camarada.

"Vou fazer uma palestra na faculdade da minha neta."

"E qual vai ser o discurso?"

"Ainda não li o que escreveram para mim. Globalização, as mudanças na economia americana, você sabe, o de sempre. O que se considera inteligente nestes tempos. Preparado ao ponto."

Descemos pelo elevador até a garagem. O Presidente não disse nada.

"O senhor compreende o meu problema, não?", disse eu tateando o terreno. "Por que preciso de um tempo para conversar com o senhor?"

Ele observava o pisca-pisca dos números vermelhos no painel digital que indicava os andares.

"Não, não estou muito certo de que compreendo."

"Fui incumbido de encetar a discussão de um assunto, chegamos a falar sobre a questão na outra noite..."

"Não estou lembrado", disse ele.

Talvez não estivesse mesmo. Ele bebera um volume brutal de álcool naquele dia e talvez tivesse continuado a beber depois que fui embora. O carro estava estacionado no meio-fio, perto da porta do elevador, e nós nos acomodamos de frente um para o outro. Um minuto depois, estávamos ziguezagueando pelo trânsito rumo à zona leste.

"Como o senhor sem dúvida sabe", comecei, "há muitas possibilidades novas de mercados ao redor do mundo. Alguns desses mercados já estão sendo explorados, outros não. Duas outras companhias internacionais detêm ótimos mercados complementares, isto é, complementares em relação aos nossos..."

"Nós conversamos sobre isso?"

"Sim."

"Não lembro."

"O senhor até começou a contestar..."

As pálpebras do Presidente se entrecerraram e achei que ele estava me induzindo a falar. "Eu não lhe disse alguma coisa relacionada a terror?", perguntou ele com indiferença. "Alguma coisa neste sentido?"

O carro conseguiu cruzar a Terceira Avenida e parou no sinal. Observamos as mulheres e os malabarismos do vento em suas saias. Adoro o pequeno vale feminino formado pela junção das pernas com o baixo ventre. O Presidente também olhava as mulheres. Decidi entrar de sola. "Preciso falar sobre uma proposta de fusão desta companhia com a Volkman-Sakura", disse. "É para isto que fui designado. O senhor já sabe. Mas acho que não quer falar sobre o assunto."

"Olhe", interrompeu-me o Presidente, "eu hoje percebi uma coisa. Percebi que a incerteza funciona muito como a física clássica." Ele estava me empatando, como um boxeador que segura o outro num *clinch* tão apertado que o adversário não consegue desferir nenhum golpe. "A incerteza — se quiser pode chamá-la de risco — é transferida de um lado para outro. É a base do raciocínio das seguradoras, mas tem... tem um quê de *plasticidade*, uma sutil plasticidade. Podemos transferir riscos de uma pessoa para outra, podemos influenciar outras pessoas a assumir nossos riscos..." Seus olhos acompanhavam os pedestres na calçada. "Nós..."

"Estou pedindo uma hora do seu tempo", insisti, "noventa minutos, não mais. Qualquer dia desta semana. Vou fazer meu lance. Fui escalado para fazer isto."

"Não", disse ele com frieza. "Você foi escalado para fazer o que eu mandar. Falar quando solicitado. Permanecer em silêncio quando solicitado."

Cheio de raiva e vergonha, virei a cara e fiquei olhando pela janela. O carro agora deslizava ao longo do rio East. Chegamos ao heliporto e o Presidente esperou até que suas malas fossem colocadas no helicóptero. Pegou um cigarro, colocou-o na boca e voltou-se para mim. Os motores do helicóptero começaram a zunir. Aqueles olhos azuis perfuravam os meus.

"Parece que o senhor gosta de ficar me espezinhando", balbuciei.

"Não", disse ele. "É muito desagradável. Mas o senhor Morrison, o *seu* senhor Morrison, está, como você diz, cutucando a *mim*." Apoiado na porta aberta, acendeu o cigarro com um isqueiro. "Preferiria dizer que ele está 'me fodendo'. Esta seria a expressão correta. O senhor Morrison está querendo *foder* comigo. Assim fica mais claro, não acha?"

Fiquei assustado. "Uma hora", eu disse. "Apenas uma hora, eu e o senhor, sem a senhora Marsh por perto."

"Ela ficou com uma impressão bastante negativa de você."

"*Uma* hora."

O Presidente olhou o cigarro e deu uma última e profunda tragada, os olhos parcialmente fechados enquanto a fumaça saía. "Você já está agendado. Quinta-feira, às dezoito horas. Até lá, meu amigo aterrorizado, devo dizer que, assim como eu descobri por que você foi mandado a *mim*, não lhe faria mal descobrir por que *você* foi mandado a mim."

O jogo estava evoluindo: no espaço de duas semanas, Morrison me incumbira de investigar a Volkman-Sakura, cujos executivos — depois de assistir a todas as peças da Broadway, comer nos melhores restaurantes e, sem dúvida, experimentar os serviços das melhores garotas de programa — estavam agora negociando com firmeza; o Presidente permitira que eu o investigasse, a mando de Morrison; e eu mesmo estava investigando Hector Salcines, que, estranhamente, ainda não havia usado o número de telefone que Ahmed lhe dera e cuja esposa belíssima estava agora aprendendo a viver na minha casa do Brooklyn.

Eu tinha muito com o que me preocupar. Mas o tempo estava bom, o Mets dava a impressão de que conseguiria vencer algumas partidas e, mais importante, enquanto do lado de fora as folhas despontavam nas árvores da minha rua, Dolores e Maria iam rapidamente criando os primeiros hábitos de uma nova vida, dando a impressão de terem esquecido as turbulências que as empurraram para minha porta. Comecei a tropeçar em brinquedinhos largados pela casa e a descobrir que durante o dia Maria tirava do lugar alguns dos meus pertences; meus melhores sapatos viviam agora nos pés de ursinhos de pelúcia e minhas camisas engomadas apareciam dispostas sobre a cama, como cartas de baralho. Também Dolores começou a mudar as coisas de lugar — a torradeira agora estava ligada em uma outra tomada da cozinha, os talheres distribuídos em ordem na gaveta — pela primeira vez na vida, garfos, colheres e facas ocupavam compartimentos diferentes. Eu não disse nada, e ela entendeu meu silêncio como sinal de aprovação. A cada dia parecia melhor e mais feliz. A palidez sumira de seu rosto. O olho havia sarado e ela ganhara peso — notei especialmente os seios e o quadril —, o que a tornava ainda mais gostosa. Era difícil não ficar olhando. É claro que vivia pensando em transar com ela, mas sempre me forçava a lembrar o que ela havia dito naquela primeira noite em minha casa. Em determinado momento, porém, percebi que a situação continuava emocionalmente volátil; uma noite, quando ajudava a mãe a pôr a mesa, Maria tirou do armário quatro pratos, colocou-os com cuidado nos lugares e disse, quase em surdina: "Talvez se eu colocar um prato aqui o papai vem". Olhou esperançosa para a mãe, que respondeu com frieza: "Maria, mamãe já falou com você sobre isso". E nada mais foi dito. Nenhum de nós olhou para o outro. Maria não chorou. Meu coração chorou por ela.

Mas esse foi apenas um momento triste em meio à grande atividade que marcava o nascimento de um novo lar. Dolores perguntou-me se podia encarregar-se das compras, já que não tinha muito a fazer exceto levar Maria ao parque de tarde. Dei-lhe então meu cartão do supermercado e no dia seguinte encontrei a cozinha abastecida de uma nova variedade de alimentos, totalmente diferentes das coisas insossas e pouco criativas que eu costumava comprar. Nosso cardápio agora incluía delícias como *tostones*, *rojas*, feijão roxinho e um prato que ela chamava de *mofongo*, uma especialidade porto-riquenha feita com banana plátano frita, feijão e porco ao molho de caldo de galinha. A casa estava com um cheiro diferente, um cheiro gostoso. Todos os dias, às seis e meia, eu ouvia os pezinhos de Maria subindo a escada. "Acorda, Jack!", ordenava ela alegremente. Ao sair do banho, já vestido, ainda a encontrava no meu quarto e pedia-lhe que escolhesse uma gravata para mim. Depois, segurando-a com cuidado, descia as escadas levando-a no colo. Na cozinha, o rádio tocava salsas e marimbas e eu comia saborosas torradas de tempero jamaicano junto com cereais ou os ovos que Dolores continuou fazendo para mim, fritos ou mexidos. Liz havia morrido há tanto tempo que eu já não lembrava o que era rotina doméstica — o som da água jorrando de uma torneira em outro ponto da casa, uma porta sendo fechada em outro andar, a necessidade de levar o lixo para fora mais de uma vez por semana. A conta de luz aumentou três vezes, resultado do abrir e fechar da geladeira, da TV ligada durante o dia, do liquidificador usado com mais freqüência por Dolores, das luzes que Maria se esquecia de apagar. Também a conta do gás aumentou — fogão e aquecimento de água. Eu estava adorando. Aonde ia dar eu não sabia. Mas estava feliz. Na verdade, fazia tempo que não me sentia assim.

Mas isso não era tudo. Muito mais estava por vir, como descobri ao perceber que a casa ia ficando cada vez mais quente, como sempre acontecia no início de maio. Segundo a explicação da velha senhora Cronister, o defeito era causado pela localização dos bordos, que haviam sido plantados muito nos fundos do jardim; nessa época do ano, o sol batia na parte de trás da casa durante a maior parte do dia. Embora na construção não houvesse ar-condicionado central, existia, acoplado à caldeira, um ventilador elétrico que deveria fazer circular o ar pelas saídas nas paredes. Mas o ventilador não estava funcionando. Numa daquelas noites, cheguei do trabalho quase de madrugada e resolvi dar uma olhada no problema. Passei pelo apartamento de Dolores e Maria — era de se esperar, a porta estava fechada. Estavam ambas dormindo e eu continuei descendo a escada até o porão. Era um lugar frio e escuro; se você caminhasse até o canto próximo à rua e raspasse os dedos no centenário piso de concreto, ainda encontraria pequenos pedaços de carvão, remanescentes da época em que as carroças dos carvoeiros costumavam despejar sua carga pela janelinha aberta no mesmo nível da rua, na frente da casa. Eu tinha decidido não varrer dali aqueles restos, gostava da sensação de proteção que ofereciam, da história que abrigavam. Mexi em várias partes do ventilador mas não consegui fazê-lo funcionar. Fui seguindo a fiação velha e desgastada ao longo do teto do porão, em direção ao cabo principal, passando por canos de água quente e fios telefônicos inativos, e, quando caminhava com os olhos atentos aos pilares e vigas do andar acima, parei bem embaixo do quarto de Dolores e ouvia-a dizer: “Ah, tesão, meu tesão”. Depois, silêncio. Não havia telefone naquele quarto. O som escapara através de uma entrada de ar que desembocava num duto de alumínio através do qual a voz viajava perfeitamente, incólume. Ouvi-a tornar a falar, apenas um ruído, insistente, intenso, quase um choro, como se ela estivesse machucada. Depois, o silêncio e o leve ranger de uma mola da cama. Em seguida um novo choro e um som grave, gutural, uma voz que eu nunca ouvira sair de sua boca. “Ah, tesão, meu tesão.”

Dolores estava se masturbando. Não havia dúvida. Os sons recomeçaram, as molas rangendo levemente. Em quem ela estaria pensando? Hector? Outra pessoa? Meu pescoço doía enquanto eu olhava na direção das velhas vigas. Controlei a respiração, temeroso de que ela me ouvisse ali, bem abaixo dela. Dolores Salcines estava renascendo.

9

"Quer ver o que consegui?", perguntou-me DiFrancesco pelo telefone, com um leve chiado na voz. "Estou instalado e começando a pegar algumas coisas."

"É em alemão?"

"Parece que sim. Acho bom você trazer o dicionário."

"Me mande os faxes por mensageiro."

"Não. Mensageiros sempre fazem relatórios minuciosos."

Eu só poderia ter acesso aos faxes interceptados se fosse buscá-los pessoalmente, insistiu DiFrancesco. Questão de segurança. Acabei anotando o endereço e peguei um táxi para a rua do Canal, em Chinatown, onde é possível comprar qualquer coisa, inteira ou em partes, na calçada mesmo. Já vi blocos de motor à venda ali, pinças odontológicas, cartuchos de espingarda (sem carga), sonares para lanchas, botões de plástico por milhar de grosa. No cartão estava escrito: DIFRANCESCO EMPREENDIMENTOS, 568A RUA DO CANAL. O número 568 era uma porta de metal chapado, vizinha a uma peixaria. Estava trancada. Vi um botão de campainha e apertei duas vezes. A porta abriu menos de dois centímetros.

"Oquecequer?"

Um olho movia-se furtivamente atrás da porta. Eu estava bem-vestido demais para parecer um investigador e de maneira conservadora demais para parecer um membro da máfia.

"Estou procurando esta pessoa."

Coloquei o cartão diante da fresta. A porta foi aberta mais alguns centímetros, uma mão saiu e agarrou o cartão, a porta foi fechada e eu ouvi o estalido metálico de uma tranca. Bati na porta. Nada. Tudo cheirava a peixe. Recuei dois passos na calçada e olhei as janelas do segundo e do terceiro andar; uma delas estava lacrada com compensado, deixando passar apenas uma chaminé improvisada que expelia fumaça branca de quando em quando. Esse tipo de prédio abrigava toda espécie de atividade ilegal. O fato de eu estar ali era absurdo, não é assim que empresas multinacionais conduzem seus negócios. E, pior ainda, enquanto eu estava ali, Beales estava no Plaza junto com a equipe de negociadores.

"Ei, você! Senhor, moço!", chamou uma voz. Uma mulher chinesa de mais ou menos cinqüenta anos acenou para mim e eu a segui, entrando na loja vizinha, passando por compressores de ar, caixas de cebola, cadeiras de praia e um pequeno escritório onde várias crianças brincavam. Ela parou em frente a um poço de escada e apontou para cima. A aparência não era promissora; era o tipo de escada por onde otários vestidos em ternos finos e com carteiras cheias de cartões de crédito nunca deveriam passar. Mas ela continuou gesticulando com insistência e, de alguma dobra do vestido, tirou o cartão de visita que eu tinha enfiado na fresta da porta minutos antes. Acabei subindo as escadas, os pés batendo pesadamente contra os degraus velhos. Chegando ao topo, deparei com uma porta coberta por adesivos do Grateful Dead. Bati.

"Tá aberto!", avisou DiFrancesco.

Empurrei e entrei. Debruçado diante de mais ou menos uma dúzia de computadores, metade dos quais sem os gabinetes, DiFrancesco digitava furiosamente, vestindo apenas gigantescos calções pretos com a inscrição UNIVERSITY OF IOWA HAWKEYES. Sua barba estava presa com um elástico, formando uma espécie de rabo-de-cavalo. Sobre sua imensa barriga repousava um terço de ouro. Cerca de quinhentas latinhas de Pepsi vazias emporcalhavam a saleta.

"Então você veio correndo até o centro para pegar alguns exemplares de pilantragem", disse ele com voz chiante, sem tirar os olhos da tela.

"Percebo que estou diante do verdadeiro DiFrancesco."

Ele riu. "Percebeu certo."

"É aqui que você trabalha?"

"Meu *sanctum insanitorium.*"

"Para companhias multinacionais do mundo inteiro?"

"Mhmmm."

"O que você está fazendo?"

"Uma traquitanatomia para escapar de uma situação cem por cento adversa." Ele digitava com voracidade.

"Você quer dizer que está tendo problemas?"

"Essa bosta de caixa de mágicas não se adapta bem aqui em Chinatown. Muita energia suja."

Acho que ele estava falando do computador. "Aliás, por que você está em Chinatown?"

"Porque essa chinesada consegue esconder qualquer um aqui", disse ele apertando um botão no computador e girando sobre a cadeira. "Talvez você não saiba, mas os chinas são o povo mais esperto do mundo, exceto pelos viciados em crack e em telefone. Eu não sou tão esperto. Tirando computadores, sou o sujeito mais burro que já conheci. Por isso deixo que a chinesada me esconda." Ele agora estava mexendo num cabo. "Também são ruins como o diabo quando querem ser. As gangues daqui são as mais barra-pesada do mundo."

"Ainda não entendi", eu disse. "Você trabalha para companhias como a minha *daqui*?"

"Não, não tecnicamente. Quer dizer, tecnicamente sim. Mas não no papel." DiFrancesco sacudiu os imensos ombros. "É tudo bogodinâmica quantum", disse ele. "Quando você tem isso, tem praticamente o que quiser."

"Por que você diz que está escondido? Te encontrei sem dificuldade."

"Tá vendo todas aquelas engenhocas e teclados?" Ele apontou os computadores empilhados. "Consomem algo em torno de seiscentos quilowatts de eletricidade por mês. Eu não pago a conta — não *existe* conta. Estou ligado à cidade. Os chinas conseguem fazer isso, embora boa parte da energia seja de baixa qualidade. Muito ruim para eletro-info-seqüestros. Quem cavou a trilha de Ho Chi Min consegue fazer o que quiser em Nova York."

"Foram os vietnamitas e vietcongues que construíram a trilha de Ho Chi Min, não os chineses", eu disse.

Ele me ignorou. "Tá vendo aquele fio ali? O que dá no fax? A companhia telefônica pensa que é um telefone público."

"E o que acontece quando eles mandam o funcionário que recolhe as moedas?"

"Eles não mandam, porque eu posso entrar eletronicamente na programação para a estação que cobre esta área e dizer ao computador deles que esta unidade já foi atendida." Ele se levantou da cadeira e caminhou até outra mesa. Eu o segui. "Ahh, não repare nas coisas sobre a mesa; não quero que você tenha uma opinião desfavorável sobre o meu caráter", disse DiFrancesco. Eu, é claro, olhei assim mesmo e vi uma pilha de vídeos pornográficos, todos em suas vistosas caixas. "Ahh, eu sabia que você ia olhar."

"Acredite, para mim isso não tem a menor importância", eu disse.

"Sei que é errado, mas não consigo me controlar. Sou um sujeito solitário e sujeitos solitários são forçados a bater punheta o tempo todo."

"A propósito, como é que você está sendo pago?"

"Através de algumas técnicas de manipulação automágica."

"E quais seriam elas?"

Ele deu de ombros. "Vocês têm um imenso refeitório ou coisa parecida no sexto andar, certo?"

Algumas centenas de funcionários comiam lá diariamente. Olhei o relógio. "Sim."

"E vocês têm um restaurante para execudróides no qüingentésimo andar, certo?" É claro que não existia edifício tão alto. "Pois é, talvez eles tenham que comprar uma grande quantidade de peixe por semana. Peixe-espada para os execudróides mais executivamente *executivos*, e alguma espécie de peixe-lixo, bacalhau ou coisa do tipo, para o resto, certo? Talvez eles comprem peixe de algum dos meus amigos chinas aqui de baixo. Talvez dêem a impressão de que compraram o peixe dos chinas, com solicitação de compra e toda a papelada, e a maior parte do dinheiro acaba vindo para mim."

Eu não conseguia conceber que Morrison fosse o autor de um esquema tão ridículo. "Você está inventando tudo isso."

"Não, é você que está num campo potencialmente pantanoso. Você acha que eu estou falando absurdo? Toda porcaria de corporação tem um engravatado que fica sentado em uma sala mandando o computador pagar as contas. Esses *mainframes* grandes e antigos despejam cheques vinte e quatro horas por dia, isto é, uns duzentos por hora. Basta apenas mandar uma fatura para o departamento de faturas com uma assinatura. Coisa simples. Ninguém do ramo peixeiro tem uma contabilidade muito organizada..."

"Otimo", cortei. "E os faxes?"

Ele me entregou uma pasta contendo faxes, todos transmitidos da suíte da VS durante os últimos dias. A VS mandara instalar no hotel equipamentos para processamento de texto em alemão; eu dominava a língua o suficiente para entender o conteúdo das mensagens. A maioria dos faxes, que pareciam ter sido ditados por Waldhausen, era para o homem da VS no Deutsche Bank, o gigantesco banco nacional alemão dedicado ao financiamento de empresas do país. Isto sugeria que a VS tinha onde buscar capital, o que não era nenhuma novidade para nós. Os faxes diziam que, depois dos primeiros dias, as negociações prosseguiam "como previsto, e aceleraremos ou retardaremos conforme suas instruções".

Mas por que os negociadores da VS desejariam retardar o processo? Não consegui entender. Se o negócio da fusão parecesse ruim, eles poderiam a qualquer momento cancelar as tratativas, mas retardar seria apenas desperdiçar tempo e dinheiro de todos, a menos que tivessem um motivo para esperar por um dado novo ou por alguma decisão. O resto dos faxes consistia em cópias de resumos de projeções mercadológicas, que Morrison e os outros haviam passado ao pessoal da VS, além de outras comunicações sobre assuntos de rotina da VS. No entanto, havia duas peças intrigantes; a primeira, uma nota datilografada de Waldhausen para sua esposa: *Liebe Gretchen, Ich vermisse dich sehr mein Schatz. Wir arbeiten schwer und sonst gibt es nicht viel zu tun. Gib Lotte einen Kuss für mich...* "Querida Gretchen", traduzi, "sinto muita saudade, meu bem. Estamos trabalhando duro por aqui, pouco a fazer. Dê um beijo em Lotte por mim. Por favor, peça ao telhador para deixar uma cópia da nota." O segundo fax, escrito a mão por Waldhausen, dizia: *Cornelia, Es ist spät und sicherlich schläfst du also werde ich dich nicht mit einem Anruf wecken...* Este era mais curioso: "Cornelia, é tarde e, como você certamente já está dormindo, não vou ligar para não acordá-la. É possível que você leia esta quando estiver tomando seu desjejum. Estou neste momento no alto de Nova York. É um hotel grande. Eu estou solitário. Sinto saudade de você e anseio pelas nossas tardes tranqüilas. Sonhei ontem à noite que estava fazendo flexões de perna com halteres, como nos tempos da universidade. Pelado. Talvez cem quilos. Eu era capaz de fazer isso naquela época — você só me conheceu depois de velho. E você estava embaixo de mim com a boca aberta. Toda vez que eu me abaixava, Cornelia, seus lábios abertos...” E assim por diante. Aquelas coisas que homens não podem dizer a suas esposas cinqüentonas. Sem dúvida a carta era para a amante de Waldhausen.

“Você tem mais trabalho para mim?”, DiFrancesco perguntou. “Porque se tiver, me dê agora, se não, tenho outras coisas a fazer. Já estou com tudo montado, é automático.”

“Mais trabalho?”

“Isso mesmo, outros números de fax, sei lá.”

Pensei por um instante. Morrison queria que eu obtivesse resultados positivos junto ao Presidente. Peguei minha agenda eletrônica e fui checando os números da Corporação.

“Este aqui.” Apontei para DiFrancesco o número do fax do Presidente. “Entre neste e veja o que consegue.”

“Certo. Onde é que fica?”

“No nosso prédio, trigésimo nono andar.”

Ele olhou para mim. “Tem certeza?”

“Tenho. Você precisa passar pelo PBX?”

“É um Northern Telecom”, disse ele.

“Como você sabe?”

“Vi no saguão de entrada.”

“Você precisa de algum número de acesso especial?”

Depois de pensar por um instante ele anunciou: “Acho que vou conseguir. Vou ter que passar pelo...”.

“Não, não. Não precisa explicar.”

“Tudo bem.”

“Otimo, vamos ver o que mais...” — e dei uma olhada nos números. Telefones da casa de Samantha, do barco, da casa de Beales, da extensão de Morrison no escritório, do fax dele, do fax dele em casa. “Você consegue entrar no fax de uma residência em Connecticut?”, perguntei a DiFrancesco, tomando cuidado para não deixá-lo ver que a casa em questão era a de Morrison.

Ele apertou os olhos. “New England Telephone... muito difícil.”

“Se é impossível, então...”

“Não! Sim! Tenho um amigo especializado em New England.”

“Tem certeza?”

"Vai levar um tempo, mas é possível."

Comecei a juntar os faxes para ir embora.

"Tem mais um probleminha", observou DiFrancesco.

"O que é?"

"Tenho que informar isso para o Shevesky. Preciso fazer um relatório por escrito de toda essa merda para ele."

"Não faça."

"Ligo apenas para você?"

"Sim."

DiFrancesco me olhou, os olhos observadores entendendo tudo. Eu sabia que ele era extraordinariamente inteligente. "Você quer acompanhar as informações que chegam para o seu chefe, o Morrison?"

Com um gesto de cabeça indiquei que sim. "Fiquei com a impressão de que o Shevesky é o intermediário sanguessuga, o parasita que te agencia".

Um grande sorriso abriu-se na caraça de DiFrancesco. "Um intermediário tipo varejeira."

"Ele faria qualquer coisa que o Morrison pedisse, certo?"

"Mesmo que tivesse que ficar de quatro."

"Então o nosso trato fica assim: você liga apenas para mim, não importa a hora." Escrevi num papel o número da minha casa. "Se o Shevesky ligar e quiser saber onde estão os documentos, diga a ele que por ordem minha não haverá relatório dos faxes. Ele não vai reclamar para o Morrison porque tem medo, mas se reclamar eu direi que dei ordens para cancelar os relatórios. Uma última coisa: em nenhuma circunstância diga ao Shevesky que eu te pedi para monitorar esses dois números, combinado?"

DiFrancesco sorriu. "Você vive num mundo sujo, Whitman."

"Cada dia mais sujo, cada dia mais sujo."

De volta ao escritório, estava me perguntando como é que os vidros da janela ficavam tão sujos do lado de fora quando Helen me avisou pelo interfone que um tal de Hector Salcines estava ao telefone querendo falar comigo.

"Diga que estou em reunião."

"Ele ligou três vezes quando você estava fora."

Apertei as mãos na borda da mesa. “Estou em reunião”, disse.

“*Está certo.*”

“Helen, normalmente o que você diz quando atende o telefone?”

“Escritório do senhor Whitman.”

“Foi o que pensei. E o que esse Hector Salcines disse quando ligou?”

“Pediu para falar com Jack.”

“E depois Jack Whitman?”

“Sim.”

“Muito bem, se ele ligar de novo, diga que não estou disponível.”

“Você deseja evitá-lo?”

“Não quero estar nem no mesmo planeta que ele.”

Talvez Hector Salcines tivesse tomado a decisão de me procurar durante o fim-de-semana. Graças a Ahmed, ele agora sabia que o homem que dera abrigo à sua esposa e filha se chamava Jack Whitman. E tinha o número do meu telefone no trabalho. Também não seria de todo errado supô-lo informado de que eu trabalhava na Corporação; se tivesse telefonado numa hora em que Helen não estava, a ligação teria voltado para a telefonista, que sempre atendia dizendo o nome da Corporação. Ele não sabia onde eu morava e, claro, onde estavam Dolores e Maria. Se tentasse descobrir, ligaria para o serviço de auxílio à lista de todos os cinco distritos da cidade e até dos subúrbios e telefonaria para todos os J. ou Jack Whitman listados. Mas isso não funcionaria: desde a morte de Liz eu tinha providenciado que o meu número não constasse na lista. Para mim isso era um aspecto positivo; eu não queria problemas com Hector Salcines. Já era perturbador que ele soubesse onde eu trabalhava.

Naquela noite cheguei tarde em casa. Maria já estava dormindo e Dolores achava-se sentada no tapete da sala, rodeada por álbuns de fotografias minhas e de Liz. Costumávamos tirar muitas fotos — de reuniões com amigos, férias, qualquer coisa. Jack Whitman com cintura de oitenta e um centímetros e óculos mais fracos. As fotos revelavam que eu não seria um velho muito saudável; a pele do meu rosto já apresentava sinais de flacidez, como a de meu pai.

Pendurei o casaco. "Isso foi há tanto tempo...", disse, apontando a pilha de álbuns.

"Gosto delas", disse Dolores em voz baixa, virando uma página. "Você era bem novo. Vocês dois. E ela era bonita."

"Sim."

"Era muito rica?"

"Não, nem um pouco. Cresceu trabalhando num restaurante especializado em lagostas durante as férias de verão."

Contei que Liz tinha sido introduzida no negócio de restaurantes pelo pai, um viúvo de cara amarrada e reprovadora que tocava uma cadeia de restaurantes de lagosta na costa de Massachusetts e Maine. O negócio faliu não muito depois de ele morrer de enfarte, enquanto empurrava um cortador de grama. Analisando retrospectivamente, acho que muitos anos antes o médico o havia alertado de que o coração dele não era dos mais fortes, e, quando ele quis fazer um seguro de vida e a seguradora se recusou, começou a tirar dinheiro dos restaurantes, talvez até enganando os sócios, para ter condições de pagar os estudos de Liz em Harvard. Era um péssimo pai, autoritário demais com a filha e a esposa, mas, depois que ficou viúvo, Liz passou a ser a única coisa com a qual se importava. Deixou-lhe tudo que ainda possuía, o que não era muito: a receita da venda da casa e uma geladeira cheia de cerveja. Liz ficou tremendamente consternada e agarrou-se a mim durante os meses que se seguiram. Mas o pai lhe dera um bom treinamento e pouco depois ela foi contratada para gerenciar um grande restaurante que atendia principalmente empresas; ela adorava chegar cedo ao trabalho e verificar se as compras do dia tinham chegado, se haviam limpado o chão com aspirador durante a noite, se o pão fresco fora entregue, se a lavanderia havia mandado os guardanapos e as toalhas de mesa. É notória a dificuldade de se prosperar no ramo de restaurantes em Nova York, mas Liz mergulhou no projeto com a mesma confiança temerária que a levou até a rua 168, quando já estava escuro, no dia de sua morte.

"Eu *sabia* que ela trabalhava duro", disse Dolores. "De certa forma dá pra perceber pela cara dela." Já fazia um tempo que ela estava ali sentada com os álbuns, assimilando meu passado, meu casamento com Liz. "Vi *todas* as fotos", acrescentou, em tom de brincadeira.

"Todas elas? Oh, algumas..."

"Mmhmm." Ela puxou uma da manga da blusa. "Você está pensando nesta aqui?"

Olhei a foto e congelei — eu a tirara quando Liz estava no terceiro mês. Com a gravidez, os seios de Liz começaram a crescer. Ela estava sem jeito e um pouco envergonhada com as novas dimensões. Eu celebrava aquele presente inesperado, dizendo-lhe que passaria todo o meu tempo livre chupando-lhe e acariciando-lhe os seios, antes que a nova geração conquistasse o prêmio. Quando chegávamos a este ponto da conversa — um assunto freqüente durante a gravidez, visto que o assunto me agradava —, minhas mãos já se divertiam ao redor de cada bico e ela as estapeava alegremente, dizendo que seus seios estavam grandes demais e nem cabiam no sutiã. Eu respondia perguntando quando teria outra oportunidade de apreciar peitos tão magníficos, fortes, fartos, férteis e firmes. Liz não entendia, e eu simplesmente gemia de felicidade: de repente ela se tornara dona de *seios incríveis.* "Como as esculturas eróticas da Índia!", eu exultava. "É preciso prestar atenção *agora* e saber aproveitar, porque, no futuro, eu serei um velho alquebrado com um saco murcho pendurado entre as pernas e você será uma velhota com dois sacos flácidos pendurados no peito!" "Palavras horríveis de se dirigir à esposa grávida", contestava ela sem esconder a satisfação. "Um homem", dizia eu com solenidade, "precisa eternizar algumas memórias para enfrentar o massacre do tempo." Será que me seria permitido tirar algumas fotos daquele torso, como recordação? Minha esposa — lasciva na cama, pudica em outros aspectos — concordou e, numa manhã de sábado, posou ajoelhada entre os lençóis da nossa cama, iluminada pelo sol da manhã que invadia o quarto através da janela, enquanto eu manuseava uma câmera trinta e cinco milímetros. Ela estava sonolenta e brincalhona, um jeito infantil, cabelos recém-penteados. Seus seios pronunciavam-se sólidos e pálidos, tênues deltas de veias sob a pele, as aréolas em torno dos bicos maiores e mais escuras do que antes da gravidez. Na foto, Liz aparece olhando para mim, as sobrancelhas arqueadas em sinal de contentamento, os lábios desenhando um sorriso e uma mão envergonhada pousada no ombro — também a mão está maravilhosa sob a luz do sol —, como se ela estivesse prestes a se cobrir. A aliança de casamento brilha caprichosa e tímida.

Um retrato de felicidade. Mas eu não conseguia olhar a foto sem pensar na última conversa *real* com Liz, uma conversa que, por coincidência, teve a ver com seios, mas de *outra* mulher. Não é uma passagem agradável. Não reflete fielmente o que sou de verdade. Já expus aqui os tristes fatos que cercaram a morte de Liz, mas há um último detalhe sobre o episódio que ainda precisa ser contado. Naquela noite, poucas horas antes da tragédia, Liz e eu conversamos por telefone; ela tinha programado visitar a amiga Susie no hospital, o que não me agradou; para mim, Susie era uma perua velha e chorona que vivia de pensão e, apesar de durante anos anunciar que queria ter filhos, andava sempre de caso com homens casados — encontros breves, no horário do almoço, em hotéis, sem exigências. Ela contribuiu para o desmoronamento de dois casamentos. Sua luta contra o câncer de mama despertou em mim não mais que pena temperada com rancor. "Você está cansada demais para fazer a viagem até lá", eu disse a Liz. "Sério, por que não visitá-la no fim-de-semana? A Susie não vai sair do hospital."

"Quero ir hoje à noite porque ela acabou de ser operada", respondeu Liz. "Você poderia me encontrar no hospital e nós pegaríamos o metrô de volta para casa."

"Mas eu tenho este trabalho."

"Você sempre tem trabalho", observou ela, visivelmente lutando para não perder a paciência. "Você tem *décadas* de trabalho pela frente, Jack. Estamos falando de uma amiga nossa que está com *câncer*."

"Eu sei. Mas preciso acabar este trabalho. Se eu ficar, há uma chance de que o tal do Morrison veja."

"É muito importante para *mim* que você visite a Susie", insistiu Liz. "Ela está péssima. Está cheia de tubos e muito, muito deprimida. Tiraram os dois seios, a mãe dela me contou. Ela não tem ninguém exceto os pais. Aquele cara — qual é o nome dele mesmo? —, aquele idiota com quem ela está transando não quer saber de ir vê-la."

"Não posso ir", disse à minha esposa. "Fui claro?"

"Você está sendo um grande merda", respondeu Liz. "Um merdão, bundão, cagão."

"Eu tenho que fazer este trabalho, Liz."

"Você não foi visitar Susie nem uma *única* vez."

"Desculpe."

Liz suspirou. "Devo chegar em casa lá pelas nove e meia."

"Está bem", eu disse, achando que a raiva dela tinha amainado.

"Jack, só mais uma coisa."

"Sim?"

"Vá se foder."

Ela desligou. Foi a última coisa que Liz me disse. "*Vá se foder.*" Não era a primeira vez que o fazia nem teria sido a última — uma explosão de raiva comum em um casamento normal. Tínhamos passado por muitos momentos como este, alguns precisando de conversa e negociação, a maioria esquecidos rapidamente por ambos. Como disse antes, nosso casamento era bom. Mas, como não tive chance de pedir desculpas, ficou sobre mim o peso da minha desfeita, seu gosto amargo me enchendo a boca de autodesprezo. A falta de afeto nas últimas palavras que dirigi a Liz não era a única coisa que me perturbava; se tivesse agido com mais generosidade, se apenas tivesse decidido ir até o hospital para encontrá-la, talvez tudo pudesse ter sido diferente. Provavelmente teríamos voltado para casa de táxi, porque eu não achava aconselhável que ela ficasse subindo e descendo as escadas das estações do metrô. O fato de a cadeia de causas que desembocou na morte de Liz ter passado, em certo sentido, por minhas mãos tornou-se um poço de dor e sofrimento indizíveis. Susie recuperou-se por completo, recebeu seios novos, maiores e artificialmente firmes, voltou a caçar homens casados e chegou mesmo a ter a cara-de-pau de me dirigir sorrisos insinuantes uma ou duas vezes. Tudo isso confirmava o absurdo que foi a morte de Liz. Passei muitas noites em casa pensando *se eu tivesse...*, prometendo a mim mesmo que se algum dia, de alguma maneira, viesse a me casar de novo, eu seria diferente e nunca mais cometeria o mesmo erro egoísta.

Coloquei a foto de Liz na mão escura e macia de Dolores.

"O que houve?", ela perguntou.

"Só estava pensando."

"No quê?"

Não era fácil dizer. Eu nunca mais havia falado com ninguém sobre o assunto. "Quando esta foto foi tirada minha esposa estava grávida."

"Ela estava grávida?" Dolores reagiu com prontidão, seus olhos escuros procurando os meus. "O que aconteceu com o bebê?"

"Liz estava grávida de oito meses quando foi morta."

"Eles poderiam ter salvo..."

"Não. Teria sido uma menina. Uma bebezinha."

"Você perdeu um *bebê* também?" A voz de Dolores fraquejou e ela se virou para a janela, por onde entrava uma brisa leve. Fiquei ali, imóvel, de novo sufocado pelo pesar da história. Vindo de várias ruas distantes, ouvimos por um momento o som de sirenes. Desejei poder aproximar-me de Dolores e pedir-lhe que me deixasse deitar em seu colo, fechar os olhos e sentir sua mão carinhosa pousada em minha testa. Há anos eu não sabia o que era sentir a mão de uma mulher em minha testa. Dolores olhou-me com rosto sereno e pensativo. Ambos sabíamos que naquele momento ela se equilibrava na fronteira entre a vida que ficara para trás e, com toda a probabilidade, algo muito diferente. Mas então o momento pareceu ter desaparecido. Cansado do dia e triste por ter visto a foto de Liz, comecei a subir as escadas.

"Sua mulher...", disse Dolores às minhas costas. "Ela está feliz nessas fotos. Dá a impressão de que você cuidava bem dela."

"E cuidava mesmo", disse com veemência. "Cuidava dela muito bem."

Mais tarde naquela noite, por volta de uma da manhã, eu estava irrequieto, trepidando na zona cinzenta que separa o sono da vigília. Pela janela do quarto entravam as bordas do clarão da noite urbana e o farfalhar das pereiras velhas, tortas e carregadas de botõezinhos brancos, delicados como as unhas de Maria. Ao redor do mundo fremia incessante a malha de informações globais. Quase dava para sentir, pulsos e bytes invisíveis cruzando o ar, células silenciosas de luz pulsando entre os continentes. É possível perceber as mudanças globais, empresas de computação e fabricantes de eletroeletrônicos — AT&T, Matsushita, Xerox, IBM, Microsoft, Apple —, todos correndo atrás das tecnologias, pressionando a Corporação. Para além de todo barulho que fazia, Morrison sabia disso, sabia que, para a Corporação sobreviver, o Presidente não poderia ser o homem a comandar a arrancada. Deitado na penumbra, sentindo na boca o gosto das partículas de antiácido, imaginei como seria minha reunião com o Presidente no dia seguinte.

Foi quando ouvi o que me havia despertado: um passo na escada escura. As velhas dobradiças da porta rangeram. Virei-me e descobri Dolores ao lado da cama, nua, seu umbigo a dois palmos dos meus olhos, seus seios fartos sobre mim, com sua beleza triste e mortal. O chumaço escuro e espesso de pêlos pubianos sinalizava contundência. Ela se abaixou e apertou-me a cabeça entre as mãos. Percebi que estivera bebendo vinho na cozinha; olhou-me com intensa seriedade — achei que queria estar absolutamente segura de que tudo aconteceria de maneira honesta entre nós —, em seguida puxou as cobertas e entrou na cama. Minha cabeça fervia de sono e meu hálito estava repugnante. Eu hesitei mas ela não. Logo minha cabeça começou a funcionar. Aquela energia inevitável e urgente de repente apareceu. *Não lhe diga nada ainda.* Perguntei-me se ela se sentia obrigada a fazer aquilo. Já se passara tanto tempo, eu queria ir devagar, para poder sintonizar de novo naquela freqüência. Mas Dolores agiu rapidamente, montada sobre mim, pressionando meu peito com intensidade. Depois de longa estiagem, as lembranças foram se fundindo na realidade daquele momento, o úmido movimento para dentro e para fora, a tensão, a respiração, o odor docemente acre de Dolores enchendo o quarto.

Quando rolamos e trocamos de posição, ela pressionou minha bunda com as mãos, forçando o ritmo. Pessoas que acabam de se conhecer raramente trepam com força. É preciso um desejo comum de entrega absoluta, uma certa coragem por parte da mulher. E se você é homem, nunca pode estar certo de que não vai agir com intensidade excessiva, de que não vai puxar com força a nuca da mulher para obter maior alavancagem ou ajustar o quadril num ângulo específico, de modo que ela não consiga em hipótese alguma fechar as pernas. No fundo é o que os homens querem fazer. Todos os homens trazem isso dentro de si. Sem medo, Dolores incentivou-me e deixou que eu avançasse. Suas pernas dobradas agitavam-se sobre nós, as plantas ásperas de seus pés raspando contra as minhas pernas, e eu a tomei com o calor frenético que termina no martelar do coração contra os pulmões.

Deitados em silêncio deglutimos o depois. O suor no meu peito esfriou e percebi meus membros agradavelmente pesados. Abracei Dolores e senti a expansão e retração ritmadas de suas costelas.

"Tenho uma pergunta ridícula", disse ela. "Não é nada romântico, apenas uma coisa em que estive pensando."

"Fale."

"O que é aquela *coisa*?"

"Aquela *coisa*?", perguntei rindo. "Não sabe o que é *aquela* coisa?"

"Não *aquilo*", disse ela divertida. "Posso acabar de falar?"

"Perfeitamente."

"O que é aquela coisa, aquele lugar onde tem um corte na parede da escada? Nunca vi nada assim antes."

"Você está falando do ponto onde a escada faz uma curva à direita e há uma espécie de buraco fundo na parede, uma prateleira meio arredondada, encravada na parede?"

"É."

"É a chamada 'curva do caixão'", expliquei. "Quando esta casa foi construída, a maioria das pessoas ainda morria em casa, num quarto. Ninguém era levado para esperar a morte no hospital, como hoje. Com o corpo no andar de cima, era necessário descer o caixão sem quebrar as paredes de gesso nem apoiá-lo nas pontas."

"Você acha que morreu gente *nesta* casa?"

"Ela tem cento e dez anos. É bem provável."

Dolores pensou um instante e fez menção de levantar da cama. "Agora fiquei com medo. Preciso ver se Maria está bem." Havia ansiedade em sua voz.

Observei-lhe a silhueta nua deslizar na penumbra. Seus pés faziam ranger o piso da escada. Dolores exibira uma impetuosidade que pouco tinha a ver comigo, pensei; sua paixão estava centrada em outro lugar, dentro dela mesma. Minutos depois, reapareceu dizendo quase em surdina que Maria continuava dormindo. Ficou de pé acima de mim.

"Eu sabia que tinha uma coisa errada", sussurrou ela, surpresa.

Deitado, eu observava suas formas como se estivesse ao pé de uma montanha. "O quê?"

"A cama — está torta! A cabeceira é mais alta." Ela se abaixou e olhou os pés. "Tem um negócio aqui em baixo... *listas telefônicas*!"

"Embaixo dos pés da cabeceira."

"Pra que isso?"

"Tenho um problema no estômago. Deixar a cama mais alta do lado da cabeça ajuda."

"Como assim?"

"É um problema com ácido que sobe e entra no meu esôfago, ácido hidroclórico do estômago, e se ele passa por um pequeno esfíncter, uma aberturazinha na base do esôfago, queima a membrana mucosa e danifica o que chamam de células esofagais."

"É por isso que você fica o tempo todo tossindo?", perguntou ela. "Eu ia mesmo comentar."

"Sim."

"E dói?", disse Dolores enternecida.

"Pode doer."

"Você vomita?"

"Às vezes, quando há excesso de ácido."

"Você já foi ao médico?", perguntou enquanto voltava a subir na cama.

"Um monte."

"E sexo piora a doença?"

"Não."

"Bom." Ela então pôs os dedos sobre minha boca, pressionando com força, e ao mesmo tempo levou a outra mão até minha virilha. Está otimista demais, pensei. Mas com uma generosa cusparada na palma da mão e paciente trabalho, ela foi armando a ereção que desejava. O vigor de seus movimentos manuais não nada tinha a ver com a minha excitação e tudo a ver com a dela. Montou em cima de mim e cavalgou com energia, mais do que a necessária para o meu conforto, as mãos apoiadas em meus ombros, as unhas afundando ritmadamente em minha pele. A seguir, escorregou a mão para o encontro de sua virilha, dois dedos rígidos habilmente colados um no outro, movimentando-se com impressionante velocidade até ela gozar, arqueando o torso, a mão esquerda abandonando meu ombro para logo em seguida cair pesado no meu rosto, a palma amoldada à curva do meu nariz e as unhas fincadas na minha testa. Meus pensamentos fugiram de volta para o dia e me ocorreu que Dolores não sabia nada de computadores, das guerras entre as mídias e das perversidades e maquinações da estrutura capitalista. Ela estava *aqui*, uma mulher fodendo com um homem no quarto. Completa. Vi na penumbra seus olhos fechados e o lábio inferior sendo mordido em concentração. O quarto parecia inteiramente tomado pelo cheiro dela. Cansada desta posição, deixou-se cair nos lençóis e mais que depressa apoiou-se nas mãos e nos joelhos, erguendo o traseiro para que eu pudesse insinuar-me entre suas nádegas e puxá-la pelo quadril com arrancões firmes, desfrutando com satisfação a resistência extra da vagina que o homem sente quando vai por trás, a animalidade bruta do ato; Dolores uma vez mais escorregou a mão até o ventre e começou a se tocar. Suor escorria em suas costas, ao longo do vale formado pelas costelas.

"Agora", disse ela respirando ruidosamente, "agora você vai... você vai gostar." Ela arqueou todo o corpo e, apoiada na cabeça, passou as mãos por baixo do ventre até alcançar minha zona de prazer, uma mão em forma de concha segurando-me por baixo, acariciando-me, e a outra com o indicador e o polegar formando um segundo anel que escorregava para a frente e para trás sincopadamente, na contradança das minhas estocadas.

"Meu Deus", exclamei.

"Vai fundo."

E eu fui.

Depois, ficamos ali deitados alguns minutos, ouvindo o vento e os carros cruzando as ruas. Dolores balbuciou algo sobre estar com Maria quando ela acordasse, levantou as cobertas e desapareceu na escuridão. Ela não se debruçou para me beijar e não voltou naquela noite.

"Por que você usa gravata?", perguntou Maria na manhã seguinte enquanto eu me vestia. Durante o banho, eu sentira a doce dor que a noite anterior deixara na região da virilha. Mas de maneira idiota e obsessiva eu já estava me preocupando com a reunião que teria logo mais com o Presidente. Morrison estaria me olhando com uma careta armada no rosto, como se estivesse na iminência de ser forçado a fazer algo de mau gosto, e eu senti que ele continuava tentanto tranqüilizar o pessoal da VS. Estávamos avançando inexoravelmente para um ponto em que algum anúncio público sobre as negociações teria de ser feito, em cumprimento às normas da Comissão de Valores Mobiliários. Se eu não conseguisse trazer o Presidente para dentro do campo, Morrison certamente apontaria os canhões para o Conselho de Administração. Era impossível adivinhar o que sobraria para mim se isto acontecesse.

"Por quê?", repetiu Maria apontando minha gravata.

"Porque vou trabalhar e essa é a regra", disse-lhe.

"Por quê?", insistiu, segurando o barbeador elétrico.

"Por que existe a regra? Porque desse jeito todo mundo fica parecendo que está pronto para trabalhar. Na verdade, é uma regra boba."

"Mas então por que tem essa regra?"

"Porque os adultos adoram inventar regras."

"A gente vai no parquinho hoje e vai encontrar um monte de crianças."

"No parque?"

Desci as escadas com Maria à minha frente.

"Maria, você podia pegar o jornal para mim?"

"Sim!" Ela desceu correndo as escadas até o andar de baixo, onde estava a porta que abria para o jardim, sob o alpendre.

Dolores e eu ainda não tínhamos falado e eu estava curioso para saber como ela estaria, depois da noite anterior. A minha experiência diz que basta olhar a mulher na manhã seguinte para saber se o que se passou foi um erro ou uma bênção. Dolores estava na cozinha, preparando o café da manhã, os cabelos presos. Percebi a garrafa de vinho jogada no lixo. Vestia uma das camisas de flanela que eu usava para jardinar.

"Bom dia."

"Como é que está seu apetite?", disse Dolores sorrindo.

"Ótimo."

"Bom." Ela encheu uma concha de cereal e despejou-a numa tigela. "Tem mais quando você quiser."

"Mais?"

"Se você quiser mais", explicou ela com um sorriso matreiro, "vai ter mais, entende o que estou dizendo?"

Naquela manhã, no momento em que estava saindo para a reunião com o Presidente, Helen abriu a porta e entregou-me uma folha de papel. "Tem um homem lá embaixo que mandou isto, o homem que ligou ontem." Ela me fitou sem pena. "A mensagem está no verso." Era uma papeleta de uma loja de roupas masculinas distante poucas quadras dali e, no verso, escritas cuidadosamente em letra de fôrma, havia as seguintes palavras:

CARO JACK WHITMAN,

SEU AMIGO DO PREDIO LÁ DA ZONA SUL ME DISSE QUE VOCÊ SABE ONDE A MINHA MULHER E A MINHA FILINHA TÁ MORANDO. POR FAVOR RESPONDE MEU CHAMADO, POR FAVOR. O NÚMERO DA MINHA CASA É 718-555-4640 E VOCÊ PODE DEXAR RECADO NA SECRETÁRIA OU PODE DECER E ME ENCONTRAR AQUI. VOU FICAR AQUI ATÉ O MEIO DIA.

ATENSIOSAMENTE, HECTOR SALCINES

Ele estava na portaria do edifício da Corporação, lutando para reaver o que julgava seu. Provavelmente tinha tirado uma folga no trabalho. Mas Dolores o havia abandonado. O que eu devia a ele? O que ele merecia? Nenhuma vez sequer ela fez menção de querer voltar para ele. Além disso, fora ela quem tomara a iniciativa de me procurar em minha cama. Deixei o papel sobre a mesa e decidi não fazer nada. Gostaria de acreditar que foi uma atitude razoável.

O Presidente estava sentado à sua mesa, uma fumegante chaleira de prata junto ao cotovelo. "Agora desembuche", disse-me ele assim que entrei. "Vamos, diga logo o que tem a dizer."

Pelo menos vinte passos separavam a porta do escritório e a mesa. Puxei uma cadeira e observei: "Já comecei umas duas vezes mas o senhor me ignorou".

"E você sabe por quê?"

"O senhor quer uma resposta sincera?"

"Sim", respondeu o Presidente sem piscar os olhos azuis.

"Ótimo." Não seriam palavras fáceis de dizer ou ouvir. "Acredito que o senhor está resistindo à minha iniciativa de discutir alguns assuntos porque se recusa a encarar a realidade. Provavelmente está com medo da morte. Nenhum problema nisso, o senhor não é o primeiro. Sente que a morte da Corporação — refiro-me à Corporação no formato que o senhor conhece e construiu — metaforicamente pressagia a sua própria morte."

Pronto. Lá estava ele estendido — o cadáver imaginário do Presidente suspenso no ar —, um saco enrugado de pele, ossos e pêlos, os olhos fechados escondidos na cavidade ocular, a boca aberta num espasmo de morte. Os olhos vermelhos do Presidente lacrimejavam de raiva.

"Saia", disse ele.

Permaneci na cadeira sem mover-me um milímetro. "Por que não ouvir o que tenho a dizer?"

Ele girou a colher na xícara sem nada responder e eu continuei falando, não dando espaço ao silêncio: "Veja, o senhor, mais do que qualquer outra pessoa, deveria ser capaz de perceber que a Corporação está em constante mudança. Resta-nos apenas tentar administrar essas mutações. O quadro acabará se resumindo a quatro ou cinco companhias, empresas gigantescas, de alcance global, e duas dúzias de outras menores, mas muito astutas e agressivas. Se não crescermos, encolheremos."

"Muito bem, muito bem. Obrigado por me dar notícias de 1978."

"Teoricamente, sim. Agora temos a tecnologia."

"É o que me dizem. Todo mundo me fala isso. Todo mundo nesta maldita companhia canta o hino da tecnologia. Toda essa idéia de sinergia entre produtos não funciona."

"Não funciona *ainda.*" Deu para sentir na pele a resistência dele. "A Corporação e a VS podem ter mercados imensos ao redor do mundo, se o esquema for bem montado. *Imensos.* Pense nisso. Poderemos cortar as asinhas da Disney e da Paramount. Eles estão se expandindo com grande rapidez e temos que enfrentá-los com agressividade em alguns desses mercados. Além disso, as companhias telefônicas regionais ganharão impulso, especialmente agora que têm condições de transmitir sinais de TV pelos cabos telefônicos. Através da fusão com a VS, estaremos protegidos. Nem Bertelsmann nem Sony nem ninguém terá meios de interligar tantas peças da máquina. Temos a concorrência da Phillips, da Toshiba e da MCA, mas podemos vencê-las. É tão *claro*!"

"O que está claro", disse o Presidente enquanto bebia seu chá, "é que você e todos os outros magos de bola de cristal deste andar estão sofrendo de mais um modismo *lamentável.* Mais uma teologia com consistência de minhoca. Tive oportunidade de conhecer várias teorias ao longo dos anos, Jack. Até 1980 deveríamos todos estar nos locomovendo em carros a jato. Francamente. Tenho setenta e um anos de idade. A vida... a vida tem suas próprias limitações — há verdades humanas que se sobrepõem a todos os avanços tecnológicos. Talvez você seja jovem demais para perceber isso. Não dá para misturar duas coisas que não foram feitas para estar juntas. Alguém perde, alguém fica com o osso. Acredite, eu entendo o que o move, já estive no seu lugar uma vez. Eu tinha grandes planos quando era jovem..."

"Até hoje, todas as outras fusões entre conglomerados de comunicação aconteceram dentro do mesmo país ou entre empresas gigantes e pequenas", continuei. "A VS oferece muitas coisas que queremos. Tem sistemas de telefonia em países em desenvolvimento, sistemas de TV a cabo na Europa inteira, um sistema de satélites, acesso a pesquisas japonesas envolvendo novos chips e novas telas de monitor à base de plasma..."

"*Telas* novas", contestou o Presidente. "Por que tenho que ouvir isso o tempo inteiro? Quem precisa delas? Nosso negócio é fazer filmes, revistas, programas para TV a cabo e discos. E fazemos isso muito bem. Tivemos no ano passado um lucro líquido de oitocentos e noventa e dois milhões de dólares, certo? Temos gente inteligente trabalhando em todas as coisas que você mencionou, certo? Por que temos que sair apertando as mãos de um bando de alemães e japoneses?" Ele sacudiu a cabeça enojado, dando a impressão de já ter chegado a uma conclusão. Seu olhar me dizia que para ele a conversa estava encerrada.

"Tudo bem", eu disse. "Apenas *ouça* o que tenho a dizer. Ouça como se nunca tivesse ouvido nada em sua vida, porque o que vou descrever agora vai acontecer com ou sem o senhor, aqui nesta Corporação ou em outra, e vai acontecer em todos os lugares."

O Presidente permaneceu calado. Olhei-o diretamente nos olhos azuis. Encravados na pele bronzeada e ressequida, eles continuaram brilhantes, nada amedrontados, nem comigo nem com a alusão à morte dele, ávidos por poder, por jogar xadrez comigo, o jovem bobo designado para diverti-lo. Talvez eu fosse isso mesmo, o bobo da corte vestido de terno e gravata.

"Neste exato momento em que lhe falo, há provavelmente mil pessoas na América que entendem o que vai acontecer. Em 1981 havia quatro milhões de computadores pessoais na América. Em 1991 este número já tinha alcançado a marca de oitenta e cinco milhões. Em 2001, serão cento e quarenta milhões. É parte da cultura. Mesmo a classe trabalhadora, mais pobre, já está comprando computadores para os filhos. E por que não? Os preços não param de cair. Ao mesmo tempo, a televisão nos moldes atuais, em que o telespectador nada paga, está à míngua, o senhor sabe. No ano 2000, a audiência alcançará no máximo quarenta e cinco por cento dos recordes históricos. Por outro lado, o computador pessoal como metáfora, como fantasia, acabou. A fase já passou, como aconteceu com as máquinas de escrever elétricas. A tendência aponta agora para o interativo, o portátil, o especializado. Vão se passar alguns anos antes que o Congresso descubra quem está usando que fios — as companhias de TV a cabo, as companhias telefônicas, sei lá. Como já disse, O Conselho Federal de Comunicações vai autorizar as companhias telefônicas regionais a transmitir sinal de TV por cabos de fibra óptica. Serão necessários pelo menos dez anos para recabear completamente o país com cabos ópticos. Mas esse é apenas o veículo. Nós temos *produtos* que podem viajar através de qualquer veículo — cabo, fibra óptica, rádio, televisão, satélite, o que for. Por que diabos o senhor acha que esteve em Washington algumas semanas atrás? Para marcar uma merda de jogo de golfe com um senador? Não. Porque esta companhia, mesmo que o senhor não se importe, está avançando rumo ao futuro. Aquele satélite é *importante*. Estamos bem-posicionados lá. De qualquer forma, há um processo de desregulamentação das concessionárias de telefonia e nós poderíamos começar a comprá-las. Haverá diferentes tipos e modos de recepção. Ninguém sabe qual será o menu completo. Múltiplas vias de transmissão. Haverá mudanças. Alguns vão prosperar e depois serão substituídos por outros. Alguns serão escanteados por padrões industriais, como o sistema Beta pelo sistema VHS."

"Você está pregando a mesma e velha religião", disse o Presidente em tom enfastiado. "Eu não acho..."

"A *questão*, caramba, é a seguinte: o que é *possível* vai *mudar*. As pessoas vão receber informação e entretenimento de novas maneiras e poderão usá-las também de maneira nova. Estamos bem-posicionados para aproveitar todas essas tecnologias no âmbito *doméstico*. Nosso faturamento bruto em 1992 com programas de TV e filmes vai chegar a algo em torno de dois bilhões de dólares. Estamos com o fluxo de caixa firme, nosso endividamento está em grande medida sob controle, os analistas nos adoram — pelo menos esta semana. O momento é bom para se fazer um negócio. E a Volkman-Sakura deseja diminuir os espaços da Philips na Europa e da Toshiba no Japão; eles têm incentivos. A VS está bem-posicionada na Europa e no Japão. É possível que obtenham o contrato de instalação de fibra óptica na Rússia. Pense só *nisso*. Pense no mercado que está se abrindo naquela região. O sistema de comunicações deles é inapelavelmente obsoleto. Terão que desmontar tudo e comprar uns trezentos milhões de quilômetros de cabo óptico da Owens-Corning. E eles vão comprar mesmo, assim que estabilizarem a economia. E vão querer o quê? Vão querer o que *nós* fazemos, vão querer a nossa cultura pop. E não serão apenas videocassetes; eles vão ter as mesmas caixas mágicas que nós temos. A magnitude desta mudança é enorme. O mundo inteiro cedo ou tarde interagindo com gigantescos sistemas globais de entretenimento por computador. Os índices de eficiência/custo estão dobrando a cada ano. A Intel tem um chip oitenta e cinco por cento mais rápido e trinta por cento mais barato que o P-Five que eles lançaram no ano passado. Anunciaram esta semana. Com esse tipo de avanço..."

"Religião... tudo isso não passa de religião." O Presidente manuseou com indiferença alguns papéis sobre a mesa. "Estamos há anos peidando discos e revistas ópticas e outras espécies de Frankenstein que custaram milhões de dólares em pesquisa e desenvolvimento..."

"Não, não, espere", intervim. "De fato houve erros brutais e muito caros. Mas o produto certo surgirá. Isto é, em dezoito meses, talvez dois anos, poderei pendurar na minha parede uma tela de TV de alta definição, como se fosse um pôster, provavelmente com três centímetros de espessura, só que será do tamanho de uma porta. Colocarei então um disco e lá estará Madonna dançando e cantando seu novo sucesso. Diante disso, a MTV parecerá mais um filme antigo feito em película; o som será melhor que o de qualquer aparelho de CD hoje disponível no mercado. Mas o que senhor precisa perceber é que isso será melhor do que tudo que se encontra hoje no mercado de multimídia, na verdade apenas videogames ultra-sofisticados. A partir do instante em que a tecnologia estiver sincronizada com os produtos, qualquer um poderá caminhar até a tela, olhar nos olhos da Madonna e ver *os vasos capilares vermelhos* do globo ocular! E quando ela abrir a boca, você poderá examinar como é a garganta dela por dentro. Você poderá falar com ela e ela falará com você! Ela vai chamar você pelo nome e tirar a roupa, se você pedir. Será melhor do que qualquer coisa que temos hoje, em certo sentido melhor do que a realidade, porque você poderá apertar um botão e parar e depois recomeçar ou voltar, ou, no caso da Madonna, poderá, brincando com um controle, vê-la girar até ficar de costas para você sem parar de cantar."

Rugas saltaram em torno dos olhos do Presidente. "Deus, os pornógrafos vão ficar loucos."

"É verdade, vão mesmo", respondi. "Qualquer um poderá colocar um disco e assistir pessoas em tamanho natural fodendo de qualquer ângulo, poderá controlar tudo. Na verdade, poderá decidir o tamanho dos seios da mulher, aumentar o pau do homem para que fique com quarenta e cinco centímetros, enfim, fazer qualquer coisa que o deixe com tesão. Mas o importante é que esse tipo de tecnologia é incrivelmente estimulante. As pessoas hoje já estão acostumadas com os computadores que têm em casa. Assistir televisão passivamente é tedioso."

"Mas o público americano é uma grande massa burra. Não pensa e vai ficando mais burra ano a ano", disse o Presidente. "Estamos ficando cada vez mais burros como nação, como cultura. Estou convicto disso." Ele parecia realmente desanimado. "Nós não votamos, nós não lemos livros."

"Isso em parte é verdade. Mas essas novas tecnologias criarão um tipo de realidade eletrônica que será irresistível."

Ele apertou o saquinho de chá com a colher. Dez segundos se passaram.

"Parece diabólico."

"Não é. São os mesmos apetites sendo satisfeitos de novas maneiras. É um produto inevitável da ingenuidade do homem. As figuras na parede da caverna agora são gravadas em um disco com leitura a laser. Mas, para que a Corporação possa concorrer, precisamos de um sistema global. Com as conexões entre a VS e os criadores japoneses de microchips, deveremos ter condições de promover essa integração usando a estrutura básica dos computadores, ganhando uma vantagem de seis meses em relação à concorrência. Poderemos alcançar o topo do mercado com novos produtos. Eles seguirão uma certa seqüência tecnológica e cada novo produto interativo será compatível com o que vier depois. Cedo ou tarde, todos os CDs e videodiscos serão do tamanho de uma moeda de dez centavos e armazenarão mil vez mais informações do que hoje. As pessoas poderão comprar bibliotecas inteiras de informação ou simplesmente captálas no ar. Teremos um satélite apenas para transmitir regularmente os cinco mil filmes americanos mais populares. Em sua casa, o consumidor receberá e gravará os filmes, mesmo que empresas diferentes sejam as donas dos direitos autorais. Com algumas poucas corporações gigantescas dando as cartas, as outras empresas terão que suar muito para ter acesso ao consumidor. Toda a tecnologia será interdependente e compatível. Digamos que eu queira assistir *Casablanca*. Eu ligo e recebo a versão original em preto-e-branco. O senhor está comigo até aqui?"

O Presidente sacudiu a cabeça sem se comprometer.

"Muito bem, agora uma brincadeira: suponha que eu queira tirar um dos monólogos do *Hamlet* de Lawrence Olivier e colocá-lo em outro lugar — digamos, fazer com que Humphrey Bogart pronuncie as palavras com perfeição, fazer os lábios dele se movimentar e emitir as palavras de Shakespeare com a voz de Olivier. Se quiser, poderei colorir os lábios ou ainda congelar o quadro e ampliá-lo, e depois colocar minúsculas imagens do presidente dos Estados Unidos nas pupilas de Bogart e então encolher o quadro de volta ao tamanho original e recomeçar o filme. Estarei fazendo tudo isso através do comando de voz ou de um mouse ligado ao computador, usando o menu que aparece nas margens da tela. Poderei, por exemplo, fazer o Patolino aparecer em um barquinho flutuando sobre a cabeça de Ingrid Bergman, tudo isso de maneira contínua, sem ter que pensar muito e sem nenhum treinamento ou equipamento supercaro, apenas improvisando para ver como fica. Poderei incluir na brincadeira o Exterminador do Futuro, bem pequeno, do tamanho de uma mosca, e fazê-lo atirar no Patolino, e daí ambos desaparecem da tela. Bogart e Bergman continuarão. A seguir, posso ordenar ao computador que procure em sua memória ROM um par de páginas da Bíblia, ou a primeira página do jornal do dia, e fazer com que Ingrid Bergman diga esse texto em qualquer língua escrita e, veja bem, com expressões e sotaque perfeitos. Claro, poderei colocar também um Vivaldi como música de fundo — e depois poderei gravar tudo, a *experiência* inteira, e mandar para um amigo em Hong Kong por fibra óptica, para que ele possa brincar com a criação, mudá-la e depois mandar de volta para mim para que eu assista, e ninguém mais. Esta é a cara do futuro, percebe?"

O Presidente ficou um longo tempo me olhando. Tinha esquecido de acender o cigarro.

"Agora", continuei, "o que senhor tira disso é o valor mensal da assinatura básica paga à concessionária local, um similar da TV a cabo dos dias de hoje, mais a taxa de aluguel do filme original, os royalties pelo uso do Patolino e do Exterminador do Futuro, calculados com base no equivalente digital do quadro das películas, a taxa de uso do software empregado para manipular todas essas imagens, software que é arrendado para as concessionárias locais on-line mas desenvolvido pela matriz, a taxa pela primeira venda ou retirada online da música de Vivaldi, a taxa de uso da linha para transmissão da peça ao sujeito de Hong Kong e a taxa pelo uso do satélite quando a peça é transmitida de volta. Em cada estágio um pouquinho de dinheiro batendo no seu caixa."

"Há implicações políticas para esse tipo de..."

"Sim, e elas são imensas", respondi. "Vamos supor que o senhor seja o presidente dos Estados Unidos e eu, um dos assistentes que escrevem os seus discursos. O senhor me diz sobre o que vai ser o discurso; digamos a turbulência da economia americana. O senhor quer que eu faça um bom trabalho e eu quero fazer um bom trabalho. Vou para o meu escritório na Casa Branca, sento diante do computador e chamo um arquivo. Na tela aparece o senhor, o presidente. Seu rosto em cores, a imagem congelada. Está sentado à mesa no Salão Oval, como se estivesse diante de câmeras de TV. Eu falo num pequeno microfone: 'Meus compatriotas...'. Logo depois que digo essas palavras, o senhor — a imagem do presidente — repete-as com a sua voz, com entonação perfeita, os movimentos dos lábios perfeitamente articulados. Trabalho no discurso, primeiro dizendo isso, depois me decidindo por outra frase e, por fim, consigo chegar a um bom resultado e mostro aos meus chefes. O senhor, o presidente, pode ou não ver essa fita, na qual fala por uns vinte minutos. Nós a transmitimos para as redes de TV — ou o que sobrou delas — e pronto."

"Percebo." O Presidente ainda não tinha acendido o cigarro. Seus olhos estavam distantes agora. Ele entendeu, pensei, ele finalmente entendeu. Decidi prosseguir e aproveitar ao máximo os pontos, fossem quais fossem, que havia ganho até ali.

"E, seguindo esta mesma linha, com o tempo, quando a tecnologia já estiver suficientemente consolidada, o senhor poderá colocar na tela imagens de alguém que não vive mais e interagir com elas. Bastará escanear dez ou vinte fotos, digamos, da sua falecida mãe, além de uma fita dela falando..." Neste instante eu congelei — poderia fazer o mesmo com Liz. "Isso bastaria como informação. O senhor simplesmente poderia voltar a vê-la. Ou ver qualquer outra pessoa morta de quem tivesse tirado fotos quando viva. Imagine-se batendo um papo com Marilyn Monroe; seria o máximo, os olhos dela ardentes, semicerrados, os lábios dizendo seu nome, aquela voz doce respondendo suas perguntas."

"Se você quiser saber o que acho, digo que o corpo dela foi mercantilizado." O Presidente sacudiu a cabeça. "Eu estava lá quando ela cantou 'Happy birthday' para o presidente Kennedy no Madison Square Garden", disse ele distante. "Estava na platéia." Seus velhos olhos azuis pareceram perder o foco. "Percebi, naquela noite... percebi que vivemos em uma sociedade pagã. Os homens em torno de mim estavam vendo uma deusa cantar para um deus. O poder da imagem dela era realmente perigoso, eu acho. Ídolos pagãos. Nós os veneramos. E este é, a propósito, o segredo da indústria do entretenimento, Jack. Monoteísmo é um costume adquirido. Paganismo é o instinto básico."

"Portanto me parece que o senhor percebe como a tecnologia joga com a psique humana."

"Você tosse demais", disse o Presidente, mudando de assunto, "mas aparentemente não está gripado e também não fuma. Percebi quando estávamos em Washington."

"É o meu estômago", expliquei. "Tenho um problema de acidez. Aliás, hoje está mesmo bem ruim."

"Você está se tratando, tomando remédio?"

Respondi com um gesto.

"Úlcera ou refluxo esofágico?"

Ele falava com a autoridade de um velho que conhece muitas doenças. "Refluxo esofágico", respondi.

"Puxa", ele deixou escapar. "O tratamento pra isso é plicatura de Nissen."

"Como sabe?", perguntei estupefato.

"Porque foi o que fizeram comigo, trinta anos atrás."

"E é ruim?"

O Presidente não respondeu. Algum outro pensamento tomou-lhe a mente, e eu de repente senti um medo estranho. "É um troço terrível, um jovem com problemas no estômago zombar de um velho que se aproxima da morte." Ele tomou um gole de chá. "É..."

"É a minha única vantagem", interrompi inseguro, tentando aliviar a tensão com uma brincadeira.

"Saia." Ele agora estava falando a sério, gesticulando de maneira brusca. "Saia."

Foi o que fiz. Saí com odiosa rapidez. Não era assunto meu se o Presidente perdesse o controle da Corporação em uma sangrenta luta interna. Ele não passava de um velho rico e sacana que provavelmente precisava da empregada para colocar-lhe as meias nos pés todas as manhãs. Quando ele estivesse esticado em um terno de madeira, eu ainda teria uns quarenta anos pela frente. Que fosse publicamente humilhado, isso pouco me importava. Eu nadava na forte corrente das mudanças. Morrison estava certo ao dizer que o Presidente era apenas um velho bêbado que vestia ternos novos. Era cauteloso demais para o jogo, lento demais, e eu decidi reportar aos outros que deveriam simplesmente seguir em frente e atropelá-lo. Que o Conselho administrasse os imensos movimentos de ações. Que Morrison mandasse seus fuzileiros navais armados de gráficos e estudos e toda a parafernália de argumentos racionais. Que fossem acionadas as turbinas do departamento de Relações Públicas. Que se fodesse, o Presidente.

Voltei para minha sala e fiquei à janela, observando o estranho movimento do formigueiro que era a rua lá embaixo e pensando em meu pai, no que ele me diria se soubesse como tinha sido a hora anterior. "O que você está fazendo", diria ele, assentando sementes de tomate na terra, "é desperdiçar sua mente e seu coração. Lembre-se disso, você está desperdiçando seu coração também." Já eram mais de seis horas, tarde o suficiente para que as silhuetas dos prédios se misturassem com a escuridão da noite que nascia coberta de nuvens, uma hora em que Manhattan exala gases de melancolia, quando homens como eu postam-se às janelas dos escritórios e meditam sobre como o menino tornou-se o homem de gravata instalado no andar alto e iluminado, longe das ruas. Caminhei até a mesa para juntar alguns papéis. Helen, que tinha ido embora às cinco e meia, colocara na poltrona, para que eu não deixasse de ver em hipótese alguma, uma folha acompanhada de um lembrete escrito por ela mesma, informando que a folha anexa tinha sido entregue no final do dia. Na folha havia a seguinte mensagem:

SENHOR WHITMAN,

PASSEI O DIA INTERO AQUI. VOCÊ PRECISA ME DIZER ONDE ESTÁ MINHA MULHER E MINHA MENININHA.

HECTOR SALCINES

P.S. ESTOU FALANDO SÉRIO.

Estava guardando a folha na mesma gaveta onde deixara a primeira mensagem quando o telefone tocou na mesa de Helen. Atendi.

"Jack Whitman", eu disse como de costume.

Não houve resposta, apenas ruídos e barulho de carros passando. Uma ligação feita de um telefone público.

"Quem é?", perguntei.

"Onde está ela?"

Preciso disfarçar a voz, pensei. "Acho que você ligou pro número errado, cara."

"Um momento, senhor Whitman, *espere*", pediu Hector, uma versão triste e alquebrada da personalidade que eu havia conhecido na loja de carros usados. "Você tem que entender. Eu não tenho nada. Tudo o que eu tinha era minha família. Agora fiquei sem *nada*. Você não pode entender que..." Ele não reconheceu minha voz. "Eu e Dolores vamos nos acertar. Sempre foi assim. A Maria sente saudades de mim, eu sei. E eu também sinto saudades dela, a minha menininha. Você não pode tirar isso de um homem, você não pode tirar isso de mim, não tá certo. Quero que você me diga como posso falar com a minha mulher. Me deixa falar com a minha mulher."

Graças à reunião com o Presidente o meu humor estava monstruoso. Não fiquei assustado com Hector. Permaneci calado.

"Você tem que me deixar encontrar a minha mulher!"

"Lamento mas não posso fazer isso."

"Por quê? Porra, por que não?"

Desliguei colocando delicadamente o fone no gancho, como se isso fizesse alguma diferença.

10

Eu queria que o corpo dela esquecesse Hector, que tivesse em mim suas novas referências. Dolores voltou a me visitar na cama, naquela noite e em todas as que se seguiram; eu a recebia com devotada energia, não apenas porque me agradava a redescoberta abundância de carne e calor depois da prolongada solidão, mas porque quando você se dedica ao ato repetidas vezes, uma espécie de fidelidade corporal começa a viger. É como se a sua pele esperasse a do outro. Os sons, os cheiros, o peso. Havia agora os primeiros traços de hábito e familiaridade na nossa maneira de agir um com o outro. Todas as noites, às nove horas, Dolores esquentava a mamadeira com leite para Maria e, depois que a filha adormecia no apartamento, enrodilhada entre bonecas do *Vila Sésamo*, subia as escadas até o meu quarto.

"Tudo bem com Maria?", eu perguntava.

"Ela está legal. Tenho que cortar o hábito da mamadeira na hora de dormir."

"Mas ela gosta."

"Talvez daqui a algum tempo", dizia Dolores. "Ela está com quase quatro anos."

Acomodado na cama, eu assistia a Dolores tirando a roupa e postando-se de calcinha e sutiã diante do espelho para escovar o cabelo. Seu corpo era firme e robusto nos seios e no quadril. Mas o mais impressionante era a força de seus ombros, costas e coxas. Uma noite ocorreu-me que o pai ou a mãe dela tinham sido pessoas de muita força física. De escova em punho, Dolores abaixava a cabeça e, com a nuca exposta, passava a escovar a massa de cabelos negros de trás para a frente. Eu observava os músculos de seu braço tensionarem e relaxarem à medida que os movimentos se repetiam, os olhos fixos no chão, ela em silêncio, sabendo-se observada e curtindo a exibição. Ela então jogava os cabelos para trás e escovava no sentido oposto.

Depois do ritual, ficávamos deitados na cama. Às vezes um de nós se levantava. Eu não me importava que Dolores me visse tomando minhas doses do repugnante antiácido, não me importava que, de cuecas, eu já não parecesse tão jovem quanto no passado. Você supera essas coisas à medida que vai envelhecendo. E, para meu alívio, Dolores parecia livre da necessidade de aparentar qualquer coisa que ela não era realmente; percebi isso no momento em que, uma noite, ela cruzou o quarto descalça e entrou no banheiro sem fechar a porta. Reconheci aquele discreto e familiar tinido feminino caindo na privada, o som abafado, o ruído do papel higiênico sendo desenrolado. Sorri ao acordar para o fato de que aquilo era meu, era real. Conversamos então sobre anticoncepcionais; ela usava pílula e recentemente adquirira na farmácia um novo lote. Pouco depois deixaríamos de lado a ilusão de que elas estavam morando no apartamento do térreo e transferi a cama nova de Maria, que eu havia comprado por catálogo, para o quarto da frente.

Mas muitas coisas permaneciam não ditas. A questão "quem é *realmente* Dolores Salcines?" flutuava diante de mim como uma fruta fascinante. Estranho como homens e mulheres podem ficar nus juntos e guardar segredos dentro de si. Descobri que o fato de ela ter abandonado o marido não significava que não estava triste com o fim do casamento. E até aquele momento ela protegera sua história com Hector, esquivando-se de falar ou contando-me apenas um pouco disso, um pouco daquilo. Ele vendia carros usados, instalava os fios para TV a cabo, preocupava-se com Maria e assim por diante.

Mas eu não pressionava Dolores; sentia-me redimido por repentinamente ter minha casa mais acolhedora, cheia de vida. Maria parecia aceitar que sua mãe e eu dormíssemos juntos e todas as manhãs corria para o meu quarto — nosso quarto —, jogando-se nos lençóis para abandonar-se em risadinhas, cócegas e abraços em mim, como se este fosse um hábito de todas as manhãs em sua casa, como se todo o seu amor de criança e o pai de que ela precisava tivessem encontrado em mim o objeto perfeito. Minha própria filha teria nascido poucos meses depois dela, e agora, quando Maria se jogava em meus braços, era inevitável sentir no espírito uma certa confusão agridoce. *Então é isso que eu teria se Liz não tivesse sido morta*, pensava, viajando além do véu do destino e do tempo para encontrar a minha própria imagem na cama ao lado de Liz ainda dormindo e com a nossa garotinha entre nós. *É quase assim que teria sido.* Um teto, a luz da manhã, o cheiro dos travesseiros, os corpos quentes na cama. Acredito que, acima das barreiras geográficas, temporais e outras, as pessoas são mais parecidas do que normalmente percebem. Eu agora podia entender o tormento de Hector; o que eu tinha agora como meu, aquele corpinho aninhado em meus braços, uma vez fora dele. Sentia uma estranha tristeza vicária por ele. Meu prazer era irmão da privação dele. No entanto, minha culpa não era tão grande a ponto de eu admitir para Dolores que havia estado com Hector na loja de carros usados ou que ele tentara entrar em contato comigo para poder encontrá-la. Se eu tivesse lhe contado, teria feito alguma diferença mais tarde? Não sei.

Um dia depois da reunião com o Presidente, Dolores colocou Maria na cama e veio bater à porta do meu escritório, onde eu fazia algumas anotações para o dia seguinte. Trazia na mão a mamadeira vazia.

"Ela queria que você dissesse boa-noite e cantasse para ela."

"Acho que a única coisa que sei cantar é 'Take me out to the ball game'."

"Para ela não importa a música. Cante amanhã."

"Que tal 'Silent night'?"

"Qualquer coisa, Jack", disse Dolores. "Ela é louquinha por você."

Virei-me de frente para Dolores. Havia algo novo em sua voz. Ela passou os dedos nos papéis sobre a mesa. Percebi que o cardápio da noite não incluiria sexo e sugeri que fôssemos ao terraço. Lá o ar era mais fresco e a noite estava clara. Subimos munidos de uma garrafa de vinho, pão, queijo e frutas. Enchi os copos e nos sentamos no escuro.

"Você esperava?", perguntou Dolores de supetão.

"O quê?"

"Você e eu", disse ela.

"Não", respondi. "É a coisa mais louca que já vi, você e eu. Quer dizer, eu tinha esperança de que acontecesse, mas não me parecia líquido e certo."

"*Eu* sabia", disse ela rindo. "Eu meio que soube o tempo todo."

"Você sabia que eu queria?"

"Sabia, *é claro*, mas também sabia que aconteceria. Você precisa entender que eu estava doente e cansada. Mas pensei no assunto já na primeira noite. Não sei, algo a ver com uma cama limpa me fez querer." Ela jogou a cabeça para trás. "E você tinha tanto dinheiro."

Senti uma pontada de irritação. "Tanto que..."

"Não, não. Você não entende, Jack. Nunca trepei com um homem tão rico, eu tinha que experimentar, só por causa *disso*. Eu não tenho nada, certo? E você tinha tanto que eu queria ver como seria. E também porque senti pena de você, por você ter perdido sua mulher do jeito que perdeu."

Eu ri. "Você sentiu pena de mim e gostou do meu dinheiro. Bárbaro."

A mão macia e brincalhona de Dolores surgiu da escuridão e me deu um tapinha.

"Quero que você tenha razões melhores do que estas", eu disse.

"Sabe, não é exatamente amor o que estou buscando."

"Não?"

"Estou buscando uma vida. Vida depois de Hector."

Dolores parecia pronta para falar. Era a primeira vez que trazia à tona o assunto Hector. "Por que ele é tão ciumento?", perguntei.

"Porque me ama, ora essa. Você tem alguma outra idéia?"

"Bem, muitos homens não ficariam tão loucos quanto ele."

"Isso é porque muitos homens não têm que lidar *comigo.*" Ela riu e acabou de beber o vinho que havia em seu copo. "Ele sabe o que sou capaz de fazer. E sabe que farei. Minhas tias, elas nunca gostaram dele. Eu já lhe disse que tinha duas tias? As irmãs mais velhas do meu pai. Eram *santeras.*"

"Você está falando daquela espécie de mistura de catolicismo com vodu?"

"*Santería* — os santos católicos com outros nomes, os antigos nomes africanos", explicou Dolores. "E as minhas tias iam ao *babalaô*, o padre da *santería*, e também iam todos os dias à loja de artigos religiosos, para pegar um pouco de *incienso*, um pouco de anis, *sal de mar, mostasa, ajonjol, linaja*, esse tipo de coisa, ervas e outros artigos, e eu nunca conseguia controlá-las...”

“Espere um pouco”, interrompi. “Você agora precisa me explicar essa história da jarra de água.”

“Ah, não é nada”, protestou Dolores, rindo com facilidade excessiva.

“Não acredito.”

“Não é nada.”

“Você tinha uma naquela espelunca, depois no apartamento no prédio do Ahmed e agora tem uma lá embaixo. Ou você está achando que eu não notei?”

“Nada.”

“O quê?”

“A gente faz isso para prender os maus espíritos.”

“Você acredita nisso?”

“Bom, *não*, mas... me sinto melhor fazendo isso”, disse Dolores. “Dá sorte. Já me aconteceu muita coisa ruim.”

É claro que eu tive de perguntar o quê.

“Apenas coisas.”

Ela se calou, era uma mancha na escuridão. Podia ouvi-la respirar. *Você não tem nem idéia de quem é esta mulher*, pensei. “Nada de mau vai acontecer”, eu disse finalmente.

Passamos um minuto em silêncio, ambos mergulhados em nossos pensamentos.

“De qualquer maneira”, continuou Dolores, “como eu estava dizendo, as minhas tias não gostavam do Hector. Ele era escuro demais. Elas diziam que eu poderia achar um homem de pele mais clara. Queriam que eu tivesse filhos mais claros. É o que se deve fazer na República Dominicana. Ter um filho mais escuro é *un paso atrás*. E elas não gostavam dele porque Hector não sabia falar espanhol. Ele só sabe um pouco, mas não consegue falar bem. Espanhol de cozinha, entende?”

“Ele é porto-riquenho?”

“Sim.”

“Mas nascido aqui?”

“Sim.”

“Bom, dá pra entender por que o espanhol dele não é tão bom.”

"Eu sei, mas minhas tias não entendiam. Diziam que ele era quente demais, o Hector é quente demais. Quente é bom, mas quente demais, não. As freiras da escola católica viviam dizendo que *santería* não é coisa boa, que é uma idiotice e que só um ignorante acredita nessas coisas. Mas a maioria delas nunca teve duas tias que passavam o tempo todo cozinhando umas maluquices e lendo livrinhos e tudo mais. Hector nunca conseguiu entender. Os porto-riquenhos acham que todos os dominicanos são *jíbaros*. Bichos-do-mato. A família dele não gostava de mim, acham que gente da República Dominicana não presta. Sempre... há uma palavra para isso — *chinchorreando* — fofocando, como percevejos, falando por todos os cantos. Se você é porto-riquenho, acha que é americano e acha que os dominicanos são lixo, como se tivessem acabado de chegar aqui. Uma vez o Hector tentou me jogar esse papo besta na cara e eu disse a ele: 'Me diga antes quantos primos seus vivem do cheque que recebem do seguro social e *depois* pode vir fazer piadas sobre o meu pai'. Se tivesse conhecido o papai, ele saberia. Hector sabia que era melhor não fazer piadas. Meu pai era um homem forte, parecia que tinha uma bola de beisebol na batata das pernas. Trabalhava na fábrica de piano. Hector não podia vir com esse papo idiota para cima de mim. Mas há também uma outra razão. Como eu já disse, sou um pouco mais clara que ele, só um pouquinho. Ele gosta disso. Eu sei que ele sempre quis uma mulher branca e gostava que eu fosse mais clara que ele."

"Para mim você é bem escura."

"Isso é porque você passou a vida inteira com garotas brancas!" Dolores riu. "Quando eu vi a foto da sua mulher, sabe o que pensei? Disse para mim mesma que *aquela* era a mulher dos sonhos de Hector; ele nunca teve uma mulher branca com olhos azuis e tudo mais. Acho mesmo que o que ele realmente queria era uma loira, como aquelas da Califórnia. Ele me disse antes de nos casarmos que esse era um desejo que nunca tinha conseguido satisfazer, ou melhor, ele teve umas meninas de pele mais clara, mestiças de italiano com porto-riquenho, certo? Tem muita gente assim lá em Bay Ridge. Mas nenhuma loira, loira de verdade. Eu disse a ele: se um dia eu te pegar olhando para uma garota de cabelos loiros de verdade, você se arrependerá. Ele queria me perguntar algumas coisas mas acho que não queria saber as respostas. Sempre teve medo de que eu quisesse transar com negros. Talvez quisesse mesmo. Eu costumava dizer: me dá o Lawrence Taylor, *por favor*."

"Esse não é o cara que joga na defesa do time do Giants?"

"Ai, *por favor*." Ela riu jogando a cabeça para trás, a superfície dos olhos refletindo as luzes da cidade. "Eu e minhas amigas costumávamos falar sobre o tamanho dele e tudo mais. Como seria estar *embaixo* dele. Poderia até ser *mortal*. Seja como for, nunca contei nada disso pro Hector porque ele só ia ficar puto da vida. O Hector é romântico, sabe? Você também é. Você é meio romântico comigo e com a Maria porque a gente é diferente, certo?" Dolores me olhou para se certificar de que eu estava prestando atenção. "Mas eu não tenho problema com isso. Uma vez o meu pai me disse, olha, os dominicanos são livres faz mais ou menos quinhentos anos, todo mundo se misturando. Pra mim isso não é problema nenhum."

"Certo."

"Eu já fui pra cama com caras brancos. O que importa é o que tem dentro."

"Sim." Dolores não queria conversar mais sobre nossas diferenças raciais, mas estava claramente com espírito falante. "E então, suas tias ainda estão vivas?", perguntei.

"Não. A segunda morreu mais ou menos três anos atrás. Estava num asilo... foi triste. Ela veio para cá com meu pai depois que minha mãe morreu."

Ficamos em silêncio.

"Está tarde", disse finalmente Dolores. "Você quer ir para a cama?"

Sua voz estava rouca e carente. Percebi que o simples fato de mencionar a mãe, o pai e as tias mortas, sobre quem eu nada sabia, fragilizara e entristecera Dolores. Sua família tinha desaparecido.

"Ei", eu disse com delicadeza, "Dolores."

"Sim?"

"Conte-me."

"O quê?", perguntou ela quase em lágrimas.

"Conte-me quem é você. Tudo."

Ela deixou cair a cabeça. "Jack, se eu fizer isso, não vou saber o que significa, entende, não sei por que estou te contando essas coisas..."

Segurei seu rosto macio e adorável na mão e virei-o em minha direção. As luzes da cidade capturaram suas lágrimas e ela me fitou nos olhos, perdida na consciência repentina e avassaladora da imprevisibilidade da vida. Pude compreender que ela havia sofrido uma grande perda e tentei, de maneira acolhedora e carinhosa, fazê-la ver que não havia nada que ela não pudesse me revelar; eu estaria disposto a ouvi-la por todo o tempo necessário e desejava acima de tudo que ela se deixasse entregar a mim. "Conte-me, Dolores", insisti.

Permanecemos ali sentados, cara a cara com a noite, e Dolores começou a falar. Disse que nascera em 1965, em Santo Domingo. Naquele ano, o governo foi derrubado num golpe de Estado e as tropas americanas invadiram o país. Isso é tudo que lhe haviam contado as duas tias, irmãs de seu pai, ambas vários anos mais velhas que ele. Sua mãe era uma pessoa corpulenta, com belos seios e uma boca muito apreciada pelos homens. Era também uma pessoa sensata. Mulher forte, filha de um pescador, Paloma Martinez deu à luz Dolores, aparentemente sem maior esforço, com a ajuda de uma parteira que veio às pressas de outro parto e não teve tempo de lavar as mãos adequadamente. Em geral as parteiras friccionam as mãos repetidas vezes na cavidade vaginal para esticar o tecido, de modo a permitir ao bebê uma passagem mais suave e evitar que a pele se rompa. Mas esta acabou tendo de fazer um pequeno corte — como o pai, Dolores tinha uma cabeça grande —, criando uma via de entrada para as infecções. A mãe de Dolores adoeceu quatro dias depois do parto e nunca teve leite. As tias consultaram o *babalaô* local e ouviram como conselho que o bebê fosse amamentado pela irmã de Paloma, mãe de um menino de um ano de idade. Quando Dolores completou duas semanas de vida, sua mãe morreu de septicemia. Inconsolável, o pai jurou criar a filha em um país com futuro, onde mulheres saudáveis de vinte anos de idade não morressem porque Deus estava olhando para outro lugar. Um país onde houvesse médicos, e não velhas que não liam jornal e se esqueciam de lavar as mãos. Santo Domingo era um lugar quente e desgraçado, uma lembrança amarga da esposa que ele vira definhar, perdendo o vigor da gravidez até transformar-se numa figura fantasmagórica, murcha, sendo envolvida pelo manto da morte ao som das preces cantadas pelas irmãs e em meio ao aroma do incenso que queimavam. A única coisa da qual ele sentiria falta seria o time de beisebol onde jogava como recebedor. Joalheiro profissional, saía para trabalhar sempre vestindo uma camisa de um branco imaculado e lia os jornais diariamente. Os amigos o aconselharam a não ir, mas as irmãs o exortaram a fazer a viagem. Ele as sustentaria e elas, em troca, cuidariam de Dolores. Uma delas nunca se casara e a outra havia perdido o marido e não tinha filhos. Quando ele veio para o Norte, em 1965, mal desembarcou do ônibus que o trouxe de Miami para Nova York, junto com a filhinha ainda bebê e as duas irmãs, e descobriu que lhe seria impossível trabalhar como joalheiro. Pela primeira vez na vida, Roberto Martinez entendeu que era um *homem negro*, pelo menos aos olhos da América. O ramo da joalheria ainda era dominado pelos judeus e, para montar um negócio, ele precisaria pelo menos de dois mil dólares, o que estava fora de cogitação. Cada dólar — os dólares velhos e mirrados dos pobres — era contado, dobrado, recontado e economizado para necessidades que viessem a ter. Na época, os bancos locais eram dirigidos por irlandeses estabelecidos em Sunset Park na virada do século e poucos deles estavam dispostos a emprestar dinheiro àqueles que agora os desalojavam da região e até da Igreja Católica Romana de São Miguel, na Quarta Avenida, uma estrutura imensa e grandiosa construída com os dólares das viúvas irlandesas e com os centavos dos policiais irlandeses; e *agora* — essa era a reação ao pedido de empréstimo do pai de Dolores — *agora os malditos maloqueiros, vindos da República Dominicana e de outros lugares malditos, estavam chegando às pencas.* O pai de Dolores sabia que precisava achar trabalho, qualquer trabalho, e por sorte possuía costas musculosas encerradas por ombros largos. Durante certo tempo, trabalhou no imenso terminal do Exército, no Brooklyn, na esquina da rua 49 com a Segunda Avenida, de onde o Exército despachava munição e tanques para a Europa, como parte do processo de fortalecimento da Alemanha Ocidental durante a Guerra Fria. O salário até que não era mau, mas ele tinha mais três bocas para alimentar. Economizava cada centavo que podia, disse Dolores, e tornou-se tão frugal que todas as manhãs colocava feijão em lata sobre a chama piloto do fogão para que fosse esquentando durante o dia e estivesse pronto à noite, quando ele voltasse para casa.

Um dia, um amigo contou-lhe que a fábrica de pianos Steinway & Sons, de Long Island City, gostava de contratar homens com experiência em construção de barcos, porque entendiam dos mistérios da madeira. Veios, superfícies e nós. Colas e encaixes. Tudo que os dois precisavam fazer era ir lá e declarar que tinham trabalhado na construção de embarcações no porto de Santo Domingo. Quem saberia que não era verdade? Ambos procuraram a fábrica e o pai de Dolores foi admitido assim que o gerente viu as costas dele. O outro foi dispensado. Era uma longa viagem diária de metrô, mas o salário era razoável e pago com regularidade. Nunca nasceram tantas crianças na América como em 1966, e sempre havia um pai ou uma escola querendo um piano. Durante os primeiros meses na firma, Roberto Martinez trabalhou na seção de arqueamento, num salão de teto baixo que lembrava uma caverna; enfileirados, ele e outros homens jovens que se destacavam pela força física arqueavam e colocavam numa prensa longas pranchas de bardo duro como rocha. Depois de ressecadas e terminado o processo de arqueamento, as pranchas transformavam-se na carcaça do piano e eram transferidas para as seções de acabamento. O pai de Dolores costumava levá-la para percorrer as instalações da fábrica após o expediente, caminhando com ela em meio à serragem e aos restos de madeira — cada piano é composto por mais de treze mil partes, dizia ele. Como joalheiro, compreendia bem a delicadeza daquele trabalho e achava que poderia fazê-lo. Quando soube do antigo ofício de Roberto Martinez, um dos gerentes, um imigrante ucraniano sábio o suficiente para contratar pessoas pela capacidade e não pela cor da pele, arranjou-lhe uma nova função no setor de montagem dos finos martelos de madeira e feltro verde que batiam nas cordas dentro do instrumento.

É possível também que Roberto Martinez tenha sido promovido simplesmente por sua dignidade discreta e seu desprendimento. Dolores lembrava-se de que ele dormia todas as noites na cozinha, estendido numa caminha velha atrás de um pano pendurado. As tias precisavam ficar perto do banheiro à noite e o outro quarto onde uma pessoa poderia dormir confortavelmente era o de Dolores. Ao lado da cama do pai ficava uma pequena cômoda que ele encontrara jogada atrás de um prédio de apartamentos; havia uma só gaveta, e esta se tornou o único espaço privado de Roberto Martinez. Mas Dolores sabia o que havia nela: o jogo de ferramentas de joalheiro, uma caixinha simples guarnecida de madrepérola com umas poucas jóias da falecida esposa, e um envelope contendo o diploma do ginásio, o certificado de joalheiro e um recorte amarelado de um jornal dominicano com o anúncio de seu casamento. Um pedaço de musselina cobria o conteúdo da caixinha. Sobre a cômoda, havia uma cruz e um quadro com uma foto preto-e-branco da esposa.

O pesar de Roberto Martinez pela perda da mulher era um sentimento puro e sagrado, mas ocasionalmente ele dava suas escapadas e trazia uma namorada para jantar em casa. Ele tinha uma vida privada da qual filha e irmãs não participavam, e Dolores nunca soube se era um desejo do pai casar-se novamente. As tias formavam uma dupla formidável e, sem cerimônia, levantavam a ficha completa das companhias do irmão mais moço. Uma esposa significaria um apartamento maior e a redução da autoridade que tinham. Mas um dia Roberto Martinez parou de levar para casa as namoradas que surgiam em seu caminho. Estar em companhia da filha parecia bastar-lhe; todas as noites pedia a ela que lhe trouxesse o jornal e o catálogo da loja de departamentos e ficavam os dois olhando os anúncios de jóias. Ele então indicava a foto de um anel de diamante e dizia: "Este aqui, *mi corazón*, é um solitário. Está vendo como a luz sobe e desce por essas bordas? Quando você se formar, eu vou fazer um anel para você". Dolores se lembrava disso com vivacidade.

Quando o entusiasmo de Roberto Martinez pelos catálogos de jóias desapareceu, Dolores entendeu prontamente que o pai estava perdendo a visão. Apesar de se consultar com vários oftalmologistas do Brooklyn, passou a cometer cada vez mais erros no trabalho e acabou transferido para o departamento de entregas da Steinway, onde, como chefe de seção, enxergar bem era menos importante do que ter bom senso, paciência e ocasionalmente costas fortes, o que ainda não lhe faltava. Ele supervisionava o carregamento de pianos em caminhonetes Mercedes pretas e a entrega em escolas, lojas de instrumentos musicais e, de vez em quando, residências. Os vendedores da companhia costumavam dizer que, se um piano montado cabia em um ambiente, qualquer ambiente, a Steinway tinha como colocá-lo dentro dele. Qualquer ambiente. Com isso, vender pianos era mais fácil do que entregá-los. Dolores contou-me que no verão de 1972, quando ela estava com sete anos e seu pai a uma semana de completar quarenta, a Julliard School comprou quinze pianos de cauda com acabamento de esmalte preto. Para entregá-los, um comboio de oito caminhonetes da Steinway invadiu o lado oeste de Manhattan. Naquele dia, a temperatura superou os trinta e seis graus e, de acordo com as tias de Dolores, o pai dela passara horas seguidas de pé sobre o asfalto quente, dando instruções aos motoristas e carregadores, coordenando a chegada dos elevadores de carga e, sem dúvida, ouvindo os rangidos e estalos dos gigantescos instrumentos à medida que eram delicadamente colocados nos carrinhos de madeira. Com a dedicação costumeira, ele encarou aquela missão com seriedade total.

Pode-se dizer que uma certa glória triste marcou o último dia de vida de Roberto Martinez; afinal, ele completou a entrega de um carregamento de mais de trezentos mil dólares em pianos. Sua maior entrega. Em vez de voltar com os caminhões vazios para Long Island City e pegar seu carro, voltou para casa de metrô. Dolores ainda se lembrava da expressão esgotada e sem vida do pai quando ele apareceu à porta do apartamento de Sunset Park e caminhou hesitante até a cozinha para beber água. Apesar de ter apenas sete anos de idade, Dolores percebeu que o pai estava diferente — havia um largo colar de suor em torno de seu pescoço e vastas manchas de umidade sob as axilas. Em vez de se dirigir à geladeira, o pai deixou-se cair sobre as cadeiras da cozinha, compradas a prestação na loja de móveis do bairro, e, com voz débil e confusa, disse à filha suas últimas palavras: "*Dolores, mi corazón, donde está tu mami?*". Neste momento, seu coração entregou os pontos e ele tombou sobre o linóleo.

"Depois que papai morreu", explicou Dolores, "ficamos sem dinheiro nenhum e tivemos que mudar. Passamos a viver do dinheiro de tia Lucinda, que recebia o seguro social e uma pensão do Exército dominicano, por causa do falecido marido dela." Uma vida de pobreza indiscutível, em um apartamento de frente para a Oitava Avenida do Brooklyn, com pintura descascada, janelas que batiam ruidosamente à noite e baratas rastejando pelas fendas do piso, vindas do restaurante que funcionava no andar térreo. Mas tia Lucinda era boa, talvez também um pouco estulta, o que resultou para Dolores em um pouco mais de liberdade do que tinham outras meninas. Os magros catorze mil dólares que receberam do seguro do pai seriam reservados para o custeio da escola paroquial.

Dolores contou que poucos anos depois estava envergando o uniforme da escola St. Anthony, blusa branca e gravata verde e saia escocesa combinando com as meias verdes. As tias pensaram em voltar para Santo Domingo, mas isso tiraria de Dolores a chance de se tornar cidadã americana. Elas foram ficando cada vez mais dependentes da *santería* para construir sua versão particular da realidade e várias vezes, ao voltar da escola, Dolores encontrou o apartamento cheio de velas, as tias cantando preces em espanhol diante de um altar. Elas iam à missa quase todo dia; olhando retrospectivamente, Dolores podia ver que as tias eram simplesmente duas mulheres dominicanas com mais de cinqüenta anos, sem qualquer educação, que esperavam ser sustentadas pelo robusto irmão mais moço até morrer; agora, com sua morte, estavam aterrorizadas diante da complexa fluidez da cultura americana. Sabiam que estavam perdendo Dolores para aquele país novo. Onze, doze, treze anos, ela já se tornava uma mocinha. Havia uma certa força na expressão da sobrinha, quase uma ferocidade, que elas reconheciam como herdada da mãe. Dolores concluiu a nona série. Elas não gostavam dos seus modos de se vestir, do que ela assistia na TV, nem do comportamento dos garotos com quem ela saía. Desagradava-lhes sobretudo um jovem que a procurava todas as noites. A sobrinha tinha apenas catorze anos e, apesar de alta para a sua idade, não estava pronta para Micky O'Shea, um corpulento garoto irlandês que trabalhava em uma oficina na Quarta Avenida.

"Elas o detestavam", disse Dolores. "Ele era tão sujo que elas diziam que tinha graxa até nos *dentes*. Eu não *gostava* dele de verdade, mas era excitante, você sabe, quando a gente é jovem... e ele não era lá do bairro, e sem pensar muito gastou um monte de dinheiro comigo, me levando ao cinema em Manhattan, me dando pequenos braceletes... Daí, uma noite, ele disse: 'vamos atravessar a ponte do Brooklyn a pé'. Era bem tarde, acho que lembro *isso*, e tudo estava muito romântico e eu estava cansada. Daí ele meio que me joga no chão e, quando percebo, estou deitada, vendo aquele monte de cabos de aço e fios e essas coisas e ele me estuprando enquanto embaixo da gente passavam carros e caminhões. Aquele barulho de carros passando, sabe? Eu era *virgem* e ele ali, em cima de mim, com força, minha cabeça batendo pá pá pá naquelas pranchas de madeira da passarela de pedestres, os sovacos dele na minha cara, meu nariz enfiado nos sovacos dele, e eu começo a pensar que minhas tias vão me matar, que vão sair contando pra todo mundo, gritar, fazer escândalo e o diabo... e foi assim que aconteceu, ele o tempo todo *explicando*, lembro que ele jogou minha calcinha pela borda da ponte porque estava rasgada e aí me levou pra casa e me largou na frente do meu prédio. Ele ia meio que dizer pra eu não contar pra ninguém, mas eu já sabia que não ia fazer isso. Sabia que eu estava legal..." Dolores fixou os olhos na distância. Era como se os arranha-céus de Manhattan regessem o jorro daquelas reminiscências. "Eu tinha catorze anos e ia ficar legal. Não sei. Não tinha mais ninguém, entende, irmãos, irmãs, pais. De modo que acabei pirando depois disso, comecei a ficar na rua, todo mundo meio que me conhecia, eu aprontava umas bobagens com outros meninos, mas continuei fazendo minhas lições de casa e tudo mais, lembro bem, mas daí tudo começou a mudar. Minhas tias começaram a ficar doentes, a gente não tinha dinheiro. O cara da *bodega* disse que não podia continuar pondo as compras na conta porque fazia dois meses que minhas tias não pagavam nada a ele. Veio então alguém de uma igreja, um padre moço, para conversar com a gente. Entende, tava tudo meio que desmoronando."

Aos dezoito anos, já entendendo o preço da sobrevivência, Dolores arranjou um emprego em um salão unissex na esquina da Sétima Avenida com a rua 43, no Brooklyn; ela gostava do ofício de cabeleireira mas, como não tinha dinheiro para freqüentar uma escola de esteticismo em Manhattan, acabou pedindo à dona do salão, Carmella Quintano, que a contratasse para fazer a lavagem e a deixasse cortar o cabelo de um ou outro cliente quando o salão estivesse muito cheio. Carmella, uma gorda que gostava mais de folhear revistas de cinema porto-riquenhas do que de cortar cabelos, ficaria com uma fatia do faturamento maior do que a proporcionada pelos cabeleireiros diplomados. Além disso, achava que para o negócio dar certo ela precisaria de fregueses do sexo masculino, e uma garota de dezoito anos atraente como Dolores seria um bom chamariz. Contratada para lavar o cabelo dos clientes, Dolores permanecia sentada em um banquinho no fundo do salão até aparecer alguém; ela então acomodava a pessoa em uma cadeira reclinável ao lado da pia e começava: enxaguar, ensaboar, enxaguar, sempre tomando cuidado para não deixar restos de sabão e não molhar o rosto do freguês — especialmente das mulheres, que não queriam manchas na maquilagem. O salão era um lugar movimentado e barulhento, com a televisão sempre sintonizada em novelas em espanhol e as pessoas tagarelando em voz alta para compensar o ruído dos secadores. Dolores ficava a maior parte do tempo sozinha no canto, quase esquecida pelos outros cabeleireiros, que viviam mais interessados na próxima oportunidade de dar uma tragada no cigarro e em passar a lábia nos fregueses para garantir gorjetas mais gordas do que em ficar de papo com a jovem Dolores. Mas ela estava ganhando seus trocados — com as gorjetas, conseguia faturar entre setenta e cinco e cem dólares por semana. Às vezes as freguesas mais velhas — tipos de sobrancelhas bem finas, cubanas e porto-riquenhas cujo senso estético congelara na década de 50 e que gostavam de empastelar a cara de ruge e maquilagem — queixavam-se de um involuntário puxão de cabelo ou da presença de restos de sabão. Os homens mais velhos e vaidosos o suficiente para pedir um corte estilizado diziam que ela lembrava suas filhas ou netas e pediam desculpas por terem tão pouco cabelo. Às vezes ousavam olhá-la nos olhos quando ela se debruçava sobre suas cabeças, e ela perceberia os desejos lascivos que despertava neles. Davam-lhe a gorjeta diretamente, por sua beleza. Tinham a mesma idade que teria seu pai, se ainda fosse vivo; e então, quando estavam de olhos fechados rezava em surdina uma ave-maria por eles.

Uma tarde, continuou Dolores, quando estava sentada folheando uma das revistas de cinema de Carmella, notou que havia um cliente esperando; era jovem, um pouco baixo, corpo musculoso porém delgado. Um porto-riquenho. "Por favor, sente-se aqui", disse ela em espanhol.

Ele se acomodou na cadeira e tombou a cabeça para trás. Seus olhos eram límpidos e escuros; olhando para ele, Dolores se deu conta de que não tinha aberto a torneira.

"Hoje eu tenho um compromisso importante", começou ele em inglês, como se já estivessem conversando e aparentemente sem dar importância ao interesse dela em ouvir ou não, "e por isso este corte vai ser importante."

"É mesmo?", disse Dolores.

"Tem que ser bom. Estou arrumando um emprego em Manhattan, por isso faça um bom trabalho."

"Sempre faço um bom trabalho", respondeu Dolores.

"Eu poderia ter ido a uma barbearia de bosta, mas eles não sabem cortar direito. Esses caras são velhos demais, sabia?"

"Você já tem o emprego ou *acha* que tem?"

"O emprego é meu", disse ele, olhando-a com serenidade, esticando os músculos do pescoço. "O emprego é *meu*."

Ela então enxaguou os cabelos dele, sentindo entre os dedos sua grossura e aproximando-se daquela cabeça mais do que de costume. Dolores fez o trabalho lentamente, massageando o couro cabeludo, e ele, mesmo de olhos fechados, continuou falando.

"É um emprego excelente. Vou ganhar onze, talvez doze dólares por hora, vou arrumar meu carro e economizar o dinheiro para alguma coisa, talvez abra um negócio próprio." Dolores pensou consigo mesma que, para alguém tão jovem — ele aparentava no máximo vinte anos —, o rapaz tinha muita autoconfiança. Fixou os olhos em um pequeno crucifixo de ouro entre os pêlos escuros do peito dele, logo abaixo do colarinho aberto da camisa. Muitas pessoas do bairro não tinham nenhuma autoconfiança, especialmente os homens. Assim que começou o trabalho de enxaguar os cabelos, sentiu a mão dele em sua canela. Dolores estava entre a parede e a cadeira reclinável, de modo que ninguém no salão teria como ver aquilo; ela não era o tipo que grita, mas a mão começou a subir por sua perna, invadindo a sombra de sua saia com calor e firmeza, enquanto o jovem continuava falando. "...daí eu contrato um monte de gente, meu negócio vai começar a andar e eu vou faturar uma grana preta." Com destreza, a mão seguia acariciando a perna de Dolores. Mais que assustá-la, o rapaz a excitava; inclinou-se um pouco para que a saia se avolumasse na parte da frente e escondesse o braço dele e, desta maneira sutil, deu-lhe o salvo-conduto para que a mão prosseguisse a escalada até a barra de elástico de sua calcinha, escorregasse sob o tecido e começasse a acariciá-la com o dedo médio. O rapaz então abriu os olhos e parou de falar. Os dois se entreolharam, ele fez um movimento rápido e leve com o dedo invasor e ela sentiu um arrepio atravessar-lhe a espinha. Neste momento, com a mesma rapidez que chegara, a mão desceu.

Dolores chegou a tentar atingi-lo com um soco mas ele segurou-lhe o braço no ar; tentou com o outro punho e desta vez acertou-o direto na boca. Ele não piscou. Um raio de contentamento faiscou em seus olhos.

"Estou te observando faz quase três dias, Dolores Martinez." Ele então puxou-a lentamente para perto de si e sussurrou, agora com voz madura e séria, a voz usada nas missas católicas conduzidas em espanhol formal, sua língua movimentando-se entre os dentes: "Eu sabia que você trabalhava aqui, perguntei seu nome. Me perdoe se te ofendi. É que eu desejo você mais do que qualquer outra mulher."

Dolores contou que, atraída pela autoconfiança do rapaz, o romance com Hector Salcines evoluiu rapidamente depois desse episódio. Hector garantiu-lhe que, com ele, a vida seria melhor. Afinal — pensava ela com seus botões —, era órfã e não havia ninguém para cuidar dela. As tias eram inúteis, e a mais velha, tia Maria, sobrevivia graças a um respirador artificial, em um asilo mantido pela Igreja Católica, doente demais para se levantar, com uma ferida imensa no traseiro provocada pela longa estada na cama, lambendo a boca constantemente como efeito colateral da medicação que tomava. Dolores detestava visitá-la naquele lugar, com todas aquelas pessoas à beira da morte esparramadas em cadeiras de roda. Em uma dessas visitas, encontrou a tia adormecida com um canudo de papel enfiado na boca, parecendo um cigarro extralongo, e um frasco de leite de papelão caído no colo... Por isso tudo, esse garoto era *vida. La vida.* Depois do ocorrido com Mickey na ponte do Brooklyn, ela tinha transado com oito ou nove garotos, sempre com a pressa e a hesitação características dos adolescentes, mas, agora, o que oferecia a Hector Salcines era algo muito mais importante do que a virgindade: oferecia-lhe sua vida, seu futuro. Pouco depois, todas as noites os dois passaram a se encontrar no apartamento dele para trepar, Hector com o vigor dos seus vinte anos, comendo Dolores o tempo todo, ensinando-lhe a melhor maneira de chupar um pau, colocando-lhe a mão autoritária atrás da cabeça, forçando-a a ir até o fim, tudo isso levando Dolores a se sentir repentinamente mais velha, sabendo que sem dúvida *isto* a Igreja proibia porque era *muy fuerte.* Não lhe importava que as tias a vissem com Hector; não a controlavam mais, já estavam velhas, seus corpos decrépitos e fracos. Em breve estariam mortas, ela sabia, o que realmente aconteceu.

"Eu e Hector costumávamos ficar deitados na cama contando tudo um ao outro", disse Dolores, a voz carregada de lembranças. "Ele dizia que gostaria de ter conhecido meu pai. Na verdade, ele nunca foi muito amado pelo próprio pai. Os pais dele, era como se vivessem o tempo todo assustados, sabe? Vieram de San Juan para cá na década de 50, Hector ainda não tinha nascido, e tudo que fizeram na vida foi trabalhar. E é isso também que o Hector faz desde os catorze anos. Trabalhar. Quando as pessoas diziam que quem trabalha muito fica muito rico, ele acreditava totalmente. Vivia dizendo que ia ficar rico para que os velhos pudessem se aposentar. Mas o pai dele morreu quando o carro em que estava foi atingido por um caminhão de lixo, e agora a mãe mora em Queens. Acho que ela teve que se mudar. Hector costumava ir visitá-la aos domingos com Maria. Não muito nos últimos dois anos... acho que ela ia voltar pra San Juan e ficar lá um longo tempo. O Hector sempre amou a mãe."

Continuando, Dolores contou que Hector cresceu num prédio em Queens, no meio daquele emaranhado de vias expressas perto do Aeroporto Internacional John F. Kennedy. O pai dele chefiava a equipe de funcionários encarregada de aparar as centenas de hectares de grama ao redor das pistas de pouso. A grama devia ser cortada de maneira mais ou menos contínua durante os meses de verão e mantida baixa para que os veículos de emergência pudessem transitar livremente, bem como para que as gaivotas não construíssem ninhos ali. Durante o inverno pintavam as faixas das pistas. Além disso, na pista havia sempre inúmeras rachaduras e desníveis que precisavam de conserto. Hector chegou a trabalhar no aeroporto, operando um dos cortadores de grama, e tinha de usar aqueles protetores de ouvido por causa do ruído dos aviões. Ele e os outros garotos costumavam fazer torneios de abdominais nos intervalos para descanso. Nada no relato de Dolores sobre a infância de Hector indicava que ele tivesse tido algum trauma mais sério. Era apenas um garoto porto-riquenho bom e esperto, tinha um belo rosto, adorava o Yankees e achava que um dia iria para o Exército. Dolores lembrava-se do pai de Hector como um homem amável cuja saúde se deteriorara com a exposição excessiva à fumaça de combustível de avião. A mãe de Hector não aprendera a falar inglês muito bem e suas grandes paixões eram criar tartarugas e ficar ouvindo cantores de mambo porto-riquenhos. Os pais de Hector eram pessoas pacatas, que não queriam se meter em confusão, disse Dolores, dando a entender que Hector ficara negativamente marcado pela inconseqüência deles. A ambição do pai não ultrapassava o pequeno pátio de azulejos que havia nos fundos da casa onde moravam.

Mas nada como conquistar uma mulher inteligente e bonita para encher um jovem de esperança. É como se o mundo, ao revelar essa possibilidade, anunciasse que outras se seguiriam. Dolores contou que ao se casar com Hector, em 1985, ele tinha um plano. O mercado imobiliário vivia uma franca expansão. O valor de todos os imóveis estava subindo — os imensos prédios com fachada de arenito pardo e as casas de quatro andares de Park Slope e Brooklyn Heights, onde moravam os jovens brancos endinheirados, chegavam fácil a meio milhão de dólares; as casas geminadas de três andares com paredes de tijolo aparente onde moravam os italianos; os prédios com doze apartamentos onde ele e Dolores moravam. Os bancos estavam *distribuindo* cartões de crédito. O dinheiro rolava solto por toda parte, infiltrando-se pelos bairros. Especuladores agiam em todo o Brooklyn, comprando e revendendo prédios mesmo em áreas marginais, como Sunset Park. Os prédios com oito apartamentos eram cotados a duzentos e trinta, duzentos e quarenta mil. Hector vinha observando esse movimento e queria ganhar uma bolada. Não tinha o suficiente para adquirir uma dessas propriedades, mas percebeu que toda vez que um prédio era vendido, os novos donos investiam algum dinheiro no imóvel. Qualquer um podia ver pelas coisas que apareciam jogadas nos contêineres de entulho na frente dos prédios, a maioria dos quais precisando de reformas. Era importante para os novos donos mandar restaurar os pisos, refazer os telhados, colocar janelas novas, e para isso precisavam de ferramentas, tintas e toda espécie de material de construção. Nos tempos de colégio, Hector trabalhara em uma loja de pisos e conhecia os produtos — linóleo, azulejo, taco, lajota, todos os tipos. A idéia era a seguinte, anunciou a Dolores: ele alugaria uma loja na Quinta Avenida entre as ruas 48 e 49, em Sunset Park. Eram duzentos e oitenta metros quadrados de área útil no andar térreo e mais quarenta e sete no porão, o suficiente para guardar o estoque. Havia uma vitrine e fiação nova de duzentos e vinte volts para a iluminação adequada dos produtos. A três quadras dali ficava uma estação do metrô, garantia de muito movimento de pedestres. Quanto ao movimento de carros, a avenida vivia congestionada e nas tardes de sábado parecia um estacionamento de estádio em dia de jogo. A loja dispunha ainda de uma entrada de serviço pela rua de trás, perfeita para receber as entregas de mercadoria durante o expediente sem atrapalhar a clientela. O proprietário, um judeu velho e simpático, queria apenas ganhar algum com o aluguel durante uns dois anos para depois vender o imóvel e se aposentar; além disso, parecia disposto a dar uma força a um jovem que estava começando. O velho pedia dois mil dólares por mês, proposta um pouco abaixo do preço de mercado, mais um depósito equivalente a três meses de aluguel como garantia. Hector precisaria contratar dois vendedores, que também instalariam os produtos para os clientes, e uma moça para ficar no caixa. Considerando as despesas gerais, o seguro e a folha de pagamento, teria um custo de cinco mil por mês. Acrescente-se a isso os quinze mil necessários para o estoque inicial. Durante seis meses, até poder respirar por conta própria, ele precisaria de quarenta e cinco a cinqüenta mil para colocar o negócio em marcha. As economias de Hector somavam nove mil. Ele era apenas um rapaz de vinte e quatro anos, sem cadastro junto a instituições financeiras, sem diploma e sem garantias. Mesmo numa época de crédito fácil, os bancos se recusavam a assumir o risco Hector.

Mas, diante da preocupação de Dolores com a dificuldade que teriam para pagar o empréstimo, Hector decidiu procurar um agiota chinês que fazia contas com um ábaco. Por que um homem consideraria a possibilidade de emprestar dinheiro a alguém de fora do seu grupo étnico, era um mistério — talvez, pensou Hector, ele esteja achando que vai comprar a loja por uma mixaria, se eu entrar pelo cano. Mas eu nunca vi na vida uma loja de pisos de chinês, respondeu Dolores. Aparentemente contra toda a lógica, o agiota emprestou a Hector trinta mil, e agora só estavam faltando seis mil. O medo de Hector era que a qualquer momento a loja fosse alugada para outra pessoa; ele não queria começar o negócio sem a quantia certa. A maioria dos pequenos negócios não vai para a frente por falta de capital de giro adequado, dizia Hector a Dolores. O senhorio não podia reduzir o valor do aluguel, o velho chinês não podia adiantar nenhum centavo a mais e Hector, por sua vez, queria evitar a qualquer custo pegar mais dinheiro emprestado; já pagava ao chinês juros de vinte e um por cento — juros draconianos.

Ele então procurou o amigo Alberto, que já tinha sido preso dezesseis vezes desde os tempos de ginásio. Os dois bolaram um esquema, *uma transaçãozinha entre eu e você, ninguém precisa saber.* Hector concordou em servir de mula e trazer cocaína da Filadélfia para Nova York, quinhentas pratas por viagem. Depois da primeira, concluiu que os policiais à paisana tinham de pegar algumas pessoas por dia — uma espécie de cota —, eram preguiçosos, viviam cansados e se contentavam com pegar apenas o pessoal mais burro. Para diminuir o risco, resolveu fazer as viagens por Pittsburgh. De Nova York para Pittsburgh e para Filadélfia, depois de volta a Pittsburgh e Nova York. Levava muito mais tempo, mas as chances de ser apanhado eram muito menores. Fez a viagem doze vezes. O esquema era simples: com uma linha de pesca, ele amarrava o pacote de cocaína à prova d'água no tablete odorizante instalado na parte inferior da privada do banheiro do ônibus. A seguir, entupia a privada com papel higiênico e dava uma cagada. Ninguém tinha apetite para olhar de perto. Ele sempre pegava o ônibus em horários diferentes, descia na estação Port Authority e encontrava o cara a uma quadra dali. Doze viagens... seis mil dólares, os seis mil que faltavam.

Com a loja aberta, explicou Dolores orgulhosa, ele começou a ganhar dinheiro. Trabalhava quinze horas por dia, sete dias por semana, se matando, fazendo tudo o que podia, controlando o estoque, lavando o vidro da vitrine, limpando as amostras para que ficassem brilhantes, empilhando caixas de cola de silicone e cera para pisos, baldes de cimento para azulejo, placas de linóleo auto-adesivo. Quem diz que porto-riquenho é preguiçoso nunca viu Hector trabalhar. Ele costumava desmaiar de cansaço à mesa da cozinha, preocupado com os números, calculando as despesas e as receitas. Depois de um tempo, quando finalmente conseguiu atingir o equilíbrio e percebeu que estava entrando mais dinheiro do que saindo, ele começou a chegar em casa cheio de animação: "Dolores, a cidade inteira esteve na minha loja hoje. O *mundo* inteiro veio à minha loja hoje. Meu pai costumava dizer que o Brooklyn estava morto. A branquelada e a italianada toda se mudando para Staten Island ou para os lados de Long Island. E daí? Já vão tarde. Hoje me apareceram na loja cinco caras de Bangladesh; foram contratados pra fazer dezenove banheiros em um prédio de escritórios e querem pagar o mínimo pelos materiais. Fiz um preço legal pra eles. E por que não? Eu giro o produto, faço um pequeno lucro e os caras voltam quando precisarem de novo. Compraram quase duzentos metros quadrados. Apareceu também um russo velho com o filho, que servia como intérprete. Você precisava ver a cara do velho babando na frente dos azulejos brilhantes com acabamento em uretano. O filho traduziu e disse que o pai nunca tinha visto um troço daquele na Rússia. Foram lá também umas haitianas, duas gordas pentelhas que ficaram vendo as amostras e não compraram nada. Pra completar, o filho de uma mijou no chão. Dolores, a gente vai ganhar uma grana. Eu sei. O negócio vai dar certo, estou sentindo. É o ponto, que é ótimo. Do outro lado da avenida, na mesma quadra, está a loja Frankel; as pessoas vêm sabendo que podem comprar ferragens e ferramentas lá e que depois é só atravessar e comprar o piso na minha loja. Sem ter que estacionar de novo. Uns coreanos vieram atrás de retalhos de dois por dois e meio. É claro que esse tamanho é grande demais pra ser retalho. Pra eles não importava o modelo, e eu empurrei pros caras três peças de Congoleum Valuflor 03691 que não combinavam umas com as outras. Todo mundo está vindo comprar: se você tem um apartamento, precisa de linóleo para a cozinha, porque senão sua mãe vem te visitar e vai ver a cozinha e começar a reclamar da sujeira. Mesmo que você esteja alugando. Teve uma hora que eu tava no telefone e entrou uma perua yuppie e comprou uma peça de Armstrong Solarian Supreme, o material mais caro que eu tenho, quatro dólares e quinze por metro, azul-claro com padrão de decoração geométrico, pro banheiro dela. A dona veio de carro lá de Brooklyn Heights até aqui porque tava procurando um padrão especial. Ela me pergunta quanto custa instalar no dia seguinte e eu chuto cem paus, porque a minha equipe está lotada de serviço. Fica parecendo que a gente tá com muito movimento. Eu tava ali, achando que não tinha a menor chance de ela topar, tinha chutado cem só pra ver no que dava. O Manny e o Luiz só vão levar uns quarenta minutos pra grudar a porra no banheiro dela, talvez uma hora, contando o tempo de viagem. Dolores, eu pago pra eles oito por hora, por fora, e vou ficar com oitenta pra mim, só de instalação. A mulher manda colocar no cartão Visa dela e sai pra escolher uns azulejos. A coisa tá andando, Dolores, tá dando certo!".

E assim seguiu ele, visualizando cenários de grandes lucros. No começo a loja perdeu dinheiro e, apesar do otimismo de Hector, durante vários meses pareceu que não prosperaria, que estava destinada à falência. Mas gradualmente, como uma vela que aos poucos o vento vai enchendo, o negócio começou a avançar. Na época, as pessoas usavam o cartão de crédito até o limite e os bancos não se importavam. Mesmo nos bairros de classe mais baixa do Brooklyn nunca correu tanto dinheiro como naquele período. Algumas das garotas mais bonitas da área estavam faturando cem pratas por noite nos melhores bares de Manhattan, apenas servindo cerveja a sujeitos brancos de terno e gravata. Quem sabia datilografar podia arranjar um emprego noturno em Wall Street, lançando dados em computador — muitas mulheres mais velhas que já não tinham filhos para cuidar estavam ganhando vinte, vinte e cinco mil por ano fazendo isso, um dinheiro que jamais sonharam ganhar. Hector fez um pagamento adiantado de mil dólares ao agiota chinês. É claro que houve pequenas dores de cabeça, como os atrasos nas entregas pelos fornecedores e os caras que trabalhavam para a Spinelli's Carting Service, a empresa de coleta de lixo ligada à máfia. Os caras que vinham no imenso caminhão verde da Spinelli estavam agora pedindo oito dólares por coleta, em dinheiro. Tinha a ver com o que estava contabilizado e o que não estava. Por semana dava vinte e quatro dólares, mil duzentos e quarenta e oito por ano. Assim, sem mais nem menos. Dizia-se que você tinha duas opções: pagar ou pagar. Hector os odiava; os caras lembravam os filhos da puta da máfia que haviam jogado o caminhão em cima do carro do pai dele; na batida, o pai morre e o caminhão não sofre nenhum arranhão. Os caras sabiam que não havia nada a fazer contra eles. A polícia não estava nem aí. Oito dólares por coleta. Hector checou e descobriu que era o preço que todo mundo estava pagando — a peixaria ali perto, a lavanderia, a loja de ferragens. Todo mundo pagava oito dólares por coleta; se você somasse o que todos pagavam, entendia logo como os caras da máfia ganham tanto dinheiro. Hector decidiu pagar sem reclamar. Depois os caras da Spinelli tentaram subir o preço para doze, por causa dos tubos de papelão duro de cinco metros onde vinha enrolado o linóleo. O papelão tinha três quartos de polegada de espessura e não era facilmente comprimível no caminhão, diziam os caras da Spinelli. Isso resultava em desperdício de espaço, fazia o caminhão encher mais rápido e eles acabavam perdendo dinheiro. Hector disse que cortaria os tubos, que poderia fazê-lo com uma serra tico-tico. Os caras da Spinelli disseram que não, que a taxa seria de doze dólares por coleta, com os tubos cortados ou não. Hector disse a eles que não topava de jeito nenhum, que podiam cancelar o seu contrato de coleta.

O lixo começou a se acumular na entrada dos fundos e, duas semanas depois, como os grandes caminhões das fábricas de pisos já estavam tendo dificuldade para fazer as entregas, uma noite Hector encheu de tubos cortados o banco de trás e o porta-malas de seu carro e em três viagens despejou tudo no acostamento da Interboro Parkway. Estava errado, mas que escolha ele tinha? Agora pelo menos a rampa de descarga estava livre e mais tarde ele pensaria no que fazer. Só que um dia a empresa de coleta mandou dois caras que perguntaram a Hector se ele reconsideraria a decisão de cancelar o contrato. Ainda vai sair doze dólares por coleta? Sim, eles disseram. Hector confirmou o cancelamento. Os mafiosos, dois homens mais velhos de cabelo recém-cortado, apenas menearam a cabeça. Talvez fossem durões, talvez não fossem. A gente nunca sabe com certeza com quem está lidando. Um deles, pensativo, colocou na boca um palito de dente, contou Hector a Dolores, e disse puxa vida, a gente não pode deixar de ter você como cliente, e pediu a Hector que lhe apertasse a mão para que pudessem fazer alguma espécie de acordo. Quando Hector estendeu a mão, o homem maior segurou-a e apertou-a com força, enquanto o outro tirou do casaco um grampeador industrial — de repente, *plect, plect, plect.* Hector foi largado na calçada, protegendo a mão ensangüentada.

"Filhos da puta!", gritava.

Hector ligou então para outras firmas de coleta de lixo. Quando informava o endereço, as empresas se recusavam a fechar o contrato, dizendo que a loja ficava fora de seu território. Sem dúvida a máfia havia mapeado cada rua do Brooklyn e loteara as áreas entre as empresas de coleta. Este era o maldito princípio da coisa, explicou Hector a Dolores. Oito dólares ele até entendia. Era uma espécie de graxa necessária para a máquina continuar rodando sem sobressaltos. Mas um aumento de cinqüenta por cento não era justo, especialmente depois de ele ter prometido cortar os tubos. Ele tinha trabalhado duro para ganhar aquele dinheiro, não correra todos aqueles riscos transportando cocaína só para entregá-lo de mão beijada a um bando de mafiosos.

Uma semana mais tarde os mesmos homens estavam de volta. Segundo disseram, tinham ouvido falar que Hector reclamara deles com os lojistas vizinhos, o que era verdade. Disseram não ter gostado dessa atitude, era ruim para a reputação deles. Hector ofereceu-lhes dez dólares por coleta. Ele cortaria os tubos em pedaços pequenos e os amarraria em pequenos montes. Para os caras que trabalhavam no caminhão seria uma moleza. Ele até mandaria os funcionários *dele* jogar as coisas dentro do caminhão. O que mais eles queriam? Os homens sorriram com frieza e disseram que o preço era doze dólares por coleta. Hector se recusou a pagar. Eles olharam um para o outro — sabiam que o problema não era o dinheiro — e foram embora.

A semana na loja acabaria bem, com lucro líquido de dois mil dólares, e um dia Hector voltou para o jantar tarde da noite, anunciando que acabara de comprar um Chrysler LeBaron, um carro de empresário. A gente fica mais respeitado, disse ele a Dolores, e as prestações não são tão altas. E acho também que a gente pode começar a procurar um apartamento novo, *chica*. Eles estavam pensando em ter um filho, contou-me Dolores, e queriam um lugar maior. Hector estava cansado de economizar cada mísero centavo que ganhava, cansado de morar no terceiro andar de um prédio sem elevador. "A gente precisa viver um pouco", disse ele cheio de orgulho. "Vou começar a comprar algumas coisas, roupas, sei lá. A gente só tem uma vida e precisa vivê-la." Alugaram o andar superior de um sobrado, com três quartos, bem defronte ao parque Sunset. O senhorio gostou deles na hora — eram um casal limpo, com boa apresentação, e o marido trabalhava. Para eles, seria mais tranqüilo do que no prédio antigo, onde tinham de ouvir os vizinhos discutindo, trepando, dando descarga no andar de cima e ainda passar todos os dias por cima de uma pilha de sacos de lixo acumulados na porta da frente. E, quando o bebê chegasse, disse Dolores, teria um quarto grande e bonito. Teriam também uma nova televisão, pintariam a cozinha, colocariam um trocadorzinho no quarto do bebê e desde o começo economizariam religiosamente algum dinheiro para a educação do filho — existiam agora várias opções de aplicação — Hector explicava, solene — e eles talvez investissem um pouco em ações, já que todo mundo estava ficando rico fazendo isso. Talvez acarpetassem o quarto do casal.

Naquela noite, quando dormiam no apartamento velho, foram acordados por um telefonema às quatro da madrugada. Alguém estacionara um caminhão nos fundos da loja. "Você costuma receber entregas a essa hora da noite?", perguntou o homem que tocava a lavanderia duas portas acima. Um caminhão sem nenhuma identificação estava lá com o motor ligado, as portas de trás abertas, a carroceria colada na porta de serviço, como se fosse uma extensão da própria loja. Dentro da cabine, um homem bebia tranqüilamente o seu café.

Hector percorreu em disparada os dez quarteirões que separavam o apartamento da loja, mas quando chegou o caminhão já tinha ido embora. As portas de entrada de carga haviam sido abertas com maçaricos. As luzes ainda estavam acesas e todo o estoque desaparecera. O salão de vendas parecia impecavelmente limpo sem as mercadorias. Levaram também a caixa registradora. Invadiram o porão — o cadeado de aço da porta fora arrebentado —, levaram todo o estoque e até os três pacotes de papel higiênico que estavam guardados lá. Deixaram apenas as ratoeiras com as iscas. Hector calculou que teriam bastado cinco ou seis homens trabalhando duro com uma miniempilhadeira para completar o serviço em menos de uma hora. Ele oferecera dez dólares por coleta em vez de doze, o que perfazia, com três coletas semanais, um prejuízo de apenas seis dólares por semana, que vezes cinqüenta e dois dava um total de ridículos trezentos e doze dólares por ano — este era o preço do seu orgulho. O seguro cobriria parte do estoque, mas levaria semanas até que os relatórios dos inspetores da seguradora e da polícia fossem processados. Nesse meio tempo ele teria de ficar sem mercadoria e nada poderia ser vendido. Não teria como faturar. Tinha perdido suas próprias economias e ainda ficaria devendo ao sr. Chu quinze ou vinte mil depois do reembolso do seguro, isso caso conseguisse reaver parte do depósito do aluguel. Quando Dolores chegou à loja, Hector estava chorando de raiva e frustração e tinha quebrado a mão direita ao dar um soco numa parede. "Esta era a minha grande chance, Dolores", disse ele. "Era a chance da minha vida." Eles agora já não poderiam mudar para um apartamento novo, não poderiam fazer mais nada.

"E depois disso", continuou Dolores olhando as estrelas, "as coisas entre nós ficaram diferentes, como se tivéssemos mudado. O Hector teve que dar o carro novo para o chinês, que também assumiu o aluguel da loja e a manteve em funcionamento. O mesmo nome, tudo. Ainda está lá. A gente até que tentou, o Hector pagou o que devia, mas foi como se... não sei, foi como um *cachorro* quando apanha, sabe, é isso, quando o cachorro apanha muito ele muda para sempre e para sempre vai ter medo. E o Hector também se tornou um cara mais maldoso. A vida agora ia ficar ainda mais difícil. A gente precisava de dinheiro desesperadamente. Ele arranjou um serviço de limpeza de apartamentos em Manhattan. Era obrigado a usar um uniforme com o nome dele costurado no bolso. Ele odiava. As pessoas vêem isso e sabem que você não é ninguém, ele costumava dizer. Eu não sou ninguém, Dolores. Ele sempre me falava sobre os apartamentos, quanto dinheiro as pessoas tinham. Uma mulher tinha trinta e sete quartos. Ele disse que contou, um por um. Levaram uma semana para limpar o lugar. Tiveram que marcar os tapetes com fita adesiva para não esquecer qual era o lugar certo de cada móvel. Antigüidades e coisas do tipo. A mulher trancou de propósito todos os banheiros, eles foram obrigados a usar os banheiros do porão. O Hector odiava esse emprego e saiu. Fez mais um servicinho aqui e ali até entrar na companhia de TV a cabo. Pelo menos ele poderia trabalhar no Brooklyn mesmo e lidar com gente normal. A gente ainda se amava. Eu costumava abraçá-lo de noite e dizer que estava tudo bem, que eu amava ele e que tudo ia entrar nos eixos, a culpa não era dele, quem poderia saber que eles fariam aquilo, certo? Eu dizia isso todas as manhãs, para que ele não ficasse deprimido. 'Eu te amo, Hector, não foi culpa sua.' Eu dizia isso todos os dias."

Dolores fitou-me com seus olhos escuros, num silencioso reconhecimento da dor do marido. Apenas depois eu entenderia que ela também, embora tivesse sido absolutamente sincera naquela noite, havia feito um relato bastante seletivo, omitindo com astúcia certos fatos que exigiam uma explicação — tivesse eu conhecimento deles e possivelmente teriam alterado meu comportamento. Seja como for, a imagem de Hector e seus tormentos me perseguiram por um bom tempo; eu não conseguia evitar admirá-lo, o que despertava em mim um intenso sentimento de culpa. Embora suspeitasse que Hector ainda a procurava, Dolores não sabia das curtas mensagens de súplica que ele me enviava. Ela não sabia o que eu estava fazendo. Na verdade, nem eu sabia.

11

Às vezes, basta um leve ruído para transformar ansiedade em terror. Na manhã seguinte, eu ainda estava na cama quando o telefone tocou.

"É o senhor Whitman? Senhor Jack Whitman?"

Respondi que sim.

"Aqui fala Jimmie Fitzpatrick, assistente do supervisor de serviços gerais do prédio, aqui do trabalho. Quem me deu seu telefone foi o pessoal da segurança, senhor. Espero que o senhor não se importe de eu estar ligando a esta hora. Estou ligando, é uma coisa meio estranha, senhor, alguém pintou seu nome com tinta spray na frente do prédio ontem à noite, senhor Whitman. Minha equipe já está trabalhando para resolver o problema."

"Meu nome?", eu disse com a voz e a mente sonolentas, olhando o rádio-relógio. Eram seis horas e dois minutos.

"Na verdade, seu nome e uma mensagem."

"E que mensagem?"

Dolores mexeu-se ao meu lado na cama.

"Eu anotei, vou ler para o senhor."

"E então?" Notei que ele titubeava; coisa boa não podia ser.

"Estava escrito assim", continuou o homem, "em letras maiúsculas bem grandes: DIGA ONDE ESTÁ MINHA MULHER E MINHA FILHA, JACK WHITMAN. Letras compridas, com uma grande flecha pintada com tinta spray apontada para as portas da entrada sul."

"Meu Deus."

"Achei que deveria informar o senhor, alguém podia perguntar, entende?"

"Obrigado."

"Mandei cobrir aquela sujeira com papel marrom grosso e serragem para obrigar as pessoas a contornar a área, mas a gente só descobriu a coisa mais ou menos meia hora atrás e eu já estou sabendo que algumas viram a coisa e o seu nome. É claro que não sei o nome de todas as pessoas", ele disse. "Ainda é cedo e ninguém mais vai ver."

"Obrigado", gaguejei. Eu estava nauseado.

"Pelo jeito como a tinta grudou na pedra, bem fundo, eu acho que ele usou alguma espécie de jateador de tinta pressurizado, não aquelas latinhas normais", prosseguiu o homem, aparentemente temeroso de ser acusado de não tomar com rapidez suficiente a iniciativa de mandar limpar uma pichação constrangedora, envolvendo um dos mais importantes executivos da Corporação. "Acho que as letras têm um metro e meio de altura, com linhas de uns trinta centímetros de grossura", continuou ele. "Minha equipe já está trabalhando, senhor Whitman, mas devo dizer que vai levar algumas horas até que meus homens consigam limpar tudo."

"Por quê?"

"Se o cara tivesse pintado no cimento normal da calçada, a gente poderia pintar em cima, de cinza", explicou o sujeito com indiferença, sua mente capaz de entender apenas as coisas palpáveis do mundo. "Isso teria sido fácil. Mas ele jogou a tinta em cima daquelas lajes de mármore italiano. Não dá para simplesmente pintar sobre elas, ficaria horrível. Não ia combinar com aquelas marcas circulares brancas e pretas. É que essas pedras vêm da Itália e são superpolidas. Mas todos os dias milhares e milhares de sapatos passam por ali e elas vão gastando e deixando de ficar lisas. Tem aquelas pequenas juntas, fissuras e rachaduras por onde a tinta se infiltrou, bem fundo. Por isso, a gente precisa usar cloreto de metileno superconcentrado para esquentar a tinta quimicamente e fazê-la expandir. Daí dá para tirar com uma escova de aço. Meus homens já estão despejando o cloreto no mármore."

Saí da cama e entrei no chuveiro. Deixei a água massagear minha cabeça.

Quando cheguei à praça que circunda o prédio da Corporação, dei a volta e caminhei até a entrada sul. Encontrei quatro homens da equipe de manutenção, de joelhos, vestidos em seus uniformes — calça azul e camisa de algodão da mesma cor, com o logotipo da Corporação costurado na altura do peito. Eles haviam instalado lâmpadas no local para ver melhor a pedra. Aproximei-me.

"Está dando certo?", perguntei a um deles, como quem não quer nada.

"Tá", respondeu o sujeito, sem olhar para cima. O produto químico borbulhava nas rachaduras do mármore. "Mas nunca vai ficar como antes."

Era cedo — talvez ninguém importante tivesse visto a pichação. Dentro do edifício, o mesmo velho empurrava a enceradeira ao longo do piso. No trigésimo nono andar, passei por todas as salas para ver quem já havia chegado. Eram apenas sete e quinze. Algumas secretárias do departamento financeiro estavam fazendo café — tinham acabado de chegar, tarde demais, portanto, para terem visto a mensagem. Mas Samantha estava em sua sala, o cabelo com rabo-de-cavalo, as costas eretas, as unhas vermelhas comandando delicadamente as teclas em frente ao monitor.

"Jack?", ela chamou sem tirar os olhos do monitor. "É você?"

"Bom dia."

Parei na porta, tentando reconstruir mentalmente o trajeto de metrô que ela fizera desde o East Side para determinar o caminho dela entre o metrô e o edifício da Corporação. Os corredores sob o Rockefeller Center se ramificavam para todos os lados. Samantha me olhou, seus cabelos loiros perfeitos, suas roupas perfeitas de cores vivas, suas pernas longas e perfeitas, seu olho esquerdo imperfeito. Um pensamento atravessou-lhe a mente antes que ela se lembrasse de acionar seu sorriso. "O quê?", ela disse com voz aguda. "Ah, sim, claro, bom dia, apenas bom dia."

Eu precisava atraí-la rapidamente para algum outro assunto. "E então, como vão as coisas com Herr Waldhausen e companhia?"

"Estamos perto. Quer dizer, *acho* que estamos perto. Temos falado sobre coisas sem maior importância. O pessoal da Salomon e do Chase está trabalhando nos números. Teremos que fazer algum tipo de anúncio em mais ou menos uma semana, pelo menos informando que há negociações em andamento, é o que eu penso."

"E ato contínuo teremos umas duas dúzias de processos de acionistas." Nós já tínhamos discutido sobre como tourear acionistas ultrajados pelo fato de uma instituição americana como a Corporação fundir-se com outra estrangeira.

"Ah, vai chover processo de todo tipo!", disse ela sem dar maior importância ao assunto e enquanto brincava com um bracelete de ouro e marfim. "Mas vai dar certo. E como estão as coisas com o Presidente?"

"Ele está impassível. Já apresentei a idéia com todos os argumentos. Ninguém deve esperar que eu seja bem-sucedido, porque, até aqui, nada, absolutamente nada, entendeu? É melhor o Morrison estar preparado para enfrentar o Conselho. É bem possível que cheguemos a este ponto, Samantha. Não dá para fazer nenhum tipo de anúncio sem a concordância do Presidente da droga da Corporação."

Ela me olhou nos olhos. "Você notou a bagunça que fizeram na entrada do edifício?"

Meu corpo inteiro ficou duro. "Onde?"

"Na entrada sul."

Dei de ombros. "Eu entro pelo outro lado."

"É claro, que cabeça a minha", disse Samantha.

"E você, saiu mais alguma vez com Herr Waldhausen?"

"Por acaso, ontem saímos para jantar." Samantha arqueou as sobrancelhas. Ela estava agora na cabine de comando do negócio, era evidente; tudo passava por ela ou, pelo menos, perto dela. Era esperta, sabia como tirar partido dessa vantagem em relação a mim..

"O Morrison deve estar orgulhoso de você."

"Tudo o que ele quer é o negócio. Ele só diz que eu devo manter Waldhausen falando."

"E ele está falando?"

"Bom, ele não pára de me perguntar coisas." Samantha apertou a tecla de salvamento do teclado e virou-se. "Ele quer saber qual é a responsabilidade de cada um. Até perguntou de você."

"De mim?"

"Quis saber para onde você foi depois do primeiro dia."

Isto me surpreendeu. "E você contou a ele?"

"Disse que você estava fazendo um trabalho para o Presidente. Ele me perguntou como o Morrison esperava fazer o negócio sem a aprovação do Presidente."

"E você respondeu..."

"Disse que achávamos que conseguiríamos atrair o Presidente para o nosso lado."

"Ah, o que é isso? É impossível ele não perceber que Morrison quer jogar o Presidente para fora do avião. Como Waldhausen reagiu?"

"Deu um sorriso." Samantha franziu as sobrancelhas. "Acho que eu esperava que ele se aprofundasse neste ponto — pelo menos seria o lógico, mas, por outro lado, o fato de ele não querer discutir o assunto, de não nos questionar, é um sinal de que apóia nossa estratégia. É um sujeito esperto, entende, ele sabe do Presidente."

"Talvez também Waldhausen e seu pessoal vejam no Presidente um obstáculo e saibam que, ao negociar apenas com a gente, com Morrison e o resto do nosso pessoal, estão fortalecendo a nossa posição em caso de uma briga com o Conselho."

"Ou talvez ele apenas espere que nós resolvamos a questão internamente e ele não seja forçado a se meter na briga."

"Ou talvez ele tenha uma visão totalmente estapafúrdia do que realmente acontece no trigésimo nono andar."

"Como assim?", disse Samantha.

"Morrison contou *a todos nós* que de antemão expôs a Waldhausen a situação como ela realmente é, mas talvez na verdade ele tenha apresentado o quadro ou a si mesmo de um jeito errado. Talvez tenha dado a impressão de ser ele a figura principal. Isso poderia ser feito de maneira bastante sutil."

"Waldhausen não cairia nessa."

"Não?"

"Não. Escute, nós conversamos *muito,* sobre muitas coisas... sobre como ele vê a cultura americana, sobre como são os jovens na Alemanha hoje em dia, sobre sua esposa", observou Samantha enquanto examinava as unhas. "Ulna isso, Ulna aquilo, Ulna não sei o quê."

O nome da esposa no fax era diferente — Gretchen, pelo que me lembrava. "Esse é o nome dela?"

"Sim. Sobre como ela o negligencia e não cuida da casa, enfim, esse tipo de coisa."

"Ele é o tipo de homem que teria uma amante?"

"Fiz essa pergunta e a resposta foi não. Ele sofre muito por causa da mulher. Conversamos sobre um monte de coisas. Ele disse que estava chocado com o problema dos sem-teto daqui. Contou-me que viu um homem cozinhando uma pomba morta no Central Park. Deixe ver o que mais... que está impressionado com Morrison, acha que ele está atingindo o auge como executivo, esse tipo de coisa, nós apenas conversamos."

Era uma das poucas vezes que eu sabia algo e Samantha não. Decidi não dizer nada e manter a vantagem. Supondo que o fax para a amante fosse real, Waldhausen estava mentindo para Samantha, criando cenários fictícios a fim de conquistar-lhe a confiança. A carta para a esposa, com nome diferente, pareceu-me sincera. Quanto à amante, a mentira era esperável — por que ele deveria conversar com Samantha sobre isso? Em certo sentido, ele estava amolecendo Samantha sem que ela o percebesse. Por quê? Eu não conseguia imaginar um motivo; estava pasmo e maravilhado por ver até que ponto ela estava satisfeita consigo mesma. Mas eu sabia o que tinha acontecido depois. "E aí você o seduziu, é claro."

Samantha inclinou os cabelos loiros e abriu a boca grande e estupenda. "É claro!"

"Sujeito de sorte, esse", eu disse.

Ela cruzou as pernas e disparou: "Conhecemos outros sujeitos que tiveram a mesma sorte, não é?"

"Ah, Samantha..."

"Pois não, o que há?", ela provocou.

Sentei-me em uma cadeira à frente de sua mesa. "Ainda é estranho para mim, mesmo depois de tanto tempo."

"Você não passa de um sentimental", ela disse com seriedade. "Você é um sujeito sentimental, Jack. É fato que você tem o mínimo de maldade indispensável, mas, em última instância, o outro lado é mais forte." Ela me olhou, um olho virado para dentro. "Tenho certeza disso."

"Talvez."

Ela sacudiu a cabeça. "Não, com certeza."

A claridade incipiente do dia invadia a sala pelas vidraças atrás da mesa.

"Vi a pichação na entrada do prédio", ela disse.

Soltei um suspiro. "Imaginei que você tivesse visto."

"Isso tem a ver com a mulher e a garotinha que vi aqui umas duas semanas atrás?"

"Sim."

"Ela era muito... muito impressionante."

"Ela não estava em sua melhor forma quando você a viu."

"Sim, mas tem um rosto bastante marcante. Que expressão mais forte. Acho que um homem vê aquele rosto e não consegue esquecer."

"Foi exatamente o que aconteceu, Samantha. Não consigo entender direito."

"E a garotinha também? Ela faz parte dessa história?"

"E a garotinha também."

Samantha sacudiu a cabeça e olhou para baixo. "Fiquei muito chateada com o que aconteceu a Liz, Jack. A gente atinge uma certa idade e tudo o que quer é que as pessoas tenham uma vida decente." Ela tornou a me olhar nos olhos. "Sempre me senti péssima sobre o que aconteceu... você sabe."

Ficamos em silêncio por alguns segundos. "Seria péssimo para mim se as pessoas viessem a conhecer essa história da pichação, Samantha. Ainda mais o Morrison, pelo menos agora."

"Concordo." Ela olhou para mim com expressão suave. "Ele ficaria louco da vida. Vi as letras pintadas no chão esta manhã, quando cheguei, mais ou menos às cinco e meia."

"Então foi *você* quem ligou para o Fitzpatrick, o cara da manutenção do prédio?"

"Disse a ele que limpasse aquilo imediatamente."

"Puxa, obrigado."

Permanecemos sentados em sua sala, um homem e uma mulher em trajes de executivos.

"Ei, Jack, você está falando *comigo*, Samantha, lembra-se?"

Sorri para ela. Naquele instante ouvimos o som de pessoas se aproximando pelo corredor e quebrando a magia do momento.

"Legal." Levantei-me para deixar a sala.

"Legal."

Caminhei para o meu escritório sentindo-me aliviado. Nosso breve caso acontecera anos antes. Ainda na era Reagan. Tanto para mim quanto para Samantha tudo tinha ficado bem claro: o que acontecera entre nós havia sido nada mais do que a satisfação de uma curiosidade mútua. Eu estava começando na Corporação e ambos éramos executivos juniores. Meu casamento com Liz também ia bem, de verdade. Éramos felizes. Eu por nenhuma razão pulava a cerca, só que desta vez a oportunidade caiu no meu colo. Samantha e eu viajáramos a negócio para Los Angeles e passáramos algumas horas conversando no bar do hotel. Já naquele momento eu soube que ia acontecer. Foi preciso apenas um drinque depois do trabalho algumas noites depois, quando Liz teria de ficar trabalhando até mais tarde, e um táxi até a casa de Samantha — na época, um apartamento insípido de dois quartos no West Side. Ela o dividia com uma pianista japonesa jovem e brilhante cujo quarto era inteiramente tomado por um piano de cauda Steinway. A mulher dormia sob o instrumento, como que protegida por um corpulento animal de três pernas, com pelagem negra e brilhante. (Não deixa de ser estranho que possivelmente o pai de Dolores tenha trabalhado naquele piano.) Acho que Samantha e eu transamos para tirar a questão do nosso cardápio de preocupações, com espírito fraternal, e para garantir entre nós uma certa lealdade. Aconteceu apenas uma vez. "Nós fizemos isso e foi gostoso, mas você vai continuar com a Liz e eu vou continuar olhando", anunciou Samantha ainda na cama. Enquanto ela tomava banho, dei uma olhada no apartamento e encontrei afixada na porta da geladeira uma tabela de "Metas da semana". Naquela, as metas eram: 1) *Aprender o software D-Base*; 2) *Parar de roer as unhas para sempre*. Samantha tinha apenas vinte e sete anos, era mais doce e suculenta — uma pele *inacreditavelmente* macia, ainda a pele de uma menina. Em retrospectiva, percebo que ela talvez estivesse apenas começando a entender e experimentar as possíveis intersecções entre sexo e trabalho. As mulheres de fato fazem isso, mesmo que, corretamente, condenem em público quando um homem tenta seduzir uma funcionária de posição mais baixa no local de trabalho. Samantha só se transformaria em uma mulher mais refinada e de aparência mais *dura* tempos depois, quando começasse a ganhar muito dinheiro e, mês após mês, passasse a requisitar a visita de homens diferentes ao seu apartamento, com a missão de espantar a solidão que experimentava na cama e na vida.

Nunca fui capaz de guardar ressentimentos contra as mulheres com quem dormi — o relacionamento pode até ter terminado num clima hostil, mas eu me lembro de cada mulher ou garota com certa melancolia, quando penso na finitude dos momentos íntimos e na nossa inocência de jovens. Mesmo o encontro funcional com a senhorita Najibullah, a cortesã remunerada do clube do Presidente, acabaria no futuro sendo pintado com cores de nostalgia barata. Acho que esta é uma falha em minha personalidade, e, creio, Samantha concluiu que se dormisse comigo estaria inoculada contra a possibilidade de no futuro nos tornarmos concorrentes virulentos dentro da Corporação. Mas eu não percebi isso na época. Lembro que, naquela noite, depois de transar, voltei para casa caminhando — era uma distância curta, apenas quinze quadras — e tomei um banho. Liz chegou tarde, despiu-se ao lado da cama ainda cheirando a fumaça, cerveja derramada, casca de limão espremido e filés de peixe-espada do restaurante onde trabalhava e, enquanto ela deixava a roupa cair no chão, exausta e ansiosa para deitar, veio-me o pensamento de que era uma estranha riqueza da vida a possibilidade de eu transar com duas mulheres diferentes na mesma noite. O que eu havia feito era errado, pois eu lhe prometera que jamais o faria e não havia razão para trair sua confiança, mas a verdade é que tinha sido incrivelmente gostoso. Eu *sabia* que jamais seria descoberto e realmente nunca fui, a menos, é claro, que se considere o fato de terem matado Liz antes de eu criar coragem para me confessar, o que pretendia fazer — na verdade, pensava nisso diariamente. Quando nos é negada a oportunidade de confessar um erro, também nos é negada a oportunidade de sermos perdoados. Neste sentido, eu fui apanhado sim, e inapelavelmente.

Passei a manhã preocupado, achando que todo mundo no edifício sabia que o nome de Jack Whitman, vice-presidente com sala no trigésimo nono andar, tinha sido vítima de uma pichação. Mastiguei antiácidos com voracidade. É claro que não melhorei quando Beales parou à entrada da minha sala, seu corpanzil bem-construído ocupando quase todo o vão sob o batente da porta. "Vamos almoçar hoje", disse ele. "Conversar."

"Conversar?" Perguntei-me se ele sabia da pichação.

Beales guardava uma expressão resoluta. "Você e eu *precisamos* conversar."

Talvez tivesse razão. Marcamos à uma hora em um restaurante indiano refinado e caro, decorado com grandes feixes de tecido vermelho acastanhado, pendurados de maneira tal que se tinha a sensação de estar preso dentro das câmaras de um coração gigante. Fui o primeiro a chegar e me conduziram a uma mesa nos fundos, mais reservada. Com os olhos na toalha de mesa, ouvi a conversa dos dois homens sentados ao lado.

"Quando eles ligam, não diga 'Recuso-me a fazer qualquer declaração'", disse o primeiro.

"Eles adoram isso — pode ser interpretado como culpa."

"Exatamente. Em vez disso, você deve dizer 'Não posso ajudá-lo em sua reportagem'. Assim é muito melhor, porque ao mesmo tempo que eles não têm como usar essa frase, não é uma recusa formal e ainda valoriza o papel do repórter. Significa que você entende que ele tem um trabalho a cumprir. É muito sutil mas dá resultado."

"'Não posso ajudá-lo em sua reportagem...'", refletiu em voz alta o outro homem.

"Isso, é isso o que você deve dizer quando eles ligarem."

Na outra mesa ao lado da minha estava sentado um homem gordo de rabo-de-cavalo, vestido no estilo pseudo-relaxado de alguns meios literários. Imaginei que fosse editor de livros ou de alguma revista. Estava conversando com o famoso poeta sul-americano que ganhara notoriedade cantando as mazelas das favelas brasileiras (e que agora, eu tinha lido, passava a maior parte do tempo entre San Francisco, Paris e Nova York). Enquanto os garçons limpavam com eficiência os farelos da mesa, jogando-os em uma bandeja de prata, os dois se deleitavam criticando a maldosa indiferença do governo perante as classes baixas. Em poucos minutos os dois analisaram a política americana para a América Latina, a tendência atual da Corte Suprema dos Estados Unidos, a miséria cultural dos subúrbios e a suculência das saladas que estavam na moda. Ocorreu-me que Dolores provavelmente jamais havia comido em um restaurante assim.

Beales entrou abrindo caminho com grosseria por entre os auxiliares de garçom, aproveitando-se de seu tamanho avantajado. Estava com pressa e estaria com pressa até a hora de seguir para a própria sepultura. Ele me viu mas, no caminho, encontrou um conhecido da CBS e parou para conversar e ser visto conversando. Apesar de viver jogando tênis, ele estava ficando largo na cintura. Anos antes, quando estávamos nos esforçando ao máximo para ser amigos, ele costumava insistir para que depois do trabalho fôssemos a um lugarzinho que ele conhecia na Broadway, entre a rua 52 e a 53. Para entrar, era preciso descer uma escada estreita e imunda. Um imenso homem negro de terno e gravata levava os clientes até uma cadeira perto do palco e perguntava o que desejavam beber. No teto, giravam as luzes coloridas e as bolas espelhadas. No palco, dançarinas se aproximavam da platéia para roçar a bunda na cara dos fregueses, vestindo insinuantes ligas adornadas com pequenas rosas artificiais, peças de couro e coisas afins. Algumas se mostravam entediadas ou fingiam, mas outras davam a impressão de que era para valer. Eram muito boas, considerando-se que estávamos no centro de Manhattan. A bebida era caríssima e os canapés que serviam como cortesia, abomináveis.

Mas éramos ambos caras casados e aquilo não passava de uma diversão barata e inconseqüente. Havia uma garota texana toda durinha, aparentando não mais de dezoito anos, os cabelos um véu sedoso que serpenteava sobre o corpo delgado. Quando ela girava apoiada no poste de latão, ouviam-se os parafusos rangendo sob o piso de madeira. Como não despertou nada em mim, pude observá-la com frieza e perguntei-me se ela realmente sabia o que estava fazendo com a boca enquanto dançava. Mas Beales, cuja esposa era uma loira cadeiruda que havia parido três filhos, todos nascidos com mais de quatro quilos, estava fascinado por aquela moça loira, pela firmeza de suas formas macias. Ela parecia absolutamente enxuta. Na primeira vez, ele deve ter enfiado uma dúzia de notas em sua liga. Depois de promovido a vice-presidente, ele passou a freqüentar o clube sozinho e a voltar para o escritório bem depois do horário normal de almoço. Mais tarde, sem contar para a esposa, comprou um minúsculo apartamento de um só cômodo — três metros por cinco, do tamanho de um tapete — a uma quadra ao sul do Central Park, por oitenta mil dólares, em prestações não tão altas que fizessem a esposa notar qualquer mudança no padrão de vida da família. Teria sido um grande investimento, mas Beales não alugou o imóvel. Duas vezes por semana, na hora do almoço, encontrava-se ali com a dançarina do bar; às vezes, também antes de pegar o trem de subúrbio que o devolvia à casa, aos filhos e ao jantar. O prazer perverso de uma rapidinha. Esse tipo de coisa é comum; a pressão metamorfoseia os homens em versões novas e mais ásperas de si mesmos.

Beales veio para a mesa.

"Muito bem", disse ele depois de fazermos o pedido, "por que quero conversar? Porque todos nós, você, eu, todo mundo, está ralando o rabo para tentar montar o negócio com a VS, Waldhausen e companhia e, pra te dizer a verdade, estamos bem perto de conseguir."

"Até que ponto?"

"Basicamente, falta discutir a parte administrativa. Os aspectos mercadológicos já estão definidos. Mas não é sobre isso que eu quero conversar com você, Jack." Fez uma pausa para ver se eu estava pronto a mudar de assunto. "Acho que eu e você deveríamos fazer uma espécie de trégua. Quando brigamos na frente do Morrison, ambos saímos perdendo. Sei que não morremos de amor um pelo outro, mas você está se comportando como se estivesse realmente morrendo de raiva."

"Isso mesmo", interrompi. "Estou com raiva porque você fez com que o Morrison me tirasse da equipe de negociação e me jogasse num canto para perder tempo com o Presidente."

Beales arqueou as sobrancelhas. "Eu não fiz isso."

"Um cacete que não fez."

Ele ergueu os braços com as mãos espalmadas. "Deve ter sido idéia do próprio Morrison."

"Não, acho que não foi idéia dele, não", contestei. "Realmente acho que não. Ele me escalou para trabalhar no plano de fusão desde o começo. Me via como um dos caras que sabiam tudo. Na verdade, o que ele fez foi uma grande burrada."

Beales relaxou na cadeira. "Concordo com você."

"Você concorda?"

"Sim, concordo, foi uma burrada. Quando aconteceu eu não consegui entender."

"Mas não disse nada, não é?"

Beales sacudiu a cabeça. "Não."

"Porque percebeu que era vantajoso para você, é claro."

"Verdade."

Ele estava com quarenta anos, velho demais para correr riscos. Trabalhara duro durante quase quinze anos, se defendendo e abrindo caminho na densa rede de poder da Corporação, como todos nós. Mentalmente, era mais velho do que deveria. Amava a irrealidade do ar-condicionado, sabia que estava seguro no ar-condicionado, o tipo de homem que deseja aprisionar o futuro e guardá-lo em uma conta remunerada da Merrill Lynch. Em suas canelas não havia mais pêlos, gastos pela fricção com o elástico das meias caras que usava, compradas pela esposa na Saks três vezes por ano. Ele odiava isso, porque lembrava-o que um dia iria morrer.

"Portanto", prossegui, "não é absurdo supor que foi você quem sugeriu ao Morrison."

Ele não disse nada. Nossa sopa foi servida.

"Você se dá conta de que eu não conheço *nenhum* dos caras da vs?", continuei. "De que Samantha tem andado pra lá e pra cá com Waldhausen e que você, Morrison, o pessoal da área de finanças e todo mundo estão fazendo uma puta duma festa usando o meu trabalho? Você se dá conta disso?" O volume da minha voz estava subindo e as pessoas das outras mesas começaram a olhar.

"Sim", disse Beales finalmente, alisando a gravata amarela.

"E eu imagino que vocês vão fazer a cabeça dos membros do Conselho e deixar o Presidente em alguma estradinha vicinal com a pasta na mão, ou abrindo covas no seu jardim de rosas nos Hamptons. O tempo todo era isso que vocês tinham em mente."

"Escute, Jack, quer saber se eu me importo que o Morrison tenha te escalado para uma expedição de pesca no meio dessa loucura? Não, francamente não me importo. Mas você tem que acreditar que não fui eu quem colocou esta idéia na cabeça dele." Beales movimentava as mãos com vigor. "Deve ter sido outra pessoa, quem eu não sei. Talvez os consultores, sei lá. O que estou propondo aqui é que nós paremos de nos agredir agora mesmo, entendeu? Não é bom para nenhum de nós."

Ele estava querendo se proteger. "Você é um puta dum cascateiro", eu disse.

Beales deu de ombros, bebeu um gole da sopa e colocou a colher sobre a mesa.

"Sabe o quê?", disse ele.

"O quê?"

"Achei que conseguiria conversar e ponderar com você sobre isso tudo, mas estou vendo que não consigo." Beales olhou em torno de nós, levantou-se, tirou do bolso um par de notas e jogou-as com desdém na mesa. "Prefiro comer um sanduíche de peru numa lanchonete."

Observei-o ir embora. O restaurante estava cheio de homens como Beales, debruçados, falando de negócios, conhecendo a tendência do dia, as últimas, as vantagens. Homens beirando os quarenta ou pouco mais, carregando nas costas uma esposa, vários filhos, a casa. Amarrados na poltrona para a grande viagem. A essa altura, parar seria morrer. Aqueles que não eram promovidos traziam no peito uma certa malevolência que seria na verdade o embrião de sua morte profissional. Você precisa ser promovido ou receber um projeto novo a cada um ou dois anos, senão todo mundo sabe que você embicou, virou pedra — eu já tinha visto homens e mulheres que haviam sido *enterrados* com quarenta e três, quarenta e quatro anos. Preocupação era marca fixa em seus semblantes. Enquanto isso, legiões de outras pessoas inteligentes se amontoavam na expectativa de pegar seu lugar, empurrando de trás, como você havia feito no seu tempo, de baixo, mordiscando seus pés como piranhas. Quando você está acima de determinado nível, ninguém sentirá pena se você tropeçar; ao contrário, as pessoas pisarão em seu cadáver estendido na calçada enquanto prosseguem a caminhada. Se você fosse um Beales com esposa e três filhos, as mensalidades escolares seriam estratosféricas e as prestações da casa alcançariam cinco mil dólares por mês. Ele próprio talvez estivesse procurando uma casa de praia numa área decente de Long Island, um lugar onde jogar a família por um mês durante o verão (alugar era uma chatice, e não permitia deduzir as prestações do imposto de renda); mas quem tem uma casa na praia precisa ter um barco para mostrar que não é pão-duro, e lá se vão mais setenta e cinco mil, fácil. Eu conhecia Beales; ele percebia que, na transação com a vs tudo que tinha a fazer era ficar por perto da toalha do piquenique. Isso provaria que ele realmente possuía a espinha dorsal indispensável para jogar grande nas grandes corporações, que ele não *precisara* dos anos 80, ao contrário dos outros, os parasitas e puxa-sacos que haviam crescido apenas porque a economia estava num período favorável. Ele sabia que sua hora estava próxima. Todo mundo estava em campo para pegar uma fatia. Beales pegaria a sua. E eu, o guloso Jack Whitman, iria pegar a minha.

Mas o que você consegue muitas vezes não é o que você quer. Quando voltei para o escritório, Helen me disse que naquela tarde eu deveria comparecer a uma apresentação dos consultores de sistemas. Mesmo nos níveis mais altos, a gente é forçado a perder tempo de vez em quando.

"Não posso ir", disse-lhe. "Essas coisas me enchem o saco."

"Você está escalado", ela objetou.

"E o resto das pessoas, todo mundo voltou para o Plaza?", perguntei.

"Acho que sim."

"Então eu poderia faltar nessa apresentação e ninguém saberia."

"*Deus* saberia."

"Ele já sabe tudo, Helen. O que aconteceu e o que acontecerá. Sabe também dos meus pecados e fica deprimido com eles. Ele achava que eu conseguiria um lugar para o grande show das nuvens, você sabe, com anjos, música de harpa e conversas com a Madre Teresa de Calcutá. Mas agora está fora de cogitação."

"Não enche e cai fora daqui", disse ela com jocosa seriedade. "Você está atrasado."

Peguei o elevador e saltei três andares abaixo, num labirinto de salas e corredores com carpete envelhecido e paredes riscadas e danificadas nos cantos pelos carrinhos de correspondência que transitavam por ali diariamente. Uma fusão com a vs implicaria sistemas de computação interligados. Encontrei a porta da sala de conferências fechada — estava atrasado. No escuro, não pude ver quem mais estava lá. Entrei e sentei-me no momento em que a apresentação estava começando. De pé, de frente para o grupo, estava o consultor de sistemas de informação — um jovem negro vestindo um terno engomado, um dos novos papas da tecnologia aplicada à contabilidade —, que havia sido chamado para discutir os problemas logísticos de ligar os computadores da corporação com os de uma organização hipotética do tamanho e com a complexidade da vs. O consultor piscava quase ininterruptamente, como se para ajustar a velocidade do pensamento em sua mente: "...e antes de apresentar os diagramas que demonstram a rede macro que vocês talvez desejem considerar, pensei em discutir rapidamente alguns...". Informações inúteis que ele poderia se limitar a pôr em pastas, se quisesse. Mas, como a empresa dele devia estar faturando mil e seiscentos dólares por hora, não surpreendia que preferisse apresentar o show completo. "...a fim de integrar uma rede remota descentralizada, composta basicamente por PCS com DOS, OS/2 e minicomputadores Digital VAX e talvez um Hitachi AS/EX-80 mainframe na Alemanha e convertê-los para padrões GAAP para uso aqui e de modo a combinar todas as taxas *baud*, meus amigos, sugeriríamos um sistema contábil KAP desenvolvido pelo Roma Grupo S.p.A, da Itália, que roda na arquitetura IBM S/370, porque funciona em oito línguas e é capaz de incorporar os tremas e diéreses suecos ou os caracteres japoneses do kanji de dois bytes, ou mesmo aqueles substantivos alemães incrivelmente longos."

O consultor soltou uma risadinha silenciosa e sorriu com paciência, um homem sagrado esperando sua mensagem ser captada pelos fiéis.

"O sistema pode operar com as cifras da América do Sul?", perguntei de minha poltrona no escuro. "Deve-se considerar que esta é uma possibilidade concreta. A inflação no Brasil gira em torno de quinhentos por cento ao ano."

"*Sim*", respondeu o consultor, sem dúvida contente por se ver diante de uma nova complicação. "Este é um aspecto *consideravelmente* bem observado. É preciso ter pacotes de contabilidade que possam deflacionar e revalorizar esses númeors malucos da hiperinflação da Argentina e do Brasil. Isso significa ter no software blocos de números grandes o suficiente para que os números na casa das centenas de bilhões em moeda local possam ser processados. Mas de que modo um sistema como este poderia ser configurado? Bem, amigos, precisamos lembrar que estamos falando da integração em rede de dois sistemas marginalmente compatíveis para que o pacote KAP do Roma Grupo possa funcionar com os dois. Chamemos os dois sistemas de A e B. Ambos são capazes de funcionar independentemente e têm tecnologias comparáveis; talvez o sistema B seja um pouco maior, mas o A é trinta por cento mais rápido. A informação pode trafegar de A para B ou de B para A. A questão básica tem a ver com *controle*. Quem controla a informação? Devem os dados da divisão financeira restringir-se ao sistema A para que..."

E assim por diante, interminavelmente, um comprido trem invisível carregado de informações. Com o esforço, o consultor piscava cada vez mais freneticamente — um sujeito capaz de projetar de maneira brilhante a complexidade de um enorme sistema computacional dentro de sua própria imaginação —, o tipo de pessoa que teria sido feliz em outra era, esculpindo infinitos detalhes em portas de palácios para a infinita glória dos Medici. Vieram então os quadros, gráficos e diagramas gerados por computador, com imagens estilosas e menus destacáveis projetados em uma imensa televisão, e o consultor de pé no ambiente escuro, à frente das silhuetas das cabeças de sua audiência. As imagens se sucediam na tela colorida de alta definição, os detalhes cada vez mais ricos, e ocorreu-me que só uma espécie de doença levava as pessoas a gastar seu tempo em coisas assim.

Na escuridão, comecei a adormecer. Talvez tenha realmente cochilado um pouco, pois dei um pulo quando senti a mão em meu ombro. Senti alguém perto de mim, o hálito de cigarro, uma quase imperceptível lufada de aroma de colônia pós-barba. Ato contínuo, ouvi as seguintes palavras sussurradas em meu ouvido: "Você tem o exasperante costume de dizer coisas interessantes, meu amigo, por isso este velho gostaria de ter mais uma discussão com você". A mão permaneceu firme. "Daqui a dois dias. Mas desta vez você terá que apresentar algo melhor, alguma coisa *nova*." A mão deu dois tapinhas em meu ombro. "Vou me esforçar para continuar vivo até lá."

O consultor continuava o blablablá e, antes que eu pudesse entender o que tinha acontecido, a figura se afastou silenciosamente sob a luz bruxuleante e desapareceu atrás da porta. O Presidente.

Ele estava no jogo.

À noite, em casa, sentei-me para assistir o noticiário enquanto Dolores preparava o jantar para nós três. Primeiro, Peter Jennings e o sarcasmo sutil de sua cabeça levemente inclinada para o lado. Mudei depois para o jornal da CBS, com Dan Rather — um indiano típico das bancas da cidade, com a diferença de que sua boca se mexia. Eu o vira uma vez caminhando perto do Black Rock, como era conhecida a sede da CBS; parecia perdido, usava óculos de lentes fundo de garrafa que davam a seus olhos a aparência de imensas ostras líquidas. Na TV, não dá para perceber como ele é corpulento.

Maria entrou, pulou no meu colo e pegou o controle remoto.

"Vou mudar de canal", ela disse.

"Maria, estou assistindo o noticiário e..."

Ela apertou o botão. Na tela, um carro avançava em câmera lenta em direção ao horizonte empoeirado, num clima de poesia, muitas cores e muito dinheiro. Quis dirigi-lo, ainda que já tivesse um carro que passava a maior parte do tempo em uma garagem perto dali. Maria tornou a mudar de canal. Agora era um comercial de cerveja, todo mundo com vinte e três anos de idade, todo mundo se divertindo como nunca na vida. Quis estar lá com eles. Os publicitários me conheciam muito bem. Na América, você pode não ser conhecido, mas os publicitários conhecem você direitinho.

"Quero ver o Bambi", disse Maria.

"Aqui não dá", expliquei. "Pra ver o Bambi você precisa da fita e o vídeo está ligado na outra televisão, lá embaixo."

"Por quê?"

"Por que o vídeo está lá embaixo?"

"É."

"Porque eu só tenho um e tinha que ligá-lo em um dos dois televisores."

"Ah." Ela olhou para a tela. "Quero ver o Bambi aqui!", ela reclamou, certamente me testando.

Maria não entendia a razão de não poder controlar o que via e onde via. Se o que queria assistir pudesse ser exibido na parede de uma bolha de sabão ou na superfície do leite em sua xícara, ela ficaria momentaneamente fascinada e aceitaria aquilo como realidade. Ainda era jovem o suficiente para ver isso acontecer um dia. A mágica da tecnologia não a intimidava, não por enquanto.

"Maria, posso te fazer uma pergunta?"

"Não!"

"Só uma perguntinha."

"Tá bom."

"Por que você gosta de assistir o Bambi e os programas de TV?"

"Porque é divertido."

"E se a TV funcionasse num computador?", perguntei.

"Ainda ia dar pra ver o Bambi?"

"Claro."

"Acho que ia ser engraçado."

"Imagine se você pudesse assistir o Bambi e dizer pra ele o que fazer."

"Gostei. Quero fazer isso!" Ela pegou o controle e começou a mudar de canal. A seguir, acionou a tela alternativa, uma pequena tela dentro da grande, sintonizada num segundo canal, e continou sua viagem pelas estações. Quando eu era garoto, a única coisa especial que tínhamos eram os desenhos animados do canal UHF local — nada de cabo, videocassete, televisores com telas grandes. O mundo de Maria era outro; com menos de quatro anos de idade, as novas tecnologias faziam parte da sua compreensão da realidade.

"Como você aprendeu a fazer isso?"

Ela pulou no meu colo. "Não sei. É gostoso."

Naquele momento, tive um lampejo e decidi o que faria com o Presidente. À noite, enquanto Dolores dava banho em Maria, liguei para o chefe da nossa subsidiária NewMedia em Los Angeles e perguntei-lhe se poderia despachar o último protótipo para Nova York. Ele entrou em pânico e disse que ainda não estava pronto para uma apresentação formal. Ainda havia uns probleminhas para resolver e o projeto estava distribuído entre nove pessoas em sete salas diferentes, cada uma trabalhando em diferentes partes do software.

"Vai ser informal", eu disse.

"Você precisa disso para o mês que vem ou coisa parecida?"

"Depois de amanhã. Coloque o software, o equipamento em que ele roda e o técnico num avião amanhã."

"É impossível atender este pedido."

"Não, não é", eu disse. "Coloque seu pessoal num avião. Não importa como farão para vir, desde que você esteja aqui amanhã para montar tudo."

"Impossível, definitivamente impossível. Além disso, trata-se de um pedido ultrajante."

"Não, é apenas uma encheção."

"Não, é *impossível.*"

Fiquei quieto e por alguns segundos deixei que suas palavras pairassem no espaço entre nós, os distantes zumbidos, murmúrios e zunidos do continente que nos separava.

"Para quem é o show?", ele enfim perguntou. "Um bando de analistas ou coisa do tipo? Gente de Wall Street?"

"Apenas uma pessoa."

"Uma?"

Eu disse o nome do Presidente.

"Você está brincando."

"Seremos eu, ele e o técnico que você mandar para ligar a engenhoca e fazê-la funcionar direitinho. Mas principalmente ele."

Ele já estava considerando a possibilidade.

"O software está com o sistema de ícones e menus e o melhor conjunto sintetizador de voz, certo?", perguntei.

"Certo, tudo isso está muito bom agora."

"O sintetizador de voz normalmente leva umas duas horas para se adequar ao indivíduo dono da voz?"

"Não, não. Já reduzimos para quinze minutos, no máximo."

"E a enciclopédia de imagens e cenas de filmes sobre a qual conversamos alguns meses atrás?"

"Já escaneamos e colocamos no programa... deixe-me lembrar o número... Tem um sujeito que está fazendo isso — acho que quatrocentos milhões de quadros, algo entre quatrocentos e quinhentos milhões de quadros. Filmes, todo tipo de coisa."

"Puxa."

"Isso mesmo", ele riu. "É muito bom. Nós aqui estamos orgulhosos pra cacete disso."

"E o pacote inteiro está funcionando direitinho, certo?"

"Ainda não está padronizado para produção em escala, mas..."

"Mas funciona, existe *uma* cópia que funciona direito?"

"Sim. Mas eu não tenho que obter autorização daquele cara, sei lá o nome dele, o vice-presidente de..."

"Esqueça", eu disse. "Eu me responsabilizo por tudo. Não vai haver problema. O jogo agora é num nível totalmente diferente."

Silêncio do outro lado da linha.

"Mande tudo para o trigésimo nono andar. Todas as despesas correrão por conta da minha verba. Não é uma despesa da divisão. Invente despesas também, se você puder usar isso no seu orçamento."

"Deve sair fácil uns cento e cinqüenta, despachar tudo por avião. As companhias de aviação não aceitam o que chamam tecnologia nível nove sem um seguro de vôo especial. Há o seguro por vibração excessiva, seguro por manuseio acidental — enfim, isso é realmente uma dor de cabeça. Já tivemos esse tipo de problema nas feiras. A mercadoria tinha que ser carregada no ponto de partida dos vôos, não podíamos usar conexões. E há também as embalagens especiais e as horas extras dos técnicos..."

"Não tem problema. Eu autorizarei todas as despesas."

"Com quem devo falar?"

"Comigo. Comigo e com mais ninguém."

Uma hora depois, Maria já estava na cama dormindo e eu na minha escrivaninha rodeado de papéis. Dolores entrou no escritório. "Estava lá em cima, procurando um travesseiro no closet, e vi que você ainda guarda todas as roupas da sua esposa", ela disse.

Eu não tinha sido capaz de jogá-las fora. O closet no último andar da casa estava cheio de vestidos, blusas, saias, calças e algumas roupas de gestante. Até as meias, calcinhas e sutiãs estavam guardados. Eu decidira dar tudo para uma igreja do bairro, mas às vezes, tarde da noite, eu subia até o closet e me deixava ficar, eventualmente capturando num instante fugidio a pálida presença de algum cheiro de Liz. Era um comportamento doentio e idiota, mas o fato é que eu acabei não conseguindo me livrar das roupas.

"Você quer experimentá-las?", perguntei.

Dolores olhou para mim. "Eu não sou a sua esposa morta."

"É claro que não", respondi. "Eu sei disso."

"Nem sei se elas serviriam em mim."

"Então esqueça."

Mas, dez minutos depois, Dolores apareceu vestindo um dos antigos ternos de Liz. O caimento estava bastante bom; Liz era um pouco mais alta, mas os ombros e peito mais largos de Dolores preenchiam adequadamente a blusa. Ela estava só de meias.

"Os sapatos não serviram", disse-me ao pé da escada. "Como estou?"

Eu não podia lhe contar, é claro, que Liz estava usando aquela roupa quando voltou da consulta com o ginecologista e anunciou que estava grávida. "Você está ótima", eu disse finalmente. "Pode vestir essa roupa para trabalhar amanhã."

"É claro que nesta roupa eu não sou *eu* de verdade", disse Dolores sorrindo. "E eu não sou ela."

"Quase totalmente diferente."

"Como?", provocou ela.

"Liz está morta e enterrada. Você está viva e tinindo."

Dolores tirou o terno.

"Você está aqui", eu disse.

"Mas você se *lembra* dela."

"É claro que sim."

"Mas lembra bem?" Ela tornou a vestir a roupa que estava usando antes.

"Tudo."

"Tudo?"

"Sim, tudo, verdade."

"Ela era tão boa na cama quanto eu?"

"Pensei que só os homens se preocupavam com essas coisas."

"Você vai responder minha pergunta?"

Aquilo era brincadeira apenas em parte. Não havia como Dolores desenterrar Liz e tê-la à sua frente para fazer uma comparação pessoal, de uma perspectiva feminina. Restava-lhe humildemente perguntar-me. Em certo sentido, era semelhante ao meu desejo de saber quem era Hector, só que eu tinha uma grande vantagem: ele estava vivo. "Você realmente quer saber, não é?"

"Sim", disse ela sacudindo a cabeça. "Conte tudo."

Naqueles verões em que trabalhava empacotando lagostas durante o dia, Liz costumava fazer loucuras na praia, à noite. Para ela, esses verões tinham sido fartos em carros, cerveja e rapazes. Ela sabia algumas coisas.

"Acho que dá empate", eu disse. "Você é tão boa quanto ela. Diferente mas tão boa quanto."

Dolores pareceu satisfeita com a resposta, como se esta elevasse Liz ao nível dela. Na sua maneira de entender as coisas, minha resposta significava que eu me casara com uma mulher de verdade e não apenas com uma dondoca travada que era fotogênica e tinha roupas bonitas. Ela abriu a gaveta do meu arquivo.

"Você se importa?", perguntou ela.

"Não. Apenas não tire as coisas do lugar." Todos os documentos relativos às minhas finanças pessoais estavam guardados em ordem no arquivo do escritório. O de sempre: extratos bancários, cheques usados, contratos de empréstimo, apólices de seguro, planos de saúde, um registro das melhorias feitas na casa, a certidão de óbito de Liz e o boletim da autópsia. Dolores pegou à toa um relatório de vendas de uma das divisões contendo os resultados mensais.

"Você gosta de ser um homem de negócios?"

"Nos dias que correm, não."

"Mmmmm." Ela tirou outro papel de uma pasta e fuzilou-me com um olhar de acusação. "Ei, o que é isso?"

"O quê?"

"Esta casa custou quinhentos e dezenove mil dólares?"

"Sim."

"Isso é uma fortuna."

"Não em Nova York."

"E você pagou tudo?"

"Bem, obtive um financiamento para boa parte desse valor."

"Sim, mas..."

"Você tem razão, é muito dinheiro."

Ela espiou outra folha de papel e arregalou os olhos. "Você tem mais ou menos dezessete mil dólares em sua conta corrente?"

"Sim."

"Na *conta corrente*!", exclamou ela chocada. "Quanto você ganha? Uns cem mil dólares?"

"O que deu em você, Dolores?"

"Quanto?"

"Mais que isso."

"Quanto?"

O pai dela costumava esquentar o feijão usando a chama-piloto do fogão para economizar alguns centavos.

"Não importa", eu disse suavemente.

"Me diga, eu quero *saber*, certo?"

"Não é da sua conta, Dolores."

Isso a deixou furiosa. "Ah, e era da sua conta quando eu lhe contei quase tudo sobre mim, que um cara branco me estuprou na ponte do Brooklyn e tudo mais?" Ela se deixou afundar na cadeira, os dedos da mão direita esticados juntos contra a testa, sustentando o peso da cabeça. Seus ombros balançavam levemente. Ela me olhou, os olhos raivosos e rasos d'água. "Você não entende como algumas pessoas têm que dar duro só pra ganhar uns míseros duzentos paus", ela disse. "O Hector, meu marido, as coisas que ele *fez* para ganhar dinheiro..."

"Sim", concordei.

"O que você quer dizer com *sim*? Você não sabe nada, é apenas um babaca branco rico, o tipo de que as pessoas vivem falando. Nunca consegui entender isso, essa injustiça."

Permanecemos em silêncio alguns minutos.

"Eu vou sair", disse Dolores.

"Isso é bobagem, já são dez e meia."

Ela já estava no meio da escada.

"Você dá uma olhada na Maria se ela acordar?"

"Claro, mas..."

"Vou demorar um pouco."

Segui-a escada abaixo. "Quando você volta?"

"Em duas horas, talvez."

"Eu não posso perguntar aonde você está indo?", disse exasperado.

"Não."

Tão logo Dolores fechou a porta atrás de si, comecei a suspeitar, preocupado, que ela estava saindo para ver Hector, que ligaria para ele marcando algum encontro. Mas como? Pelo menos até aquela manhã, Hector não sabia onde ela estava. Eu não podia sair de casa para segui-la; se alguma coisa acontecesse com Maria durante a minha ausência, eu nunca me perdoaria. Dolores também não. Da porta da frente eu a vi afastar-se. Já tinha percorrido meia quadra. A noite agora era dona das ruas do Brooklyn, que iam pouco a pouco recebendo uma população diferente da que se vê ali durante o dia. Permaneci à porta, preocupado. Do outro lado da rua, um mendigo alto e magro vasculhava latas de lixo.

"Ei", chamei.

O homem ergueu a cabeça e olhou em volta. "Sim, é comigo?"

"Vem cá, quero falar com você."

Ele me viu e lentamente atravessou a rua, empurrando um carrinho de supermercado. Quando chegou ao portão, desci os degraus de pedra e me aproximei. "Você quer ganhar um dinheiro?"

"Estou ganhando dinheiro neste momento, basta eu achar minha próxima lata."

As luzes dos postes revelaram-me um rosto sulcado por desgraças.

"Não", eu disse, "estou falando de dinheiro de verdade, uns cem paus."

Ele me fitou com um olhar de dúvida. "Parece perigoso. Não faço esse tipo de trabalho."

"Não, este é fácil."

"E por que você está pagando tanto?"

"Porque sou um idiota. Está vendo aquela mulher?", apontei em direção à rua. "Ela, ali, acabou de dobrar a esquina."

"Já vi."

"Quero que você vá atrás dela e descubra aonde está indo."

"Isso pode ser muito longe."

"Acho que ela vai continuar a pé. Não deve pegar um carro. Não importa o lugar, mas deve ser a pé."

"Ela tá encrencada?"

"Não, não necessariamente. Isso é assunto particular meu."

"Bastante particular pra eu acabar levando um tiro?"

"Siga a mulher. Eu te dou cinqüenta pratas agora e cinqüenta quando você voltar."

"Isso pode levar a noite inteira, amigo."

"Não, ela me disse que estaria de volta em menos de três horas. E se não for assim, você pode voltar daqui a três horas."

"Cadê os cinqüentinha?"

Abri a carteira e entreguei-lhe as notas. "O que você vai fazer com o carrinho?"

"Levar comigo."

"Você vai empurrar o carrinho enquanto a segue? Por que não deixa aqui, no meio dessas moitas?"

"Porque algum cara como eu pode aparecer e passar a mão nele, só por isso."

"Se você prefere assim..."

"Não se preocupe comigo. Daqui a pouco eu estou de volta."

"Volte antes dela, apenas veja aonde ela vai."

"Combinado." E assim partiu o sujeito, com novo ânimo em suas passadas, empurrando o carrinho de supermercado de volta para a rua, a carga batendo e tilintando. Entrei em casa me perguntando se não tinha acabado de jogar fora cinqüenta dólares.

Não tinha. Quase duas horas depois ouvi uma leve batida na porta. Abri a porta interna e olhei pelo vidro. O homem estava de volta.

"E então?"

"Mulher *estranha,* essa", ele murmurou excitadíssimo. Percebi que tinha bebido. "Fui andando bem como você me falou, a mulher consegue caminhar muito, sempre rapidinho, mesmo depois de trinta quadras, e daí ela entrou num bar lá na Sexta Avenida, acho que perto da rua 24, certo?" O rosto dele estava brilhante. "Bom, daí eu penso que a questão tá resolvida. Ela vai entrar num desses lugares e encontrar um cara, e era isso que você queria que eu descobrisse. E eu tava pensando que você tinha sido bem malandro mesmo, me mandando espiar a mulher, eu tava dando os parabéns pra você e pra *mim,* porque arranjei um dinheiro nisso, entende, e daí eu entrei numa loja de bebida e comprei uma garrafinha pra mim, e decidi que ia voltar aqui pra pegar meus outros cinqüenta, mas daí eu vejo que ela tá saindo e fico esperando aparecer o amante bacana em algum lugar, certo, entende, eu fico olhando o traseiro dela balançar pra lá e pra cá já faz quarenta e cinco minutos mas não aparece nenhum bacana, só uma outra mulher, uma mulher que tem uma tremenda bunda, grande como um peru, e elas falam e falam e eu não consigo ouvir nada, porque tô do outro lado da rua, na minha, na moita, entende."

Preocupado, encostei-me no batente da porta e continuei ouvindo. "Muito bem, e daí?"

"E daí ela começa a andar de novo, mas não pra cá. Não, não. E eu fico pensando ai que merda, isso não vai acabar nunca. Ela agora tá carregando um tipo de sacola na mão, não é muito grande, uma dessas sacolas que dão no supermercado. Daí a gente começa a caminhar de novo, só que agora ela tá descendo a Quinta Avenida pra rua 23, e eu começo a achar que ela vai encontrar o bacana lá, na casa dele, vai ver que ela só entrou no bar pra ligar pra ele. Vai ser um bacana com dinheiro ou crack ou alguma coisa, porque ela é uma mulher bonita, certo?" Ele soltou uma gargalhada. "Ora essa, por que caralho alguém vai se importar pra onde ela vai, certo?"

"E pra onde ela foi?", perguntei com aspereza, nem um pouco interessado em sua análise, apenas preocupado com a segurança de Dolores.

"A gente vai então até aquele cemitério bem ali na rua 22, o Cemitério Greenwood, onde tem um monte de gente enterrada, conhece?"

Eu conhecia — vários hectares de sepulturas sombreadas por incontáveis árvores grandes e protegidas por uma cerca de ferro alta com pontas em forma de lança.

"...e aí eu penso: *aqui* eu não entro. Tava escuro e esses lugares tão sempre cheios de caras com armas e o diabo, umas coisas muito sérias costumam acontecer nesse cemitério às vezes, entende, porque lá tem umas covas recém-cavadas e eu ouvi dizer que uns caras falavam como dá pra colocar alguém dentro da cova e ele nunca mais é achado, porque o mato cresce em cima e ninguém quer ir *procurar* um corpo na cova de outra pessoa, porque precisa ter uma ordem judicial e o caralho, e aí eu penso que droga, essa mulher vai entrar aí dentro e armar alguma coisa. Tem uma corrente no portão principal mas acho que tem também uns cem jeitos de entrar lá onde a cerca tá quebrada, e ela entra por um desses buracos na cerca. Igual se ela fosse entrando numa porra dum *supermercado*. Caralho. E eu penso que corajosa é essa puta, tem colhão pra se meter naquele cemitério cheio de assassinos e fantasmas e o diabo, e daí eu não agüento mais e começo a ficar preocupado e o caralho, pensando que vou perder a mulher, e aí eu escondo o carrinho nas moitas e começo a seguir ela, bem quietinho."

Ele parou e respirou fundo. Seu rosto brilhava de excitação. "Ela sabe direitinho aonde tá indo. Ela já tinha bolado tudo, certo? A gente não tá na seção dos túmulos ricos com todas as estátuas e casinhas de mármore, a gente tá na seção *pobre*, onde as covas são pequenas, e daí a gente vai prum lugar onde as pedras que cobrem os túmulos ficam só na altura do chão e são pequenas, do tamanho de uma folha de papel, e a gente sabe que não tem nada mais pobre que isso. Porque mais pobre que isso só *morto*, certo? É claro que ali o cara já tá morto *de qualquer jeito*, eh, eh. E daí eu vejo um pouco afastados uns caras, um deles tá com um isqueiro na mão, puxando crack ou qualquer merda assim, matando alguém ou alguma coisa, e eu penso que ela vai ver eles e eles vão me pegar e me matar. Mas a sua mulher vai bem devagar e encontra a coisa que tava procurando, é uma das sepulturas mais pequenininhas de gente bem pobre, e ela pára e ajoelha e acende umas velas e começa a cantar, sei lá, meio como um choro. Igual se ela tivesse triste e tivesse sendo fodida. E daí esses outros caras, eles vêem que alguma coisa tá acontecendo e eles tão rindo e dá pra ver que já tinham bebido um monte, sabe, pelo jeito de rir, e daí eu pego a minha garrafinha e tomo um gole, e eles começam a chegar mais perto, com jeito de que vão foder alguém e fazer um estrago, e daí a sua mulher lá diz: 'Não vem me encher, eu estou rezando'. Alguma coisa assim. E era melhor mesmo ela dizer bem dito da primeira vez porque senão não tinha segunda chance. Os caras iam chegar rindo e te furar rapidinho. Ela falou alto e bem falado, mas a negrada achou engraçado. A coisa mais engraçada que já tinham ouvido, e daí eles chegam mais perto com as lanternas e o caralho, bem perto pra notar que é uma mulher e aí dá pra saber que eles começam a pensar em estuprar ela. Porra, *eu* tava pensando nisso já fazia uma hora. Mas daí ela tira uma coisa da sacola e a coisa tá *viva*! É um pássaro ou uma galinha ou *alguma coisa* e isso pára os caras, e eles vêem que ela tá com uma faquinha na mão e ela grita alguma coisa em espanhol e daí corta fora a cabeça do pássaro e joga o corpo no ar e o pássaro começa a correr, meio que sem a puta da *cabeça*, caralho. E eu tô fodido! Agora eu tô bebendo, cara, e os putos dos garotos vêem *isso* e se mandam de lá, correndo pra se esconder nas tetas da mamãe e eu ouço uns dois tiros, igual se eles tivessem atirando na galinha ou coisa assim, e daí, doutor, eu caí fora de lá eu mesmo. Não sei se ela me viu ou o quê. Só quero agora meus cinqüentinha e ir embora pra poder descansar um pouco."

Olhei para ele incrédulo.

"É isso aí, amigo."

"Ela está voltando?", perguntei ansioso.

"Já já tá aí. Agora me passa os cinqüenta."

Entreguei-lhe o dinheiro. Ele o merecera. "Espero que você use isso pra comprar comida", eu disse. O homem puxou de dentro da roupa um pedaço de barbante pretejado e gorduroso, em cuja extremidade havia um saquinho onde ele rapidamente escondeu o dinheiro; em seguida, tornou a colocá-lo no meio das roupas.

"Comida?", ele respondeu. "Vou arranjar um *filezão* pra mim, garoto."

Não muito depois, ouvi o ruído da chave na porta da frente. Dolores entrou e, sem olhar para mim, caiu no sofá, seus cabelos escuros úmidos e furiosamente desalinhados, a pele ruborizada, os olhos sombrios. Sentei-me de braços cruzados em uma cadeira na frente dela, acovardado por sua expressão ao mesmo tempo enlouquecida e *forte*, inequivocamente a filha de uma robusta mulher dominicana. Ela estava toda desarrumada, como se tivesse acabado de sair da cama de um amante. Mas eu sabia a verdade. Na prateleira sobre a lareira o relógio tiquetaqueava delicadamente. Os olhos de Dolores encontraram os meus.

"O que você está olhando?", ela disparou.

"Eu sei aonde você foi", eu disse.

Um amargo meio sorriso entreabriu-se em seus lábios. "Duvido."

"Ao cemitério."

Dolores fuzilou-me com seus olhos escuros. "Você deixou a Maria sozinha?"

"Não, não deixei." Tratei de manter a voz no tom mais equilibrado e razoável possível. "Pedi a um mendigo que seguisse você. Ele me contou tudo, falou da galinha, a história inteira."

"Caralho, você não tinha o direito de fazer isso."

"Ele me contou que você visitou um túmulo."

O olhar de Dolores fixou-se em mim e logo a seguir perdeu-se em algum ponto distante.

"Meu pai", disse ela finalmente, quase inaudível.

"Ah."

"Tá bom assim?", perguntou irritada.

"Você *precisava* ir de noite?"

"Eu queria ir."

"Você poderia ter se machucado. Não quero que você saia por aí à noite desse jeito. Tem a Maria e..."

"E o quê?"

"E eu não quero que nada de ruim aconteça com você."

Ela refletiu sobre minhas palavras. Seu rosto não pareceu nem um pouco mais tranqüilo. "Eu poderia ter saído pra dançar", ela disse com sarcasmo. "É isso que eu deveria ter feito."

"Eu ficaria com ciúmes."

"Você e o Hector." Em seu rosto não havia nada exceto nojo. Percebi que, ao contrário de muitas mulheres, ela não tinha medo dos homens, medo nenhum. Talvez tenha sido isso o que achei tão excitante nela.

"Ele é muito ciumento?"

"Ele sabe o que eu vou fazer", disse Dolores enquanto alisava os cabelos com os dedos. "Eu fiz algumas coisas, sabe. Ele não sabia mas sabia, se é que dá pra entender."

"Por exemplo?"

"Você não gostaria de saber", disse ela novamente, a voz carregada de perversidade. "Não é um comportamento que as *senhoras* do seu escritório teriam, não é um comportamento que a sua *esposa* teria."

Permaneci calado.

"Você quer o pior?"

"Claro."

Ela observou minha expressão para ver se eu estava falando a sério. "Acho que se a gente vai continuar junto é melhor você saber algumas coisas. Mas você não vai gostar do que vai ouvir."

Eu estava esgotado e tenso por causa do trabalho, além de temeroso quanto ao que me aguardava no dia seguinte; teria de planejar a chegada do projeto da NewMedia, dar uma passada no DiFrancesco, entender a presença do Presidente na apresentação dos sistemas de computação. E ainda não havia contado a Dolores que Hector estava à procura dela. Eu estava sendo atropelado pelos acontecimentos. Mas entendia que Dolores estava pronta para aprofundar sua relação comigo e me sentia inebriado pelo mistério que a envolvia. "Conte-me, Dolores, eu posso agüentar."

"Se você quer mesmo ouvir o que tenho a dizer, é melhor a gente subir lá para o terraço e levar um pouco daquele vinho", disse Dolores.

"Eu fiz algumas coisas que não deveria ter feito. Mas não me arrependo do que fiz, sabia? De qualquer forma, não deveria ter feito. Isso foi quando eu e o Hector não estávamos nos entendendo muito bem. Eu sempre achei que o Hector era o mais forte entre nós dois." O vento chicoteava os cabelos de Dolores. "Eu costumava pensar que era uma pessoa de sorte por ter casado com o Hector. Ele era tão forte e machão e seguro de si, entende? Mas estava enganada. Eu era muito nova pra perceber. Ele estava no auge, certo? Aos vinte e quatro anos, o Hector tinha atingido o ponto mais alto de sua vida, jamais seria melhor que aquilo." Ela sorriu. "Ele me fodia tanto, mas tanto, que era como respirar. A gente transou até três semanas antes do bebê nascer, mesmo contra a recomendação do médico. Mas tempos depois a gente começou a ter problemas."

"Que problemas?"

"Dinheiro, sei lá, um monte de coisas. Ele não estava conseguindo se manter num emprego e andava infeliz boa parte do tempo. Costumava ficar de sacanagem com umas garotas num bar perto de casa. Não acho que ele estava realmente fazendo alguma coisa. Mas eu ficava louca da vida, entende, ele não dava bola pra mim. Eu meio que estava *insatisfeita* com tudo."

Dolores então contou que um dia estava fazendo compras na bodega da esquina, quando notou alguns caminhões de bombeiro em frente a um prédio mais adiante na rua e se aproximou para ver a cena, se havia chamas, fumaça, vítimas etc. Ao chegar perto, ficou claro que não havia nenhuma grande emergência; meio sem fazer nada, um bando de bombeiros irlandeses usando as calças antichamas e com o cano alto das botas de borracha virado para baixo na altura do joelho, deixando à mostra o nome deles escrito na parte interna das botas, aguardava instruções do comandante, que verificava a situação. Um dos bombeiros desconectava a mangueira de um hidrante e ela perguntou-lhe o que estava havendo.

"Ah, nada de mais", respondeu ele sem erguer o olhar. "Só um cara fumando na cama. Apenas fumaça, nada queimado."

O bombeiro havia tirado a pesada capa de borracha amarela e usava só a camiseta azul com a insígnia NYFD dos bombeiros gravada em letras brancas nas costas. Dolores ficou observando os salientes músculos nos braços do homem. Um divertido espasmo de desejo agitou-lhe o corpo; queria que aquele homem fizesse alguma coisa com ela, percebeu. O bombeiro finalmente tirou a mangueira do hidrante.

"Então foi só um foguinho, hein?"

O bombeiro se levantou. Era um puro exemplar de irlandês do Brooklyn. Grande, talvez no futuro um gordo pançudo, mas, naquele momento, um rapaz de vinte e sete ou vinte e oito anos de cabelos curtos e grossos, olhos azuis como uma caixa do correio. Ele olhou para ela. "Isso mesmo. Qual é o seu nome?"

"Dolores."

"E então, Dolores, quer foder?"

Ela o olhou chocada.

"Porque me parece que este é o ponto em questão entre nós, certo? Não posso ficar conversando agora, mas até onde eu posso ver este é o ponto. Eu passo por essa esquina no fim do meu turno, às dez horas. Se você quiser se encontrar comigo, a gente vai."

Pronto. Simples assim. O bombeiro voltou ao trabalho. Sem dúvida o cara era um babaca, pensou Dolores, mas havia nele algo parecido com o que Hector costumava ser e, claro, ela queria sexo desesperadamente. Além disso, era branco e não poderia estar com AIDS, porque todo mundo sabia que os gays não eram admitidos no corpo de bombeiros. Ela então pediu a uma amiga que tomasse conta do bebê naquela noite e, se Hector voltasse para casa antes dela, deveria lhe dizer que ela havia dado uma saída. Dolores não estava nem aí para o que ele pensasse. Às dez horas, atravessou a rua e ficou esperando na esquina. Minutos depois, um Trans Am apareceu e piscou o farol. Ela entrou e eles não falaram muito. O bombeiro levou-a para a casa dele, um sobrado de vários níveis em Staten Island; tomaram um drinque, ele se aproximou e apagou as luzes. Dolores temeu que ele fosse bater nela, mas isso não aconteceu. O nome dele era Patrick; beijou-a com volúpia e começaram a tirar as roupas.

Exaltada, a voz de Dolores retumbava na escuridão, uma voz de raiva, frustração e desejo. Perguntei-me o que levara Dolores a trair o marido de maneira tão casual. Ainda não entendia por que o casamento com Hector desmoronara tão rapidamente, mas, antes lhe fazer a pergunta, Dolores retomou seu relato. "Fizemos o que se faz nessas situações, entende, mas de repente ele disse que queria pôr no meu cu. Hector nunca tinha feito isso, dizia que dava azar. Achei que fosse doer, e doeu mesmo um pouco, mas ele foi cuidadoso. Depois, abriu uma gavetinha e pegou um... um desses pintos compridos de borracha, sabe, um consolo, e me colocou de quatro e continuou entrando e saindo da minha bunda e perguntou se eu gostaria de usar também a outra coisa. Eu não sabia, achava que ia doer. Ele disse que sabia o que estava fazendo, não ia doer. Se doesse a gente pararia. Ele então pegou e, sabe, pôs os dois ao mesmo tempo, o consolo na frente e ele atrás. Preciso admitir que foi uma coisa... uma coisa que eu nunca tinha sentido antes, na frente e atrás ao mesmo tempo. Eu meio que fechei os olhos e fiquei mordendo o lábio. Foi tão... estranho, doía mas era *gostoso*. E era estranho uma garota católica como eu estar fazendo aquilo; além do mais eu era casada, e mãe. Eu meio que me odiei por ter feito aquilo e meio que não. Mais tarde, quando ele me levou pra casa, perguntou se eu tinha gostado e eu respondi que achava que sim, e ele quis saber se eu toparia transar com ele e mais dois amigos; ele me mostraria os caras e, se eu gostasse deles... Então pensei: eu me machuquei esta noite? Não. Só me senti um pouco esquisita. Mas também me senti meio *feliz*, eu tinha descoberto uma coisa que não deveria fazer e não tinha sido tão ruim... Eu não estava machucada, não tinha apanhado, certo? Eu disse então que ia pensar. Uma semana depois saí de novo sem o Hector saber, o tal do Patrick me pegou e fomos de carro até a casa dele de novo. Os dois amigos estavam lá, irlandeses como ele, só que esses eram policiais. Também eram casados. Olhei para eles e não achei que eram tão ruins assim, quer dizer, eram limpinhos, e não gordos e nojentos. Eles então abaixaram as persianas e nós começamos a beber. Um deles começou a cheirar coca mas eu disse não, obrigada... Depois, ligaram o som, aquele cara que toca saxofone, sabe, Kenny G., e o Patrick me pediu pra tirar a roupa e eu fui tirando. Os outros caras começaram a tirar também e eu disse que se eles estavam pensando em coisas violentas era melhor esquecer tudo. Não me importava que fossem três. Isso pra não falar nos revólveres que tinham largado na mesa. Então todo mundo tirou a roupa e daí você pode imaginar, os três ficaram se revezando, e eu lembro que a certa altura eu comecei a rir e eles perguntaram por quê. Eu disse que nós éramos todos católicos, por isso, e eles também riram. Ha, ha, ha, todos católicos. Eles então foram fundo e me chamaram de maloqueira... e as coisas foram ficando, sabe, um pouco pesadas. Mas eu lembro que, mesmo sendo ruim, mesmo eu sendo ruim, estava gostando de ter aqueles homens dentro de mim. De certa forma eu esperava que eles seriam maldosos, mas não foram. Eles não me *machucaram*. Disseram algumas coisas mais pesadas, sabe, mas era mais para que os outros se divertissem, para eles era excitante, e todos meio que sabíamos que aquela seria a única vez. Quer dizer, eu sei que foi degradante, como quando eu estava de quatro e eles em cima de mim — você pode imaginar, mas, pra falar a verdade, tinha uma coisa nisso tudo que eu meio que estava gostando, eu sei que não é isso o que as mulheres direitas devem querer. Eu estava doída, eles me foderam pra valer, meu cu e minha boca doíam, tudo. E dois deles vieram de novo, enquanto o terceiro só assistia, não estava conseguindo ficar duro de novo porque estava pensando na esposa, e todo mundo riu. Foi um pouco triste. Depois, tomei um banho e a gente bebeu mais um pouco. Achei que ia chorar mas não chorei. Os dois policiais tinham que entrar em serviço e Patrick me levou para casa. Perguntou quando a gente ia se encontrar de novo e eu disse que não mais, fim de linha. A gente tinha feito aquilo, ninguém tinha se machucado e pronto, não mais. Eu não queria entrar num negócio mais fixo. Disse que amava meu marido. Ele ficou meio bravo mas falou que entendia. Pensei então que pronto, tudo tinha acabado ali. Burrice minha. Começaram a correr na vizinhança uns boatos de que eu tinha feito sexo com seis bombeiros, de que toda semana eu transava com quatro policiais e assim por diante... acho que um deles deu com a língua nos dentes — no quartel do corpo de bombeiros eles só ficam de papo furado e de vez em quando lavam os caminhões. Um deles falava um pouco de espanhol, talvez tenha sido ele. O Hector sabe tudo sobre mim, é por isso que é tão ciumento. Fazer aquilo foi errado, porque eu tinha um bebê e também por causa do Hector. Mas e se eu não fosse casada? Seria errado? Não sei. Eu não fiquei grávida, não peguei nenhuma doença, por isso não me sinto infeliz com essa história, entende? É claro que quando o Hector soube dos boatos ele quis me bater. Mas ficou com medo de que os policiais aparecessem para tirar satisfação. Ele queria saber se o que as pessoas andavam falando tinha mesmo acontecido. Eu disse que nunca lhe contaria. Mas ele sabe. Ele me conhece, ele sabe."

As palavras de Dolores iam sendo engolidas pela noite. Ocorreu-me que havia uma certa coragem naquela mulher.

"Eu lhe contei o que aconteceu com a loja dele, certo?", prosseguiu Dolores. Em torno de nós, o vento atravessava as árvores. "Isso fez ele mudar... nunca se sabe quando alguma coisa pode acontecer..." Dolores lançou o olhar sobre os telhados dos prédios. "Ele não é mais o mesmo, quer dizer, ainda é um cara de pavio curto e parece um louco furioso quando algumas coisas acontecem, entende, mas o Hector ficou meio triste. Eu vivia preocupada, achando que ele ia pular de uma ponte ou coisa do tipo. Costumava dizer pra ele: 'não agüento mais isso'. O Hector falava que caras como ele se fodiam desde o dia em que nasceram até morrer. Como a mãe e o pai dele, e os avós, e assim por diante. Ainda posso ouvir a voz dele dizendo isso. O Hector, ele sempre quis ser rico. É por isso que eu me sinto aliviada por ele não saber onde eu e a Maria estamos agora. Preciso arranjar um advogado pra tratar do meu divórcio ou coisa parecida."

"Você ainda o ama?"

Dolores parou para pensar. Luzes vermelhas piscavam no topo do World Trade Center.

"Claro que ainda amo. Mas não é disso que a gente está falando."

Dolores tinha concluído. Em silêncio, permanecemos sentados no terraço, o vento golpeando nossos rostos e trazendo aquela estranha sensação que nos toma quando rompemos velhas fronteiras. Como homem, eu entendia as ansiedades de Hector em relação a Dolores. Mesmo no calor do ato é possível ler a expressão do rosto da mulher e saber que ela está longe, muito longe de você. Entendo agora que, quando Dolores e eu transávamos, ela estava fodendo simultaneamente com todos os homens que tivera antes — como se sua mente fosse avançando por um corredor —, até com o sujeito que a estuprara quando ela ainda era tão jovem e jogara sua calcinha da passarela de pedestres na ponte do Brooklyn. Aquela mente enfeixava todo o passado. Não havia como possuí-la inteira. Fosse eu mais jovem e teria sentido uma onda avassaladora de ciúmes, cairia em desespero, ficaria atormentado e tentaria reverter a situação. Mas a carne não hesita. Dolores sabia, creio eu, que o mesmo acontecia comigo. Sabia de Liz e poderia ter intuído sobre as outras. Faz parte da natureza do que se passa entre homens e mulheres. Quando Dolores e eu mergulhávamos na escuridão, como fizemos mais tarde naquela noite, estávamos fodendo e sendo fodidos também por amantes passados: Liz, Hector, Samantha, o bombeiro, as garotas da minha juventude, os rapazes antes de Hector. O quarto, a cama e o suor eram sombras de tempo e morte adejando em torno de nós; acho que ambos sabíamos o suficiente sobre a vida, percebíamos a tragédia que viceja em sua essência e nos escondíamos no fugaz refúgio do prazer. Para alguns casais, a intimidade mais profunda vem depois, no abraço que segue o espasmo. Para nós, a intimidade estava no próprio espasmo, minha testa suada afundada na dela, a língua dela enfiada em minha boca, chupando-me como se fosse arrancá-la de minha cabeça, o que sempre deixava um suave rastro de dor. Exauridos, desvencilhávamo-nos um do outro e caíamos cada um para um lado, cada um consigo mesmo, suados ao fim da viagem, acabados.

Na manhã seguinte, quando cheguei ao trabalho, o corpo endurecido pelas poucas horas de sono e pelo esforço do sexo, dei uma olhada na bandeja de entrada de documentos de Helen e encontrei um envelope de correspondência interna. Era o relatório que eu solicitara a Janklow, da Big Apple Cable; eu já havia esquecido o pedido que fizera. Desenrolei o cordão em torno do fecho e tirei a papelada de dentro. Havia uma carta servil, na qual ele pedia desculpas pela demora, e a cópia de um memorando para o Presidente — ele nunca o veria, eu tinha certeza — em que Janklow, para justificar o atendimento do meu pedido, reportava obedientemente a conversa que tivéramos. Ah, as atitudes mesquinhas que somos forçados a tomar no trabalho. A pasta em si pareceu-me bem menos recheada do que eu esperava. Sentei-me à minha mesa, com plena consciência de estar violando os direitos de Hector como empregado e como cidadão.

Os poucos documentos estavam dispostos de maneira desordenada. Em primeiro lugar, vinha um registro de observações dos supervisores anotadas a cada três meses; tudo, claro, muito superficial, com comentários concisos e repetitivos: "Trabalha bem. RHE bom. (Interpretei isso como sendo Registro de Horas Extras.) Postura diante do trabalho boa". "Trabalha bem. Capaz de calcular perda de dB. Faz emendas bem, treinado para instalar parabólica, entende sistema de separação de canais e amplificação. RHE bom, boa postura." "Trabalha bem com colegas. Treinado para montar painel de cabo coaxial. Cortou a mão em 12/5 — faltou um dia. RHE bom, postura correta." E assim por diante. Hector, considerando toda a sua raiva e sofrimento, era um funcionário exemplar. Em três anos e meio, tivera apenas quatro faltas. Continuei a folhear as páginas, sabendo que não descobriria nada. Folha após folha revelava-se a inabalável lealdade de Hector à Corporação; se eu de algum modo esperava encontrar um perfil psicológico de Hector que me fosse útil, havia me enganado. Afinal de contas, ele era apenas um empregado, uma peça de menor importância. A Corporação estava na vida de milhares de homens e mulheres como ele. Como a maioria dos executivos das grandes corporações — refiro-me àquelas com, digamos, mais de vinte e cinco mil empregados —, eu não conhecia nenhum funcionário das entranhas mais baixas do aparelho corporativo. Embora normalmente gostássemos de acreditar que éramos compassivos em relação a esses trabalhadores de nível mais baixo, o fato de na realidade não *conhecermos* nenhum deles tornava emocionalmente insípidos atos como cortar as verbas para os planos de assistência odontológica e ou para os planos de previdência da Corporação, ou ainda eliminar certas divisões ou encerrar atividades. Seria errado dizer que ninguém se importava, mas — seria correto dizer — esperava-se das pessoas que não se importassem tanto.

Ao examinar cada página da pasta, eu não conseguia deixar de refletir sobre a fina linha que ligava o Presidente a Hector. Ambos estavam informados um sobre o outro, ainda que num plano abstrato, e seria razoável afirmar que cada um ocupava uma pequena parte da consciência do outro; havia uma relação entre eles. Se as chances de um deles eventualmente vir a falar com o outro eram mínimas, o mesmo não se poderia dizer das chances de eu conversar com Hector. Nós já o havíamos feito, várias vezes, mas, na mente de Hector, não existia muita diferença entre mim e o Presidente; éramos versões semelhantes de homens, apenas atravessando momentos diferentes do arco do poder. Hector podia ter contra mim o ódio que os homens sem poder alimentam com razão contra os que o têm. Para ele, eu era a Corporação encarnada; da mesma maneira como ela o fodia pagando-lhe salários aviltantes e obrigando-o a trabalhar como escravo, eu estava agora roubando sua família.

O dossiê indicava que ele continuava trabalhando zelozamente como instalador de cabos, ligando os lares da cidade à malha da cultura de massa; sem dúvida era um trabalho esgotante furar buracos nas molduras das janelas, acionar o grampeador industrial para prender rente aos rodapés e batentes os espessos cabos e fazê-los chegar ao ambiente onde os moradores assistiam à TV. Os homens usavam uniformes azul-claros com finas listras vermelhas e o nome costurado no bolso. Deslocavam-se em um Ford Econoline 150 com uma escada presa no teto. Boa parte do trabalho era feita ao ar livre, independentemente das condições climáticas. Todos os dias Hector lidava com as realidades domésticas dos clientes da companhia — crianças, cachorros, salas de jogos, inválidos — e portanto devia ter uma grande quantidade de informações com as quais podia comparar sua própria vida. Às vezes, contou-me Dolores, não valia mesmo a pena todo o esforço; ele era pago por serviço, não ganhava por hora, e, sem dúvida, com freqüência encontrava obstáculos difíceis, como quintais nos fundos que o impediam de estender o cabo a partir da linha-tronco e clientes que não estavam em casa na hora marcada ou não aceitavam que a parede fosse furada. Hector simplesmente passava um risco na ficha de visita em duas vias, ligava para o escritório, anotava os dados do próximo serviço e seguia para o local. É por isso que era forçado a fazer um bico na loja de carros usados, onde tentava empurrar latas velhas reformadas para os incautos. Pelo que pude entender, seu esforço quase infrutífero valeria a pena se pelo menos, ao chegar em casa no fim do dia, encontrasse Dolores e Maria. Um homem, eu sabia, é capaz de suportar toda espécie de tribulações e dificuldades se sabe que o faz com um fim. Mas, para Hector Salcines, esta satisfação não existia. Dolores e Maria o haviam abandonado. Era inevitável que seu desespero aumentasse.

Voltando ao início da pasta, deparei-me com a ficha de pedido de emprego de Hector, preenchida a mão, com as mesmas letras de fôrma mal desenhadas que ele usara nas mensagens para mim. Na ficha, constava que era casado. No alto, a mensagem *Contratado* carimbada em vermelho e, numa folha anexa, uma cópia da ficha de informações gerais do empregado. Tudo parecia em ordem — o endereço residencial, o nome completo e a data de nascimento (20/3/65) de Dolores e outros detalhes corriqueiros —, exceto pelo fato de que Hector declarava ser pai de duas crianças e não de uma. Por alguns segundos fiquei confuso. *Duas*? Mas era isso mesmo. Lá estava: Hector Roberto Salcines, idade: 3 anos; Maria Paloma Salcines, idade: 5 meses. *Três anos e meio antes, Maria era irmãzinha de um menino.* Seria possível que Dolores fosse a mãe das duas crianças? Minha dúvida durou pouco. *Sim* — o nome do meio de cada criança era idêntico ao dos pais de Dolores.

Fechei a pasta e recostei-me na poltrona, como que prestes a desfalecer, uma dor de cabeça perfurando-me os pensamentos. Do lado de fora, Morrison marchava com estrépito pelo corredor. *Havia uma outra criança na história,* um fato habilmente omitido por Dolores. A insistência de Hector em reconquistar o coração de Dolores ganhara para mim novas dimensões; havia um segredo que eu desconhecia, algo que motivava e impelia Hector; senti a humilhação, um idiota ludibriado num jogo desprezível, sem vencedores. A vida não era o que parecia. Dolores havia mentido. E como.

12

O acordo com a Volkman-Sakura estava no papo; era de Morrison, estava em sua mão, ou melhor, preso em seus sete dedos, todinho dele, e à merda quem fosse tonto o suficiente para tirá-lo dele. Vi isso em seu rosto na manhã seguinte, quando o procurei para lembrá-lo sobre os faxes que DiFrancesco interceptara e falar sobre a reunião que eu teria no dia seguinte com o Presidente. Morrison, porém, sentado majestosamente em sua poltrona, vestindo um terno azul-escuro — talvez uma lembrança do uniforme da Marinha que usara no passado —, olhava-me com desinteressada tolerância, como se eu fosse uma pulga escalando o fio do telefone. Eu sabia que ele estava pensando na notícia publicada no *Wall Street Journal* daquele dia, em que se especulava sobre a possibilidade de a Corporação entrar numa joint-venture internacional de proporções inéditas. O artigo citava a VS e vários outros conglomerados internacionais como possíveis candidatos, entre eles um estranho grupo da Malásia que em surdina vinha comprando todo tipo de propriedade e que supostamente possuía dez bilhões de dólares para gastar. O artigo sugeria ainda que tal casamento seria no mínimo problemático, em vista das diferenças entre as culturas das corporações, das limitações impostas pela Agência Federal de Comunicações ao controle de empresas de comunicação americanas por estrangeiros e assim por diante. Na opinião do repórter, o que a Corporação de fato requeria era uma simples injeção de capital, uma nova subscrição de ações, cujo efeito negativo seria revoltar os acionistas, que teriam suas ações *aguadas*, ou uma injeção direta de capital externo. Como quase sempre acontece na cobertura jornalística de negócios e empresas, apenas metade daquilo era correto. Mas o fato de a notícia ter saído significava que Morrison havia instruído alguém da nossa equipe de RP a lançar no mar uma mensagem.

"Considero *preocupante*", comecei, "que o fax enviado por Waldhausen à amante conflite com o que ele disse a Samantha..." Também reportei a Morrison a presença do Presidente na apresentação dos sistemas computacionais. "Só posso *concluir*, assim..." Disse-lhe que havia procurado o pessoal da NewMedia e que eles estavam despachando por avião os protótipos dos novos equipamentos de entretenimento de alta tecnologia da Corporação, junto com um técnico, para que eu pudesse apresentá-los ao Presidente. "Parece-me que o gasto com isso, algo em torno de cem mil dólares, compensa a chance de..."

Morrison não estava interessado. Parei de falar. Ele não percebeu e eu permaneci ali sentado. Não havia muitas dúvidas de que eu estava fora do jogo. Há dias ninguém da equipe de negociação queria falar comigo, sinal de que as tratativas seguiam em ritmo acelerado. As secretárias do andar, que sabiam o suficiente para saber que não deveriam saber de nada do que se passava, andavam nervosas. Exceto na minha presença. Eu agora era o sapato velho, e elas sabiam. Levantei-me e saí.

Enquanto isso, a informação sobre o filho de Dolores me comia as entranhas; se não estava falando com ninguém, eu me deixava ficar diante da janela da minha sala, tentando entender por que ela ocultara a existência do filho. Ela me contara que tinha sido estuprada quando garota, contara o que seu pai guardava na gaveta ao lado da cama e até admitira que havia sentido prazer ao ser comida por três homens ao mesmo tempo. Por que não contara, ou não *pôde* contar, que tinha um filho? Reli as fichas na pasta, receando ter ignorado alguma indicação óbvia de que o filho não era dela. Mas ele havia nascido depois do casamento de Hector e Dolores, o que não significava necessariamente que ela era a mãe, claro. Mas o nome do meio era o nome do pai de Dolores. Além disso, não havia na pasta nenhuma indicação de ter havido um casamento anterior. O menino estaria vivendo com Hector? Ou com algum parente, talvez com a mãe de Hector? Calculei que Hector Jr. estava com seis anos de idade. Será que perguntava pela mãe? Perguntava ao pai por que a família estava separada? Essas mesmas perguntas eu costumava fazer ao meu pai. *Papai, como é...* Quando garoto eu uma vez parei diante de meu pai e indaguei por que ele e minha mãe não viviam mais juntos. Lembro-me de pensar que prometeria me comportar bem se eles reatassem. Meu pai abaixou o olhar, envergonhado e triste por constatar que para mim o sonho da família se transformaria para sempre num pesado fardo. Hector, sem dúvida, desejava tornar a reunir a família antes que esse mesmo sonho morresse. Eu não poderia recriminá-lo, em absoluto, e desejei que meu próprio pai tivesse mostrado a mesma determinação quando minha mãe o deixou.

Mas eu não estava pronto para questionar Dolores sobre o filho. Cheguei a ter a pergunta engatilhada na boca várias vezes naquela noite, quando ela estava brincando com Maria, enquanto dobrava as roupas lavadas, enquanto escovava o cabelo antes de vir para a cama, a cabeça inclinada para um dos lados, fazendo os longos pêlos caírem verticalmente como uma cachoeira escura. Ocorreu-me que ela devia pensar a toda hora no filho e que era necessária extrema força de vontade para não falar sobre ele.

No dia seguinte eu tornaria a me reunir com o Presidente. Desta vez Maria viria comigo. Sob um céu claro e azul, caminhamos de mãos dadas até a estação do metrô. No East River, uma balsa deixava um rastro de espuma enquanto a composição em que estávamos cruzava a ponte Manhattan. Dolores, que se encontraria conosco para o almoço, escolhera um vestido novo para Maria, cor-de-rosa. Presilhas da mesma cor enfeitavam seu cabelo. Não fosse o fato de Maria não se parecer em nada comigo, poderíamos ser tomados por pai e filha a caminho do Museu de História Natural.

Chegando ao prédio da Corporação, avisei o guarda, Frankie, que mais tarde Dolores estaria me procurando. Em minha sala encontrei Charles Kales, o técnico do grupo NewMedia, um homem alto e amável de rosto coberto por marcas de espinhas. O equipamento já estava pronto quando entramos: um par de computadores do tamanho de uma mala de viagem e um terceiro do tamanho de um baú, já ligados a cabos e fios elétricos, um monitor colorido para Maria, um teclado comum e um pequeno monitor ao lado, para uso do próprio Kales.

"Você vai nos ajudar se empacarmos?"

"Claro. Mas isso não vai acontecer. Ela vai pegar o jeito em um minuto. Eu sei — tenho três filhas."

Peguei Maria pela mão e caminhamos juntos até a sala do Presidente. Trajando um maravilhoso terno azul e uma gravata de tecido escocês *paisley*, ele estava sentado atrás da escrivaninha, bebendo chá e lendo o velho exemplar do livro de Trollope. Desejei poder estar com aparência tão boa quanto a dele ao atingir a sua idade.

"Aqui estamos."

O Presidente voltou-se para nós e viu Maria.

"*Muito bem*", disse ao levantar. "Eu sabia que você ia tentar qualquer coisa, senhor Whitman, mas jamais imaginei *isso*." Ele se abaixou para apertar a mão de Maria e se apresentou.

"Olá, senhorita."

"Estou aqui com o Jack!", disse Maria, segurando minha mão e girando-a no ar.

"Ela é filha de uma amiga", expliquei.

O Presidente olhou para baixo e sorriu. "Ela parece ter muita afeição por você", disse ele, como se soubesse mais sobre mim do que estava disposto a declarar naquele momento.

Caminhamos de volta para o meu escritório. Kales havia colocado uma cadeira em frente à tela e fez Maria sentar-se. Voltei-me então para o Presidente.

"Tenho quebrado a cabeça atrás de uma forma de fazê-lo ver que este negócio precisa ser fechado. Já lhe dei os argumentos racionais e os números. De qualquer maneira, o senhor já os conhecia. Segundo imagino, Morrison esperava que eu fizesse isso e depois desistisse, dando a impressão de que eu havia feito tudo o que era possível."

O Presidente acomodou-se em uma cadeira, atento ao ineditismo da minha apresentação. "Suas avaliações sobre a minha posição têm sido equivocadas em todas as circunstâncias", disse ele. "Mas isso é tudo o que direi neste momento."

"Bem, de qualquer maneira, há algo que desejo lhe... *dar*, esta é a palavra mais próxima que consigo pensar, e é isso o que farei. O senhor já ouviu todas as baboseiras que lhe disse e discutiu comigo sobre algumas delas, mas apenas *ouviu*. Portanto, vou fazer mais uma tentativa."

"Espero que você não esteja planejando cavar minha cova novamente."

"Não. Mas ocorreu-me que o senhor talvez quisesse ver aquilo que na realidade não pode ter: o futuro. Todos queremos isso. Que maravilha seria poder experimentar o futuro antes de ele chegar. Talvez assim eu consiga ser mais persuasivo." Voltei-me para Maria, que estava ali sentada em silêncio, sem nada entender. "Temos aqui uma menina de três anos e onze meses, de inteligência acima da média mas sem ser brilhante. São grandes as chances de ela viver até o ano 2074."

"Eis algo para se pensar." O Presidente estava de pé atrás de Maria, as mãos cruzadas nas costas. "Espero que até lá tenhamos resolvido o problema da dívida do setor público."

"Maria não tem grande familiaridade com o mundo dos computadores, nem mais nem menos do que a maioria das crianças de sua idade. Isso significa que o pouco que sabe sobre o assunto ela viu na TV. Enfim, não é nenhum jovem Mozart da programação ou coisa do tipo, certo? É apenas uma criança comum. Certo, Maria?"

Ela puxou minha mão. "Vamos brincar com o joguinho agora?"

"Só mais um minuto, querida." Tornei a olhar para o Presidente. "Crianças na idade de Maria têm suficiente coordenação visual e motora para andar de triciclo. Conseguem facilmente dizer o abecedário e contar até certo número, talvez trinta. No futuro, um dos parâmetros de desenvolvimento infantil mais usados será a idade com que aprendem a operar um computador com determinado padrão de complexidade ou simplicidade, seja qual for este padrão. É irrelevante para nós no momento. Mas isso será válido para todas as classes sociais. É claro que as famílias de classe média alta e os ricos já dão computadores a seus filhos, e são essas crianças que formarão a elite da informação na próxima geração."

"Então, o que vamos ver?", adiantou-se o Presidente. "Há hoje um monte de tipos de jogos, programas, discos e enciclopédias para computadores já destinados às crianças. Até os meus netos de menos idade já brincam com essas coisas."

"Sim, mas nada no mercado é tão avançado quanto o que senhor está prestes a conhecer. E o que o senhor verá agora foi projetado para crianças, embora haja possibilidades ilimitadas de avanços na mesma área para adultos. Trouxe Maria comigo para ressaltar que, se uma criança de menos de quatro anos é capaz de captar a plasticidade que está na essência desta tecnologia..."

"Teremos uma geração inteira de usuários, de consumidores", o Presidente completou, querendo me apressar. "Acho que posso calcular as possibilidades comerciais, senhor Whitman, supondo que haja alguma. Aliás, já discuti este tema com Bill Gates."

"Muito bem. Temos aqui o melhor e mais moderno programa de sintetização de voz, a animação, a tela de alta definição. A qualidade do som é insuperável. Enfim, tudo que de melhor está surgindo." A um gesto meu, Kales digitou alguns comandos em seu teclado.

"Aproxime-se do microfone e diga seu nome", pediu Kales a Maria, apontando a parte frontal do computador.

"Meu nome é Maria Salcines", anunciou ela com voz ao mesmo tempo suave e ansiosa.

"Muito bom. Mais uma vez."

"Meu nome é Maria Salcines."

Kales deu uma olhada em sua tela e apertou algumas teclas.

"Quantos anos você tem?", perguntou uma voz feminina vinda do computador.

"Tenho três anos e meu aniversário é no dia 10 de junho."

"Bom." O técnico acenou para mim. "Tudo pronto. O computador reconhecerá a voz dela e de mais ninguém na sala. Nada de comandos através do mouse ou do teclado, agora é só conversar com a máquina. Faz sete anos que estou trabalhando nisso."

"Como funciona?", perguntou o Presidente.

"Bem, em termos gerais, o que o computador faz é dividir eletronicamente as palavras dela em fatias de tempo com duração de milionésimos de segundo. A seguir ele analisa cada fatia e a compara com um arquivo de sons de fala normais. Essa tecnologia estará amplamente difundida em cinco anos e há de mudar a nossa maneira de fazer muitas coisas." Ele apertou uma tecla e a tela de Maria ficou escura. Surgiram alguns números piscando; o programa estava carregando informações sobre a memória e os vários drives. A seguir apareceu a imagem de uma cidadezinha em forma de desenho animado: Inglaterra, século XVII, o país de onde vieram meus ancestrais há quase quatrocentos anos. Um garotinho usando tênis de cano alto e um boné caminhou pela rua, parou e acenou para Maria.

"Olá", disse o garoto.

"Oi!", respondeu Maria espontaneamente.

"Qual é o seu nome?"

"Maria Salcines."

"Onde você mora, Maria?"

"Moro no Brooklyn", disse ela, alegre e ansiosa para brincar.

"Brooklyn, Nova York?"

"É."

"Eu nunca estive lá."

"Ah."

"Você quer saber o meu nome?"

"Quero."

"É Christopher." Ele tira um martelo do bolso de trás. "Quero construir alguma coisa", diz enquanto exibe uma caixa de ferramentas que tilinta com o ruído dos metais. "Preciso de sua ajuda."

"Por quê?"

"Porque preciso que você me diga o que construir."

Ela olhou para mim. "Qualquer coisa. Diga a ele o que você quer construir", expliquei.

"Um barco!"

"Tá bom", diz Christopher. "Um barco você pediu, um barco você terá."

Na tela, o menino caminha para o porto, seus sapatinhos batendo ritmadamente no piso de pedras, dobrando em várias esquinas ora à esquerda, ora à direita e avançando por becos estreitos. Ele então passa em frente a um sapateiro que está trabalhando numa oficina, as paredes cobertas por sapatos antigos até o teto. O sapateiro, um homem velho e gordo, olha para fora da tela e diz: "Oi, Maria".

"Oi." Ela me olhou: "Estou gostando disso".

"Você gosta dos meus sapatos?", pergunta o sapateiro.

"Gosto."

"Toque os que você gosta mais."

Maria inclinou-se em direção à tela e tocou com a ponta do indicador um par de botas velhas. Um ratinho bigodudo com um boné vermelho salta do sapato e foge em disparada. A seguir, as próprias botas dão um pulo no ar e aterrissam na rua de pedras arredondadas, onde dançam por alguns segundos ao som de um vibrante bolero, antes de saltar de volta para a prateleira da sapataria.

"Vamos, Maria", disse Christopher.

O menino chega ao porto da cidade, onde flutua um barco a vela seguro por cordas.

"Maria, você gosta deste barco?", disse Christopher.

"Não!"

"Por quê?"

"Quero um barco novo. Um barco grandão."

"Que tipo?"

"Um navio."

Christopher mexe os ombros. "Tudo bem, Maria, sem problema."

O crepitante galeão cresce em comprimento e altura, enquanto o mastro murcha e surgem chaminés e o convés. As pranchas de madeira do casco esticam e voam do lugar, caindo no convés ordenadamente empilhadas.

"O programa está fazendo uma transição entre imagens e um subprograma está decidindo como integrar a velha imagem à cena, decidindo o que fazer com a madeira, por exemplo", explicou Kales. "Temos inúmeras possibilidades diferentes nesse programa — tantas que são quase infinitos os rumos que as histórias podem tomar. Eu nunca vi o que o programa está fazendo agora, por exemplo."

A caixa de ferramentas de Christopher está aberta e, com a madeira do velho galeão, ele rapidamente constrói uma prancha que leva ao convés mais baixo do navio.

"Você está gostando, Maria?"

"Estou."

"Vamos dar uma olhada na planta deste barco."

Num passe de mágica, ele tira do bolso um grande tubo de papel enrolado, examina-o e vira-o de frente para a tela. É um diagrama do navio, desenhado em três perspectivas; vai crescendo até ocupar a tela toda, cada parte sinalizada com precisão. Maria se inclina e num impulso toca a casa das máquinas. Imediatamente, a tela é tomada por imagens brilhantes da casa das máquinas de um transatlântico, onde homens em uniformes náuticos observam relógios e medidores. As gigantescas turbinas vibram ruidosamente.

"Isso é real", disse o Presidente.

Maria toca a tela novamente e voltamos ao diagrama do navio. Ela então encosta o dedo na área da cozinha. Instantaneamente surgem na tela longos balcões de aço inoxidável, entre os quais homens de chapéu branco empurram um imenso caldeirão de sopa sobre o piso brilhante. Penduradas na parede oposta há fileiras de colheres. Alguém passa com um carrinho repleto de sobremesas. A sopa espirra para fora e Christopher estica a cabeça na direção da tela, dizendo: "Ei, Maria, vamos continuar, tá bom?".

"Tá bom."

De volta ao porto, Christopher está limpando o rosto com um lenço.

"Quero cachorros no barco!", disse Maria.

A tela fica congelada por alguns segundos, o computador zumbindo sob a mesa e, de repente, surge uma seleção de fotografias coloridas, mostrando exemplares de cerca de vinte raças de cachorro.

"Não foi uma transição suave", interrompeu Kales. "Christopher deveria ter *apresentado* os cachorros. Foi um pouco abrupto."

Entrementes, Maria já tinha escolhido dois cachorros para embarcar em seu navio, um pequeno *poodle* e um *spaniel*. Os dois aparecem como personagens de desenho animado na prancha de embarque do navio, sorrindo como cachorros sorriem, balançando a cauda. Alguns marinheiros e o capitão aparecem no alto da prancha para lhes dar as boas-vindas. O capitão olha o relógio.

"Zarpamos em dois minutos", diz ele com voz grossa e amável.

"Também quero o Mickey Mouse", anunciou Maria.

Christopher virou-se. "Você quer o Mickey Mouse? Mmmmmm."

"O programa está travando", disse Kales. "Está vendo se reconhece o que é Mickey Mouse e se consegue ligar a palavra a uma imagem. Não sei se será possível; Mickey Mouse é marca registrada da Disney. Depende do que foi introduzido no programa."

"Olá, meninos e meninas", diz Mickey Mouse com a cabeça para fora de uma das janelinhas do casco. "Eu estava aqui o tempo todo."

"Bom!", disse Maria.

"Um minuto para zarparmos!", anuncia o capitão.

Debruçado ao ouvido de Maria, o Presidente pede: "Querida, pergunte ao garotinho se Tom Brokaw pode viajar no barco".

"Quem é *esse*?", pergunta Maria.

"É um moço da televisão, um moço muito bom que é meu amigo. Tom Brokaw."

"Tom Brokaw!", gritou Maria em direção à tela.

"Vamos achá-lo", diz Christopher, pulando no convés e procurando atrás de algumas malas.

"O programa está travando?", perguntou o Presidente ao técnico.

"Não, está carregando um sistema de imagens especial que importa trechos de imagens em filme ou vídeo e digitaliza os pontos para fazer uma videoanimação, o que significa..."

"Olá, todo mundo", anuncia a voz grossa e segura do apresentador de telejornais. A seguir, surge uma caracterização de Tom Brokaw movendo-se na tela. "Maria, me contaram que nós vamos fazer uma viagem."

"Por que o cabelo dele está esvoaçando?", perguntou o Presidente. "O cabelo dele está esvoaçando e tudo mais no quadro permanece estático."

Kales olhou para a tela e fez uma careta, pensando. "Isso significa que as imagens importadas para o programa eram de Brokaw ao ar livre, talvez em uma reportagem transmitida ao vivo a partir da Rússia ou da China ou de algum lugar onde ventava. O programa está repetindo a movimentação do cabelo, já que para ele isso também faz parte da imagem. Não há nada mais se movendo na tela porque não foi programado. Além disso, ele poderia ser um pouco mais alto. Há algumas sutilezas que ainda não sanamos. Resolver complexidades significa criar complexidades novas."

"Pelo pouco que entendo", intervim, "as necessidades de memória devem ser absolutamente..."

"Sim", interrompeu Kales orgulhoso. "Nas transmissões de TV regulares, as imagens têm trinta quadros por segundo e cada quadro precisa de até dois megabytes de memória. Isso é muito. Este tem sido um dos nossos maiores obstáculos. Mas neste projeto estamos fazendo uma experiência com os novos chips DRAM."

"DRAM?"

"*Dynamic random access memory.* São chips de duzentos e cinqüenta e seis megabytes — *imensos.* A IBM e a Toshiba estão desenvolvendo um DRAM de duzentos e cinqüenta e seis megabytes, mas eles só deverão começar a produzir em 1997 ou 1998. Só o Exército americano está mais adiantado que nós nesse ponto."

A essa altura, Maria já tinha colocado o navio em movimento, com os cachorros, Mickey Mouse e Tom Brokaw no convés. Enquanto ela e o Presidente brincavam com o programa, chamei Kales de lado.

"Excelente trabalho", disse-lhe.

"Trabalhei quase toda a noite, eliminando uns probleminhas. Tive que receber através do modem alguns programas complementares que meu pessoal estava concluindo."

"Quanto tempo até começarmos a produzir em escala industrial?"

"Três anos, no mínimo. Mas serão três anos na frente de todos."

"Custo?"

"Hoje isso sairia... talvez sete ou oito milhões de dólares, no mínimo."

"E quando a produção começar?"

"Tenho certeza de que conseguiremos reduzir para algo entre dez e quinze mil em cinco anos", estimou Kales. "Depois disso, os preços dos chips cairão e poderemos reduzir ainda mais."

"Qual é o segredo?"

"Basicamente são os chips. Eles se tornaram as grandes obras-primas da inventividade humana. Estou falando sério."

Olhei para ver o que faziam o Presidente e Maria. Tom Brokaw agora estava pintando o imenso casco do navio com um pincel grande e, à medida que movia o pincel, foi surgindo a Mona Lisa de Da Vinci na superfície abaulada, sempre em harmonia com as portinholas e ferragens do casco. A seguir, pinta outro quadro, este dele mesmo, apresentando um noticiário que reconheci ser da semana anterior. "Essas imagens são tiradas diretamente da TV", disse Kales. "Quatro meses atrás teria sido impossível rodá-las a partir de um sistema baseado em disco. A memória necessária seria excessiva. Mas agora já estamos conseguindo. É possível obter esses tipos de efeitos especiais em filmes, mas cada imagem é planejada, já está no script. Aqui a tecnologia responde espontaneamente — não há comandos a partir de um menu; certos efeitos não podem ser repetidos. Talvez... seja impossível simplesmente voltar para o ponto onde você estava. Neste aspecto, nós estamos *muito* na frente."

Na tela, Mickey vai puxando uma corda para descer o andaime onde estava. Juntos, ele e Brokaw pintam sobre as imagens televisivas de Brokaw e da Mona Lisa, cobrindo-as com imagens deles mesmos, pintando a si mesmos se pintando.

"Este é o programa de criação de réplicas."

"Incrível", murmurou o Presidente. "Nossa companhia de mídia se transformando em uma companhia de computadores."

Neste momento, Christopher despeja uma lata de tinta branca do alto do casco e eles recomeçam do zero, com Maria ditando as instruções do Presidente. O mapa do metrô de Nova York começa a surgir na tela.

Maria comandava o programa, fazendo novas imagens surgirem ininterruptamente, ora através da voz, ora tocando o indicador na tela. Percebi que o Presidente tinha afastado os olhos da tela e, fascinado, observava a menina.

"Entendeu agora?", perguntei. "Imagine se conseguíssemos entrar, digamos, no mercado alemão ou japonês através de alguns dos esquemas de marketing da Volkman-Sakura, isso sem falar..."

"Sim, sim, claro", disse o Presidente como que me dispensando.

"É totalmente plausível que o que estamos vendo aqui possa vir a ser um serviço *on-line*, transmitido através de cabo ou linhas telefônicas. Bastaria ligá-lo como se liga uma TV e começar a brincar ou pesquisar. Um garoto de dez anos fazendo um trabalho de escola poderia jogar uma imagem na impressora e integrá-la a um programa de processamento de texto ou de editoração comum. Este é o casamento do *produto* com o sistema de distribuição. Como eu disse antes, a distribuição poderá ser feita através de cabos ou satélites. Não sabemos, mas..."

"Toda família em situação econômica razoavelmente confortável vai querer ter uma coisa dessas", interrompeu o Presidente. "Em Paris, Hong Kong, Rio, qualquer lugar."

"E com as nossas estrelas de cinema, nossos livros, nossos videoclipes..."

"Sim, *sim*", disse o Presidente. Seus olhos cansados haviam desviado dos meus e agora focalizavam o rostinho infantil ao seu lado.

Maria e o Presidente já estavam praticamente esgotados pela experiência com o protótipo do novo programa quando Dolores bateu à porta de minha sala. Estava de salto alto, trajando um magnífico vestido azul e branco, os cabelos presos no alto da cabeça, apenas alguns fios soltos caindo ao longo de cada orelha, usando brincos que haviam pertencido a Liz. Também a maquilagem estava diferente, mais discreta, e notei que ela trazia uma bolsa de estilo similar às de muitas mulheres que trabalhavam no escritório.

Dolores girou provocante sobre um salto. "Estou procurando um cavalheiro de terno."

"Você está um arraso."

"Você acha?", devolveu ela satisfeita.

"*Muito bom*", exclamou o Presidente, o cigarro pulando na boca enquanto ele caminhava cheio de confiança e charme em nossa direção. "Agora sei por que Jack tem tanta dificuldade para se concentrar no trabalho." Ele estendeu a mão para Dolores e se apresentou, no que foi imitado por ela. Como todo homem mais velho que deseja possuir uma mulher, o Presidente agiu como se eu não estivesse lá, como se Dolores fosse minha mulher por mera benevolência dele; flertou como se esta fosse uma compensação a que tinha direito.

"Você é a mãe dessa menina tão esperta?"

"Sim, ela é minha filha."

"Esta é Dolores Salcines, mãe de Maria."

"É realmente uma grande satisfação conhecê-la. Ela é um doce." Sem que ele percebesse, a cinza do cigarro soltou-se e foi pousar no carpete.

"Fico feliz por ela ter se comportado bem. Isso já é muito." Dolores riu, nervosa.

O Presidente fitou meus sapatos por alguns instantes e — posso apostar minha vida —, naquele momento, teve uma idéia *excepcionalmente* brilhante. "Jack, quero que você e Dolores venham me visitar neste fim-de-semana. Domingo. Será informal. Espero mesmo que você venha, Dolores. Como está o seu tênis?"

"Ah... lamento, mas nunca joguei tênis."

"Então você poderá nadar e se bronzear ao sol."

"Posso levar Maria?"

"Mas claro", disparou o Presidente. "Vai haver uma legião de crianças." Ele se virou e olhou diretamente para mim, alterando o tom de voz apenas o bastante para deixar claro que de fato me queria lá, fria o bastante para dissimular o quanto ele tinha sido afetado pelo que acabara de ver. "A senhora Marsh lhe dará as coordenadas, Jack. E obrigado pela interessante apresentação." Ele sorriu para Dolores e curvou-se ao apertar a mão de Maria. "Tchau, Maria. Gostei muito das horas que passamos juntos. Agora, se você permite, preciso ir andando."

Naquela tarde, Morrison convocou-me à sua sala. "Estamos avançando com rapidez", disse-me. "Eles conseguiram. Samantha e Waldhausen foram os verdadeiros comandantes desta operação. Já temos uma série de contratos esboçados. Sinto que em menos de uma semana faremos um anúncio preliminar", continuou Morrison. "Vou começar a ligar para os membros do Conselho e ir fazendo a cabeça deles."

Relatei-lhe a reunião que tivera naquela manhã com o Presidente. Morrison só fez brincar com o pato de madeira sobre sua mesa. "Talvez ele acabe mesmo aceitando a idéia da fusão", concluí.

Morrison tornou a me olhar e não conseguiu evitar um sorriso. "Ele já está velho, Jack, tem mais de setenta anos. O tempo dele já passou."

"Então você supôs o tempo todo que ele não mudaria de idéia, certo? Mas então por que me fazer perder tempo?"

"Não se preocupe com essas questões", respondeu Morrison. "Temos outras coisas para pensar. Muito em breve este lugar vai estar fervendo. Ontem eu trouxe Waldhausen para conhecer o lugar. Estamos pensando em encaixá-los num conjunto de escritórios aqui no prédio, um ou dois andares abaixo."

"Me parece bom."

"Mas preciso que você faça uma coisa para mim."

"O quê?"

"Mande Robinson embora."

"Mandá-lo embora?"

"É. Demita-o, tire ele daqui."

"Mas ninguém parece se incomodar..."

"Eu me incomodo. Eu me incomodo muito. Ontem, no almoço, Waldhausen comentou sobre o recrudescimento do problema racial na Alemanha nos últimos tempos; ele teme que a situação acabe ficando parecida com a do nosso país. Mais tarde, estávamos aqui na minha sala e quem aparece? O Robinson, com o fone de ouvido enfiado no cérebro, o rádio ligado no jogo de beisebol, perguntando 'vai graxa?'. A senhorita Combers estava no banheiro e ele passou sem ser importunado."

"E o que disse Waldhausen?"

Morrison reagiu irado. "Ele não tinha que dizer *nada*. Dizendo nada ele disse tudo. Apenas tire-o daqui, para sempre. Deixá-lo por aqui é em si uma atitude racista, é embaraçoso pra cacete, é como se estivéssemos administrando uma fazenda."

"O sujeito precisa do emprego..."

"Não me pressione, Jack. É uma coisa sem importância. Robinson é apenas um velho. Você ainda vai demitir muita gente na sua vida. Acredite. Já fiz isso. Estamos falando de um reles velho negro que engraxa o sapato das pessoas."

Lembrei a Morrison que eu não havia sido contratado para isso. Tínhamos dois andares inteiros ocupados pelo departamento pessoal, cheios de gente que passava metade do dia preenchendo fichas e a outra coçando o saco, sem fazer nada. Havia lá uma legião de mulheres amáveis, com unhas limpas, *especializadas* em demitir empregados. Também disse isso a Morrison.

"Sim, e porque ele está aqui há trinta anos e todo mundo o adora e vai querer fazer uma festa de despedida para ele ou coisa do tipo, eles levariam um mês até o demitirem", argumentou Morrison. "Não quero memorandos escritos, apenas quero o sujeito *fora* daqui hoje, para não ter que me preocupar com isso quando Waldhausen e os outros caras da vs começarem a passar mais tempo por aqui durante os próximos dias e semanas."

"Deixe-me encontrar uma saída", ofereci. "Dar umas férias para que ele não apareça por uns tempos."

"Não. Mande-o embora."

"E se lhe dermos uma pensão ou prêmio ou coisa do tipo?"

Morrison virou-se para a janela e contemplou a cortina de prédios de apartamentos ao norte do Central Park. "Se ele suplicar por dinheiro, dê-lhe... não sei, algo em torno de..."

O telefone tocou. Morrison atendeu e observei-o enquanto falava, sem pensar, sem ouvir. Ele estava guardando seus pensamentos para si e *mostrando* que guardava seus pensamentos para si. Eu o havia notado tomando café da manhã em sua sala nos últimos dias, antes de sair para as rodadas de negociação no Plaza, bebendo suco de laranja e despejando leite de uma leiteira de prata. Estava bebendo mais café também. Essa nova postura era tanto externa quanto interna. No íntimo, ele estava saboreando o momento, em breve estaria chegando ao ápice; passava as horas pensando que tinha vivido cinqüenta e três anos, suportara incontáveis ofensas, tropeços e coquetéis, abrira caminho em meio a escritórios repletos de papelada para poder estar pronto quando chegasse a sua grande hora. A vaidade tinha raízes profundas. Remontava à arrogância dos tempos de Exército, talvez até mais longe ainda. Ele havia perdido um pouco de peso, o que no universo dos executivos é considerado um sinal de ambição. Morrison sentia que fora ungido pelo destino, que os deuses só davam àqueles que dão a si mesmos, e não tinha intenção de perder essa oportunidade. Não planejava, vinte e cinco anos depois, ver-se aposentado e esquecido embaixo de um chapéu molambento que o protegesse do sol enquanto rememorava tudo, especialmente o momento em que tinha errado. Em sua mente, ele teria de jogar com todos ao mesmo tempo — o Presidente, o Conselho, o pessoal da VS e todos que comandava —, como um grande mestre de xadrez que, numa partida simultânea com doze oponentes, pára um instante diante de um tabuleiro, posiciona-se defensivamente, prepara um ataque ou desfere um brilhante e súbito golpe de misericórdia, depois seguindo impassível para o próximo tabuleiro. Uma situação em que a grandeza não estava em um único jogo, mas na capacidade de jogar doze ou mais partidas ao mesmo tempo e vencer. O segredo está em contar com a própria capacidade. Você está só e do outro lado só há inimigos, inclusive os próprios conselheiros, porque, embora com boas intenções, estes podem cometer erros. Mesmo eu, o fiel lugar-tenente, era seu inimigo, ou, na melhor das hipóteses, uma peça que poderia ser dispensada do tabuleiro no momento certo, para fins táticos. Ele pesara minhas palavras e quase nada oferecera em resposta. Havia uma inequívoca frieza em seu rosto e, minutos antes, no corredor, sua risada soara deliberadamente falsa, temperada com dose extra de ironia, como se ele estivesse rindo de todos que tentassem fazê-lo rir.

"Espere um segundo", disse Morrison ao telefone. Virou-se então para mim e ordenou: "Quero o homem fora daqui até o fim do dia".

Com indiferença absoluta, voltou ao telefonema. Eu teria de mandar Robinson embora e odiei Morrison por isso. Mas ele não se incomodava. A operação terror estava começando e ele era o comandante-em-chefe.

No norte do estado de Nova York, meu pai afofava a terra com a enxada, o pensamento focado nas delgadas mudas de tomate que plantaria nos canteiros assim que as noites ficassem mais quentes. Talvez pensasse também no filho que vivia em Manhattan, sem saber que esse filho estava prestes a tirar o emprego de um negro de idade avançada. Pedi a Helen que localizasse Robinson. Meia hora depois ele estava atravessando a porta da minha sala, empurrando seu melancólico carrinho de engraxate.

"Senhor Robinson, precisamos conversar."

"O que é? Sobre o meu Mets? Sobre o grande doutor Gooden?", perguntou com um sorriso.

"Não. Não é sobre isso." Imaginei que seria melhor ir direto à parte azeda. "Escute, o senhor terá que nos deixar."

"O quê? Eu estou muito bem. Estou ótimo." Ele bateu no peito com o punho. "Não se preocupe com Freddie Robinson. Ele vai muito bem, obrigado."

"Não, não é isso", eu disse. "Você não pode mais trabalhar aqui, Freddie. Você tem entrado nas salas erradas na hora errada."

Ele permaneceu imóvel.

"O que foi que eu fiz?"

"Você tem entrado nas salas erradas quando não deveria, Freddie. É só isso."

"Você sabe que eu sou honesto."

"Ninguém disse que você não é."

"Mas então o que estão *falando* de mim? Na última vez que nós falamos, você me perguntou o que estavam falando de você, e agora eu tô aqui perguntando o que estão falando de mim. Todo mundo gosta de Freddie Robinson. Todo mundo sorri para mim e eu sorrio de volta. Eu gosto das pessoas, senhor Whitman. Trabalho neste prédio desde que ele foi *construído* e agora o senhor vem dizer que eu não posso mais trabalhar aqui?"

Um ditador corta displicentemente a unha, ela cai no chão e mata um homem. O destino de Robinson estava selado pelo capricho de Morrison, nada mais.

"Quero que você dê a Helen o seu endereço e nós lhe mandaremos um cheque pelo correio, entende, para lhe dar uma força."

"Eu não preciso de cheque nenhum, preciso ver meus companheiros todos os dias", disse Robinson, agora mais agitado. "Algumas pessoas deste prédio estão comigo faz muito, muito tempo. Essas pessoas são minha família, senhor Whitman. Isso veio de cima, não é? Eu não tenho netos, senhor Whitman, meu próprio filho foi morto faz vinte anos. Sou um homem velho. Tenho sessenta e oito anos. Preciso fazer alguma coisa. Não posso trabalhar como engraxate na estação Penn, quem manda lá são uns rapazes brasileiros. Levaria anos até eu conseguir um lugar lá. Também não posso ser engraxate na entrada do terminal Port Authority e nem da estação Grand Central. O clima mataria este velho, verão, inverno, sem chance. Eu não ia conseguir."

Olhei para ele, admirando sua coragem e eloqüência, pensando se não deveria voltar a falar com Morrison. Mas isso apenas aumentaria a irritação dele e seria inútil. Seria um sinal de que eu questiono suas orientações. Até que no passado ele tinha sido um bom administrador, nada reacionário, disposto a ouvir a opinião de todos. Mas conciliadores nunca se transformam em reis. Robinson estava de pé diante de mim, ao lado de seu melancólico e surrado carrinho. Ele merecia mais do que um fim ignóbil após tantos anos de trabalho; eu sabia que Liz, mais do que ninguém, ficaria chocada se soubesse que eu me submetera à irracionalidade de Morrison. Mas a vida, como os negócios, é uma seqüência de transações. Morrison estava comprando sua tranqüilidade com o ganha-pão de um engraxate. Eu estava vendendo uma porcentagem da minha consciência em troca da aprovação de Morrison, que estaria de volta ao andar em meia hora, esperando que Robinson já tivesse sido despedido. Tudo muito simples e muito horroroso.

"Lamento", eu disse. "A decisão já foi tomada. Ponto final."

Pensei que Robinson se retiraria. Ele franziu o rosto como se diante de um remédio amargo. "O senhor acha que eu não sei o que está acontecendo aqui?", interrogou combativo.

"O que você quer dizer?"

"Eu não nasci ontem. Sei o que está acontecendo."

"O quê?", perguntei.

"Não se faça de tonto. Se você vai me despedir assim, vai ter que ouvir o que tenho pra dizer. Você sabe melhor do que eu o que está acontecendo. Você está metido nisso." Ele parecia sinceramente magoado. "Pensei que você fosse um bom sujeito. Pensei que fosse ajudar o meu Presidente."

Fiquei chocado. "O quê?"

"Eu disse pro Presidente que você é um homem bom. Contei a ele como a sua esposa foi morta anos atrás."

"Ele perguntou?"

"Claro que perguntou! Ele perguntou um monte de coisas sobre você. Como você acha que *ele* sabe o que está acontecendo por aqui?"

Tomei fôlego. Um jogo diferente, num nível mais alto, estava sendo jogado. Em resumo, eu não sabia que merda estava acontecendo.

"E agora, você ainda vai me chutar o traseiro pra fora daqui?"

"Sim", eu disse.

Robinson procurou em meu rosto uma luz que indicasse a possibilidade de comutação da sentença.

"Tem certeza?"

"Claro."

Ele se virou e pousou as mãos na barra do carrinho, empurrando-o para fora, os pequenos frascos de graxa tilintando levemente à medida que ele avançava. Seu silêncio apenas confirmava o filho da puta que eu era.

Janklow, o vice-presidente da Big Apple Cable, ligou naquela tarde.

"Recebeu o dossiê?", disse ele. "Que tal, o que achou?"

"Achei bom."

"Pensei que conseguiria mandá-lo mais rápido."

"Está bom assim."

"É só isso?", perguntou Janklow esperançoso. "Olha, se vocês precisarem de mais alguma coisa..."

Ele estava puxando o meu saco, procurando uma porta aberta, uma tarefa especial, uma corda por onde subir. Ocorreu-me que provavelmente eu poderia mandar demitir Hector, bastaria uma palavra. Mas se eu de fato o fizesse, ele teria mais tempo livre, o que sem dúvida aumentaria seu desespero. Ademais, ele naturalmente suspeitaria que a demissão tinha sido ordem minha. Na somatória eu acabaria demitindo dois homens em um único dia e minha alma passaria a valer menos que um conjunto de pneus carecas largados no acostamento da avenida West Side. Considerei se poderia tornar a vida de Hector um pouco mais fácil, amenizar a dor de ter perdido Maria e Dolores.

"Quantas vagas há no nível salarial imediatamente acima do dele?"

"Umas quatro dúzias. Supervisores de campo."

"Eles têm que trabalhar muito?"

"Eles supervisionam", resmungou Janklow. "Pelo menos é o que deveriam fazer. Treinam os novos instaladores e verificam se as ordens de serviço são executadas com rapidez. Esse tipo de coisa. Bem simples."

"Esse Hector Salcines, você acha que ele seria capaz de fazer o serviço?"

"Nunca vi o sujeito. Mas para ser supervisor de campo o cara não precisa ser nenhum Einstein. Os que estão nesta função são gente que passou mais tempo como instalador que o resto e se cansou, só isso."

"O expediente é mais longo?" Talvez uma promoção pudesse distrair Hector um pouco, mantê-lo ocupado.

"É mais longo mas também mais fácil. Tem mais trabalho com papelada no escritório, checando as contas por computador, essas coisas."

"Quero que você promova esse Hector Salcines para supervisor."

"Hein?"

"Isso mesmo. Não diga a ele por que, apenas promova-o."

"E será que eu posso perguntar por que do trigésimo nono andar emana uma ordem tão contundente para beneficiar um sujeito que ganha apenas onze dólares por hora?"

Permaneci calado. Técnica eficiente durante uma discussão.

"Promovê-lo? Assim, sem mais nem menos?"

"Sim?"

Uma ligação me aguardava na outra linha.

"Apenas faça o que lhe disse", ordenei, falando como Morrison, e atendi a outra ligação. Era DiFrancesco.

"Estou recebendo mais algumas coisas. Você vem buscar?"

"Estou sem tempo. O que é?"

"Parece a mesma coisa de antes. Está sendo transmitido para aquele segundo número que você me deu."

"Que número?"

Ele disse o número. Era o fax do Presidente, instalado na sala da sra. Marsh.

"Não entendo", eu disse.

"Nem eu."

"Passe um fax deles para mim."

"Não mando nada por fax. Pode deixar rastro."

"Deixe disso. Não tenho tempo para a sua paranóia."

"Sem chance. Não mando fax."

Tudo me irritava. "Estamos pagando você para fazer um serviço!"

"Nada de rastros."

"Dê um jeito de mandar através daquela linha falsa da companhia telefônica de Nova York que você mencionou. Será que consegue?"

Pausa para reflexão. "Não vai funcionar."

"Porra, então tire a bunda daí, vá até a copiadora na esquina e mande o fax de lá, seu gordo preguiçoso! É pra isso que estamos te pagando!"

Cinco minutos depois as folhas estavam sendo cuspidas do aparelho na sala de Helen. Examinei-as à medida que iam aparecendo.

Liguei de volta para DiFrancesco. "Você disse que elas vieram para aquele número que lhe dei?"

"Exatamente."

"Será que você não se enganou?"

"Não há a menor chance disso ter acontecido."

"Mas alguns desses faxes são substancialmente os mesmos; na verdade são os *mesmos* documentos em inglês transmitidos do Plaza dois dias atrás."

"É o que parece."

Examinei os outros documentos transmitidos para ou a partir do fax do Presidente, todos coisas rotineiras: uma transação imobiliária envolvendo um de seus filhos, carta de um amigo.

"Acho que você pisou na bola", eu disse a DiFrancesco. "Todo o resto faz sentido."

"Errado."

"Mas isso é *exatamente* o que foi mandado do Plaza para a Alemanha. É o material que o nosso pessoal entregou ao pessoal deles nas reuniões. Não há razão para que fosse transmitido de volta."

"Há uma razão, só que você não sabe qual é", respondeu DiFrancesco irado. "Porque eu *nunca* erro."

Às seis horas peguei o elevador e desci para o saguão de entrada. Frankie, o guarda, veio falar comigo. "Tem um sujeito aí perguntando por você. Como ele não tinha hora marcada, não deixamos subir. Ele está lá do outro lado do saguão, *ali*, não está olhando agora."

Hector. Vestindo jeans e uma jaqueta de beisebol, ele estava de pé próximo ao conjunto errado de elevadores, os que só iam até o vigésimo quinto andar.

"Se você não quer falar com ele, pode sair agora", alertou Frankie. "*Já*."

Foi o que fiz. Misturei-me ao caudal de trabalhadores que se dirigiam à estação do metrô, caminhando com rapidez e ziguezagueando sem necessidade para tornar mais difícil a perseguição. Uns cem metros depois, parei e olhei para trás, só para me certificar.

Hector estava a menos de trinta metros. Supus que tivesse me visto virar, porque olhava em outra direção, com o boné enterrado na cabeça. Tornei a me virar e acelerei o passo. Eu poderia ter seguido pela calçada e tentado pegar um táxi, mas o trânsito naquela hora do dia se arrastava com extrema lentidão. Passei pela catraca da estação e desci correndo para a plataforma inferior. O metrô da linha D estava de um lado e o da linha F do outro, ambos indo para o Brooklyn. Hector estava atrás de mim e logo surgiria ao pé da escada. A campainha do trem D soou e antes que as portas se fechassem entrei num vagão, torcendo para que a composição deixasse a plataforma antes que Hector pudesse embarcar. O trem começou a andar. Eu estava seguro? Hector chegou ao ponto de onde eu embarcara e ficou olhando através das janelas, tentando me localizar. A seguir, começou a correr ao lado do trem, abalroando as pessoas na plataforma.

O trem ganhou velocidade. Eu estava salvo. Decidi encarar Hector no dia seguinte, talvez ligar para ele no trabalho. Meu Deus, eu tinha conseguido uma promoção para o sujeito horas antes.

A parada na estação Rua 42 foi rápida. A única chance de Hector era o trem da linha F, que estava parado na estação Rua 47 quando embarquei, embaixo do Rockefeller Center, mas até aquele momento ele ainda não tinha emparelhado com o meu. Só que o meu trem passou a andar devagar depois que deixamos a estação Rua 42; estava seguindo pelos trilhos mais movimentados, atrás das composições das linhas Q e B. De repente, nos trilhos paralelos aos do trem em que eu estava, passou o F em grande velocidade, os passageiros iluminados dentro do túnel escuro; este fazia paradas em todas as estações até o sul de Manhattan. Mesmo sem ter visto Hector, tive certeza de que ele estava num daqueles vagões. Provavelmente partira poucos segundos depois de mim. O trem D tornou a andar rápido. Entramos na estação Rua 34. O F estava lá, esperando os passageiros de outras linhas que fariam a conexão. Hector estava na plataforma, com um pé na porta do F. Procurando no vagão errado, ele não me viu. Estava em dúvida, sem saber se devia ou não embarcar no D. As campainhas de partida de ambas as composições soaram e as portas de ambos fecharam-se ao mesmo tempo. Hector ainda estava no F, espiando através da janela. Agora olhava para o meu vagão. Olhava para *mim*.

As composições começaram a andar. Eu sabia que ambas paravam na estação Rua 4 Oeste, mas teoricamente o D chegaria antes, pois a linha F era local e antes teria de fazer escala na estações Rua 23 e Rua 14. Se o meu trem, o D, alcançasse primeiro a estação Rua 4 Oeste, eu estaria a salvo. Teria duas opções: continuar no trem ou sair, subir as escadas correndo antes que o F chegasse e escapar completamente do alcance de Hector. Ele não saberia se eu permanecera no trem da linha D, que teria acabado de partir, suas luzes vermelhas desaparecendo no túnel, ou se desembarcara e deixara a estação. Saberia porém de uma outra chance: me pegar no D, que ainda teria de parar na estação Broadway-Lafayette. Ele também poderia subir correndo as escadas para ver se me encontrava na estação. Mas a esta altura eu já estaria longe.

Mas não foi isso que aconteceu. Logo depois da estação Rua 23, meu trem ficou retido no congestionamento da hora do rush. Os passageiros balançavam a cabeça contrariados. Finalmente, o F alcançou o D e as duas composições entraram juntas na estação Rua 4 Oeste. Hector estava lá, procurando por mim através da janela. Sentindo falta de ar, olhei em volta pensando no que deveria fazer. O trem dele estava agora meio vagão à frente do meu e eu aproveitei para recuar, andando na direção da porta que abria para o vagão seguinte: estava lotado. Não havia tempo para esgueirar-me entre todos os passageiros, atravessar um par de vagões e saltar na ponta da plataforma. Havia gente demais, gente cansada e aborrecida. Era cada vez mais difícil avançar. Eu tinha cometido um erro.

O trem finalmente parou. Do outro lado da plataforma, o F estava descarregando passageiros. Hector viria me procurar no vagão que eu acabara de deixar. Eu não teria como saltar rápido daquele onde eu estava agora. As portas do D se fecharam e começamos a andar rumo à estação Broadway-Lafayette. Eu não sabia se Hector estava no meu trem. Se estivesse, eu saltaria naquela mesmo, porque depois o D atravessaria a velha e decrépita ponte Manhattan, onde sempre parava por causa da sinalização, e isso daria a Hector tempo mais que suficiente para percorrer um, dois ou três vagões até me encontrar.

O D deixou a estação e emparelhou de novo com o F. Hector poderia estar tanto naquele como no meu trem. Olhei pela janela da porta que separa os vagões e o avistei no da frente. Hector era meu companheiro de viagem no D.

Com brutalidade, fui abrindo caminho entre os passageiros, meio agachado para não ser visto por Hector caso ele olhasse para o vagão onde eu estava. A baixa estatura dele jogava a meu favor. Vi um sujeito vestindo uma capa de chuva preta.

"Senhor", eu disse ofegante. "Quero comprar sua capa de chuva."

"O quê?"

"Quanto?"

Ele me olhou como se eu fosse louco.

"Mas que inferno, sei lá!"

"Ei, cara, eu te vendo o meu *chapéu*", disse outro homem. Era um boné de beisebol com o logotipo de uma companhia petrolífera gravado acima da aba. "Vinte paus."

"Negócio fechado."

Dei a ele o dinheiro.

"Que tal cem pela capa de chuva?", propôs o outro homem.

Acabei arrematando também a capa. Vesti-a rapidamente e puxei o boné sobre os olhos. Continuei avançando para o fundo do vagão, tratando de fazer com que a massa humana me separasse de Hector. Broadway-Lafayette, última parada em Manhattan. O F também entrou na estação. Metido em meu disfarce, fiquei de pé, com a cara encostada no vidro da porta. Com o canto do olho, vi Hector entrar no vagão. Ele não chegou a me ver, e, se viu, não percebeu. As portas se abriram. As do trem F também. Saí do D e parei entre os dois, no meio da plataforma. Poderia correr, subir as escadas e pegar um táxi, mas o trânsito no cruzamento da Broadway com a Houston estaria lento. Seria suicídio. Descendo as escadarias, surgiu uma onda de passageiros recém-desembarcados do número 6, avenida Lexington, uma linha local. Centenas de pessoas. Eu não conseguiria avançar contra a corrente e decidi correr até a outra extremidade da plataforma, para longe de Hector, e então embarquei no último vagão do F no momento em que as portas se fechavam.

O F não ia exatamente para onde eu queria, mas a partir daquela estação seguia um percurso diferente do D, o que era bom, pois eu acreditava que Hector ainda estava nele. O F parava no outro lado de Park Slope, na esquina na rua 9 com a Sétima Avenida. Foi nessa estação que saltei, quinze minutos mais tarde, sem ter qualquer sinal de Hector. Estava salvo.

Enquanto caminhava, examinei o chapéu. Cheirava mal e a parte de cima estava manchada de suor. Joguei-o no lixo. Minutos depois e seis quadras ao norte, na Sétima Avenida, entrei na lavanderia. Grace, uma filipina amável que sabia de memória os números de todos os clientes, cumprimentou-me.

"Esta capa não é sua", ela disse.

"Tem razão."

"De quem é?"

"É uma longa história." Tirei o casaco. "Vale a pena lavá-la a seco?"

"Isto?"

Eu nem olhara direito.

"Se fosse eu, simplesmente jogava fora. Dê para os pobres."

"Paguei cem dólares por esta capa."

"Pagou noventa e cinco além do que vale." Ela sorriu. "Suas camisas estão prontas." Ela apanhou na prateleira um pacote de papel. Virei-me para ver se tudo corria bem atrás de mim.

Hector estava do outro lado da rua, numa doceria. Não estava olhando para ver se me achava, estava olhando *para mim*, esperando que eu o levasse a Dolores e Maria. Ele não sabia que elas estavam morando comigo, mas talvez tivesse deduzido. Estávamos apenas a duas quadras de minha casa.

"Grace", eu disse, "tem uma saída pelos fundos aqui?"

Ela me conduziu discretamente até um quartinho nos fundos. Passei por meia dúzia de moças filipinas, ocupadas em dobrar sobre uma mesa de madeira pilhas e pilhas de roupa lavada, e saí no quintal. Grace indicou-me uma cerca baixinha que corria ao longo do quintal vizinho. Pulei a cerca, atravessei mais dois quintais e cheguei à entrada de uma garagem que dava para a rua. Ao me ver, uma velha no segundo andar bateu no vidro da janela — alguém, um homem de terno, tentava freneticamente pular a cerca do quintal —, mas logo depois eu já estava na rua. Em menos de um minuto estava quase em casa. Entrei esbaforido, fechei a imensa porta de madeira atrás de mim e tranquei-a.

Encontrei Dolores com o fone na mão.

"Tem alguém da lavanderia querendo falar com você", ela avisou. "Não estou entendendo."

"Senhor Whitman?"

"Sim."

"Aqui é Grace, da lavanderia."

"Sim, Grace, em que posso ajudar?"

"Tenho que contar uma coisa muito séria. Veio aqui um homem fingindo que tinha perdido recibo de entrega de roupa, mas eu nunca tinha visto ele antes. Ele mentiu e disse que tinha vindo quando eu não estava. Perguntei número do recibo mas ele não lembra."

"Mas você sabe de memória o número de todo mundo."

"Sim. Daí ele perguntou se podia ver livro onde a gente anota lavagem a seco. Meu chefe estava lá e eu então disse sim, mas pra ele ver rápido porque eu tinha que procurar recibo de outra pessoa."

"Como eu, que vivo perdendo o meu."

"Isso, e daí eu procuro. O homem disse que não tinha recibo e que precisa procurar no livro."

"O quê?"

"Ele queria ver livro porque queria achar seu nome, eu acho."

Percebi que a intenção era descobrir meu endereço; eles sempre anotavam, para poder entrar em contato com o cliente caso a roupa se perdesse na lavagem a seco.

"Tirei livro dele e disse que era livro errado. Dei pra ele livro de lavagem comum, que não tem seu número de lavagem a seco. Ele ficou olhando livro. Daí ele pergunta se eu sei número de Jack Whitman. Eu digo que não, como posso lembrar números dos recibos de dois mil e trezentos clientes?"

"Você tem tantos clientes assim?"

"Tenho."

"Muito obrigado, Grace."

"Por nada. Vou dizer uma coisa que o senhor pode não gostar."

"Pode dizer."

"Não é da minha conta, mas sei que agora manda roupas diferentes pra lavar."

"Você está se referindo a roupas de mulher e de menina?"

"Sim, mas a gente sabe que você não é pai. E eu lembrei disso quando vi número do seu recibo, quando ele está procurando o endereço do senhor."

"Grace", eu disse, "você é esperta demais para trabalhar numa lavanderia."

"É", disse ela rindo. "Eu sei."

No meio da noite, a campainha do telefone fez explodir minha cabeça. Atendi antes que Dolores acordasse.

"Pode falar."

"Dolores, por favor."

Hector. Houve uma pausa curta, mas longa o suficiente para que ambos percebêssemos quem estava do outro lado da linha.

"Acho que você ligou o número errado, cara."

"Quem tá falando é Jack Whitman?"

"Quem é?"

"Bom, você devia se lembrar de mim, caralho, porque eu me lembro de você muito bem." Ouvi música e o som de uma TV. Ele provavelmente estava ligando de um bar. "Vou descobrir onde você mora, cuzão. Cheguei bem perto hoje, não cheguei? Mais alguns dias e eu descubro, vou na Prefeitura, procuro nos arquivos, o que for preciso."

"De onde você tirou esse número?"

"Aquele cara, Ahmed, o daquele prédio. Fui lá de novo esta noite. Ele estava lá."

Fiquei quieto.

"Quero minha mulher e minha filha de volta, entendeu?"

Hector ficou esperando uma resposta.

"Diga a Dolores que é melhor ela voltar pra cá ou vai acontecer um monte de merda, cara."

Eu poderia ter lhe dito algumas coisas: que chamaria a polícia, que poderia contratar um detetive particular ou mesmo uns capangas para cuidar dele; poderia ter dito que sua esposa não o queria mais — qualquer uma dessas ameaças, mas todas elas só teriam aumentado sua raiva ainda mais. Além disso, Dolores dormia ao meu lado. Eu não queria que surgisse um vínculo psicológico entre Hector e nós — ele no papel de perseguidor e nós no de perseguidos; queria, sim, que ele permanecesse na dúvida, que não se sentisse seguro de ter me alcançado. Desliguei.

Como ele poderia ligar de novo, acordando Maria e Dolores, desconectei o aparelho ao lado da cama e desci ao andar de baixo para desligar também a extensão. Claro, teríamos de tornar a ligá-lo no dia seguinte.

Tive então uma idéia. Telefonei para DiFrancesco. Do outro lado da linha, ouvi a seguinte mensagem: "Se você entende de bogodinâmica, seu recado conseguirá atravessar este bogofiltro. Caso contrário, você detonará o aparelho. Agora fale."

"Aqui é Jack Whitman. Atenda o telefone."

Ele o fez no ato. Perguntei-lhe quanto tempo a New York Telephone levava para mudar um número que não constava da lista.

"Talvez uma semana."

"E *você*, é capaz de fazer o serviço?"

"Claro. Moleza. Sopa no mel."

Dei-lhe o número do meu telefone e pedi que o alterasse.

"Agora?"

"Sim."

"Eu estava dormindo. Você me acordou."

DiFrancesco esparramado na cama: que horror! "Quanto?"

"Quanto eu quero para fazer o serviço?"

"Sim."

"Faço amanhã de manhã por cem paus."

"Faça hoje à noite e você ganha mil dólares. Ponha na conta da minha empresa."

"Me ligue amanhã cedo e eu lhe dou o novo número."

Voltei para a cama. Quarenta minutos depois, o aparelho emitiu um toque breve. Atendi e a linha estava muda. DiFrancesco trabalhando, imaginei. Também Hector devia estar em serviço, mas pelo menos por enquanto eu estava na frente.

Tenho o sono pesado, mas naquela mesma noite fui despertado por um cheiro diferente, desta vez mais forte que eu, um doce aroma queimando em minhas narinas. Imediatamente achei que a casa estava pegando fogo — meu maior medo, já que uma casa com tanta madeira viraria cinza com vertiginosa rapidez. Dolores não estava na cama. Assim que saí de sob os lençóis, percebi que o cheiro era *proposital.* Mas onde estava Dolores? Tentei ouvir alguma coisa. Silêncio. Imóvel no meio do quarto, tratei de decidir o que deveria fazer. Percebi então um estranho reflexo de luzes piscando nas paredes de gesso no alto da escada e fiquei aterrorizado. De cuecas e meias, mantendo parte do peso apoiado no corrimão, desci lentamente as escadas em busca da origem daquela luz misteriosa.

A sala estava repleta de minúsculas velinhas acesas, pelo menos cem. Vultos pareciam dançar no ar; a luminosidade dava a impressão de um ambiente sem paredes, sem piso, sem teto. No meio estava Dolores, ajoelhada diante da viga sobre a lareira, rezando de mãos postas, os lábios movendo-se ligeiros, sussurrando em espanhol. Às vezes com suavidade, de repente mais alto e rápido, a voz elevando-se de quando em quando para emitir algumas palavras e logo voltando ao sussurro de antes. Era quase um canto, um canto veloz. Em frente, havia uma pequena estátua realística do Cristo agonizante, dessas que se vendem nas lojas de artigos religiosos das áreas latinas do Brooklyn. Dolores provavelmente a mantinha escondida no armário. Cristo com os olhos revirados, apontados para o alto, para a coroa de espinhos, as mãos e pés espetados. As luzes das velas queimando em torno da imagem desenhavam formas distorcidas nas paredes, cem homens se contorcendo. Dolores falava diretamente com a imagem. Não consegui entender as rezas mas reconheci algumas palavras: *Oh, Dios mio! Quien eres Tu... Dios omnipotente, justicia suprema... mi angel de la guarda... Jesus... en las aflicciones de la vida...* Enquanto rezava, ela acendeu um fósforo e tocou fogo em pequenos montinhos de pó distribuídos em pratos que pegara no armário da cozinha. Será que eu tinha deixado uma mulher louca entrar em minha casa? Não, teria opinado meu pai, apenas alguém com fé em Deus. *Dios mio, tu que eres grande, tu que eres el todo, deja caer, sobre mi, pequeño, sobre mi que no existo...*

Fiquei observando por alguns minutos, sempre imaginando que Dolores estava prestes a terminar. Mas ela então pegou um livrinho cor de laranja e começou outra oração. Não me atrevi a atrapalhá-la. O canto recomeçou, a voz dela aumentando e diminuindo, quase um choro, ora rápida, ora lenta, ora detendo-se para consultar o livrinho antes de tornar a rezar. Enquanto ela cantava, permaneci absolutamente imóvel na escada. Uma eternidade. Minhas pernas estavam duras, meus calcanhares doloridos. Já passava das três da manhã, mas ela parecia estar apenas no meio do ritual, longe do final da litania, qualquer que fosse ele, em sua exaustiva busca de redenção. Meus olhos pesavam sob as luzes rodopiantes e alucinógenas da sala e eu senti uma súbita tontura, como se a qualquer momento fosse despencar escada abaixo. Sou um homem branco. Tenho medo de misticismo, tenho medo de tudo que se relacione a isso, tenho medo das sessões de vodu que aconteciam no parque Prospect, das galinhas e bodes decepados. Eu não sabia como tocar no assunto com Dolores, mas sabia que não deveria quebrar seu transe. Esta era mais uma faceta que eu ainda desconhecia nela, muito diferente dos asseados serviços da igreja presbiteriana que eu costumava freqüentar com minha mãe, os bancos duros, os sermões feitos com erudição discreta. Minha formação não comportava nem sangue, nem penas, nem saquinhos cheios de terra. Eu não conseguia entender o mundo dessa maneira. Ladainhas, magia, incenso.

Voltei calmamente para cima e escondi-me entre os lençóis. Eles agora estavam frios.

Acordei cedo no dia seguinte, um sábado quente e nublado, Dolores desfalecida ao meu lado. Ela dormia com a boca aberta, os lábios afundados no travesseiro, o emaranhado de cabelos negros escondendo-lhe os olhos. Um leve odor característico de corpos adormecidos desprendia-se de seus poros. Debrucei-me sobre sua cabeça e julguei identificar uma sutil lembrança do aroma do incenso queimado na noite anterior. Mas não tive certeza. Perguntei-me se não havia sonhado aquilo tudo e, enquanto cumpria a rotina matinal — barbear-me, tomar banho e vestir-me —, imaginei que encontraria os restos da cerimônia de Dolores espalhados no andar de baixo. Mas a sala estava como sempre esteve, nem uma folhinha de papel fora do lugar. Talvez, pensei, talvez eu tenha realmente sonhado. A casa encontrava-se arejada, não havia cinzas na lata de lixo da cozinha nem pingos de vela derretida. Nada.

À tarde, no jardim, eu mostrava a Maria como se podam as extremidades das rosas ressecadas durante o inverno quando Dolores me chamou pela janela.

"Tem um sujeito no telefone dizendo que você precisa ir ao escritório dele imediatamente."

Olhei para ela, cansado de viver perseguido pelo telefone.

"Quem?"

"Ele não quis dizer o nome, mas tem um chiado na voz."

Era DiFrancesco. "Estou recebendo um monte de coisas agora. Quer vir dar uma olhada?"

Avisei Dolores que daria uma saída e estaria de volta em uma ou duas horas.

"Aonde você vai?"

"Vou me encontrar com um sujeito a quem a gente está pagando uma grana preta para infringir as leis federais de telecomunicações."

"Para infringir a lei?"

"O cara descobriu um jeito de roubar informações transmitidas através de fax. Isso só pode ser ilegal."

Dolores refletiu um pouco sobre aquilo mas permaneceu calada.

Peguei o metrô até a rua do Canal e segui a pé para o escritório de DiFrancesco, passando por peixes mortos, porcos assados e velhinhas chinesas fazendo compras. DiFrancesco recebeu-me à porta; pingos de mel e manteiga de amendoim escorriam sobre seu peito nu, os cabelos estavam desalinhados e gordurosos. Olhei seu rosto de perto; estava pálido como um melão grande e liso.

"Meu Deus, você tirou a barba."

DiFrancesco deu de ombros. "Comecei a sentir o cheiro dela", admitiu. "Não estava mais conseguindo limpá-la."

"É, o calor está aumentando todo dia."

"Mas eu ainda a tenho", disse ele.

"Ainda *tem*? O quê?"

Ele apontou. Olhei em volta e notei algo cabeludo num recipiente de plástico do tipo Tupperware; parecia um animalzinho. "Alguém já lhe disse que você é um sujeito esquisito?"

"Claro."

Com cuidado para não pisar na sujeira espalhada pelo chão, andei até os computadores e ele me passou alguns papéis. O primeiro era um fax em alemão transmitido da sede da VS em Bonn para a equipe de Waldhausen no Plaza. Examinei-o rapidamente, traduzindo o suficiente para perceber que se relacionava com a estrutura administrativa depois da fusão. O segundo era uma carta para o escritório do Presidente, a respeito da compra de uma área nas Bahamas ao custo de trinta e cinco milhões de dólares. Pela descrição, devia ser um lugar agradável, ainda mais se tivesse vagas para estacionar. Vi a seguir um fax do Plaza para Bonn sobre a compra de uma nova gravadora polonesa. Alguém da equipe da VS devia estar envolvido nas negociações. O fax seguinte fora enviado do aparelho do Presidente para Bonn, aos cuidados de um certo W. Fricker. Isso me deixou confuso. Fricker era o sujeito que trabalhava como assistente do Presidente antes de mim e supostamente estava incapacitado para o trabalho em virtude de misteriosas dores de cabeça, tendo recebido licença por prazo indefinido. Mas ali estava, inequívoco, um memorando do Presidente datilografado pela sra. Marsh: "Não conseguimos contatá-lo por telefone e esperamos que você encontre este assim que voltar. Precisamos que Bonn mande um fax para o Plaza pedindo uma proposta de estrutura administrativa dentro do novo esquema de operações conjuntas", instruía o memorando. "Precisamos dos dez ou quinze nomes da Corporação que irão ocupar as principais posições. Envie-me os nomes por fax imediatamente."

Folheei os faxes de trás para a frente até chegar ao primeiro que DiFrancesco me passara.

"Tudo isso foi transmitido hoje?"

Com um gesto de cabeça ele respondeu que sim.

"Quando você me entregou, eles estavam na mesma ordem da transmissão?"

"Não sei. Era um monte de papel."

Frustrado, examinei os faxes.

"Você se refere à ordem das páginas ou à ordem de recebimento?"

Eu era mais rápido que ele. Pela hora impressa em letras pequenas no alto das páginas, percebi que o fax do Presidente havia sido transmitido de Nova York para Bonn naquela manhã, às onze horas, e que o fax de Bonn para o Plaza, com as instruções que ele dera, tinha sido enviado mais ou menos à uma da tarde, horário de Nova York, início da noite em Bonn. Este segundo fax, em alemão, instruía Waldhausen a pedir a Morrison que apresentasse sua sugestão de estrutura administrativa para a companhia que nasceria da fusão. Eu sabia que, nesse organograma hipotético, Morrison reservaria para si uma posição acima do Presidente e colocaria seu próprio pessoal — Beales, Samantha e pelo menos mais meia dúzia — em posições-chaves. Na prática, o Presidente queria que a Volkman-Sakura recebesse um documento comprovando que Morrison tinha planos de afastá-lo, bem como uma lista de executivos leais a Morrison. Uma lista de traidores fornecida ao Presidente pelos próprios traidores.

Era sábado e não havia telefonistas na Corporação. Eu precisava achar Morrison e informá-lo do que estava acontecendo. Liguei para o serviço de auxílio à lista de Westchester e consegui o número de sua casa. Enquanto o telefone tocava, vi pela janela um velho chinês tirar tomates de um engradado e colocá-los em pequenos sacos plásticos de um quilo. A esposa de Morrison atendeu e pedi que o chamasse.

"Lamento mas ele não está", disse ela com tranqüilidade.

"Está na piscina ou em algum lugar onde eu possa falar com ele?"

"Não, não", ela respondeu. "Ele está em Manhattan."

"E volta logo?"

"Bem, acho que não."

"Está no escritório?"

"Não... acho que não."

"E você sabe onde ele está?"

Silêncio. Sim, é claro que sabia. Esposas de executivos que ganham quatro milhões de dólares por ano sempre sabem onde estão os seus maridos.

"Ele está em Manhattan, isso é tudo que posso dizer."

"É muito importante", insisti educadamente. "Quem está falando é Jack Whitman, nós já nos encontramos algumas vezes."

"Sim, Jack."

"Ele está no Plaza?"

"Eu realmente não posso informar. Ele disse que ninguém deveria saber. Desculpe."

Eles estavam reunidos no Plaza e eu nem sabia. Mau, muito mau. Não havia dúvida de que eu estava sendo jogado para fora do bonde. Mesmo assim ainda era o caso de jogar limpo — o Presidente não era o meu grande defensor, não mesmo, e eu continuava a precisar de Morrison. Talvez ele mexesse os pauzinhos e me arranjasse um cargo interessante depois da fusão. Eu tinha de protegê-lo — era crucial que a solicitação de Bonn *não* fosse atendida. Observei o velho selecionar os tomates e liguei para a suíte executiva do Plaza, onde o grupo estava reunido. Beales atendeu.

"Ed, preciso falar com o Morrison."

"Estamos muito ocupados."

"Deixe-me falar com ele."

"Ele está na sala ao lado, com o Waldhausen", respondeu Beales, tentando parecer extremamente cansado. "Não acho que seja um bom momento para interrompê-lo."

"Então chame a Samantha."

"Ela ainda não chegou."

"Deixe-me falar com o Morrison."

"Se for assim tão importante, pode falar comigo."

Concluí que não teria alternativa.

"Escute", eu disse. "Vocês estão aí hoje trabalhando na estrutura do novo grupo executivo, certo?"

"Bem", disse Beales, "estamos trabalhando em um monte de coisas, em vários aspectos do negócio, você compreende."

"Ed, não tente me enrolar, caralho. Eu sei que Bonn mandou um fax para aí pedindo que vocês enviem uma proposta de estrutura de administração."

"É verdade. Aliás, em alguns minutos estaremos mandando a proposta de organograma para eles."

"Não mande."

"Como assim?"

"Não transmita o fax para eles. O Presidente vai receber esse documento. Eles vão transmitir para ele da Alemanha."

"O quê?"

"Está entrando alguma coisa aqui", disse DiFrancesco de olho na tela. "Um fax entrando no aparelho do Plaza."

"Espere um segundo", disse eu a Beales. Larguei o fone na mesa e fui até a tela. "Esse fax está entrando no aparelho da vs no Plaza?"

"Sim, aqui está...", confirmou DiFrancesco. "Está entrando..."

Olhei para a tela. Estava ilegível.

"Agüenta um pouco", pediu DiFrancesco. "Eu consigo arrumar isso."

"Jack", disse Beales no meu ouvido quando peguei o fone. "O que você quer? Preciso voltar para a outra sala."

"Vocês têm um aparelho de fax aí?", perguntei.

"O que você acha?"

"Não, digo um outro aparelho, não o da vs."

"Não, por quê?"

Eu não tinha certeza. Estava confuso, tentando manter tudo claro em minha mente.

"Ei, ei", disse DiFrancesco, "arrumei, já está dando pra ler."

Olhei o documento na tela. Era o pessoal de Waldhausen, em Bonn, solicitando resposta imediata ao fax anterior. Por que a pressa? Ocorreu-me que alguém em algum lugar estava tentando controlar a seqüência dos eventos.

"Tenho que desligar logo", disse Beales.

"*Espere*", gritei. "Quem está com o documento com a nova estrutura administrativa?"

"Eles têm algumas secretárias aqui", respondeu Beales exasperado. "Acho que uma delas."

"Você consegue alterar um fax que esteja passando pelo seu equipamento?", perguntei a DiFrancesco.

"Aí está uma pergunta fascinante."

"Sim ou não? Você consegue fazer isso agora?"

"Não, isto é, *deve* ser possível, mas eu tenho que pensar um pouco."

Voltei ao telefone.

"Ed, não mande esse fax."

"Mas por que, pelo amor de Deus?"

"Porque não."

"Aguarde na linha." Beales tapou o bocal e voltou depois de alguns segundos. "Estão me dizendo aqui que acabam de receber mais um fax pedindo esse documento, Jack. Estou vendo a garota, a secretária, no outro lado da sala... Nós já resolvemos tudo aqui, está tudo acertado e datilografado. Na verdade, acabei de dar uma revisada no documento."

"Não mande o fax!"

"Você só está puto da vida porque o seu nome não está na lista", disse ele sem pensar.

Pronto. Eles estavam me tirando completamente do negócio.

"Muito bem", eu disse com voz calma. "Escute, estou jogando limpo com você. Tire o seu nome desse documento."

"O quê?"

"Tire o seu nome desse..."

"Você pirou. Como é que você descobriu isso tudo?"

"Deixe-me falar com a Samantha", pedi.

"Já lhe disse que ela não está aqui. Por que você quer falar com ela?"

Lá na rua o velho ia colocando tomates ruins embaixo de tomates bons, escondendo-os. Este era o segredo, concluí. Eu podia foder Beales direitinho. "Escute o que vou lhe dizer, Ed. Tire o seu nome do corpo diretor e não deixe o nome de Samantha de fora. Vou repetir, Ed. Você ainda vai me agradecer pelo que estou lhe dizendo.

Tire o seu nome do documento e não deixe de fora o de Samantha — sua colega que você tanto admira —, não deixe o de Samantha de fora, certo?"

"Você está completamente doido", sussurrou Beales com agressividade. "Você está fora do jogo, meu caro. Já acertamos tudo por aqui. Ei" — ele chamou alguém —, "me dê isso um instante, esse mesmo, preciso fazer um pequeno ajuste, é rápido... isso, perfeito, obrigado, só... só esta página, preciso de uma caneta, me arranje uma caneta..." Ele agora voltava a falar comigo diretamente. "Jack, não precisamos mais de você. Já gastei muito tempo ouvindo as suas explicações e esse papo furado. Posso dizer isso porque já fechamos tudo por aqui, o Morrison já está com tudo sacramentado, acho que ele ia te avisar na segunda-feira, mas..."

"Vai se foder, Ed." Desliguei.

DiFrancesco olhou para mim.

"Ele não quis fazer o que você mandou?"

"Não."

"Isso é ruim?"

Olhei pela janela. O velho cuspiu na mão e poliu um dos tomates que estavam na parte superior do saco. Brilhante e convidativo, com todos os tomates podres escondidos embaixo. Minha vida era isso: uma seqüência de jogos idiotas. "Já, já você vai estar recebendo alguma coisa na sua máquina", anunciei.

"Eu... ah, sim, estão discando... parece um fax transmitido do equipamento do Plaza para... aquele mesmo número em Bonn", disse DiFrancesco olhando para a tela. "A folha de rosto diz seis páginas... está começando a entrar."

Um minuto depois o documento estava na tela. Fui passando pelas páginas sem me preocupar em traduzir do alemão. Eu sabia o que estava procurando. Fui encontrar na página quatro: o organograma da nova estrutura administrativa, cheio de quadrinhos, linhas de poder e títulos novos. Os nomes de todos do grupo que negociava pela Corporação estavam lá, impressos ao lado deste ou daquele cargo. Cerca de uma dúzia. No entanto, um simples risco feito com caneta de ponta grossa sobre um dos quadros denunciava que alguém fora eliminado às pressas. Verifiquei todos os outros nomes — lá estava Morrison, como "Co-Presidente" junto ao presidente da VS; lá estava Beales, como "Vice-Presidente Executivo para Planejamento e Desenvolvimento Internacional de Mercados", a posição que por direito seria minha. Meu nome não estava na lista, nem o de Samantha — o *dela*, percebi, era o que tinha sido riscado. Como eu esperava, Beales supôs que eu havia mentido. Se eu estava lhe dizendo que tirasse seu nome do documento, então, pela lógica, a medida correta seria deixar o nome. Da mesma maneira, o pedido para que deixasse o nome de Samantha na lista desencadeou uma ação oposta — ele rapidamente o riscou, na suposição de que tal gesto cedo ou tarde lhe traria alguma vantagem em relação a ela.

"E então, recebeu o que você queria?", perguntou DiFrancesco.

"Pode ser, pode ser. Ainda não sei."

Minutos depois, a mesma página quatro estava sendo transmitida de Bonn para o aparelho de fax do Presidente, com um recado de Fricker aos cuidados da sra. Marsh. Exatamente como previsto. Com certeza, naquele momento o papel estava saindo do aparelho para as mãos macias e gorduchas da eficiente secretária.

13

Os lábios dela estavam demais. Ela aproximou o rosto do espelho, abriu a boca e fez deslizar o pequeno bastão ao longo de cada lábio. A seguir, passou a língua rósea sobre os dentes, deu um toque na maquilagem em torno dos olhos e, com a ponta do aplicador de rímel, ergueu uma última vez os cílios. No espelho, suas feições aparentavam falsa timidez, os beiços projetados para a frente, provocantes. Ela sabia que estava demais. Seu cabelo, brilhante depois da lavagem com xampu e creme rinse, estava escovado rente, preso acima da nuca por uma presilha de madrepérola que ela comprara no Village. Acomodados acima da testa como um arco, os óculos escuros de cem dólares davam-lhe um ar de jovialidade e disposição. Enfim, um visual de verão, alegre e divertido. Assisti da cama a cada passo da preparação. As unhas das mãos e dos pés sendo pintadas de vermelho-cereja, as pernas depiladas e untadas de creme, as axilas lisas protegidas por desodorante. Seu arejado vestido novo, um modelo de algodão com motivos florais, comprado por trezentas pratas na Bloomingdale's e pago com o meu cartão American Express, tinha decote fundo e era feito para ser usado sem sutiã pelas poucas mulheres que tinham peito pra tanto, além de alto o suficiente na parte de trás das coxas para que qualquer um soubesse que a festa tinha dona, como dizem no Brooklyn, que ali estava uma mulher pronta para se divertir, que ali estava Dolores, preparando-se para um dia na casa do Presidente.

"E então, eu pareço vulgar?" Dolores deu uma volta em frente ao espelho.

"Não, ao contrário, você parece rara. Rara e cara."

Dolores não gostou da piada. "Jack..."

"Você está ótima", disse tranqüilizando-a. "É só uma reunião num fim de semana. As pessoas certamente estarão vestidas à vontade. Você está sexy, à vontade e maravilhosa."

"Ótimo. É só isso que eu quero." Dolores tornou a ficar de frente para o espelho. "Comprei um maiô novo pra mim e pra Maria."

"Posso ver o seu?"

"É surpresa."

"Biquíni ou maiô inteiro?", perguntei enquanto separava algumas toalhas e um calção para mim.

"Ah, você vai ter que esperar pra ver", ela provocou.

"Pelo seu jeito de falar, deve ser meio escandaloso."

"Pode ser, nunca se sabe."

Fiz um gesto de resignação com a cabeça. "Bom, muito bom."

"Será que vai estar quente pra nadar?"

"Parece que vai fazer bastante calor hoje, mas se precisar eles aquecem a piscina."

"Ele deve ter muito dinheiro."

Não consegui segurar a risada.

"Tem mesmo?", perguntou Dolores com voz séria. "Porque uma piscina *aquecida* deve custar *muito* dinheiro."

"Quando chegarmos lá, você me diz se acha que ele é rico", eu disse. "Quero a sua opinião sobre o assunto."

Maria, também ela de banho tomado e com o cabelo preso, apareceu com um adorável vestidinho de alça e calçando sandálias. Enquanto as duas continuavam os preparativos, fiquei matando o tempo no andar de baixo. Nenhuma informação nova surgira desde a tarde anterior, lá no escritório de DiFrancesco; ainda naquela manhã ele informara que não havia interceptado nenhum outro fax. Deduzi que Morrison, Samantha e os outros continuavam negociando com a equipe da VS no Plaza. Tive vontade de ligar para a casa de Morrison ou de Samantha, mas não sabia se isso teria utilidade. A esposa de Morrison certamente avisara que eu havia ligado, se Beales não o tivesse feito. Além disso, Morrison sabia que eu estava indo à casa do Presidente em Long Island, mas na sua montagem da nova estrutura administrativa pós-fusão, não importava onde eu estava. Se Morrison acreditasse que qualquer coisa importante fosse acontecer lá, com certeza teria me dado instruções e encomendado um relatório. Mas agora, obviamente, os meus atos não o preocupavam. Eu era um estranho, estava fora do time.

Assim, abatido, acompanhado por Dolores e Maria, segui para a estação Avenida Atlantic, no Brooklyn, onde pegamos o trem da Long Island Railroad para Long Island. Depois de duas horas e meia de viagem chegamos à estação de Southampton, onde um senhor de paletó de *tweed* nos aguardava numa faixa da plataforma iluminada pelo sol. "Prontos para um dia conosco?", disse ele sorrindo, à guisa de apresentação, ao mesmo tempo que pegava a sacola de maiôs e toalhas que Dolores trazia na mão. "Meu nome é senhor Warren." Ele nos conduziu até uma perua novinha com a inscrição FAZENDA LITTLE MARSH estampada na porta do motorista. Seguimos durante alguns minutos pela estrada de Montauk na direção leste até Bridgehampton, uma vila absolutamente limpa de onde pegamos uma estradinha sinuosa. Em ambos os lados erguiam-se, intransponíveis, cercas vivas de quatro metros de altura atrás das quais ocasionalmente se vislumbrava a cumeeira de um telhado ou o topo de uma sofisticada chaminé de tijolo. Isto, sim, era padrão de quem tinha muito dinheiro; em comparação, a velha casa de arenito pardo de Jack Whitman não passava de um barraco. No banco de trás, Dolores e Maria deixavam-se balançar pelo movimento do carro, o sol de quando em quando desenhando formas estranhas em seus rostos, o vento jogando seus cabelos para trás e brincando com a barra do vestido de Maria. De repente percebi que estava feliz. Foda-se o Morrison, pensei, a vida tem suas compensações.

Voltei-me para o sr. Warren. "Está havendo alguma comemoração especial hoje?"

"Não, nada especial. Nos fins-de-semana costumamos receber pessoas para passar o dia na piscina e jogar tênis." Ele reduziu a velocidade e olhou no retrovisor. "Só amigos."

Dolores aproximou o rosto da janela aberta. "Estou sentindo o cheiro do mar."

O sr. Warren sorriu. "Sim, já estamos bem perto da água."

Avançamos por uma estrada particular durante cinco minutos, passando primeiro por charcos e campos de rosas silvestres, depois por um bosque de carvalhos e álamos nativos, cada um com pelo menos sessenta metros de altura, e por fim atravessamos um extenso gramado, separado da estradinha por faias avermelhadas centenárias. No caminho, cheio de aclives e declives, cruzamos com vários carros de luxo japoneses seguindo na direção oposta; cada um que passava recebia um amável aceno do sr. Warren. Quando atingimos um platô, vimos primeiro as chaminés de tijolo e depois, sob elas, a mansão em estilo georgiano, talvez do tamanho da Biblioteca Pública de Nova York. Emoldurando o cenário, a bruma infinita da costa atlântica.

"Meu Deus, eu não acredito", cochichou Dolores.

Em tom afável, o sr. Warren avisou que o Presidente não poderia nos cumprimentar naquele momento, mas pedira-lhe que fizesse tudo para nos deixar à vontade. Fomos levados ao outro lado da casa, onde havia uma piscina grande. Com alívio, percebi que entre as pessoas que se divertiam por ali, doze talvez, não havia ninguém da Corporação. Era uma área ampla e, na extremidade oposta do gramado, estava um moderno helicóptero preto. De outro ponto distante vinham os sons de bolas de tênis sendo rebatidas em várias quadras. Avistei alguns homens mais velhos de calção branco, os peitos flácidos contrastando com a elegância dos trajes. Mas eles estavam longe. Dentro do salão da piscina havia uma mesa de sanduichinhos, saladas, frutas, sucos, cerveja etc. Dolores e Maria afastaram-se e entraram no vestiário das mulheres. Reapareceram alguns minutos depois; Maria primeiro, em um adorável maiozinho cor-de-rosa com sainha cheio de babados; Dolores veio logo atrás, em um biquíni listrado que modelava os seus seios para cima. Enquanto caminhavam para a piscina, observei o esforço dos outros convidados para se acostumar com a sensualidade de Dolores. As duas eram as únicas pessoas de pele escura ali, mas ninguém deu mostras de se interessar muito por isso; elas pareciam ricas, e isso bastava. Maria enturmou-se rapidamente com outra garotinha e as duas, muito contentes, ficaram espirrando água na parte rasa. Vendo Dolores ensaiar algumas braçadas desajeitadas, ocorreu-me que, tendo crescido em Sunset Park, no Brooklyn, ela raramente tinha onde nadar. Ficamos os três brincando na água por um tempo. O helicóptero decolou e aterrissou várias vezes. A certa altura, mais ou menos uma hora depois de chegarmos, notei o sr. Warren dentro da casa, a mão em forma de pala apoiada na testa para protegê-lo do sol, olhando na direção da piscina. Achei que procurava por mim, mas ele logo desapareceu. Dolores, Maria e seus novos amigos afastaram-se e foram jogar croquê. Dei algumas braçadas nervosas, perguntando-me se em algum momento daquela tarde eu me encontraria com o Presidente.

O tempo passou sob o sol. A maioria das crianças tinha saído para descer a colina e, sozinho, encontrei uma dessas absurdas cadeiras de isopor e alumínio, capazes de flutuar mesmo quando alguém está sentado nelas. Revigorado por uma cerveja gelada, que deixei descansando na cavidade existente para tal fim no braço da cadeira, caí naquele modorrento estado de semivigília, embalado pelo leve movimento da água, sentindo com prazer o sol massagear-me as pálpebras fechadas. Fazia anos que eu não passava uma tarde como aquela, e lá se iam quase duas décadas desde que eu curtira pela última vez um verão cheio de tardes assim. Por que as pessoas têm tanto prazer em ficar deitadas ao sol? Minha mãe e Harry McCaw haviam se tornado sócios do clube de tênis e, no verão em que completei quinze anos, eu costumava passar o dia lá, tentando melhorar meu saque, de algum modo consciente de estar vivendo o meu último verão de liberdade; passava as horas trabalhando no meu bronzeado pré-cancerígeno e correndo atrás da lendária Betsy Jones, filha do dono do clube, apenas quinze anos e já famosa pelo assanhamento, pela capacidade de ingerir bebidas alcoólicas e pelo notável smash... semanas memoráveis, semanas que não voltavam mais. Corriam boatos de que Betsy estava saindo com um estudante da Universidade da Pennsylvania (o que acabou se confirmando — os dois se casaram e se divorciaram anos depois), mas eu, sempre com o meu pequeno calção de banho amarrado muito abaixo do umbigo, exalava esperteza e vivacidade; assim, depois de um verão de insossa paquera juvenil, realizamos o grande ato, no clube, dentro de um armário de madeira de um metro e meio de comprimento, em cima de toalhas de mesa dobradas. Ela sabia o que estava fazendo, mas eu não: o ato em si não durou mais que três abrasadores minutos, e, mesmo sem Betsy atingir o ápice da satisfação, eu saí de lá acreditando que tinha alcançado um novo nível de hombridade, como se, digamos, tivesse sido chamado para jogar no time dos profissionais. Lembro que me despedi dela depois das duas da manhã; depois, montei na bicicleta e saí alucinado de júbilo pelas ruas escuras da cidade, a caminho de casa, meus pés sem meia colados às paredes internas do tênis enquanto eu pedalava sem tocar no guidão, os braços erguidos sobre a cabeça numa louca celebração da vitória recém-conquistada. Esta cena ficou gravada em minha memória com mais força do que o ato em si. Nunca mais vi Betsy. Ela acabou sendo despachada para um internato e nós perdemos contato.

De repente, senti um vulto interpor-se entre mim e o sol. Ouvi meu nome. O sr. Warren estava na borda da piscina, segurando uma toalha e com certeza morrendo de calor dentro do seu paletó de *tweed*.

"O senhor teria um minuto, senhor Whitman?"

Por aquele jeito polido de falar, eu sabia que estava sendo convocado; afinal de contas, havia uma razão para eu estar ali aquela tarde.

"Dá tempo para eu me vestir?"

"Acho que não, senhor Whitman."

"Eu realmente gostaria de dar uma corrida ao vestiário e vestir pelo menos uma camisa."

"Lamento. Ele pede a sua presença imediatamente."

Saí da piscina, irritado com aquela frescura, meu calção ainda pingando, e olhei em volta tentando achar Dolores e Maria.

"Elas estão com as outras crianças", antecipou-se Warren enquanto me dava a toalha, sinalizando que não havia tempo para avisá-las de que eu estava saindo da piscina. Para um mordomo, o sujeito era bem duro. Descalço, segui-o por uma trilha de tijolos dispostos em forma de espinha de peixe; o caminho sinuoso avançava sob cerejeiras ornamentais até a casa principal.

"Ainda estou molhado", eu disse, apontando o parquete no instante em que atravessamos uma porta corrediça de vidro.

"Tudo bem, Jack", disse uma voz de dentro da sala. "Todos sabemos que você é um peixe escorregadio." Era o Presidente. Tratei de ajustar a vista ao novo ambiente, mais escuro, mais fresco graças ao ar condicionado e com tapetes orientais espalhados pelo piso, enquanto Warren, do lado de fora, fechava a porta atrás de mim. Da poltrona onde se encontrava confortavelmente sentado, o Presidente esticou o braço em direção a quatro homens mais velhos, todos de banho tomado e vestidos em traje esporte. "Senhores, gostaria de lhes apresentar Jack Whitman, um dos nossos jovens talentos mais promissores."

Refrescados e cheirosos, acomodados nas poltronas, eram os mesmos homens que eu vira jogando tênis. Copos na mão, todos me cumprimentaram com um leve gesto de cabeça. Pareciam conhecidos. *Eram* conhecidos. Com a toalha pendurada em torno do pescoço, tentei dar a impressão de que sabia o que estava acontecendo e do porquê de estar ali. Filetes de água escorriam-me impassíveis pelas pernas, formando uma pequena poça em torno dos meus pés. Eu estava praticamente nu, os cabelos ralos endurecidos e arrepiados pelo sol e pela água da piscina, a barriga branca — uma vistosa protuberância — cobrindo a parte de cima do calção. Há algo de desconcertante em estar seminu, molhado, na sala de uma casa, diante de cinco homens mais velhos, inteiramente disponível para exame e escrutínio, e perceber que, como representante da minha geração, eu estava longe de ser um dos melhores exemplares. Eu não era mais o jovem que tinha dado uma bimbada em Betsy Jones no armário de toalhas de mesa do clube. Estava claro, eu era um sujeito que havia sido arrancado de uma piscina e forçado a subir no palco para mostrar do que era capaz. Crédito para o Presidente: ele sabia como aterrorizar um homem. A sunga molhada começava a irritar-me a pele e a apertar-me o saco. Meus joelhos começaram a tremer e senti o suor acumular-se em minhas axilas.

"Jack, gostaria de lhe apresentar meus convidados", começou o Presidente erguendo o braço: "Este é Peter Velkner".

Acenei com a cabeça. Sim, eu agora reconhecia todo mundo. Velkner era membro do Conselho da Corporação desde 1986. Fundador e presidente, já aposentado, da Velkner Aerospace, da Califórnia. Um gênio da tecnologia. Responsável por invenções fundamentais na área da informática na década de 60. Domínio completo dos processos de fabricação. Nenhum interesse pela vida social de Nova York. Falava japonês com fluência. Tinha por hobby cultivar espécies híbridas de coníferas. Eu disse olá e foi só. Não apertamos as mãos.

"Ralph Ueberoth."

Membro do Conselho desde 1990. Atualmente vice-presidente do New York Trust National Bank. Formado em economia. Membro do conselho do Banco Central dos Estados Unidos durante o primeiro mandato de Reagan. Pelo que eu sabia, um cético por natureza.

"Harry Doerman."

Claro. Membro do Conselho da Corporação desde 1979. Atualmente presidente da Global Airlines; ex-vice-presidente do conselho da Merck, um dos gigantes da indústria farmacêutica, e ex-vice-presidente da IBM. Um sujeito alegre, grande negociador. Capaz de vender qualquer coisa, de cadáveres a óculos escuros, a qualquer um.

"E Earl Wilson."

Membro do Conselho da Corporação desde 1983. Fundador da Watson Corporation, que comandava uma cadeia de sessenta e oito jornais espalhados por todo o país. Conhecedor profundo da cultura americana, patrono das artes. Alguém havia me dito que, quando garotos, sessenta anos antes, ele e o Presidente tinham estudado violino juntos, durante a Depressão. Eu estava diante dos membros mais antigos do Conselho, do conselho dos cardeais.

"Jack, como você deve saber, o Conselho tem vários comitês. Um deles, você sabe, é o comitê de gestão e nomeação, que por sua vez tem um subcomitê com atribuições diversas. Talvez você não saiba disso" — o Presidente agia como se fôssemos eu e ele apenas conhecidos, seu tom trazia um leve ar de condescendência —, "mas, de acordo com um dos artigos do nosso estatuto, um dos artigos *obscuros,* este subcomitê tem poderes para tomar decisões à revelia dos outros membros do Conselho, bem como para se reunir quando julgar conveniente e tantas vezes quanto julgar necessário. É o único subcomitê que pode se reunir oficialmente sem notificar antes todos os demais membros do Conselho. Estou lhe dizendo isso" — ele fez uma pausa e olhou-me nos olhos — "para você perceber que, apesar do ambiente *informal* e agradável, esta é uma assembléia formal." Nesse instante, surgiu a sra. Marsh com seu vestido e suas meias deselegantes como de hábito, bloco de anotações e caneta em punho. O cabelo estava desalinhado, desfeito — concluí que ela acabara de descer do helicóptero. Sem dúvida trazia consigo os faxes enviados da Alemanha para o gabinete do Presidente no dia anterior. Ela se sentou no fundo da sala. "...uma assembléia com ata oficial, votos válidos e assim por diante."

Os olhos azuis do Presidente agora estavam fixos nos meus, como que para se certificar de que eu havia entendido a mensagem. Ele parecia atento a tudo, ligadíssimo. "Muito bem, passemos então ao que nos traz aqui. Jack vem defendendo uma proposta de fusão com a Volkman-Sakura. Como todo mundo aqui sabe, à exceção de

Jack, talvez, ao longo dos últimos seis meses venho conversando informalmente sobre isso com representantes deles. Temos tratado do assunto com discrição, *muita* discrição. Concluí, baseado em parte nos excelentes argumentos de Jack, que uma troca direta, ação por ação, complementada por um plano de capitalização da VS, faz pleno sentido. Jack conhece todos os detalhes desse plano e os aspectos que o tornam atraente."

Ele se virou para mim e eu me arrepiei ao reconhecer sua astúcia e seu domínio sobre mim, sobre Morrison, sobre todo mundo. "Jack, gostaria que você apresentasse ao comitê as razões que justificam o negócio, por favor."

"Terei o maior prazer", disse com um sorriso aterrorizado, "mas talvez haja outros no grupo executivo que deveriam ter a oportunidade de..."

"Reconhecemos sua lealdade a Morrison e aos demais", interveio Watson, um dos conselheiros, "mas queremos ouvir *você*."

"Sim", observou o Presidente, "você não precisa se preocupar com Morrison e com os outros. Este comitê entende perfeitamente a atuação deles..."

Este comitê entende perfeitamente a atuação deles. Eu me encontrava no meio de um contragolpe. O Presidente estava apresentando o plano de fusão como *idéia dele*.

"Gostaríamos que você falasse em primeiro lugar sobre os motivos que justificam o plano, Jack. Você conversou comigo sobre a entrada em mercados já existentes e a criação de novos mercados, sobre a possibilidade de superarmos vários obstáculos culturais através da rede de distribuição da VS. A seguir, gostaria que você especificasse as manobras financeiras que permitiriam a concretização do negócio, começando pela holding, a avaliação das ações deles em relação às nossas, as necessidades de empréstimos de curto prazo, qual é a nossa situação em termos de eurodólares hoje e, depois, se ainda lhe sobrar fôlego e saliva" — ele deu uma risadinha discreta e falsa —, "gostaria que você enunciasse para nós os efeitos da fusão em cada divisão, quais as subsidiárias que precisariam ser desativadas ou vendidas, em que estaríamos conflitando com as leis federais, quais são os mercados dessas subsidiárias supérfluas e quem, se possível, teria interesse e condições de comprá-las."

E assim foi. Em resumo, eu deveria sintetizar todo o trabalho de toda a equipe, as partes úteis, os números e estratégias importantes, certas palavras e conceitos que valiam milhões de dólares. Ele percebera nas nossas reuniões sobre satélites em Washington que eu tinha ótima memória, centenas de megabytes de informação na cabeça prontos para serem acessados. Os membros do comitê não estavam interessados em saber quem tinha chegado àqueles números ou de quem eram as avaliações e estimativas; uma vez saídas da minha boca, as informações eram deles, para sempre. Sentada com a coluna ereta, a sra. Marsh taquigrafava tudo, seus óculos de meias-lentes equilibrados na ponta do nariz. Quando ele terminou, limpei discretamente a garganta — eu teria de falar durante uma hora, talvez mais...

Há momentos em que traímos as pessoas. Eu havia sido manipulado por Morrison e fora jogado numa posição em que poderia traí-lo, mesmo que estivesse defendendo os planos dele para a Corporação. Ele deliberadamente me excluíra do grupo de negociação — o que lhe devia eu àquela altura? Se não cooperasse com o Presidente, eu estaria sinalizando minha fidelidade a Morrison, o que explicitaria sua intenção de trair o Presidente. Independentemente do que eu dissesse ou fizesse, Morrison estaria encrencado. Ele não estava em condições de me proteger. Meu destino estava nas mãos do Presidente. Minha única chance era fazer um bom trabalho. Eu estava sozinho.

Com delicadeza, o Presidente passou-me a palavra. "Acho que você tem muito a nos contar, Jack. Talvez prefira sentar-se?"

Acima de tudo, eu queria enfiar a mão dentro do calção e livrar meu saco da sunga apertada.

"Não", respondi em voz baixa, olhando para ele e depois para os quatro homens à minha frente. "Vou ficar em pé."

Correu melhor do que eu poderia esperar. Fui introduzindo os temas, caminhando de um lado para outro enquanto falava, respondendo as perguntas e objeções à medida que eram feitas. Como eles não estavam familiarizados com certas informações mercadológicas mais recentes, tive de repisar alguns assuntos. De pé, no fundo da sala, o Presidente ouvia atentamente. Examinando absorto um cavalo de jade que tinha nas mãos, de quando em quando balançava a cabeça em sinal de aprovação a algumas das minhas colocações e respostas. A certa altura, já livre do nervosismo, deixei de ouvir minha própria voz e falei apenas às pessoas na sala. Gente astuta, eles sabiam que a apresentação dependia de análise, não era um festival de gráficos e slides. Ao final, fizeram suas últimas perguntas.

Do lado de fora, as sombras das árvores haviam caído como dedos gigantes sobre a piscina. Mais alguma coisa? O Presidente acenou com a cabeça e disse: "Não. Obrigado, Jack. O que você acaba de expor será objeto de cuidadosa reflexão". Ele piscou o olho, rápido, indicando que a reunião chegara ao fim. Alguém pôs um drinque em minha mão e cada um dos membros do comitê veio me cumprimentar, aproximando-se apenas o suficiente para apertos de mãos de pele seca, sem muita força, característicos de homens mais velhos, como se uma nota estivesse sendo passada. Eu pertencia a eles, agora. Estava nas mãos deles.

Discretamente o Presidente avisou-me que falaria comigo no dia seguinte, no escritório; era a senha para que eu sumisse dali. Como por milagre, o sr. Warren tornou a aparecer e conduziu-me por um corredor estreito até uma outra porta. Ele reassumira o jeito afável de antes. Passei por uma sala de jantar formal —, a mesa, magnífica, preparada para cinco pessoas, travessas de prata aquecidas sobre um carrinho. O sr. Warren levou-me a uma confortável saleta onde Dolores e Maria, já vestidas, assistiam à TV sentadas no sofá. Ambas davam a perceber que haviam tido um ótimo dia; tinham sido bem-tratadas, alimentadas e entretidas. Assim que acabei de me vestir, o sr. Warren acompanhou-nos até o helicóptero. Dolores procurou minha mão e apertou-a. A cabine comportava seis pessoas.

"Obrigado por terem vindo passar o dia conosco", disse o sr. Warren. A seguir, apontando um armário atrás de nós, anunciou uma última gentileza: "Deve haver um jantar gostoso e quentinho atrás de vocês. Bom apetite."

Ele fechou a porta da cabine e um minuto depois o helicóptero decolou.

"Para onde estamos indo?", perguntou Dolores em meio à vibração da aeronave.

"Provavelmente para o heliporto no East Side", respondi. "Imagino que levaremos uns quarenta e cinco minutos."

"Estou com medo", disse Maria.

"Pode ficar tranqüila, querida."

Ela se acomodou, colou o nariz na janela arredondada e ficou observando a costa de Long Island à nossa esquerda à medida que voávamos para oeste, na direção de Manhattan e do sol que baixava. O que aconteceria quando eu chegasse ao escritório no dia seguinte? Eu era do time de Morrison ou do Presidente? Qual dos dois era melhor? Fechei os olhos. Senti uns lábios quentes em minha testa. Dolores estava sentada à minha frente, os olhos fixos nos meus. Percebi que aquela tarde havia alterado profundamente sua maneira de me ver; fitando-me com evidente interesse, seus olhos tinham agora uma voracidade nova.

Aterrissamos num imenso X no heliporto. Um carro nos aguardava e, menos de setenta e cinco minutos depois da decolagem, estávamos na porta de casa.

"Você está cansado, Jack?", disse Dolores assim que entramos.

Acendi a lâmpada do corredor. "Estressado. Devia ter levado o antiácido."

"Você não sabia o que eles queriam com você."

"Eu devia ter previsto, Dolores, devia mesmo."

Ela estava tirando da sacola os maiôs e as toalhas. "Bom, eu pelo menos tive um ótimo dia."

Consegui responder com um sorriso. "Bom."

"Eles fizeram você falar o tempo todo?"

"Sim."

"Por que você não põe a Maria na cama? Talvez isso o acalme."

Foi o que fiz, impressionado com a sabedoria doméstica de Dolores. Maria e eu subimos de mãos dadas para o novo quarto dela, que eu tinha começado a mobiliar colocando uma caixa de brinquedos, uma cama infantil e uma mesinha para ela apoiar os livros de colorir. Maria estava cansada do sol e da piscina e eu a ajudei a vestir o pijama.

"Você lê pra mim *O gato no chapéu*?"

"Você está muito cansada, querida."

"Lê pra mim, vai"

"Tá bom. Vem no meu colo."

Em voz baixa, li as primeiras páginas, sobre uma garotinha e um garotinho que estavam em casa num dia de chuva, sem nada para fazer, quando apareceu o gato no chapéu. Os olhos de Maria foram ficando imóveis. As pálpebras fecharam-se lentamente e ela adormeceu nos meus braços, a cabeça recostada no lado esquerdo do meu peito; toda vez que eu expirava, seus cachos negros esvoaçavam levemente. Os lábios estavam entreabertos, os globos oculares deslizavam quase imperceptíveis sob as pálpebras. Talvez eu nunca viesse a conhecê-la de verdade — a possibilidade de nossas vidas seguirem rumos distintos era igual à de ela me assistir no leito de morte —, mas naqueles segundos eu senti que a amava. O que eu tinha nos braços era um produto da natureza em estado de absoluta perfeição, uma criança ainda longe dos anos de neuroses e mesquinharias da vida adulta, dos medos e ódios paralisantes. Seus lábios agora se mexiam num lento espasmo. Um braço encontrou minha mão e a envolveu. Será que Hector suspeitava que outro homem segurava sua filha no colo com paixão paternal?

Depois de pôr Maria na cama e cobri-la, fui checar os recados na secretária eletrônica. Havia dois: "Ah, alô, aqui é Mike DiFrancesco... tive um probleminha com a companhia telefônica quando mudei o número do seu telefone que não deve constar na lista. Fiz uma burrada: o número novo é 555-4043, mas vai ser listado. O endereço continua fora da lista, o que eu não consigo entender. Talvez de alguma maneira o registro na telefônica tenha sido duplicado no sistema, de modo que o seu é considerado um telefone novo. Eles estão mudando as senhas. Espero que isso não lhe traga nenhum *problema*..."

Não querendo ouvir o resto, avancei para o segundo recado: "Dolores, escuta, eu *sei* que você está aí, eu sei que você está ouvindo...". A voz de Hector ecoava metálica no aparelho. Abaixei o volume a um mínimo necessário para ouvir o recado. "...acabo de conseguir esse número na telefônica, é algum tipo de número *novo*, sei lá. O Whitman anda fazendo um rolo danado com esses números. Escuta, se você está aí, você tem que estar, eu tenho quebrado a cabeça em cima disso, sobre onde é que você está, e acho que descobri, por isso eu acho que a gente vai estar se falando logo logo, Dolores, e isso é bom, porque eu só quero que você saiba que eu fui promovido. Um emprego novo, muito mais serviço. Eles chegaram pra mim e disseram: 'Ei, você! Você foi promovido'. Faz mais de três anos que eu estou dando o maior duro no serviço e eles resolveram me dar uma chance. Agora sou um dos chefes de campo — supervisor de campo. Eu sei que você sempre quis que eu ganhasse mais dinheiro, Dolores. Amanhã começa o treinamento. Um monte de procedimentos e regras e merdas desse tipo. Tem um monte de papelada e trabalho de computador também. Eu disse pra eles que ia trabalhar direitinho. E o salário é melhor, Dolores, mais dinheiro pra nós, você já pode voltar. Traz a Maria junto. Cinco mil e duzentos paus a mais no bolso. Grana de verdade. Acho que eu vou continuar a fazer aquele bico na loja de carros usados, você sabe, pra faturar um extra, certo? Tenho que trabalhar mais horas, mas..."

Parei a fita e apaguei a mensagem. Eu estava jogando errado, meus tiros estavam saindo pela culatra. Hector não se importava em trabalhar mais horas, desde que Dolores e Maria voltassem para ele.

"Jack?" Dolores vinha subindo a escada com um cobertor, uma garrafa de vinho e dois copos. "Algum recado?"

"Nada importante."

"Você está tossindo, meu bem", disse ela.

"É só... aquele problema da acidez."

Ela pegou minha mão e subimos para o terraço. Bebi em silêncio, pensando no que aconteceria no dia seguinte lá no escritório. Alguma coisa estava acontecendo. O Presidente não me dera sinal nenhum depois da minha exposição e Morrison não telefonara para saber o que tinha acontecido. Decidi não ligar para ele — se é que se pode chamar isso de decisão. Dolores aproximou-se de mim na penumbra.

"Você está tossindo *demais*, Jack."

"É a tensão, a cafeína, uma mistura de tudo."

"O que aconteceu lá hoje, posso perguntar? Porque eu sei que não foi apenas um dia agradável. Nunca vi alguém tão nervoso."

"É quase impossível explicar, Dolores. Muito complicado. Eu simplesmente não consigo entender o que está acontecendo no trabalho. Estou sendo jogado de um lado para o outro. Eu posso perder o emprego amanhã. Acho que há uma chance de isso acontecer."

"Eles fizeram você falar tanto", disse ela em tom solidário.

"Não se preocupe, você já tem bastante com o que se preocupar." Disse isso com uma ponta de aspereza involuntária na voz, algo que sugeria algum tipo de julgamento de Dolores. Ela me olhou surpresa e magoada, e, acredito, viu em minha expressão que eu era capaz de mandá-la embora a qualquer momento e sabia disso. "Desculpe", tratei de amenizar, "eu não devia ter estourado com você. Tem um monte de coisas conspirando pra me deixar tenso."

"Acho que posso dar um jeito nisso."

"Como?"

"Ah, eu tenho um jeito." Ela sorriu e eu pensei: *Foda-se, Hector, esta mulher é minha.*

"Há jeitos e jeitos", respondi.

"Melhor que seja este."

"Muito bem, Dolores, se é assim que você prefere, assim será."

Tirei os sapatos, a calça e a cueca e ela começou, o mais eficaz tratamento contra acidez e tensão; a parte posterior dos meus joelhos tremeu quando caí naquele estado de semitranse em que apenas o meu pinto estava vivo e o resto de mim, em contraste, totalmente morto, enquanto eu sentia aquela tranqüilidade perfeita, o vento da noite penteando-me as coxas. Uma mulher ajoelhada entre as minhas pernas, chupando: só assim eu deixo de me preocupar com passado e futuro. Quando você está trepando, você se preocupa com o futuro, se preocupa com a satisfação da mulher. Mas não quando... talvez ela use uma das mãos para envolver os seus testículos, o que é muito bom. Um doce vapor preenche minha cabeça, meus lábios latejam de um jeito estranho, tenho a sensação de que o meu pênis está grosso e pesado, de um modo grotesco e maravilhoso — o prazer parece mesmo ressaltar a tumescência habitual, e eu esqueço a Corporação, esqueço os mortos e a morte, esqueço que eu mesmo sou apenas um saco putrefato de alimento de vermes, momentaneamente reavivado por uma descarga de eletricidade. Um corpo elétrico. Esqueço minhas hemorróidas, meus impostos, a gordura em torno do tronco, meu pai e minha mãe. Existe apenas o cano duro que vai de mim para ela, dela para mim, seus lábios deslizando para a frente e para trás, a língua devolvendo prazer, e eu até consigo me enganar e ter orgulho por ela estar sentindo um prazer verdadeiro nisso, por ela estar sexualmente excitada. Ela chupa e acaricia, e em breve eu chego àquele lugar bom e gostoso da minha mente, onde nos últimos segundos os joelhos se erguem num espasmo, os músculos palpitam sob a pele — o momento final, quando a certeza supera a expectativa, quando a máscara de esforço em meu rosto se desfaz e dá lugar a uma versão mais jovem e serena de mim mesmo, um rosto hipotético que por alguns segundos encontra a paz. Nunca vi essa expressão em mim, mas já senti.

14

...As presentes mudanças na administração são realmente abruptas, mas tornarão mais transparente a estrutura da liderança desta companhia. Já temos a postos uma excelente equipe, com vasta experiência, e, a despeito das inevitáveis versões veiculadas nos órgãos de imprensa, caracterizando a Corporação como uma empresa mergulhada em graves turbulências internas, nada poderia estar mais longe da verdade; temos vários e novos projetos pela frente, alguns dos quais serão anunciados brevemente. Em resumo, a Corporação está mais sólida do que nunca, com faturamentos recordes nos últimos três anos, um balanço cada vez melhor e lucros estáveis. Estes crescerão ainda mais rápido à medida que a situação econômica evoluir. Ficarei pessoalmente agradecido por continuarmos a receber sua confiança e dedicação.

O comunicado do Presidente havia sido distribuído por todas as mesas antes do início do expediente; assinado pelo próprio Presidente e com os nomes dos membros do Conselho datilografados, continha a lista de quem do trigésimo nono andar havia "se desligado para buscar novos desafios": Morrison, é claro, Beales e cerca de uma dezena de outros colaboradores de alto escalão da equipe de Morrison. Apenas minutos antes, ao deixar para trás a claridade da manhã e entrar no prédio da Corporação, eu percebera a expressão estranha no rosto de Frankie, o guarda. Ele *notara* a minha chegada. As pessoas pescam as coisas no ar. As notícias correm. Quando a porta do elevador abriu, deparei com corredores vazios e secretárias esperando com silenciosa ansiedade em suas mesas, algumas sussurrando ao telefone. Encontrei o comunicado e passei a lê-lo. Os homens da área financeira tinham sido substituídos, despedidos, dispensados, mandados embora em troca de dinheiro — no mundo dos negócios, o equivalente a receber um tiro nas costas e ser jogado no rio East. Os peixes pequenos do setor contábil, homens grisalhos com sapatos de sola gasta e um ar cansado no rosto, haviam sido poupados. Dois protegidos de Morrison que atuavam em posições menores de outras divisões tinham sido despachados. Corpos boiando no leito do rio, um atrás do outro, barriga para cima, barriga para baixo. O Presidente acabava de chutar Morrison e seu pessoal para longe da Corporação. Algumas das dispensas foram gratuitas — gente boa, gente de talento. Fricker, o assistente do Presidente que, segundo a versão corrente, tinha ido embora por causa da dor de cabeça, estava sendo promovido a vice-presidente para relações internacionais, um cargo novo. Um sujeito de fora, até então ligado à Disney, viria trabalhar conosco. Com atenção, tornei a ler o comunicado. Samantha não estava na lista dos mortos. Eu a salvara.

Helen apareceu à minha porta. "Então você já viu."

"Sim."

"A senhora Marsh avisou que você deve estar no gabinete do Presidente em uma hora."

"O que aconteceu ao Beales?", perguntei.

"Me disseram que ele tirou as coisas da sala às seis e meia e foi embora."

"Morrison?"

"O que eu sei é que ontem três advogados especializados em indenização foram chamados pelo Presidente e passaram o dia aqui com algumas secretárias, preparando os termos do rompimento do contrato."

"Ontem, em pleno domingo?" O Presidente era muito mais rápido que eu. Que todo mundo.

"Três advogados", disse Helen. "O dia inteiro. Ele esteve em contato com eles o tempo todo."

"Ele não pode ter ficado no telefone o tempo todo", eu disse. "Estive reunido com ele durante duas horas na parte da tarde."

Ela deu de ombros. "Ouvi dizer que eles começaram a trabalhar às cinco da manhã. Talvez tenham terminado antes."

"Entendo."

Helen permaneceu ali parada.

"O que houve?"

"Não tinha que ser assim. O senhor Morrison trabalhou aqui uns vinte anos..."

"Vinte e cinco", corrigi. "Ele veio para a Corporação logo depois da última passagem dele pelo Vietnã."

"Elaine Comber ficou extremamente chateada quando chegou hoje de manhã e viu o comunicado. *Extremamente* chateada."

Era a secretária de Morrison.

"Era ele ou o Presidente", eu disse.

"Bom, mas eu não acho justo", continuou Helen. "Eu sei que ninguém perguntou a minha opinião, mas acho isso tudo bem nojento."

"É porque você não entendeu os erros que Morrison cometeu."

"O quê?"

"Morrison pensou que o Presidente não tinha mais poder. Achou que o Presidente não estava atento, que era apenas um velho que ele podia atropelar."

"Então quer dizer que você mudou de time?"

"Meu Deus, é uma questão de sobrevivência, Helen. O Morrison estava me fritando, me tirando de cena. Falava disso o tempo todo. Ele estava enxugando sua equipe de executivos. Tinha mesmo que fazer isso, se planejava mesclar o grupo dele com o da Volkman-Sakura. Ele sabia que eu e o Beales não estávamos conseguindo trabalhar juntos, que as coisas entre nós andavam cada vez piores."

Helen apoiou o peso no outro pé. Eu continuei falando, tanto para mim como para ela. "Ele, muito esperto, extraiu de mim o melhor trabalho da minha vida e decidiu manter o Beales no grupo. Eu não estava louco quando dizia que o vento tinha mudado. Ele me incumbiu de acompanhar o Presidente porque essa era uma forma de atingir três objetivos: amolecer o Presidente quanto à fusão, enfraquecê-lo e aplacar Beales; no final, depois que o Presidente fosse deposto pelo Conselho, eu seria dispensado junto, já que a esta altura seria considerado um aliado dele. A manobra foi muito astuta, mas não funcionou."

"Ainda assim eu não acho *justo*", protestou Helen. "O senhor Morrison trabalhou aqui tantos anos..."

"Certo, mas o que você acha que ele vai embolsar por tanto *sofrimento*?", perguntei já irritado. "Cinqüenta milhões?"

"Ninguém está autorizado a dizer."

Helen ouviu alguma coisa e olhou para o corredor atrás dela. Samantha estava à porta, de tailleur azul e blusa branca e segurando na mão a pasta de couro. Perguntei-me se ela havia entendido o que acontecera nos últimos dias.

"Bom dia!", ela disse com vivacidade. "Helen, preciso falar em particular com Jack um instante."

Helen saiu obedientemente. Samantha fechou a porta e atravessou a sala em minha direção.

"Quando é que as mulheres aprendem a andar assim?"

Samantha não tomou conhecimento da piadinha, deu a volta na mesa e parou ao meu lado. Dava para sentir seu perfume, mas eu nunca conseguia distinguir os mais finos dos mais vagabundos. Samantha abaixou-se, pousou a mão suave na minha bochecha esquerda e com doçura encostou os lábios na direita — um beijo longo e afetuoso. Olhou para mim, e seus olhos azuis estavam rasos d'água.

"Obrigada, Jack", ela sussurrou. "Obrigada."

Uma hora mais tarde, depois de ter escovado o cabelo e aprumado a gravata no banheiro dos homens, eu estava a postos na sala da sra. Marsh, ansioso para saber o que aconteceria comigo.

"Mais um minuto e ele o receberá", disse ela, seu rosto rechonchudo contraindo-se num irretocável sorriso formal. "O senhor gostaria de um café ou chá?"

"Não, obrigado." Agora éramos velhos amigos.

Entrei. O Presidente ergueu-se atrás da mesa, a ponta dos dedos encostando de leve na madeira. Estava ligeiramente bronzeado.

"Uma nova era", eu disse.

Seu rosto velho e vincado de rugas sorriu — um sorriso lento e generoso. Neste momento eu percebi que estava salvo. Continuava no time, escalado para a nova jornada. Ele era o pai e eu, um de seus filhos. Tomou minha mão e apertou-a, envolvendo-a nas suas.

"Sim, uma nova era", repetiu ele. "E junto com uma nova era chegam novas pessoas. Por favor, sente-se", disse ele apontando para uma cadeira. "Bem, agora precisamos conversar. Vamos conversar muito, eu e você, e também com os outros. Primeiro vamos conversar nós dois. Precisamos começar do zero. Tentarei explicar os termos da nossa relação de trabalho, pelo menos como eu a visualizo." O Presidente olhou-me e soltou uma risadinha espontânea. "Entendi você no domingo, Jack, finalmente consegui entender você. Aliás, tentei por um bom tempo, pensei em você bastante, tentando montar o quebra-cabeça Jack Whitman com base nas horas que passamos juntos. Eu e você voltamos de trem de Washington, fomos para o meu pequeno refúgio, tivemos algumas discussões e eu sem conseguir entender você. Mas ontem eu matei a charada, Jack. Tenho orgulho da minha capacidade de entender as pessoas no seu íntimo, venho fazendo isso há muitos anos. Estou interessado na personalidade, no caráter. Dizem que caráter é destino. Costumo concordar com isso."

"E o que o senhor descobriu?"

"Eu estava telefonando no meu escritório, na casa de Long Island. Tenho lá uma luneta de bronze que... que pertenceu no passado a um capitão-de-mar-e-guerra de Nantucket, um ancestral meu. Ela tem mais ou menos setenta centímetros de comprimento e está montada numa base giratória pesada, de modo que você não precisa segurá-la. É muito sólida. Eu estava falando com alguém pelo telefone — para ser preciso, com um dos advogados que passaram o dia de ontem trabalhando aqui — e tinha diante de mim uma lista de pessoas aqui da Corporação. Alguns nomes na coluna da esquerda e outros na coluna da direita. Eu estava riscando e misturando esses nomes, jogando-os de um lado para o outro." O Presidente se deteve um instante, como que para diluir a carga de brutalidade daquela revelação. "E alguns nomes não estavam em nenhuma coluna, Jack. Eu ia anotando o nome da pessoa que eu e o Conselho iríamos mandar embora e o das pessoas que seriam mantidas."

Ele olhou para mim com uma sinceridade fria. "E eu não conseguia decidir o que fazer com você. Seu nome não estava em nenhuma lista. Estou sendo visceralmente honesto. As coisas estavam acontecendo em ritmo acelerado àquela altura. Nós — os membros do Conselho e eu — estávamos reunidos desde a noite anterior. Bêbados de café, se você me entende. Ocorreu-me então que você deveria fazer a apresentação ao Conselho, que deveria passar a eles o seu entusiasmo. Para ser franco, eu o havia convidado para passar o dia em minha casa já pensando nesta possibilidade, compreende, caso eu concluísse que seria positivo você conversar com eles. Você seria uma carta que eu poderia jogar na mesa, se necessário." O Presidente buscou em minha expressão algum sinal de que eu me sentia ofendido. "Eu sabia que o fato de você não ter se preparado seria de menor importância. Você se sairia bem, eu tinha fé no seu taco. Mas eu não sabia se você pertencia a Morrison ou a mim. Está entendendo o que quero dizer com isso?"

Balancei a cabeça. Havia agora um quê de afabilidade no rosto do Presidente. Um quê de sabedoria também.

"Eu não sabia que tipo de ressentimentos você guardava. Talvez fossem muitos e profundos. Desde o começo esteve claro para mim que Morrison estava tentando tirá-lo do grupo. Mas ele sabia que você seria fiel, mesmo ele usando você. É um sujeito esperto — eu deveria saber, fui eu quem o trouxe para cá. Já no primeiro dia pude ver que você não queria se alinhar comigo, Jack. As idéias de Morrison já estavam criando raízes na sua cabeça, você de certa forma já tinha um conceito formado sobre mim. Nenhum problema nisso. Essa visão a meu respeito predominou durante os últimos cinco anos mais ou menos. Ótimo. Me acostumei com isso. Foi útil para mim. As pessoas tendem a trabalhar com mais empenho se sentem que há mudanças de liderança por ocorrer. As pessoas passam a correr atrás de promoções. Eu sei que isso aumenta a ansiedade, mas é *útil.* Faz dez anos que o Morrison vem fazendo nome com isso em mente. E você também. Você não teria trabalhado tão duro num plano de fusão durante o último ano se não acreditasse que isso lhe traria benefícios. Portanto, eu era visto como carta fora do baralho, como se estivesse fora da cena. Ótimo. Só que durante todo esse tempo eu estive em contato com os membros-chaves do Conselho, toda semana. Mas o que eu estava dizendo mesmo? Sim, eu estava ali, olhando pela janela, me perguntando se você, o brilhante vice-presidente de trinta e cinco anos que passara as duas últimas semanas brigando comigo, estava do meu lado ou não. Pela luneta, vi você descer a colina atrás da casa, a caminho da piscina. Eu não sabia que você estaria ali, olhei pela luneta só por acaso. Você estava com aquela sua amiga muito atraente e com a filha dela. Fiquei observando vocês três. Perguntei-me por que você estava com ela — não é o seu tipo, definitivamente; pelo menos esta é a impressão que se tem, não é a típica esposa de executivo. A propósito, isto não é um juízo de valor, apenas uma observação. Ela é muito atraente, é claro. Mas isso não é assim tão incomum. Apenas observei vocês três, imaginando o que se passava. Você estava na beira da piscina, com a mão na cabeça da garotinha. Acho que estava passando uma espécie de protetor solar na testa dela. Talvez o sol estivesse forte demais. Eu sou pai, lembro de fazer isso com minha própria filha talvez uns quarenta anos atrás, quando tinha mais ou menos a sua idade. A cena me comoveu, Jack. A garota não é sua filha mas lá estava você, cuidando dela como se fosse seu pai. Percebi que este era o seu sentimento em relação a ela. Lembrei então do que você havia dito sobre seu pai e sua mãe, e sobre o terrível episódio da morte de sua esposa."

O Presidente balançou a cabeça com tristeza pelo meu sofrimento. Senti mais apoio nesse gesto do que em qualquer palavra que meu pai jamais me dissera.

"Foi quando tive um estalo. Tudo passou a fazer sentido. Você está *magoado*, Jack. Quer fazer parte de alguma coisa. É isso que você é — você quer ser parte de uma família, de um grupo de pessoas, de uma empresa, qualquer coisa. O destino fez de você um solitário e você quer ser parte de alguma coisa. Mais do que a maioria, Jack, você precisa de pessoas. Quer alguém para amar, pessoas para amar. Acredito que você deseja isso mais do que poder, Jack. Você tem essa necessidade; não é propriamente uma fraqueza, mas uma necessidade. Para isso você inventaria qualquer coisa, o que fosse preciso. Na minha avaliação, é por isso que você trouxe esta mulher e a filha para a sua vida, elas de algum modo preenchem esta necessidade. Elas talvez o confortem. Desejo muito que as coisas dêem certo entre vocês. Mas suspeito que o fato de ela ter uma filha de outro homem complica as coisas."

"Sim."

"E eu tenho certeza de que vocês dois carregam um passado."

Pensei, é claro, no filho de Dolores, tentando imaginar quando conversaríamos sobre ele. Concluí que era imperioso enfrentar o problema. "O senhor tem algum conselho?"

"Sim", disse o Presidente. "Por acaso eu tenho. Seja honesto. Coloque as cartas na mesa. Deixe tudo claro e resolvido. Só assim as coisas poderão progredir. Você precisa de uma família, Jack. Uma em casa e outra no trabalho. É por isso que você participou da armação de Morrison. Você é sem dúvida um jovem brilhante quando se trata de planejar e detalhar procedimentos, um dos mais brilhantes que encontrei nos últimos vinte anos, mas, por outro lado, era de se esperar que Morrison garimpasse pessoas assim. Muito bem. Mas não é por isso que eu quero que você continue nesse time, Jack. Quero que continue porque preciso de pessoas que querem pessoas. Vi você com a garotinha e com a mulher e naquele instante eu tive certeza de que, enquanto conseguisse fazer você se sentir parte de alguma coisa aqui, sentir que tem uma família aqui também, você seria fiel a mim e trabalharia em prol da Corporação. E é por isso que você está aqui na minha sala agora."

Permaneci sentado, sentindo-me de repente muito jovem.

"Muito bem, as coisas ontem correram sem problemas", disse o Presidente, levantando-se para regular a posição da persiana atrás de sua mesa. "Mas hoje vai ser uma bagunça. Já fiz declarações ao *Times,* ao *Wall Street Journal* e à *CBS News.* Também falei com aquele sujeito da *CNN.* Vai ficar parecendo que houve uma luta pelo poder e o velho leão venceu. E foi isso mesmo. Os repórteres vão deduzir isso. Não sei se me importo muito. Mas o pessoal de relações públicas está se mexendo para tentar criar a melhor impressão possível, e me disseram que precisamos anunciar o acordo rapidamente. Concordo com isso e o Conselho também. Talvez fosse melhor esperar algumas semanas, mas há outras considerações. O preço das ações, por exemplo. De modo que amanhã anunciaremos o acordo com a VS. Uma história ofuscará a outra. O foco passa a ser o futuro. As dispensas serão vistas menos como uma devassa do que como mudança de curso, reorientação, recriação de uma empresa. Isso significa que anunciaremos as negociações da fusão praticamente nos termos elaborados por Morrison e companhia. É um ótimo acordo, e os representantes da Volkman-Sakura estão bastante satisfeitos. Quando o senhor Morrison manteve os primeiros contatos com o senhor Waldhausen meses atrás, Waldhausen me procurou. Fiquei surpreso mas não chocado com a ousadia de Morrison. Aparentemente ele achou que na hora certa conseguiria persuadir o Conselho. Waldhausen e eu bolamos uma maneira de deixar as conversas prosseguirem. Ele entendeu minha posição. Tenho me reunido com o Conselho desde então. Essa é a história do jogo." Neste momento a porta foi aberta. "Ah, você conhece Wally Fricker, não?"

Fricker apareceu vindo da sala ao lado e apertamos as mãos. Ele estava ganhando umas dez vezes mais do que ganhava quando eu o vira pela última vez, dava para notar em seu rosto.

"Você esteve na Alemanha o tempo todo?", perguntei.

Ele respondeu balançando levemente a cabeça.

"Jack, amanhã de manhã teremos a votação formal do Conselho", continuou o Presidente. "Apenas *pro forma*. Já conversei com todas as pessoas que realmente importam, como você testemunhou ontem. Uma hora depois, faremos o anúncio público do acordo."

"O que o senhor quer que eu faça?"

"Quero que você sintetize tudo o que disse ontem em Bridgehampton no espaço de vinte minutos. A apresentação foi boa, mas muito, muito longa. Isso é para que todo o Conselho esteja informado sobre a operação inteira. Aliás, acho que você deve ir para casa agora e pensar nisso. Vá para casa, tire os sapatos e tire da cartola os melhores vinte minutos que conseguir. Cronometre, ensaie, quero tudo impecável." O Presidente pegou algumas folhas de papel e começou a empilhá-las. Eu já estava saindo quando ele me chamou. "Espere, por favor, quero que faça uma coisinha por mim antes de ir para casa: por favor, traga de volta aquele sujeito, o Freddie Robinson. A senhora Marsh vai lhe dar o número." Olhando para mim, arrematou: "Algum idiota o demitiu".

"Olha!", gritou Maria quando entrei em casa naquela tarde, pouco tempo depois de readmitir Robinson. "Estou na ponta dos dedos!" Ela saracoteava pela sala, uma fadinha de cabelos cacheados, vestido e sapatos novos.

"Você chegou mais cedo", disse Dolores saindo da cozinha. As duas tinham acabado de chegar da escolinha de Maria.

"Coisas boas estão acontecendo", eu disse.

"Mas você está em casa."

"É a minha primeira tarde de folga em meses."

"Então vamos fazer alguma coisa."

"Quero ir num lugar divertido!", pediu Maria.

As palavras do Presidente haviam me deixado com espírito otimista. "Podíamos dar um passeio de carro."

"Onde?"

"Brooklyn Heights? Podíamos ficar na passarela de pedestres olhando os barcos passarem."

"Eu e Maria estivemos lá na semana passada", disse Dolores.

"Bom, sei lá, qualquer lugar, só pra passear um pouco antes da hora do rush. Talvez por uma hora."

Caminhamos até a garagem e entramos no meu Ford semi-abandonado, Maria sentada no banco de trás com vários livrinhos de pintar. Eu não tinha idéia de aonde queria ir. Naquela hora do dia, o melhor era ficar longe do engarrafamento na via expressa Brooklyn—Queens. Atento às crianças saindo da escola, segui pela Sétima Avenida, onde mamães yuppies empurravam carrinhos Aprica com seus bebês a bordo, e desci em direção à Quarta Avenida, virando à esquerda rumo ao sul do Brooklyn.

"Pra onde a gente vai?", quis saber Dolores. "Sunset Park?"

"Não tinha pensado nisso, mas se você quiser nós podemos ir."

"Eu quero!", avisou Maria.

Ela deu de ombros. "Não é a melhor das vizinhanças."

"Você poderia me mostrar alguns lugares de que me falou." Segurei sua mão.

"Claro", disse Dolores. "Mas eu não quero parar e falar com ninguém."

Depois de andar por cerca de trinta quadras na direção sul, chegamos à antiga vizinhança de Dolores. Observei bem as casas geminadas e os prédios de apartamentos. Lembrei o endereço que vira no dossiê de Hector; talvez o filho de Dolores estivesse lá naquele instante. Imaginei-o um garoto de seis anos, robusto e rechonchudo, com os olhos e o rosto de Dolores. Dei-me conta de que àquela hora Hector ainda devia estar no trabalho, o que significava, deduzi, que o garoto estaria na casa de um amigo ou no parque ou talvez na escola. Caso Dolores e Hector se divorciassem, ela provavelmente ficaria com a guarda do filho, já que os juízes não gostam muito de separar os irmãos. E isso poderia significar que o menino viria morar comigo. Na verdade, se eu e Dolores estivéssemos juntos na época do divórcio, a minha riqueza seria um fator a ser considerado pelo juiz ao avaliar a capacidade de Dolores de cuidar do menino. Isso nunca tinha me passado pela cabeça antes.

"É aqui que eu costumava comprar verdura", apontou Dolores. "Ali nós comprávamos vela e incenso. A próxima é a rua onde morávamos."

"Vou entrar nela."

"Tudo bem, mas não quero parar. Maria, não acene para ninguém."

Fiz a curva e, acompanhando os números das casas e prédios, reduzi a marcha em frente a um prédio sujo de cinco andares, a fachada cheia de rachaduras e grades de péssima qualidade em algumas janelas. Nas sacadas, havia roupas penduradas em pequenos varais. Parei o carro.

"E aqui", eu disse, de maneira um pouco intempestiva, "não é onde você morava?"

Olhei para ela esperando a reação.

"Como é que você sabia?", perguntou Dolores em tom de exigência. "Como é que você sabia o endereço?", repetiu ela, a voz carregada de ansiedade.

"A questão não é essa, Dolores."

"E *qual* é a questão?", contestou ela me desafiando. Sua postura defensiva me enraiveceu.

"A *questão* é por que você não me disse que tem um filho."

Chocada, os olhos se enchendo de lágrimas, ela me encarou e afundou no banco do carro, logo virando para o outro lado. Temendo que pegasse Maria e saltasse do carro, tornei a andar, de volta ao fluxo do trânsito, de volta à Quarta Avenida, de volta ao mesmo caminho por onde viéramos. "Dolores, a companhia onde eu trabalho é muito, muito grande", disse eu finalmente. "Tem divisões, muitas divisões, e é dona de outras companhias."

"E daí?", disse ela com a mão no rosto.

"E daí que você já sabe que somos donos da Big Apple Cable, onde Hector trabalha durante a semana. Como você deve perceber, na realidade eu e ele trabalhamos para a mesma companhia gigantesca, só que em lugares bem diferentes."

"*Isso* eu já sabia."

"Tenho um cargo tão alto que posso obter informações sobre todas as várias partes da Corporação. A Big Apple inclusive."

Silêncio.

"Há pouco tempo, eu solicitei que me enviassem a pasta de informações do funcionário Hector Salcines."

Ela me olhou, as faces molhadas, o semblante imóvel, e lançou-se sobre mim com os punhos cerrados.

"Isso é totalmente errado!"

Rechacei-a com o meu braço direito e a segurei. "Eu sei. É errado sim. Eu não devia ter feito isso, mas fiz. Na pasta havia as informações de sempre mas também estava escrito que você e Hector têm um filho, Dolores. Eu sei sobre o seu filho, Dolores. Posso até lhe dizer em que dia ele nasceu."

No futuro, talvez em outra vida, estudarei a fisiologia das veias da cabeça e entenderei como naquele momento três delas de repente começaram a vibrar freneticamente na testa de Dolores, enquanto os lábios dela tremiam e olhos raivosos e mareados queimavam os meus. Mas eu também estava com raiva.

"Seu filho, Dolores, *seu filho*", insisti. "Onde está ele?"

Sentada o mais longe possível de mim, o olhar perdido na janela, Dolores manteve-se em silêncio durante todo o trajeto de volta. Quando chegamos a Park Slope, estacionei o carro e sugeri que ficássemos um pouco no jardim, onde Maria poderia brincar sozinha no tanque de areia que eu havia comprado para ela. O rosto ainda cheio de lágrimas, Dolores meneou a cabeça e seguimos andando para o quintal. Já sentada, pescou a carteira da bolsa, tirou uma pequena foto colorida e ficou a contemplá-la. Instantes depois, sem se dar ao trabalho de olhar para mim, estendeu-me a foto.

Era um retrato dos três, Dolores, Hector e o filho, tirada, imaginei, quando o menino tinha em torno de dois anos, ou seja, quatro anos e meio antes. Dolores envelhecera visivelmente nesse período. Na foto ela quase parecia outra pessoa, dotada de uma espécie de aura saudável e brilhante que só se vê em mulheres jovens. Os olhos eram alegres e o sorriso, mais animado do que eu jamais vira. O próprio Hector parecia mais robusto, mais confiante do que quando o encontrara, os cabelos pretos brilhantes, um braço no ombro da esposa — ela estava sentada na cadeira do estúdio do fotógrafo — e o outro caído ao lado do corpo. Hector filho estava no colo de Dolores; era um principezinho de olhos escuros, sem dúvida lavado e escovado até os ossos para a sessão de fotos, duro em sua camisa engomada e adorável de gravatinha falsa, os olhos fixos na câmera, cheios de deslumbramento infantil, a boquinha carnuda e avermelhada. Lembrei-me da idade de Maria e fiz uma conta rápida. "Você estava grávida nessa época?"

Dolores pareceu chocada por alguns instantes. "Sim. De três meses mais ou menos." Uma tristeza profunda arranhava sua voz.

Devolvi-lhe a foto e ela tornou a guardá-la na carteira. "Eu quero que você entenda duas coisas. Foi um acidente mas não foi um acidente. Quer dizer, aconteceu por minha causa e do Hector. Eu quero te explicar para que você entenda por que é tão difícil para o Hector, para *nós*. Somos prisioneiros disso, entende? Nós não podemos esquecer."

Isolar instantes específicos de uma vida implica inevitavelmente uma dose de omissão e falsidade, o que não acontece quando se analisa a confluência de elementos que resulta nos fatos em si. De toda maneira, é sempre necessário achar um ponto de partida quando se fala do passado. Com Dolores não foi diferente. Ela rememorou para mim o momento em que descobriu que estava grávida do pequeno Hector, uma pontada de cócegas nos seios, não muito depois do dia em que a menstruação deveria descer. Dolores saiu do consultório — uma clínica simples, cheia de médicos indianos que falavam com sotaque forte e não conseguiam arranjar trabalho em outros lugares, disse ela com desprezo — sentindo medo, porque sua própria mãe morrera em conseqüência de complicações no parto, bem como por não saber se Hector ficaria feliz com a notícia, se ele iria acreditar ou admitir que a criança era dele. "Nem éramos casados", disse Dolores, "e ele ainda não tinha falado nada sobre isso. Tudo bem, ele tinha me dado uma aliança, mas isso não queria dizer nada. Cheguei em casa e fiquei esperando ele voltar do trabalho. Ele chegou cansado, mas eu respirei fundo e disse que precisava contar uma coisa. Daí eu desembuchei tudo de uma vez e — isso me pegou de surpresa — ele ficou muito feliz e começou a beijar minha barriga. Disse que amava o bebê e que a gente se casaria logo, logo. E foi o que a gente fez, isso eu já te contei, fizemos uma grande festa de casamento — eu disse quanto custou? Acho que foi mais ou menos cinco mil dólares. Eu não queria gastar tanto, mas ele disse que isso ia fazer a gente ficar rico, que ele ia ter o negócio dele, que eu não precisava me preocupar. O Hector sempre quis ser rico, poder abrir a janela e jogar dinheiro para as pessoas. E foi assim que ele acabou gastando tudo o que tinha economizado e também uma parte do dinheiro que tinha recebido do Exército por causa da mão — ah, ele ficou no Exército umas duas semanas, foi esfaqueado na mão e por causa disso eles mandavam um dinheiro pra ele. Acho que o resto ele tomou emprestado. Ele estava bonitão no smoking. Todo mundo estava bonito."

Depois do casamento, ao qual compareceu o melancólico par de tias velhas, ambas com os tornozelos inchados e confinadas em cadeiras de roda, ambas desconfiando da gabolice de Hector, o jovem casal embarcou em uma limusine e seguiu para Atlantic City. "O carro tinha aquela separação entre o banco da frente e a parte dos passageiros, e o motorista disse que ia fechar o troço e só voltaria abrir de novo quando a gente chegasse em Atlantic City."

"E daí vocês treparam no banco de trás da limusine."

"É claro!", disse ela sorrindo.

Vieram então os meses de gravidez e o parto; foi difícil, contou Dolores, não só porque um médico em quem ela não confiava usou fórceps, mas porque era o primeiro parto e a cabeça do bebê estava inchada e em forma de cone, conseqüência da pressão que o feto fazia para atravessar a pélvis da mãe. Com icterícia, manifestação comum em recém-nascidos, durante quatro dias o bebê teve de ser submetido a um tratamento de luz especial no hospital, até que seu fígado começasse a funcionar por conta própria. Permaneceu o tempo todo com uma venda nos olhos, para evitar que a intensidade das luzes lhe causasse danos na vista. "As enfermeiras não prestavam pra nada. Elas tinham um monte de bebês pra cuidar e eu fiquei uns três dias seguidos acordada, tomando conta pra que a venda não caísse. O Hector não podia sair do trabalho. O bebê, é claro, tirava a venda o tempo todo, ele odiava ficar deitado de costas embaixo da luz, mas eu estava sempre ali e tornava a tapar os olhos dele."

A criança acabou ficando boa, teve alta e os Salcines foram se ajustando à nova vida: jovem casal com filho. A vida que me havia sido roubada por três balas perdidas. Dolores lia tudo o que encontrava sobre como ser uma boa mãe; além de não confiar nas tias, ela queria educar o filho como americano, não meio a meio como ela, que crescera falando espanhol dominicano em casa, espanhol de Nova York na rua e quase nada de inglês, com as tias semi-analfabetas queimando incenso no quarto, à noite, às vezes misturando poções malcheirosas no forno para depois despejá-las em jarras de vidro, e rezando em espanhol pelo pai, morto e enterrado trinta anos antes no solo arenoso de Santo Domingo. Não, obrigado, desse prato ela já não queria comer. O filho havia nascido em dezembro de 1985, enquanto o pai e as tias de Dolores, tendo vivido os primeiros trinta anos de suas vidas em Santo Domingo, pareciam, em certo sentido, ter nascido ainda no século passado. Dolores retirou na seção de Sunset Park da Biblioteca Pública do Brooklyn um exemplar do famoso livro do dr. Benjamin Spock e o leu de cabo a rabo, todas as quinhentas páginas, com um dicionário à mão para quando precisasse. O garotinho era esguio, saíra mais ao pai, com ombros e peito magros. Os cílios eram longos e os cantos dos olhos viviam úmidos. Como primeiro filho, ela o mimava, dava-lhe tudo que pedia, deixava-o dormir com ela na cama, de manhã, depois que Hector saía para o trabalho. Em dias claros, colocava-o no carrinho e subia até o parque Sunset para encontrar as outras jovens mães e seus filhos e ficar conversando sobre as coisas importantes da vida: filhos, maridos, mães, dinheiro. O parque tinha uma localização privilegiada: uma das colinas mais altas do Brooklyn, de onde se tinha uma belíssima vista da silhueta de Manhattan e seu mundo branco de poder e influência totalmente inacessível a uma *mujer* como Dolores Salcines. Mas não importava. Ter um filho a preenchia, e Hector ganhava o suficiente para o sustento da família. O menino — o *seu menino!* — cresceu, ensaiou os primeiros passos com as perninhas arqueadas, aprendeu a chamar mamãe e papai e começou a falar. Chutou os sapatos longe, jogou comida no chão e reclamou na hora de ir para a cama. Teve assaduras provocadas pelas fraldas, infecções no ouvido, febres e súbitas erupções na pele que apareciam e desapareciam logo depois. Pediu ao pai que fosse "o cavalinho engraçado!" e andou pela sala montado em suas costas. Aprendeu a contar até dez, a cantar "The farmer in the dell" e a andar de triciclo. Dolores desejou que seu pai tivesse vivido para ver o neto. Se ela pudesse fazer um pedido e vê-lo atendido, seria este.

E então ela engravida *novamente,* desta vez com grande felicidade — embora sem surpresa, pois, depois do nascimento do pequeno Hector, transar com Hector tinha ficado melhor. De alguma forma, ter um filho representara a perda definitiva da inocência corporal: o sangue, a dor e a animalidade bruta do parto haviam-na transformado. Ela agora ficava excitada mais rápido e gozava com maior facilidade, sem esforço. O assunto era comentado por outras mães também jovens. Além disso, já mais experiente, ela sabia que era necessário descansar e tomar vitaminas. Teve uma gravidez tranqüila, mesmo precisando correr pra lá e pra cá atrás de seu filhinho. Hector vivia tenso, preocupado com dinheiro, e eles às vezes discutiam. Pouco tempo antes de nascer o bebê, disse que tentaria arranjar outro emprego, talvez se apresentar na companhia que estava fazendo as instalações de TV a cabo no bairro. Ele conhecia um dos homens que trabalhavam na montagem da fiação. Hector soubera que a companhia provavelmente abriria vagas em seis meses. Mas Dolores não estava preocupada com essas coisas; seu corpo atingia o peso máximo, ao menor esforço ela se cansava, as pernas inchavam. Seria um bebê grande. A bolsa rompeu num domingo e o parto foi rápido e sem complicações. Hector esteve ao seu lado e ajudou-a como pôde durante o trabalho de parto; quando o bebê já estava fora e todos viram que era uma menina saudável, ele cortou o cordão umbilical com a tesoura cirúrgica que a enfermeira lhe entregara. Agora temos um filho e uma filha, disse a Dolores com os olhos mareados.

"Nós éramos tão felizes naquela época", rememorou Dolores. "O Hector, ele acreditava em tudo, acreditava que conseguiria dar uma vida melhor pra nós, entende? Eu te contei o que aconteceu com a loja de pisos antes da Maria nascer, como roubaram tudo, não contei? Nós estávamos felizes, muito felizes sabe, com os nossos filhos, mas... não sei. Começaram a acontecer coisas. O Hector acabou conseguindo o emprego como instalador de fiação pra TV a cabo pouco depois da Maria nascer, mas não era lá essas coisas e ele teve que começar a fazer um bico vendendo carro. Ele parava muito pouco em casa. Eu costumava ficar brava e às vezes, de noite, ele simplesmente saía pra rua. Ele estava tentando ganhar o suficiente. Talvez estivesse ficando cansado, entende? Mas as coisas aconteceram de um jeito que a gente nunca podia esperar. Isso ainda não é sobre o meu filho. Primeiro eu tenho que contar o que aconteceu no trem."

Dolores relatou que num sábado à tarde, num mês de julho, os dois pegaram a linha R do metrô, sentido sul, para Sunset Park, e Hector estava com a cara escondida atrás de um exemplar do *Daily News*. Tinham ido ao cinema, e antes de seguir para casa pararam para fazer algumas compras. O pequeno Hector e Maria haviam ficado com uma babá. Hector ia lendo a seção de esportes e Dolores, ao seu lado, aguardava que ele mudasse de página. Era um homem inteligente mas lia devagar, o que às vezes a irritava. Ela lia rápido e tinha orgulho desta capacidade. Hector também não sabia ler em espanhol. Mas sabia que amava os Yankees, vivia falando sobre como os jogadores trabalhavam apenas um par de horas por dia e embolsavam *fortunas*. Ela esperou que ele virasse a cabeça e olhasse para ela. O trem parou na estação Union Street. Alguma coisa diferente estava acontecendo na estação e imediatamente os passageiros se agitaram, como sempre acontece; instantes depois, ouviram-se gritos do lado de fora do trem. Talvez uma gangue — um risco constante —, mas ninguém sabia em que ponto da plataforma se encontrava o grupo. Hector abaixou o jornal e seus olhos cruzaram com os de Dolores. O trem parou e as portas se abriram sem o costumeiro aviso do motorneiro. Eles tinham de escolher entre ficar ou sair. Ouviram mais gritos. De repente, policiais fardados invadiram o vagão correndo, dez, talvez quinze deles, enormes, de camisa azul, o peito estufado pelos coletes à prova de bala, trazendo pendurados nos cintos de couro pretos o cassetete, a lanterna, balas, talão de multas e, é claro, revólver. Avançaram pelo vagão, olhando cada passageiro, ignorando mulheres, entre elas Dolores, e homens brancos, interessados em qualquer um que fosse preto, hispano-americano e jovem — Hector, evidentemente, sentiu o súbito temor dos inocentes. Quando os policiais chegaram até ele, reagiram como se tivessem encontrado o que procuravam. "Ele está de camisa vermelha. Vamos ver a altura", disse um deles.

"Levanta", ordenou um guarda jovem de pescoço grosso. "Quem é você? Tem alguma identificação?"

Hector pegou a carteira, uma carteira magra, quase sem dinheiro. Dolores sentiu que os olhares acusatórios dos outros passageiros pousaram neles.

"Em que parada vocês embarcaram?", vociferou um outro guarda. O rádio pendurado no cinto chiava.

"Embarcamos na avenida DeKalb."

"Mentira", disse o guarda. "Você está mentindo."

"É verdade", protestou Dolores. "Ele é meu marido."

"Não tô mentindo, cara." Hector apertou a mão em torno do cano vertical onde os passageiros se seguram. Ao lado dos policiais, ele era pequeno, impotente. "Estávamos na zona sul, fazendo compra."

Eles mal olhavam para Dolores.

"Saia do trem." O guarda mais jovem colocou a mão no braço de Hector. "Você vai sair do trem e responder algumas perguntas."

"Eu não fiz nada! Pergunta pra minha mulher. Pergunta pra essas pessoas", disse Hector em voz alta, levantando o braço na direção dos outros passageiros. "Pergunta pra eles, pergunta pra qualquer um deles, peguei o metrô na avenida DeKalb."

"É verdade, seu guarda", implorou Dolores.

"É verdade? Alguém viu esse homem entrando no trem na avenida DeKalb?"

Os outros passageiros permaneceram impassíveis, idiotas estupidificados. Ninguém respondeu. Certamente haviam notado a agitação estranha dos policiais.

"Ei, cara", protestou Hector, "eu tô nesse trem faz vinte minutos. Não vou sair dessa porra."

O cassetete acertou em cheio os dedos de Hector. O policial segurou-o pelos dois braços e puxou-o para fora, derrubando o saco de mantimentos entre os pés dele. Na plataforma, empurraram-no de frente para uma parede de azulejos. Dolores recolheu o saco com as compras e saiu do vagão. Os homens cercaram Hector; um deles encarou Dolores, bloqueando a passagem e impedindo que ela se aproximasse.

"Abre bem as pernas, inclina pra frente, mãos na parede, cabeça pra baixo."

"Eu não fiz..."

"Cabeça pra baixo!" Durante toda a revista, um dos policiais manteve o cassetete pressionado contra a bunda de Hector e depois contra a garganta. "Onde está a porra da arma? Você jogou a arma fora, seu monte de merda, achou que podia apagar um policial e escapar entrando no metrô, não é isso? Cadê a arma?"

"Eu não fiz nada!", gritou Hector. O berro ecoou pela plataforma. Pelas janelas riscadas dos vagões, os outros passageiros assistiam a tudo impassíveis. "Nada!"

"Ele não fez nada", chorou Dolores. "É meu marido."

"Você sabe o que fazem com assassinos de policiais, não sabe, monte de merda?", rugiu um dos guardas, a voz carregada de ameaça e o hálito quente entrando-lhe no ouvido. "Onde está a arma?"

Hector tornou a berrar. "Não fui eu! Vocês pegaram o cara errado!"

O cassetete subiu com força entre suas pernas.

Hector emitiu um nauseante gemido de dor. Estava sendo agredido. Dolores viu a mão de um dos homens apertando o pescoço de Hector.

"Vamos, monte de merda, desiste!"

"O tíquete!", gritou Dolores. "Seus idiotas! O tíquete! Olhem o tíquete!"

Os guardas ficaram paralisados por um instante.

"O tíquete da loja. Está no bolso da frente."

"Dá um tempo, Tommy", disse um dos policiais mais velhos. "Dá uma olhada no bolso dele." Tiraram alguns poucos dólares e um recibo amassado que indicava o valor da compra, a hora e o endereço da mercearia.

"Que estação você disse?"

"DeKalb."

"A loja fica quase na esquina, Sargento", informou um dos homens depois de olhar o número no recibo.

"Tudo bem, diga quanto", pressionou o policial. "O que vocês compraram?"

"Uns oito dólares, cara", respondeu Hector gritando. "Comprei leite, banana, pão..."

"Moça, me mostra o saco com as compras."

Eles vasculharam o saco, examinaram o que havia nele e acabaram de rasgá-lo.

"Compramos feijão, sopa enlatada..."

"Tá bom, tá bom, agora cala a boca", disse o policial. "Tá escrito aqui no papel que isso foi à uma e catorze. Que hora o Dougherty foi baleado?"

Um deles perguntou pelo rádio. Uma e quinze, responderam. Era impossível comprar alimentos e ao mesmo tempo matar um policial na rua a vários quarteirões de distância no Brooklyn. "Deixa ele ir embora", disse o policial mais velho, que a seguir empurrou-o com força suficiente para que Hector não pudesse ver o rosto do homem que o imobilizara. Dolores correu até o marido e colocou os braços em torno de seu tronco. A camisa estava molhada de suor e ela sentiu seu peito arfante. O bando de guardas retomou a blitz na plataforma, andando em ritmo acelerado, os passos batendo pesados no chão, resolutos, já esquecidos de Hector, como se ele nunca tivesse existido.

"Quando chegamos em casa, Hector teve um ataque de raiva", prosseguiu Dolores, "raiva pelo jeito como as coisas funcionavam, entende, do sistema, da polícia, de tudo. Tudo era muito frustrante. O dinheiro curto, entende, ele nem gostava de pensar nisso. Com outro bebê, o apartamento tinha ficado ainda mais apertado, e a gente precisando comprar um monte de coisas. E o Hector estava ficando cansado de trabalhar e não ganhar nada. Era assim com o meu pai na fábrica de piano, sabe? Eu entendo bem. Ele tinha um monte de sonhos que nunca se realizavam, percebe? Ele e uns outros caras às vezes saíam e ficavam andando pelos bares."

Naquela mesma noite fez muito calor, disse Dolores, e as calçadas ficaram cheias de pais e mães, as mulheres mais jovens de bustiês de lycra, as mais velhas com vestidos de algodão, os homens de camiseta ou sem camisa, os que não eram gordos demais. Maria, que acabava de completar um ano, estava no colo da mãe e o pequeno Hector brincava com outras crianças. Alguém havia colocado um desses rádios grandes em cima do carro, deixando-o ligado na bateria enquanto lavava as rodas. A rua onde moravam era relativamente tranqüila; o tráfico de drogas concentrava-se umas duas quadras acima e as lojas ficavam na outra direção. Hector estava perto da esquina, mamando de uma garrafa enfiada em um saco de papel pardo, falando bobagem com seus *hombres*. Ela o ouvia contar a história dos guardas, mostrando como eles o tinham obrigado a ficar de cabeça baixa, dizendo que a polícia estava sempre matando gente e depois anunciando que as mortes eram acidente ou suicídio. Ele estava agitado, falando alto, querendo vingança, bebendo demais já no início da noite. Mas Hector tinha de beber, percebeu Dolores; era a única maneira de ele deixar para trás o incidente com a polícia. Ela esperava que Hector bebesse o suficiente para relaxar, mas não a ponto de ficar transtornado. Os homens riam e trocavam socos de brincadeira. Pareciam bem. Hector ia ficar legal. Dolores voltou a atenção para o filho. Um dos caras da rua tinha um grifo de cabo longo, vinte quilos, e abriu um hidrante — a polícia não se importava, desde que depois ele fosse fechado. A água jorrava com força, formando um arco, e caía no meio da rua, onde o pequeno Hector, com apenas três anos e meio de idade, se encharcava junto com as outras crianças sob os olhos atentos de pais e mães. Uma noite de verão num bairro pobre. Dolores conversava com Ruita, uma de suas amigas, enquanto balançava Maria no joelho. Os homens, ainda bebendo e brincando de luta, atingindo uns aos outros com socos leves, tinham mudado de assunto e agora reclamavam dos chefes, babacas que os faziam trabalhar demais; falaram depois das mulheres que gostariam de comer, que estrelas da TV ou do cinema achavam realmente quentes, talvez aquela garota do "The Cosby Show", Lisa Bonet, o Mickey Rourke tinha pegado ela de jeito naquela cena daquele filme, uma cena tão forte que tinha sido cortada, ele *come ela legal, cara*, e todos sorriram como especialistas quando discutiram as várias maneiras de foder uma mulher — *sabe como, né, cara, do jeito que elas gostam* —, e a conversa seguiu nesse tom, os que eram pais de quando em quando lançando um olhar rua acima para ver se as esposas estavam cuidando dos filhos. Hector, é claro, estava curtindo o papo, que o transportava para longe da família, embora amasse a mulher e os filhos, e sentindo a cabeça mais leve depois de beber a segunda garrafa grande de cerveja. Com futuro incerto, sem dinheiro suficiente, o prazer de uma noite de verão era algo libertador. Dolores finalmente entrou para colocar as crianças na cama e chamou Hector várias vezes. Mas ele gritava de volta para o apartamento dizendo que ia sair com os rapazes.

"Isso me deixou puta da vida, porque estava fazendo um calor desgraçado e eu, *como sempre*, tinha que cuidar do bebê enquanto ele saía para zonear. Olha, eu até entendia, ele precisava mesmo se desligar do que tinha acontecido, a história dos guardas e tal, mas daí eu meio que pensei: esta é a minha vida? Eu vou viver assim até morrer? Talvez eu já estivesse pensando nisso fazia muito tempo. Não consigo lembrar de tudo. Isso já faz quase três anos. A gente morava num apartamentinho no terceiro andar, com vista pra um quintal que tinha nos fundos. Mas eu já tava cansada também disso, tinha que subir e descer a escada o tempo todo e o barulho da rua entrava pela janela, os moleques fumando e vadiando."

Como havia começado a comer alimentos sólidos, Maria tinha o sono pesado e adormeceu rapidamente. O berço ficava na sala porque não havia outro lugar. Maria dormia sem problemas até a manhã seguinte, quando acordava molhada.

Mas com o pequeno Hector era diferente. Tinha o sono leve e andava nervoso e bravo por conta da irmã. Dolores deitou-se ao lado do filho no quartinho dele, colado ao do casal, e cantou até que o menino adormecesse. Hector só chegou em casa muito depois, cheirando a cerveja. Ela estava cansada de esperar no calor do apartamento. O ar-condicionado não funcionava e ela tinha aberto todas as janelas. Hector entrara cambaleando um pouco. Dolores estava furiosa, com raiva da liberdade dele, que dependia da sua dedicação ao bebê, e do domínio que exercia sobre ela. Naquela noite começou a se perguntar se ele não havia pulado a cerca, já que parecia inexplicavelmente satisfeito consigo mesmo. Ela sabia que umas putas faziam ponto no bar da rua 48, onde sempre havia música tocando. Algumas dessas mulheres, viciadas em crack, zanzavam por ali, filando drinques, tentando pescar homens à procura de sexo. Não eram putas de verdade, não exatamente. Algumas até tinham emprego fixo. Dolores sabia como era fácil amolecer os homens e perguntou-lhe onde ele havia estado.

"Fui dar umas voltas com o Louie e o Petito."

"E o que foi que vocês fizeram?"

"Só conversamos, Dolores, essas coisas."

Ela não acreditou. Os dois amigos eram solteiros e mentiriam para livrar a cara de Hector. Na opinião dela, nenhum dos dois prestava.

"Você foi naquele bar da rua 48?"

"Talvez."

"O que você fez lá?"

"Bom, primeiro eu tirei todo o nosso dinheiro do banco e paguei umas cinqüenta rodadas pra todo mundo, Dolores, depois eu comi todas as garçonetes um monte de vezes, e elas até acharam que estavam tendo uma experiência *religiosa*, Dolores, depois..."

E assim seguiu a noite, com Hector provocando a mulher, alternando frases de marido exemplar com outras de desprezo pelo ciúme da esposa. O pequeno Hector acordou e chorou. Ele já sabia sair da cama e andar sozinho pelo apartamento em seu pijama de algodão azul. Mas agora estava assustado com os gritos.

"Volta já pra cama!", ordenou Hector aos berros.

"Não grita com ele."

"Eu quero suquinho", pediu o garoto.

"Vem, vamos lá pra cama", disse Dolores.

"Mas eu quero suquinho!"

"Volta pra cama já!", rugiu Hector. O garoto recuou para o quarto e Dolores fechou a porta.

"Talvez eu tenha mesmo", disse Hector quando ela tornou a acusá-lo. "Talvez eu precise de alguma coisa que não encontro aqui."

Ela não sabia se estava ouvindo um escárnio ou uma confissão. Sabia, sim, que ele se sentia frustrado com as tentativas de ganhar dinheiro; sabia também que meia dúzia de cerveja em geral bastava para deixá-lo relaxado e que provavelmente ele só tinha pensado em trepar com uma daquelas putas, o que explicava o comportamento culpado. Ou talvez ele tivesse mesmo trepado. Ela estava quente e cheia de raiva. Só havia uma forma de descobrir a verdade.

"Sim ou não, você transou ou não?"

Hector disse que não.

"Então prova. Prova agora."

"Não preciso provar nada, sua puta. Posso sair lá fora e provar pra alguém que tá a fim de verdade."

"Prova."

Olhando-se com lascívia carregada de ódio, os dois se despiram. Ela o estava testando. Se Hector ficasse duro sem dificuldade, ansioso para penetrá-la e respirando em ciclos curtos, Dolores saberia que ele não havia transado com ninguém. Se tudo fosse mais lento, se a ereção demorasse ou se ele tivesse que se esforçar muito para ejacular, o significado seria o oposto. E não se poderia colocar a culpa na bebida. Cerveja nunca atrapalhara o desempenho de Hector. Ela *saberia.* Era mulher dele, tinha sido fodida por ele milhares de vezes. Não havia como enganá-la.

Assim, ainda com raiva, caíram na cama e avançaram um sobre o outro, no começo de maneira um pouco rude, depois abertamente violentos, ela o golpeando com força, ele imobilizando-a depois que seu nariz começara a sangrar. *Dimelo mami, dimelo*, dizia Hector, vem pra mim, vem pra mim. *Más, más, ah, me fode más...* Não se importavam com o barulho que faziam gritando e xingando. Depois, quando Dolores teve certeza de que Hector não havia estado com outra mulher, sua raiva transformou-se em lascívia pura, porque ela sabia que Hector era dela e não das putas e seus truques de boceta (tinha ouvido dizer que algumas delas conseguiam pegar uma moeda em cima da mesa usando os lábios da boceta, que elas puxavam a calcinha para cima e se abaixavam para mostrar a aréola do cu piscando e franzindo, e como provocação chegavam a enfiar elas mesmas um gargalo de garrafa de cerveja). Ele a queria e era para ela que agora estava duro como pedra, duro nos dedos, na boca, nas entranhas, prova irrefutável de sua fidelidade, fodendo-a com vingança esmagadora, derrubando um abajur, fazendo o pequeno Hector gritar na cama e os vizinhos do andar de cima baterem no piso de acima. Um fragmento da Bíblia: "Oh, Senhor Deus, Tu começaste a mostrar a Teu servo Teu grande poder e Tua grande mão...". Era não tanto desejo pelo marido mas pelo jeito como a fazia sentir-se. *Quem se importa com o que eles pensam, já, já o pequeno Hector volta a dormir, fodam-se os vizinhos do andar de cima, eu vou esquecer tudo...* Os minutos se passaram e ela estremeceu na raiva de Hector, sabendo que ele não estava apenas fodendo a ela, Dolores, mas fodendo o mundo *através* dela, os filhos da puta que tinham grana e as pessoas que o haviam derrubado de forma tão inconseqüente. Fodendo os putos dos policiais racistas. Que assim seja, *dimelo*, é aí que estava a força de Hector. Ela amava sim esta força, amava de verdade. Sua cabeça estava agora caída para fora da cama, os braços moles, Hector martelando-a, martelando-a, rugindo palavras em tom perverso, os ossos de sua pélvis batendo com força, a ponta do pênis tocando-a com força, pontadas de dor, a correntinha de ouro que prendia o crucifixo caída sobre os seus lábios, a língua sentindo o gosto dos pequenos elos, a mente uma alucinação nebulosa que misturava torres de igreja, o rosto sofrido e doce de seu pai, um homem negro sem rosto que vira no metrô uns meses antes, um homem com ombros grandes como melões da Geórgia e a decolagem das gaivotas caçando alimento no lixo perto do supermercado, martelando-a, martelando-a, as gaivotas cinzas que voavam para a cidade vindas do oceano, dos Narrows, perto de onde moravam os italianos mais velhos, decolando todas de uma vez, milhares delas, voejando em círculos sob as nuvens baixas, sob e sobre a linha elevada do trem F, mais alto, as formas escuras das balsas abrindo caminho nas águas de New Jersey, uma faixa de céu cor de salmão a oeste e os velhos sonhos de milhões de americanos, a tristeza disso tudo, as chinesas trabalhando até cair nas confecções da Oitava Avenida, no Brooklyn, às vezes sentindo o dedo espetado pela agulha grossa da máquina de costura industrial, e os jovens como Hector derretendo a juventude nas ruas duras de cimento, e o velho judeu hassídico animado no parque jogando bola com o filho e os quatro garotos negros mortos em frente à boate, metros e metros de calçada manchados de sangue, uma vez ela tinha visto, e a dor cataclísmica, perdida, que sentira no parto de seu filho, o parto dela tinha sido muito mais difícil, e o rosto liso do padre quando a viu uma vez na rua, a sobrancelha arqueada indicando que a reconhecia, e oh, *más, más, más*, no apartamento pequeno e abafado, na noite vasta e sufocante do Brooklyn ela se retorcia e misturava prazer e esquecimento...

Veio então o silêncio, seus corações palpitando suados, exaustos, lívidos, as entranhas dela inundadas, ardendo, os lábios amassados pelo rosto de Hector, a pele esfolada pela barba dele. Vieram então as batidas na porta, urgentes, as vozes anunciando a emergência. O filho dela. *O filho dela?* Saltou dos lençóis molhados e correu nua ao quartinho dele, contíguo ao seu. Ele não estava lá. Mas como? Ouviu então as vozes subindo da rua e entrando pela janela e soube antes de olhar que o garoto se sentira tão aterrorizado com a lascívia brutal dos pais que buscara refúgio na pequena laje de arenito pardo ao lado da janela, onde costumava brincar ao sol sob os olhos atentos da mãe. Mas três andares era muito? Hector enfiou a cueca às pressas e desceu as escadas do prédio voando. Ela viu o corpo esticado na laje, o círculo de adolescentes em torno da pequenina figura do filho — reconheceu logo o seu pijaminha azul — e a imagem do marido esbaforido abrindo caminho entre eles, caindo ao chão e recolhendo nos braços o corpo inerte. Hector olhou para cima e a luz da rua revelou a Dolores o tormento afogando-lhe o rosto. *Dios mio. Dios mio.*

Dolores pressionou os dedos contra a testa, como se seu rosto fosse de argila e ela pudesse remodelá-lo para extirpar as estrias sulcadas pela dor. Através dos vãos dos dedos, observou Maria brincando tranqüila na caixa de areia do outro lado do quintal: "*Mi'ja,* vá buscar minha bolsa", pediu.

A criança correu obediente para dentro da casa e voltou instantes depois carregando a bolsa com as duas mãos.

"Quero que você fique brincando sozinha mais um pouquinho, querida", disse Dolores com firmeza ao pegar a bolsa.

"Por que a mamãe tá chorando?"

"Porque eu estou triste com uma coisa."

"Por quê?", insistiu a menina, fazendo beicinho e passando o dedo no braço de ferro fundido da cadeira de Dolores.

"Porque às vezes as coisas são muito tristes."

"Por quê?", implorou a vozinha, querendo saber sobre as coisas de adulto que estávamos discutindo.

"Eu e o Jack precisamos conversar sobre um assunto importante agora, *mi'ja*."

"Por quê?"

"Por favor, Maria."

Obediente, a menina caminhou na direção do canteiro de flores e, quando teve certeza de que a filha já não estava prestando atenção, Dolores tirou da bolsa um maço de papéis de diferentes tamanhos, dobrados e presos por vários elásticos. "Ela não lembra do irmão, tinha só um ano", observou Dolores com tristeza. Depois de remover um dos elásticos e folhear em silêncio cada um dos papéis, ela separou o que parecia ser um folheto gasto pelo tempo. Abriu-o, contemplou-o por alguns instantes e sem dizer nada estendeu-o a mim. "Não sei por que eu guardei isso, mas guardei."

O folheto era uma tabela geral de preços dos serviços e produtos da casa funerária James McGaffey & Son, na Quinta Avenida, Brooklyn. "Os preços incluem transferência local do corpo para a casa funerária, serviços de escritório, obtenção das autorizações necessárias, transporte básico local para o crematório ou cemitério..."

Olhei para Dolores e de volta para o panfleto, passando rapidamente pelas palavras, sentindo-me nauseado ao relembrar o alto custo de se cuidar dos mortos. Eu havia examinado um folheto muito parecido ao tomar as providências para o enterro de Liz: "Se você quiser providenciar uma cremação direta, pode usar um caixão de madeira ou um invólucro alternativo. Os invólucros alternativos podem ser feitos de material duro, madeira compensada ou aglomerada, ou podem ser sacos de lona ou outro material". Seguiam-se os preços dos diversos serviços, alguns deles destacados por pequenas marcas a lápis sem dúvida feitas por Dolores: "Embalsamamento (inclui uso de sala de preparação): $450,00"; "Embalsamamento de corpo submetido a autópsia: $490,00"; "Desinfecção: $375,00"; "Vestir e colocar no caixão: $90,00"; "Cosmetologia: $45,00"; "Restauração cirúrgica: $52,00"; "Crucifixo: $75,00".

Devolvi o folheto a Dolores.

"Enterramos ele no cemitério Greenwood", disse ela quase num sussurro. "Antes eu achava o lugar bonito, com todos aqueles bordos enormes, mas quando você olha a rua 25 percebe que é ali que eles largam os carros roubados e depenados. E as pessoas usam lá como depósito de lixo, sabe, depósito de máquinas de lavar velhas, televisão quebrada e coisas assim. Colchões, essas coisas. Eu não quero isso pro meu pequeno Hector. Se eu tivesse condições de fazer qualquer coisa que eu quisesse, eu levaria ele para o lugarzinho onde o meu pai está enterrado na República Dominicana, uma igrejinha bem pequenininha na cidade onde o meu pai nasceu; é o cemitério mais lindo que eu já vi, a cerca é florida e dá pra sentir o cheiro do mar. Eu queria que ele ficasse em segurança, ao lado do meu pai, e não misturado com mais um milhão de desgraçados."

"Então", intervim cheio de dedos, "naquela noite que você esteve no cemitério, foi para visitar o túmulo do seu filho, e não o do seu pai, certo?"

Dolores olhou para mim e eu lhe perdoei a mentira. "Foi isso, Jack."

Permanecemos ali, sentados sob a luz minguante do dia, e ouvimos ruídos de talheres arranhando louças e risadas vindas de algum outro quintal. Talvez um jantar ao ar livre, algumas casas abaixo, a conversa polida e bem-humorada que há mais de cem anos ecoava nas paredes do fundo daquelas construções vitorianas de fachada de arenito pardo. As vozes surgiam e desapareciam. Discussões sobre política, os últimos filmes, as delícias de um restaurante da zona oeste. Maria estava ajoelhada à beira do jardim, observando a escalada de uma abelha sobre uma petúnia cor-de-rosa. O sol já baixo desenhava sombras nas paredes de tijolo e atravessava as primeiras violetas da estação encarapinhadas na cerca. Dolores dobrou os papéis, guardou-os na bolsa e debruçou-se para a frente. Seus olhos indicavam que estava exaurida. Ela pegou minha mão e apertou-a com força.

"Você entende agora por que eu não podia lhe contar tudo de uma vez, Jack? Teria sido demais. Honestamente, eu não podia contar por que é triste demais pra mim, foi isso que arruinou a relação com o Hector para sempre, e não foi culpa dele... e depois que o garoto morreu ele ficou muito protetor, gritava comigo pra tomar cuidado com a Maria, ela podia estar no carrinho ou atravessando a rua comigo, ou então brincando, em qualquer situação. Ele foi tão abalado pelo que aconteceu com o Hectorzinho que ficou meio irracional, sei lá. A gente costumava freqüentar a igreja St. Michael, na Quinta Avenida, que é onde todo mundo da vizinhança vai à missa. O Hector sempre falava que uma hora o teto de gesso ia cair, mas eu gostava de lá, era grande. Mas eu acho que ele confessou ao padre Baptiste que o nosso filho tinha morrido e o padre deve ter dito alguma coisa que mudou o Hector. Perguntei o que o padre tinha dito mas ele nunca me respondeu. Eu tenho *certeza* de que ele contou pro padre. Não me importei, porque era assunto entre Hector e Deus. Ele precisava falar."

Dolores observou Maria levantar uma pazinha cheia de areia e mexeu a cabeça. "Depois do que aconteceu, o Hector estava muito sério no dia em que a gente foi se confessar. Chegou a lustrar o sapato. Ele demorou um tempão no confessionário e as pessoas começaram a olhar pra mim, como quem diz: o que o seu marido está fazendo lá dentro, o que foi que ele fez pra ficar no confessionário tanto tempo? Eu sabia que ele estava contando pro padre, sabia que estava dizendo tudo, que a gente tinha feito tanto barulho quando estava trepando que o nosso garotinho se assustou. E eu acho que o padre Baptiste disse alguma coisa para o Hector proteger a Maria, talvez que Deus não perdoaria ele pela morte de duas crianças, ele sendo o responsável, que por causa do pequeno Hector ele devia ficar *vigilante.* Eu nunca falei nada sobre isso com o padre Baptiste quando eu confessava. Tinha medo do que ele ia dizer, entende, que ele ia abrir a porta e gritar pra todo mundo que eu era uma maníaca sexual e que tinha matado o meu filho. E eu sabia muito bem que o padre Baptiste estava me esperando, todo domingo eu confessava os meus pecados pequenos e ele dizia quantos rosários, e perguntava se aquilo era tudo, se tinha alguma coisa *a mais* que eu queria confessar. Um dia eu quase contei, mas a Maria estava com fome e fazendo barulho e eu disse que não. Acho que isso foi só uma desculpa.

"Mas o Hector ficou muito sério e vivia me dizendo pra tomar cuidado com os caras que vendiam drogas porque eles estavam em todas as partes do bairro e eram barra-pesada, e pra tomar cuidado com todo mundo. Uns caras tinham sido espancados ali perto, alguém disse que perfuraram o fígado de um deles com uma chave de fenda, os roubos de carro estavam aumentando, essas coisas de sempre. A casa da vizinha tinha sido roubada, os ladrões levaram o vídeo e a TV. O Hector foi na loja de ferragens e comprou um olho mágico e instalou na nossa porta. Ele disse que a morte do pequeno Hector tinha sido um teste e que ele tinha sido reprovado, e que mais cedo ou mais tarde ia vir outro. Ele nunca disse como ia ser esse teste, mas quando acontecesse ele estaria pronto. Ele dizia que Deus olhava por todos nós e acho que eu concordo com isso, porque é isso que ensinam pra gente desde criança, mas eu ficava me perguntando o que tinha acontecido com o Hector de antes, o Hector feliz, onde é que ele estava? Agora tudo era tão sério. Se eu fizesse qualquer coisa, se começasse a atravessar a rua antes do sinal abrir, ele ficava bravo comigo, apertava o meu braço com força e me puxava de volta dizendo que não queria que a Maria morresse como o irmão só porque... ele sempre insinuava que a culpa tinha sido minha, entende? E ele queria ter outro filho, outro menino."

"Isso é compreensível", eu disse. "Eu também teria vontade."

Dolores sorriu com tristeza. "A gente transava o tempo todo, praticamente todas as noites, e eu não fiquei grávida. Não sei por quê. Talvez eu estivesse preocupada demais. E a gente tentava nos dias certos do mês e tudo."

"E ele costumava me foder com uma espécie de... ele agora ficava *quieto*, às vezes rezava antes... ele que costumava fazer um barulhão, suar, xingar, dizer que eu era gostosa e enfiar a língua na minha orelha, agora era só subir em cima, ejacular e esperar eu ficar grávida. Não dava nem pra saber se ele estava *gostando*. Quer dizer, ele não tinha dificuldade de ficar duro, entende, mas ele sempre... eu acho que ele ainda me amava, mas... agora ele não estava mais tão preocupado em ficar rico, ele estava odiando as pessoas que eram ricas porque elas roubavam dos pobres. Ele tinha umas idéias sobre a Bíblia... ele ainda ia trabalhar todos os dias, tudo normal, o Hector nunca faltou no trabalho de instalar a fiação de TV a cabo nem na loja de carro usado. Ele ainda conseguia brincar e fazer as pessoas rirem, na rua com os amigos dele e tal, mas dentro de casa era diferente."

"Foi aí que eu comecei a aprontar umas coisas... eu gostava de um cara, um tal de Sal, que era filho do zelador do prédio. Ele era mais novo, entende, tinha uns vinte e um ou vinte e dois anos, e ele costumava aparecer depois do almoço, quando a Maria dormia. A gente começou a transar um pouco e depois a coisa foi ficando regular. Eu fazia ele usar camisinha porque estava tentando ficar grávida com o Hector. Eu não podia ter um diafragma ou coisa do tipo em casa, e sempre tomava um banho depois e pedia pro Sal ir embora logo. Acho que só uma vez por semana. Eu me sentia mal por fazer aquilo, mas queria ter certeza, queria sentir que eu ainda estava viva, entende, inteira. O Sal não contou pra ninguém, foi esperto, porque ele conhecia o Hector e sabia que ele era muito ciumento. Eu nem gostava muito dele. Ele era só doce, e novo... na verdade, eu meio que tive que ensinar pra ele algumas coisas na cama. Ele me lembrava o Hector quando era mais moço, nem tinha muito cabelo no peito e na barriga. Ele sempre ficava muito feliz, sabe, como um garoto. E fazia eu me sentir bem. Mas eu sabia que estava errado. Contei pra Ruita o que estava fazendo e ela me aconselhou a sair do casamento... disse que me daria algum dinheiro pra eu sair, se eu quisesse, e que todo mundo no prédio estava falando do Hector, achavam que a qualquer momento ele ia fazer alguma coisa esquisita, saltar do telhado, sei lá. Falou também que uma hora alguma coisa ia dar errado, que o Hector ia descobrir a história do Sal e me mataria ou mataria o Sal, ou o bebê ou alguém. Ele odiava o emprego da TV a cabo, mas não tinha outro. E eu me sentia mal por usar o dinheiro dele e dormir com o Sal."

Dolores examinou as próprias mãos, como se estivessem manchadas de culpa. "Mas eu estava tentando. Um dia, o Hector disse que queria ir à igreja de St. Patrick, em Manhattan, e rezar pelo pequeno Hector. Eu concordei, deixei o bebê com a Ruita e a gente foi. O lugar é grande, está cheio de turistas e eu achei que o Hector ia se sentir melhor. Até achei que ele melhorou mesmo, ele parecia mais o que era antes, um pouco pelo menos, mas depois ele simplesmente voltou a ficar deprimido e envelhecido. Quando ele não estava vendo, eu olhava e percebia que os olhos dele estavam mais velhos, entende, mais tristes. Daí ele começou a beber mais, não só no domingo, quando ele e os outros se juntavam pra assistir jogo de futebol. Uma noite ele voltou pra casa bem tarde e cheirando mal. Eu perguntei aonde ele tinha ido e ele disse que tinha subido no Empire State Building e ficado lá parado. Eu percebi na hora que ele tinha ficado lá em cima bebendo e isso me deixou preocupada. Eu sabia que ele estava pensando em se matar. Sabia, sei lá como. Lá em cima, bem alto, com as luzes da cidade em volta, e eu lembro como venta lá, e isso quer dizer que ele estava pensando... mas ele nunca me disse nada."

"Uma noite, eu estava sozinha e passei em frente de um restaurante, uma lanchonete, e vi pela janela uma mulher sentada lá dentro, sozinha numa mesa. Ela tinha mais ou menos a minha idade, uns vinte e oito anos, e estava fumando um cigarro e parecia tranqüila, entende, em paz. Como depois da missa, quando a gente simplesmente fica lá sentada, sozinha. Parecia que ela sabia quem ela era, o que estava fazendo, e que não tinha pressa. Não que ela fosse rica, que tivesse muito dinheiro, percebe? Era apenas ela mesma, e eu fiquei olhando. Fiquei ali, parada na rua, olhando pela janela, e tive a sensação de que estava olhando para o que eu queria ser."

"Então eu decidi que naquela noite eu ia dizer pro Hector que ia embora. Dizer que não era culpa dele mas que eu tinha que ir embora. Estava acabado entre nós. Eu amava ele muito mas estava acabado. Imaginei que a Ruita poderia me emprestar uns dois mil. Ela compreendia, como eu disse. Eu sabia que precisava ir pra um lugar onde o Hector não pudesse me encontrar. Eu não queria que ele me encontrasse, queria que fosse de um jeito que ele talvez conseguisse esquecer, pra depois de um tempo ele se sentir melhor. Não podia ser ali mesmo em Sunset Park. E mesmo eu sabendo que o

Brooklyn é mais barato que Manhattan, eu tinha medo dele me achar no Brooklyn. E eu não conhecia Queens. De repente eu tive esse impulso. Achei que arranjaria um emprego fazendo qualquer coisa e pronto. Eu não precisaria de nada, desde que tivesse tudo pra Maria. Tudo o que eu queria era a chance de dar uma vida melhor pra ela. Não queria que ela tivesse o Hector como pai. Ela amava ele mas também não sabia de nada. Alguma coisa estava morta nele, entende? Ele não tinha orgulho. Meu pai tinha orgulho, mesmo sendo operário. Todo dia saía de casa com uma camisa limpa, não tinha dívidas, tinha uma vida limpa. Eu queria que a Maria tivesse um pai assim. O Hector era... sei lá, o espírito dele estava meio que *morrendo.* Ele estava ficando estranho, bravo, ridículo. Eu disse que ele ia na missa duas vezes no domingo?"

"Tinha decidido falar com ele aquela noite. Mas não falei. Ele chegou em casa, tinha trabalhado o dia inteiro, estava cansado, jantou e foi dormir. Foi aí que eu percebi que se contasse pra ele a gente ia ter uma grande briga e ele tentaria me impedir. Decidi não falar nada. No dia seguinte, como sempre, ele saiu pro serviço, e eu preparei duas malas grandes, coloquei a Maria no carrinho e fui pra estação do metrô, linha B. Não deixei nem uma carta. Talvez nem eu mesma acreditasse que ia fazer aquilo. Mas quando percebi já estava fazendo, estava acontecendo. A gente estava indo embora de verdade. Eu tinha na bolsa todos os papéis e documentos importantes, como a certidão de nascimento da Maria, eu sempre ando com ela na bolsa também, e o dinheiro que a Ruita tinha me emprestado, eu sabia que ela ia emprestar, e bastou eu pôr o pé no trem pra me sentir melhor, como se a minha vida tivesse voltado a andar, a velha Dolores ressuscitando. A Maria ia sentir falta do paizinho dela, isso eu sabia, mas ela ia superar. Ainda era muito novinha. Eu tinha umas roupas boas e uns produtos de maquilagem e sabia que, se precisasse, eu podia ficar bonita. Sabia que os homens olhariam pra mim. Mas eu não estava atrás de um homem, o que eu queria era achar um quarto em algum lugar onde o Hector não descobrisse e ir atrás de um emprego, entende? Quando cheguei em Manhattan, percebi que os homens de negócios como você olhavam pra mim. Um me convidou pra tomar um drinque com ele. Era um cara mais velho, cinqüentão."

"Fui para aquele hotel onde você me encontrou. Eu tinha mais ou menos três mil dólares na bolsa e só queria me esconder por alguns dias. Acho que eu estava chateada com a situação, mas não tinha com quem conversar. A Maria me perguntava quando a gente ia voltar pra casa e isso era duro, porque eu tinha que dizer pra ela que a gente agora ia morar separado do papai. No começo eu não liguei pro Hector nem pra Ruita. Saía pra andar com a Maria e lia o jornal, só isso. Fui vivendo assim por alguns dias. Acho que na terceira noite, quando voltei pro quarto, encontrei a porta aberta e percebi que alguém tinha estado lá. Eu tinha guardado o dinheiro dentro de uma revista mas eles encontraram. Levaram quase todo o meu dinheiro. Fiquei só com os duzentos que tinha na bolsa, e eles roubaram também várias roupas minhas — é por isso que eu acho que foi uma mulher —, as melhores que eu tinha, e também as roupas da Maria. Fiquei doente, transtornada. Roubar as roupas de uma criancinha! O que me deixou tão aflita é que eu não podia voltar pra casa, pelo menos não naquele momento. Tive que ir até a rua 125, no Harlem, e comprar mais algumas roupas pra nós. Acho que gastei quarenta dólares. Meu dinheiro estava acabando. Sai caro comer por aqui. Liguei pra Ruita, talvez ela pudesse me emprestar mais um pouco de dinheiro, mas a Lucy, a irmã dela, atendeu e disse que o Hector estava me procurando, que estava enlouquecendo e perguntando pra todo mundo onde é que eu estava. Eu sabia que não dava pra voltar. Naquela noite, fui numa loja pra tentar arranjar um sapato pra Maria. Eu estava guardando um par que tinha sido do pequeno Hector, porque os pezinhos dela iam crescendo e aqueles ainda estavam novos, sapato de bebê fica pequeno antes de gastar, mas esse também tinha sido roubado. Eu sabia que os dedinhos da Maria estavam apertados dentro do sapato que ela vinha usando e entrei em algumas lojas pensando em comprar um par de segunda mão, talvez por quatro ou cinco dólares, porque os novos, mesmo os mais vagabundos, custam pelo menos vinte. Já era tarde, eu não estava conseguindo achar o sapato e acabei pegando o metrô da linha 2 na rua 96. Logo depois você levantou e veio falar comigo."

"Eu não sabia o que fazer. Olhei pra você e acho que decidi que devia correr o risco. Você era a minha única chance e eu decidi aproveitar. Eu sei que você gostou de mim porque vi que você estava nervoso. Eu estava usando aquele casaco velho, tinha sessenta ou setenta dólares na bolsa e você estava com aquele terno elegante, de gravata — reparei que era de seda pura —, vivendo num mundo completamente diferente, entende, percebi logo de cara, você tinha muito dinheiro e estava nervoso. Eu quero que você entenda, Jack, que eu nunca pensei que acabaria morando na sua casa ou que a gente ia pra cama ou qualquer outra coisa do tipo. Eu não tinha como prever. Tudo o que eu sabia era que você tinha levantado e me dado o seu cartão, e isso já era alguma coisa. Eu tinha *alguma coisa.* Tinha o cartãozinho, entende? Você lembra que eu olhei pra você depois que a porta fechou? Eu estava um pouco assustada, de certo modo eu sabia que alguma coisa podia acontecer. Naquela noite eu decidi que ia te procurar."

"E o seu olho?", interrompi.

"Meu olho?"

"Lembra? Você estava com um hematoma horroroso no olho e disse que o Hector..."

"Ah, sim. Não, não foi ele, não."

"Pensei que tivesse sido."

"É, eu sei."

"Ele não bateu em você?"

"Eu nem vi o Hector naquela noite."

Fiquei atônito. "Mas então o que houve?"

Dolores olhou para baixo. "Naquela noite, comecei a pensar no que teria que fazer pra falar com você e daí me veio a idéia de que talvez um outro homem de negócios como você também se interessasse, entende? Depois que a Maria dormiu, desci pra frente do hotel e resolvi dar uma saída. Por ali tem um monte de restaurantezinhos e todas aquelas pessoas saindo dos teatros..."

"Você pensou em fisgar algum cara rico, é isso? Eu é que tinha dado a idéia?"

"Basicamente. Não sei, eu não tinha mais dinheiro, não sabia o que fazer. Entrei em uns dois lugares, mas quando os funcionários viam a minha roupa me mandavam embora. Comecei então a perambular, entende, só pensando, e quando eu estava na Oitava Avenida, acho que entre a rua 44 e a 45, eu não conhecia a região, vi algumas limusines e comecei a andar na direção delas, pensando que lá tivesse algum outro restaurante, e de repente aparece uma mulher atravessando a rua correndo, ela era grandona e estava com uma sainha apertada, e ela se aproxima de mim, me dá um soco no olho e começa a gritar comigo pra eu sair do ponto dela. Na hora eu não consegui entender o que ela estava querendo dizer, só sabia que o meu olho estava doendo muito."

"Era uma prostituta."

"Isso. Ela estava gritando comigo e de repente puxa uma navalha e eu saio correndo. Eu fui muito burra de sair caminhando por ali, é assim naquela região inteira, mas eu não sabia, nunca tinha ido lá antes, certo? Voltei correndo para o hotel, subi e pensei que merda, olha só o meu olho. Foi uma grande burrice, fazer o que eu fiz. Eu não queria que a Maria acordasse e pus gelo no olho. Não sabia o que fazer. Fiquei olhando o seu cartão. Coloquei em cima da mesa e fiquei olhando, olhando, olhando, e disse a mim mesma: 'Corra o risco, veja no que dá'. E eu fui lá. Acho que foi a coisa certa... eu quero viver. É a única vida que eu tenho, Jack. Eu ainda sou nova, não sou? Muita coisa aconteceu, mas eu ainda sou nova, dá tempo. Posso ter outros filhos. Você é um homem bom, tem estabilidade, é limpo, e eu realmente acredito que você ama a Maria. Você conhece a minha filha há pouco tempo mas acho que você a ama. Eu andei te observando. Acho que talvez a gente possa tentar... isso se você me quiser, Jack. Eu vou te dar tudo o que tenho, vou ser boa com você, e você terá a Maria. Nós duas."

Dolores me olhou com uma esperança frágil e profunda. Pensei comigo: *Deus lhe deu um presente, portanto não seja babaca, não seja idiota.* Puxei Dolores para perto de mim e apertei-a com força entre os meus braços.

"É claro que quero", sussurrei-lhe ao ouvido, meus olhos fechados com força, sentindo um certo alívio há muito perdido, um retorno a mim mesmo, o retorno da esperança no futuro. Eu era presa de um fantasma, porque, veja, eu venho de uma família desintegrada — não consigo me lembrar de ter estado no mesmo quarto junto com minha mãe e meu pai, e, como disse horas antes o Presidente, eu sempre quis uma família inteira. Sempre quis isso com um desejo aterrorizante, como se fosse o ar que preciso ter nos pulmões.

Quando abri os olhos, lá estava Maria diante de nós, segurando o baldinho e a pá de plástico, sem saber o que fazer. Ajoelhei-me, peguei-a no colo e abracei as duas com força, beijando ora uma, ora outra, pressionando os lábios contra elas, reverenciando sua existência no universo, e, nesta dança silenciosa, todas as promessas que se podem fazer entre seres humanos foram feitas...

Schopenhauer, o grande filósofo alemão, escreveu as seguintes palavras, que li quando estava na faculdade e jamais esqueci: *Na juventude, quando refletimos sobre nosso futuro, somos como crianças em um teatro antes de as cortinas se abrirem, esperando excitados e ansiosos o início da peça. É uma bênção que não saibamos o que realmente vai acontecer.* Essas palavras me fazem pensar em Maria. Algum dia ela perceberá que não imaginou os tormentos da vida adulta. Eu acrescentaria algo ao pensamento de Schopenhauer. Diria que mesmo *adultos*, quando refletimos sobre o mundo, tentando entender da melhor maneira possível as possibilidades diante de nós, agindo com as melhores intenções e espírito pródigo e esperançoso, nós não sabemos que tormentos nos aguardam. Nós *não sabemos.* Eu estava transbordando de felicidade, rodopiando sob o céu abraçado a uma linda mulher e a uma criança, esquecido de que tinha boa saúde, de que ganhava 395 mil dólares por ano. Dinheiro suficiente, como eu já disse, para deixar meu pai arrepiado. Mas eu não sabia que tormentos me aguardavam e, mais especificamente — para enfiar a agulha de aço da verdade na medula macia da felicidade —, *não sabia como eu mesmo iria atormentar os outros.* São os crimes que cometemos contra os outros que queimam com força em nossa alma, ano após ano. Em um momento, uma garotinha é erguida do chão por um homem de trinta e cinco anos que a ama como a filha que lhe foi negada. No futuro, daqui a vários anos, quando Maria, já crescida, estiver explicando sua vida a algum rapaz, ela vai se lembrar de mim e dizer meu nome em voz alta. Espero que ele ame Maria com aquela falta de racionalidade característica dos jovens. E enquanto Maria estiver contando o que se seguiu àquele momento de esperança, enquanto estiver relembrando *o que aconteceu* — quando estiver explorando os arquivos de sua memória, tendo estado lá quando o fato se deu e tendo ouvido explicações durante toda a vida ou tendo apenas imaginado —, ela se lembrará do homem rico chamado Jack Whitman, em cuja casa ela morou junto com a mãe. Maria, aos dezoito anos ou aos vinte e cinco, terá pensado sobre *o que aconteceu* milhares e milhares de vezes. Talvez entenda de um modo apenas seu e de mais ninguém. Mas enquanto ela estiver contando sua história ao rapaz, ora com a cabeça baixa, ora com os adoráveis olhos escuros fitando os dele, sua voz, agora a voz de uma jovem mulher, estará calma. O tempo das lágrimas terá ficado para trás. Se ela amar o rapaz e quiser que ele conheça o seu coração, terá de lhe explicar as estranhas circunstâncias — terá de *me* explicar, ainda que de maneira sucinta. Ela haverá de me resgatar do difuso baú da memória para poder amar e ser amada, e quando o fizer, quando a figura que registrou na memória sob o nome Jack Whitman aparecer em sua mente, surgirá revestida de um certo tormento insolúvel.

15

Madrugada do dia em que eu ficaria rico. Uma clara manhã de maio que prometia calor e sombras férteis sob árvores frondosas. Acordei cedo e fiquei deitado sob os lençóis ao lado de Dolores, os braços cruzados sob a cabeça, curtindo o tempo passar lentamente. Cada minuto me transportava de forma inexorável para a reunião das nove horas com os membros do Conselho de Administração, à qual se seguiria a coletiva em que seria anunciado o plano de fusão com a Volkman-Sakura. Eu estaria sentado junto ao Presidente, perto o suficiente para acompanhar o movimento do ponteiro de segundos do seu relógio de pulso. Beales estaria sentado à mesa da cozinha de sua casa, sem nada para fazer o dia inteiro. Rá rá. Puxei o lençol que cobria Dolores e observei a curva de suas vértebras, que descia a partir dos cabelos finos na base do pescoço e ia até a fenda de suas nádegas. Ela se arrepiou... *e agora vou pedir a Jack Whitman — alguns de vocês já o conhecem — que lhes apresente os detalhes. Jack?* Deslizei os dedos sobre a pele escura e sedosa de Dolores e insinuei-me em seus sonhos enquanto sussurrava números e argumentos. *Talvez devamos começar com uma declaração, senhores, a declaração de que estamos num momento decisivo, em que ou fazemos nós mesmos o nosso destino ou nossos concorrentes o farão por nós. É hora de um golpe ousado. Vivemos hoje uma era em que segmentos gigantescos da população mundial estão se capacitando para adquirir os produtos que criamos e pagar por eles. Ao mesmo tempo, novas e importantes tecnologias estão expandindo o universo do que costumamos chamar de entretenimento...* Eu agora estava dentro de Dolores. Minha fala duraria os vinte minutos recomendados e eu cuidaria para que os movimentos de minha mão fossem lentos porém contundentes, e não esqueceria de deter o olhar em cada rosto por alguns instantes, a nova geração explicando o futuro para a velha. Encerraria com um meneio rápido e firme na direção do Presidente. *Obrigado, Jack, é um bom ponto de partida. Muito bem, podemos ver com clareza que as oportunidades, especialmente na Europa Oriental e na Rússia, são impressionantes*... Dolores acordou o suficiente para entender o que eu estava fazendo. Não dissemos nada, nem um suspiro, o que garantiu uma sobrevida à perfeição do momento. Eu retomaria meu lugar junto ao Presidente com expressão sóbria o bastante para mascarar minha alegria. Tudo seria muito diferente. *Jack*, diria o Presidente dali a duas semanas, *o comitê de remuneração do Conselho decidiu que sua nova função na companhia justifica um reestudo da sua situação salarial*... E agora, porque cobiça pode se traduzir em luxúria, que viessem alguns minutos preciosos, de trabalho duro, meu hálito no ouvido de Dolores, cada exalação uma lufada de pornografias, o primeiro doce suor do dia nos envolvendo enquanto nos exercitávamos sob o brilhante manto do sol da manhã, com Jack Whitman, vice-presidente sênior de planejamento e desenvolvimento, fodendo e abrindo caminho rumo ao futuro garantido de um salário de sete dígitos mais e opções de ações Série D Preferenciais Conversíveis de 12%, os cabelos negros de Dolores caídos sobre seus olhos e sua face, a ponta da fronha branca presa com força entre seus dentes. Ela, como eu, estava sonhando alguma coisa, não sei o quê.

Depois, ouvimos Maria conversando com suas bonecas no quarto ao lado, dizendo-lhes com voz doce que era hora de acordar e tomar café. "Vocês querem ovo? Querem sucrilho? Querem banana?" A maçaneta da porta girou e Maria veio até nós, vestindo apenas a calcinha e uma camisola cor-de-rosa. Trazia no colo cinco ou seis bichinhos de pelúcia que deixou cair sobre a cama.

"Oh, bom dia!"

"Oi, querida", eu disse.

"Oi, querida pra você!", ela respondeu.

"Obrigado."

"Vou fazer o café da manhã", anunciou Maria.

"Ótimo", respondeu Dolores. "Assim eu não preciso fazer."

"Não, eu vou fazer a barba!" Maria correu até o banheiro e voltou com o barbeador elétrico portátil. "Vou fazer a barba do Jack", ela disse, segurando o aparelho preto diante de mim, seus olhos escuros acordadíssimos. "Vou fazer a sua barba."

Ofereci-lhe então uma face coberta de pêlos ralos. "Tudo bem, mas mexa o barbeador devagar."

Maria ligou o aparelho e, com as duas mãozinhas, deslizou-o sobre minha pele.

"Funciona!"

Antes de ir para o banheiro, Dolores vestiu um roupão e apertou o cinto com um laço na altura do umbigo. "Maria, vá se vestir depois que acabar de barbear o Jack." Ela olhou para mim. "Você está recebendo serviço de primeira esta manhã."

"Eu sei. E estou feliz por isso", respondi com o barbeador zumbindo perto da orelha. "Estou feliz por tudo."

"Mmmmmm", respondeu Dolores erguendo o queixo.

Mais tarde, depois do café, fomos nos sentar no jardim. Eu tinha tomado banho e parei diante do espelho vestido com a minha melhor roupa de executivo, um terno escuro de verão, procurando nos olhos um sinal de que alguma mudança já havia ocorrido. *Senhores, talvez o melhor seja começarmos com a declaração de que estamos num momento em que ou fazemos o nosso destino nós mesmos ou permitimos que outros o façam por nós*... eram pouco mais de oito horas da manhã. O metrô levava no mínimo trinta e cinco minutos, talvez quarenta e cinco na hora do rush. *Senhores, ou*... O trajeto desde o saguão até minha sala levava dois minutos. A primeira reunião era às nove. Eu ainda podia esperar alguns minutos antes de sair... *e fazer nosso destino*.

Se eu tivesse saído naquele momento, talvez as coisas pudessem ter acontecido de modo diferente. Os aviões que se aproximavam do aeroporto LaGuardia passavam sobre nós a cada quarenta segundos. Eu estava agachado ao lado de Maria, mostrando-lhe como plantar pepinos, fazendo pequenos buracos com o dedo na terra, colocando as sementes brancas e finas e cobrindo-as de terra. Dolores estava sentada em uma das minhas cadeiras de praia desbotadas, costurando uma blusa de algodão da filha, o sol clareando seus cabelos escuros. Ela olhou para mim. "Você está animado, o que está havendo?"

"Há você."

"Deixa disso."

"Sério", eu disse. "Você me deixa animado porque eu te acho bem legal, em todos os aspectos, não só os *comuns*, se é que você entende o que estou dizendo, e eu tenho certeza de que entende. E também a Maria me deixa animado, a Maria que nunca me deixa dar nenhum beijinho nela. *Nunca*..."

"Nunca, nunca, nunca!", gritou Maria com alegria, batendo a mão na terra.

"...e eu estou animado porque estamos plantando pepinos aqui e eles vão *crescer* durante o verão, e nós vamos ver quando aparecerem as florzinhas cor de laranja, e a Maria vai regá-los todas as noites com a mangueira e vai ser muito divertido. E eu também estou animado porque tenho uma reunião incrivelmente importante em exatamente... cinqüenta e seis minutos. Preciso ir agora."

"Você vive indo a essas *reuniões*", ironizou Dolores sem tirar o olho da agulha. "Quando é que você vai ficar rico?"

Ajudei Maria a cavar a terra morna. "Em breve, talvez."

Dolores levantou os olhos. Com a mão, limpei a terra que grudara na minha calça na altura do joelho e olhei para ela.

"Sério?", ela perguntou.

"É possível. É bem possível."

"Minhocas!", gritou Maria. "Olha!"

Uma minhoca longa e úmida se contorcia e revirava na terra. "Tem um monte delas no solo, querida."

"Por quê?"

"Porque elas transformam tudo o que está podre e morto em terra boa", respondi, pensando em meu pai. Ele adorava minhocas — elas faziam o trabalho de Deus. "Muito bem", disse-lhes olhando o relógio, "tenho que ir agora. Vejo vocês de noite. Tchauzinho, Maria."

"Tchau!", ela respondeu.

Durante aqueles minutos, não tínhamos ouvido Hector quebrar o vitrô da porta do hall de entrada. Com certeza não havia feito muito barulho, já que provavelmente cobrira a mão com a camisa antes de quebrar o vitrô com um soco. O vidro, de mais de cem anos, estilhaçou como uma película de gelo. Hector pôde esticar o braço e destrancar a porta por dentro. As duas portas internas, que também ajudaram a abafar o ruído do vidro se quebrando, eu as deixara destrancadas quando tinha ido até o alpendre logo cedo para pegar os jornais. Mais tarde ficou evidente que Hector havia transitado sorrateiramente pela casa. Tendo ouvido pelas janelas do primeiro andar que estávamos no jardim, suponho que decidiu aproveitar a oportunidade e subir até o segundo andar para dar uma olhada nos quartos. Esteve também no andar de cima, onde ficava meu escritório. Havia muito o que ver em todos esses quartos, muitas coisas que revelavam a nova vida de sua mulher e sua filha; é possível que ele já estivesse na casa havia uns dez ou quinze minutos. O que ele viu — hoje estou convicto disso — influenciou seu estado de espírito e, de um modo estranho, chocou-se de frente com sua raiva, deixando-o deprimido e frenético. Eu tinha acabado de dar um beijinho rápido e inocente no rosto de Dolores quando Hector apareceu na porta do jardim, arfando e suando, vestindo uma capa preta. Estava com a barba por fazer e emergiu no jardim iluminado pelo sol.

"Até que enfim!", suspirou ele em voz alta, olhando para mim e Maria.

"Finalmente achei vocês."

Dolores levantou-se e esticou o braço na direção de Maria.

Hector deu alguns passos à frente e examinou sua mulher e sua filha. "Bom, isso é bom pra caralho, Dolores, você e a Maria com roupa nova. Pelo menos isso eu já posso dizer de cara. Belas roupas novas. Sapatos e o cacete... ei, o que é isso?" Ele apontou o bracelete no pulso de Dolores. "Eu sabia que você era *boa*, mas não sabia que era *tão* boa." Neste momento Hector pôs a mão atrás das costas. "Você sabe do que eu estou falando, Dolores? Eu disse que você era *boa*, mas não *assim*. Casa cheia de computador, brinquedos, antigüidades e o caralho." A voz de Hector adquiriu um sarcasmo cortante. "Nem *você* sabia que era assim tão boa."

O rosto de Dolores permanecia calmo. Ela olhou os bolsos do casaco do marido, observando-lhe o movimento das mãos.

"Até que é uma ceninha alegre, essa, todo mundo vestidinho tão *bem*. Ei", dirigindo-se a mim, "quer comprar um carro agora? Você é bem esperto, Whitman, me espiando daquele jeito. É, acabei descobrindo. E depois impedindo minha mulher e minha filha de falar comigo." Ele tornou a encarar a esposa. "Dolores, você sabia que faz *semanas* que eu estou tentando falar com você? Esse cara te contou?

Te falou dos recados que eu deixei na secretária eletrônica dele? Longos recados? Ele te contou que veio na loja de carros usados pra ver como eu era? É, e a gente até passeou de carro junto. Ele te contou?" Hector fez essas perguntas passando a mão no cabelo e gesticulando como se as estivesse arremessando contra Dolores. "Ele te contou que eu estou tentando te achar, que mandei um monte de cartas pra ele, que eu liguei e o diabo?"

Dolores me olhou, confusa. "Não", disse baixinho.

"Eu estava tentando te achar porque eu ainda te amo, Dolores, e eu sei que você ainda me ama. Ainda estamos juntos, meu amor, eu sinto isso. Só que o problema é que você nunca entendeu o que é amor. Você nunca sacou, entende?" Ele deu um tapinha na cabeça. "Você não dá valor à lealdade. Eu tomo porrada de uma dúzia de policiais e o que é que você faz? Dois meses depois você sai e *trepa* com alguns deles. Vai ver, os mesmos que me bateram. Não, olha só, a esposa de um cara vai e fode com um bando de policiais e bombeiros depois de ter visto o marido tomar porrada dos policiais. Isso é nojento e doente ou o quê? Eu estou falando de lealdade. Daí você deixa a janela aberta, o bebê cai e morre. E..."

Ele percebeu o rápido olhar de Dolores para mim.

"Ah, acho que ela não te contou essa parte", disparou Hector. "O *pequeno acontecimento* que fez toda a diferença, certo? Como ela bebeu demais e deixou a janela aberta mesmo sabendo que era perigoso. Ela contou que veio lá uma assistente social do Serviço de Apoio à Família pra saber o que tinha acontecido? Contou que ia ter uma audiência no Serviço de Apoio à Família? Que eu perdoei ela? Eu perdoei tudo. Ela matou o meu filho e eu perdoei ela!"

Sua voz transformou-se num irado lamento e Dolores aparentemente alarmou-se com a mudança, como se tivesse reconhecido alguma coisa. "Eu me apaixonei quando te vi pela primeira vez, Dolores", Hector prosseguiu. "Por Jesus Cristo, eu já te disse um milhão de vezes. Eu fiz as minhas promessas, sabia? Os juramentos na frente das tuas tias, lembra? Gastei todo o meu dinheiro na lua-de-mel. A gente se dava bem naqueles tempos, a gente tinha tudo o que queria. Eu sempre fui fiel, Dolores, nunca pulei a cerca. Eu posso ter *fingido* que ficava aprontando com as mulheres do bar da rua 48, pra te deixar meio louca da vida, mas eu nunca fiz nada. Tô te dizendo que nunca enfiei meu maldito pinto em nenhuma outra mulher porque eu te amava. Comi um monte de mulheres antes de casar com você, Dolores, e eu gostava de fazer isso, mas parei porque te amava de um jeito que você nunca entendeu. Não é sempre que um sujeito admite isso, Dolores. Nada, eu nunca fiz nada, Dolores, porque eu vivia dizendo pra mim mesmo que na rua não tinha nada tão bom quanto o que eu tinha em casa. Você era a melhor de todas, caralho. Eu também disse isso pra alguns dos caras." Ele ficou esperando que Dolores manifestasse alguma espécie de reconhecimento, mas este não veio. "E eu continuei ralando o cu, certo? Sou um homem orgulhoso, Dolores, eu tenho honra mas prefiro ter você. Trabalhei que nem um escravo por você e pelas crianças e daí um dia eu chego em casa e você foi embora e vem morar com outro homem, um bosta dum *homem branco* que provavelmente nem foder sabe!"

"Ele sabe direitinho, Hector, por isso é melhor você calar a boca." Dolores olhou-o com ódio, os lábios apertados. Os dois pareciam ter esquecido que eu estava ali.

Percebi que a coisa ainda não tinha acabado e olhei apreensivo o relógio. Já não havia a menor chance de eu chegar na hora à reunião do Conselho; já estava atrasado uns cinco minutos. Mas eu não podia deixar Hector no meu quintal. Ele poderia machucar Maria ou Dolores, poderia queimar a casa, tirar as duas de mim. "Ei", eu disse, "vamos deixar algumas coisas claras aqui."

"Você!", berrou Hector. "Você não tem nada a ver com isso, você nem está aqui, tá certo? Não vou nem me preocupar com você nessa história." Ele se virou para Dolores, o olhar agora suave. "Dolores, por favor, meu bem, faz semanas que eu estou tentando te achar, sabia? Fiquei chateado por ter sido obrigado a matar aqueles dois cachorros. Não foi culpa deles. É que eu não tenho nada, Dolores. Não tenho nem eu mesmo, sabia? Eu trabalho faz tanto tempo e não tenho *nada*. Ninguém compra nada lá na loja de carros. Tudo o que tem lá é um monte de merda que não presta, uns carros de oito, dez anos. Mas agora não tem problema, porque eu fui promovido. Também falei isso na secretária eletrônica. Você ouviu? Agora eu sou supervisor, Dolores, tive um aumento de mais ou menos cinco mil e duzentos paus por ano. É uma grana boa. Me deram um manual de treinamento novinho e tudo mais. Então eu tive uma idéia. Que tal se a gente tirasse umas feriazinhas, talvez ir pra praia, Dolores. A Maria adora o mar, lembra quando a gente foi pra Coney Island? Atlantic City, sei lá... ficar num daqueles moteizinhos que não são assim tão caros." Hector olhou para a mulher esperando que ela dissesse alguma coisa. Queria desesperadamente vomitar seu sofrimento. Imaginei-o sentado no confessionário, conforme descrevera Dolores, falando o tempo todo em voz alta com o padre.

"Tudo o que eu quero é você e a garota", continuou Hector quase sem interrupção. "Se eu tiver vocês eu vou ficar bem. É isso que estou querendo dizer. Meu coração vai ficar legal se você e a Maria voltarem pra casa. Vamos pra praia. Hoje é o meu dia de folga, vamos pegar as cadeiras de praia..." Ele a observou buscando encontrar algum sinal de que a idéia a atraía, mas o rosto dela permanecia impassível, o que pareceu desalentá-lo. "Eu nunca te pedi nada, nunca pedi nada a ninguém, nem pro china eu nunca pedi grana, nunca pedi um emprego. Nunca. Mas agora eu estou te pedindo, Dolores, tô no fundo do poço, *chica*, você ainda é a minha garota do salão, *tú sabes*? Ainda é a minha *mami*. E aqueles momentos bons no parque Sunset? Aquelas noites na grama. Vamos, Dolores, você sempre me dizia *besame, besame*. Você não pode jogar isso tudo pro alto, eu fui no túmulo do pequeno Hector, Dolores, e vi que você também foi, não faz muito tempo. Vi umas flores velhas e umas coisas, e eu sei que nós ainda temos tudo isso. Ainda temos o Hectorzinho, Dolores. Só eu sei que ele tá dentro de você e só você sabe que ele tá dentro de mim. Até fiquei rondando o cemitério umas duas vezes procurando você. E eu também estou indo na missa, Dolores, rezo por você, por mim, pela Maria, porque eu vou arranjar um jeito de mandar ela pra universidade, Dolores, vou fazer isso de qualquer jeito, nem que eu tenha que cortar as pernas, e ela vai poder fazer o que a gente nunca fez, a gente tem que trabalhar pra isso. Olha, eu até já tenho tudo planejado. Tudo calculado. Eu vou continuar sendo promovido, subindo e subindo. Eu não tenho bebido, Dolores, tô guardando cada centavo que eu ganho, comendo macarrão pronto..." De repente ele parou de falar. Alguma coisa lhe passara pela cabeça. Ato contínuo, sentou-se de cócoras e abriu os braços. "Maria, *dame un beso*."

A criança soltou-se dos braços da mãe e, de cabeça baixa, caminhou solenemente na direção do pai. À medida que ela avançava, Hector pareceu mais tranqüilo, até afável. "Estão vendo?", perguntou olhando para nós. "Ela vai me dar um beijo."

Maria, entretanto, viu algo no rosto do pai que a fez parar no caminho. Ela então se virou e correu, não para a mãe mas para mim, que estava mais perto, escondendo o rosto entre as minhas pernas e rodeando-me com os braços. Instintivamente acariciei-lhe os cachos negros e peguei-a no colo. Estava claro que eu amava aquela criança, e os meus gestos me denunciaram. Quando olhei, percebi que Hector nos fitava com olhos arregalados, em choque. Sua filha tinha escolhido a mim, não a ele. A raiva sumira de seu rosto; o absurdo da reação de Maria o perturbara. Ele podia agüentar a infidelidade sexual de Dolores, mas não o abraço assustado da filha em outro homem.

Os quatro ficamos ali em silêncio, as abelhas vagueando à luz do sol, Hector boquiaberto, sem piscar os olhos. Hoje eu gostaria de saber o que se passou na cabeça dele — talvez tenha se perguntado de que modo sua vida chegara àquele ponto onde ele estava sendo despojado de mais um filho, de que modo a vida caminhava para a solidão e o desespero. A expressão de choque foi substituída por uma estranha determinação; ele se virou para Dolores.

"Volta pra casa agora, Dolores", pediu com serenidade. "Eu não estou mais agüentando isso. Estou te dizendo, Dolores, eu vou me matar. Sim ou não."

"Hector..."

"Sim", disse Hector lenta e asperamente, "ou não, Dolores. Acabou. É assim que vai ser. Estou perguntando."

Antes de responder, Dolores olhou para mim atormentada; vi que ela sonhava com a vida que eu lhe mostrara. Por mais que ainda amasse Hector, reconstruir a vida ao meu lado parecia uma possibilidade real. A *tranqüilidade* do dinheiro, em contraste com a luta nobre mas fútil de Hector para melhorar sua condição. Dolores sabia que o dinheiro ajudaria Maria. Além disso, havia também o sonho de seu pai, que ela queria manter vivo.

"Ei, Dolores", implorou Hector, tentando tirá-la do transe, "eu estou te dizendo..."

Ela continuou olhando para mim até mudar de expressão, como se de súbito tivesse relaxado. Dolores havia compreendido algo e tomara uma decisão. Dois dias antes ela me acompanhara como convidada a uma mansão de Long Island que valia quinze ou vinte milhões de dólares; o motel de Hector em Atlantic Ciy não lhe dizia nada — era uma piada; na verdade, uma piadinha patética. Somos todos assim; nosso apetite sempre pede mais. Eu estava ali no meu terno fino, sapatos de trezentos dólares, abotoaduras de ouro, gravata de seda, cabelos penteados. Menos de uma hora atrás eu a penetrara, o dinheiro a penetrara. E talvez ela até experimentasse algum sentimento por mim, não um grande amor, mas possivelmente algo próximo da afeição.

"Eu não posso, Hector." Dolores tornou a olhar para ele, a voz agora firme. "Você e eu... está tudo acabado, Hector, eu não posso mais ficar com você."

"Essa é a sua resposta?"

"É." Ela olhava para ele sem piscar.

"*Sou o pai dos seus dois filhos!*"

"Não comece de novo", disse Dolores. "Nós já discutimos isso."

"Bem", tentei intervir. "Eu acho que..."

"Dolores, eu não estou brincando, tá entendendo?" Hector gritou, sua voz rasgada de desespero. "Vou tentar ser claro: eu preciso que você e a Maria voltem, me ajude, eu... eu..."

"Não", disse ela com raiva. "Eu disse não. Essa é a minha resposta."

"Eu não sirvo mais pra você, é isso?"

Dolores encarou o marido. "Mudou tudo, Hector. Aconteceram coisas. Tem sempre coisas acontecendo."

"Você vai ficar com esse filho da puta?"

"É", respondeu Dolores com amargura, "é bem capaz que fique sim, Hector."

"E ele vai saber cuidar de você como eu?"

"Talvez melhor, Hector."

"Bem..." Hector permaneceu imóvel, olhando para nós. As coisas não estavam saindo conforme ele planejara. Maria estava petrificada em meus braços. Passaram-se talvez trinta segundos.

"Dolores, eu tenho uma reunião importante e preciso ir", anunciei irritado, olhando o relógio, esperando forçá-los a chegar a alguma espécie de acordo. Além disso, incomodava-me que Maria estivesse presenciando aquilo. "Estou realmente atrasado. Na verdade, eu estou é encrencado. Por isso é melhor decidirmos já que *merda* vai acontecer aqui."

Os dois se olharam — a vida inteira trafegando entre eles, eu sabia. Mas eu não podia ficar mais, precisava ir. Senti aquela primeira pontada de ácido na garganta — a dor que se recusava a ser esquecida. Se eu saísse naquele instante chegaria em tempo, ainda que constrangedoramente atrasado. Todos me olhariam. Tudo bem. Isso eu contornaria sem problema. A mesa era enorme, os cestos de lixo nos cantos estariam vazios, o carpete ainda teria marcas do aspirador, a maquilagem de Samantha estaria perfeita, também seu perfume seria agradável. Mas se eu demorasse mais cinco minutos, estaria atrasado o bastante para que o Presidente perguntasse à sra. Marsh se eu havia ligado. Ele saberia quanto tempo poderia esperar e, sem hesitações, decidiria que outra pessoa faria a apresentação ao Conselho. "Hector, caralho, ninguém quer você por aqui", eu disse com veemência, "será que você não *vê*? Não consegue ver que acabou? Acabou. As coisas acabam, e outras coisas começam. Seu filhinho morreu. Lamento. Tudo deu errado. Sua mulher abandonou você. Ela fez isso porque quis. Acabou. Dolores e Maria não..."

A expressão de Hector me fez parar. Ele olhou para cada um de nós — os olhos vidrados e solenemente compreensivos — e balançou a cabeça em silêncio. Foi como se algo dentro dele tivesse morrido; sob o calor do sol ele pareceu murchar dentro do seu pesado casaco preto. Talvez eu agora pudesse ir embora. Ainda segurando Maria, dei mais dois passos na direção dele, de maneira a induzi-lo a entrar na casa e caminhar para a porta da frente. Ele não se mexeu.

"E então, você vai?", eu disse.

"Vou", respondeu ele ainda com voz áspera. "Pode crer que eu vou mesmo."

"Então anda."

"Você acha que ama minha mulher e minha filha?", perguntou Hector de súbito, parando diante de mim.

"Sim", respondi, apertando Maria no meu colo.

"Você acha que pode cuidar delas?"

Fiquei quieto, preocupado com a maldade do seu tom.

"Você acha que vocês três vão continuar juntos?", insistiu ele, seus olhos escuros queimando.

"Hector, pára já com essa merda", disse Dolores.

"Você acha que ganhou minha mulher e minha filhinha, é isso?", prosseguiu Hector. "Elas agora são suas, chefão, é esse o esquema?"

Ele queria que eu respondesse.

"É", eu disse com calma.

"Vai tomar no cu. Você não tem picas."

"Sai daqui já", gritei.

"Vai tomar no cu", disparou Hector. "Tá ouvindo, vai tomar no cu! Você não tem nada, picas. Tá ouvindo bem?"

Observei-o, sentindo a temperatura do dia subir. Todo mundo estava de pé em frente às grandes portas de mogno do quadragésimo andar, esperando apenas um gesto sutil para começarem. O Presidente seria o único que não teria nenhum papel na mão.

"Pela última vez, Dolores", gritou Hector. "Sim ou não."

"Não, Hector", ela disse com frieza. "Por que tenho que repetir um milhão de vezes? Não!"

Eu já decidira insistir de novo com Hector para que fosse embora quando ele enfiou a mão no bolso do casaco e sacou um revólver velho e pesado. Sem hesitar, meteu o cano de metal no fundo da boca e apertou-o com os lábios, como se estivesse chupando um canudo. Resoluto, virou-se bruscamente para Dolores — para encará-la uma última vez e forçá-la a ver o que ela havia feito com ele. O disparo ecoou solitário, uma chicotada no ar que nos fez pular a todos, lançando um fino jato de sangue e tecido nos meus óculos e no rosto. Hector caiu aos meus pés no piso de tijolo, o sangue vermelho vivo escorrendo-lhe das costas sob o sol. Instintivamente peguei um lenço e limpei as lentes. Como que sufocado, Hector estrebuchava com expressão aloprada nos olhos voltados para o céu. Maria, gritando pela mãe, depois de muito chutar e se debater conseguiu desvencilhar-se dos meus braços. As duas caíram ao chão ao lado de Hector e eu permaneci em pé ao lado elas, sabendo que precisava chamar uma ambulância mas incapaz de me mover, assistindo ao corpo jovem e vigoroso de Hector lutar contra a inevitável lufada da morte. Seus dedos se fechavam e abriam com intensidade. Sangue jorrava dos ouvidos e da boca.

"Papai, papai, papai, papai!", gritava Maria, sua voz abrindo uma fenda dentro de mim e ecoando pelas paredes de tijolo das casas vizinhas. Veio então um silêncio revelador. Maria e Dolores se ajoelharam ao lado de Hector, chorando e rezando. Com esposa e filha novamente suas, ele arqueou as costas uma última vez e soltou um gemido estranho, como se ainda tivesse um fio de consciência e agora quisesse voltar à vida.

Em menos de quatro minutos chegou a ambulância do Methodist Hospital, que ficava a seis quadras dali; imediatamente os homens do serviço de emergência debruçaram-se sobre Hector, tirando o casaco preto e abrindo a camisa para alcançar o peito. Hector estava estirado no piso de tijolo do meu quintal, duro, barriga para cima, a correntinha de ouro com crucifixo caída ao lado do pescoço. Com os rádios pendurados na cintura, chiando, eles abriram grandes toalhas absorventes, enfiaram a agulha de uma seringa de adrenalina no pescoço de Hector e envolveram-lhe as pernas em calças de choque infláveis, para forçar o sangue a subir para o coração. Mas já não havia cor no rosto de Hector. Seus olhos congelados fitavam a manhã que nos cobria e seus lábios de cera permaneciam abertos, como se estivessem prestes a dizer qualquer coisa. Com o vestido manchado de sangue, Dolores continuava de pé ao lado do corpo, as mãos no ombro de Maria, do mesmo jeito protetor como a conduzira para fora do metrô e depois olhara para mim na noite em que nos vimos pela primeira vez. Em choque, nenhuma das duas chorava. Vários policiais chegaram e um deles vestiu com cuidado uma luva branca de látex, tirou a arma da mão de Hector e esvaziou o tambor, puxando uma a uma as balas que restavam, em número suficiente para nos matar a todos. Outro policial permanecia um pouco atrás, balançando para a frente e para trás sobre os calcanhares, anotando com rosto impassível os detalhes básicos da ocorrência e olhando de vez em quando para Dolores e Maria. As duas estavam a poucos metros de mim, do outro lado do corpo de Hector, mas pareciam muito distantes.

Colocaram Hector na maca, deixando o casaco preto no chão, e atravessaram a casa para chegar à ambulância. Dolores e Maria seguiram atrás. Abri os braços para elas.

"Não toque em mim", disse Dolores com frieza cortante, ao mesmo tempo que puxava Maria para perto de si. Ela entrou direto na ambulância, segurando a filha. Naquele instante eu soube que estava tudo terminado.

A ambulância foi embora e eu fiquei no alpendre na frente da casa, sozinho e chocado. A reunião com o Conselho estaria começando. Se eu saísse imediatamente poderia chegar a tempo de participar dos poucos minutos de bate-papo ao final da reunião, repetindo as desculpas pelo atraso enquanto caminhava para a coletiva, marcada para as dez horas. Sentei-me no banco de ferro do jardim e fitei, inerte e fascinado, a poça de sangue nos tijolos. Até que não parecia muito, considerando que um homem tinha acabado de morrer ali. Como uma sombra, o casaco de Hector esparramava-se no piso. Não tive coragem de tocá-lo. Meus ombros e pernas doíam, uma fadiga secular pesava sobre mim. O tempo passou — quanto exatamente eu não sabia, mas o sangue no chão já começava a escurecer. A poeira do Brooklyn misturava-se com o líquido, tirando-lhe o brilho. O telefone tocou uma, duas, cinco vezes e parou. Voltou a tocar. Pela janela soava o chamado, débil e inútil. Eles agora estavam me procurando, querendo se certificar de que eu já estava a caminho. Com certeza a sra. Marsh, em seus sapatos rasteiros, chupando prazerosamente uma balinha. Formigas rodeavam a poça, experimentando e sentindo o gosto das possibilidades que ela guardava. Cinco ou oito minutos se passaram e o telefone tornou a tocar, com força, enérgico, insistente, e mesmo assim eu não conseguia me mover. Meu pai é um homem de Deus, eu não. Seus olhos velhos e tristes fitam o jardim, observando as ervas daninhas. Ele reza sozinho o pai-nosso antes de cada refeição. Minha mãe lê as páginas das cotações da Bolsa enquanto bebe conhaque e fuma um cigarro. Entrei na casa e fiquei olhando os muitos brinquedos ainda espalhados no tapete da sala, as meinhas largadas no chão, o açucarado cereal no fundo da tigela. Alguém deixara rastros de sangue dentro da casa, uma ou duas manchas pequenas, provavelmente um dos homens da ambulância, talvez eu mesmo. Ao lado do telefone, Dolores deixara uma escova. Um carro preto da frota de táxis especiais que atendia a Corporação parou na frente da casa e buzinou. O motorista desceu e tocou a campainha. Deixei que fosse embora. Eles concluiriam que eu não apareceria. Dariam um jeito. Os outros conheciam diferentes partes do plano e cuidariam de anunciá-lo para o mundo. O telefone tocou desesperado uma última vez e silenciou.

Eu não pretendia ir à reunião, não pretendia fazer nada exceto ficar sentado sozinho até que o zumbido em minha cabeça parasse. Mas em algum momento levantei-me e, sem saber o que estava fazendo, andei até a porta da frente, saí e fui para a estação do metrô. Não que eu quisesse participar da reunião, mas eu estava sozinho e as únicas pessoas que conhecia eram os colegas do trabalho. No metrô, a imagem de Hector estendido no chão não me saía da cabeça e eu sentia uma sede estranha. Tive a sensação de que as pessoas olhavam para mim mas eu as ignorei.

Quarenta minutos depois, atravessei o saguão de entrada da Corporação. Tudo estava igual, mas parecia diferente; eu sentia o peso dos vários andares acima empurrando para baixo o grande salão de paredes altas. Eu faltara à reunião do Conselho e só Deus sabia quais seriam as conseqüências disso, mas ainda poderia participar da coletiva de imprensa no auditório. Havia uma placa no elevador dando boas-vindas ao pessoal da imprensa e dirigindo-os para o vigésimo segundo andar. Quando as portas se abriram, dei de cara com um salão lotado de repórteres de economia, entretenimento e mídia. A equipe de relações públicas da Corporação havia montado uma sala de comunicações para que os jornalistas das agências de notícia pudessem transmitir suas matérias imediatamente. Naquele instante, cerca de três dúzias de repórteres da Reuters, da Associated Press e de jornais de negócios alemães, ingleses e japoneses estavam ligando para seus editores ou passando por modem alguns parágrafos. Isso significava que o anúncio mais importante já havia sido feito.

Passei pelas portas do fundo, ignorando os recepcionistas que distribuíam pastas com *press releases* e folhetos contendo informações diversas. Dentro do auditório, sobre um pequeno palco, encontravam-se o Presidente e vários membros do Conselho. Ao microfone, o Presidente explicava a fusão. A sala estava lotada, talvez duzentas pessoas, uma dúzia de câmeras de TV atrás da platéia. Alguém da equipe de relações públicas me parou quando eu estava no meio do corredor.

"Estamos no meio do anúncio, senhor Whitman", disse ela sorrindo. "Sentimos sua falta na abertura."

"Sim."

"...vantajosa para a nossa posição como empresa de abrangência mundial", dizia o Presidente com a voz tarimbada de quem está acostumado a falar em público, cheia de entusiasmo, otimismo e humor.

"Posso ajudá-lo em alguma coisa, senhor Whitman?"

Eu só podia dizer uma coisa, a qualquer pessoa. "Acabei de ver um homem se matar."

Ela piscou, confusa. "Desculpe, não entendi."

"Vi um homem dar um tiro na cabeça, não faz nem uma hora."

Ela franziu a testa e ergueu as mãos bonitas diante de mim. "Senhor Whitman, fique aqui, por favor."

De pé, atrás do Presidente, estavam Fricker, Waldhausen e todos os outros, Samantha inclusive. Ela estava bárbara; vestia um tailleur vermelho, tinha feito um penteado especial para a ocasião e segurava nas mãos algumas folhas de papel. Talvez tivesse feito a apresentação ao Conselho em meu lugar.

"Com licença." Um fotógrafo esbarrou em mim no corredor, erguendo a câmera acima da cabeça.

"Um cara acabou de se matar no meu quintal", eu lhe disse. "Aliás, ele trabalhava nesta empresa."

"O quê?", ele disse irritado. "Quem é você?"

"Eu trabalho aqui. Eu... eu deveria estar lá em cima, participando do anúncio."

Olhei para o palco. Samantha havia sido discretamente chamada para o canto pela mulher da equipe de relações públicas. Ela me localizou mas nossos olhares não se encontraram. A seguir, transmitiu algumas instruções, a mulher ouviu, inclinando-se um pouco para a frente, aquiesceu com a cabeça e veio em minha direção.

"O que você disse? Um cara se matou?", perguntou um repórter ao meu lado, virando a página do bloco de anotações.

"É, acabei de ver."

A relações-públicas voltou.

"A senhora Pipes disse que o senhor deve ir para o fundo da sala", comunicou-me a moça com fria amabilidade. "Acho que… isso... isto no seu terno, não é *sangue?*", perguntou, entre surpresa e enojada. "Parece que *espirrou.*"

Não era muito. "Estava pensando em subir no palco", eu disse. "Posso fazer isso para…"

"Não, lamento mas acho que não será possível, nós já *começamos.*"

"Quem é ele?", quis saber o repórter. "O nome é Whitman, foi isso que você disse?"

"Não podemos dar entrevistas neste momento", interveio a relações-públicas. "Isso não é..."

"...e temos confiança em que a formação da mais importante empresa de comunicação do mundo seja o presságio de um crescente..."

O Presidente agora estava me observando, enquanto na grande tela atrás do palco era exibida uma apresentação multimídia. Fez uma cara de desagrado. Dois repórteres viraram para trás. Eles tinham me ouvido.

"Quem é você?", perguntou-me um deles.

"... estamos extremamente satisfeitos com a intersecção desses novos mercados..."

"Jack Whitman. Vice-presidente de planejamento e desenvolvimento", respondi.

"Qual é o problema?", disse ele em voz alta. "Você devia estar lá na frente?"

"Bem..."

"Parece que tem sangue no seu terno, sabia? Alguma coisa aconteceu por aí?" A idéia fez os olhos dele brilharem. "Alguma coisa no edifício?"

"Sim...", comecei. "Uma coisa muito estranha acaba de acontecer comigo."

Ele agora estava prestando atenção.

"Onde, no prédio, você disse?"

"Não, não aqui..." Olhei para a frente do auditório. Samantha estava ao lado do Presidente, o olho defeituoso virado para dentro, cochichando-lhe ao ouvido, mostrando onde eu estava. Ele franziu a testa, balançou a cabeça e tornou a se aproximar do microfone.

"Com licença!" Sua voz ribombou no salão. "Alguém não autorizado está... sim, o *senhor mesmo*, no meio do corredor. Por favor, permita que continuemos com a apresentação. Peço desculpas aos representantes da imprensa pela interrupção." O Presidente me olhou como se fôssemos dois estranhos num ônibus. "Obrigado", ele agradeceu em tom conclusivo.

"Por favor, para trás", disse a relações-públicas.

Talvez eu tenha resistido, com os braços, só um pouco. Seria compreensível. Realmente, não me lembro de tê-lo feito. Mas é possível. Eu queria apenas dizer, lembro-me que ficaria feliz se pudesse ouvir. Mas Samantha continuou olhando e viu que eu não saíra do lugar. Com elegância, deu um longo passo à frente, aproximou-se do microfone e o auditório ficou petrificado enquanto nos olhávamos. Os membros do Conselho assistiam a tudo com impaciência. Waldhausen estava assistindo. Ela ia dizer meu nome. Da platéia emergiu um burburinho irritado. Acho que de alguma maneira todos sentiram que nós nos conhecíamos. Talvez a cena tenha durado apenas cinco segundos. Pareceu uma eternidade.

"Você, senhor", disse Samantha com frieza. "Queira por favor deixar o recinto." Ela ergueu a mão bela e rosada, convocando as forças de apoio. "Por favor, gostaria que o pessoal de relações públicas acompanhasse o cavalheiro para fora do recinto." Samantha parecia estar olhando para mim ou para algum ponto mais atrás. Talvez aqueles olhos tortos tenham me confundido. Eu tinha a impressão de não a conhecer. Ela certamente não me conhecia. Ofereceu um sorriso tranqüilizador à platéia. Surgiu então um grupo de pessoas que me conduziu para a porta. A apresentação foi imediatamente retomada.

"Quem é ele?", perguntou um repórter que deixara sua poltrona para nos seguir.

"Ninguém", disse a relações-públicas com delicadeza, como se estivesse segurando uma xícara de chá e alguém lhe oferecesse açúcar. "Sem fotos, obrigada."

"O que é esse sangue nele?", ouvi perguntar outra voz atrás de mim.

Mas a essa altura eu já estava fora do auditório. Caindo. Desaparecendo.

Levaram-me para a sala de uma secretária que eu nunca vira antes e que gentilmente tratou de me amparar. "Acho que devemos colocá-lo num táxi ou coisa parecida", ouvi uma mulher dizer. "Onde o senhor mora, senhor Whitman?"

Ela se debruçou perto de mim e eu não conseguia tirar os olhos daquele rosto estranho e bonito, um dos rostos da Corporação. Sua beleza tinha um certo ar pasteurizado, comercial, o tipo de beleza adequado a quem trabalha na área de relações públicas da Corporação.

"Onde você mora?", repetiu outra pessoa tentando ajudar. Elas pareciam tão corteses, tão profissionais.

Uma outra entrou às pressas na sala.

"A senhora Pipes disse que precisamos tirá-lo do edifício imediatamente. Eu disse que ele estava totalmente desorientado e ela quis saber se havia muito sangue nele."

"E o que você respondeu?"

"Olhe para ele e você vai saber o que eu respondi."

"Ela disse o que devemos fazer?"

"Disse que a coletiva está no fim e que talvez seja melhor usar o elevador de serviço. Mary, por favor, ligue para a manutenção e peça a eles que mandem o elevador pra cá."

"Posso dar uma olhada na sua carteira, senhor Whitman?"

Elas viram meu endereço e me mandaram para casa. Um jovem com pescoço de menino apertado dentro de um colarinho impecável foi instruído a me acompanhar até a calçada na frente do edifício.

"Não tire os olhos dele até ele entrar no táxi", ordenaram.

Deitei-me no banco do táxi e fiquei vendo os edifícios passarem. O motorista olhou pelo retrovisor. "Não vomite no meu carro", disse.

As fachadas dos edifícios passavam voando sobre mim e eu ouvi de novo a voz de Samantha convocando os guardas, *você, senhor*. Eu agora era apenas o sujeito que havia atrapalhado o mais importante encontro com a imprensa da história da Corporação, um homem de terno manchado de sangue. Com tranqüilidade, Samantha ordenara minha remoção. Sem meditar deliberadamente sobre o assunto, ocorreu-me que tinha sido Samantha quem sugerira a Morrison designar-me para trabalhar com o Presidente. Quem mais poderia ter sido? Era daí que vinha a frieza de sua voz na tribuna, a expulsão brutal. Ela confiou no esquema de Morrison. Ao mexer os pauzinhos para que eu ficasse com o Presidente, tinha conseguido me marginalizar e preparara o caminho para se beneficiar da ascensão de Morrison. Mas agora Morrison estava na rua e ela não. Samantha era muito boa, era uma sobrevivente, jogava num nível mais alto. Não posso dizer que ela me odiava; mesmo em estado de choque, pude entender que só os que não têm nada podem querer tudo.

Na frente de casa, desci do táxi e fiquei olhando a escada externa. Abri a porta e ouvi os ruídos. Dolores e a filha estavam de pé junto à janela.

"Maria", ordenou Dolores com voz calma. "Quero que você suba e fique lá em cima um pouco."

A menina passou por mim correndo, subiu alguns degraus, parou e olhou para trás. Vi o terror estampado em seu rosto e quis abraçá-la, protegê-la.

"Vamos, suba, faça o que eu disse."

Maria subiu a escada com pompa, os joelhos empurrando para cima a barra de sua sainha. Dolores virou-se para mim. "Estamos indo."

"De volta para o hospital?"

"Ele morreu. Me despedi dele lá."

Ela parecia distante.

"E depois pra onde?", perguntei.

"Nós vamos embora."

Eu não conseguia pensar. "Para o seu antigo apartamento?"

Ela não queria responder e apertou os lábios com força, um contra o outro. "Não sei", disse finalmente. "Não, para lá não. Qualquer lugar menos aquele."

"Por que não ficar aqui um tempo, esfriar a cabeça e decidir..."

"Nós não podemos ficar aqui."

"Mas você e eu, nós..."

Maria vinha descendo a escada e Dolores olhou para ela.

"Eu quero que você fique, Dolores. Você e Maria. Eu não tenho mais ninguém, esse é o problema. Podemos acertar tudo, poderíamos..."

"Aquilo que o Hector disse, é verdade?"

"Sobre o que?"

"Que ele tentou falar comigo um monte de vezes? Ele disse que tentava ligar..."

"É verdade, sim."

Isso pareceu brutalmente triste para Dolores. "Você devia ter me deixado falar com ele. Eu poderia ter conversado com ele. Tudo teria sido diferente."

"Eu não achei que ele..."

"Não, é claro que não!", Dolores gritou. "Como você poderia achar alguma coisa? Você não conhecia o Hector!"

"Mas eu só estava..."

"Ele ficou enfurecido, pensando um monte de coisas. Não se deve fazer isso com o Hector, ele fica frustrado."

"Meu Deus, Dolores, me desculpe. Mas ele veio aqui com uma arma no bolso, ele..."

"O que ele fez foi uma burrice!", exclamou Dolores com raiva. "E foi burro por me amar tanto!"

Ficamos em silêncio enquanto Maria mexia com alguns brinquedos na mesinha de centro. Ela compreendia alguma coisa do que a mãe dizia. Ninguém acendera as luzes da sala. Pude ver na expressão absorta de Dolores que ela estava revivendo mentalmente tudo que acontecera, a decisão de deixar Hector, a decisão de vir morar comigo.

"Vamos, Maria", disse ela finalmente.

"Posso chamar um táxi pra vocês?"

"Não, eu não preciso de um *táxi*." Dolores vestiu um casaco sobre o vestido manchado de sangue.

"Você não sabe para onde está indo?"

"Não."

"Seria melhor pra Maria ficar aqui. Ajudaria a deixar as coisas mais estáveis."

"Não."

Ela não tinha nada. "Deixe que eu lhe dê algum dinheiro, alguma coisa, sei lá. Só para..."

"Não quero nada. Vamos, Maria."

Dolores juntou uns poucos brinquedos e peças de roupa para a filha, apenas o que podia carregar, entregou-me a cópia da chave da casa, abriu a porta da frente e indicou a Maria que a seguisse.

"Dolores, não vá, por favor. Eu quero você aqui, eu quero que você fique."

Dolores se virou para mim e nesse instante eu concluí que, se ela tinha deixado Hector, certamente poderia me deixar também. Seus olhos escuros inundaram-se de água. Devia estar repassando tudo na cabeça. Seus lábios estavam inchados. Ela enfim piscou até esmagar as lágrimas e seu semblante recuperou a firmeza anterior. Pegou a mão de Maria e desceram juntas os degraus gastos da escada. Maria insistiu em fechar o portão preto de ferro e Dolores permitiu.

"Eu não quero ir embora", gritou Maria, arrastando os pés.

"Vamos, Maria", Dolores disse com voz baixa mas autoritária, sem olhar para mim.

"Tchau, Jack", gritou a menina com tristeza. Seguiram na direção do metrô, deixando para trás as fachadas de arenito altas e mudas. Maria voltou-se para a mãe uma ou duas vezes, mas Dolores caminhava resoluta olhando para a frente. Sopradas pela brisa, as folhinhas verdes recém-nascidas dançavam sobre suas cabeças. Eu quis acreditar que só coisas boas aconteceriam com elas.

16

Eu estou só. Tenho passado os dias perambulando pela cidade e adquiri um estranho hábito. Talvez seja apenas o esperável, visto que agora sou um homem de bancos de praça e de mesas à janela de lanchonetes vagabundas. Um homem que mata o tempo nas calçadas, puxando papo com vendedores ambulantes. Às vezes passo horas em livrarias, folheando diferentes tipos de livro. Também costumo ir à biblioteca pública no centro de Manhattan, onde fico lendo revistas. O hábito a que me referi é o seguinte: todas as manhãs, quando estou me vestindo em meu apartamento, enfio no bolso de cima uma ficha de cartolina de sete por doze centímetros. Todos os dias é a mesma ficha, agora já amolecida nos cantos e nas bordas, que salta mais ou menos um dedo para fora do bolso. Cobrindo um dos lados, há um recorte de jornal retangular, já bastante manchado, contendo um parágrafo da primeira matéria longa sobre a história da fusão publicada no *Wall Street Journal*. A reportagem abrangia tudo, descrevendo os motivos da fusão entre a Volkman-Sakura e a Corporação, bem como as reações dos analistas financeiros. Comentava também o longo mandato do Presidente, a "súbita dispensa" de Morrison, a "nova proeminência" de Samantha, o poder cada vez maior de Waldhausen na Volkman-Sakura e assim por diante. O previsível, o normal. O pequeno parágrafo que recortei estava no fim da matéria, tão perto do rodapé que um editor poderia suprimi-lo, se precisasse de espaço. Dizia o seguinte: "O anúncio foi interrompido por alguns instantes quando um executivo da companhia, John Whitman, provocou um pequeno tumulto. Whitman, vice-presidente de planejamento e desenvolvimento, aparentemente havia testemunhado um suicídio em sua casa uma hora antes do anúncio e chegara ao auditório desorientado, disse uma representante da companhia. 'Foi um desses episódios estranhos que ninguém pode prever', declarou Jessica McGillis, porta-voz da companhia. 'Totalmente irrelevante para as importantes e animadoras novidades que estamos anunciando'".

Na manhã seguinte, um dia depois da partida de Dolores e Maria, a mesma manhã em que a matéria foi publicada, Helen telefonou.

"Estou aqui", eu disse. "Ainda aqui."

"Pediram pra eu te ligar", começou Helen.

"As coisas estão ruins assim, é?"

"Não entendi", Helen protestou.

Ela estava sendo gentil. Olhei pela janela do jardim e vi o casaco de Hector esparramado sobre os tijolos. Eu ainda não tinha criado coragem para tocá-lo. "O que eu quero dizer é que depois de tudo o que aconteceu ontem *ninguém* está querendo me ligar."

"Acho que todo mundo deveria entender que você estava... que alguma coisa tinha acontecido... aparentemente todo mundo estava muito satisfeito com o anúncio."

"Você está sendo amável, Helen. Sugiro que peça para trabalhar com outra pessoa o mais rápido possível. Esse é o conselho que eu posso dar, Helen."

"Jack..."

"Helen", interrompi. "Será que você poderia encaixotar as minhas coisas pessoais que estão na sala e mandar para mim?"

"O que..."

"É só colocar numa caixa. Por favor."

"Mas, Jack" — sua voz agora denunciava exasperação — "você estava escalado para fazer uma apresentação para o Presidente perante o Conselho e, falando com franqueza, acontece que todo mundo está chocado, e..."

"O Presidente perguntou por mim?"

"Bom, não, acho que não, ele tem passado a maior parte do tempo trabalhando com a Samantha, foi ela quem acabou..."

Pus o fone no gancho.

Naquele mesmo dia a polícia mandou dois investigadores da 78ª Delegacia, no Brooklyn, para falar comigo: um rapaz desprezível chamado Westerbeck e um sujeito já grisalho que me observava com olhar perscrutador, frio e profissional. Eles tocaram a campainha e educadamente nos sentamos na sala.

"Estamos apenas tentando obter algumas respostas para encerrar o caso", explicou Westerbeck. "É um caso meio incomum, porque geralmente o cara mata a mulher e a criança antes ou então mata o outro. Normalmente a pessoa mata alguém e depois se mata, às vezes. Normalmente é assim que acontece. Tivemos um caso desses outro dia, quando o sujeito matou todos os filhos antes. Eram quatro, pá, pá, pá."

Fiquei calado.

"E então, que tipo de cara era esse Hector?", quis saber o investigador.

Não consegui imaginar uma resposta. "Derrotado, abatido", acabei dizendo.

"Alguém andou batendo nele?"

"Não. As coisas o abatiam e empurravam para baixo."

"Você sabia que ele estava armado ontem?"

"Acho que isso me passou pela cabeça, mas eu não tinha certeza."

"E então você não tentou dissuadi-lo."

"Foi tudo muito rápido."

O investigador abanou a cabeça, sem se comprometer. "A esposa dele disse a um colega nosso que ele estava chateado porque ela e a filha tinham abandonado ele."

"Sim, é verdade."

"Disse também que você meio que enganou o sujeito, impedindo que ele conversasse com ela."

Olhei nos olhos pacientes do investigador mais velho. Ele esperou.

"É", eu disse. "Isso também é verdade."

"Você trouxe a mulher e a filhinha pra casa e iam viver felizes para sempre, é isso?", perguntou o mais jovem.

"Eu não tinha expectativas tão definidas assim."

O outro deu uma passada de olhos pela sala, viu o candelabro, os móveis. "Foi um ato de caridade? Você é do tipo caridoso?"

"Eu tinha minhas razões para ajudá-la. Dolores e Maria não tinham onde morar."

"E então você gostou dela?", ele disse. "Achou ela bonita?"

"Sim."

"Você estava comendo ela?"

O investigador mais velho continuava impassível.

"Sim", respondi.

"E o fato de você e o marido dela trabalharem na mesma companhia foi mera coincidência?"

"Sim."

Ele notou os brinquedos espalhados no tapete. O investigador mais velho apenas assistia. Parecia entender que o fato de Jack Whitman não ter cometido nenhum crime não significava que não fosse culpado.

"Você armou as coisas de um jeito tal que ele não conseguia falar com ela e daí, um dia, ele invade a casa e..."

"Sim."

"Vocês dois, você e esse Hector, tinham uma rixazinha, um certo ciúme entre vocês, certo? Você achou que era mais inteligente que ele, que ia conseguir tirar o cara de cena?"

"Sim."

"Ele amava a mulher?"

"Sim."

"Você sabe onde essa tal de Dolores Salcines e a filha estão agora?"

"Não."

"Ela simplesmente foi embora?"

"Sim."

"Então você está me dizendo que não tem a menor idéia de onde ela está."

"Sim. E se você descobrir, por favor, diga que eu gostaria de falar com ela."

"Você já teve uma arma?", continuou o investigador.

"Não."

"Nunca teve um revólver?"

"Não."

"Precisamos achar essa Dolores Salcines pra ver se a versão dela bate com a sua."

"Eu não sei onde ela está."

Minhas respostas pareciam migalhas da verdade que, se reunidas numa só peça, não lembrariam em nada a história. O investigador mudou de posição na poltrona. "Veja, senhor Whitman, é incomum o sujeito não matar o outro cara. O normal é que outra pessoa pague a conta. Vocês dois não lutaram, não rolaram no chão com aquela arma?"

"Não."

"Você encostou na arma?"

"Eu estava a mais de um metro de distância."

"E a mulher, ela não poderia estar na casa de algum parente, algum amigo?"

"Pode ser, mas pelo que sei, todos os parentes dela da República Dominicana já morreram. O pessoal do bairro onde ela morava talvez possa dizer quem são os amigos dela."

"Nós já checamos lá."

Permanecemos sentados. O relógio avançava. Os dois homens pareciam imbuídos de uma certa paciência. As pessoas se sentavam naquela sala fazia mais de um século.

"Você sabe que o filhinho deles morreu mais ou menos três anos atrás?", perguntou com suavidade o investigador mais velho. "Você sabia?"

"Sim."

"Você acha que há alguma relação entre os dois episódios?"

"Não, uma relação direta não."

"E indireta?", continou ele, inclinando-se um pouco para a frente.

"Aquilo foi devastador, e deixou os dois desesperados", eu disse. "Foi o que destruiu o casamento deles."

O mais jovem, que não estava de aliança no dedo, pareceu menos interessado nessas divagações. "Você não sabe onde a mulher está, não tem idéia?"

A insistência dele me assustou; cheguei a pensar que suspeitavam de Dolores, de ter sido ela que atirara em Hector.

Acabei tomando a iniciativa de falar. "Vejam, eu gostaria muito que elas voltassem. Eu *não queria* que fossem embora. Eu daria tudo pra que elas voltassem."

O investigador mais velho olhou para o colega e mexeu levemente a cabeça para a frente.

"Certo...", disse o mais jovem. "Muito bem. Agora, você tem algum tipo de explicação para o que esse Hector fez, considerando que as duas únicas outras testemunhas desapareceram?"

"Pensei que Dolores tivesse feito um depoimento para o policial que estava lá."

"Ela fez sim, mas foi muito superficial." Ele tirou o olho de sua prancheta. "Ela estava abalada."

"Claro."

"E aí?"

"Minha única explicação é que ele se matou porque estava desesperado."

"Você é psicólogo?"

"Não."

E assim por diante. Respondi a todas as perguntas, disse tudo a eles. Aparentemente, minha longa e confusa explicação da história com Dolores só serviu para tornar mais nebulosa a interpretação que tinham para o caso. Mas nos dias que se seguiram, enquanto eu permanecia fechado em casa, sem falar com ninguém, deixando o jornal se acumular na porta da frente entre folhas caídas, panfletos de restaurantes chineses e fuligem urbana, os compridos tentáculos do departamento jurídico da Corporação entraram em cena silenciosamente, sem que eu pedisse, para proteger não a mim, mas o bom nome da Corporação; a polícia resolveu esquecer o assunto.

Os policiais não fizeram as perguntas mais difíceis, é claro, mas intimamente refleti sobre elas e não consegui esclarecer as dúvidas. O que teria passado pela cabeça de Hector naqueles minutos em que ficou zanzando pela casa enquanto Dolores, Maria e eu estávamos no jardim? Eu vivia perseguido pelas imagens de tudo o que ele tinha visto — a banheira com os brinquedos de plástico colorido de Maria; o meu quarto, os lençóis amarrotados revelando segredos, as roupas íntimas novas de Dolores empilhadas sobre a cômoda, as minhas meias, meus sapatos, minhas gravatas. Teria Hector parado, o coração galopando, e se debruçado sobre a cama, descobrindo na fronha os longos fios do cabelo de Dolores? Teria aberto o armário e visto suas roupas novas? Os vestidos de primavera e os sapatos? Sim, é claro que sim. Qualquer homem teria feito isso. Percebi depois que todos os armários da casa estavam abertos, todos eles. Ele viu tudo — viu que eu tinha o mundo à minha disposição, ao contrário dele, mas, ainda assim, eu insistia em roubar-lhe esposa e filha. Em algum momento Hector chegou ao meu escritório. Sei disso porque a porta estava aberta e eu sempre a mantinha fechada, para evitar que Maria desarrumasse minhas coisas. Sobre a escrivaninha, eu havia deixado oito ou nove pastas, dispostas com cuidado uma ao lado da outra, contendo papéis grampeados acerca de diferentes aspectos da fusão com a Volkman-Sakura. Uma das pastas era identificada por uma etiqueta que dizia *Operações mundiais de TV a cabo*, e quando voltei a entrar no escritório ela estava jogada sobre uma outra pasta. Nada havia naqueles documentos que fizesse muito sentido para Hector pessoalmente, mas elas estavam ali, o trabalho dele reduzido a uma pasta sobre a minha escrivaninha, evidenciando a insignificância dele na ordem das coisas. Talvez ele até tenha dado uma olhada nos papéis, quem sabe querendo achar seu próprio nome, que não estava lá, é claro. Ele veria que a Big Apple Cable não merecia nenhuma atenção especial e que não passava de uma entre as oitenta e seis empresas da Corporação espalhadas pelo país.

Mas essa não foi a pior coisa que Hector viu naqueles minutos febris. O quarto de Maria — aquele cantinho infantil — certamente deve ter sido a visão mais devastadora. As paredes haviam sido enfeitadas com filas de letrinhas. Havia também uma cama comprada no departamento infantil da Macy's, com seus lençóis de cores vivas e o bauzinho de brinquedos, cheio de bonecas, blocos e livros de colorir, e eu sei que tudo aquilo foi demais para Hector — sua filha estava sendo tirada dele, quase *comprada* dele, com grande facilidade e eficiência. Havia cinco marcas de punhos na parede, socos que afundaram partes do velho gesso trabalhado em alto-relevo. Vejo agora, com clareza aterradora, a dor disso tudo. Ainda que nunca sejamos os donos de nossos filhos, certamente desejamos possuí-los.

Finalmente, havia ainda a questão crucial: por que Hector atirou em si mesmo e não em mim? Afinal, esse desfecho teria sido previsível. Eu mantivera sua esposa e filha afastadas dele. Talvez soubesse instintivamente que matar-me em vez de matar a si próprio não poria fim ao seu tormento e serviria apenas para distanciar Dolores ainda mais. Hector antevia a reação dela, sua raiva, sua revolta. Acima de tudo, e até o fim, o que ele queria era o amor de Dolores, e talvez tenha sido isto o que me salvou. Talvez o que ele quisesse mesmo era ter certeza de que eu e ela não continuaríamos juntos. Mas se ele me matasse, Dolores possivelmente choraria minha morte. Talvez soubesse que, ao se matar, mataria também qualquer possibilidade de relacionamento entre mim e Dolores.

Talvez. Já rememorei aqueles últimos instantes pelo menos mil vezes, posicionando cada um de nós sobre o piso de tijolo do quintal como se fôramos as quatro peças restantes num tabuleiro de xadrez, e concluí que possivelmente houve ainda um outro motivo para Hector apontar a arma contra si mesmo e não contra mim. No momento em que seu impulso destrutivo atingiu o ápice, ele me olhou e viu que Maria estava no meu colo. Se estivesse agindo racionalmente, teria me mandado soltar Maria — e eu o teria feito, considerando que ele tinha uma arma na mão —, mas ele não estava raciocinando; estava, sim, possuído por um desejo louco e triste de provar seu amor incontrolável por Dolores e de acabar com a humilhação que o massacrava. Quando ele olhou para mim, viu Maria também, e não atiraria na direção dela para tentar matar-me. Pode ter sido isso, apenas isso.

Descobri por acaso como Hector achou meu endereço de Park Slope. Esta informação, afinal, era tudo o que eu não queria que ele conseguisse. Funcionários da Companhia Telefônica de Nova York examinaram os registros e disseram que, embora o número do meu telefone tivesse sido inexplicavelmente alterado, em nenhum momento meu endereço entrou nos computadores usados pelas telefonistas de auxílio à lista. Na semana seguinte ao suicídio de Hector, deduzi que Dolores havia contado a uma de suas amigas. Que outra explicação poderia haver? A resposta veio uma noite, depois de um temporal, quando finalmente tirei a capa de Hector do chão e a trouxe para dentro. Encharcada, chegava a pesar uns dez quilos. Nos bolsos amarfanhados, que haviam atraído lesmas, encontrei um saco de batatinhas fritas pela metade, um molho de chaves de carro e o canhoto de um ingresso no setor mais barato para uma partida dos Yankees ainda do mês de abril anterior. Deduzi que as chaves deviam ser do Buick velho e aparentemente abandonado que eu vira estacionado no meu quarteirão, cheio de papéis de multa no pára-brisa. Minutos depois, saí, verifiquei que o carro não tinha o selo que indicava equipamento de alarme e experimentei as chaves na porta do motorista. Acertei na segunda e sentei-me no banco da frente. Pendurado no espelho retrovisor interno havia um par de sapatinhos de bebê, provavelmente do pequeno Hector ou de Maria. Tentei dar a partida e o carro pegou na primeira. Hector era o tipo de homem que mantinha o carro regulado. Fiquei sentado ali por alguns instantes, com uma perna do lado de fora, ouvindo o motor, olhando para o maço de multas de estacionamento presas entre o limpador e o pára-brisa.

Desliguei e examinei o interior do carro. Entre latas de óleo vazias e exemplares velhos do *New York Post*, encontrei um manual de treinamento de supervisores da Big Apple Cable que Hector sem dúvida recebera quando promovido, graças a mim. Folheei a esmo o volume e deparei com o parágrafo que explicava a perfeita ironia do esforço de Hector para localizar minha casa: depois de semanas tentando achar Dolores e Maria, ele consegue seu intento quase imediatamente depois de ser promovido na Big Apple Cable. Sim, a ironia caiu pesada sobre mim, como se um taco de beisebol tivesse me atingido. Atropelado por minha própria burrice. Ao insistir com Janklow, da Big Apple Cable, para que promovesse Hector, eu deveria ter me lembrado de que os mesmos canais de informação que corriam de Hector para mim podiam *correr de volta de mim para ele*. Ao ser promovido, Hector recebera o manual de supervisor de instaladores de cabos. Zeloso de suas obrigações, ele o levara para estudar em casa e sem dúvida chamou sua atenção o mesmo parágrafo curto que estava agora na página diante de mim, o parágrafo em que se lia que "todos os principais executivos da Corporação que moram na região metropolitana de Nova York coberta pela Big Apple Cable têm assinatura gratuita de todos os canais" e que "os supervisores devem cuidar para que essas assinaturas sejam sempre atendidas com presteza e correção". Assim que soube disso, tudo o que precisou fazer foi pegar meu endereço no sistema de controle de assinaturas do computador. O manual de supervisor também explicava como fazer isso.

Desgostoso comigo mesmo, joguei o manual de volta no banco e saí do carro com as chaves. Fechei a porta sem saber o que fazer. Abri o porta-malas. Ao lado de ferramentas e de cabos para carregar bateria, havia uma caixa cheia de artigos de praia: pazinhas e baldinhos de plástico barato, sandálias de plástico para andar na areia quente, um pequeno bote inflável, perfeito para Maria, perfeito para uma tarde de sábado em Atlantic City. Tudo novo, ainda com as embalagens originais e as etiquetas de preço. Eu estava agora abrindo o baú de sonhos destruídos de um homem morto. Fechei o porta-malas.

Decidi voltar para casa, mas, ao dar uma última olhada no carro, notei um saco marrom amassado no banco de trás e, incapaz de resistir à curiosidade, tornei a destrancar a porta do motorista e peguei-o. Dentro do saco estava um sapato de mulher sem o salto, algumas roupas de Maria e um punhado de lápis de cera Crayola, alguns deles quebrados. Fiquei olhando aquelas peças, tentando lembrar como eu sabia exatamente por que elas estavam juntas no mesmo saco e de onde vinha a sensação de já tê-las visto antes. De repente, o choque da certeza. Eu *sabia*: o sapato quebrado, as roupas e os lápis de cera eram os mesmos que Ahmed devolvera a Hector várias semanas antes, quando ele havia estado no prédio atrás de Dolores e Maria. Com cuidado, tirei todos os lápis de Maria do saco. Eram os que ela estava usando na noite em que vira as duas pela primeira vez, no metrô. Lembrei que o lápis que rolara no piso do vagão era vermelho-escuro. Esse mesmo, olha só. Pela segunda vez segurei-o na mão, só que agora eu ficaria com ele; coloquei-o no bolso.

Dentro de casa, pendurei o casaco preto e molhado de Hector no chuveiro e deixei a água escorrer quase um dia inteiro. Quando ficou mais ou menos seco, larguei-o na cerca na frente da casa. Em dez minutos tinha sumido. No dia seguinte a prefeitura guinchou o carro, provavelmente para vendê-lo em leilão a algum desconhecido.

Quanto às outras dúvidas, as menos importantes, eu tinha intenção de perguntar ao Presidente se desde o começo ele atuara conscientemente, sabendo o que estava acontecendo, ou se mudara de estratégia à medida que as condições em si iam mudando. As duas hipóteses são válidas. Fora de cena durantes meses, ele parecia um monarca arruinado à espera do golpe final; no entanto, em alguns momentos ele se movimentava com grande velocidade e segurança. Seria possível que alguém jogasse o jogo com tanta competência? Ele sabia exatamente quem eu era desde o começo, já tinha estudado o campo, escondido atrás da bebida e do cigarro, esperando pelo mensageiro, esperando pelo início da partida, sentindo os cavalos se agitarem nos cascos e apertando as rédeas nas mãos. O jogo incluía Morrison e todos nós. O jogo é sempre maior do que todos nós.

Eu também queria explicar ao Presidente o que havia acontecido. Achei que lhe devia isso. Quando finalmente liguei, a sra. Marsh perguntou se eu não tinha lido os jornais. "Você não está sabendo?" Havia uma tonalidade peculiar em sua voz. Respondi que não. Ela me contou que o Presidente sofrera uma série de derrames uma noite, quando estava assistindo ao noticiário, e deu a entender que o cérebro dele fundira como um motor cujos pistões vão estourando um a um. Sem deterioração gradual. Um dia, presidente; no dia seguinte, um velho de setenta e um anos aprendendo a usar um canudo. Tudo — os quarenta e cinco anos com a Corporação, as três esposas e cerca de uma dúzia de amantes, o nome de seus pais e de seus filhos, a finalidade de coisas como música, bicicletas, lâmpadas —, tudo perdido.

Naquele mesmo dia, peguei o carro e fui até a mansão de Long Island. O sr. Warren me recebeu e conduziu-me até o jardim-de-inverno, onde encontrei o Presidente num pijama de flanela amarelo. Embora tivesse perdido cerca de dez quilos e a pele da papada estivesse flácida e caída, seus olhos azuis conservavam o brilho de antes. Sua esposa, a terceira, estava sentada em uma sala próxima, conversando animadamente ao telefone. A enfermeira tentava distrair o Presidente com a televisão, mas ele não conseguia operar o controle remoto. Na verdade, não fazia idéia do que era aquilo e apertava os botões a esmo, passando por quarenta ou cinqüenta canais, a luminosidade da tela refletida em seu rosto desconcertado e perplexo, enquanto os olhos azuis fitavam deslumbrados alguma imagem muito além da tela. Apertei de leve sua mão e toquei-lhe o ombro antes de sair. Ouvi depois que ele recuperou um pouco do vigor físico e começou a colecionar bolas de golfe. Em vez de jogar uma partida normal em Palm Beach ou no clube de Newport, ele e seu velho carregador de tacos agora caminhavam pelos gramados, o Presidente pendendo ligeiramente para o lado, catando bolas Truflites, Wilson e Titleists descartadas, após o que ele era levado de carro para casa. Aparentemente há cerca de uma dúzia de baldes de bolas chanfradas velhas guardadas em sua estufa.

Uma semana mais tarde, um sargento da polícia ligou dizendo que Dolores não aparecera para retirar o corpo de Hector e perguntando se eu sabia como localizar a família. A notícia me perturbou, além de me deixar preocupado com Dolores e Maria. Disse ao policial o que sabia, onde procurar, inclusive nos arquivos de empregados da Corporação, mas ele tornou a ligar no dia seguinte, informando que a mãe de Hector havia morrido seis meses antes em Porto Rico e que a polícia não estava conseguindo encontrar nenhum parente. Os vizinhos de prédio de Hector não conheciam ninguém, nenhum familiar, e na Igreja Católica Romana de St. Michael a polícia também não obtivera nenhuma informação. Não havia ninguém que assumisse a responsabilidade de enterrar Hector. "O senhor conhece alguém?"

Quando respondi que não, ele perguntou educadamente se eu concordaria em cuidar do enterro — "não há espaço na morgue do hospital" —, pois, caso contrário, Hector seria enterrado como indigente. Concordei e a morgue do Methodist Hospital entregou-me a custódia do corpo, que mais tarde seria recolhido por uma casa funerária de Sunset Park que eu contratara. Disse ao diretor de cerimônias que queria um enterro católico e pedi que avisasse os vizinhos de Hector. O de sempre, eu disse, padre, caixão, flores, tudo. Paguei, expliquei que não compareceria à missa nem ao enterro e pedi-lhe que supervisionasse a cerimônia. Fui até o Cemitério Greenwood e arranjei para que Hector fosse enterrado na sepultura vizinha à do filho. O funcionário do cemitério não entendeu quem eu era, já que não fazia parte da família, mas paguei em dinheiro a sepultura e a lápide e ele pareceu satisfeito. Meu único consolo ao fazer essas coisas é saber que Dolores, se for visitar o túmulo do filho, descobrirá que o marido dela foi sepultado com dignidade. Talvez já o tenha visitado. Não sei.

Passei alguns meses achando que o caso estava encerrado até que, em outubro último, quando eu estava assistindo pela TV aos jogos finais do campeonato de beisebol, um dos advogados da Corporação ligou para informar que eles me processariam e que o pagamento da minha pensão seria bloqueado, para que a Corporação pudesse ser indenizada caso algum membro da família de Hector — Dolores, por exemplo — aparecesse e decidisse processar a empresa pela morte de Hector. Quando protestei contra a medida, ele mencionou que certos "abusos" cometidos por mim haviam contribuído para o surgimento das circunstâncias que levaram ao suicídio. Alguém poderia argumentar, explicou o advogado, que eu, na minha posição de poder na Corporação, perversamente provocara em Hector um estado de angústia. A equipe de advogados que examinou a possibilidade de Dolores processar a Corporação concluiu que suas chances de vitória num tribunal não seriam desprezíveis. Segundo ele, eu tinha duas alternativas: assinar um documento ou contraprocessar a Corporação. Assinei. Assinei tudo. Até hoje, claro, Dolores não se manifestou.

Tudo isso aconteceu no ano passado e fez com que eu mudasse. A única coisa que permanece igual é o meu problema de acidez, ainda provocando queimação, a lava subindo dentro de mim, recriminação ou vingança por tudo que fiz de errado. Fui ao médico e ele perguntou sobre a coceira na garganta. Ficou surpreso quando lhe contei a quantidade de Maalox que estava tomando e disse que isso não é o ideal. Eu poderia ser submetido a um teste em que tomaria bário e seria amarrado deitado em uma mesa giratória, que me deixaria de cabeça para baixo, para que fosse tirado um raio x. Ele achava que era "esofagia de Barrett". Vamos fazer uma endoscopia. Perguntei se teria de fazer a tal da plicatura de Nissen. Não me respondeu nem sim, nem não. Vamos aumentar as doses da medicação e observar. Ele já tinha visto muitos casos assim, me disse o médico, e o quadro poderia se manter do mesmo jeito por muito tempo.

Estou vivendo das minhas economias, mas cedo ou tarde terei de voltar a trabalhar. Fui forçado a alugar minha casa para pagar as prestações do financiamento. Agora ela é habitada por uma jovem família com três filhos. O pai, um sujeito grande e animado que me lembrou Harry McCaw, apertou minha mão com força. Estou morando num apartamentinho barato num bairro mais retirado do Brooklyn. Como disse antes, tenho passado muito tempo zanzando pela cidade, sem nenhum destino específico. Os dias são longos. Tenho cuidado da aparência, faço a barba quase todas as manhãs, e normalmente me deixam sentar à mesa ao lado da janela nos restaurantes. Sou aquele cara que fica olhando pela janela com expressão absorta e idiota no rosto. Vivo me perguntando como voltar.

Cedo ou tarde as coisas vão entrar nos eixos, eu tenho certeza. Na verdade, não há a menor dúvida quanto a isso. Mas, neste momento, ainda sou refém do mistério. É incompreensível para mim que Hector esteja morto e eu vivo, que um dia Dolores e Maria tenham estado em minha cama, em meus braços, e que agora se foram, nem sei para onde. Em última instância, este é o aspecto inescrutável da história. Passamos pelas vidas uns dos outros còm misteriosa velocidade. Ela me derrubou e em seguida me reconstruiu. Vejo agora que eu a encarei de maneira tola, excessivamente sentimental. Este é um velho defeito meu, mas no caso de Dolores Salcines eu deveria ter sido mais esperto, não deveria ter ido com tanta sede ao pote. Mas também não posso ignorar a responsabilidade de Dolores na história. Afinal, tratava-se de uma mulher que tinha corneado o marido com pelo menos quatro homens e depois o abandonou sem avisar. Ela mentira para mim desde o começo e aparentemente não fizera nenhum esforço para discutir a situação com Hector; ela na verdade alimentara seu pânico. Será que nossa relação poderia ter dado certo? Fico tentando imaginar o que passava pela minha cabeça naqueles dias.

Hoje eu vejo que possivelmente os sentimentos de Dolores por mim não eram profundos o suficiente para que ela viesse a pensar em mim com amor. Disso eu tenho certeza, o meu coração me diz, e acho que é justo. Sou apenas um homem com quem Dolores viveu durante um curto período. Apenas um sujeito. Um corpo. Foi Jack Whitman assim como poderia ter sido qualquer outro. No fim das contas, eu era uma personagem de menor importância para o coração de Dolores.

Mas saber essas coisas não me aquietou. Ontem à noite, flagrei-me observando o movimento da cortina inflando e murchando à medida que o vento invadia meu apartamento e, por um instante, imaginei estar vendo Dolores atrás daquele véu e ouvindo a risadinha doce de Maria. Eu as amo, de um jeito nostálgico, pesaroso, inútil. Faço a experiência: será que consigo lembrar seus rostos? Sim, consigo. Penso então que elas estão em algum lugar aqui da cidade, embaixo da terra, viajando nos metrôs escuros. Será que têm um lugar para morar, será que têm dinheiro? Esses pensamentos me nauseiam e eu logo os espanto.

E assim vou tocando. Mais exato seria dizer "andando". Ainda na noite de ontem, passei por um conjunto de cinemas no East Side, com oito ou nove filmes em cartaz, vários da Corporação, um deles com chances de faturar quase meio bilhão de dólares no mundo inteiro só este ano. Vi filas enormes de espectadores, excitados com a perspectiva de se divertir mas também com o que julguei ser um cansaço nos olhos, como se estivessem ali por obrigação. Pode até ser que quisessem alguma outra coisa, mas eu não saberia dizer o quê.

Na hora do almoço, lembrei o quanto Liz gostava de batata frita e parei em uma dessas espeluncas de fast-food. Logo na entrada, um cartaz de cartolina sobre um pedestal anunciava: se você comprasse um hambúrguer ou um milk-shake, ganharia de presente um macaquinho de borracha. Por acaso era um personagem de um dos desenhos animados da Corporação. É uma figura famosa, todo mundo a conhece. Maria certamente a conhece. Milhões de exemplares do brinquedo são injetados pela Corporação na China, onde a mão-de-obra semi-escrava é baratíssima. O macaco tem altos índices de reconhecimento e baseia-se nos filmes produzidos pela Corporação ainda na década de 40. Na verdade, este e outros personagens e suvenires de desenhos animados e filmes da Corporação compõem o estoque das 328 lojas que ela abriu no país — a maioria em shopping centers de subúrbio —, e ali o consumidor pode comprar também livros, fitas, roupas e vários outros artigos ligados às suas produções. Esse mesmo macaquinho atualmente aparece aos sábados de manhã na programação da TV a cabo, no desenho animado clássico exibido nos cinemas, numa coleção de vídeos infantis, nos parques temáticos da Corporação e numa infinidade de outros artigos fabricados sob licença — relógios, camisetas, enfim, tudo. O macaquinho está começando a aparecer também em todas as novas tecnologias de entretenimento. Ele continua vivendo, enquanto nós, os seres vivos, não. No restaurante, um cartaz explicava que, se gastasse acima de determinado valor em comida, o cliente ganharia um dos vídeos. De pé à minha frente estava uma garotinha loira de olhos azuis, pedindo à mãe que lhe comprasse o vídeo. Mais que pedir, ela implorava, com desejo e paixão absolutos. Realmente, não sei se eu consigo entender isso. Por outro lado, não sinto que entenda muita coisa atualmente, exceto o fato de ter desmoronado silenciosamente depois da morte de Liz.

À minha frente, a mãe fez o que a filha queria. Também eu fiquei feliz. Já vi esses desenhos animados: são adoravelmente divertidos. Mas a Corporação, é claro, tem na gaveta muitos produtos novos, divertidos e cativantes. Agora, com a fusão, está totalmente globalizada, pronta para receber o futuro, e prosperará à medida que tiver competência e astúcia para estender seus braços sobre o planeta, oferecendo a parcelas cada vez maiores da humanidade as inúmeras diversões que produz. Essa é a mágica da Corporação. Vivemos para ser entretidos por combinações de ondas sonoras e de transmissões de luz. E há mais a caminho, uma torrente irresistível de novas diversões. Hoje me parece estranho que eu tenha me interessado tanto por isso. Mas a Corporação sempre existirá — nações desapareceram e ela não. Alguns dizem que a nova Corporação é mais uma precursora do século XXI, já tão perto de nós.

Tenho certeza de que no trigésimo nono andar eu fui tema de algumas conversas e que logo me esqueceram. O Presidente também se foi e o novo Conselho, agora ampliado, contratou rapidamente um dos grandes chefões de Hollywood para substituí-lo. Como as águas calmas de um lago que se fecham depois da passagem de um barco, já não havia sinais aparentes de que eu trabalhara ali. No trigésimo nono andar, os novos administradores têm outras coisas com que se preocupar — os mercados, as estratégias, os números. Quando se tem uma visão mais ampla, percebe-se que é assim que funciona a Corporação. Poucas coisas são importantes por muito tempo; na realidade, quase nenhuma. Samantha está indo muito bem, é claro. Um cara jovem foi rapidadamente promovido ao posto que tinha sido meu. Desconheço seu nome, mas, sem dúvida, trata-se de alguém muito ambicioso.

AGRADECIMENTOS

Para escrever este romance, tive o apoio de várias pessoas que partilharam comigo diferentes informações. Entre essas pessoas, destaco meu bom e velho amigo Jay Batley, assistente executivo no Senado dos Estados Unidos, o dr. Sidney K. Stein, Leo Spellman, da Steinway & Sons, Inc., Jeffrey Turkelson, da GE Americom, Steve Gelmis, da Public Interest Telecom, Inc., Timothy Sultan, Earl Shorris, homem generoso e escritor de talento. De Brooklyn, Nova York, tive o apoio de Michael Daly, John Gallagher, Barry Paikoff e Dorothy Chandler, Larry Slaughter, da J.P. Morgan, Inc., Jane Ross e Nathaniel Bohrer, da Bear, Stearns Co., Inc. Finalmente, desejo registrar a ajuda de dois executivos de uma companhia multinacional de comunicação e entretenimento que preferiram não ser citados nominalmente. No entanto, esclareço que quaisquer erros neste livro devem ser atribuídos ao autor.

A epígrafe foi extraída de *Specimen days*, de Walt Whitman, publicada em *The portable Walt Whitman* (Nova York, Viking-Penguin, 1986), organizado por Mark Van Doren. A oração em espanhol das páginas 150-1 foi extraída diretamente de um pequeno pacote de oferendas que encontrei em uma loja de artigos religiosos de Sunset Park, Brooklyn. Sua origem é desconhecida. A oração em espanhol da página 327 foi extraída de *Colección de oraciones escogidas*, publicada por De Pablo International. A citação do filósofo alemão Arthur Schopenhauer que aparece na página 387 foi extraída de *The will to live: selected writings of Arthur Schopenhauer* (Nova York, Frederick Ungar Publishing Co.), capítulo 12, "On the sufferings of the world". Vi o trecho citado pela primeira vez em um brilhante conto de Thom Jones, "I want to live!", publicado na edição de agosto de 1992 da Harper's Magazine.

Boa parte deste romance foi criada no bar-restaurante VG, na esquina da Broadway com a Bleecker em Manhattan, e desejo agradecer às garçonetes do lugar, antigas e atuais, por sua paciência inabalável com a confusão de papéis espalhados.

Devo um agradecimento especial a Lewis H. Lapham, editor da Harper's Magazine, que entende como é difícil para alguém escrever seus próprios livros sem negligenciar as obrigações como editor de revista.

Kris Dahl, meu agente, esteve sempre ao meu lado, oferecendo incentivo e sugestões inteligentes na preparação deste projeto.

David Groff, meu editor na Crown, mais uma vez demonstrou amplamente que ainda há em Manhattan editores de livros que efetivamente editam.

Por último e acima de tudo, meu mais profundo agradecimento a minha mulher, Kathryn Harrison, que leu todos os rascunhos com sensibilidade de esposa e perspicácia de colega escritora. Enquanto eu completava este livro, era ela quem acalmava nosso filho recém-nascido quando ele chorava.

ESTA OBRA FOI COMPOSTA PELA TYPE-LASER DESENVOLVIMENTO EDITORIAL EM GARAMOND LIGHT E IMPRESSA PELA GEOGRÁFICA EM OFF-SET SOBRE PAPEL PÓLEN SOFT DA SUZANO PARA A EDITORA SCHWARCZ EM JUNHO DE 1995.